Nicole C. Vosseler, geboren 1972 in Villingen-Schwenningen, studierte nach dem Abitur Literaturwissenschaft und Psychologie in Tübingen und in Konstanz. Ihre Vorbilder sind M. M. Kaye und Margaret Mitchell. Für ihren Roman DER HIMMEL ÜBER DARJEELING wurde die Autorin mit dem Förderpreis der Stadt Konstanz ausgezeichnet. Derzeit arbeitet sie an ihrem neuen Roman.

Weiterer Titel der Autorin:

15847 Himmel über Darjeeling

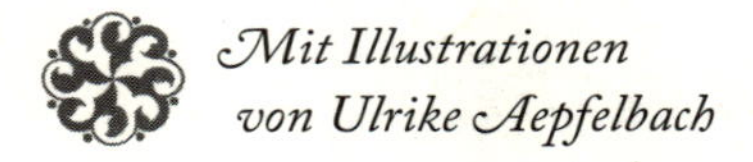

Nicole C. Vosseler

Unter dem Safranmond

Roman

BASTEI LÜBBE TASCHENBUCH
Band 16 404

1. Auflage: März 2010

Vollständige Taschenbuchausgabe der im
Gustav Lübbe Verlag erschienenen Hardcoverausgabe

Bastei Lübbe Taschenbücher und Gustav Lübbe Verlag
in der Bastei Lübbe GmbH & Co. KG

Lektorat/Textredaktion: Ann-Kathrin Schwarz/Birte Meyer
Titelillustration: getty-images/Photos India
Umschlaggestaltung: Gisela Kullowatz
Autorenfoto: Jörg Brochhausen
Satz: Kremerdruck GmbH, Lindlar
Gesetzt aus der Adobe Caslon Pro
Druck und Verarbeitung: CPI – Ebner & Spiegel, Ulm
Printed in Germany
ISBN 978-3-404-16404-2

Hätt ich des Himmels reichbesticktes Tuch,
bestickt aus Golden- und aus Silberfaden,
die blauen, die dunklen, die hellen Tücher,
der Nacht, des Tages und der Dämmerung,
so legt ich sie dir zu Füßen...
Doch ich bin arm, hab nur meine Träume.
Meine Träume leg ich dir zu Füßen.
Tritt sanft darauf,
du trittst auf meine Träume.

WILLIAM BUTLER YEATS

Für all die wilden Herzen
dieser Welt,
die sich niemals wirklich brechen lassen

Prolog

Oxford, April 1842

Die Kirchturmglocken von St. Giles am Ende der Straße, nur wenige Häuser entfernt, zählten die Stunden in die Frühjahrsnacht hinaus. *Drei, vier, fünf*, wiederholte Maya im Stillen. *Sechs, sieben – oder war das schon der achte Schlag gewesen?* In ihrer Schlaftrunkenheit hatte sich das bald neunjährige Mädchen verzählt, und als der letzte Ton verklungen war, wusste sie nicht, ob es erst elf oder schon Mitternacht war. Seufzend drehte sie sich im Bett herum und angelte nach der Decke, die sie im Traum von sich gestrampelt hatte. Im Zimmer war es kühl. Obwohl die Sonne tagsüber schon warm schien, waren die Nächte noch wenig frühlingshaft. Doch bei den Greenwoods, die in jeder Generation mindestens einen Arzt hervorgebracht hatten, war es üblich, dass sommers wie winters in den Nächten die Fenster zumindest einen Spalt geöffnet blieben, der frischen Luft und der Abhärtung wegen. So war es immer gewesen, soweit Maya zurückdenken konnte.

Angestrengt lauschte sie den Geräuschen im Zimmer. Die hörbar tiefen, gleichmäßigen Atemzüge verrieten ihr, dass ihre jüngere Schwester wie gewohnt fest schlief. Dass Angelinas Schlafgewohnheiten sich dem von ihrer Mutter und der Nanny gewünschten Rhythmus fügten, Mayas hingegen diesem irgendwie zuwiderliefen, war nicht das Einzige, was die beiden Mädchen unterschied. Wer Martha Greenwood zum ersten Mal mit ihren Töchtern sah, kam nicht umhin, teils verunsichert, teils verwirrt von einer zur anderen zu blicken. Angelina und ihre Mutter waren einander wie aus dem Gesicht geschnitten: beide zart, blass und blond, mit den gleichen großen dunkelblauen Augen, wie Puppen aus Biskuitporzellan. Maya hingegen wirkte ziemlich robust neben der zierlichen Gestalt ihrer Schwester. Selbst im Winter hatte ihre Haut einen Hauch von Farbe. Und auch wenn sie stolz darauf war, im Gegensatz zu Angelina von Natur aus Locken zu haben, ließ sich ihr Haar, dunkel wie starker Kaffee, nur selten zu einer jener kunstvollen Frisuren bändigen, die für kleine und große Mädchen so beliebt waren. Das Ungewöhnlichste an Maya aber waren ihre Augen: in der lichtbraunen Iris schimmerte es golden, wie dunkler Bernstein oder Honig, in den Sonnenstrahlen fielen. Wer die Familie näher kannte und wusste, dass Gerald Greenwood zum zweiten Mal verheiratet war, glaubte zuerst oft, Maya stammte wie ihr älterer Bruder Jonathan aus Geralds erster Ehe.

Vor gut drei Jahren waren die Greenwoods aus dem schmalen Haus in der Turl Street hierher in die St. Giles Street übergesiedelt. Zwei der Zimmer im Erdgeschoss hatte Mayas Großvater bezogen, nachdem er mit fast siebzig Jahren seine Arztpraxis aufgegeben hatte. Eines Tages, als überall im Haus noch halb oder gar nicht ausgepackte Kisten herumstanden, war Maya mit einem Glas Milch und Keksen auf das Sofa ihres Großvaters gesetzt worden, damit sie den Handwerkern nicht zwischen den Beinen herumlief, die in manchen der Räume noch zu arbeiten hatten, während Angelina oben brav ihren Mittagsschlaf hielt. Maya machte es nichts aus, Zeit mit ihrem wortkargen Großvater zu verbringen. Sein Schweigen war ihr angenehm, verglichen mit Angelinas Geplapper und den immerwährenden Ermahnungen ihrer Mutter und der Nanny, sich gerade zu halten, kleinere Schritte zu machen und leiser zu sprechen.

Sachte hatte sie mit den Beinen gebaumelt und sich im neu eingerichteten Zimmer mit den hohen Buntglasfenstern zur Straße hin umgesehen. Ihr Blick war an einem goldgerahmten Portrait hängen geblieben, das ihr nie zuvor aufgefallen war. Es musste einem der Räume im Haus ihres Großvaters entstammen, die die Kinder bei ihren sonntäglichen Besuchen nicht betreten durften. So war Maya auch bis zum Umzug, als die Möbelpacker das schwere Bett aus Eichenholz hochkant durch die Eingangstür geschoben hatten, davon ausgegangen, dass ihr Großvater gar keines besaß und auf der lederbezogenen Chaiselongue in seinem Untersuchungszimmer nächtigte, wo er ohnehin die meiste Zeit verbrachte. Doch dieses Gemälde schien ihm so wichtig gewesen zu sein, dass er es sofort aufgehängt hatte, noch ehe all seine geliebten Fachbücher ausgepackt und eingeräumt waren. Es zeigte eine Frau in einem altertümlich fließenden Gewand, das so gar nichts mit den voluminösen Röcken gemein hatte, die Maya an ihrer Mutter und auf der Straße zu Gesicht bekam. Das ebenholzschwarze Haar war nur locker aufgesteckt und wirkte auf Maya, verglichen mit den akkurat angeordneten, stramm zurechtgezurrten Lockengebilden ihrer Mutter, leicht unfrisiert. Als sie genauer hingesehen hatte, hatte sie dem Altersfirnis über Farbe und Leinwand zum Trotz bemerkt, dass die Frau ebenso merkwürdige Augen hatte wie sie selbst. Niemand sonst in ihrer Familie hatte solche Augen.

»Großvater«, hatte sie ihn damals gefragt, »wer ist das auf dem Bild?« Die knotigen Hände hatten sich fester um seinen Spazierstock geschlossen, während Dr. John Greenwood erst lange das Gemälde, dann Maya angesehen hatte. »Das ist deine Großmutter Alice, Liebes. Sie ist schon lange tot. Da hat es dich und auch Jonathan noch gar nicht gegeben. Du bist ihr sehr ähnlich.« Er hatte dabei so traurig geklungen, dass Maya nicht gewusst hatte, was sie darauf hätte sagen sollen, und ein wenig beschämt weiter an ihrem Keks herumgeknabbert hatte. Dennoch war sie seitdem froh zu wissen, dass sie die gleichen Augen wie ihre Großmutter hatte, auch wenn diese nicht mehr lebte.

Erneut schlugen die Glocken von St. Giles und seufzend wälzte sich Maya auf die andere Seite, schob ein Bein unter der Decke hervor, weil ihr nun wieder zu warm war. Seit dem letzten Winter war ihr Großvater auch im Himmel. So wie Jonathans Mutter, an die er sich aber gar nicht mehr erinnern konnte.

Ihre Mutter mochte es nicht, wenn sie »tot« statt »im Himmel« sagte; das sei eine Unart der Ärzte, schimpfte sie dann immer. Maya gab sich Mühe, darauf zu achten, auch wenn sie den Grund dafür nicht kannte. So ging es ihr mit vielen Dingen, in denen ihre Mutter sie korrigierte. Sie verstand auch nicht, weshalb sie viel häufiger ermahnt wurde als Angelina. Manchmal, wenn sie nachts aus ihrem unruhigen Schlaf aufwachte, dachte sie darüber nach und über den Tod und den Himmel. Auch über ihre Familienverhältnisse, die ihr manchmal so verworren erschienen, dass ihr darüber ganz schwindlig wurde, und über Jonathan, der ihr mit seinen fünfzehn Jahren schon so erwachsen vorkam und den sie so selten sah, seit er in Winchester zur Schule ging. Eigentlich war er ja nur ihr Halbbruder. Ob sie ihn wohl noch lieber hätte, wenn er »ganz« ihr Bruder wäre? Angelina war »ganz« ihre Schwester, und doch hatte Maya sie nicht annähernd so lieb wie Jonathan, auch wenn sie sich noch so viel Mühe gab. Immer wieder neue Gedanken, denen ständig neue Fragen folgten. Kein Wunder, dass sie morgens so müde war und gar nicht aufstehen wollte, während Angelina immer frisch und munter aus dem Bett sprang.

Jetzt war Maya gänzlich wach. Manchmal, wenn sie mit solchen Gedanken beschäftigt war, half es ihr, mit ihrem Vater darüber zu sprechen. Während alle anderen schon längst schliefen, arbeitete er oft noch in seinem Arbeitszimmer im mittleren Stockwerk oder in der Bibliothek im Erdgeschoss. Trotzdem war er immer schon aus dem Haus, ehe es der Nanny überhaupt gelungen war, Maya aus den Federn zu zerren.

Als junger Mann war er weit gereist, nach Italien und Griechenland, bis nach Vorderasien. Überall im Haus verteilten sich angeschlagene Vasen und Teller, mit Grünspan überzogene Münzen und verwitterte, mit Schnitzereien überzogene Holzstücke. Sie waren alle sehr wertvoll und blieben deshalb hinter Glas verschlossen, unerreichbar für Mayas neugierige Finger. Gerald Greenwood wusste so viel über vergangene Zeiten, unterrichtete die Studenten am Balliol College in Alter Geschichte, und trotzdem schien er selbst immer noch mehr lernen zu wollen. Für Maya aber hatte er immer Zeit, gleich wie spät es war. Achtlos schob er dann seine Papiere und Bücher beiseite, zog sie auf seine Knie und hörte ihr aufmerksam zu, sog gedankenvoll an seiner Pfeife, ehe er bedächtig antwortete.

Maya hob vorsichtig den Kopf. Unter der Zimmertür schimmerte ein Hauch blassgoldenen Lichts hervor. Sie zögerte einen Augenblick; dann stand sie auf, tapste auf nackten Füßen über den Boden und schlüpfte leise zur Tür hinaus, angestrengt darauf bedacht, ihre Schwester nicht zu wecken.

Sie tastete sich durch das Halbdunkel des Korridors, umging dabei geschickt jede knarzende Stelle des teppichbedeckten Holzbodens. Ihre Mutter jammerte immer wieder über den »hässlichen alten Kasten«, wie sie Black Hall oft nannte. Aber Maya liebte dieses Haus, gerade weil es so verschachtelt gebaut war und düstere Ecken hatte, in denen es sich im Dunkeln so wunderbar gruseln ließ. Obwohl es Platz genug gab, hielt ihre

Mutter es für Verschwendung, jedem der beiden Mädchen ein eigenes Zimmer zu geben. So blieben die anderen Schlafräume für auswärtige Gäste reserviert, für Professoren aus Cambridge, aus London oder aus dem Ausland, die zeitweise hier logierten und nächtelang mit ihrem Vater und einzelnen Studenten zusammensaßen und diskutierten. Oft herrschte reges Kommen und Gehen, und ihre Mutter beklagte sich immer wieder über die viele Arbeit, die für sie damit verbunden war. Doch Maya hatte auch den Glanz in ihren Augen bemerkt, wenn sie geschäftig hin und her eilte, kleine Imbisse vorbereiten und die Zimmer herrichten ließ, frische Blumen in die Vasen stellte und dann in eleganten Kleidern die Gäste willkommen hieß.

Mit jeder Stufe, die Maya hinabstieg, wurde es heller. Der Lichtschein kam aus dem Arbeitszimmer ihres Vaters. Die Tür stand ein Stück weit offen, ließ einen Ausschnitt des dunkelroten Teppichs mit dem hellen Rankenmuster sehen und die Seitenwand des massiven Schreibtisches. Ihr Vater war nicht allein; in das Murmeln seiner so vertrauten Stimme mischte sich ein zweites. So wie sich auch der süße Geruch des Pfeifenrauches mit einem zweiten, schärferen vermengte. Mayas Herz machte einen Sprung. *Richard! Richard ist da!*

Richard Francis Burton, Student im zweiten Jahr am Trinity College, war ein gern gesehener Gast in Black Hall, seit er Gerald Greenwood im Haus eines befreundeten Arztes begegnet war, bei dem er in seinem ersten Universitätsjahr zur Untermiete gewohnt hatte. Mrs. Greenwood errötete wie ein Schulmädchen, wenn Richard sich mit charmanten Komplimenten für eine Einladung zum Dinner bedankte. Oft konnte man ihn und Gerald im Garten Runde um Runde vorbeispazieren sehen, in ein Gespräch über fremde Sprachen und Kulturen vertieft oder in Erinnerungen an die Landschaften und Menschen Frankreichs und Italiens schwelgend, wo Richard aufgewachsen war. Oft zogen sie sich auch zu ein paar Gläsern Brandy in Geralds Arbeitszimmer zurück, wie jetzt, zu dieser späten Stunde. Und während für Gerald seine Pfeife so typisch war, waren es für Richard seine unvermeidlichen Zigarillos. Doch wohl niemand im Haus hatte Richard so sehr ins Herz geschlossen wie Maya.

Sie schlich sich bis zu der Stufe hinab, die auf der gleichen Höhe mit der Tür des Arbeitszimmers lag, und hockte sich hin, umklammerte die gedrechselten Streben und presste das Gesicht dagegen, um ja kein Wort zu versäumen, vielleicht gar einen Blick auf Richard zu erhaschen.

»… meinen alten Herrn davon zu überzeugen, dass es keinen Sinn macht, mich zu einer Laufbahn als Kirchenmann zwingen zu wollen. Der Makel einer zeitweiligen Verweisung von der Universität in meiner Akte schien mir dafür ein guter Trick«, hörte Maya Richard mit einem vergnügten Unterton in seiner tiefen, leicht rauen Stimme erzählen. »Da traf es sich gut, dass die Vorlesung mit dem Beginn des Hindernisrennens zusammenfiel. Anstatt mir den Sermon des Professors anzuhören, traf ich mich hinter dem Worcester College mit ein paar Kommilitonen, und auf ging's, in einem gemieteten Gespann, zum Rennen!«

»Was vermutlich nicht unentdeckt blieb«, brummte Gerald hinter seiner Pfeife hervor.

»Nein.« Maya glaubte, einen Anflug von Schuldbewusstsein herauszuhören. »Wir wurden zum Dekan zitiert, der Milde walten lassen und uns nur eine Verwarnung erteilen wollte. Also trat ich vor und argumentierte, dass keine moralische Verworfenheit darin läge, Zuschauer bei einem solchen Rennen zu sein. Ich empörte mich allerdings darüber, dass uns die Universität wie Schuljungen behandeln würde, wenn sie uns den Besuch solcher Veranstaltungen verböte. Garniert habe ich meine Rede mit Floskeln wie ›Vertrauen erzeugt Vertrauen‹ – und das war es dann: glatter Rausschmiss.«

Eine kleine Pause entstand, in der Gerald offenbar seine Pfeife neu stopfte. Denn kurz darauf drang frischer Qualm aus dem Zimmer, und er räusperte sich. »Die Universität lässt solche Rennen immer nur außerhalb des Geländes stattfinden und setzt vorbeugend wichtige Vorlesungen auf diese Termine, weil sie um eure Sicherheit fürchtet. Schon manch ein unbeteiligter Zuschauer ist bei einem solchen Rennen unter die Räder oder die Hufe geraten. Mit reiner Prinzipienreiterei oder Bevormundung hat das daher nichts zu tun.« Gerald Greenwood hielt nichts von donnernden Strafpredigten. Er war überzeugt davon, dass der menschliche Verstand die Fähigkeit zur Einsicht besaß, und seine ruhige und sachliche Art der Argumentation konnte bewirken, dass man sich für seine Verfehlungen in Grund und Boden schämte, wie Maya aus eigener Erfahrung wusste. »Aber«, beeilte Gerald sich fortzufahren, wohl um einem Einwand Richards zuvorzukommen, »du setzt ja auch alles daran, deinem Ruf als Sonderling und Quertreiber Ehre zu machen, wo du nur kannst. Wenn ich dich nur an deine lauten Partys und bösartigen Karikaturen von Professoren und Tutoren erinnern darf. Und im ersten Trimester einen anderen Studenten zum Duell herauszufordern – dazu gehört schon eine gehörige Portion Dreistigkeit.«

Jene Episode war unter den Studenten Oxfords legendär. Richard Burton hatte sich kaum an der Universität eingeschrieben, als ihn ein Student eines höheren Jahrgangs wegen seines Oberlippenbartes verhöhnte, den Richard nach italienischer Mode schmal und mit langen, herabhängenden Enden trug. Er hatte sich höflich verbeugt, seine Karte überreicht und die Spottdrossel aufgefordert, die Waffen zu wählen. Duelle waren offiziell verboten, und der ältere Student nahm Richards Fehdehandschuh nicht auf. Dennoch hatte sich Richard Burton dadurch gleich zu Beginn mit erheblichem Aufsehen an der ehrwürdigen Universität einen Namen gemacht.

»Wer wie ich auf dem Kontinent aufgewachsen ist, versteht solche Feinheiten ritterlichen Verhaltens, die hier offenbar gänzlich unbekannt sind«, verteidigte Richard sich hitzig.

Doch Gerald zeigte wenig Neigung, dieses Thema weiter zu vertiefen. »Was wird aus deinen Kommilitonen, die ebenfalls dem Rennen beigewohnt haben?«

»Verweisung vom College bis zum Ende des Trimesters. Mehr nicht.« Richard klang enttäuscht.

»Tja, mein Lieber«, seufzte Gerald und fuhr mitfühlend fort, »da bist du wohl ein wenig zu weit über dein eigentliches Ziel hinausgeschossen. Ich kann dich verstehen – auch mein Vater war nicht glücklich, dass ich damals nicht der Familientradition gefolgt und Arzt geworden bin wie er. Aber genauso brauchte es Zeit, bis ich begriff, dass mein Sohn zwar hervorragende Noten in Latein und Griechisch erzielt, aber mehr Interesse für das aufbringt, was in der Natur kreucht und fleucht, denn für alte Schriften.« Er sog deutlich hörbar ein paar Mal an seiner Pfeife. »So verlässt du also in Ungnade diese heiligen Hallen. Bedauerlich. Äußerst bedauerlich. Mir sind bislang nur wenige Studenten begegnet, deren Verstand und Fähigkeiten sich mit deinen vergleichen ließen. Andererseits gehört ein Freigeist wie du kaum an eine solche Institution. Was hast du jetzt vor?«

»Mich aufmachen, in die Kolonien von Südaustralien, Queensland, New South Wales, oder in die Vereinigte Provinz von Kanada. Von mir aus auch zur Schweizer Garde nach Neapel oder gar zur Fremdenlegion – nur so weit weg von diesem kalten, nassen Inselchen und seinen engstirnigen Bewohnern wie möglich!« Er klang so zornig und verzweifelt zugleich, dass es Maya im Innersten berührte. »Am liebsten wäre mir jedoch Indien. Ich hoffe darauf, meinen Vater davon überzeugen zu können, mir ein Offizierspatent zu kaufen, noch ehe der Krieg in den Bergen im Nordwesten

Indiens vorüber ist. Womöglich bin ich zu nichts anderem zu gebrauchen, als für einen Sixpence pro Tag von den Afghanen beschossen zu werden.« Seine Worte zeugten von tiefer Bitterkeit. »Ich brenne darauf, den Afghanen eine Lektion zu erteilen – allein für das Massaker an den Soldaten und Zivilisten der Garnison von Kabul im Januar! Selbst im Krieg sollte so etwas wie Ehre gelten.«

»Aber in der Armee, Richard –«

»Ich weiß«, gab dieser verdrossen zurück, »auch dort müsste ich meinen *freien Geist*«, er legte einen bissigen Ton in die beiden letzten Worte, »im Dienst unterjochen lassen. Doch dort kann ich wenigstens Sprachen lernen. Sprachen, für die es noch keine Wörterbücher oder Grammatiken gibt. Sprachen, mit denen ich mich unter die Menschen dort mischen könnte, als sei ich einer von ihnen, um so ihre Sitten und Bräuche zu studieren. Wäre ich vermögend, so könnte ich mir den Luxus erlauben, auf eigene Kosten zu reisen und –«

»Du sollst doch nicht lauschen«, zischte ein feines Stimmchen hinter Maya, und sie fuhr herum. Zwei Treppenstufen über ihr stand Angelina, in dem gleichen weißen Nachthemd, wie es auch Maya trug. Mit ihrem glänzenden, blonden Haar, das auf unzählige kleine Papierstreifen aufgedreht war, sah sie aus wie ein kleiner Engel – oder vielmehr wie ein zürnender Engel, so strafend blickte ihr Kindergesicht drein.

»Aber es ist Richard«, flüsterte Maya in einem schwachen Versuch, sich zu verteidigen. »Ich *muss* zuhören, wenn er erzählt! Wenn ich groß bin, will ich genauso sein wie er – genauso mutig und tapfer, genauso wild, so –«

»Das geht doch gar nicht«, gab Angelina verächtlich zurück. »Du bist doch ein Mädchen!«

Zorn wallte in Maya auf und ließ sie aufspringen, die Hände zu Fäusten geballt. »Und ob das geht, wirst schon noch sehen!«, erwiderte sie heftig und lauter als beabsichtigt.

»Was ist denn hier los?« Gerald Greenwood stand im Türrahmen und starrte in einer Mischung aus Verblüffung und Belustigung auf die beiden weißen Gestalten. Wie der Blitz war Angelina die Treppe wieder hinaufgeschossen und im Dunkel des oberen Stockwerks verschwunden. Maya senkte betreten den Kopf und vergrub ihre Zehen im Flor des Treppenläufers.

»Ich wusste gar nicht, dass in Black Hall ein solch zauberhaftes Nachtgespenst sein Unwesen treibt.« Beim Klang von Richards Stimme blinzelte Maya unter halb gesenkten Lidern in Richtung Tür. Er stand jetzt neben ihrem Vater, den er um beinahe einen ganzen Kopf überragte, groß und breitschultrig wie er war. Trotz Anzug mit Krawatte und gescheiteltem, schwarzem Haar ähnelte er in seiner Gesamtheit mehr einem Italiener oder einem der Zigeuner auf dem Jahrmarkt von St. Giles denn einem Engländer. Sein Anblick, der Anflug eines Lächelns auf seinem sonst so düster wirkenden Gesicht, ließ Mayas Wangen freudig glühen.

»Bekomme ich keine Begrüßung, Prinzessin?« Er trat über die Schwelle, ging in die Knie und breitete die Arme aus. Leichten Herzens flog Maya die restlichen Stufen hinab, ihm entgegen, und warf sich in seine Umarmung. Das Gesicht an die Schulter seines Jacketts geschmiegt, sog sie den Geruch nach Tabakrauch, Wollstoff, Seife und Pomade ein, und das Schwere, Holzige, das so typisch für Richard war.

»Richard ist gekommen, um sich zu verabschieden. Er verlässt morgen Oxford und wird dann wohl sehr lange Zeit nicht nach England zurückkehren.« Maya hob den Kopf und sah ihren Vater verwirrt an, den es sichtlich bedrückte, ihr solchen Kummer bereiten zu müssen. Ihr Blick wanderte wieder zu Richards hart konturiertem Gesicht mit den hervorspringenden Wangenknochen, drang fragend, ja bittend in seine dunklen Augen, die den ihren so nahe waren, in der vergeblichen Hoffnung, dies sei nur einer seiner Scherze, mit denen er sie oft zu necken pflegte. Ernst, fast entschuldigend erwiderte er ihren Blick.

Seit Jonathan nur noch in den Ferien nach Hause kam, war Richard ihr der einzige und liebste Spielgefährte geworden. Angelina wollte immer nur mit ihren blöden Puppen spielen, und nachdem Maya aus Versehen eine Tasse des Teeservices aus Porzellan zerbrochen hatte, durfte sie sich der Puppenstube nicht einmal mehr nähern. Richard hatte im Garten gegen Maya Duelle mit Holzschwertern ausgefochten und sich nach einem guten Treffer von ihr bereitwillig unter gespielten Todesqualen ins Gras fallen lassen. Die Schaukel unter dem Apfelbaum hatte er angeschubst, höher und immer höher, so hoch, wie es ihr Vater nie gewagt hätte, bis Maya vor Freude und wohliger Angst quietschte. Auf dem Boden der Bibliothek hatten sie sich beide über den großen Atlas gebeugt, waren Mayas Kinderhände und Richards erstaunlich feingliedrige Finger entlang der Routen Marco Polos über die Seiten gewandert. So hatten sie ihre eigenen Expeditionen in den Orient geplant, von denen sie beladen mit Seide, Tee, Gewürzen, Gold und Edelsteinen nach England zurückkehren würden. Das sollte ab heute vorbei sein? *Nach Indien*, fiel ihr ein, und sie schluckte. Ein Kälteschauder erfasste sie, und etwas klumpte sich in ihrem Magen zusammen.

»Wenn ich nicht wach geworden wäre«, wisperte sie entsetzt, »dann hätte ich dich ja gar nicht mehr gesehen.«

»Weißt du«, Richard atmete tief durch und strich ihr leicht über den Rücken, »ich bin nicht besonders gut im Abschiednehmen. Begrüßungen sind mir lieber.«

»Aber«, platzte sie heraus, »aber du kannst nicht weg!« Ihre Finger krallten sich in den Stoff seines Jacketts, als könnte sie ihn dadurch zum Bleiben bewegen. In ihrer Not rang sie sich dazu durch, ihm ihr am besten gehütetes Geheimnis anzuvertrauen. Sie schlang die Arme um seinen Hals, drückte ihre

Wange an seine Schläfe, dorthin, wo er am intensivsten roch, wie nach Lakritz, und flüsterte ihm ins Ohr: »Ich will dich doch heiraten.«

Sogleich schob sie sich beschämt von ihm weg, weil sie fürchtete, ausgelacht zu werden. Aber Richard schaute sie nur erstaunt, fast ein wenig ratlos an. Dann zog er sie wieder zu sich heran. Sein Mund so dicht an ihrem Ohr, dass die langen Enden seines Bartes sie mit jedem Laut zart kitzelten, flüsterte er zurück: »Das ist ein sehr überraschender und informeller Antrag, den du mir da machst, Majoschka.« In seiner Stimme vibrierte es vergnüglich. »An mir als Ehemann würdest du allerdings wenig Freude haben – das solltest du dir noch einmal gründlich überlegen! Ich werde aber gerne darauf zurückkommen, wenn wir uns wiedersehen. In der Zwischenzeit«, er hielt sie von sich weg und tippte mit seinem Zeigefinger auf ihre Nasenspitze, »mach brav die Aufgaben, die dein Vater dir gibt. Du weißt, ich mag keine dummen Frauen! Und ich werde dir schreiben, so oft ich kann. Einverstanden, kleine Lady?« Maya nickte wie betäubt, und Richard erhob sich.

»Danke, Professor. Für alles.« Die beiden tauschten einen kurzen, kräftigen Händedruck. »Nein, bemühen Sie sich nicht, ich finde allein hinaus.«

In einem Gefühl völliger Ohnmacht, ihre eiskalten Finger in die warme Hand ihres Vaters geschoben, sah Maya zu, wie Richard Burton die Treppe hinabeilte und einfach aus ihrer kleinen Welt verschwand.

1
Im Schatten der Türme

Narren stürzen vorwärts, wo Engel leise treten.

ALEXANDER POPE

»Narren stürzen vorwärts, wo Engel leise treten!«
Engel und Narren sind sich darin gleich,
zu folgen ihrer Natur Gebot,
ohne Hoffnung auf Lob, ohne Furcht vor Tadel.

RICHARD FRANCIS BURTON
The Kasidah of Haji Abdu El-Yezdi

I

Oxford, kurz vor Weihnachten 1853

»Maya! Komm auf der Stelle zurück! Ich bin noch nicht fertig mit dir! *Maya!*« Martha Greenwoods Stimme überschlug sich beinahe, stach schrill von der Galerie im obersten Stockwerk bis in den letzten Winkel von Black Hall.

»Ich aber mit dir, Mutter«, presste Maya hervor, als sie die Treppen hinabpolterte und sich ihr Schultertuch überwarf.

Unten in der Halle stieß sie um Haaresbreite mit Hazel zusammen, die gerade noch das Tablett mit Tee und Biskuits retten konnte, das sie vor sich hertrug. Bestürzt sah das Dienstmädchen Maya hinterher, wie sie grußlos an ihr vorüberrannte, die verglaste Tür zum Garten hinter dem Haus aufriss und hinausstürmte. Ein eisiger Wind strömte in die Halle, und der Luftzug wirbelte ein paar Schneeflocken über die Schwelle. Hazel lauschte. Oben waren gedämpft die noch immer erregte Mrs. Greenwood zu hören und Miss Angelina, die beruhigend auf ihre Mutter einredete. Seufzend setzte Hazel das Tablett auf dem Beistelltischchen neben der Treppe ab. Den Türknauf in der Hand, sah sie zu, wie Maya durch den verschneiten Garten stapfte und stolperte: ein Schattenriss aus dunklem Tuch im trüben Licht des Winternachmittags, jeder Schritt sichtbar ein Ausdruck von Wut und Rebellion.

»Armes Ding«, murmelte Hazel mitfühlend. »Die Gnädige macht es ihr derzeit aber auch wirklich nicht leicht.« Sanft schloss sie die Tür und beeilte sich, den Tee hinaufzubringen, ehe er abkühlte.

Wütend trat Maya Schneehäufchen vor sich her, unbeeindruckt davon, dass Schuhe und Rocksäume durchnässt wurden. Erst vor dem alten Apfelbaum blieb sie stehen, fegte die dünne Schneeschicht auf der Sitzfläche der Schaukel beiseite, der sie längst entwachsen war, und ließ sich darauf fallen. Die Arme fest um sich geschlungen, die Hacken in den gefrorenen Boden gebohrt, wippte sie vor und zurück und zog die Stirn kraus. Tapfer blinzelte sie alle Tränen fort, die ihr in den Augen brannten, und starrte vor sich hin. Es war so ungerecht!

Aus dem viereckigen Ausschnitt ihres Kleides zog sie den Brief hervor, den sie ihrer Mutter vorhin entrissen hatte und der die heutige Auseinandersetzung heraufbeschworen hatte. Nachdenklich wog sie ihn in den Händen, ehe sie ihn entfaltete.

Cairo, den 4. Dezember 1853, Shepheards' Hotel

Mein Kätzchen,

sei unbesorgt – es war nichts Ernstes, was mich aufs Lager zwang, als ich Dir zuletzt schrieb, doch nichts, was einer jungen Dame mitzuteilen ziemlich wäre. Ich fühle mich schon besser und stärker, und das mag auch an Deinen Zeilen liegen, liebste Maya.

Ich konnte die mir aufgezwungene Bettruhe nutzen, indem ich an den Skizzen etc. arbeitete, die ich in Mekka und Medina angefertigt habe; hier gibt es Künstler, die mir dabei helfen können, in Indien nicht. Die Notizen zu meiner haj, meiner Reise in der Verkleidung eines Pilgers nach Mekka und Medina, kommen aber nur langsam voran. Schreiben strengt das Gehirn an & das Gehirn den Leib.

Ich habe Dr. Johann Krapf getroffen und ihn zu seinen Erkenntnissen über die Quelle des Weißen Nils, über den Kilimandscharo & die Mondberge befragen können. Was ich von ihm erfuhr, die Geschichten arabischer Händler, die ich mitbrachte, waren das Fundament für eine Offenbarung, die ich bei der Lektüre Ptolemäus' erhielt. Dieser schreibt nämlich: nahe Aromata, und die Höhlenbewohner zur Rechten, nach fünfundzwanzig Tagesmärschen, die Seen wohin der Nil fließt … Das ist des Rätsels Lösung, Maya, der Weg, das Ei aufrecht hinzustellen, das Zerreißen des Schleiers der Isis! Seit dreitausend Jahren haben Forscher versucht, dem Nil flussaufwärts zu folgen, um seine Quellen zu finden, bislang vergeblich. Wem dies gelingt, der wird Geschichte schreiben!

Ich bin bereit, in der nächsten Saison das Landesinnere Afrikas zu erforschen, sofern man mir Urlaub gewährt. Wenn ich nur von der Regierung finanzielle Mittel erhielte für ein paar gute Männer, die mich begleiten könnten (einen für die geographische Vermessung, einen anderen für Botanik), so hätte ich an unserem grandiosen Erfolg keinen Zweifel. Ich habe viel von Arabien gesehen. Reisen ist dort eine Freude und nichts würde mir mehr Vergnügen bereiten, als für drei oder vier Jahre an dessen östliche Gestade aufzubrechen. Aber dabei würde nichts weiter herauskommen als noch mehr Entdeckungen von Wüstentälern und Volksstämmen. Keine Pferde, keine Gewürze, und nur spärlicher Ruhm, da von Wredes Buch – lächerlich, falls die hier zu hörenden Berichte darüber wahr sind, auf welche Weise er es zusammengetragen hat – den Löwenanteil dieses Themas bereits abgehandelt hat.

Es freut mich, dass Dir jenes andere Buch gefällt, das ich Dir genannt habe – es wird Dir neue Horizonte öffnen. Lass Dich bei dessen Lektüre aber nicht erwischen; es würde Deine Frau Mama in Furcht um Deine Sittsamkeit versetzen! Bete zu Weihnachten für meine schwarze Seele und vergiss mich alten Gauner nicht.

Für immer Dein
Richard

Es war der jüngste in der langen Reihe von Briefen, die Maya durch ihre Kindheit und die Jahre des Heranwachsens begleitet hatten. Briefe aus Bombay, dem Gujarat und dem Sindh, von den Stränden Goas und den blauen Bergen von Nilgiri, aus Hyderabad und Alexandria. Namen, die allein schon nach Safran und Koriander, nach Zimt und Pfeffer rochen und schmeckten, die Sonnenglut und Abenteuer in sich trugen. Briefe, von denen man erwartete, dass einem beim Öffnen Sand entgegenrieseln würde, rotes Gewürzpulver und grüner Hennastaub. Auf Papier geschrieben, das vermeintlich mit dem Salz der Weltmeere vollgesogen war, die Klänge eines orientalischen Basars und die Stille einsamer Gebirgszüge in seinen Fasern eingefangen hatte.

Doch ginge es nach ihrer Mutter, sollte dieser Brief in ihren Händen der letzte gewesen sein. Richard Burtons Ruf eilte ihm voraus, und mittlerweile war dieser mehr als zweifelhaft. Er erntete Anerkennung für seinen Mut und seine Entschlossenheit, sein Sprachgenie und seinen Forscherdrang. Doch ein *sahib*, der in Indien nicht nur mit Einheimischen auf vertrautem Fuß stand, sondern offen mit seiner jeweiligen indischen Geliebten zusammenlebte, überschritt die Grenzen des guten Geschmacks und zeigte keinen Respekt für die herrschenden Sitten und Gebräuche. Einem Gerücht zufolge hatte er sogar als Geheimagent im Auftrag General Napiers ein Freudenhaus ausgekundschaftet, in dem englische Soldaten verkehrten. Sein Bericht sei so detailliert gewesen, dass er zweifellos selbst an allerlei Ausschweifungen teilgenommen hatte, bis hin zu »widernatürlicher Unzucht« mit Knaben, wie man entsetzt hinter vorgehaltener Hand tuschelte. Und nun war er in diesem Sommer in der Verkleidung eines Arabers zu den heiligen Stätten des Islam gereist, in einer für jeden guten Christen unerträglichen Perversion einer Wallfahrt, auf der er gar einen Mann getötet haben sollte.

Martha Greenwood schätzte Richard Burton als Person wie als Freund ihres Gatten. Doch er war kein geeigneter Umgang für ihre älteste Tochter, und sei es nur per Brief. Ihre Tochter, die zu verheiraten ohnehin ein aussichtsloses Unterfangen schien. Trotz Tanzstunde, trotz Klavier- und Reitunterricht, trotz gnadenlosen Mitzerrens auf jede Teegesellschaft des Städtchens fand sich einfach kein ernstzunehmender Verehrer für Maya. Und selbst die bleichen Bücherwürmer, die sich zu den Diskussionszirkeln bei Professor Greenwood einfanden, verloren schnell das Interesse, wenn Maya sich hitzig in die Gespräche einmischte und den jungen Männern wenig damenhaft ihr Wissen um die Ohren schlug. So hatte Martha es als ihre mütterliche Pflicht verstanden, den Brief entgegen ihren sonstigen Gepflogenheiten zu öffnen, als Hazel ihn zusammen mit der anderen Post überbrachte, und hatte ihre älteste Tochter schließlich zur Rede gestellt. Maya war mit ihren zwanzig Jahren schon fast ein spätes Mädchen und nicht mehr die beste Partie; umso mehr musste ihre Mutter dafür Sorge tragen, dass ihr Ruf unbefleckt blieb. Es würde keinen weiteren Kontakt zwischen ihrer Tochter und Richard Burton geben, so viel stand fest.

Mit kummervoller Miene faltete Maya den Briefbogen wieder zusammen, presste ihn zwischen ihre Handflächen und ließ die Lippen wie zum Gebet auf der Kante ruhen. »Komm zurück, Richard«, flüsterte sie, ihre Stimme heiser vor Sehnsucht, »komm zurück und hol mich fort von hier!«

Seine Briefe waren der kostbarste Schatz, den sie besaß. Briefe, die sie Wort für Wort auswendig kannte, so oft hatte sie jeden einzelnen davon gelesen. Waren sie ihr doch das Tor zu einer farbenprächtigen Welt, das sie jederzeit durchschreiten konnte, wenn ihre Tage gar zu grau, zu trostlos waren. Diese Briefe waren ihre einzige Verbindung zu Richard, und jeder von ihnen trug seine Stimme in sich, wie er ihr über Tausende von Meilen hinweg zuflüsterte:

Wie wunderschön diese orientalischen Nächte sind ... Über allem schwebt der süße Duft der hukkah-Pfeifen, und überall Räucherwerk, Opium und Hanf ... Stoffe, so prächtig wie für eine Prinzessin aus einem Märchen, oder wie für Dich, meine kleine Maya ... Und dann erlaubte mein Hindu-Lehrer mir offiziell, die janeo zu tragen, die heilige Kordel der Brahmanen ... Das fortwährende Tam-tam und Quieken der einheimischen Musik, vermischt mit den dröhnenden, brüllenden Stimmen der Bewohner, das Bellen und Kläffen der zankenden Köter und die Schreie hungriger Möwen, die sich um Brocken toten Fischs streiten, verbinden sich zu einer Mischung, die als etwas absolut Fremdes auf das Trommelfell trifft ... Und ich dachte an unsere Bootsfahrt, als ich »uns zwei beide« – wie Du immer sagtest – über den Cherwell ruderte, damals, als der Flieder in voller Blüte stand ... Die Luft war weich und wohlriechend, zugleich ausreichend kühl, um angenehm zu sein. Ein dünner Nebel ruhte über dem Boden und zog sich bis halb auf die Hügel hinauf, ließ deren palmenbekleidete Gipfel frei, um das silbrige Licht des Morgengrauens einzufangen ... In welch weiser Voraussicht haben Dir Deine Eltern Deinen Namen gegeben! »Maya«, die Göttin der Illusion, die den Geist der Menschen betört und bezaubert. So wie Du mir über Zeit und Raum nur mehr als eine Illusion erscheinst, obschon ich doch weiß, dass es Dich wahrhaftig gibt; so wie die Erinnerung an Dich mich betört und bezaubert – Maya, Majoschka ...

Sie schloss die Augen. Ihre Wangen brannten, vor Zorn und vor Kälte. Doch mit ein wenig Phantasie konnte sie sich vorstellen, dass es die Sonne war, die ihre Haut erglühen ließ. Eine Sonne, die die Luft erwärmte, den Schnee genau wie die Monate dahinschmelzen ließ, die seit jenem Sommertag vor zwei Jahren vergangen waren und Maya in das Reich ihrer Erinnerungen lockte ...

Maya saß auf ihrem Lieblingsplatz, der Schaukel unter dem Apfelbaum, den Rücken an eines der Taue gelehnt. Ein Bein hatte sie an sich gezogen, ihr Buch darauf abgestützt; mit dem anderen stieß sie sich in gleichmäßigem Takt vom Boden ab. Ihre Schuhe lagen im Gras, und die Strümpfe ringelten sich unordentlich darum. Hier war es wie in einer grünen Laube. Hohe Sträucher – Flieder, Holunder, Liguster – schirmten den Baum vor neugierigen Blicken aus dem Haus ab. Die Innenseite der Mauer, nur wenige Schritte entfernt, war von zweifarbigem Efeu überzogen, und um den Torbogen rankte sich eine Kletterrose, die stolz ihre fülligen Blüten präsentierte. Durch das schmiedeeiserne Gitterwerk des Tores zur Black Hall Road hin waren das sich entfernende Klappern von Pferdehufen und das Knirschen von Rädern über Stein zu hören, alles in harmonischem Einklang mit dem Vogelgezwitscher in der Luft. Mayas Nase zuckte leicht, wie immer, wenn sie zufrieden war. Sie genoss die Mischung aus kühlen, glatten Grashalmen und trockener, kratziger Erde unter ihrer Fußsohle und zwischen den Zehen. Die Volants ihrer Unterröcke unter dem hellen Sommerkleid kitzelten an den nackten Beinen, wenn die Schaukel vor- und zurückschwang. Für einen Moment schloss sie die Lider, legte den Kopf in den Nacken, ließ sich ein Fleckenmuster aus Sonne und Blätterschatten ins Gesicht malen, ehe sie sich wieder über die bedruckten Seiten beugte und an ihrem sauren Apfel knabberte. Ein Schatten am Rande ihres Gesichtsfelds ließ sie aufblicken. Mit einem erstickten Aufschrei entglitt ihr das Buch, das unsanft im Gras landete.

Ein Mann stand im Garten, seinen zerdrückten Panamahut in den Händen, einen Seesack zu seinen Füßen, und beobachtete sie, mochte der Himmel wissen, wie lange schon. Alles an ihm war finster, wirkte trotz des ordentlichen Anzugs bedrohlich: das schwarze Haar, der Bart, die Glut in den dunklen

Augen. Und doch verspürte Maya keine Furcht. Auch wenn die verblassten Erinnerungen, von ihrer Fantasie über die Zeit farbig übermalt und verschwenderisch ausgeschmückt, kaum ein Wiedererkennen erlaubten. Fieber und rituelles Fasten hatten ihn ausgezehrt, Sonne und Monsun, Hitze und Staub seine Haut aufgeraut und gegerbt. Das Wenige, was an jugendlicher Weichheit einst vorhanden gewesen war, hatten Wüste und Tropen abgeschliffen, war harten Gesichtszügen gewichen. Unter militärischem Drill und unstillbarem Hunger nach Erfahrungen und Eindrücken hatte jedes der vergangenen Jahre mehr als deutliche Spuren hinterlassen. Ein Lächeln schien in seinem Gesicht auf, so strahlend, dass es beinahe störend wirkte auf den Zügen, die von Natur aus so gar nicht auf Herzlichkeit ausgerichtet waren. »Bekomme ich keine Begrüßung, Prinzessin?«

Unzählige Male hatte sie sich vorgestellt, wie es sein würde. Wie er eines Tages wieder vor ihr stehen, wie sie ihm entgegenfliegen und ihn umarmen würde, ganz genau so, wie sie es in jener Aprilnacht als kleines Mädchen zum letzten Mal getan hatte. Doch nun starrte sie ihn nur an, unfähig, sich zu rühren. Zu unwirklich war diese Erscheinung, wie ein Traum oder eine Fata Morgana. Und sie mochte nicht einmal ihrem Herzen trauen, das in ihrem Brustkorb wild umhersprang.

»Nun, wenn der Berg nicht zum Propheten kommen will, so muss der Prophet sich eben zum Berg bemühen«, rief Richard und kam auf sie zu.

Endlich löste sich Maya aus ihrer Erstarrung und kletterte langsam von der Schaukel. Sie ließ den angebissenen Apfel fallen und wischte mit der Hand verstohlen über ihr Kleid. Als Richard direkt vor ihr stand, nahm er ihre Hände und musterte Maya eindringlich, doch er sagte nichts. Sein Bart zuckte leicht, wie amüsiert, als er ihre Hand, die noch klebrig war vom Saft des Apfels, an seine Lippen drückte. »Wenn das«, murmelte er in ihre Handfläche, »nicht der Geschmack des Paradieses ist!« Maya schoss das Blut ins Gesicht; sie wollte sich ihm entziehen und vermochte es doch nicht. Unvermittelt wurde Richards Blick ernst, als er mit dem Daumen über Mayas Wangenknochen fuhr, seine Augen jedes Detail ihres Gesichts abtasteten. »Du bist zu jung für solche Kummerschatten, Majoschka! Wo ist das unbeschwerte kleine Mädchen geblieben, das ich die ganze Zeit in meinem Herzen getragen habe?«

Eine einzelne Träne löste sich, floss über seine Hand, und dann begann Maya zu weinen: vor Glück, dass ihr Warten endlich ein Ende hatte, und vor Erleichterung, dass mit Richard jemand gekommen war, der um die Einsamkeit derer wusste, die anders waren, als die Gesellschaft es von ihnen erwartete. »Nicht weinen«, raunte er und hielt sie fest, wiegte sie tröstend. »Ich bin doch wieder da. Dein alter Gauner ist zurück!« Beide Hände um ihr Gesicht gelegt, bog er ihren Kopf leicht nach hinten. Sanft presste er seine Lippen auf ihre Stirn, auf die nassen Spuren auf Wangen und Kinn, und dann, nach einem kurzen Zögern, auf ihren Mund. Er schmeckte salzig, fast bitter, nach Rauch und Richard und nach der Fremde, aus der er kam. Maya zuckte kaum merklich zurück, als sich seine Zungenspitze zwischen ihre Lippen schob. Sein nach Pomade duftender Bart kitzelte an ihren Mundwinkeln, als er leise lachte. »Niemals hätte ich mir träumen lassen, dass ich der Erste sein würde, der dieser Versuchung erliegt.« Er küsste sie, bis sie nach Atem rang, küsste sie, bis sie glaubte, sich aufzulösen, in Sonnenlicht und warme Erde.

~

»Maya! *Maa-yaa!*« Sie fuhr zusammen und spähte durch die kahlen, weiß verschneiten Zweige der Sträucher in die Richtung, aus welcher der Ruf gekommen war. Auf der Veranda konnte sie das lavendelfarbene Samtkleid Angelinas ausmachen.

»Maya? Bist du da unten irgendwo?« Es sah Angelina ähnlich, dass sie sich nicht die Mühe machte, auch nur einen Fuß in den Garten zu setzen, damit der Schnee nicht ihre Schuhe ruinierte. Stattdessen stellte sie sich auf Zehenspitzen, reckte sich und machte einen langen Hals. Obwohl ihre Schwester gewiss nicht mehr als eine Handvoll Bücher in ihrem Leben gelesen hatte, war sie leicht kurzsichtig. Aber Angelina hätte lieber einen ihrer Finger geopfert, als sich eine Brille anfertigen zu lassen. »Brillen sind nur etwas für Blaustrümpfe, und kein Mann, der etwas auf sich hält, würde sich je mit einem Blaustrumpf sehen lassen«, lautete ihr verächtlicher Kommentar zu diesem Thema. Als ob ausgerechnet Angelina je wirklich Gefahr liefe, mit diesem Spottnamen bedacht zu werden, der für gebildete, auf Unabhängigkeit und Gleichberechtigung pochende Frauen reserviert war, dachte Maya oft in einem Anflug von wohltuender Gehässigkeit. Tatsächlich war es so, dass Gentlemen jeglichen Alters es hinreißend fanden, wenn Angelina die Nasenwurzel kräuselte und ihre blauen Augen diesen gewissen Schimmer erhielten, sobald sie sich bemühte, etwas in der Entfernung scharf zu sehen. So, wie grundsätzlich immer alles als hinreißend empfunden wurde, was Angelina tat oder sagte.

Hastig verstaute Maya den Brief, sprang auf und schlüpfte durch das Gartentor nach draußen. Trotz des vielversprechenden Namens war die Black Hall Road wenig mehr als ein einfacher Feldweg, ein wie mit grobem Faden hingestichelter Saum der Stadt, ungepflastert, die Schneedecke nur von wenigen Wagenspuren durchschnitten. Jenseits der Straße schlummerten Wiesen und Äcker wie unter einem Daunenbett aus Schnee. Am Horizont klammerten sich die Astfinger grauborkiger Hainbuchen an den Himmel aus Blei, und einzelne Weißdornsträucher entfächerten ihr fedriges Gezweig. Unterhalb von Black Hall reihten sich kastenförmige Häuser aneinander, wie sie Anfang des Jahrhunderts so beliebt gewesen waren. Sie konnten es sich erlauben, in gleichmütiger Gelassenheit aus ihren hohen Sprossenfenstern nach vorne auf die elegante, baumbestandene St. Giles Street hinauszublicken. Denn sie wussten, die Gärten in ihrem Rücken waren durch hohe Mauern vor den Füchsen geschützt, die des Nachts von den Feldern herüberstromerten. Mauern, von Flechten überkrustet wie Schildkrötenpanzer, an denen Maya nun entlanglief, stadteinwärts, in Richtung des einzigen Ortes, der ihr ungestörte Zuflucht zu bieten vermochte.

2

Zwei junge Männer jagten durch die luxuriöse Halle der Euston Station, der eine im Scharlachrot der East India Company, der andere in Khaki-Uniform. Jeder einen Seesack über die Schulter geworfen, schlugen sie Haken um die livrierten Lastenträger, die Pakete schleppten oder Kisten und Koffer auf Karren vor sich herschoben. Sie eilten zwischen den Reisenden hindurch, die im Gegensatz zu ihnen noch Zeit hatten und gemütlich herumschlenderten. Vorbei an anderen, die gerade angekommen waren und Ausschau hielten nach Verwandten und Freunden, die sie abholen sollten. Um einem Zusammenprall in letzter Sekunde zu entgehen, traten zwei ältere Ladys mit entrüsteten Mienen ein paar schnelle Schritte zurück, dass ihre weiten Röcke ins Schwingen gerieten. Ein Mann mit grauem Spitzbart und Zylinderhut drohte mit seinem Gehstock und schickte ihnen lautstarke Verwünschungen hinterher. »'tschuldigung«, rief der Rotberockte hinter sich, »'zeihung«, kam das Echo seines Begleiters, und sie rannten weiter, so schnell sie ihre Beine trugen, hin zu einem der Durchgänge, die zu den Gleisen führten.

Der schrille Pfiff des Schaffners gellte über den dampfvernebelten Bahnsteig, fing sich unter dem Glasdach mit dem filigranen Netz aus Metallverstrebungen und schallte lautstark zurück. Eine Oktave tiefer antwortete die Lokomotive, stieß einen neuen Schwall an Dampf aus und ruckte seufzend an. In vollem Lauf sprangen die beiden Nachzügler auf die Trittleiter des hintersten Wagens, und der letzte Zug der »London & North Western Railway« für diesen Tag rollte aus dem Bahnhof.

»Geschafft!« Jonathan Greenwood stopfte seinen Seesack oben in die Gepäckablage. Keuchend warf er sich in das pflaumenblaue Polster des Sitzes und streckte seine schmerzenden Beine in den hohen Stiefeln von sich.

»Das war knapp!«, kam die Bestätigung vom Platz gegenüber, nicht minder außer Atem. »Hätte – hätte dieser verfluchte Dampfer auch nur ein paar Minuten später angelegt, hätten wir sehen können, wo wir heute Nacht unterkommen!«

»Immerhin hat die ›P&O Steam Navigation Company‹ ihrem Ruf alle Ehre gemacht und uns zwei Tage früher als geplant von Alexandria nach London befördert! Abgesehen davon: Eine Nacht in London hätten wir schon irgendwie hinter uns gebracht«, meinte Jonathan mit einem Augenzwinkern. Ein vielsagendes Zucken heller Augenbrauen war die Antwort, begleitet von einem kehligen Laut, halb Knurren, halb Schnurren, und beide brachen in einstimmiges Gelächter aus.

Der Zug gewann an Geschwindigkeit, ruckelte und polterte, als er über eine Weiche fuhr. Vor den im bläulichen Zwielicht des Nachmittags vorbeiziehenden Hausfassaden zeigte das moderne Panoramafenster ein schwaches Spiegelbild des Abteils. Jonathan musterte kritisch seinen durchscheinenden, leicht unscharfen Doppelgänger, als er sich über die schweißglänzende Stirn fuhr. Von Natur aus dicht und lockig, warf sein kastanienbraunes Haar aufgrund des von der Armee vorgeschriebenen kurzen Schnitts lediglich noch Wellen, die sich aber dennoch nur mit Mühe und extra viel Pomade bändigen ließen. Nach ihrer Hetzjagd durch die Straßen Londons standen einzelne Strähnen wie Teufelshörner ab. In glättender Absicht fuhr er sich mit den Handflächen über den Kopf, doch seine Bemühungen blieben erfolglos; immer wieder sprangen die Haarkringel wie elastische Sprungfedern in die Höhe. Und selbst in den ausgewaschenen Farben der Spiegelung biss sich der Rotstich seines Haares noch mit dem Scharlachrot des Uniformrocks. Er unterdrückte ein Seufzen und fühlte sich gleich darauf bei diesem Anflug von Eitelkeit ertappt, als er aus dem Augenwinkel einen amüsierten Blick auffing.

»Du hast gut lachen«, verteidigte Jonathan sich angriffslustig, »du wirkst immer wie aus dem Ei gepellt!«

Mit einer Spur von Neid hatte der sonst so großzügige Jonathan den Lieutenant gemustert, der nach ihm in die Kabine getreten war, die sie sich während der Überfahrt von Kalkutta nach Suez geteilt hatten. Dieser Lieutenant war genau jener Typ Mann, der mit seinen ebenmäßigen, aristokratischen Zügen jungen Damen einen verklärten Glanz in die Augen zauberte. Die Khaki-Uniform mit dem weinroten Besatz an Kragen und Ärmelaufschlag schien perfekt auf sein sandfarbenes Haar und den leicht gebräunten Teint abgestimmt, und er trug sie mit einer natürlichen, kraftvollen Eleganz. Jonathan hingegen schien auf ewig dazu verdammt, der gute Freund zu sein, bei dem sich die holde Weiblichkeit ausweinte, wenn ihr ein Mann vom Schlage des Lieutenants das Herz gebrochen hatte. Dass sich die Kerben links und rechts von Jonathans Mundwinkeln beim Lächeln zu Grübchen vertieften, sich dabei die winzige Lücke zwischen seinen oberen Schneidezähnen zeigte und ihm so auch mit bald Ende zwanzig das Aussehen eines Lausbuben verlieh, machte es nicht besser.

Doch die entwaffnende Offenheit in den kieselgrauen Augen, als der Lieutenant ihm die Rechte entgegengestreckt und sich als Ralph Garrett vorgestellt hatte, besänftigte sogleich Jonathans Gefühl von Missgunst. Als er sein Gegenüber dann noch anhand der Uniformfarben als Angehörigen des

Corps of Guides identifiziert hatte, war Jonathan sogar ziemlich beeindruckt gewesen. Wer dieser Elitetruppe der Königlichen Armee in Indien angehörte, konnte kein verweichlichter Drückeberger sein! Was sich rasch bestätigte, denn mit Ralph ließ sich trefflich trinken und Anekdoten über den Militärdienst in Indien austauschen. Und selbst ein Ralph Garrett kannte diese gewisse Art von Liebeskummer, gegen die nur Unmengen von Whisky halfen. Noch ehe die *Precursor* Kurs auf die hohe See genommen hatte, hatten die beiden Freundschaft geschlossen.

»Wie bitte?!« Irritiert sah Ralph nun an sich herunter. Seine eng anliegenden Hosen waren fleckig, die Stiefel staubig, der Uniformrock an den Achseln durchgeschwitzt. Und er spürte, dass sein sonst säuberlich gescheiteltes Haar zerwühlt war, einzelne Strähnen an seinen glühenden Schläfen klebten. »Du machst wohl Scherze, mein Freund! Oder bist du blind?!«, schalt er Jonathan gutmütig. Mit den Fingerspitzen fuhr er sich über die Bartstoppeln auf Kinn und Wangen, was ein scheuerndes Geräusch ergab. »Deine Eltern werden schöne Augen machen, wenn wir wie zwei Landstreicher heute Abend vor ihrer Tür stehen.«

Jonathan grinste, und in seinen grüngesprenkelten Augen blitzte es schelmisch auf. »Die sind Kummer gewohnt!«

»Du meinst, es geht wirklich in Ordnung, wenn ich eine Nacht bei euch bleibe?«, wollte sich Ralph nochmals vergewissern. Jonathan winkte leichthin ab. »Natürlich. Bei uns ist ohnehin immer offenes Haus. Meine Mutter kümmert sich gerne hingebungsvoll um müden und hungrigen Besuch, der unangemeldet zur Tür hereinschneit.« Ralph nickte dankbar und schwieg einen Moment, kniff dann leicht die Augen zusammen. »Wie muss ich mir denn deine Familie vorstellen?«

»Warte.« Jonathan zog aus der Innentasche seines Uniformrocks eine Brieftasche hervor und entnahm ihr eine Photographie in Schattierungen von Sepia und Beige. Sie war schon etwas angeschmutzt, an einer Seite eingerissen und hatte Eselsohren. Das Abschiedsgeschenk der Greenwoods, als sie den einzigen Sohn und Bruder vor drei Jahren schweren Herzens nach Indien hatten ziehen lassen, wo er in der Armee der East India Company als Assistenzarzt seinen Dienst aufgenommen hatte. Jonathan hatte das Bild seither immer als Talisman bei sich getragen.

»Darf ich bekannt machen«, verkündete er mit einer verbindenden Geste zwischen Ralph und der Photographie, »Lieutenant Ralph Garrett, vom *Corps of Guides*, zweitjüngster Sohn des dritten Baron Chelten– *autsch!*« Mit einem Tritt vors Schienenbein erinnerte Ralph ihn daran, dass er keinen großen Wert auf »diesen Adelskram« legte, wie er selbst es immer nannte.

»Typisch«, murrte Jonathan und rieb sich die malträtierte Stelle. »Adelig, jede Menge Geld und einen luxuriösen Familiensitz, aber ein Benehmen wie ein Schusterlehrling!« Lachend wich er Ralphs erneut drohendem Stiefel aus. »Darf ich dir jetzt meine Familie vorstellen oder nicht?« Auf Ralphs gnädiges Brummen hin rutschte Jonathan auf der Kante seines Sitzes vor, hielt das Bild schräg und tippte der Reihe nach auf die einzelnen Personen. »Mein Vater Gerald Greenwood, Professor für Alte Geschichte und Philologie am Balliol College. Meine Mutter Martha Greenwood, geborene Bentham. Unser Nesthäkchen Angelina –«

Ralph schnappte sich die Photographie und betrachtete sie eingehend. Anerkennend pfiff er durch die Zähne. »*Zauberhaft!* In der Zwischenzeit muss sie zu einer echten Schönheit erblüht sein. Ist sie noch zu haben?«

»Ich warne dich! Lass bloß deine Pfoten von ihr, du Schwerenöter«, rief Jonathan belustigt und wollte Ralph das Familienportrait wieder entreißen. »Außerdem ist sie launisch und trägt ihr Näschen sehr weit oben. Selbst du wärst meinem

Schwesterlein nicht gut genug«, stichelte er, während er sich mit Ralph um das Bild balgte. Letzterer errang schließlich den Sieg in ihrer Rangelei, hielt die Photographie in die Höhe und Jonathan auf Armeslänge von sich. »Da sei dir mal nicht so sicher!«, entgegnete er mit breitem Grinsen. »Ich wüsste sie schon um den Finger zu wickeln und zu bändigen!«

»Ha, keine Chance, aber ich will dir ja nicht gleich jede Hoffnung nehmen!«, konterte Jonathan und warf sich in den Sitz neben Ralph, der sich erneut in das Gruppenbild vertiefte. Er deutete auf die vierte Person, ein junges, dunkelhaariges Mädchen, das etwas abseits der übrigen Familienmitglieder stand, die geballten Fäuste halb in den Falten ihrer Röcke verborgen. »Und wer ist dieses finster dreinblickende Geschöpf?«

Die Augenbrauen zusammengezogen, starrte sie wütend dem Betrachter entgegen, als sei sie mit Gewalt dazu gezwungen worden, sich vor die Linse der Kamera zu stellen. Das trotzig vorgereckte Kinn passte nicht zu ihrer linkischen Haltung, und der fast schon verbissene Ernst in ihrem Gesicht wirkte wenig jungmädchenhaft.

»Das ist meine andere Schwester Maya.« In Jonathans Stimme schwang unverhohlene Zärtlichkeit mit. »Sie ist ein feiner Kerl, ganz anders als Angelina. Bücher sind ihr Ein und Alles. Sie würde ihre Seele dafür verkaufen, an der Universität studieren zu dürfen, und sie kann es nicht verwinden, dass dort nur Männer zugelassen sind.« Unvermittelt ernst blickte er zum Fenster, das mit fortschreitender Dämmerung und dem Schein der mittlerweile auf dem Gang entzündeten Lampen vollends zum Spiegel geworden war. Und doch schien Jonathan hindurchzusehen, in eine nur für ihn sichtbare Ferne. »Manchmal mache ich mir Sorgen, was einmal aus ihr werden soll. Sie ist so verträumt und oft so unglücklich. Als gäbe es für sie keinen Platz, an dem sie je wirklich Wurzeln schlagen könnte …«

Um eine Erwiderung verlegen, reichte Ralph ihm wortlos die Photographie zurück und klopfte ihm mitfühlend auf die Schulter. Jonathan kaute auf seiner Unterlippe, als er nachdenklich das Bild wieder verstaute und aufstand. Die Handkanten gegen das kühle Glas gestützt, schirmte er sein Gesichtsfeld beidseitig gegen das Licht in seinem Rücken ab und starrte hinaus.

»Schnee«, murmelte er schließlich hingerissen. »Ich hatte völlig vergessen, wie Schnee aussieht.«

3

Es war eine einsame, eine verwunschene Landschaft, durch die Maya lief. Die Dämmerung breitete sich langsam aus, während der Schnee förmlich zu leuchten begann, kühl und geheimnisvoll. Die Äste der noch jungen Linden beiderseits der Straße bogen sich unter ihrer harschigen Last. Dahinter lagen still die weitläufigen Parkanlagen, die zu den alterehrwürdigen Steinbauten der Colleges gehörten: Wadham zur Linken, St. John's und Trinity zur Rechten. Maya schreckte auf, als sich aus einer Hecke eine Krähe flügelschlagend abstieß und in einer pulvrigen Fontäne aufstieg, nur den Nachhall ihres heiseren Rufens zurücklassend.

Trotz des warmen Wollkleides und den Unterröcken aus Flanell fror Maya. Ihre bestrumpften Zehen fühlten sich in den geknöpften Stiefeletten schon ganz taub an. Sie ärgerte sich, nicht an ein wärmeres Cape gedacht zu haben oder wenigstens an Handschuhe, aber jetzt wieder umzukehren stand außer Frage. Unbeirrt lief sie weiter, hauchte immer wieder in ihre rot gefrorenen Hände, ehe sie sie wieder unter den Achseln vergrub. Als sie spürte, dass sich erneut eine Haarnadel löste, schüttelte sie unwillig den Kopf, bis auch die letzte Klammer kapitulierte und ihr Haar frei den Rücken herabfiel. Sollten die Leute doch denken, was sie wollten! Ihre Mutter würde sie ohnehin dafür schelten, bei Dunkelheit alleine unterwegs gewesen zu sein. Da spielte es auch längst keine Rolle mehr, ob sie dies mit oder ohne Hut tat. Und am heutigen Tag sowieso nicht.

Heute Abend, vor dem Dinner, sollte Maya ihrer Mutter freiwillig alle Briefe Richards aushändigen, die sich über die Jahre angesammelt hatten. Die Vorstellung, ihre Mutter würde all die Zeilen lesen, die nur für Maya bestimmt gewesen waren, war ihr unerträglich. Maya war fest entschlossen, sich zu weigern. Und sollte ihre Mutter ihre Drohung wahr machen, ihr Zimmer bis in den kleinsten Winkel danach absuchen zu lassen, wenn es sein musste, auch ganz Black Hall auf den Kopf zu stellen, würde Maya es vorziehen, den dicken Packen eigenhändig ins Kaminfeuer zu werfen. Auch wenn ihr allein schon bei dem Gedanken daran das Herz zu zerreißen drohte. Sie biss die Zähne zusammen und wünschte sich, noch viel weiter weg laufen zu können als bis ans Ende der Park Street.

Die Fassade von Wadham College, spitzgiebelig und zinnengekrönt wie eine mittelalterliche Burg, starrte abweisend aus dunklen Fensterhöhlen auf die Straße. Nur hinter einer der schmalen, mehrfach unterteilten Scheiben brannte noch Licht. Ein übereifriger Professor vermutlich, der keine Ferien kannte, denn die Studenten hatten schon vor einigen Tagen die Colleges mit Sack und Pack verlassen, waren ins ganze Land ausgeschwärmt, um die Feiertage bei ihren Familien zu verbringen. Oxford atmete erleichtert auf, sobald die Scharen wilder junger Männer fort waren, zu Weihnachten wie zu Beginn der langen Sommerferien. Eine beschauliche Ruhe kehrte dann ein, ohne Radau in den nächtlichen Gassen, ohne Kneipenrangeleien und freche Streiche – kleinere Gewitter, in denen sich überbordende Lebensenergie entlud, aufgestaut im strengen Tagesablauf von frühmorgendlicher Andacht, Vorlesungen, Studierstunden und Prüfungen. Es war eine wechselseitige Hassliebe zwischen *town and gown*, zwischen den Bürgern der Stadt und den Studenten in ihren langen schwarzen Gewändern. Eine Hassliebe, die in früheren Zeiten gar zu manch einer bewaffneten Auseinandersetzung geführt hatte. Und dennoch war man stolz auf den schon legendären Ruf Oxfords als Hort der Gelehrsamkeit und des Wissens, schien das Straßenbild in den Ferien unvollkommen ohne die vorübereilenden Studenten, die in den weiten Umhängen wie hektisch flatternde Falter wirkten.

Ungeduldig trat Maya von einem Bein auf das andere, als sie warten musste, bis hintereinander zwei Droschken in die Broad Street abgebogen waren. Gaslaternen entlang der großzügig angelegten Straße malten schon Lichtkreise in die einsetzende Dämmerung, und die Steinmauern der Häuser waren von den ersten goldenen Rechtecken erhellter Fenster durchsetzt. Maya hastete über die Kreuzung, an der die Park Street auf die Catherine Street traf. Pferdehufe und Wagenräder hatten den Schnee in schlüpfrigen Matsch verwandelt, der stellenweise bereits gefror. Sehnsüchtig streifte Mayas Blick die einladend erhellten Schaufenster im Erdgeschoss des schlichten, schnörkellosen Eckhauses gegenüber. Auch Bagg's Coffee House war heute so gut wie leer; nur zwei der Tische waren mit Herren mittleren Alters besetzt. Wie immer, wenn Maya hier vorbeikam, übte das Kaffeehaus einen nahezu unwiderstehlichen Reiz auf sie aus. Hier gab es zum Kaffee oder Tee nicht nur Sandwiches mit kaltem Roastbeef, mit Cheddar und sauer eingelegten Zwiebelscheiben, sondern auch Zeitungen und Magazine aus England, Frankreich und Übersee, die zur freien Lektüre auslagen. Bei Bagg's trafen sich die Studenten und Professoren auf einen Imbiss und die neuesten Nachrichten und Artikel, Karikaturen und Fortsetzungsromane; auf ein Schwätzchen untereinander und leidenschaftliche Diskussionen über Politik, Geschichte, Literatur, Wirtschaft und die Studienbedingungen an der Universität. Diskussionen, die weder von den warnenden Blicken einer Mutter, noch von nachdrücklichen Aufforderungen, Maya möchte in der Küche frischen Tee zubereiten zu lassen, unterbrochen wurden, obwohl die Kannen noch halb voll waren und dies im Grunde Hazels Aufgabe gewesen wäre – Diskussionen in einer Freiheit, nach der Mayas Seele so sehr dürstete und die ihr doch versagt blieb. Denn Bagg's war wie die Fakultäten der Universität für Frauen tabu – sogar für die Tochter eines angesehenen Professors des Balliol Colleges. Warum nur blieb alles, was den Verstand anregte, den Männern vorbehalten?

Maya wechselte die Straßenseite. In tiefen Schatten lag das Säulenportal des klassisch gehaltenen Clarendon Buildings, in dem die Registratur der Universität untergebracht war. Die Statuen zu Ehren der neun Musen rings um das steinerne Satteldach, die Maya von klein auf fasziniert hatten, schienen sich Kapuzenumhänge aus dem Lavendelgrau des Himmels übergeworfen zu haben. Sie lief entlang des hohen Zaunes aus schmalen Eisenstäben, nahm schwungvoll die paar Stufen vor der geöffneten Gittertür und eilte über den kleinen Platz an der Rückseite des Clarendon. Geradeaus ließen sich die Konturen des Sheldonian Theatres erahnen: ein ovaler Bau, dessen hintere, plane Front wie abgeschnitten aussah und in dem Konzerte, Vorlesungen und festliche Anlässe des Universitätslebens stattfanden. Maya war einmal mit ihrem Vater die Wendeltreppe in die Kuppel des Sheldonian hinaufgestiegen. Von dort hatten sie durch die großen Fenster einen herrlichen Blick gehabt: auf all die graubraunen Dächer, die Türmchen und ziselierten Fialen, die Zinnen und Kuppeln der Stadt. Über die Mauern, die am Tag so warm und golden aus sich heraus strahlten, im Mondlicht jedoch silberweiß glänzten. Über die samtigen Grünflächen und Gärten, die beiden glitzernden Flüsschen, die Oxford umrahmten, den Cherwell und die Isis, die sich erst ein paar Meilen weiter zur Themse verbreiterte, bis hin zu den bewaldeten Hügelkuppen ringsum. Es waren Gebäude wie das Sheldonian und das Clarendon, mit Anklängen an den Stil der alten Griechen und Römer, die Oxford so ewig wirken ließen. Gebäude wie die der Colleges mit ihren weitläufigen Flügeln und zierlichen Aufbauten. Ganz so, als sei die Zeit hier stehen geblieben, auf dieser Insel jahrhundertealter Tradition in der fortschrittlichen Ära Königin Viktorias.

Und auch der gewaltige Gebäudekomplex, turmbewacht und von zarten Steinspitzen gekrönt, auf den Maya nun zustrebte, ließ einen sich kaum mehr als einen Wimpernschlag von der Zeit der Tudors und Stuarts entfernt fühlen, in der dieser errichtet worden war. Ihre Schritte hallten laut wider, als sie durch einen Torbogen in den quadratischen Innenhof trat. Aus einzelnen Bleiglasfenstern ringsum drang mattes Licht, beleuchtete Mayas Weg über die Steinplatten, die ein sorgsamer Hausmeister weitestgehend von Schnee und Eis befreit hatte. Gewaltig erhob sich darüber die vierstöckige Gebäudefront, deren Stein so behauen war, dass sie wie aus Holzlamellen wirkte. Nicht das Hauptportal unter dem imposanten Rundbogenfenster war Mayas Ziel, sondern der linke der beiden eckigen, turmähnlichen Vorbauten. Sie war spät dran, viel zu spät, und ein erleichterter Seufzer entfuhr ihr, als sich die Holztür unter der lateinischen Inschrift entgegen ihrer Erwartung noch öffnen ließ. Immer zwei der flachen Stufen auf einmal nehmend, rannte sie das Stiegenhaus empor, stieß die Pendeltür mit dem flauschigen, grünen Stoffbezug und den beiden kreisrunden Fenstern darin auf und kam atemlos in dem langen, schmalen Raum zum Stehen. Eine angenehme Wärme und der vertraute Geruch von alten Büchern – muffig, süß-staubig, mit einer leicht metallenen Note – umschmeichelten sie wie eine Kaschmirdecke und hüllten sie tröstlich ein. Im Halbdunkel glich der Raum unter der alten Balkendecke einem Tunnel, durch den sie ihre Schritte lenkte. Langsam diesmal, als befände sie sich an einem heiligen Ort, und in gewisser Weise traf das auch zu. Vorbei an einem gläsernen Schaukasten, in dem ein paar besonders seltene Exemplare der Buchkunst ausgestellt waren, vorbei an den raumhohen Regalen zu beiden Seiten, in denen sich Buchrücken an Buchrücken drängte. Mayas Blicke wanderten hinauf, die hölzerne Galerie der Empore entlang, von der ihr in Öl die Männer entgegenblickten, die in den Jahrhunderten zuvor Hüter dieser Schatzkammer gewesen waren. Allen voran Thomas Bodley, der unter Königin Elisabeth I. den Grundstock für diese Bibliothek zusammengetragen hatte und die nach ihm benannt worden war. Durch das Rundbogenfenster fiel nur noch ein fahler Lichtschein von draußen auf den Tisch mit Schreibutensilien und Papier. Der hochlehnige, altersvernarbte Stuhl des Bibliothekars dahinter war verwaist. Suchend blickte sie sich um.

»Professor Reay?«, flüsterte Maya in die Schatten hinein, die den Schall dämpften, und doch zuckte sie unter dem Klang ihrer eigenen Stimme zusammen. Sie räusperte sich verhalten, gab sich einen Ruck und wiederholte eine Spur lauter: »Professor Reay?«

»Ich bedaure, wir haben schon …«, ertönte freundlich eine Stimme hinter einem quer in den Raum hineinragenden Bücherschrank und brach mitten im Satz ab. Ein weißhaariger Kopf kam zum Vorschein, und ein Augenpaar musterte Maya ebenso verblüfft wie erfreut über die auf der Nasenspitze ruhende Brille hinweg. »Nanu!«

Erleichtert eilte Maya auf ihn zu, und er kam ihr entgegen, mit jeder Hand einen Buchrücken umfassend, der zu weit geratene Talar um seine hagere, vornübergebeugte Gestalt schlotternd. »Wir haben schon seit fast einer Stunde geschlossen, Miss Maya«, erklärte er, doch in seiner Stimme schwang kein Tadel mit. Nie tat es das bei Professor Stephen Reay, einem der beiden Unterbibliothekare der Bodleian Library. »Ich hatte unten nur noch nicht abgeschlossen, weil ich erst diese«, er hob die zwei Bände leicht an, »Unordnung beiseitigen wollte, die der Dekan des Trinity hinterlassen hat.«

»Professor Reay«, sprudelte Maya hastig hervor, »dürfte ich ausnahmsweise …« Ihre unausgesprochene Bitte legte sie in den Blick, mit dem sie den älteren Herrn bedachte.

Ein Schmunzeln breitete sich auf Professor Reays Gesicht aus, das für einen Moment ein paar der Furchen in seinem Gesicht glättete. »Sie kommen oft *ausnahmsweise*, Miss Maya! Eines Tages wird Bandinel Sie hier noch erwischen. Und dann möge der Himmel uns beiden gnädig sein.« Maya senkte betreten den Blick auf ihre Stiefelspitzen. Dr. Bulkeley Bandinel, Herr über den Bestand der »Bod«, wie die Bibliothek liebevoll genannt wurde, war gefürchtet von allen, die durch die grüne Pendeltür traten. In unerbittlicher Strenge wachte er über die Einhaltung der Bibliotheksregeln: Zutritt während der wenigen Öffnungsstunden allein für Professoren und für Studenten mit besonderer Empfehlung des Lehrkörpers. Keine Lampen wegen der hohen Brandgefahr. Geldstrafen für den unsachgemäßen Gebrauch der Bücher, wie das Aufstützen auf ein geöffnetes Buch oder Ablegen der eigenen Notizen darauf. Das allerhöchste Gebot der Bodleian Library lautete jedoch: keine Ausleihe. Dass in ferner Vergangenheit selbst ein Oliver Cromwell und ein König Charles I. sich Letzterem hatten beugen müssen, Bandinel sich selbst davon aber großzügig ausnahm, verdeutlichte nur, welche Macht er besaß. Allein die Tatsache, dass Maya sich in diesen heiligen Hallen aufhielt, hätte für Dr. Bandinel ein Sakrileg bedeutet, das seiner Weltanschauung nach dem Zusammenbruch des Britischen Empire gleichgekommen wäre.

»Bitte! Nur ganz kurz. Ich möchte nur rasch etwas nachschlagen«, bat Maya beharrlich.

Professor Reay klemmte eines der beiden Bücher unter die

Achsel, schob sich mit der Kuppe seines knochigen Zeigefingers die Brille auf die Nasenwurzel und zog unter dem Talar eine Taschenuhr hervor. Angestrengt spähte er auf das Zifferblatt. »Ich fürchte, Dr. Bandinel wird vor seinem Tee noch nach dem Rechten sehen wollen. Reicht Ihnen eine halbe Stunde?«

»Danke«, flüsterte Maya, und der Bibliothekar antwortete mit einem verschwörerischen Zwinkern, das den feinen Faltenkranz um seine Augen vertiefte. Der immer liebenswürdige, hilfsbereite Reay, der für jeden ein freundliches Wort hatte, war die bevorzugte Zielscheibe von Bandinels Boshaftigkeit. Und Maya hegte schon lange den Verdacht, dass Reay ihr nicht nur deshalb so bereitwillig dabei half, sich heimlich in die Bibliothek zu stehlen, weil er sie mochte. Sondern auch, weil er dadurch seine eigene stille, kleine Rache an Dr. Bandinel nehmen konnte.

Leichtfüßig überschritt sie unter den starren Blicken der Büsten Bodleys und Charles I. die Stufe hinunter zum alten Lesesaal, der wie der Querbalken eines großen »H« die beiden anderen Bibliotheksräume abseits des Hauptgebäudes um den Innenhof verband: das *Arts End* am Eingang und das *Selden End* auf der anderen Seite des Lesesaals. Bücherregale ragten von beiden Seiten in den mit Binsenmatten ausgelegten Raum hinein, schufen so Nischen, die mit Windsor-Stühlen für bequeme Lesestunden ausgestattet waren. Die von außen efeuumrankten Fensterreihen spendeten kaum mehr Licht, sodass die auch sonst düsteren Emporen völlig im Dunkeln verschwanden. Mit jedem Schritt schien aller Kummer, aller Zorn von Maya abzufallen, und als sie im *Selden End* anlangte, fühlte sie sich beschützt und in Freiheit, in dieser warmen, sanften Stille, wie nur Bücher sie schaffen können.

Auch hier verteilte sich der Bestand auf zwei Stockwerke: hinter Rundbögen und hölzernen Pfeilern unten; oben auf eine umlaufende Galerie unterhalb der bemalten Kassettendecke.

In der Mitte stand ein Tisch, zu beiden Seiten von je einem hohen Bücherschrank mit Nachschlagewerken flankiert. Maya wandte sich nach rechts, wo die Sammlung des Orientalisten Mr. Selden aufgereiht stand, nach dem man diesen Raum benannt hatte. Liebkosend strich sie mit den Fingerspitzen über das narbige Leder in Rot, Gelb, Blau und Grün. Über die darin eingeprägten Goldlettern und das Holz, das diese Kostbarkeiten umgab. Sie ertastete mit Blicken, was sie gesucht hatte, zog den Band heraus und ließ ihn sich wahllos von selbst aufschlagen. Auf den Seiten breiteten sich die fließenden Linien, Schleifen und Bögen der arabischen Schrift aus, dazwischen eingestreute Häkchen und Tupfen. Komplizierte Zeichen einer komplizierten Sprache, die Maya zu lernen begonnen hatte, als Richard Francis Burton gen Mekka aufgebrochen war.

Mekka, die Geburtsstadt des Propheten Mohammed, die heiligste Stadt der Moslems, »der Nabel der islamischen Welt in der Mutter aller Städte«, verboten für Angehörige anderen Glaubens. Viele Christen hatte das Abenteuer einer Pilgerfahrt in Verkleidung gelockt, und fast alle wurden entlarvt, in die nahe Wüste verschleppt, kurzerhand geköpft und verscharrt. Nur eine Handvoll kehrte zurück und konnte berichten, darunter nun auch Captain Richard Francis Burton. In langen, fließenden Gewändern, den Schädel kahl geschoren und vollbärtig, das Gesicht mit Walnusssaft gefärbt, hatte er den gleichen gefahrvollen, kräftezehrenden Weg beschritten, den Scharen von Gläubigen jedes Jahr um dieselbe Zeit auf sich nahmen. Aus der gesamten moslemischen Welt strömten sie herbei, aus Afrika, von der arabischen Halbinsel, aus dem Osmanischen Reich und vom indischen Subkontinent, um an der Kaaba zu beten, dem fensterlosen, würfelförmigen Gebäude im Hof der Hauptmoschee, der Legende nach von Abraham erbaut, mit einem schwarzen Stein in der südöstlichen Ecke, den Abraham vom Erzengel Gabriel erhalten hatte. Und dort betete Richard Francis Burton, noch in Indien zum Schüler der islamischen Mystik des Sufismus geworden, nun selbst ein Sufi, und fühlte sich im Islam mehr zuhause, als er es je im Christentum gewesen war. Er betete auf Arabisch, das er sich noch als Student in Oxford selbst beigebracht hatte. Eine Sprache, die er ebenso fließend beherrschte wie Altgriechisch und Latein, wie Französisch und Italienisch, wie Hindustani, Gujarati, Marathi, Sindhi und Persisch – die Sprachen des indischen Subkontinentes, deren Grundbegriffe er Maya in seinen Briefen aus jener Zeit gelehrt hatte. Doch Arabisch war die Sprache, die er selbst als seine *Muttersprache* bezeichnete.

Jene Sprache, die Professor Reay als Inhaber des Lehrstuhls für Arabisch Maya an zwei Abenden die Woche zuhause in Black Hall beibrachte. Martha Greenwood hatte sich zwar über die Sinnlosigkeit dieses Unterrichts ereifert, als Maya ihr Anliegen geäußert hatte, war aber mit verkniffenen Mundwinkeln verstummt, als Gerald entschied, seiner Tochter diesen Wunsch zu erfüllen. So weit reichten Professor Reays Großherzigkeit und seine kollegiale Freundschaft zu Professor Greenwood, dass er nicht zu stolz war, auch ein Mädchen zu unterrichten.

Richard ... Tränen traten ihr in die Augen, ließen die Schrift sich verformen, über die Seiten schlängeln, schließlich verschwimmen. Die Erinnerung an jenen Sommertag vor zwei Jahren, die sie vorhin im Garten so greifbar lebendig eingeholt hatte, war noch deutlich spürbar. Und untrennbar damit verbunden war die Erinnerung an die Nacht, die darauf gefolgt war ...

Durch das geöffnete Fenster ergoss sich die Sommernacht ins Zimmer. Maya lag in ihrem Bett und starrte in das Dunkel, das kaum vom milchigen Schimmer der Mondsichel erhellt wurde.

Grillen zirpten, verstummten für einen Augenblick, und es entstand eine für das Gehör geradezu schmerzhafte Stille. Umso behaglicher war es, wenn der helle Klang erneut anhob. Die weißen Blüten des Geißblatts an der Hausmauer verströmten ihren Duft nach Honig und Vanille, durchmischt mit dem Geruch von Stein, der die gespeicherte Wärme des Sonnentages allmählich an die seidige Luft abgab.

Groß war die Willkommensfreude der Greenwoods gewesen, als Richard an Mayas Seite das Haus betreten hatte, und sie hatte ihn seither keinen Augenblick mehr für sich allein gehabt. Während des Dinners hatte Maya kaum den Blick über ihren Tellerrand zu heben gewagt, hatte still und stumm ihr Lamm mit Minzsauce von einer Seite zur anderen geschoben. Voller Furcht, ihre Mutter oder Angelina könnten ihr an den Augen ablesen, was im Garten geschehen war. Als hätten Richards Küsse – diese heimlichen, so unschicklichen, so herrlichen Küsse – sichtbare Spuren hinterlassen. Nur dann und wann hatte sie unter gesenkten Lidern hervorgeblinzelt, wenn sie spürte, dass Richards Blicke sie streiften oder einen Moment lang auf ihr ruhten. Dann hatte sie ein Gefühl der Glückseligkeit durchströmt, das ihr beinahe den Atem nahm. Und nur mit halbem Ohr hatte sie Richards Erzählungen von Indien gelauscht, während Gerald, Martha und sogar Angelina gebannt an seinen Lippen hingen. Nicht zuletzt, weil er für sie wie eine Verbindung zu Jonathan war, der ihnen allen so sehr fehlte.

Richard hatte von Pfauen im Geäst von Eichen erzählt, die die glutrote Scheibe der untergehenden Sonne anschrien. Verschleiert von den blauen Schwaden der Dungfeuer, die sich mit dem Aroma von Gewürzen und Kokosnussöl zu einem durchdringenden, aber keineswegs unangenehmen Geruch verbanden. Und er berichtete von seinem kuhstallähnlichen Bungalow im Regiment von Baroda, vom Prinz von Gaikwar, der die

Soldaten der Kaserne gerne mit Kämpfen zwischen zwei Elefanten und einem Tiger oder Büffel unterhielt. Er hatte Jagdausflüge auf dem Rücken eines Elefanten geschildert und die undurchdringlichen, üppigen Dschungel im Landesinneren beschrieben, genauso wie seine Studien der Sprachen, Sitten und Gebräuche des Landes und seine Tätigkeit als Übersetzer. Seine Mission als Kundschafter in der Verkleidung eines iranisch-arabischen Handelsreisenden namens »Mirza Abdullah« und seine Enttäuschung darüber, dass ihm vier Jahre zuvor die erbetene Versetzung an die Front im Krieg gegen die Sikhs um das Gebiet des Punjab verwehrt worden war, kam zur Sprache, und schließlich hatte er von den drei Werken berichtet, die er nach seiner Rückkehr verfasst hatte und die gerade für die Veröffentlichung vorbereitet wurden: *Goa and the Blue Mountains*, *Scinde or the Unhappy Valley* und eine ethnologische Abhandlung über die dortigen Völkergruppen. So waren die Stunden verstrichen, bis Martha Greenwood ihre Töchter zu Bett geschickt, beide Richard mit einem wohlerzogenen Knicks eine gute Nacht gewünscht hatten und die Männer sich zu Brandy und Tabakrauch wie in guten alten Zeiten in Geralds Arbeitszimmer begaben, wo sie seither beisammensaßen.

Männerstimmen drangen aus dem unteren Stockwerk herauf und ein Lachen, Richards raues Lachen. Dann Schritte, die festen Schritte ihres Vaters, die die Treppe hochkamen, sich näherten, dann wieder entfernten auf ihrem gewohnten Weg den Flur entlang. Behutsam schnappte die Tür zum Schlafzimmer der Eltern zu, hinter die sich Martha Greenwood schon längst zurückgezogen hatte, und dämpfte die ohnehin leisen Geräusche von Geralds Zubettgehritual.

Mayas Herz klopfte heftig, sosehr sie sich auch bemühte, seinen Schlag zu beruhigen. Diesen Augenblick hatte sie herbeigesehnt, nachdem alle sich zu ihrer Nachtruhe begeben hatten und das Haus in völliger Stille daliegen würde. Sachte schob sie sich von ihrem Bett herunter und glitt aus dem Zimmer, das sie seit einem dreiviertel Jahr ganz für sich hatte.

Um die zuletzt fast täglich in Tränen endenden Zankereien der beiden Mädchen zu beenden, hatte Martha Greenwood aus Rücksicht auf ihre eigenen Nerven Angelina ein ehemaliges Gästezimmer am anderen Ende des Korridors eingerichtet, in das diese nur zu gerne umgezogen war. War es doch weitaus geräumiger und noch dazu mit einem großzügigen Wandschrank ausgestattet, der mehr als genug Platz für Angelinas verschwenderische Garderobe bot. Maya hingegen genoss es, bei Lampenlicht noch bis tief in die Nacht lesen und schreiben zu können, ohne dadurch einen Streit mit Angelina heraufzubeschwören, die lieber schlafen wollte. Sie genoss es auch, nicht mehr ständig über wahllos anprobierte und einfach stehen gelassene Schuhe zu stolpern und nicht mehr erst ihr Bett von Angelinas Kleidungsstücken befreien, ihre Bücher unter einem Wust von Haarteilen, Strümpfen, Schildpattkämmen und Ohrringen hervorsuchen zu müssen.

Und heute Nacht war Maya doppelt dankbar für diese Lösung; erlaubte sie ihr doch, sich aus dem Zimmer zu stehlen, ohne befürchten zu müssen, ihre Schwester durch eine unbedachte Bewegung zu wecken und unangenehme Fragen gestellt zu bekommen.

Maya verzichtete darauf, sich ihren Morgenrock überzuziehen, schlich in ihrem ärmellosen Nachthemd die Treppe hinunter, huschte durch das Stockwerk darunter und tastete sich im finsteren Korridor an den Türen entlang. Vor derjenigen des Grünen Zimmers, dessen Vorhänge, Teppiche und Polster in Tönen von Smaragd, Jade und Malachit aufeinander abgestimmt waren, blieb sie stehen. Einen Moment lang ließ sie Stirn und Hände auf dem Holz ruhen. Ihr Herz hämmerte schmerzhaft in ihrer Brust, ihre Kehle war trocken und ihre Handflächen feucht. Dann nahm sie all ihren Mut zusammen, drehte den Metallknauf und schlüpfte durch den Türspalt. Erst als sie die Tür sachte hinter sich geschlossen, sich mit dem Rücken dagegengelehnt hatte, erlaubte sie sich, ihren Blick anzuheben.

Sein Hemd weit aufgeknöpft, die Hosenträger herabhängend, stand Richard am offenen Fenster. Bei ihrem Eintreten hatte er sich ihr halb zugewandt und sah sie lange nur an, einen schwer zu deutenden Ausdruck in den Augen. Erwartung vielleicht, sicherlich aber Verblüffung. Lange genug jedenfalls, dass Maya den Rauch des Zigarillos beobachten konnte, der gekräuselt aufstieg, dem Nachtfalter entgegen, der vor dem Fenster auf und ab flatterte, unschlüssig, ob er der Verlockung nachgeben sollte, die das Licht der Tischlampe für ihn darstellte. Lange genug, dass Mayas Blick für ein paar schnelle, stolpernde Herzschläge auf den noch unberührten Kissen und Laken des Bettes verharren konnte, die ihr einladend und bedrohlich zugleich erschienen. Langsam legte Richard den Zigarillo in den Aschenbecher aus Kristall, den er auf dem Fensterbrett abgestellt hatte, und kam auf sie zu. Einen Wimpernschlag lang spürte Maya den Impuls davonzulaufen. Vor dem davonzulaufen, was sie in Richards Augen lesen konnte und weswegen sie gekommen war: Das, was er ihr in seinen Briefen über die Dinge zwischen Männern und Frauen geschrieben hatte. Dinge, die zu wissen für anständige Mädchen in Mayas Alter nicht erlaubt war. Dinge, über die sie zuerst voller Ungläubigkeit und Abscheu, dann mit wachsender Neugierde und Sehnsucht gelesen hatte. Aber sie tat es nicht. Sie blieb in dem vom Sirren der Grillen und dem dumpfen Pochen der Falterflügel gegen den Glaszylinder der Lampe erfüllten Raum.

Sanft strich er mit dem Handrücken über ihre Wange, und Maya durchrieselte ein wohliger Schauder. Er neigte sich vor und küsste sie. Vorsichtig, fast fragend, und sie bejahte mit Nachdruck, so wie er es sie heute Nachmittag im Garten gelehrt hatte. Sie wusste, er hatte viele Frauen gehabt, in Italien, in England, in Indien, wusste, dass Richard einfaches Spiel hatte, ihre Herzen zu erobern und sie in sein Bett zu bekommen. Klatsch und Tratsch besaßen leichte Schwingen, die weit trugen, und Richard selbst hatte nie einen Hehl aus seinen Liebschaften gemacht. Doch in diesem Moment verzieh sie ihm jede einzelne davon und auch jede Stunde, die sie des Nachts seinetwegen lautlos in ihr Kissen geweint hatte. Denn von nun an würde er ihr gehören, so wie sie es als kleines Mädchen schon gewusst hatte. Er war zurückgekommen, und sie würde ihn nicht wieder gehen lassen. Ein Lächeln stahl sich auf ihr Gesicht, als er seine Zähne sacht in ihre Halsbeuge grub, seine Lippen über ihr Schlüsselbein strichen, zu ihrem Mund zurückkehrten und damit Hitzewellen durch ihren Körper jagten. »Maya, Majoschka«, murmelte er gegen ihre Haut. Seine Küsse wurden hungrig, fiebrig, waren schmerzhaft und köstlich zugleich. Mit dem ganzen Gewicht seines Körpers drückte er sie gegen die Tür. Die Wärme seiner Hand schien den dünnen Stoff des Nachthemdes zu versengen, als sie an ihrer Taille hinabglitt, ihre Hüfte umfasste, ihr Becken an das seine presste. Eine nie gekannte Gier überfiel Maya, ließ ihre Hände über seine Arme wandern, sehnig und muskulös von seinen geliebten Fechtkämpfen. Blind tastend und ungeduldig begann sie an den Hemdsäumen zu zerren, an Knöpfen zu reißen, während sie ihr Gesicht an seinen Hals schmiegte, in das Dreieck hinunterglitt, das der Ausschnitt des Hemdes von seiner mächtigen Brust mit dem dichten dunklen Haar darauf freilegte. Richards Atem klang stoßweise an ihrem Ohr, und Maya trank den Duft seiner Haut, schwer und erdig, der ihr von Kindheit an so vertraut war und den sie heute zum ersten Mal schmeckte. »Nein«, hörte sie ihn raunen, »nein«, und sie fühlte sich gewaltsam weggeschoben. Verwirrt sah sie ihn an, als er ihr Gesicht in beide Hände nahm und ihr eindringlich in die Augen starrte, wie mit dem wilden, unnachgiebigen Blick eines gefangenen Leoparden.

»Nein, Maya. Nicht so. Nicht hier.« Sie spürte, wie er zitterte, als müsste er mit aller Gewalt gegen etwas ankämpfen, und in seinen schwarzen Augen schien es zu flackern. Aber vielleicht war es auch nur der Widerschein des Lampenlichts an den Wänden, unstet für einige Momente, als die Flügel des Falters knisternd darin Feuer fingen.

»Aber ich will es, Richard«, gab sie heiser zurück, mit einem trockenen Mund, den es nach anderem als Wasser verlangte. »Ich will es schon so lange! Deshalb bin ich zu dir gekommen.«

Einer seiner Mundwinkel hob sich in der Andeutung eines Lächelns, einem Anflug von Ironie. »Ich mag ein Halunke sein, aber ganz gewiss kein ehrloser Lump. Ich will deinem Vater morgen früh so offen in die Augen schauen können, wie ich es immer getan habe. Und ich will vor allem dir jederzeit noch mit gutem Gewissen gegenübertreten.«

»In deinen Briefen hast du doch geschrieben, dass nichts Schlechtes daran ist!« Sie umklammerte seine Handgelenke, selbst für einen Moment unsicher, ob sie ihn von sich stoßen oder festhalten wollte. Das Lächeln breitete sich über seinen ganzen Mund aus, ließ ihn weich, fast verletzlich erscheinen. Leicht schüttelte er den Kopf, lehnte seine Stirn an die ihre.

»Nein, Majoschka, es ist auch nichts Schlechtes daran. Rein ist der, der reinen Herzens ist. Trotzdem wäre es nicht richtig. Es gibt auch immer ein Danach. Und *danach* werde ich wieder fortgehen, und so will ich dich nicht zurücklassen.«

»Dann nimm mich mit.« Mayas Worte waren nur mehr ein Hauch, ihr Atem zittrig. Richard zog sie in seine Arme, doch Maya verspürte keinen Trost. Das Prasseln, mit dem der Falter in der Flamme verbrannte, schien das Echo dessen zu sein, was gerade mit ihr geschah.

»Das kann und will ich nicht. Ich plane eine Forschungsreise nach Arabien, und das ist kein Land für dich.«

»Auch nicht als deine – deine ...« Sie brachte es nicht über sich, das auszusprechen, was ihr als kleines Mädchen so viel leichter über die Lippen gekommen war.

»Ich habe nicht vergessen, was du mir damals zum Abschied zugeflüstert hast«, murmelte er gegen ihre Schläfe. »Nie werde ich das. Aber ich kann dich nicht heiraten, Maya. Noch nicht. Mein Sold ist lächerlich; von den Ergebnissen meiner Reisen und Studien lässt sich auch nicht leben. Es wird einige Zeit dauern, bis ich mir eine Existenz aufgebaut habe.« Maya versuchte, ihn von sich zu stoßen, als sie zu Widerworten ansetzte. Begleitet von einem leicht belustigten Lachen zwang Richard sie mit sanfter Gewalt stillzuhalten »Untersteh dich, mir jetzt deine Mitgift anzubieten! Ich kenne euch Greenwoods lange genug, um zu wissen, dass ihr gut leben könnt, aber bei Weitem nicht reich seid. Mehr als Nadelgeld wird dabei für dich nicht zusammenkommen. Und außerdem«, sein Bart strich über ihr Jochbein, als er einen zärtlichen Kuss darauf hinterließ, »außerdem bin ich mindestens so stolz wie du. Stolz darauf, was und wer ich bin, stolz darauf, stets das zu tun, was ich will. Ich, der ich mehr Ire bin als Engländer, und nicht einmal das richtig. Wer in dieser Nation von Krämerseelen seinen Weg machen will, muss schon in Eton und Cambridge gewesen sein; immer ein Netzwerk von Seinesgleichen im Rücken, und je englischer man sich gibt, umso besser, bis hin zum Haarschnitt. Als mein Vater sich dazu entschlossen hat, meinen Bruder und mich nicht auf eine englische Schule zu schicken, sondern mit uns nach Frankreich zurückzukehren, stand mein Schicksal als Außenseiter damit endgültig fest.« Er löste sich von ihr, strich ihr mit den Fingern sachte über Wangen und Kinn. »Das ist es doch, was uns verbindet, Majoschka: Wir sind Einzelgänger, die nirgendwo weniger zuhause sind als in der Heimat.«

Sie schluckte mehrfach, ehe sie mühselig hervorbrachte: »Und … und was wird nun aus uns?«

»Wir müssen uns unserem Schicksal beugen. *Kismet*, wie man in Arabien sagt. Vielleicht kann ich deinen Vater auch um eine Unterredung unter vier Augen bitten.« Er küsste sie zart auf die Stirn, hielt sie noch für einen wunderbaren, viel zu kurzen Moment in seinen Armen, ehe er nach dem Türknauf langte und sie aus dem Zimmer schob. »Geh jetzt schlafen. Wir sehen uns morgen.«

Als er die Tür hinter ihr schloss, stand Maya unbeweglich noch ein paar Augenblicke auf derselben Stelle, ehe sie wie betäubt nach oben schlich, zurück in ihr eigenes Bett, das ihr trotz der Wärme der Nacht so kalt und leer vorkam. Zorn, Kummer und immer wieder aufflackerndes Begehren hielten sie wach, ehe sie sich damit zu trösten begann, dass bei Tageslicht alles anders aussehen würde, freundlicher und weniger bedrohlich. Tat es das nicht immer? *Er wird eine Lösung finden*, sprach sie sich selbst Mut zu, als Körper und Geist allmählich von Müdigkeit übermannt wurden. *Er wird mit Vater sprechen – es wird alles gut werden, morgen …*

Doch als Maya angekleidet zum Frühstück herunterkam, war Richard fort. In aller Frühe hatte er das Haus verlassen, ohne sich von einem der Familienmitglieder verabschiedet zu haben. *Wie ein Dieb*, dachte Maya später oft.

Monate vergingen, bis er ihr, im Tonfall altvertrauter Zärtlichkeit, wieder schrieb. Und in keinem seiner Briefe erwähnte er jemals wieder besagte Nacht oder gar die Möglichkeit einer Heirat.

~

Maya schreckte zusammen, als sie Schritte hörte. In ihrem schlurfenden, leicht unregelmäßigen Klang waren es unverkennbar diejenigen Professor Reays, der sie abholen kam. Hastig wischte sie mit dem Handrücken über ihre nassen Wangen und klappte das Buch zu, schickte sich an, es zurückzustellen. Doch sie zögerte. Einen Herzschlag, zwei. Hastig schob sie die anderen Bände zusammen, dass sie die Lücke füllten und ausglichen, presste das Buch vor die Brust und drapierte die Enden ihres Schultertuches darüber. Die Arme eng um ihren Oberkörper geschlungen, wandte sie sich um, dem Bibliothekar entgegenzugehen.

4

Leise schob Maya die Tür zum Garten von außen auf und steckte ihre rotgefrorene Nasenspitze durch den Türspalt. Die Halle war nur teilweise erleuchtet. Aus der Küche waren die fröhlich plaudernden Stimmen von Hazel und Rose, der Mamsell, zu hören. Das Klappern von Töpfen, das zarte Klingen von Glas, Geschirr und Besteck, ein Dufthauch von Suppengrün und Rosmarin verriet, dass die beiden wie gewöhnlich mit den Vorbereitungen des Dinners beschäftigt waren, so wie an jedem anderen Abend auch. Auch aus dem oberen Stockwerk waren Stimmen zu hören, sanft vor sich hin plätschernd, dazwischen Angelinas glockenhelles Lachen. Maya atmete erleichtert auf. Offensichtlich hatte ihre Abwesenheit während des Nachmittags keinen größeren Aufruhr zur Folge gehabt. Schnell schlüpfte sie ins Haus, schloss die Tür lautlos hinter sich und huschte durch die halbdunkle Halle, bestrebt, möglichst ungesehen auf ihr Zimmer zu gelangen. Sie hatte gerade die Treppe erreicht, als sich hinter ihr jemand betont energisch räusperte. Maya erstarrte. Mit hochgezogenen Schultern und zerknirschter Miene wandte sie sich langsam um.

»Jonathan!« Mit einem Freudenschrei stürmte sie ihrem Bruder entgegen, der im Türrahmen zum Salon lehnte, frisch rasiert und gebadet, ein Bein in den langen grauen Hosen vor das andere gekreuzt, die Hände tief in den Taschen vergraben. Das verschmitzte Lächeln, das seine Mundwinkel nach oben zog, seine Grübchen vertiefte, ließ ihn keinen Tag älter aussehen als bei seinem Abschied vor über drei Jahren, und wesentlich jünger, als er tatsächlich war. In seinem graugrün changierenden Sakko und der schwarzen Weste darunter, die lindgrüne Krawatte in großzügigen Falten um den steifen Hemdkragen gebunden, wirkte er wie ein Schuljunge, der sich probehalber als Gentleman verkleidet hatte.

Impulsiv breitete Maya die Arme aus, um ihm um den Hals zu fallen, und das Buch aus der Bibliothek polterte zu Boden. Das Blut schoss ihr ins Gesicht, und rasch bückte sie sich, um es aufzuheben. Doch Jonathan war schneller. »Was liest mein Schwesterherz denn da Erbauliches?«

»Gib her«, verlangte Maya in gereizterem Tonfall als beabsichtigt und schnappte nach dem Buch. Jonathan jedoch reckte sich zu seiner ganzen Größe und hielt den Band am ausgestreckten Arm in die Höhe, während Maya an ihm auf und ab hüpfte, sich dann mit ihrem gesamten Gewicht an seinen Arm hängte, halb lachend, halb zornig verlegen. »Gib her, das ist meins!« Jonathan schlang seinen anderen Arm um ihre Taille, drückte seine zappelnde Schwester an sich, um sie so einigermaßen zu bändigen. In gespielter Strenge zog er seine Augenbrauen zusammen und fuhr mit dem Daumen unter die Kante des Buchdeckels, um ihn aufzuklappen. Leise pfiff er durch die Zähne, als er auf der Titelseite den Stempel erblickte, der das Buch als *Eigentum der Bodleian Library, Oxford* auswies. »Kaum weilt der große Bruder mal eine Zeit in der Ferne, fällt die kleine Schwester dem Verbrechen anheim. Wird zu einer Diebin und lügt auch noch obendrein.« Er schnalzte mit der Zunge und schüttelte betroffen den Kopf.

»Ich bringe es ja zurück«, hielt Maya trotzig dagegen, klang dabei aber recht kleinlaut und konnte nicht verhindern, dass sich ein Lächeln auf ihr Gesicht stahl. Als Jonathan leise gluckste, boxte sie ihn spielerisch zwischen die Rippen. »Wirst du wohl endlich aufhören, mich immer so zu ärgern!«

Jonathan stöhnte auf und krümmte sich unter nicht vorhandenen Schmerzen. »Da plagt man sich jahrelang im Dienst für das Vaterland, fern der Heimat und seiner Lieben, und was ist der Dank? Statt einer freundlichen Begrüßung erntet man nur Prügel!«

Ein Lachen kitzelte hinter Mayas Brustbein, sprudelte unaufhaltsam empor, und endlich lachte sie so befreit, wie sie es schon lange nicht mehr getan hatte. Mit aller Kraft umschlang sie Jonathan. »Ich bin so froh, dass du wieder hier bist«, murmelte sie glücklich in den Stoff seines Sakkos, das schwach nach seinem Rasierwasser roch. Jonathan erwiderte ihre Umarmung nicht weniger fest.

»Ich bin auch froh, wieder hier zu sein«, flüsterte er in ihr Haar, das sich schneefeucht in alle Richtungen kringelte. »Und dank guter Winde und einer emsigen Dampfmaschine«, verkündete er und hob Maya in seinen gekreuzten Armen schwungvoll vom Boden an, dass ihr ein freudiger Jauchzer entfuhr, »sogar gleich zwei Tage früher als geplant!« Sachte setzte er sie wieder ab und hielt ihr das Buch vor die Nase. »Hier. Bring dein Diebesgut mal lieber schnell in Sicherheit, ehe Mutter dich damit erwischt.«

Maya kaute angestrengt auf ihrer Unterlippe, als sie das Buch in ihren Händen betrachtete. »Ist sie noch sehr böse? Wir hatten heute Nachmittag nämlich –«

Seine Mundwinkel kräuselten sich. »Hab schon gehört. War so ziemlich das Erste, was unser Goldköpfchen mir zu erzählen wusste.«

»Immer muss Lina gleich alles petzen«, fauchte Maya.

»Ach komm«, versöhnlich strich Jonathan ihr über den Arm, »du weißt doch, wie sie ist! Angelina ist erst glücklich, wenn sie etwas auszuplaudern oder zu schnattern hat. Früher oder später hätte ich es ja doch erfahren. Aber mach dir keine Gedanken: Mutter ist fürs Erste aus dem Häuschen vor Freude, dass ich zurück bin, und geht ganz darin auf, alles noch auf die Schnelle herzurichten. Mit meiner verfrühten Ankunft habe ich unbeabsichtigt dafür gesorgt, dass sie euren Streit fürs Erste vergessen hat. Und«, er beugte sich dicht zu ihr, »ich werde versuchen, sie zu überreden, dass du die Briefe behalten kannst.« Er zwinkerte ihr zu und versetzte ihr einen liebevollen Stoß. »Mach, dass du hinaufkommst – in gut zwei Stunden gibt's Essen.«

Maya zögerte. An der Art, wie sie das Buch hielt und über den Einband strich, erriet er ihre Gedanken, und er lachte. »Geh ruhig! Ich habe durchaus vor, erst mal eine Weile wieder hier in Oxford zu bleiben.« Mit ruppiger Zärtlichkeit kniff er sie in die Wange. »Du musst nicht jede Stunde mit mir verbringen. Ich weiß doch, wie viel dir an deinen Büchern liegt. Wir werden noch mehr als genug Zeit füreinander haben.«

»Danke«, flüsterte Maya mit einem Leuchten in den Augen und hauchte ihm einen schnellen Kuss zu, ehe sie leichten Herzens die Treppen hinauflief.

Erst als sie außer Sichtweite war, fiel ihm ein, dass er vergessen hatte, seinen Besucher zu erwähnen. Leichthin zuckte er mit den Achseln ob seines Versäumnisses und sagte sich, dass Maya Ralph ohnehin später beim Dinner kennenlernen würde. Gemütlich schlenderte er in den Salon zurück, um dort auf seinen Freund zu warten.

»Ich bin unsterblich verliebt!« Unter herzzerreißendem Seufzen ließ sich Angelina kurze Zeit später rücklings gegen die Innenseite der Tür fallen.

»Wie schön. Wer ist es diese Woche?« Maya hatte es längst aufgegeben, sich darüber zu empören, dass Angelina, ohne anzuklopfen, kam und ging, wie es ihr gerade passte, ganz so, als sei dies noch immer genauso gut ihr eigenes Zimmer wie das Mayas.

»Deinen spöttischen Tonfall kannst du dir ruhig sparen – dieses Mal ist es wirklich ernst!«

»Mhm«, machte Maya, tunkte die Feder in das Tintenfass und schrieb die beiden Worte, die sie gerade mühsam aus dem Arabischen entziffert und ins Englische übertragen hatte, auf einem Papierbogen nieder. Sie schielte auf die kleine silberne Uhr, die im Lampenschein vor ihr auf dem Sekretär stand. Ein wenig Zeit blieb ihr noch, um vor dem Dinner einige Verse zu übersetzen. »Und wie heißt der Glückliche?«

»Ralph«, gab Angelina gedehnt und salbungsvoll kund. »Ralph Garrett.« Ein erneutes Seufzen folgte, als sie sich von der Tür abstieß und auf Mayas Bett zutänzelte. In altbekannter Manier wollte sie sich mit einer theatralischen Geste der Länge nach darauf werfen. Doch aus Sorge, ihr Kleid aus blassblauem Seidentaft könnte dabei zerknittern, besann sie sich eines Besseren und wanderte stattdessen hinter Mayas Rücken um den Sekretär herum ans Fenster, wo sie sich dekorativ postierte.

»Wer?« Mayas Frage kam automatisch, während sie sich über der nächsten Zeile, die für sie so gar keinen Sinn machte, das Hirn zermarterte. Arabisch schien ihr wie ein Labyrinth aus Irrwegen und doppelten Bedeutungen. Jedes Wort war wie ein Talisman, der die Geister der gesamten Wortfamilie heraufbeschwor, aus der es sich ableitete. Mehr eine symbolische Geste denn eine klare Aussage. Immer nur ein winziges Sichtfenster, einen Blick auf den tiefen dunklen Wald an Mehrdeutigkeit erlaubend, der sich hinter den geschriebenen Zeilen öffnete.

»Ralph Garrett«, wiederholte Angelina bemüht langsam und mit überdeutlicher Betonung, als sei ihre Schwester schwerhörig oder begriffsstutzig. »Jojos Freund! Er hat ihn auf der Überfahrt kennengelernt und ihn eingeladen, über Nacht zu bleiben, weil heute kein Zug mehr nach Gloucestershire weiterfährt. Die beiden haben fürchterlich ausgesehen, als sie vor der Tür standen, und gerochen haben sie – puh, als hätten sie den gesamten Dreck Indiens an ihren Sachen kleben gehabt!«

»Hm.« Maya knabberte an ihrem Daumennagel herum und runzelte in angespannter Konzentration die Stirn.

»Aber dann habe ich«, Angelina unterbrach sich mit einem Kichern, das sich zu einem schluckaufähnlichen Staccato steigerte, ehe sie weitersprach, »dann habe ich Ralph gesehen, wie er gerade aus dem Badezimmer kam. Just in dem Moment, in dem ich hinaufgegangen bin, um mich zum Dinner umzuziehen.« Atemlos senkte sie ihre Stimme zu einem verschwörerischen Flüstern. »Er trug nur Hosen und ein Handtuch über der Schulter! Mehr nicht!« Sie sah Maya erwartungsvoll an. Deren Miene hellte sich schlagartig auf, als sie die Abfolge der Schnörkel erkannte, ihre Bedeutung begriff, und schwungvoll glitt ihre Feder über das Papier. Enttäuscht darüber, dass ihre Schwester so wenig Anteilnahme an ihrer skandalösen Begegnung mit dem Gast des Hauses zeigte, steigerte Angelina noch das Tempo ihres Geplappers. »Fabelhaft sieht er aus! Wie die Statue eines griechischen Gottes, mit einer Haut wie aus Alabaster. Sicher küsst er wunderbar – mit *diesem* Mund!«, fügte sie forsch und mit einem erneuten nervösen Kichern hinzu. Maya verdrehte unmerklich die Augen, schrieb aber unverdrossen weiter. »Er hat nur gegrinst und im Scherz salutiert. Ich glaube aber, es war ihm schon ein bisschen peinlich! Kein Wunder, sich so derangiert einer hübschen jungen Lady gegenüberzusehen …« Selbstgefällig ordnete Angelina die Falten ihrer Röcke. »Nach dem, was ich Jojo über ihn entlocken konnte, muss er eine glänzende Partie sein. Und er ist nicht verlobt! Er muss ganz einfach der Richtige sein, das habe ich gleich …«

Mayas Blick fiel auf ihre linke Hand, die sie wie gewohnt beim Schreiben locker im Schoß liegen hatte, Handrücken nach unten und leicht gewölbt, als schöpfte sie damit ein kostbares Nass. Tief war das Relief an Rillen und feinen Linien in ihre Handfläche graviert. Nie konnte Maya es betrachten, ohne dass ihr aus diesem Muster ein Buchstabe entgegensprang, eckig wie ein Runenzeichen, den eine Zigeunerin ihr einmal darin gezeigt hatte. Damals, in jenem Herbst, als Maya acht Jahre alt gewesen war …

Es war einer jener Tage, an denen es unmöglich schien, dass der Sommer zu Ende sein sollte. Die Luft war noch warm, getränkt von dunkelgoldenem Sonnenschein, der das farbige Laub wie in Flammen stehen ließ. Aus der Sicherheit des umfriedeten Gartens von Black Hall hatte Richard sie in ein verlockendes Abenteuer entführt. Teils an seiner Hand, teils unter vergnügtem Quietschen auf seinen Schultern reitend, waren sie gen Südosten aus der Stadt gewandert, über eine Brücke an das jenseitige Ufer der funkelnden Isis, in Richtung des Waldes von Bagley. Sonnenlicht tropfte schwer durch die Baumkronen, sammelte sich in hellen Pfützen auf dem mulchigen Boden, ließ die saftig grünen Farnwedel aufschimmern.

»Aber wo gehen wir denn hin?«, wollte Maya nun schon zum ungefähr achtundsiebzigsten Mal wissen und zerrte ungeduldig an Richards Hand.

»Überraschung«, gab er lachend immer wieder dieselbe Antwort. Schmollend schob Maya ihre Unterlippe vor, und schnappte gleich darauf erstaunt und begeistert nach Luft. Das Dickicht aus Bäumen und Gehölz war plötzlich zu Ende, umringte lodernd in Karminrot und Messing eine Wiese, ungetrimmt und blumengesprenkelt. Im Kreis hatte sich eine Handvoll geschlossener Holzwagen darauf versammelt, Wände und Fensterläden mit bunten Ornamenten bemalt. Die dazugehörigen Pferde waren an einem im Boden versenkten

Pflock angebunden und grasten genüsslich. Eine Schar Frauen in farbenfroher Kleidung saß um ein metallenes Dreibein, an dem ein Kessel über dem Feuer hing, beisammen. Die Frauen schwatzten und lachten. Sie wandten sich ihnen zu, als Richard und Maya auf sie zukamen, begrüßten sie schon von Ferne mit freudigen und neckenden Ausrufen, teilweise in einer Sprache, die Maya nicht verstand. Anders als Richard, der mit ebenso fremd klingenden Lauten antwortete. Er schien hier bekannt und gern gesehen zu sein, und die Blicke, die einige der Frauen ihm zuwarfen, gefielen Maya gar nicht, versetzten ihr einen Stich in der Herzgegend.

»Selina!« Auf Richards Zuruf hin erhob sich eine der Frauen von dem Baumstumpf, auf dem sie gesessen hatte. Bewundernd betrachtete Maya ihre weiten Röcke und die tief ausgeschnittene Bluse aus glänzendem Samt und Satin, in Schwarz, Türkischrot und Grün. Ihrem Blick entgingen auch nicht die Goldketten um ihren Hals, die Metallreifen, die mehrere Fingerbreit ihre Arme schmückten, die schweren Ohrgehänge unter dem roten Seidenturban, der ein paar ihrer schwarzen Locken gestattete, sich vorwitzig unter seinem Rand hervorzuringeln. Die Frau stemmte die Hände in die üppigen Hüften, nahm die Schultern zurück, dass sich ihre Brust hob, und reckte ihr Kinn herausfordernd in die Luft. »Sieh an! Dass du alter Halunke auch mal wieder den Weg hierher findest!« Ihre schwarzen Augen wurden schmal in ihrem bronzenen Gesicht, das so dunkel war, dass Maya beinahe blass daneben wirkte. Vorsichtig schielte Maya zu Richard empor, den diese vorwurfsvolle Bemerkung so gar nicht zu treffen schien. Ganz im Gegenteil: Seine Lippen unter dem Bart zuckten amüsiert, und seine Augen funkelten. Es traf Maya wie ein Schlag, als sie bemerkte, dass Richard aussah, als gehöre er hierher, zu den Zigeunerinnen, als sei er vom gleichen Blut. Während des kurzen Augenblicks, den sie hier standen, hatte sich etwas an ihm verändert – als fühlte er sich plötzlich wohler in seiner Haut, im Reinen mit sich selbst, mehr sogar noch als in den Stunden, die er mit Maya verbrachte. Und nicht nur deshalb krampfte sich alles in ihr zusammen. Denn da war etwas zwischen Richard und Selina – eine Verbundenheit, die so dicht, so spürbar war, dass sie für Maya beinahe greifbar schien. Wie ein Geheimnis, das beide miteinander teilten und von dem Maya ausgeschlossen war. Sie war kurz davor, sich einfach umzudrehen und davonzulaufen, als Richard sie an den Schultern nahm und sanft nach vorne schob. »Würdest du meiner kleinen Freundin hier aus der Hand lesen?«

Maya fühlte Selinas eindringlichen Blick auf sich ruhen, und ihre Eifersucht mischte sich mit dem Stolz, dass Richard sie hierher mitgenommen hatte, sie mit diesen Worten vorgestellt hatte. Ebenso trotzig wie furchtlos erwiderte sie Selinas Blick. Diese legte den Kopf in den Nacken und begann schallend zu lachen. »Nun sieh dir das an, Dick: Am liebsten würde sie mir auf der Stelle die Augen auskratzen!« Immer noch lachend, setzte sie sich breitbeinig wieder auf den Baumstumpf und winkte Maya zu sich. »Komm schon her, Kleine.«

Auf einen Stupser Richards hin setzte sich Maya in Bewegung, einerseits widerwillig, andererseits voller Neugierde und Faszination. Die Zigeunerin streckte ihre Hände aus, und zögerlich legte Maya erst ihre eine, dann ihre andere Hand hinein. Gegen ihren Willen ließen die Wärme von Selinas Handflächen auf ihrer Haut und die Fingerkuppen, die sanft über ihren Handteller strichen, in Maya Zuneigung für die fremde Frau aufkeimen. Selina roch nach etwas Scharfem, Würzigem, das Maya nicht kannte, ihr aber keineswegs unangenehm war. An den ersten Falten unter ihren Augen sah Maya, dass sie nicht mehr ganz jung war.

Konzentriert wanderten Selinas Blicke über Mayas Handflächen, und das Mädchen bebte in der Erwartung dessen, was die Zigeunerin darin wohl finden würde – Gutes oder Schlechtes?

»Ich sehe hohe Mauern, die sich jedoch überwinden lassen. Einen weiten Himmel, der zur Last wird. Viel Sehnsucht und schwere Prüfungen auf deinem Lebensweg. Sei aber unbesorgt: Du wirst jede davon meistern, denn du hast vom Leben alles mitbekommen, was du brauchen wirst.« Sie stutzte, drehte Mayas Linke um ein paar Grad, dann schmunzelte sie. »Siehst du das hier?« Sie drückte Mayas Hand leicht zusammen und zeichnete mit der Fingerspitze drei zusammenhängende Linien nach, senkte ihre Stimme zu einem so leisen Flüstern, dass Maya sie kaum mehr verstehen konnte. »Siehst du das? Den Buchstaben *R* hier? Er wird dein Schicksal sein. Er wird dich an ferne Küsten führen und dir die große Liebe bringen.« Eindringlich sah sie Maya in die Augen. »Lass aber nie zu, dass dir einer das Herz bricht.« Mit einem kaum merklichen Rucken ihres Kopfes huschte ihr Blick zu Richard hinüber, und ein feines Lächeln umspielte ihre Mundwinkel. »Schon gar nicht einer wie der da.« Und eine Wärme schien in ihren Augen auf, als sie Maya erst über die Wange, dann über ihre Stirn strich, als wollte sie sie segnen. »Sei guten Mutes, was auch immer geschehen mag: Die Götter meinen es gut mit dir.« Tief durchatmend stand sie auf und winkte ab, als Richard ihr Geld zustecken wollte. »Lass, Dick! Für die Kleine habe ich das gerne gemacht.«

Auf dem Rückweg war es nun an Richard, Maya auszufragen, was ihr Selina aus der Hand gelesen hatte. Doch Maya hatte nur stumm und beharrlich den Kopf geschüttelt. Das Wissen darum gehörte ihr, ihr ganz allein. Und den ganzen Weg über, den restlichen Tag bis zum Schlafengehen hatte sie die linke Hand sachte geschlossen gehalten, als könnte ihr das, was Selina darin gesehen hatte, entgleiten.

»Du hörst mir ja gar nicht zu!« Entnervt und höchst unschicklich stampfte Angelina mit dem Fuß auf. Maya blinzelte ein paar Mal verwirrt, errötete, als sie bemerkte, dass sie ihre Linke zur Faust geballt hatte und an ihr Herz gepresst hielt. Verstohlen löste sie die Finger und schob die Hand schnell in die Falten ihrer Röcke.

»Entschuldige«, murmelte sie verlegen, »ich habe nur gerade –«

»Wo bist du bloß immer mit deinen Gedanken?« Angelina schüttelte verständnislos den Kopf, fuhr gleich darauf prüfend mit den Fingerspitzen über ihren Haaransatz, um sicherzugehen, dass sich dadurch kein unliebsames Härchen aus ihrer sorgfältig gescheitelten und am Hinterkopf aufgesteckten Frisur gelöst hatte. »Wirklich, Maya, allmählich wird es Zeit, dass du erwachsen wirst und nicht immer in kindischen Tagträumereien schwelgst. So findest du nie einen Mann! Und was soll dann aus dir werden, hm? Willst du ewig hier in Black Hall bei Mama und Papa bleiben?« Dabei betonte sie die Worte *Mama* und *Papa* auf der letzten Silbe, mit lang gezogenem »a« am Ende, weil das in ihren Ohren so schön vornehm klang.

»Schon gut«, murmelte Maya, die keinerlei Neigung verspürte, dieses Thema zu vertiefen. Sie legte die Feder beiseite und schickte sich an, aufzustehen. »Lass uns hinuntergehen.«

»In diesem Aufzug?« Angelina starrte ihre Schwester aus weit aufgerissenen Augen an.

»Ja – warum denn nicht?« Maya blickte erstaunt an sich herunter, zuckte schließlich mit der Schulter, ehe sie sich daranmachte, den staubigen Saum ihres marineblauen Kleides auszuklopfen, zwei Finger mit Spucke zu benetzen, um damit die Schneeränder auf ihren Stiefelspitzen wegzurubbeln. Und als sie dabei bemerkte, dass die weiße Manschette ihres rechten Ärmels ein Tintenklecks zierte, schlug sie diese einfach einmal um. In zwei Schritten war Angelina bei ihr, ging ohne Rücksicht auf ihr Kleid in die Knie und nahm Mayas Hände in die ihren, schüttelte sie leicht, um dem eindringlichen Blick, mit dem sie ihre Schwester ansah, noch mehr Gewicht zu verleihen. »Ich habe dich nie um etwas gebeten, Maya.« Was zweifellos der Wahrheit entsprach, wie diese in einem kurzen Anflug von Bitterkeit dachte – Angelina hatte sich immer genommen, was sie wollte, in der felsenfesten Überzeugung, dass ihr ohnehin von Geburt an alles zustand. »Aber du musst heute Abend einfach einen guten Eindruck machen! Ralph stammt aus einer vornehmen Familie; er wird uns alle genau unter die Lupe nehmen, ehe er mich auch nur in Erwägung zieht.«

Maya runzelte die Stirn. »Du kennst ihn doch noch gar nicht – und er dich genauso wenig!«

»Das kommt schon noch«, gab sich Angelina zuversichtlich. »Maya, wenn du mir meine Chancen bei diesem Mann verdirbst, dann«, sie machte eine kunstvolle Pause und fügte mit Grabesstimme hinzu: »Dann werde ich dir das mein Lebtag nicht verzeihen.«

Es war nicht so, dass Maya diese Drohung sonderlich beeindruckt hätte, aber sie wusste, Angelina würde ohnehin keine Ruhe geben, bis sie sich umgezogen hätte. Und wenn das Glück ihrer Schwester wirklich so sehr daran hing, so konnte Maya ihr durchaus diesen kleinen Gefallen tun.

»Aber was soll ich denn …«, entgegnete sie ratlos und kam sich dabei ungeschickt und lächerlich vor.

»Da finden wir schon was, keine Sorge.« Angelina klopfte ihr aufmunternd aufs Knie und erhob sich. Ihr Blick huschte zur Uhr, als sie mit spitzen Fingern eine von Mayas Haarsträhnen abteilte und kritisch musterte. »Viel Zeit haben wir ja nicht mehr, um daraus noch etwas Ordentliches zu machen«, seufzte sie. »Aber mir wird schon etwas einfallen!«

5

»So können wir es lassen.« Angelinas Miene zeigte äußerste Zufriedenheit mit ihrem vollbrachten Werk, während Maya sich unsicher, aber keinesfalls ungern in dem hohen Standspiegel im Zimmer ihrer Schwester betrachtete.

Das cognacfarbene Taftkleid hatte ihre Mutter ihr im letzten Winter anfertigen lassen, doch heute trug Maya es zum ersten Mal. Es war ihr immer zu schade gewesen, fürchtete sie doch, bei den ihr so verhassten Abendeinladungen, zu denen ihre Mutter sie mitzugehen zwang, Portwein oder Schokoladensauce darauf zu kleckern. Unter dem spitz zulaufenden Mieder bauschte sich der weite Rock, verstärkt durch mehrere Unterröcke. Fünf übereinander liegende Reihen moccabrauner Spitze entlang des Ausschnitts ließen die Schultern frei, überdeckten die kurzen Ärmel und wiederholten sich am Rocksaum. Eine große goldene Brosche mit einer Kamee aus bräunlichem Karneol am Dekolleté und ein farblich passendes Armband vervollständigten die Abendgarderobe. Vorsichtig neigte Maya den Kopf und wandte ihn nach links und rechts. »Danke«, wisperte sie glücklich.

Die Zeit war zu knapp gewesen, um mit der Brennschere zu arbeiten und Mayas widerspenstige Locken zu einem ähnlich komplizierten Gebilde wie Angelinas Frisur zu formen. Stattdessen hatte Angelina das Haar ihrer Schwester erbarmungslos mit Bürste und Kamm bearbeitet, was Maya nur mit zusammengebissenen Zähnen ertragen hatte, schließlich mit Haaröl seidig gestriegelt und einen akkuraten Seitenscheitel gezogen. Dann war das Haar zu einem großen glatten Knoten im Nacken festgesteckt worden, mit so vielen auf der Kopfhaut pieksenden Nadeln, dass sich Maya wie das Nadelkissen im Nähkorb ihrer Mutter fühlte. »Eigentlich mehr etwas für ältere Damen, aber durchaus *à la mode*«, lautete Angelinas fachmännischer Kommentar. Maya gefiel sich dennoch mit dieser strengen Haartracht, die ihre Augen größer wirken ließ, ihr klares, klassisches Profil und ihre vollen Lippen, von Natur aus in einem satten Rosenholzton, betonte. Die Farben des Kleides ließen Maya eine Spur blasser erscheinen, aber immer noch nicht blass genug, um auch nur annähernd mit Angelina in Konkurrenz treten zu können. Dafür schickten sie einen zarten Schimmer über ihre Haut. Fremd wirkte sie, geheimnisvoll, wie eine Spanierin. *Oder wie eine Zigeunerin …* Einen Augenblick lang befiel sie der brennende Wunsch, Richard könnte sie jetzt so sehen, und es waren nicht die Fischbeinstäbe des Korsetts, die ihre Brust plötzlich so eng werden ließen.

»Ladys!«, ertönte Gerald Greenwoods Bass von unten die Treppe herauf. Maya wollte loseilen, doch Angelina hielt sie am Arm zurück. »Nicht so hastig! Gentlemen muss man warten lassen. Nur so wissen sie unsere Gesellschaft auch wirklich zu schätzen.« In aller Seelenruhe fuhr sich Angelina vor dem Spiegel noch einmal über ihre Augenbrauen, zupfte hier an einem Volant, dort an einer Falte, kaute auf ihren Lippen herum, dass sie Farbe bekamen, kniff sich zum selben Zweck in die Wangen. Abschließend zog sie eine Schnute und betrachtete sich von allen Seiten. Maya fragte sich einmal mehr, wie sie beide die Töchter ihrer Eltern, zusammen aufgewachsen und dennoch so verschieden sein konnten. »Und kehr bitte nicht so den Blaustrumpf raus«, bat Angelina sie nebenbei eindringlich, »das macht sich nie gut. Ich denke, jetzt können wir hinuntergehen.«

Hand in Hand, mit der jeweils anderen die Röcke raffend, schritten sie die Treppe hinab, in einem seltenen Moment schwesterlicher Eintracht. Wie früher als kleine Mädchen, am Weihnachtsmorgen, wenn sie kerzengerade im Bett gesessen hatten, sich flüsternd versicherten, »Jetzt, jetzt ganz gewiss!« müsse *Father Christmas* doch schon da gewesen sein, bis sie es nicht mehr aushielten und dann kichernd, mit ineinander verschränkten Patschhändchen und barfuß die Treppen hinuntergehüpft waren, um nachzusehen und sich dann auf die Päckchen zu stürzen.

»Halt dich gerade«, zischte Angelina ihr auf dem letzten Treppenabsatz zu, der bereits im Schein der hell erleuchteten Halle lag.

»Kunststück, so eng, wie du die Schnüre des Korsetts angezogen hast«, fauchte Maya zurück.

Auf der nächsten Stufe entfuhr Angelina ein gequältes Stöhnen. »Oh nein, Vater zeigt ihm gerade diese furchtbaren Tonscherben! Wie unangenehm!«

Tatsächlich stand Gerald Greenwood in seinem guten braunen Anzug vor der schlanken, hohen Vitrine, die an den schmalen Wandstreifen zwischen den Türen zum Speisezimmer und zum Salon gerückt war. Mit schwungvollen Gesten erläuterte er Fundort, Alter, Urheberschaft und Zweck der antiken Stücke. Wie Maya ihn kannte, tat er dies mit lebendigen Beschreibungen und anschaulichen Beispielen, gewürzt mit humorvollen Anekdoten, und eine Welle der Zärtlichkeit für ihren Vater zog durch sie hindurch. Jonathan lehnte lässig am Türrahmen auf der anderen Seite, ließ gedankenvoll die zimtfarbene Flüssigkeit in seinem niedrigen, zylindrischen Glas kreisen, während er Gerald immer wieder mit einer Mischung aus liebevoller Nachsicht und echtem Interesse ansah – als hätte er diese Geschichten im Laufe seines Lebens nicht schon Dutzende Male zu hören bekommen. Den Gast, der ihre Schwester in ein solches Entzücken versetzt hatte, konnte Maya nur von hinten sehen: glattgebürstetes, helles Haar, eine aufrechte Haltung, ohne militärisch stramm zu stehen, scheinbar gänzlich vertieft in die Ausführungen seines Gastgebers. Des Weiteren breite Schultern unter einem khakifarbenen Waffenrock, lange, gerade geschnittene Hosen in der gleichen Nuance, einen dunkelroten Streifen entlang der Hosennaht. Seine Linke hatte er auf den Rücken gelegt – eine kräftig sehnige, leicht gebräunte Hand unterhalb des Ärmelsaums, der wie der Stehkragen des Rocks weinrot abgesetzt und mit goldener Kordelstickerei in Form eines kompliziertes Knotenmusters verziert war. *Wie farblos*, dachte Maya enttäuscht, als Angelinas Hand sich feucht vor Aufregung fester um die ihre schloss.

Jonathan wurde als Erster auf sie beide aufmerksam, und ein Strahlen glitt über sein Gesicht. Er drückte sich von der Wand weg und hob sein Glas in ihre Richtung. »Endlich gibt sich auch die holde Weiblichkeit die Ehre!«

»Reizend seht ihr zwei aus!«, rief Gerald Greenwood ihnen entgegen, sichtbar stolz auf seine beiden Töchter. Die Wärme in seinen nussfarbenen Augen ließ sein Gesicht trotz vollständig ergrauten Haares und Bartes jugendlich wirken. Auch Ralph Garrett wandte sich um und hielt mitten in der Bewegung inne, mit der er das Glas in seiner Rechten zum Mund hatte führen wollen.

Maya blieb wie angewurzelt stehen. Urplötzlich begriff sie Angelinas Schwärmerei für den Freund ihres Bruders. Der Schöpfer hatte es mit Ralph Garrett scheinbar besonders gut gemeint: Seine Züge waren fein geschnitten und harmonisch ausgewogen, aber weit davon entfernt, weich oder gar feminin zu sein. Und trotz der Gefälligkeit für das Auge war das Äußere von Ralph Garrett keines von jener Sorte, das man sofort wieder vergaß. Ein eigenartiges, blassgoldenes Leuchten ging von ihm aus, eine heitere Ernsthaftigkeit, gepaart mit stillvergnügter, sonniger Lebensfreude – in allem das genaue Gegenteil von Richard Francis Burton. Maya nahm kaum wahr, dass Angelina ihr etwas zuzischelte, ihr die Fingernägel in die Handfläche bohrte, sie schließlich achselzuckend losließ und an ihr vorbei die letzten paar Stufen hinabstolzierte. Langsam senkte Ralph Garrett sein Glas, doch noch immer hielten seine grauen Augen die dunklen Mayas fest. Sein Gesichtsausdruck wandelte sich von Überraschtheit zu Neugierde, schließlich zu freudiger Erwartung, als sich seine Lippen in einem vorsichtigen Lächeln schlossen.

Maya tastete nach dem Handlauf des Geländers, überzeugt davon, die letzten Stufen hinunter auf den glatten Sohlen der dünnen, stoffbezogenen Abendschuhe noch ins Straucheln zu geraten. Und dennoch fiel es ihr schwer, ihren Blick auch nur für eine Sekunde von Ralph Garrett zu lösen. Umso größer die Erleichterung, als Jonathan sie unten in Empfang nahm, den Arm um ihre Schultern legte und sie an sich drückte.

»Ralph, darf ich dir meine andere Schwester Maya vorstellen? Sie hat nicht nur einen hübschen, sondern auch einen ausnehmend klugen Kopf!« Unbekümmert drückte er einen herzhaften Kuss auf ihre Schläfe, wies dann mit seinem Glas auf Ralph. »Das, Maya, ist Ralph Garrett, der mir die Zeit während der Reise hierher aufs Angenehmste vertrieben hat.«

»Was absolut auf Gegenseitigkeit beruhte«, lachte Ralph, wechselte sein Glas in die Linke und nahm Mayas Hand, die sie ihm mit der Andeutung eines Knickses entgegenstreckte. Er hatte eine angenehme Stimme, tief und weich und ebenso warm wie sein Lachen. Kaum vorstellbar, dass er damit auf dem Exerzierplatz militärische Kommandos brüllte, fand Maya. »Es freut mich, Sie kennenzulernen, Miss Greenwood«, sagte er, als er sich über ihre Hand beugte.

»Angenehm«, murmelte Maya verlegen, der bei seiner Berührung heiß und kalt wurde.

In diesem Augenblick erschien Martha Greenwood mit erwartungsvoll gefalteten Händen, nachdem sie noch die letzten Korrekturen an den Gedecken und dem Blumenbukett vorgenommen hatte. »Kommt ihr, meine Lieben? Es ist alles bereit!« Ihre roten Wangen und der Glanz in ihren Augen verrieten ihre aufgeregte Vorfreude. Mayas Augenbrauen schnellten empor, als sie bemerkte, dass ihre Mutter ihr teures mitternachtsblaues Seidenkleid und die Brillantohrringe trug, die noch von Geralds Mutter stammten. Offensichtlich schien sie Ralph Garretts Anwesenheit ganz in die Nähe einer königlichen Stippvisite zu rücken …

»Darf ich Sie zu Ihrem Platz begleiten, Miss Greenwood?« Mit einer erneuten leichten Verbeugung hielt Ralph Garrett ihr seinen angewinkelten Arm hin. Hätten Blicke töten können, wäre Maya in diesem Augenblick unter den Augen ihrer Schwester, die sich sichtbar widerwillig mit Jonathans Arm begnügte, leblos auf den rostroten Teppich niedergesunken.

»… Montpellier House, nur wenige Meilen von Cheltenham entfernt, und unweit des gleichnamigen Dorfes, das zum Herrenhaus gehört«, beantwortete Ralph über der klaren Ochsenschwanzsuppe die Frage seiner Gastgeberin.

»Sie besitzen ein *Dorf?*« Die Augen Angelinas, die zur Rechten Ralphs saß, weiteten sich ungläubig vor Bewunderung.

»Nicht ganz, Miss Angelina«, bemühte sich dieser richtigzustellen. »Teilweise den Grund und Boden – aber dieser gehört auch nicht *mir*, sondern meinem älteren Bruder Thomas, seit er nach dem Tod meines Vaters Titel und Besitz übernommen hat. Ich war über fünf Jahre nicht mehr zuhause; sicher hat sich eine Menge verändert in dieser Zeit. Zum ersten Mal werde ich jetzt die Gattin meines Bruders kennenlernen und meinen kleinen Neffen.«

»Oh, dann sind Sie gewiss weitaus Besseres gewöhnt als unser bescheidenes Heim«, warf Martha Greenwood von gegenüber mit einem nervösen Auflachen ein.

»Aber nein, Madam, das hört sich alles großartiger an, als es tatsächlich ist. Was ich bislang von Black Hall gesehen habe, gefällt mir sehr gut. Und ich schätze es sehr, wenn es weniger – hm – *formell* zugeht als bei uns zuhause.« Was offensichtlich als recht zweifelhaftes Kompliment ankam, urteilte man nach der Art und Weise, wie Martha Greenwood pikiert durch die Nase einatmete. Eine angespannte Stille trat ein, in der nur noch das leise Klingen von Besteck gegen Porzellan zu hören war. Ralph schien sich unwohl in seiner Haut zu fühlen. Und das nicht nur, weil ihm soeben dieser kleine Fauxpas unterlaufen war. Es war ihm sichtlich unangenehm, derart über seine Herkunft ausgefragt zu werden – ganz so, als sei er bereits als ernsthafter Bewerber um Angelinas Hand über die Schwelle des Hauses getreten. Mitgefühl regte sich in Maya, die zur Linken ihrer Mutter saß, und gleichzeitig empfand sie es als einen sehr einnehmenden Zug von ihm, dass er sich so bescheiden gab, nicht mit Titel und Grundbesitz seiner Familie protzte. Sie warf ihm einen aufmunternden Blick schräg über den kerzenerleuchteten Tisch zu, den Ralph dankbar erwiderte.

»Was hat Sie denn dazu bewogen, in die Armee einzutreten, Mr. Garrett?«, ließ sich Gerald Greenwood am Kopfende der Tafel vernehmen, sichtlich bemüht, die Stimmung zu retten.

»Das hat in meiner Familie Tradition«, erklärte Ralph, während Hazel die leeren Suppenteller des guten Wedgwood-Services abräumte und die vorgewärmten Teller für das Hauptgericht reihum verteilte. »Schon seit fünf Generationen zieht es immer mindestens einen Sohn der Garretts zur Armee. Auch mein Onkel, der Bruder meines Vaters, hat in Indien gedient.

Aber ich will nicht verhehlen, dass mich die Kameradschaft in der Armee reizt, die Aufstiegschancen – und nicht zuletzt auch das Abenteuer«, fügte er mit einem verlegenen Lächeln hinzu. »Die Grenzen des Britischen Empire in fernen Ländern zu verteidigen – das hat schon eine gewisse Faszination.«

»Ist das nicht furchtbar gefährlich?« Angelina bedachte ihren Tischnachbarn mit einem hingebungsvollen Blick. Eine Platte mit dem verlockend duftenden Roastbeef wurde aufgetragen, Schüsseln mit gedämpftem, noch knackigem Kohl und sahnigem Kartoffelpüree. Abgerundet wurde der Hauptgang mit gebundenem und abgeschmeckten Bratenfond und nicht zu vergessen mit Roses viel gerühmter Sauce aus heißer Milch, Butter und Brotwürfeln, gewürzt mit Zwiebeln, Salz, Nelken, Pfeffer und Lorbeerblatt. Hazel in ihrer Uniform aus schwarzem Kleid, spitzenumrandeter, weißer Schürze und passendem Häubchen wünschte mit einem Knicks »Guten Appetit«, ehe sie ihren Servierwagen wieder hinausrollte.

Ralph rückte konzentriert die auf seinem Schoß liegende Serviette zurecht und erwiderte offenbar an niemanden Bestimmtes gerichtet: »Gefährlich ist so vieles … Träumen wir nicht alle auf eine Art davon, Helden zu sein? Und sei es nur, dass wir etwas Besonderes aus unserem Leben machen wollen?« Sein Blick traf Mayas, und beide lächelten sich für einen Moment zu, voll gegenseitigen Verstehens. Als er sah, wie Gerald zu seiner Linken eine einladende Geste mit dem Vorlegebesteck für das Roastbeef machte, beeilte er sich, seinen Teller hinüberzureichen.

»Nun, mein Sohn hier«, Gerald warf Jonathan über die Länge des Tisches hinweg einen Blick zu, während er in seiner Eigenschaft als Hausherr nacheinander alle mit den innen noch zartrosa Scheiben des Bratens versorgte, »hat Ihnen sicher erzählt, dass bei uns der Beruf des Arztes in der Familie liegt. Er ist allerdings der Erste, der sich ebenfalls vom Abenteuer der Armee locken ließ. Wenn er auch immer standhaft behauptet hat, seine Beweggründe seien …«

»Bitte, Vater!« Jonathan rollte in gespieltem Ärger mit den Augen. »Nicht *das* schon wieder!«

»Mein Vater glaubt nämlich«, warf Maya auf einen ratlosen Blick Ralphs hin rasch ein, als sie Jonathan die Schüssel mit dem Gemüse weiterreichte und nach einer der Saucièren langte, »dass für einen englischen Arzt die Kenntnisse tropischer Krankheiten wie Sumpf- oder Denguefieber –«

»Maya!«, zischte Martha neben ihr entsetzt. »Das ist ungehörig! Wir sind beim Essen!«

»… von keinem großen Nutzen sind«, ergänzte Jonathan in aller Seelenruhe, während er sorgfältig mit dem Schöpflöffel eine Pyramide der grünen Röschen auf seinem Teller errichtete. »Wohingegen ich wiederum Erfahrungswerte mit der *Cholera* durchaus auch für unsere Breitengrade als sehr sinnvoll erachte. Denken wir nur an die Epidemie hier in Oxford in den Vierzigern mit etwas über sechzig Todesfällen.« Er gab die Schüssel an Angelina weiter. Und nur wer sehr genau hinsah, konnte den verschwörerischen Blick entdecken, den Jonathan und Maya unter gesenkten Lidern austauschten, dabei scheinbar ganz auf ihre Teller konzentriert.

»Nun«, hüstelte Gerald Greenwood kurz hinter vorgehaltener Hand, ein verräterisches Zucken um die Mundwinkel, und legte seine Linke begütigend auf den Unterarm seiner Frau, »da die drei Jahre um sind, für die er sich verpflichtet hatte, hoffe ich doch, dass Jonathan sich jetzt eine entsprechende zivile Anstellung suchen wird. Mein älterer Bruder ist am hiesigen Hospital tätig und denkt daran, sich in den nächsten Jahren zur Ruhe zu setzen. Und einer meiner Cousins hat eine sehr rentable Praxis in London.«

»Noch ist meine offizielle Dienstzeit nicht ganz um, Vater. Erst nach Ende meines Urlaubs in vier Monaten. Aber da wir gerade auf dieses Thema zu sprechen kommen«, Jonathan legte das Messer auf dem Tellerrand ab und fuhr nachdenklich mit den Fingerspitzen über das geriffelte Muster seines Weinkelches, »ich möchte, ehrlich gesagt, erst die Entwicklung auf der Bühne der Weltpolitik abwarten. Sollte England tatsächlich Russland den Krieg erklären, würde ich mich gerne freiwillig melden. Ärzte sind in Kriegszeiten bei den Regimentern mehr als willkommen.«

Martha Greenwood ließ ihr Besteck sinken und sah ihren Stiefsohn kummervoll an. »Du bist doch gerade erst angekommen, Jonathan. Müssen wir das denn heute …« Hilfesuchend blickte sie zu ihrem Gatten, und auch Angelina und Maya wechselten einen langen, sichtlich beklommenen Blick.

Gerald Greenwood räusperte sich verhalten, als er sich mit der Serviette den Mund abtupfte. »Was man so liest und hört, scheint ein Kriegseintritt tatsächlich unvermeidlich.«

Die Lage im Osten war schon lange brisant gewesen. »Der kranke Mann am Bosporus«, wie man das Osmanische Reich der Türken vielfach nannte, war durch Aufstände innerhalb seiner Grenzen geschwächt. Zar Nikolaus I. von Russland sah darin seine Chance, seinen Machtbereich in Europa zu vergrößern, vor allem einen Zugang zu den strategisch wichtigen Punkten im Mittelmeer zu erlangen, aber auch zu den Meerengen des Bosporus und der Dardanellen. Früher schon hatte der russische Zar versucht, Österreich und England für eine Zerschlagung des Osmanischen Reiches zu gewinnen. England und Frankreich hatten sich jedoch gegen diesen Plan gesperrt. Weder wollten sie derartige Schlüsselpositionen in den gierigen Händen Russlands wissen – noch behagte ihnen der Gedanke an ein Machtvakuum mit enormem Kriegspotential, sollte das Osmanische Reich gänzlich zusammenbrechen.

Doch Zar Nikolaus gab keine Ruhe. Er schrieb sich die Befreiung orthodoxer slawischer Völker vom Joch der osmanischen Herrschaft auf die Fahnen. Entsandte einen Diplomaten an den Hof von Konstantinopel, der völlig überzogene Forderungen an den Sultan stellte. Vor allem die Frage, welche Nation Hüter der heiligen Stätten der Christenheit im osmanischen Jerusalem sein sollte, war strittig. Zar Nikolaus beanspruchte dies allein für Russland und dessen orthodoxe Kirche, womit sich das katholische Frankreich unter Kaiser Napoleon III. aber keineswegs einverstanden erklären wollte. Als der Sultan auf Nikolaus' Ultimatum nicht einging, genügte dies Russland als Vorwand für ein militärisches Vorgehen. Im Juli war die russische Armee in die Donaufürstentümer von Moldau und der Walachei einmarschiert. Und nachdem mehrere diplomatische Vermittlungsversuche gescheitert waren, war dann im Oktober die offizielle Kriegserklärung des Osmanischen Reiches erfolgt. Nun herrschte ein Krieg auf dem Balkan, der sowohl Frankreich als auch England beunruhigte.

»Innerhalb von fünfzig Jahren hat Russland sein Herrschaftsgebiet auf europäischem Boden nahezu verdoppelt«, meldete sich Maya zu Wort, ohne sich von Angelinas warnendem Blick einschüchtern zu lassen. »Nur achthundertfünfzig Meilen trennen es von Wien, Berlin, Dresden, München und Paris. Vierhundertfünfzig Meilen von Konstantinopel und nur eine Handvoll Meilen von Stockholm. Eintausend Meilen von Britisch-Indien und genauso viele von Persien.«

»Genauso ist es, Miss Greenwood.« Ralph nickt ihr anerkennend zu. Mit den Zeigefingern markierte er imaginäre Punkte auf dem Tischtuch aus weißem Damast. »Ein russisches Regiment, das am westlichen Ufer des Kaspischen Meeres stationiert ist, befindet sich dort in größerer Distanz zu St. Petersburg als zu Lahore im Punjab. Und die russischen Batallione an der Grenze zu Persien sind näher an Delhi als an ihrer heimatlichen Basis in der Hauptstadt.«

»Noch trennen zum Glück eine Handvoll Pufferstaaten Indien vom Zarenreich«, fügte Jonathan hinzu, »aber in Westminster hat man das Gefühl, jeglicher Vormarsch Russlands sollte von nun an besser Anlass zu Misstrauen geben.«

»*The Great Game*, das große Spiel«, murmelte Gerald, nahm einen Schluck Wein und drehte das Glas nachdenklich hin und her, als er es wieder abstellte. »An Indiens nordwestlichen Grenzen treffen die Interessen Russlands und Englands aufeinander. Russland hätte gerne einen eisfreien Hafen im Indischen Ozean. Und England ist der wichtigste Handelspartner des Osmanischen Reiches und will natürlich vor allem die Verbindungswege nach Indien kontrollieren. Früher konnte es uns gleich sein, ob in Konstantinopel über der Hagia Sophia der Halbmond flattert oder nicht, jetzt schon lange nicht mehr. Der Überlandweg nach Indien folgt den alten Karawanenrouten – über die Berge Kleinasiens und hinunter ins Tal des Euphrat. Auch der kürzeste aller Wege, per Schiff nach Alexandria, von dort die arabische Westküste hinunter bis zum englisch besetzten Hafen von Aden und dann in den Indischen Ozean – auch dieser Weg führt zum Teil über osmanische Gebiete. Wenn Russland sich diese Gebiete einverleibt, kann es ganz Europa komplett vom Osten abschneiden.«

»Insofern war es ein kluger Schachzug, eine britische Flotte in den Bosporus zu entsenden«, philosophierte Ralph über seinem Wein.

»Das hat den Zaren aber offensichtlich nicht beeindruckt – sonst hätte er wohl kaum Ende November mit seiner Schwarzmeerflotte im Hafen von Sinope die dort vor Anker liegenden türkischen Schiffe und einen Teil der Stadt in Brand geschossen«, erwiderte Maya hitzig. Und zuckte gleich darauf zusammen, als Angelinas Schuhspitze sie unsanft unterhalb des Knies traf.

»Offensichtlich«, stimmte Ralph ihr zu. Ein feines Lächeln umspielte seine Mundwinkel, und er bedachte Maya mit einem langen Blick, der sie erröten und rasch den Kopf senken ließ. Hazel sammelte die leeren Teller ein, und sich zurücklehnend fuhr Ralph fort: »Mein Kommandant würde es zwar bedauern, verließe ich das Corps auf unbestimmte Zeit. Aber ich bin mit seiner Erlaubnis aufgebrochen, mich um die Versetzung in ein Frontregiment zu bewerben, sollte der Kriegsfall eintreten.«

»Nun«, seufzte Gerald auf, »vielleicht muss es auch gar nicht so weit kommen. Nicht jeder Krieg verlangt notwendigerweise ein Eingreifen der Britischen Krone. Und, meine Herren, aus Rücksicht auf unsere Ladys hier am Tisch«, zärtlich strich er Martha, deren erst beunruhigte, dann ungehaltene Blicke er aus dem Augenwinkel heraus aufgefangen hatte, über die Finger, nickte dann jeweils Maya und Angelina zu, »setzen wir dieses Gespräch vielleicht später in meinem Arbeitszimmer oder dem Salon fort und wenden uns einstweilen angenehmeren Dingen zu. – Ah, Mandelpudding!«, rief er aus, als er sah, was Hazel zum Dessert servierte, und tätschelte beglückt die Hand seiner Frau. »Dass du daran gedacht hast, meine Liebe!«

»Und *Welsh Rarebits*«, ergänzte Martha strahlend und deutete auf die mit einer Mischung aus geschmolzenem Käse, Milch und Bier überbackenen Toastecken. »Falls Sie lieber einen herzhaften Abschluss des Dinners bevorzugen, Mr. Garrett.«

Ralph neigte leicht den Kopf in ihre Richtung. »Vielen Dank, Mrs. Greenwood. Ihr Dinner hat meinen Geschmack vollends getroffen.«

Martha Greenwood winkte leichthin ab, aber es war deutlich zu sehen, wie groß ihre Freude über diese Bemerkung war. »Gäste wie Sie zu bewirten ist ein reines Vergnügen. Zu schade, dass Sie morgen schon wieder weiterreisen müssen. So haben Sie gar keine Gelegenheit mehr, sich noch etwas von unserer schönen Stadt anzusehen.« *Oh Mutter*, stöhnte Maya ob des lauernden Tonfalls in Marthas Stimme innerlich auf, und doch schlug ihr Herz schneller vor Hoffnung.

»Nun«, Ralphs Augen wanderten etwas unsicher von seiner Gastgeberin zu Gerald, hinüber zu Jonathan, blieben dann an Maya hängen. »Eigentlich erwartet mich meine Familie erst übermorgen …«

Maya starrte verkrampft auf ihr noch unberührtes Dessert. Unter dem Tisch ballte sich ihre Linke zur Faust. *Bitte bleib*, bat sie stumm.

»Oh, dann müssen Sie ganz einfach noch so lange bleiben«, jubelte Angelina. »Das wäre wundervoll!«

»Sie sind herzlich eingeladen, Mr. Garrett«, bestätigte Gerald. »So lange sie möchten. Ihr vier«, mit dem Dessertlöffel wies er reihum auf die jungen Leute, »könntet euch morgen einen netten Tag in der Stadt machen.« Schmunzelnd sah er seine Gattin an. »Dann steht ihr der Herrin des Hauses bei den Weihnachtsvorbereitungen nicht unnütz im Weg herum.«

Es blieb still nach Geralds Worten. Nur einen winzigen Augenblick lang, aber zu lange für Maya. Sie sah auf, und ihr Blick traf sich mit dem Ralphs, der den ihren so festhielt wie zuvor in der Halle. Und genauso breitete sich jetzt ein Lächeln auf seinem Gesicht aus, das Maya ein wohliges Flattern durch die Magengegend schickte. »Vielen Dank. Ich bleibe sehr gerne.«

6

»Premierminister Lord Aberdeen ist nicht begeistert von der Aussicht auf einen baldigen Krieg«, berichtete Gerald Greenwood und betrachtete nachdenklich den glimmenden Stumpen, den er zwischen den Fingern hin- und hergerollte. Zur Feier des Abends hatte er seine Pfeife liegen gelassen und stattdessen sich und den beiden jungen Männern je eine seiner teuren Zigarren spendiert. »Und Ihre Majestäten Königin Victoria und Prinzgemahl Albert haben sich ebenfalls grundsätzlich dagegen ausgesprochen.«

Es war schon weit nach Mitternacht; die jungen Damen hatten sich auf einen Wink Marthas hin recht bald nach dem letzten Glas Dessertwein zurückgezogen. Denn auch wenn Martha Greenwood ihrem Gast besondere Aufmerksamkeit hatte zuteilwerden lassen, war er doch als Freund ihres Sohnes ins Haus gekommen.

Und so war dieses Dinner ein ganz gewöhnliches Familienessen gewesen, und das rechtfertigte ihrer Meinung nach keine Ausnahme, was die strengen Zubettgehzeiten ihrer Töchter anbetraf. Im Salon indes konnten die Herren rauchen und sich bei mehreren Gläsern eines zwölfjährigen Bowmore Single Malt ohne Rücksicht auf empfindsame Damenseelen über die Weltpolitik unterhalten.

»Der Kommentar der *Times* spricht sich ebenfalls dagegen

aus«, warf Ralph ein und hob die Zeitung an, durch die er gerade blätterte.

»Ha«, machte Jonathan und rutschte wohlig ein Stück tiefer in seinen Sessel. »Sogar *die!* Dabei wurde sie doch schon mehrfach als ›russisches Organ des Druckerviertels‹ geschmäht! Angeblich soll ja selbst Zar Nikolaus gar nicht so wild auf einen Krieg gewesen sein – lieber hätte er die Gebiete ohne große Gegenwehr einkassiert.«

»Bislang schien sich die englische Öffentlichkeit nicht sonderlich für diesen Krieg zu interessieren«, sinnierte Gerald halblaut. »Unsere Wirtschaft ist gerade auf Talfahrt. Hinzu kommt dieser ungewöhnlich strenge Winter in manchen Landesteilen. Vor allem in den Gebieten, die vom Ackerbau leben, hat das fatale Auswirkungen. Es gibt schon jetzt die ersten Aufstände, weil die Arbeit dort ruhen muss und die Tagelöhner ihre ohnehin kargen neun Shilling pro Woche nicht verdienen können. Aber ungeachtet dessen haben die lebhaften Schilderungen der Schlacht von Sinope die Emotionen hochkochen lassen. Nun spricht man überall davon.«

»Kein Wunder«, ließ sich Ralph vernehmen, als er die *Times* zusammenfaltete und auf den niedrigen Tisch vor ihnen fallen ließ, oben auf das dort liegende *Oxford Journal*. »Die Presse wettert lauthals gegen den Zaren und lobt die ›braven, aber schwachen Türken‹ in den Himmel. Sinope wird sich vielleicht als Zünglein an der Waage erweisen.«

Gerald stieß genussvoll den Rauch seiner Zigarre aus und sah Jonathan aus zusammengekniffenen Augen an. »Du bist zwar erwachsen und warst schon immer vernünftig für dein Alter, aber dennoch zöge ich es vor, du würdest dich im Kriegsfall nicht melden. Lieber wüsste ich dich bei deinem bisherigen Regiment in Bengalen denn an der Front.«

»Bei allem Respekt, Gerald«, Ralph beugte sich vor, griff nach seinem Glas und der Zigarre, die er auf dem Rand des

Aschenbechers abgelegt hatte, um die Hände für seine Lektüre frei zu haben, ehe er sich in den Sessel zurückfallen ließ. »Das Risiko, sich im ungesunden Klima Bengalens ein Fieber zu holen, ist weitaus höher, als im Lazarett hinter der Frontlinie irgendwie zu Schaden zu kommen.«

Jonathan warf ihm einen dankbaren Blick zu und ergänzte trocken: »Mir wird nichts Schlimmeres zustoßen, als im Ernstfall mit äußerst beschränkten Hilfsmitteln Gliedmaßen amputieren, heraushängende Eingeweide zurückstopfen und von Kugeln durchsiebte Kameraden wieder zusammenflicken zu müssen.«

Gerald schmunzelte. »Du klingst wie dein Großvater. Ich glaube, er hat es zeitlebens bedauert, dass er nie als Arzt in den Krieg ziehen konnte. Erst war er zu jung, und später hatte er schon Familie. Er hätte dir ganz sicher zugeredet. Apropos Familie – was wird denn die Ihre dazu sagen, Ralph?« Er richtete seine Aufmerksamkeit auf den Freund seines Sohnes, der ihm auf Anhieb so sympathisch gewesen war, dass er ihm gleich nach dem Dinner angeboten hatte, einander beim Vornamen zu nennen.

Dieser zuckte gleichgültig mit einer Schulter. »Seit meinem achtzehnten Lebensjahr bin ich Soldat, in den letzten Jahren sogar bei den *Guides* im nordwestlichen Grenzland – wir sind immer für den Kriegsfall bereit. Dieser immer wahrscheinlicher werdende Krieg gegen Russland würde mir nicht meinen ersten Kampf bringen. Meine Familie wäre über alle Maßen enttäuscht, würde ich mich nicht melden. Und ich selbst hielte mich auch für einen erbärmlichen Feigling.«

Mit hochgezogenen Augenbrauen starrte Gerald auf den letzten Schluck Whisky in seinem Glas. »Das ist eine Art zu denken, die mir schon immer fremd war. Mich haben Kriege nur im Abstand von zwei, drei Jahrtausenden interessiert: Wie sich dadurch die Machtverhältnisse zwischen einzelnen Völkern verlagerten. Wie eine Zivilisation dadurch eine andere vereinnahmte, sich die Kulturen so überlagerten und vermischten. Und natürlich, was an Überresten eines solchen Krieges noch erhalten blieb und welche Rückschlüsse das auf eine Nation zulässt.«

»›Drei, drei, drei, bei Issos Keilerei‹«, warf Jonathan keck den alten Merkspruch ein, als er den Zigarrenrest ausdrückte, und sein Vater quittierte sein freches Grinsen mit scherzhaft drohendem Zeigefinger.

»So, für mich alten Herrn wird es Zeit.« Er stellte sein leeres Glas ab und löschte seinen Stumpen im Aschenbecher aus. Als er sich erhob, deutete er auf die verstöpselte Kristallflasche und die hölzerne Zigarrenkiste. »Ihr bedient euch nach Herzenslust, ja? Gute Nacht, schlaft euch morgen ruhig so richtig aus.« Jonathan und Ralph, die höflicherweise auch aufgestanden waren, wünschten ihm mit festem Händedruck ebenfalls eine gute Nacht, und nachdem sich die Tür hinter Gerald geschlossen hatte, schwiegen sie beide einen Augenblick lang.

Jonathan lehnte sich gemütlich im Sessel zurück, die Beine übereinandergeschlagen, den schon etwas schweren Kopf auf die Handfläche gestützt, nachdem ihm im ersten Anlauf der Ellenbogen wieder von der Armlehne gerutscht war. Er hob sein Glas wie zum Gruß in die Luft. »Jetzt hast du uns alle zusammen leibhaftig erlebt.« Erwartungsvoll sah er seinen Freund an.

Ralph nickte bedächtig, als er seine Blicke durch den Salon schweifen ließ. Als müsste er zuerst die schweren, zugezogenen Portieren, die Möbel aus rötlich schimmerndem Holz und die Landschaften in Öl an den blau tapezierten Wänden mit den Bewohnern des Hauses in Einklang bringen. »Ich mag deine Familie. Sie ist so ganz anders als die meine. Bei uns geht es viel kühler zu, viel distanzierter. Solche offenen Gespräche bei Tisch, solche Neckereien, wenn Gäste – und seien es auch

Freunde des Hauses – anwesend sind ... Das wäre bei uns undenkbar.« Er nahm einen Schluck und zwinkerte Jonathan leichthin zu, als er sich wieder setzte. »Insofern wäre ich froh, bald wieder bei einem Regiment zu sein.«

Jonathans blank polierter schwarzer Schuh wippte auf und ab. »Ja, bei uns ist alles ein wenig anders. Aber für Oxford noch ganz im Rahmen. Die Professorenhaushalte mit Frauen und Kindern sind immer konventioneller als die der Junggesellen. Wenn ich daran denke, was ich in diesem Städtchen im Laufe der Jahre so gesehen und erlebt habe. Im Lehrkörper der Colleges gibt es doch so manch schrägen Vogel.« Ralph grinste, ehe er unvermittelt ernst blickte und die Glut seines Zigarrenstummels eindringlich begutachtete, den Unterarm auf sein Knie gestützt.

»Ich mag vor allem deine Schwester sehr«, sagte er nach einer kleinen Pause leise. »Maya«, präzisierte er, als er Jonathans fragenden Blick auffing.

Dieser senkte das Glas wieder ab, aus dem er gerade einen Schluck hatte nehmen wollen, und machte ein überraschtes Gesicht. »Das ist ungewöhnlich. Üblicherweise ist es Angelina, die das Interesse der männlichen Gäste weckt. Ich wäre jede Wette eingegangen, dass ihr das auch bei dir gelingen würde.«

Ralph blies den Rauch mit einem leisen Lachen wieder aus. »Das hatte ich auch erwartet, nachdem du mir im Zug das Bild gezeigt hattest und ich sie in der Halle bei unserer Ankunft gesehen habe. Sie ist wirklich eine Schönheit, kein Zweifel. Aber Maya ... Maya ist etwas Besonderes.« Er legte den Kopf an die Rückenlehne, streckte die Beine von sich und sah Jonathan an. »Könntest du es in deiner Eigenschaft als ihr älterer Bruder verantworten, mir dabei zu helfen, sie ein wenig näher kennenzulernen? Morgen, wenn wir vier unter uns sind?«

Jonathan sah ihn zuerst verblüfft, dann voller Entschlossenheit an. Er knallte sein Glas auf den Tisch und sprang auf, tat unter erregter Gestik ein paar Schritte. »Oh nein, Ralph, ganz gewiss nicht! Du hast mir von Evelyn, Charlotte, Dorothy und Sarah erzählt«, zählte er an seinen Fingern ab, »dann gab es noch diese … diese Harriet –«

»Henrietta«, korrigierte Ralph brummend und mit einer leichten Röte auf den Wangen, als er mit einer wütenden Geste dem Stumpen den Garaus machte.

»Von mir aus eben Henrietta!«

»Aber die zählt nicht«, versuchte Ralph sich hitzig zu verteidigen. »Schließlich hat sie *mir* den Laufpass gegeben und sich mit einem zwanzig Jahre älteren Major verlobt!«

»Schön«, spöttelte Jonathan, »streichen wir diese junge Dame eben gerechterweise von der Liste deiner jüngsten Eroberungen! Dann bleibt allerdings immer noch Miss Farnsworth zu erwähnen, mit der du auf dem Dampfer angebändelt hast – und gleichzeitig auch noch mit ihrer jüngeren Schwester!« Kopfschüttelnd schnappte er sich sein Glas und wies mit abgespreiztem Zeigefinger auf sein Gegenüber. »Bei aller Freundschaft – *dir* werde ich sicher keine Gelegenheit geben, einer meiner Schwestern unberechtigte Hoffnungen zu machen! Ganz besonders Maya nicht«, fügte er mit einem Knurren hinzu und leerte sein Glas in einem Zug.

»Bitte, Joe«, erwiderte Ralph mit Nachdruck. »Ich verspreche dir, dass ich keinerlei unehrenhafte Absichten hege.«

Jonathan stützte sich am Kaminsims ab und starrte in das langsam verlöschende Feuer. Zweifelnd sah er seinen Freund von der Seite her an. »Dir ist es wirklich ernst?«

Ralph ging kurz in sich. Er sah sich selbst an der Türschwelle eines Raumes stehen, hinter ihm das Geplänkel, die Flirts und kleine Affären. Und vor ihm … Maya, mit der sich nicht spielen ließ, das hatte er im Laufe des Abends rasch bemerkt. Zu seiner eigenen Überraschung bejahte er Jonathans Frage, weil es sein sehnlichster Wunsch war. Jonathan atmete tief durch und richtete sich auf. »Na gut. Aber falls du ihr das Herz brechen solltest, werde ich dir erst sämtliche Knochen im Leib eigenhändig zertrümmern und dann höchstpersönlich für deine Versetzung nach Timbuktu sorgen!«

Trotz der Prophezeiung ihrer Mutter, sie werde sich in dieser kalten Nacht dadurch den Tod holen, hatte Maya darauf bestanden, sich noch vor dem Schlafengehen das Öl aus den Haaren zu waschen. Danach hatte sie es dann feinsäuberlich auf Papierstreifen aufgedreht, in der Hoffnung, ihre Locken würden sich so am nächsten Tag als fügsamer erweisen. Konsequent hatte sie es vermieden, sich bei diesem Akt ungewohnter Eitelkeit selbst im Spiegel anzusehen. Lange hatte sie voller Vorfreude auf den nächsten Tag wach gelegen, und zum ersten Mal seit vielen Jahren hatten ihre letzten Gedanken vor dem Einschlafen nicht Captain Richard Francis Burton gegolten.

7

Über Nacht war das Thermometer weiter gefallen. Eisblumen gediehen außen an den Fensterscheiben, und der Schnee reflektierte abwechselnd blendend weiß und kristallin auffunkelnd die Wintersonne am blauen Himmel. Ein Tag, der einen unweigerlich nach draußen lockte, trotz der kalten Luft, die so steif und glatt war wie frisch gestärkte und gebügelte Leintücher und genauso rein roch. Und so brach das jugendliche Quartett nach dem Frühstück froh gestimmt von Black Hall aus auf, warm eingepackt zum Schutz gegen den Frost: die beiden jungen Damen in ihren langen Capes – Mayas tannengrün, Angelinas kobaltblau – über den ausladenden Kleidern, die weiten Kapuzen tief in die Stirn gezogen und mit farblich passenden Handschuhen ausgestattet. Jonathan hatte seinen voluminösen maronenbraunen Havelock-Mantel mit mehrfacher Schulterpelerine übergezogen, und auch wenn der hohe Zylinderhut in seiner Eleganz an ihm irgendwie deplatziert wirkte, trug er diesen doch mit erhabenem Gleichmut. Im Gegensatz dazu war das flache, runde Barett mit dem Kinnriemen aus schwarzem Leder von Ralphs Regiment, khakifarben wie die Uniform und der mit schwarzer Lammwolle gefütterte Mantel, wenig kleidsam zu nennen. Doch der Attraktivität eines Ralph Garrett vermochte selbst diese eigentlich recht lächerliche Kopfbedeckung keinen Abbruch zu tun.

Sie wanderten die St. Giles Street hinab, unter den schneeverkrusteten Ästen der Bäume hindurch, vorüber an den Hausfassaden aus dem für Oxford so typischen graugelblichen Headingtoner Kalkstein. Maya und Ralph gingen sicheren Schrittes über den harschigen, überfrorenen Schnee, der unter ihren Sohlen knirschte, gefolgt von Angelina, die mit ihren leichten Stiefeletten nicht den rechten Halt fand und an Jonathans Arm hinterhertrippelte. Mit einer ausladenden Armbewegung und einer halben Drehung deutete Maya eine große Geste an, die die gesamte Straße einschloss. »Jedes Jahr Anfang September findet hier ein Jahrmarkt statt, zwei Tage lang. Mit Schiffschaukel und Karussell, mit Feuerschluckern und Leierkastenmännern, Akrobaten und Musikkapellen. Und natürlich sind jede Menge Buden aufgebaut, an denen es lustiges Blechspielzeug zu kaufen gibt und Zuckerzeug. Als Kind war mir jedes Mal, nachdem wir hier waren, die ganze Nacht schlecht.«

Ralph legte den Kopf in den Nacken und lachte. »An solche Märkte und ihre Folgen erinnere ich mich auch nur zu gut!«

»Jaha, und wie ich dich kenne, geht es dir heute dabei nicht anders, wenn auch nicht wegen zu vieler Süßigkeiten«, ließ sich Jonathan hinter ihnen vernehmen und reagierte auf Ralphs abwinkende Geste, begleitet von einem Grinsen, das er ihm über seine Schulter hinweg zuwarf, mit freundlichem Gelächter.

»Ein Höllenlärm ist das jedes Mal, bis spät in die Nacht«, schnaubte Angelina verärgert. »Jedes Jahr gibt es aufs Neue Beschwerden aus der Nachbarschaft und Petitionen, dieses Fest endlich abzuschaffen. Schließlich ist das hier ein ehrenwertes Viertel! Aber nein, weil der Grund und Boden dem St. John's College gehört und die Pacht für den Jahrmarkt dessen Schatulle füllt, scheiterte bislang jeder Versuch.«

Maya und Ralph tauschten einen Blick, ein leises Lächeln, und Maya räusperte sich, gab ganz die professionelle Fremdenführerin. »Das hier ist das St. John's College«, erklärte sie mit einer Handbewegung nach links, zu den zinnenbewehrten Mauern und den Gebäuden mit spitzen Giebeln und hohen Schornsteinen. Ihr Atem formte sich in der eisigen Luft zu Wölkchen. »Und dort, den Pfad hinter der Mauer entlang, geht es zum Hintereingang des Trinity.«

»Und welches ist das College Ihres Vaters?«, erkundigte sich Ralph.

»Das Balliol ist am Ende der nächsten Straße, an der Ecke zur Broad Street«, antwortete Maya und wies geradeaus. »Auf dem Weg in die Stadt kommen wir daran vorbei. Es ist das älteste der zwanzig Colleges der Universität, 1263 gegründet.«

Ralphs Miene verriet, dass er beeindruckt war. »Zwanzig Colleges ...«, überlegte er halblaut und fügte mit einem Auflachen hinzu: »Da muss es ja bald an jeder Straßenecke eines geben!«

Maya nickte. »Das stimmt. Gerade rund um die Bodleian Library reiht sich eins ans andere: Magdalen, All Souls, Exeter und so weiter.« Als Jonathan gleich darauf seinen Namen rief, drehte Ralph sich zu ihm um.

»Dort drüben ist der Pub, von dem ich dir erzählt habe.« Jonathan deutete auf ein weiß gestrichenes Haus auf der rechten Straßenseite, unter dessen Dachgiebeln in gotischen Buchstaben ›The Eagle and the Child‹ stand. »Wir haben ja etliche Kneipen in der Stadt, aber Thomas Kerwood hat einfach das beste Bier. Weiß der Himmel, wie er das macht! Vielleicht können wir zwei heute Abend noch auf ein Glas hinübergehen.«

Der vordere Teil der St. Giles Street war immer noch nobel, aber es mehrten sich die Häuser, die im Erdgeschoss Geschäftsräume beherbergten. »Isaac West – Apotheke & Drogerie« war über den blitzblank polierten Scheiben zu lesen, und das Metallschild über der benachbarten Tür verkündete:

»Th. Sear – Schuhmacher«. Jonathan zeigte auf einen Laden weiter die Straße hinunter, der »Israel M. Levi – Uhrmacher und Zigarrenhändler« überschrieben war. »Und dort kauft Vater immer seine Zigarren.«

»Und was ist das?« Ralph zeigte auf ein kastenförmiges Gebäude noch ein Stückchen weiter unten, mit vier imposanten Säulen an der Front, hohen Fenstern und in Stein gemeißelten Wandfriesen.

»Das ist das Taylorian«, erwiderte Maya. »Das Institut für moderne Sprachen wie Deutsch, Französisch, Spanisch und Italienisch.«

»Ich muss schon sagen – so viel Bildung auf einem Fleck ist doch recht einschüchternd«, murmelte Ralph.

»Weshalb?«

Maya sah ihn neugierig an, und Ralph entgegnete mit einem Achselzucken: »Nun, ich war zwar in Eton, aber als Schüler eher immer mittelmäßig. Und mit achtzehn bin ich dann sofort mit dem Patent eines Lieutenants nach Indien gegangen. Das meiste, was ich an Sprachen kann, an Wissen habe, habe ich in der Armee gelernt. Ich halte mich eher für einen *Macher* denn für einen Denker.« Maya betrachtete ihre behandschuhten Finger, die sie vor ihrem Schoß verschränkt hielt.

»Ich denke, es gibt mehr als nur eine Art von Bildung und keinesfalls eine, die allen anderen überlegen ist. Doch selbst die beste, die tiefgreifendste Bildung scheint mir letzten Endes wertlos, wenn man so rein gar nichts damit anfangen kann.« Mit einem bitteren Zug um den Mund starrte sie die Straße hinunter. »Mein Vater hat mich unterrichtet, und ein … ein Freund unserer Familie.« Der Gedanke an Richard streifte sie wie eine schwarzglänzende Vogelschwinge. »Vieles habe ich mir auch selbst angelesen. Doch was nützt es mir?« Ihre Lippen kräuselten sich zu einem ironischen Lächeln, als sie Ralph ansah. »Ich könnte schlauer sein als alle Studenten eines

Jahrgangs zusammen und mehr wissen als sie – die Universität würde mich trotzdem nicht aufnehmen, weil ich kein Mann bin. Und an das Bedford College nach London, das einzige College für Frauen, lassen mich meine Eltern nicht. Meine Mutter nicht, weil sie sich um meinen Ruf sorgt: Sie fürchtet, dass dann meine Chancen auf eine akzeptable Heirat endgültig dahin wären. Mein Vater nicht, weil er den dortigen Lehrplan für ›niveaulos‹ hält.« Sie zog ihre Augenbrauen hoch und seufzte tief auf. »Ist vielleicht aber auch nicht so tragisch – viel könnte ich mit dem Abschluss ohnehin nicht anfangen.«

»Was würden Sie denn gerne damit anfangen wollen – wenn Sie könnten?« Maya blieb abrupt stehen und sah Ralph verdutzt an. Niemand, in ihrem ganzen Leben, hatte ihr je diese Frage gestellt, außer sie sich selbst. »Nun?«, ermunterte er sie lächelnd zu einer Antwort. Maya blies die Wangen auf, atmete laut aus, hob hilflos die Schultern und blieb stumm. »In einer idealen Welt, einer Welt ohne Beschränkungen?«, bohrte er nach.

»In einer idealen Welt«, wiederholte Maya, und ihre Augen bekamen einen träumerischen Glanz. »Etwas mit Sprachen vielleicht, mit Büchern. Ich würde gerne reisen … in den Orient, nach Indien.« Sehnsucht schnitt mit glatter Klinge durch sie hindurch, und sie hätte nicht zu sagen gewusst, ob es die Sehnsucht nach Richard oder nach der Ferne war. »Ich möchte etwas erleben. Etwas Abenteuerliches …« Sie unterbrach sich selbst mit einem verlegenen Lachen und schüttelte den Kopf. »Ich weiß, das muss sich jetzt völlig albern anhören!«

»Nein, ganz und gar nicht«, widersprach Ralph. »Ganz und gar nicht«, sagte er noch einmal, leiser, und sah sie lange an. »Ich glaube nicht, dass Ihre Bildung umsonst war. Schließlich hat sie Sie doch zu dem gemacht, was Sie heute sind.«

Es war nicht so sehr, was er da sagte, sondern vielmehr, *wie* er es tat; die Art, wie seine Stimme dabei vibrierte, ließ

Maya seinen Blick eindringlich erwidern. Es entstand ein kurzer Moment, in dem nichts mehr zu existieren schien außer ihr und Ralph – ein Moment, in dem sie glaubte, von einem mächtigen Strom mitgerissen und fortgespült zu werden, ohne dabei Angst zu empfinden, sondern vielmehr den Wunsch, die Augen zu schließen und sich einfach darin treiben zu lassen. Das Wunderbare dieses Augenblicks zerstob, als Angelina und Jonathan, die etwas zurückgefallen waren, wieder zu ihnen aufschlossen.

»Das dort vorne ist das Märtyrerdenkmal«, erläuterte Maya betont sachlich und eine Spur zu laut, als sie hastig auf die imposante Steinspitze über einem Stufensockel zeigte, die vor ihnen an der Stelle emporragte, an der die St. Giles Street sich in die Magdalen und die Beaumont Street gabelte. »Es soll an Thomas Cranmer, Nicholas Ridley und Hugh Latimer erinnern, die drei anglikanischen Bischöfe, die nach der Thronbesteigung Königin Marias als Ketzer verbrannt wurden. Allerdings stand der Scheiterhaufen ein gutes Stück weiter stadteinwärts, in der Broad Street, gegenüber dem Balliol.« Maya schmunzelte. »Es geht das Gerücht um, dass sich Studenten hin und wieder den Spaß erlauben, Besuchern der Stadt weiszumachen, das Denkmal sei die Turmspitze einer unterirdischen Kathedrale. Gegen einen kleinen Obolus bieten sie ihnen dann eine Führung durch diese geheimnisvolle Kirche an.«

Ralph lachte. »Und dann?«

»Nachdem sie das Geld kassiert haben, führen sie die Neugierigen um ein paar Häuserblocks herum in die Irre und rennen irgendwann grölend weg«, gab Maya zu und stimmte in sein Lachen ein.

»Meine Güte, Maya«, schniefte Angelina mit gerümpftem, rotgefrorenem Näschen, »inzwischen dürften wir alle begriffen haben, dass du über beeindruckende Kenntnisse der Stadtgeschichte verfügst! Aber könntest du es jetzt gut sein lassen, ehe du unseren Gast damit zu Tode langweilst?«

Ihre so gescholtene Schwester errötete bis unter die Haarwurzeln, wandte beschämt den Kopf ab und marschierte ein paar Schritte voraus.

»Seien Sie unbesorgt, Miss Angelina, ich langweile mich keineswegs«, rief Ralph hastig mit einer leichten Verbeugung und eilte Maya hinterher. Angelina blickte Jonathan empört an, als dessen Ellenbogen sie in der Rippengegend traf, und ihre Lippen formten ein stummes »Was?«.

»Ich finde das alles wirklich sehr interessant, Miss Greenwood«, bekräftigte Ralph, nachdem er Maya eingeholt hatte. »Es muss doch großartig sein, hier zu leben, inmitten all dieser alten Gebäude mit ihren Geschichten.«

Maya zuckte leicht mit einer Schulter. »Einerseits ja. Andererseits empfinde ich es oft als bedrückend klein und eng hier. Es verändert sich nie wirklich etwas.« Kaum hatte sie diese Gedanken ausgesprochen, schienen sie ihr zu trübselig und unpassend für einen Besucher, und schnell schlug sie wieder einen munteren Tonfall an. »Im Sommer ist es wirklich schön hier, wenn alles grün ist, all die Parks und Gärten. Auf dem Cherwell kann man Ruderboote mieten, und es gibt die Stocherkahn-Wettkämpfe.« Ihre Worte klangen ihr selbst hölzern in den Ohren, doch Ralph schien davon nichts zu bemerken.

»Oxford im Sommer würde ich mir sehr gerne einmal ansehen«, meinte er leise, mit der Andeutung einer Frage in der Stimme und einem Blick, der Maya verlegen die Augen niederschlagen und ihren Herzschlag sich beschleunigen ließ.

Sie setzten ihren Weg fort, am Balliol College vorbei und den Cornmarket hinunter, wo über den mit Stechpalmenzweigen, Engelsfiguren und glitzernden Perlenschnüren geschmückten Auslagen der Geschäfte ein alter Wehrturm

Wache hielt – ein Klotz aus rauem Stein, der noch aus jener fernen Zeit stammte, ehe Wilhelm der Eroberer seinen Fuß auf englischen Boden gesetzt hatte. Maya wollte Ralph unbedingt noch den »Tom Tower« zeigen, den kuppelgekrönten, verschwenderisch ausgeschmückten Turm am Eingang des Christ Church Colleges, ganz am Ende der St. Aldates Street. Von Sir Christopher Wren, dem Architekten der grandiosen Londoner Kathedrale von St. Pauls' entworfen, beherbergte er die mächtige, respektvoll »Great Tom« genannte Glocke, die lauteste der Stadt, deren Abendgeläut bis weit über die Hügelkuppen rings um Oxford drang. Doch bereits an der Ecke der High Street, an der der Cornmarket in die St. Aldates Street überging, waren Angelinas Klagen, ihr sei kalt und ihre Stiefel drückten sie, beim besten Willen nicht mehr zu ignorieren. Und als sie mit gekonntem Augenaufschlag Ralph darüber in Kenntnis setzte, sie sei eben nicht robust genug für einen langen Spaziergang bei diesen frostigen Temperaturen, kehrten die vier in die Teestube der Konditorei »Boffin's« ein.

Bei Earl Grey für die beiden Herren und heißer Schokolade für die jungen Ladys begannen Ralph und Jonathan von Indien zu erzählen. Angelinas Augen bekamen schon bald einen verklärten Ausdruck, während sie Ralph zusah, wie er lachte und gestikulierte, seine Finger über den Rand der Tasse strichen, wenn er Jonathan aufmerksam zuhörte, bekräftigend dazu nickte und mit einem Grinsen etwas einwarf. Die Worte schienen förmlich an ihr vorbeizuflattern, schienen sie nicht einmal zu berühren. Stattdessen versank sie selig in den Szenen, die sie lebhaft vor sich sah: Angelina, in verschwenderischer Abendgarderobe, aufblitzende Geschmeide an Hals und Ohren, an ihrer Seite Ralph in einer ordensgeschmückten Galauniform, wie sie einen hell erleuchteten Ballsaal betraten und ein bewunderndes Raunen durch die Menge ging. Angelina, wie sie die säulenumstandene Veranda eines großen

Hauses entlangschritt und den einheimischen Dienstboten mit herrischer Stimme Anweisungen erteilte, die sich eilfertig bemühten, ihrer *memsahib* jeden Wunsch von den Augen abzulesen. Wie sie den eleganten Damen der Gesellschaft voller Stolz ihren geschmackvoll eingerichteten Salon präsentierte und deren begeisterte Ausrufe wie neidische Blicke genoss. Sie träumte von einer eigenen gediegenen Clarence-Kutsche oder einem schnittigen Phaeton mit dazugehörigen edlen Rössern; von Pelzen und Tafelsilber und Champagner. Fast unhörbar seufzte Angelina immer wieder wohlig auf, wohl wissend, dass sie in einer solchen Stimmung besonders anziehend wirkte – sie hatte es oft genug gesagt bekommen.

Auch Maya schwelgte in Bildern, doch im Gegensatz zu ihrer Schwester saugte sie jedes von Ralphs und Jonathans Worten gierig in sich auf. Sie sah sich in einem flachen Kahn sitzen, der durch das Labyrinth von Wasserwegen im Gangesdelta glitt, den *Sundarbans*, den weltgrößten Mangrovensümpfen, in denen sich das Schmelzwasser aus den Bergen nach seinem langen Weg durch die Ebenen Bengalens endlich ins Meer ergoss. Der mitgespülte, fruchtbare Schlamm hatte sich zu kleinen Inseln gesammelt, deren Ufer unter einem Dickicht aus Wurzeln und Wasserpflanzen verborgen waren. Mal war die Wasserfläche klarblau und in seinen Ausmaßen breit wie ein See, mal brackig und so schmal, dass sich die Äste der Mangroven zu einem Laubdach darüber verflochten, in dem Makaken keckernd umhersprangen. Tagsüber hüpften Wasserhühner mit purpurnem oder indigoblauem Gefieder über Lotusblätter, so sorglos, dass sie für die felsgleichen Krokodile, die ihnen träge auflauerten, leichte Beute waren. In den stickigen, schwülen Nächten glomm die Finsternis von den Lichtpunkten der Glühwürmchen. Hinter Palisaden duckten sich furchtsam die Hütten der Fischer vor den Beutezügen der Königstiger, von denen nie etwas zu sehen war außer den Abdrücken ihrer Tatzen im Schlick und für die die Bambusstöcke mit einem daran gebundenen belaubten Zweig standen, die an den Menschen erinnern sollten, der das Opfer ihrer Klauen und Reißzähne geworden war. Und umso spürbarer war der drückende, bedrohliche Schatten, den die unsichtbare Anwesenheit der Raubkatzen über diese Wildnis legte, die vergessen worden zu sein schien, als am dritten Schöpfungstag Land und Wasser voneinander getrennt worden waren.

Maya lauschte gebannt Ralphs Schilderungen vom Punjab, dem »Land der fünf Flüsse«, dessen Flussebene so fruchtbar war, dass der Wind durch Reis- und Getreidefelder strich, der im Norden von den Ausläufern des Himalaya und im Westen von den zerklüfteten Hängen des Salzgebirges begrenzt wurde, während sich im Süden die Dornensavannen und das Sandmeer der Wüste Thar ausbreiteten.

Vor Mayas innerem Auge erstand Lahore. Einst Sitz der Moguln, hatten die Briten die Stadt den Sikhs im letzten Krieg abgerungen, residierten nun als Herrscher über den Punjab in der beeindruckenden Festung hinter dem monumentalen Alamgiri-Tor, das all die Herrlichkeiten eines Mogulhofs sowie den »Shish Mahal«, den Spiegelpalast, bewachte; ein Raum, dessen Wände und Deckengewölbe gänzlich mit einem Mosaik aus farbigen Spiegelsplittern bedeckt waren. Von Menschenhand geschaffene Kanäle bewässerten die großzügigen Terrassenanlagen mit Fontänen und Kaskaden, die Lahore den Beinamen »Stadt der Gärten« gegeben hatten, von denen der größte und vollkommenste der des Shalimar war, als Zwilling des gleichnamigen Gartens in Kaschmir von Mogul Shah Jahan erbaut, dem die Welt auch das Wunder des Taj Mahal verdankte. Einstige Herrscher über das Mogulreich hatten in Lahore ihre letzte Ruhestätte gefunden, wie Jahangir in einem minarettgeschmückten Mausoleum und seine Gattin Nur Jahan in einem nicht minder prächtigen Bauwerk.

Mit Jonathan wanderte Maya durch Kalkutta, die Hauptstadt Britisch-Indiens, die sich entlang der Ufer des Hooghly erstreckte. Sie schlenderte durch den englischen Teil: neugotisch, viktorianisch; bei Tag wie aus weißer Brautspitze und grünsamtenen Bordüren, nach Sonnenuntergang glitzernd wie London oder Paris. Sie roch die Gewürze auf dem Basar der »Schwarzen Stadt«, des indischen Teils – süße und scharfe Aromen, nach Zimt und Ingwer, Kurkuma und Safran. Die Düfte der Garküchen, nach siedendem Öl, nach Gemüsecurrys und frisch gebackenen Brotfladen. Gehämmertes Silber und Gold funkelte ihr entgegen, und sie war geblendet von den Farben der Saris der Frauen, den Schattierungen der zum Verkauf ausgebreiteten Stoffe: mohnrot, azurblau, krokus- und zitronengelb, violett, orange, apfel- und olivengrün.

Jonathan erzählte von der Schönheit der »Nauj«-Mädchen und ihrem anmutigen Tanz, der Armreifen, Fußketten und an den Säumen befestigte Glöckchen erklingen ließ (und verschwieg dabei taktvoll, für welche Kunstfertigkeiten diese Mädchen sonst noch gerühmt wurden; im Gegenzug ließ Maya ebenfalls nichts darüber verlauten, was sie aus Richards Briefen darüber wusste). Er berichtete von den Kühen, die magerer und langbeiniger als ihre europäischen Verwandten waren und sich durch die Menschenmengen der »Schwarzen Stadt« schoben, ihre dunklen, kantigen Gesichter zu einer blasierten Miene verzogen, als wüssten sie, dass sie den Hindus heilig waren und niemand ihnen auch nur ein Haar ihres grau-weißen oder braunmelierten Felles zu krümmen wagte. Auch von Hindupriestern war die Rede, die an den *ghats*, den Steinstufen hinunter zum Fluss des Hooghly, Räucherwerk entzündeten und in einem eigenartigen Singsang den Segen der Götter erflehten.

Und während Maya an dem runden Tisch auf ihrem schwarzlackierten, rotgepolsterten Stuhl saß, unter der ausladenden Pendelleuchte mit den Glasschalen, zwischen der Säule mit aufgemalter Marmorierung und dem auf halber Höhe tüllverhängten Bogenfenster mit der rotseiden bebänderten Tannengirlande, das von innen beschlug, glaubte sie das Rauschen des Monsuns zu hören: sein Trommeln und Prasseln auf Dächer und Zeltbahnen und dazu den warmen und holzigen Duft von Sandelholz, mit einer unerwartet zitronigen Note und dem betäubenden Duft von Jasminblüten. Mayas Herz wurde weit vor Verlangen, einer Verheißung von Glück, die köstlich schmeckte auf der Zunge und doch bitter.

Weil es nicht mehr war als das.

8

»Anfangs war ich in Bengalen stationiert, fast ein Jahr lang«, erzählte Ralph, an den Kamin des Salons gelehnt. »Aber als sich die Auseinandersetzung mit den Sikhs im Punjab andeutete, rückte mein Regiment unter Governor-General Hardinge in den Norden aus, und nach dem Krieg blieb ich dort, in Lahore, unter Sir Henry Lawrence.«

Durchgefroren von ihrem Ausflug waren die vier nach Black Hall zurückgekehrt, wo in der Halle der Länge nach die mächtige Tanne gelegen hatte, die dort aufgestellt und geschmückt werden würde, nebst einzelnen Tannenreisern, Stechpalmenzweigen, Efeuranken und den geöffneten Kisten und Schachteln, in denen zwischen Holzwolle der alljährliche Weihnachtsschmuck hervorglitzerte. Mrs. Greenwood war es sichtlich unangenehm gewesen, dass ihr Gast Zeuge dieser vorweihnachtlichen Unordnung wurde. Aber der Liefertermin für den Weihnachtsbaum, eine neue Mode, die Prinzgemahl Albert aus seiner deutschen Heimat mitgebracht hatte, war schon lange ausgemacht gewesen. Und obendrein hatte Martha Greenwood wie jedes Jahr für die Festtage einen ausgeklügelten Zeitplan entworfen, von dem sie nur ungern abweichen wollte. Daher hatte sie die jungen Leute in den Salon gescheucht, mit der Auflage, dort zu verbleiben, bis man in der Halle fertig wäre, und hatte sie von Hazel mit Tee und reichlich Gebäck versorgen lassen.

»War das der sogenannte *erste* Sikh-Krieg?« Maya saß auf der gepolsterten Fußbank, sich den Rücken am Feuer und die Hände an ihrer Tasse wärmend. Ralph nickte. »Genau der. Acht Jahre ist das jetzt her.«

»Worum ging es eigentlich in diesem Krieg?« Maya hielt ihre kalten Wangen in den Dampf des heißen Tees.

»Nach dem Tod des letzten Sikh-Herrschers Maharaja Ranjit Singh entbrannte im damals noch unabhängigen Punjab ein Streit um die Thronfolge. Die Lage war instabil, die von amerikanischen und europäischen Söldnern hervorragend ausgebildete Armee ohne Führung und sich selbst überlassen. Unseren Kommandostab machte das nervös, und die Berichte der Kundschafter von jenseits der Grenze trugen ebenfalls nicht zur Beruhigung bei. Zu Recht: Im Dezember '45 überschritt die Armee der Sikhs den Sutlej, und wir mussten zu unserer eigenen Verteidigung angreifen. Mein erster Krieg!« Ralph strahlte über das ganze Gesicht. »Acht Wochen dauerten die Kämpfe, und die Sikhs machten es uns nicht leicht.« Er schüttelte lachend den Kopf. »Aber wir schlugen sie und zogen zu den Klängen von Händels *See the Conquering Hero Comes* mit einer Prozession erbeuteter Kanonen in Lahore ein!« Triumphierend ballte Ralph in einer energischen Geste die Hand zur Faust.

»Und dann?« Maya nippte an ihrem Tee, und es fiel ihr schwer, Ralph nicht über Gebühr lange anzustarren. Die Tür zum Salon stand offen. Aus der Halle verrieten scharrende und schleifende Geräusche und das immer wieder ertönende Schnipp-Schnapp von Scheren, dass die Dekorationsarbeiten in vollem Gang waren. Martha Greenwood und Hazel trällerten leise Weihnachtslieder vor sich hin, hielten ein ums andere Mal inne, um sich darüber zu beratschlagen, ob die Satinschleife links oder rechts wirkungsvoller sei oder ob man besser die roten oder blauen Kugeln nähme, bis sie zu einer übereinstimmenden Meinung gelangt waren.

»Nach dem Friedensvertrag wurde Sir Henry Lawrence zum Bevollmächtigten des Governor-Generals ernannt und sollte mit einer Handvoll Truppen dafür sorgen, dass der Punjab eine funktionierende Verwaltung und eine verlässliche Regierung erhielt. Darunter«, er verbeugte sich kurz, »auch meine Wenigkeit. Weil sich vor dem Krieg gezeigt hatte, dass Kundschafter nützliche Dienste leisten können, wenn es irgendwo gärt und Krieg zu befürchten ist und weil Lawrence eine mobile Kompanie vorschwebte, die quasi auf Zuruf und ohne lange Formalitäten in einen Krisenherd aufbrechen könnte, beauftragte er seinen Assistenten Lieutenant Lumsden mit der Gründung einer solchen Truppe.«

»Die *Guides*, nehme ich an?«, warf Maya mit einem Lächeln ein. Angelina, die sich kerzengerade auf der Sesselkante hielt, ihre himmelblauen Röcke elegant ausgebreitet, unterdrückte ein Gähnen, bemühte sich aber um einen aufmerksamen Gesichtsausdruck, wenn sie nicht gerade damit beschäftigt war, Maya böse Blicke zuzuwerfen. Gekonnt hatte sie auf dem Rückweg von »Boffin's« den Gast ganz für sich eingenommen und ihn mit allerlei Fragen nach der feinen Gesellschaft Britisch-Indiens überschüttet, die dieser kurz und knapp beantwortet hatte. »Sehr gentlemanlike«, wie Angelina zufrieden befunden hatte. Doch kaum waren sie über die Schwelle des Hauses getreten, hatte Maya sich wieder so unverschämt in den Vordergrund drängen müssen.

»Ralph«, ließ sich Jonathan im Sessel neben ihr vernehmen und schluckte den Rest seines Kekses hinunter, während er schon nach dem nächsten auf der silbernen Etagere langte, »du vergisst zu erwähnen, dass es sich dabei um eine Eliteeinheit handelt, nach dem Vorbild der gleichnamigen Truppe des großen Napoleon Bonaparte: Männer, einheimische Soldaten wie britische Offiziere, die ebenso hart im Austeilen wie im Einstecken sein sollen, zur Not auch auf sich alleine gestellt handeln und sich auch als«, er senkte für einen Moment seine Stimme zu einem verschwörerischen Raunen und sah seine Schwestern mit großen Augen an, »*Spione* hinter die feindlichen Reihen schleichen können.« Jonathan richtete den Zeigefinger auf seinen Freund. »Wie *du* dich mit deinem absolut englischen Aussehen als Sikh oder Pathane oder weiß-der-Geier-was Indisches glaubhaft tarnen willst, ist mir allerdings ein Rätsel.« Lachend steckte er sich den nächsten Keks in den Mund und fügte kauend hinzu: »Immerhin ist der Sold mehr als großzügig, und nicht nur deshalb sind Posten bei den *Guides* heiß begehrt. Falls ihr dort einen Arzt brauchen solltet – gib mir bitte Bescheid!«

»Vorher ziehen wir zwei erst in den Krieg gegen Russland«, entgegnete Ralph fingerschnipsend mit ausgestrecktem Arm in Jonathans Richtung, ehe er sich wieder Maya zuwandte. Und obwohl es ihr vermessen erschien, so sonnte sie sich doch in dem Gefühl, dass er all das nur ihr allein erzählte.

»Unsere Basis ist in Peshawar, in einem Gebiet, in dem alles staubig wirkt: Boden, Fels, Sträucher, manchmal sogar der Himmel. Und so kam Lumsden auf die Idee, unsere Uniform«, er strich über seinen Ärmel, »ebenso staubfarben einfärben zu lassen – *khaki* auf Urdu. Unser erster Einsatz ließ nicht lange auf sich warten: Als die Regentin des Punjab, die Maharani, abgesetzt worden war, sollten wir sie aus dem Land eskortieren. Das hört sich vielleicht ganz simpel an, doch das war es keinesfalls! Es gab unterwegs etliche Zwischenfälle, als einzelne Banden Sikhs uns auflauerten, angriffen und die Maharani zu befreien versuchten. Aber wir bestanden unsere Feuertaufe mit Bravour.

Die Belagerung der Festung von Multan im Sommer '48, in der sich nach der Ermordung zweier britischer Soldaten und dem darauffolgenden Scharmützel eine Schar Rebellen verschanzt hatte, habe ich leider versäumt, während ich auf Heimaturlaub war.« Ein Schatten der Enttäuschung glitt über sein Gesicht, verschwand aber gleich darauf wieder. »Als sich jedoch daraus der zweite Krieg gegen die aufrührerischen Sikhs entwickelte, war ich zurück. Ich war dabei, als Lumsden mit unserer Kavallerie die Sikh-Armee zerrieb. Ich war auch dabei, als die Befehlshaber Chattar Singh und Sher Singh in der Nähe von Rawalpindi die weiße Flagge hissten, zwanzigtausend Mann die Waffen streckten und der Punjab unser war!«

»Aber seither herrscht Frieden dort, nicht wahr?«, versuchte sich Angelina zu vergewissern, in einem Tonfall, als ob sie sich nach Einkaufsmöglichkeiten oder geeignetem Hauspersonal in jenem Landstrich erkundigte.

»Ein prekärer Friede, Miss Angelina«, erklärte Ralph mit einem abwägenden Kopfschütteln, »mit nächtlichen Angriffen und häufigen Grenzverletzungen. Die Gegend um Peshawar oder Rawalpindi –«

Ein dezentes Klopfen am Türrahmen unterbrach ihn. Jacob, Roses Vetter, der sich um den Garten von Black Hall kümmerte und um alles, was es an gröberen Arbeiten im Haus zu tun gab, verbeugte sich leicht. »Verzeihen Sie die Störung, Mr. Jonathan – aber Ihr Herr Vater und ich bräuchten Ihre Hilfe bei der Tanne.«

»Natürlich, Jacob.« Jonathan schickte sich an aufzustehen und bedeutete Ralph, dass er nicht mitzukommen bräuchte, als Angelina ein spitzer Aufschrei entfuhr: »Kannst du nicht aufpassen?! Sieh nur, was du angerichtet hast!« Hektisch wischte und tupfte sie mit der Serviette an dem Fleck herum, der sich auf ihrem Rockschoß ausbreitete.

»Entschuldige, Schwesterherz. War keine Absicht.« Jonathan stellte die umgekippte Tasse wieder aufrecht hin und reichte Angelina seine eigene Serviette. »Zum Glück hast du ja noch genug anderes zum Anziehen.« Er zwinkerte Ralph und Maya zu und marschierte aus dem Salon, die Lippen zu einem stummen Pfeifen gespitzt, dicht gefolgt von Angelina, die den Tränen nahe nach oben eilte, um den Schaden an ihrem Kleid möglichst zu begrenzen und sich umzuziehen.

Maya biss sich auf die Unterlippe, um nicht loszulachen, und starrte angestrengt in ihre leere Teetasse. Doch lange hielt sie es nicht aus, und als sie aufsah und sich ihre und Ralphs Blicke trafen, brachen beide in lautes Lachen aus. »Oje, arme Angelina«, seufzte Maya zwischen zwei Lachern und presste die Hand vor den Mund.

»Ich fürchte, ich bin der eigentlich Schuldige an diesem Unfall«, beichtete Ralph, und als Maya ihn mit gerunzelter Stirn ansah, fügte er erklärend hinzu: »Ihr Bruder wusste, dass ich gerne ein paar Momente mit Ihnen allein sein wollte.«

Maya stieg das Blut in die Wangen, und unwillkürlich huschte ihr Blick in Richtung der noch immer geöffneten Tür. Vom Kamin aus konnte man nicht sehen, was in der Halle vor sich ging, aber Martha Greenwoods bestimmtes »Noch ein Stückchen – noch ein Stückchen – noch ein wenig – nein, jetzt ist er wieder schief, wieder etwas nach rechts …« verriet, dass alle mit dem akkuraten Ausrichten des Weihnachtsbaumes beschäftigt waren und es dank Marthas Hang zum Perfektionismus wohl auch noch einige Augenblicke lang sein würden.

»Miss Greenwood, ich –« Maya blickte wieder zu Ralph auf, sah, wie er um angemessene Haltung rang, sie aber nicht fand, zwischen Stand- und Spielbein hin- und herpendelte, sich wie Halt suchend mit dem Ellenbogen am Kaminsims aufstützte und seine Tasse in den Händen drehte. Und weil Maya Zweckmäßigkeit gerne über die ihr oft unsinnig erscheinenden Regeln der Schicklichkeit stellte, rückte sie einfach auf der Fußbank ein Stück zur Seite. Ralph sah sie nur an; dann schien ein Lächeln in seinem Gesicht auf. Er hockte sich auf die Kante, so, dass noch eine Handbreit Platz zwischen ihnen war, vermied es zunächst jedoch, Maya direkt anzusehen. »Miss Maya«, begann er erneut, die Augen unverwandt auf das Blumenmuster der Tasse gerichtet, »ich weiß, es mag Sie überraschen – wir kennen uns ja kaum ... und dennoch würde ich morgen gerne mit der Gewissheit aufbrechen, dass ...« Er verstummte für einen Moment, wandte sich dann halb ihr zu und sah sie fest an, als er leise fragte: »Darf ich hoffen?«

Maya betrachtete ihn im Widerschein der Flammen und der Lampen. Ralphs Farben waren die der Gegend, aus der er gekommen war, die der Felsen und Geröllhalden des Hindukusch und seiner Pässe, die von Sand und Staub der hitzegeplagten Hochebenen des Punjab. Der geriffelte Serge seiner Uniform schien den Geruch nach Stein, trockenem Boden und Sonnenglut tief in sich aufgesogen zu haben. Ralph Garrett strahlte eine solch innere Wärme, eine Leichtigkeit aus, dass es Maya unmöglich vorkam, jemals neben ihm zu frieren oder unglücklich zu sein, und es kostete sie all ihre Überwindung, sich nicht gegen seine Schulter sinken zu lassen und sich einfach aufgehoben zu fühlen. Und just in dem Moment, als sich Jonathans betont laute Schritte und Stimme der Türschwelle zum Salon näherten, nickte sie.

Darf ich hoffen ... Drei Worte nur, und doch trugen sie Maya durch die kalten Tage dieses Winters, die so grau geworden waren, seit die Lichterpracht von Weihnachten und Neujahr erloschen war. Der Januar mit seinem dicken, wattigen Gewand aus Schnee hatte noch einen gewissen Zauber besessen, einen Abglanz von Tannengrün und Satinbändern, Glaskugeln und vergoldeten Nüssen, von Familienfesten und buntem Einwickelpapier. Doch der Februar brachte Nebel, Nieselregen und Graupel mit sich, eine feuchte Kälte, die durch Mark und Bein drang und einen schon beim Blick aus dem Fenster schaudern ließ. Allein die Vorstellung von Frühlingsgrün und Sonnenwärme fiel Maya unsagbar schwer.

Sie saß auf der breiten Fensterbank ihres Zimmers, ein aufgeschlagenes Buch auf den angezogenen Knien, doch sie konnte sich nicht auf die Zeilen konzentrieren. Die Schläfe gegen die Fensterscheibe gelehnt, starrte sie in den Garten hinunter, auf nackte Baumskelette, schlammigen Boden, schmutzige Schneereste. Selbst die Grasinseln und immergrünen Gewächse wirkten leblos, wie aus Metall gefertigt.

Kein Tag war in all den Wochen vergangen, an dem Maya sich nicht jeden Moment mit Ralph lebhaft in Erinnerung gerufen hatte. Seine Blicke während jenes Dinners, ihr Spaziergang durch Oxford, die Stunden bei »Boffin's«, später der Nachmittag im Salon, seine Nähe – so wohltuend, so anziehend –, als sie nebeneinander auf der Fußbank vor dem Kamin gesessen hatten. Unvergessen waren auch der Kloß in ihrer Kehle am nächsten Morgen beim Frühstück, als die Uhr auf dem Kaminsims unerbittlich die letzten Stunden von Ralphs Aufenthalt in Black Hall wegzählte, und die Wärme seiner Handfläche um ihre kalten Finger, als er sich verabschiedete. Und kaum war die Droschke, die Ralph in Jonathans Begleitung zum Bahnhof bringen sollte, die St. Giles Street hinabgerollt, kaum hatte sich die Haustür geschlossen, hinter der Gerald sich zu seinen Papieren ins Arbeitszimmer zurückzog, hatte Martha sich mit Rose zusammengesetzt, um den Menueplan für die Feiertage zu besprechen, als sich Angelinas schlanke Finger in Mayas Oberarm krallten. »Glaub bloß nicht«, hatte sie ihrer älteren Schwester ins Ohr gezischt, »dass ich dir kampflos das Feld überlasse, du Schlange! Du hast ihm ja nur deshalb so schöne Augen gemacht, weil ich ihn haben will! Aber er wird uns wieder besuchen, und dann wirst du schon sehen, dass dir dein Bücherwissen und dein geheucheltes Interesse nichts nützen werden. Du wirst für ihn nicht mehr sein als ein Abenteuer, das dich ruiniert. Denn ein Gentleman wie Ralph Garrett wird nie einen Blaustrumpf wie dich heiraten!« Zornig und zutiefst verletzt hatte Maya sich losgerissen und war wortlos davongestürmt.

Auf ihrem Fensterplatz seufzte Maya nun tief auf und breitete auf ihrer gespreizten Hand das Ende des Schals aus, den Jonathan aus Indien mitgebracht und ihr zu Weihnachten geschenkt hatte. Glücklich streichelte sie den weichen Stoff mit seinem Muster aus Ranken und Blütenzweigen in satten Braun- und Grüntönen und dazwischen eingewebten Goldfäden. Sie hatte Jonathan dafür ausgescholten, ihr von seinem Sold ein so teures Geschenk zu machen. Doch er hatte nur lachend abgewunken, und jedes Mal, wenn Maya sich nun den Schal umlegte, war es wie eine herzliche Umarmung ihres Bruders. Sie kuschelte sich tiefer hinein und tastete nach der feinen Goldkette, die sich ebenfalls seit Weihnachten an ihren Hals schmiegte. Mitsamt dem dazugehörigen ovalen Medaillon hatte sie ihrer Großmutter Alice gehört, und Maya hätte sie eigentlich erst zu ihrem einundzwanzigsten Geburtstag im Mai bekommen sollen. Doch aus unerfindlichen Gründen hatte Gerald entschieden, sie ihr schon jetzt zu geben. Er war sichtlich gerührt gewesen über Mayas Freudentränen, als sie das Medaillon aufschnappen ließ und die beiden Miniaturen ihrer Großeltern betrachtete, Ende des vorigen Jahrhunderts gemalt, als beide kaum älter gewesen waren als sie und Jonathan oder Ralph.

Ralph … Maya legte den Kopf wieder gegen die Scheibe und blickte gedankenverloren hinaus. Angelinas Vorwurf, Maya wolle ihr Ralph nur deshalb abspenstig machen, um ihr eins auszuwischen, nagte noch immer an ihr, genauso wie die diversen anderen Kränkungen. Ein Anflug von Schuldbewusstsein mischte sich mit Wut und Verunsicherung, jedes Mal, wenn sie daran dachte. Immer wieder ging sie in Gedanken, angefangen beim ersten Moment, als sie und Ralph in der Halle einander in die Augen gesehen hatten, alles durch. Doch wie sie es auch drehte und wendete: Es änderte nichts daran, dass sie, Maya, Ralphs ungeteilte Aufmerksamkeit auf sich gezogen hatte – warum auch immer. Und sie empfand Genugtuung bei dem Gedanken, dass Angelina einmal nicht das bekam, was sie wollte. Ein Klopfen an der Tür riss sie aus ihrer Nachdenklichkeit und sie wandte den Kopf. »Ja?«

»He«, grüßte Jonathan mit einem langgezogenen Laut burschikoser Zärtlichkeit, als er den Oberkörper ins Zimmer hereinstreckte. »He«, antwortete Maya in exakt gleichem Tonfall. Als sei Jonathan nie fortgewesen, sie beide nicht längst den Kinderschuhen entwachsen, waren sie zu den vertrauten Ritualen früherer Tage zurückgekehrt.

»Störe ich?« Maya schüttelte den Kopf. »Du störst doch nie.« Jonathan lächelte verschmitzt und schloss die Tür hinter sich. »Hier, der kam eben für dich an«, sagte er, als er ihr einen Brief hinhielt. Über Mayas Gesicht glitt ein Strahlen, als sie die inzwischen vertraute Handschrift darauf erkannte, und hastig öffnete sie den Umschlag. Jonathan setzte sich ihr gegenüber, ein Knie quer auf der Fensterbank ruhend, das andere Bein fest am Boden. Er lehnte sich zurück und beobachtete seine Schwester: wie ihre Augen über die Zeilen huschten und dabei leuchteten, wie die feine Röte sich auf ihren Wangen abzeichnete und wie sie die Unterlippe zwischen die Zähne zog, sich ihre Mundwinkel immer wieder zu einem Lächeln anhoben.

Groß war damals seine Enttäuschung gewesen, als es hieß, er habe ein Schwesterchen statt des ersehnten Bruders bekommen. Und noch größer, als er sich über den Rand der Wiege beugte und feststellen musste, dass selbiges Schwesterchen sich keinen Deut um seinen heiß geliebten General aus bemaltem Zinn scherte, den er ihr zur Begrüßung hatte schenken wollen, und dass das rosige Bündel in Spitzen und Volants außerdem auch viel zu klein und zu zerbrechlich war, um es zum Spielen mit nach draußen nehmen zu können. Doch als Jonathan vorsichtig die winzige Faust angetippt und diese sich mit solcher Kraft um seinen Zeigefinger geschlossen hatte, dass er erschrocken zusammengezuckt war, als er sich von den großen Augen ernst gemustert fühlte, da hatten sie Freundschaft geschlossen, der knapp Sechsjährige und das Neugeborene. Eine Freundschaft, die über die Jahre so innig geworden war, dass es wohl niemanden auf dieser Welt gab, dem Jonathan sich näher fühlte als Maya. So nahe, dass er die Verbundenheit mit ihr noch über die Loyalität zu Angelina und seinen Eltern stellte, indem er sich bereit erklärt hatte, Ralphs Briefe am Rest der Familie vorbeizuschmuggeln. Nicht zuletzt aus dem eigenen Interesse heraus, dadurch den Familienfrieden noch eine Weile wahren zu können. Denn auch wenn Angelina sich ihre Niederlage nicht anmerken ließ, bei gesellschaftlichen Anlässen wie gewohnt huldvoll die Gunstbezeugungen der anwesenden Herren entgegennahm, Hoffnungen weckte, ohne ein Versprechen zu geben, so hatte Jonathan doch Gesprächsfetzen zwischen ihr und Martha aufgeschnappt: Angelina war fest entschlossen, Ralph Garretts Herz zu erobern, koste es, was es wolle, und sollte es ernst werden zwischen Ralph und Maya, so stand den Greenwoods eine Krise ins Haus, die Black Hall zweifellos in seinen Grundfesten erschüttern würde.

Als er sah, dass Maya den Brief wieder zusammenfaltete, streckte er den Arm aus und strich mit den Fingerknöcheln über ihr Schienenbein unter dem braunen Rockzelt. »Du magst ihn, nicht wahr?«

Mayas Blick wich seinem zuerst aus, doch weil sie wusste, dass sie Jonathan nichts vormachen konnte und es auch nicht brauchte, nickte sie. »Ja, ich mag ihn sehr.« *Wie sehr*, das konnte Jonathan an dem Zittern in ihrer Stimme spüren, am Glanz in ihren Augen erkennen. Und wie sehr es Ralph erwischt hatte, las Jonathan oft genug in jedem an ihn gerichteten Brief, der aus Gloucestershire eintraf und immer auch einen für Maya enthielt.

Maya lehnte sich entspannt zurück und lächelte ihren Bruder herausfordernd an. »Und was ist mit dir?«

Unversehens schoss Jonathan das Blut ins Gesicht. »Ja, natürlich, ich mag ihn auch«, unternahm er den schwachen Versuch, ihre Andeutung bewusst falsch zu verstehen.

Maya kicherte leise und stupste ihn mit der Spitze ihrer Knöpfstiefelette unterhalb des Knies an. »Du weißt genau, was ich meine.«

Jonathan sog hörbar die Luft durch die Nase ein, räusperte sich und strich dann verlegen mit der Rückseite des Zeigefingers über seine Oberlippe. »Nein, weiß ich nicht.« Trotzig vergrub er die Hände in den Hosentaschen und starrte zum Fenster hinaus.

»Tust du wohl«, lachte Maya und trat noch etwas fester zu. »Lüg mich nicht an! Ich habe euch nämlich beobachtet, vorgestern, beim Tee von Miss Pike. Dich und Amy Symonds!«

»Ja, na und?«, fragte er achselzuckend. »Wir hatten uns eben lange nicht mehr gesehen.«

»Sie ist sehr hübsch.«

»Hm.« Hätte Jonathan nicht Zivil getragen, hätte seine Gesichtsfarbe mit dem Scharlachrot seines Uniformrockes mithalten können. Nach einer kleinen Pause fügte er zögerlich mit einem Seitenblick hinzu: »Findest du?«

Maya nickte. »Und sehr klug und sehr nett.«

Jonathan wusste, dass sie ihn durchschaut hatte und seufzte. »Selbst wenn sie mich wollte – an Heirat ist vorläufig nicht zu denken. Nicht ohne eine gesicherte Existenz. Und bleibe ich in der Armee, sollte ich dafür mindestens dreißig sein und schon etwas mehr als nur Assistenzarzt.«

»In einem Jahr sieht bestimmt alles schon ganz anders aus«, sprach Maya ihm Mut zu. »Und«, fügte sie mit einem schelmischen Lächeln hinzu, »wenn mich nicht alles täuscht, wird Amy geduldig auf dich warten!« Als er darauf nichts erwiderte, fragte sie leise: »Hast du schon etwas gehört?«

Er schüttelte den Kopf. »Nein. Ralph bislang auch noch nicht.« Vor gut anderthalb Wochen hatten Jonathan und Ralph zeitgleich ihre Bewerbungen ans Kriegsministerium geschickt und warteten seither auf Antwort. »Wird aber wohl nicht mehr allzu lange dauern. Die Friedensverhandlungen unserer Delegation mit dem Zaren dauern zwar noch an, aber die ersten Truppen machen sich schon bereit, in See zu stechen.«

Maya schwieg einen Moment, sah zum Himmel, der einer tief hängenden, zähen grauen Masse glich. »Ich mag gar nicht daran denken, dass du so bald schon wieder fortgehst«, flüsterte sie schließlich. Jonathan lachte leise und stand auf. »Erstens ist noch unklar, ob sie mich wirklich nehmen und wenn ja, wann genau ich ausrücken muss. Und zweitens wird dieser Krieg nicht ewig dauern. Frankreich, England und das osmanische Heer zusammen werden dem ›russischen Bären‹ schon tüchtig das Fell ansengen und ihn dann im Handumdrehen in die Knie zwingen!« Aufmunternd stupste er mit dem Zeigefinger auf ihre Nasenspitze und deutete dann auf Ralphs Brief, der auf dem aufgeschlagenen Buch in ihrem Schoß ruhte. »Lass dir ruhig Zeit. Ich werde ihm erst schreiben, wenn du mir deinen Brief für ihn gegeben hast.«

»Mach ich«, antwortete Maya mit einem Nicken. Auf halbem Weg zur Tür blieb Jonathan an Mayas Sekretär stehen, und sie folgte ihm mit ihrem Blick. Die Hände auf der Stuhllehne, starrte er nachdenklich auf die beschriebenen Papierbögen auf der Tischplatte, ohne dass er darin zu lesen schien. Es machte Maya nichts aus, dass er dort stand; sie wusste, dass er regen Anteil an ihrem Leben nahm, seine Nase aber nie zu tief in ihre Angelegenheiten steckte. Doch Richards jüngste Zeilen enthielten ohnehin nichts, was aufregend oder gar schockierend gewesen wäre. Seit Tagen lagen sie nun schon dort herum, und abgesehen von ein paar dürren, nichtssagenden Satzanfängen hatte sie entgegen ihrer früheren Gewohnheit noch keine Antwort zustande gebracht.

Richard war am 16. Januar aus Cairo aufgebrochen und befand sich für einen kurzen Zwischenaufenthalt im Hafen von Aden, ehe er nach Bombay weiterreisen würde, um sich dort wieder zum Dienst zu melden. Er schrieb aus dem Haus von Dr. John Steinhäuser, einem alten Freund aus der Zeit in Karachi, der neuerdings in der englisch besetzten Stadt am Südwestzipfel der arabischen Halbinsel als Arzt tätig war. Gemeinsam planten sie eine Übersetzung einer Geschichtensammlung unter dem Titel *Tausendundeine Nacht* ins Englische und träumten davon, sich in die Gegend um Marseille zurückzuziehen, *jenem bisschen Afrika in Europa*, wie er sich ausdrückte, *mit Visionen von einem Landhäuschen, wo wir unsere Tage in Hängematten verbringen und weder Bücher oder Papier, Federn oder Tinte zulassen noch Briefe oder Telegramme – ein Rückzug, der als Rast gedacht ist, um uns auf die endgültige Verkalkung vorzubereiten.*

Seine geschriebenen Worte, die ihr in all den Jahren so voller Leben erschienen waren und für Maya zwischen den Zeilen Gefühle, Sehnsüchte und Versprechungen transportiert hatten, klangen für sie nun platt und hohl, auf snobistische Art verbittert. Kein Vergleich zu den Briefen, die sie von Ralph erhielt, in denen er in überschwänglichem Tonfall von seiner Familie erzählte, wie sie seinen achtundzwanzigsten Geburtstag Ende Dezember gefeiert hatten, und über seine Eindrücke von der alten Heimat nach den Jahren der Abwesenheit.

… in Cheltenham und Montpellier sind an jeder Ecke neue Gebäude aus dem Boden emporgeschossen, sodass ich manchmal das Gefühl habe, in der Fremde zu sein. In gewisser Weise trifft das auch zu – wäre mir alles andere nicht doch noch so sehr vertraut … Meine Schwägerin Isabel ist eine ganz famose Person; kaum zu glauben, dass Mutter und sie sich anfangs nicht mochten! Jetzt sind sie ein Herz und eine Seele, und Thomas junior ist schon ein richtiger kleiner Rabauke …

Briefe, in denen er Maya mit Fragen darüber überhäufte, wie es ihr ging, wie sie ihre Tage verbrachte, was sie über den bevorstehenden Krieg dachte. Und dazwischen immer wieder Komplimente eingestreut, zaghaft zuerst, bald wagemutiger:

Stunden, Tage hätte ich Ihnen lauschen mögen, Ihren Schilderungen der Geschichte Oxfords und seiner Bauwerke … Ihre Augen, wie die »Tigerauge« genannten Steine im Sonnenlicht … die Art, wie Sie sich halten und bewegen, anmutig, ohne künstlich zu sein, und dadurch umso betörender …

Auch Jonathan hing schweigend seinen eigenen Gedanken nach. Es war ihm ein Leichtes gewesen, Martha dazu zu bewegen, Maya auch weiterhin den Briefwechsel mit Richard Burton zu erlauben. Ein paar ruhig vorgebrachte Argumente, nüchtern und sachlich, plus ein paar Schmeicheleien, für die sie so empfänglich war, seit sie sich damals als zweite Mrs. Gerald Greenwood bemüht hatte, das Herz des mutterlosen Jungen zu gewinnen, und von einem Verbot oder einem Aushändigen der angesammelten Korrespondenz war keine Rede mehr gewesen. Er hatte es Maya zuliebe getan, weil er wusste, wie viel ihr dieser Kontakt bedeutete, und doch konnte er diesen nicht frei von Skepsis betrachten. Auch wenn er keine Kenntnis vom Inhalt der Briefe hatte, darüber im Unklaren war, was die beiden wirklich miteinander verband, so befürchtete er dennoch, Maya würde es eines Tages bereuen, einer kindlichen Schwärmerei wegen ihr Leben mit Warten vergeudet zu haben.

»Er wird nicht so bald zurückkehren«, sagte er schließlich in die Stille hinein.

Maya schwieg einen Moment, kämpfte gegen Tränen an, die urplötzlich aufstiegen, weil Jonathan mit so unerschütterlicher Sicherheit das ausgesprochen hatte, was sie im Grunde nur zu gut wusste und doch vor sich selbst verborgen gehalten hatte. »Nein«, gab sie leichthin zurück, doch ihre Stimme klang belegt, »wohl sehr lange nicht.« Jonathan nickte bedächtig, mehr zu sich selbst als an seine Schwester gerichtet, stieß sich dann mit einem tiefen Durchatmen vom Stuhl ab und ging zur Tür.

»Jonathan«, rief Maya halblaut, als er den Messingknauf schon in der Hand hatte, und er wandte sich um, zog fragend die Augenbrauen hoch. »Warum können wir Frauen nur etwas aus unserem Leben machen, wenn wir einen entsprechenden Mann heiraten?«

Betreten schaute er zu Boden, hob dann hilflos die Schultern, als er seine Schwester wieder ansah. »Ich weiß es nicht. Vielleicht«, er senkte seine Stimme zu einem Flüstern, »vielleicht weil es zu viele von Angelinas Sorte gibt.« Als er sah, dass Maya als Reaktion auf seinen Scherz nur schwach lächelte, fügte er ernst hinzu: »Ich wünschte, ich könnte es ändern.«

Einen Moment lang sahen sie sich stumm an; dann raunte Maya, hörbar um Fassung bemüht und mit einem Unterton verzweifelter Bitterkeit: »Ich auch.« Sie schluckte trocken und wandte den Kopf ab, lehnte die Stirn wieder gegen die Fensterscheibe. Jonathan stand noch einen Augenblick lang unbeweglich an der Tür, ratlos, was er darauf sagen könnte, gehorchte dann aber seiner inneren Stimme und verließ möglichst leise das Zimmer. Maya nahm nicht einmal das zarte Klicken wahr, mit dem sich die Tür hinter ihrem Bruder schloss. Erst nach geraumer Zeit bemerkte sie, dass sie unaufhörlich mit dem Handballen über Ralphs Brief gestrichen hatte.

… Mrs. Greenwood war so freundlich, mich für März auf zwei Wochen nach Black Hall einzuladen. Ich würde sehr gerne annehmen – allerdings nur, wenn Sie es auch wünschen. Möchten Sie mich denn wiedersehen, Miss Maya?

Sie hauchte gegen das Glas, und in den Fleck, den ihr Atem hinterließ, malte sie mit dem Zeigefinger ein Herz hinein, das sie mit einem »R« beschriftete. Und noch ehe sie wusste, wen sie mit dieser Initiale meinte, Ralph oder Richard, rieb sie mit ihrem Ärmel die Fläche wieder klar, voll zorniger Beschämtheit über diese Kinderei. Auch wenn es als Stichelei gemeint gewesen war, so hatte Angelina an jenem Dezembertag unbeabsichtigt recht gehabt. Es war Zeit, dass Maya erwachsen wurde und ihr Leben selbst in die Hand nahm.

9

Selbst für Mitte März war es viel zu kalt. Aber da der Nachmittagstee an Dora Drinkwaters Geburtstag traditionell immer im Garten stattfand und Tante Dora darauf bestand, dass es an diesem Datum nie regnete – was, soweit Maya zurückdenken konnte, durchaus der Wahrheit entsprach –, hatte man ungeachtet der wenig gemütlichen Temperaturen Buffet, Tische und Stühle draußen aufgebaut. Schließlich war man in England! Hier gab es kein unpassendes Wetter, nur Traditionen, die gepflegt werden wollten. Um von den noch kahlen Ästen etwas abzulenken, waren Papiergirlanden zwischen den Bäumen aufgehängt worden, und zu Tante Doras Erleichterung glänzte der Rasen schon grün, hatten sich zu den Schneeglöckchen die dottergelben, weißen und violetten Köpfchen der Krokusse und die weithin duftenden Hyazinthen gesellt.

»Ich würde mich für die Zitronencremetorte entscheiden.« Maya löste ihren unentschlossenen Blick von den verlockenden Köstlichkeiten des Kuchenbüffets unter freiem Himmel und strahlte gleich darauf über das ganze Gesicht. »Tante Elizabeth!« Herzlich schloss sie die stattliche Endfünfzigerin in die Arme, die wie immer von einem Veilchenduft umgeben war und auch ein Jahrzehnt nach dem Tod ihres Mannes auf schwarzer Trauerkleidung und Witwenhäubchen auf dem ergrauten Haupt beharrte.

»So habe ich wenigstens Ruhe vor irgendwelchen Hallodris, die mir um meines bescheidenen Vermögens willen den Hof zu machen gedenken«, wie sie immer schnaubend verkündete – ganz gleich, ob ihr Gesprächspartner sie danach gefragt hatte und die Logik dieses Argumentes auch nachvollziehen konnte.

»Kind, du erstickst mich ja«, japste sie nun, befreite sich aus Mayas Umarmung und hielt sie ein Stück von sich, fasste sie unters Kinn und wandte ihr das Gesicht hin und her, um es aus jedem Winkel in Augenschein zu nehmen. »Himmel, du wirst deiner seligen Großmutter immer ähnlicher«, murmelte sie und tätschelte beglückt Mayas Wange, begutachtete mit Wohlwollen Mayas smaragdgrünes Kleid und den grün abgesetzten Schutenhut mit gleichfarbigen Bindebändern, ergänzt um passende Handschuhe, einen bestickten Pompadour-Beutel und den geliebten indischen Schal. »Gut siehst du aus!« Gleich darauf kniff sie misstrauisch die Augen zusammen. »Hat das einen bestimmten Grund? Steckt womöglich endlich ein Mann dahinter?« Unwillkürlich huschte Mayas Blick zu Ralph, der in einiger Entfernung zu ihr stand und sich sichtlich bemühte, für Angelinas Geplapper höflichkeitshalber zumindest einen Anflug von Interesse zu zeigen. Er fing ihren Blick auf und lächelte.

»Dachte ich es mir doch!«, schnarrte Tante Elizabeth zufrieden. »Nun, zumindest auf den ersten Blick scheinst du einen hervorragenden Geschmack zu beweisen.« Mit ihrem noch immer scharfen Blick musterte sie gefällig den jungen Mann. Auch wenn er mittlerweile Zivil trug, war er den gewohnten Farben treu geblieben: ein sandfarbener Gehrock und helle Hosen, kontrastiert mit einer bordeauxfarbenen Weste und einer gleichfarbigen Krawatte. »Woher kennst du ihn und was macht er?«

»Ralph ist ein Freund von Jonathan und seit einer guten

Woche bei uns zu Besuch. Er ist auch beim Militär, als Lieutenant. Lange Zeit in Indien, demnächst wohl an der Front.«

»Daher die schneidige Haltung! Hast du ihn schon geküsst?«

»Tante!« Maya wusste nicht, ob sie entsetzt dreinblicken oder loslachen sollte. Elizabeth sah sie amüsiert an und klappte energisch ihren schwarzen Fächer auf und zu, den sie mehr der Vollständigkeit halber und zur Unterstreichung ihrer Gesten dabeihatte, denn für seinen eigentlichen Verwendungszweck war es im Garten der Drinkwater-Villa in Summertown an diesem Samstag eindeutig zu kalt. »Ach, ich vergaß: Derartige Dinge zu erwähnen schätzt die liebe Martha nicht sonderlich. Und so wie ich meine Schwägerin kenne, wird sie euch beiden auch keine einzige Gelegenheit dazu gelassen haben.«

Womit Tante Elizabeth allerdings nur zur Hälfte recht hatte. Wenn es seit Ralphs Ankunft in Black Hall nicht Martha war, die mit Argusaugen darüber wachte, dass es keine Möglichkeit für eine kompromittierende Situation gab, so war es an Angelina, wie eine Klette an Ralph und Maya zu hängen. Sich des Nachts in sein Zimmer zu schleichen, wie sie es bei Richard getan hatte, wäre Maya nie in den Sinn gekommen. Was bei Richard, dem Vagabunden und Außenseiter, der keine Gesetze außer seinen eigenen kannte, so selbstverständlich gewesen war, schien ihr bei einem Gentleman wie Ralph undenkbar. Nie wollte sie ein solches Wagnis eingehen, ohne dass sie hätte abschätzen können, wie er darauf reagieren würde.

Es hatte lange Abende im Salon gegeben, an denen Maya aus Bulwer-Lyttons *Die letzten Tage von Pompeji* vorgelesen hatte, während die Gentlemen bei einer Partie Schach saßen und Angelina und Martha ihre Finger mit Nadelarbeiten beschäftigten. Später hatte sich Angelina oft an das Tafelklavier gesetzt (für das sie eindeutig mehr Talent besaß als ihre Schwester) und eine Sonate von Mozart oder einen Walzer aus der Feder Chopins zum Besten gegeben. Trotz allen Protestes, allen Bettelns seitens Mayas und Angelinas hatte Martha ihnen die Erlaubnis verweigert, an einem der Abende mit in das Varieté in der George Street zu gehen. Und so waren Jonathan und Ralph allein losgezogen, nach einem Abstecher in das »Eagle & Child« zu später Stunde die Treppen hinaufgepoltert, um am nächsten Morgen einsilbig und mit schmerzenden Köpfen beim Frühstück zu sitzen. Solange es geregnet hatte, hatten die Nachmittage Karten- und Brettspielen gehört; sobald sich das Wetter besserte, hatten sie Ausflüge unternommen, über die Felder jenseits der Black Hall Road oder zur mittelalterlichen Stadtmauer ganz im Süden Oxfords und auf einen Bummel durch das Warenhaus von »Elliston & Cavell« in der Magdalen Street, in dem sich Angelina in sehnsüchtigen Seufzern erging und aus dem sie dann fast nicht mehr herauszubekommen war. Mehr als über Belangloses oder Unverfängliches hatten sie nicht gesprochen, und doch schien das, was zwischen Maya und Ralph war, auch keiner Worte zu bedürfen, genügten Blicke und Gesten, ein Tonfall, der in einem Wort mitschwang und diesem eine tiefere Bedeutung verlieh, dass beide wussten, wie es um den anderen stand.

»Schrecklich, wie deine Schwester ihn mit Blicken auffrisst«, zischte Tante Elizabeth nun, und als sei ihr zusammengeklappter Fächer ein Degen, stach sie damit im Takt ihrer Worte auf die Luft vor sich ein. »*Das* ist nun wirklich unschicklich, *da* sollte eure Mutter mal ein Auge drauf haben!« Sie seufzte auf und hakte sich bei ihrer Nichte unter. »Aber ich will nicht über Gebühr schelten – Martha ist meinem kleinen Bruder immer eine gute Frau gewesen und euch Kindern eine ganz passable Mutter. Für eine Bentham ohnehin. Ich bin allerdings froh, dass bei dir und Jonathan unser Greenwood-Erbe durchschlägt. Oh, bewahre, nichts gegen seine leibliche Mutter, Gott hab sie selig, immerhin eine Bailey! Aber wir Greenwoods sind eben aus besonderem Holz geschnitzt. Wo steckt der Lümmel überhaupt?« Suchend blickte sie sich um, ob sie ihren Neffen irgendwo zwischen den zahlreichen Gästen entdecken konnte, die paarweise und in Grüppchen zusammenstanden, Tee oder Champagner tranken, Moccacreme- und Marzipantorte genossen, lachten und plauderten. Neben dem Hauptgesprächsthema, dem Ausrücken französischer Truppen gen Osten und dem Ultimatum, das Frankreich und England dem Zaren gestellt hatten, um ihn zum Abzug aus dem Fürstentum Moldau und der Walachei zu bewegen, ging es natürlich um die üblichen Dinge: wer mit wem, wer gegen wen. Wer gestorben war, wer geheiratet und Kinder bekommen hatte. Man sprach über die allgemein schlechte Wirtschaftslage (und jammerte dabei aus taktischen wie aus Höflichkeitsgründen mehr, als nötig war) und vor allem über den beliebtesten Gegenstand von allen: das Wetter. Wie jedes Jahr hatte sich Geralds Schwager Edward Drinkwater nicht lumpen lassen und alles eingeladen, was in und um Oxford Rang und Namen hatte. Sicher auch, um dadurch den Kundenkreis seines Weinhandels zu festigen und zu erweitern, wie Martha Greenwood immer spitz bemerkte. Sie fand, dass Dora als Arzttochter und Professorenschwester weit unter ihrem Stand geheiratet hatte, musste allerdings widerstrebend zugeben, dass das große Haus vor den Toren Oxfords sehr stilvoll war. Maya, die endlich ihren Bruder erspäht hatte, deutete in den mittleren Teil des großzügigen Gartens, zu dem im Vergleich derjenige von Black Hall nicht mehr als ein einfaches Blumenbeet war. »Dort drüben, zwischen Pavillon und Springbrunnen. Grauer Gehrock.« Ihre Tante reckte den Hals. »Und wer ist das da neben ihm? Die Honigblonde in diesem merkwürdigen blauen Kleid? Trägt man das neuerdings so?«

»Das ist Amy Symonds. – Die Tochter von Frederick Symonds aus der Beaumont Street«, fügte Maya auf einen stirnrunzelnden Blick ihrer Tante hinzu.

Der angeschlagenen Gesundheit ihres Gatten wegen war Tante Elizabeth noch vor Mayas Geburt nach Bath gezogen, und nachdem auch die heilenden Quellen und ortsansässigen Spezialisten nicht hatten verhindern können, dass George Hughes doch das Zeitliche gesegnet hatte, war sie einfach in dem mondänen Kurort wohnen geblieben. Auch wenn sie bei jeder möglichen wie unmöglichen Gelegenheit darüber stöhnte, wie hoch die dortigen Lebenshaltungskosten seien. Nur zu sorgfältig ausgewählten Familienfeiern fand sie noch den Weg zurück nach Oxford, nicht zuletzt, um sich mit dem Klatsch ihrer Geburtsstadt auf den neuesten Stand zu bringen. »Ach schau an«, staunte sie nun. »Gute Familie! Das würde Martha aber glücklich machen … Gibt es eigentlich in der Beaumont Street die beiden Misses Hickman noch? Und würdest du mich jetzt bitte endlich deinem Lieutenant vorstellen?«

»Ja, Tante«, lachte Maya und ging mit ihr hinüber. »Tante Elizabeth, darf ich dir Lieutenant Ralph Garrett vorstellen? Ralph, das ist meine Tante, Mrs. Hughes.«

»Sehr erfreut, Mrs. Hughes.« Ralph beugte sich über die schwarz behandschuhten Finger Tante Elizabeths.

»Die Freude ist ganz auf meiner Seite, Mr. Garrett«, girrte sie und nickte knapp seiner Begleitung zu. »Angelina.« Mit einem verkniffenen Lächeln knickste Mayas Schwester, doch Tante Elizabeth nahm kaum Notiz von ihr, wandte sich sogleich wieder Ralph zu. »So, Sie logieren derzeit in Black Hall, wie ich höre. Und als hätten Sie dort noch nicht genug von uns Greenwoods, schleppt man Sie auf dieses Fest mit, wo Sie gleich der kompletten Sippe reihum vorgestellt werden.«

»Es ist mir eine Ehre, hier als Gast willkommen zu sein, Mrs. Hughes«, erklärte Ralph mit einer leichten Verbeugung. »Und zuvorkommender und freundlicher als in Black Hall kann man wohl kaum irgendwo sonst aufgenommen werden.«

Offensichtlich hatte Ralph exakt die richtigen Worte gewählt; das konnte Maya am Gesicht ihrer Tante, an der Art, wie sie ihren Fächer auf- und zuschnappen ließ und ihr Blick zwischen Ralph und Maya hin- und her wanderte, ablesen. »Nun, Mr. Garrett, ich würde mich sehr gerne weiter mit Ihnen unterhalten, aber mir wird es hier draußen doch ein wenig frisch. Wären Sie so freundlich, mich ins Haus zu begleiten? Maya, bring mir doch bitte eine Tasse Tee und ein Stück Zitronencremetorte in den Salon! Den Tee mit Milch und ohne Zucker. Oh, und Angelina, Schätzchen: Deine Cousine Mabel hat dich vorhin gesucht. Sie müsste dort hinten bei den Rhododendren sein.« Als Angelina noch zögerte, gab Tante Elizabeth ihr mit dem Fächer einen zarten, flatterigen Klaps auf die Schulter. »Lass sie nicht warten, das ist unhöflich, sie gehört ja zu unseren Gastgebern. Geh schon, geh!« Beleidigt trottete Angelina durch den Garten und drehte sich immer wieder zu Ralph um, der in Richtung Veranda schlenderte, an seinem Arm eine äußerst vergnügt wirkende Tante Elizabeth.

»Danke, mein Engel«, zwitscherte Tante Elizabeth fröhlich, als Maya kurz darauf im Salon das Teegedeck und den Kuchenteller vor ihr auf dem niedrigen Tisch abstellte. Dann strahlte sie aus dem rotgolden gepolsterten Sessel heraus Ralph und Maya an. »Jetzt dürft ihr wieder gehen.« Als die beiden sich ratlos ansahen, fügte Tante Elizabeth resolut hinzu: »Ich bin alt genug, um allein essen zu können, und noch nicht so alt, dass ich dabei Hilfe bräuchte!« Sie schnappte sich den Teller und teilte mit der Kuchengabel einen großzügigen Bissen von ihrem Tortenstück ab. »An eurer Stelle würde ich übrigens die Glastür da nehmen. Von dort aus geht es ein Stück die Längsseite des Hauses entlang und wieder in den Garten.« Mit einer fortwinkenden Bewegung ihres geziert abgespreizten Zeigefingers entließ sie die beiden. Und Tante Elizabeths Miene, einer Katze ähnelnd, die in einen Bottich mit Sahne gefallen war, konnte ebenso gut von der Zitronencreme herrühren wie davon, dass ihr ausgeklügelter Plan geglückt war.

Auf dieser Seite lag das Haus noch teilweise im winterkalten Schatten, unerreicht von den zarten Sonnenstrahlen, und Maya wickelte ihren Schal enger um sich, als sie heraustraten, während Ralph die Tür mit den quadratisch unterteilten Scheiben hinter ihnen wieder schloss. »Ihre Tante ist großartig«, lachte er. Es war dieses leichte, warme Lachen, das Maya an ihm so liebte. »Jede Familie sollte eine Tante Elizabeth haben!«

»Ja, sie ist einzigartig«, stimmte Maya ihm mit einem Kopfnicken zu. »Ich sehe sie leider viel zu selten. Meine Mutter mag sie nicht besonders und lässt mich nie zu ihr nach Bath fahren.«

»Maya«, begann Ralph und nahm sie sachte beim Arm. Die Art, wie er sie ansah, wie ein leises, nervöses Lächeln seine Lippen umspielte, ließ Mayas Herz schneller schlagen. »Ich hoffe, Sie halten mich jetzt weder für einen Draufgänger noch für jemanden ohne Manieren. Wären die Umstände andere, so würde ich mit meinem Anliegen noch warten – aber angesichts des bevorstehenden Krieges …« Er holte tief Luft, und Maya spürte, wie seine Finger auf ihrem Arm zitterten. »Ich bin entschlossen, morgen Ihren Herrn Vater um Ihre Hand zu bitten. Das heißt … nur, wenn es Ihnen recht … wenn Sie das auch wollen.«

Sein Gesicht verschwamm vor ihren Augen, als Tränen darin aufschienen, Tränen überwältigender Freude. »Natürlich will ich«, stieß sie zwischen einem Auflachen und einem Schluchzen hervor. Auch Ralph lachte auf, erleichtert, und so, als könnte er sein Glück nicht fassen. Seine Hand strich an ihrem Arm herab, und ihrer beider Finger verschränkten sich in einem wortlosen Versprechen. Er neigte sich vor und küsste sie, und mit jedem seiner Küsse verblasste die Erinnerung an diejenigen Richards und gleichzeitig auch die Erinnerung daran, dass es schon einmal einen Mann gegeben hatte, der am nächsten Tag ihren Vater auf ein Gespräch hatte bitten wollen und es dann doch nicht getan hatte. Ralph schürte die Glut neu, die Richard Francis Burton in Maya zurückgelassen hatte, entfachte sie zu einem Feuer, das ruhiger und beständiger brannte als das alte und mindestens ebenso kräftig. »Maya«, raunte er heiser, als er sich von ihr löste, um Atem zu schöpfen, und mit dem Fingerknöchel sachte über ihre Wange fuhr, »mehr als einen Offiziersbungalow in den Bergen werde ich dir auf Dauer aber nicht bieten können. Du wirst die Frau eines Soldaten sein, und …«

»Schhh«, unterbrach sie ihn und legte den Finger an seine Lippen. »Ich weiß. Mehr werde ich auch nicht brauchen.« Sie schlang die Arme um seinen Hals und schmiegte sich mit geschlossenen Augen an ihn, badete in der Kaskade von Sonnenlicht, die nur sie beide übergoss und die nicht vom Himmel kam.

In diesem Moment wäre sie Ralph überallhin gefolgt, ob nach Indien in einen Bungalow, in einen afrikanischen Kral oder gleich bis an das Ende der Welt. Doch weil es der Nachmittag von Tante Doras Geburtstag in Summertown war, musste sie sich einstweilen damit begnügen, in sittsamer Entfernung zu Ralph – zwei Fuß und zehn Inches, wie es die Etikette vorschrieb – in den Garten zurückzukehren und so zu tun, als hätte es diesen berauschenden Moment gerade nie gegeben.

Als das Sonnenlicht schwand und den Hauch von Frühling mit sich nahm, strömten die Gäste ins Haus und stürzten sich auf das abendliche Buffet im Speisezimmer. Als hätte man sie den ganzen Tag über hungern lassen, machten sie sich über Lachs, Toastecken und Kräutercreme her, über bunte, mundgerechte Häppchen mit Käse und Roastbeef und Schinken, garniert mit kunstvollen Gemüseschnitzereien. Man stürzte sich auf den Hummersalat, auf knusprig gebratene Hühnerbeine und Lammkoteletts in Papiermanschetten und natürlich nicht zuletzt auf die Weine aus Edward Drinkwaters scheinbar unerschöpflichen Kellern. In der äußerst geräumigen Eingangshalle standen Stühle die Wände entlang aufgereiht, unterbrochen von den Türrahmen, deren Türblätter ausgehängt worden waren. Aus einem der angrenzenden Räume erklang die Musik eines kleinen Kammerorchesters, das zum Tanz aufspielte. Im nächsten konnten die Damen ihre Hüte, Schals und Capes ablegen und sich vor den beiden Standspiegeln drängeln, um sich frisch zu machen, und ein Zimmer weiter politisierten die älteren Gentlemen bei Brandy und Zigarren.

Maya war so leicht und frei zumute, dass sie ebenso ausgelassen wie ihre Cousinen und die anderen jungen Damen der Gesellschaft lachte und schwatzte. Ihre Augen strahlten, und sie schien von innen heraus zu leuchten, als ob ihre Haut Funken sprühen würde, sobald man sie berührte. Plötzlich herrschte auch kein Mangel an jungen Gentlemen, die Maya zum Tanz aufforderten; und wer von ihnen sie von früheren Teekränzchen und Tanzabenden her kannte, wunderte sich, wie er Maya Greenwood je für einen langweiligen Bücherwurm hatte halten können. Selbst der mehr als gut situierte und durchaus passabel aussehende William Penrith-Jones, den Tante Dora eigentlich im Hinblick auf ihre beiden jüngsten Töchter Mabel und Clara eingeladen hatte, der aber den ganzen Tag um Angelina herumscharwenzelt war, geriet urplötzlich ins Schwanken, welcher der beiden Greenwood-Töchter er den Vorzug geben sollte.

»Fast könnte ich eifersüchtig werden«, sagte Ralph, als auch er endlich an der Reihe war, Maya auf die Tanzfläche zu begleiten.

»Dazu besteht kein Grund«, lachte sie, als sie mit ihm im Dreivierteltakt durch die Halle kreiselte. Ihre Berührungen beim Tanz, an den wenigen Stellen, an denen es gestattet war – Hände, Rücken, Schulterblatt, und nie größer als eine Handfläche – lösten ein sehnsüchtiges Ziehen in Maya aus.

»Dann weißt du nicht, wie zauberhaft du aussiehst«, flüsterte er ihr ins Ohr, so nahe, dass es kaum mehr schicklich zu nennen war. »Sobald wir die Einwilligung deiner Eltern haben, fahren wir zusammen nach Gloucestershire. Meine Familie wird dich auf der Stelle ins Herz schließen. Wie ich … und doch nicht annähernd so sehr.« So zärtlich klangen seine letzten Worte, dass Maya schwieg, um deren Nachhall in ihrem Innersten nicht vorzeitig zum Verstummen zu bringen. Sie sah ihn nur an, und vor ihr entrollte sich ihr zukünftiges Leben, hell wie die Kerzenflammen der Wandleuchter, funkelnd wie die geschliffenen Kristalltropfen des Lüsters über ihr und bunt wie der Farbwirbel der Kleider um sie herum. Der Walzer mit Ralph, dieser Tag hätten ewig dauern mögen, und doch sehnte sie mit aller Macht den nächsten Tag herbei.

In dieser Nacht, als Maya in ihrem Zimmer in Black Hall schlief, erschöpft und herzensselig, suchte ein Traum sie heim, den sie schon oft gehabt hatte: Sie kauerte in einer der Vitrinen ihres Vaters, und die Türen waren versperrt. Ihre Rufe um Hilfe, ihre Schreie drangen nicht nach draußen – abgefangen durch die dicken, welligen Scheiben. Es gab keinen Raum, sich auszustrecken, nicht einmal genug Platz, um auszuholen und das Glas zu zerschmettern. Selbst die Luft wurde knapp. Jedes Mal war sie schweißgebadet aus diesem Traum aufgeschreckt, angstvoll um Atem ringend und mit rasendem Pulsschlag. Doch in dieser Nacht tauchte eine Silhouette jenseits der Glaswände auf, golden verbrämt durch gleißendes Sonnenlicht, das Maya blendete. Aber sie fürchtete sich nicht, denn sie hörte ein feines, metallenes Klingeln, wie von einem Schlüsselbund, und sie wusste: Gleich würde sie frei sein.

10

Ruhelos ging Maya am folgenden Nachmittag in ihrem Zimmer hin und her, drückte und knetete ihre kalten Hände. Sie wanderte von der Tür zum Fenster und wieder zurück, immer begleitet vom Rascheln ihrer Röcke und dem Klacken ihrer Absätze. Und jedes Mal, wenn sie dabei ihren Sekretär passierte, blieb ihr Blick am Ziffernblatt der Uhr hängen, die gleichmütig vor sich hin tickte. Einmal hätte Maya schwören können, dass der große Zeiger sich gar wieder um einige Teilstriche zurückgeschlichen hatte – aber natürlich wusste sie, dass so etwas unmöglich war. Und auch die Kirchturmuhr von St. Giles, deren beständiger Glockenschlag sonst den Tag abzählte, schien heute unzuverlässig und launisch. Beinahe eine Stunde schon war Ralph nun mit ihren Eltern im Salon, und noch immer hatte niemand nach ihr geschickt. »Warum dauert denn das so lange?«, murrte sie vor sich hin und beruhigte sich gleich darauf selbst: *Bestimmt geht es noch um das Datum, es müsste ja schon bald sein … Sicher besprechen sie schon alle Einzelheiten und Formalitäten …* Um sich zur Ruhe zu zwingen, setzte sie sich an den Sekretär und tat einige tiefe, gleichmäßige Atemzüge. Richards winzige, schwer zu entziffernde Handschrift sprang ihr ins Auge. Ein neuer Brief von ihm, der ebenso achtlos liegen geblieben war wie der vorige, und bislang ebenso unbeantwortet. Es war Ralph, der es ihr so schwer machte, Richard zu schreiben. Maya hatten bislang der Mut und die richtigen Worte gefehlt, um Richard von ihm zu erzählen. Sicher auch, weil ihr zu kostbar erschien, was zwischen Ralph und ihr war, zu zerbrechlich. Abergläubisch fürchtete sie, es zu zerstören, zog sie jemanden darüber ins Vertrauen – ganz besonders Richard Burton.

… wie Du am Absender unschwer erkennen kannst, bin ich innerhalb Bombays umgezogen. Das Haus namens Bel Air im Stadtteil von Mazagaon gehört James Grant Lumsden, einem angesehenen Ratsmitglied der Verwaltung von Bombay. Er war so freundlich, mir diese luxuriöse Unterkunft anzubieten, damit ich hier ungestört weiter an meinem Manuskript über die haj arbeiten kann. Wir haben uns auf dem Schiff von Aden nach Bombay kennengelernt. Ich war noch in arabischer Kleidung gereist, mit dem grünen Turban eines hajji, zusammen mit meinem afrikanischen Diener Salmin und einem arabischen Butler. Lumsden bemerkte zu seiner Begleitung über mich, welch schlaues Gesicht »jener Araber« doch habe, und ich wandte mich um und sprach ihn auf Englisch an … Weiterhin versuche ich jede Möglichkeit zu nutzen, die Unterstützung der Royal Geographical Society zu erlangen, um endlich eine Expedition nach Somalia und Ostafrika planen zu können, und ich hoffe, Lumsden wird mir dabei die eine oder andere Tür öffnen können …

Bitterkeit wallte in Maya auf. Offenbar hatte Richard nicht einmal bemerkt, dass sie seinen letzten Brief nicht beantwortet hatte, und es schien ihn auch nicht zu kümmern. Genauso wenig, wie er sich danach erkundigte, wie es ihr ging, was in ihrem Leben geschah. »Natürlich nicht«, rief sie halblaut, mit sarkastischem Unterton, »was sollte in meinem Leben auch geschehen! Ich bin eine brave Tochter, die zuhause zu sitzen und zu warten hat, bis sich irgendein Mann ihrer erbarmt oder sie alt, runzelig und schrullig ist!« Während Richard in Bombay saß, über seine Pilgerfahrt nach Arabien schrieb und Forschungsreisen nach Afrika plante. Dinge, die Maya nur verwehrt blieben, weil sie eine Frau war. Orte, die sie allein durch den Klang ihrer Namen betörten und durch das, was sich für Maya dahinter verbarg: Indien, das funkelnde Juwel in der Krone des britischen Empire, mit seinen Farben und der Pracht und Herrlichkeit der Moguln und Maharajas. Afrika, wild, unbezähmbar, erbarmungslos; der »Schwarze Kontinent«, nicht nur wegen der Hautfarbe seiner Menschen so genannt, sondern auch wegen der Gefahren, die in seinem noch unerforschten Herzen lauerten. Arabien, geheimnisvoll und verboten, hinter den schmalen Küstenstreifen ein noch weißer Fleck auf der Weltkarte. Das sagenumsponnene Land der Königin von Saba, reich an mit Gold aufgewogener Myrrhe und Weihrauch. Das Land der Scheichs und Sultane, der Kalifen und Beduinen, der Kamele und Dromedare. Und das Bild, das man im Okzident vom Osmanischen Reich hatte, warf auch sein schummrig rotgoldenes Licht auf das unbekannte Land, von dem ein Teil immer noch Konstantinopel unterstand: Exotisch-pittoresk wie die auf samtbezogenen Ottomanen lasziv hingegossenen Leiber der Odalisken auf den Gemälden Ingres', verlockend und abstoßend zugleich, auf ewig gefangen in der Zeit.

Richard hatte es mit eigenen Augen gesehen, das fremde Land:

Es ist seltsam, wie der Geist von einer Landschaft unterhalten werden kann, die so wenig zu bieten hat, das ihn beschäftigen könnte. Vom Himmel, schrecklich in seiner makellosen Schönheit und der Prächtigkeit eines mitleidsloses blendenden Scheins, streichelt einen der Wind wie ein Löwe mit flammendem Atem …

Glaub mir, wenn sich Deine Sinne an die Stille einer Reise durch die Wüste angepasst haben, wirst Du wahrhaftige Qualen erleiden, sobald Du in den Trubel der Zivilisation zurückkehrst. Die Luft der Städte wird Dich ersticken, und die abgehärmten und leichenhaften Gesichtsausdrücke der Einwohner werden Dich verfolgen wie eine Vision des Jüngsten Gerichts … Der Schleier, das einzig Kokette an der Tracht der Frauen, verbirgt grobe Haut, fleischige Nasen, breite Münder und fliehende Kinne, während es sehr vorteilhaft das hervortreten lässt, was in diesem Land fast immer strahlend und klar ist – das Auge …

Doch es genügte Maya nicht mehr, die lockende Fremde durch Richards Worte zu erleben oder durch die Erzählungen Jonathans; sie wollte sie mit ihren eigenen Sinnen erfahren. Zorn schoss in ihr empor, aus Machtlosigkeit gezeugt und durch Enttäuschung geboren, ungerecht und wahllos in seinem Ziel. Mit fahrigen Bewegungen suchte sie ein leeres Blatt hervor, tunkte den Federhalter in die Tinte und jagte die Stahlspitze über das Papier.

Black Hall, den 19. März 1854

Mein lieber Richard,
ich danke Dir für Deine Zeilen. Ich bin jedoch voll freudiger Ungeduld, Dir mitzuteilen, dass es hier wunderbare Neuigkeiten gibt: Ich habe mich verlobt

Sie hielt inne, strich den letzten Teilsatz durch und setzte dahinter:

Ich werde heiraten

Der Federhalter hob sich an, sank in Mayas Hand leicht zur Seite, als sie auf diese drei Worte starrte und unwillkürlich schlucken musste. Sosehr sie sich gesehnt hatte, diese zu schreiben, so erschreckend endgültig sahen sie nun aus, schwarz auf weiß. Wie ein Weg ohne Wiederkehr, und dennoch armselig verglichen mit dem, was Richard zu schreiben hatte.

Erschrocken fuhr sie zusammen, als in der sonntäglichen Stille des Hauses unten eine Tür zuschlug und sie gleich darauf erregte Stimmen im Garten hörte. Achtlos warf sie die Feder hin, die beim Aufprall einen Sprühregen feiner Tintentröpfchen über den Schreibtisch spritzte, und stürzte zum Fenster. Sie sah Ralph, wie er in langen Schritten den Kiesweg hinabmarschierte, heftig gestikulierte und sich einen sichtbar hitzigen Wortwechsel mit Jonathan lieferte. Dieser lief neben Ralph her, packte ihn schließlich an der Schulter und schüttelte ihn, ehe er mit gleichmäßigen, beruhigenden Handbewegungen auf ihn einredete, als sie stehen blieben. Ralph hörte zu, die Hände in die Hüften gestemmt, schüttelte abwechselnd den Kopf und nickte, fuhr sich dann mit allen Fingern durch das Haar und atmete tief durch. Maya spürte, wie sich ihr Magen zusammenzog. Es musste ein Zerwürfnis zwischen ihren Eltern und Ralph gegeben haben, aber Maya fiel kein Grund ein, weshalb sie seinen Antrag hätten ablehnen sollen. Sie hatte die Hand schon am Fenstergriff, als es klopfte. Hazel stand in der Tür und knickste. »Mr. und Mrs. Greenwood wünschen Sie unten im Salon zu sehen, Miss Maya.« Maya konnte nur beklommen nicken und ihr folgen, mechanisch gelenkt, wie eine Marionette mit schwachen Gliedern.

Auf der anderen Seite des Korridors stand in der halbgeöffneten Tür Angelina, die wie Maya nach dem Kirchgang nach oben geschickt worden war. An der erschrockenen, beinahe mitfühlenden Miene ihrer jüngeren Schwester konnte Maya ablesen, dass Angelina nicht die geringste Ahnung hatte, was geschehen war und was diesem Aufruhr im Haus vorangegangen sein mochte. Aber sie ahnte wohl ebenso wie Maya selbst, dass ihr unten im Salon nichts Gutes bevorstand.

»Hazel, was –« setzte Maya flüsternd auf der Treppe an.

Doch das Dienstmädchen schüttelte den Kopf, die Miene steinern, ihr Blick jedoch weich. »Es tut mir leid, aber ich darf Ihnen nichts sagen, Miss Maya.«

Die Art, wie Hazel mit den Fingerknöcheln an die Tür zum Salon pochte, Mayas Ankunft anmeldete, mit einer Förmlichkeit, die es in dieser Weise in Black Hall sonst nicht gab, ließ sich Maya wie einen unerwünschten Gast fühlen und nicht, als sei dies ihr Zuhause. Und genauso trat sie nun über die Schwelle, den Blick auf den orientalischen Teppich vor sich gerichtet und knickste, ehe sie vorsichtig die Lider hob.

Ihre Mutter saß, der Türseite zugewandt, aufrecht in einem der Sessel und betrachtete ihre im Schoß gefalteten Hände, während Gerald Greenwood sich auf den Kaminsims stützte und, auf dem Mundstück seiner kalten Pfeife kauend, in das knisternde Feuer starrte.

»Ihr wolltet mich sprechen«, durchbrach Maya heiser die unangenehme Stille, die ihr wie ein Mantel aus Blei auf Brust und Schultern drückte, ihr das Atmen erschwerte.

Martha sah ihren Gatten an, und als dieser keine Anstalten machte, das Wort zu ergreifen, räusperte sie sich. »Mr. … Mr. Garrett hat uns die Ehre erwiesen, uns um deine Hand zu bitten«, begann sie, während ihr Blick auf einen nicht näher bestimmbaren Punkt zwischen ihren ausgebreiteten Röcken und dem Teetisch gerichtet blieb. Vor Aufregung, Hoffnung und Angst schlug Maya das Herz bis zum Hals. »Sein Ansinnen hat uns – gelinde gesagt – etwas unvorbereitet getroffen. Wir wissen uns dessen durchaus glücklich zu schätzen, genießt er doch unsere Hochachtung als Freund unseres Hauses. Trotz all seiner vorgebrachten Argumente haben wir uns«, ein erneuter

Seitenblick streifte Geralds leicht gebeugten Rücken, »haben wir uns jedoch einvernehmlich entschieden, sein Ersuchen abzulehnen.«

»Ihr habt Nein gesagt?« Maya konnte, ja wollte nicht glauben, dass sie richtig gehört hatte, und sah verzweifelt von einem zum anderen. »Weshalb?«

»Eine Verlobung ist keine Übereinkunft, die man leichtfertig aus einer Laune heraus trifft –«

»Aber wir lieben uns!«, fiel Maya ihrer Mutter ins Wort. Marthas Mundwinkel zuckten, doch daraus ergab sich kein Lächeln. »Ebenso wenig aus einem Gefühlsüberschwang heraus. Ihr jungen Leute glaubt oft zu wissen, was für eine Heirat erforderlich ist, doch euch fehlt der Weitblick für die essentiellen Dinge. Es braucht Zeit, um sicher sein zu können, dass ein Fundament für eine dauerhafte Ehe besteht. Und diese Voraussetzung ist bei euch beiden einfach nicht gegeben.«

»Es ist doch bald Krieg!«, warf Maya verzweifelt ein. Ihre Mutter nickte bedächtig.

»Das ist uns sehr wohl bewusst, Maya, und auch das ist kein Grund für eine überstürzte Heirat. Im Gegenteil.«

»Vater!« Bittend sah sie zu Gerald, der es jedoch vermied, seiner Tochter ins Gesicht zu blicken. Stattdessen drehte er seine Pfeife in den Händen, drückte hier auf Kopf und Mundstück, kratzte dort mit den Fingernägeln daran herum. »Nun«, begann er mit einem leisen Hüsteln und einer Miene konzentrierter Anspannung, »dabei gilt es auch noch einen wirtschaftlichen Aspekt zu berücksichtigen. Was Mr. Garrett an Sold erhält, ist nicht mager, aber wohl auch kaum üppig zu nennen. Aus unserer Sicht ist es jedenfalls nicht genug, um dir einen angemessenen Lebensstandard zu ermöglichen.« Seine Stimme klang schwerfällig und zögerlich, als hielte er hinter den gesagten Worten unausgesprochene Gedanken und Gefühle zurück.

»Das dürfte ja ganz allein meine Sache sein«, fauchte Maya und zuckte zusammen, als Gerald herumfuhr, ein wütendes Aufblitzen in den Augen, das sie bei ihm noch nie gesehen hatte.

»Ich habe dir nicht Altgriechisch und Latein beigebracht«, donnerte er, mit dem Pfeifenstiel auf sie zielend, »dir nicht erlaubt, Arabisch zu lernen, damit du in eine Hütte im Hindukusch Wassereimer schleppen kannst oder als … als *Trossweib*«, seine Faust krachte auf den Kaminsims, »mit einem Regiment durch die Gegend ziehst!« Als sei ihm sein unerwarteter Ausbruch selbst unangenehm, räusperte er sich, schob eine Hand in die Hosentasche und betrachtete erneut seine Pfeife. Dann fuhr er in gewohnter Ruhe fort: »Soll Ralph sich erst einmal seine Sporen als Offizier verdienen. Dann können wir von mir aus weitersehen.« Was einen eisigen Blick seiner Frau zur Folge hatte.

»Ich verstehe euch nicht«, Maya blickte zwischen ihrem Vater und ihrer Mutter hin und her und verlor den Kampf darum, ihre Tränen zurückzuhalten. »So lange war es euch ein Kummer, dass sich kein Mann für mich fand. Jetzt ist einer da und will mich heiraten, und nun ist es euch auch wieder nicht recht.«

»Er ist nicht der Richtige für dich, Maya«, antwortete Martha schlicht.

»Natürlich«, gab ihre Tochter mit einem bitteren Auflachen zurück. Ihr alter Kummer – der Dorn in ihrer Seele, solange sie zurückdenken konnte – machte sich wieder bemerkbar. »Aber für Angelina wäre er es gewesen, nicht wahr?« Ohne die Erwiderung ihrer Mutter abzuwarten, wirbelte sie herum, riss die Tür auf und rannte in die Halle hinaus, die auch Ralph und Jonathan in diesem Moment aus dem Garten kommend betraten.

»Ralph«, rief Maya und lief ihm entgegen, warf sich in seine Arme und klammerte sich an ihn, fand ein Körnchen Trost und wusste doch, dass ihr dieses sogleich wieder zwischen den Fingern hindurchrieseln würde.

»Maya«, zerschnitt die Stimme ihrer Mutter den Augenblick, »Haltung bitte! Verabschiede dich von Mr. Garrett, wie es sich gehört und geh dann auf dein Zimmer!«

»Es wird alles gut, das verspreche ich dir«, flüsterte Ralph ihr ins Ohr, ehe sie sich nur widerstrebend voneinander lösten, noch einen viel zu kurzen Moment lang an den Händen hielten. Sein Gesicht war aschfahl, als er sie losließ, als Maya nickte, in einer hilflosen Geste über ihre Röcke strich und sich zur Treppe wandte. Sie spürte die Blicke im Rücken, die ihrer Mutter, ihres Vaters, Ralphs und Jonathans, und sie glaubte, sie müsste unter der Last zerbrechen, die sie trug. Jeder Schritt fiel ihr unsäglich schwer, war bleiern und tränenblind, und sie fürchtete den Blick zurück, um nicht Orpheus' Schicksal zu erleiden.

»Ralph«, hörte sie ihren Vater freundlich sagen, »es besteht kein persönlicher Groll gegen Sie …« Mayas Blut rauschte ihr in den Ohren, übertönte weite Teile des Gesprächs zwischen den beiden. »… besser eine Zeitlang nicht … bis sich alle beruhigt … Jacob wird Ihnen Ihre Sachen …«

Auf dem ersten Treppenabsatz stand Angelina, bleich vor Wut, ihre Augen starr wie blaues Glas, die verrieten, dass sie genug gesehen, genug mitgehört hatte, um zu begreifen. »Das geschieht dir recht«, zischelte sie, »hättest du ihn mir überlassen, wäre das alles nicht passiert! Jetzt siehst du, was du davon hast!«

Maya blieb vor ihr stehen und wischte sich über die tränennassen Wangen. Ihre Stimme zitterte, und doch konnte sie gefasst und klar entgegnen: »Du meinst wohl, weil du ihn nicht haben konntest, darf ich ihn auch nicht haben. Nur vergisst du dabei eines: dass er dich dumme Gans einfach nicht wollte!« Wohl zum ersten Mal verschlug es Angelina gänzlich die Sprache. Sie rang nach Worten, um Fassung, doch es verschaffte Maya keinerlei Genugtuung, einmal ihrer Schwester überlegen zu sein, gab ihr allenfalls genügend Kraft, ihren Weg fortzusetzen, die Treppen zu ihrem Zimmer hinauf. Erst nachdem sie die Tür hinter sich geschlossen, noch zwei Schritte in den Raum hineingestolpert war, sank sie in sich zusammen. Sie kauerte auf dem Boden, das Gesicht in den verschränkten Armen vergraben, und ließ ihren Tränen freien Lauf.

Nur am Rande nahm sie wahr, wie sich die Tür zu ihrem Zimmer leise öffnete, ihre Mutter sich zu ihr herunterbeugte, ihr aufhalf und sich mit ihr auf die Bettkante setzte. Hätte Martha Greenwood das Gleiche wenige Augenblicke zuvor versucht, hätte Maya sie von sich gestoßen. Doch in Mayas Zorn hatte sich Verzweiflung gemischt, und in dem Unglück, das über ihr zusammenschlug und sie in seine Tiefen hinabzog, brauchte sie nun nichts mehr als eine Schulter zum Ausweinen, und sei es die ihrer Mutter. »Schhht, mein Mädchen«, murmelte Martha in das dunkle Haar ihrer Tochter, wiegte sie in ihren Armen, wie sie es zuletzt getan hatte, als Maya noch klein gewesen war.

Mayas Vorwurf, sie hätte Ralph als Schwiegersohn akzeptiert, hätte er nur um Angelinas Hand angehalten, hatte Martha getroffen. Weil es der Wahrheit entsprach. Zwar nicht jetzt, aber in ein, zwei Jahren, wenn Ralph einen weiteren Schritt auf der Karriereleiter erklommen hätte, schon Captain oder gar Major wäre, und Angelina sowohl ihre oft noch kindliche Art abgelegt, als auch Martha ihr ihre Launenhaftigkeit ausgetrieben hätte. Dass es ihr trotz aller Vorsicht nicht gelungen war, Maya und Ralph so weit auseinander zu halten, um das heutige Drama zu vermeiden, betrachtete sie daher als ihr ganz persönliches Versagen. Was die beiden zueinander zog, war in Marthas Augen ein leicht entflammbares Gemisch von Gegensätzen, reizvoll, aber selten von Dauer. Vielleicht sogar gefährlich, wenn es sich unter jugendlichem Übereifer entzündete. Auch Martha Bentham war einmal jung gewesen, hatte getanzt und geflirtet und heimlich attraktive junge Burschen geküsst. Um ein Haar wäre sie dabei auf dem gesellschaftlichen Parkett ins Straucheln geraten, war aber dann klug genug gewesen, dem ruhigen, beharrlichen Werben des verwitweten Professors nachzugeben. Eine Wahl, die sie keinen Tag in diesen vierundzwanzig Jahren bereut hatte.

Sie hätte ihrer Tochter gerne gesagt, dass sie sie auf die gleiche Weise liebte wie Angelina, doch das wäre eine Lüge gewesen. Maya war ihr immer fremd gewesen und geblieben, weit mehr als Jonathan, den sie nicht wie Maya neun Monate lang in sich getragen und zur Welt gebracht hatte. Bei Jonathan, dem schüchternen Vierjährigen, war es ihr leicht gefallen, ihn zu nehmen, wie er war, *was* er war: das Kind Geralds und seiner zwei Jahre zuvor verstorbenen Frau Emma. Aber Maya, *ihr* Kind, sah aus wie Geralds Mutter, hatte den Greenwood'schen Hang zu Eigenwilligkeit geerbt und Geralds Verstand und Wissbegierde. Es schien gerade so, als hätte Marthas Leib nur als Gefäß gedient, ohne dem Wesen, das darin heranwuchs, etwas von sich mitgeben zu können. Befremdet hatte sie zugesehen, wie Maya mit großen Augen und ausgebreiteten Armen losgestürmt war, voll strahlender Neugierde auf diese Welt, kaum dass sie richtig laufen konnte, schneller als ihre Beinchen sie trugen und schneller, als die Nanny hinter ihr her sein konnte. Martha dankte dem Herrn oft, dieses Kind überhaupt groß bekommen zu haben, ohne dass es sich vorher auf der Treppe oder auf einem der Bäume im Garten das Genick gebrochen hatte. Nicht so wie der Sohn, dem sie ein Jahr nach der Hochzeit das Leben geschenkt hatte und der zu schwach gewesen war, um das erste Vierteljahr zu überstehen.

Es gab Momente, wenn Maya besonders verschlossen und in sich gekehrt wirkte, in denen Martha Greenwood sich schuldig fühlte, ihrer Tochter so früh so harte Zügel angelegt zu haben. Aber Martha wusste auch, dass dies keine Welt war, in der eine erwachsene Frau einfach losstürmen und leben konnte, wie es ihr gefiel. Und die Gefahr, dass Maya sich mit ihrer impulsiven Art, ihrem Hunger nach Wissen und Eindrücken auf ihrem Lebensweg doch den Hals brach, war noch immer nicht gebannt. Martha Greenwood war in Sorge um diese Fremde, die ihre Tochter war. Eine Sorge, die sie Maya gegenüber nie aussprach, weil sie wusste, dass man mit zwanzig Jahren anders über das Leben dachte als mit zweiundvierzig. Und als sie spürte, dass die Schluchzer ihrer Tochter abebbten, schob sie sie sachte von sich, strich ihr über das nasse Gesicht und sagte nur: »Morgen sieht alles schon ganz anders aus, ja?« Maya nickte kraftlos und nahm das Taschentuch entgegen, das ihre Mutter ihr reichte, als diese sich erhob.

»Nicht morgen«, flüsterte Maya aus enger, raugeweinter Kehle, als die Tür sich bereits wieder hinter ihrer Mutter geschlossen hatte, »in sechs Wochen. Wenn ich einundzwanzig bin und eure Einwilligung nicht mehr brauche.«

Doch die Zeiger der Schicksalsuhr sollten für Maya schneller vorwärtsrücken, als sie es an diesem Sonntag vermuten konnte. Denn neun Tage später, am 28. März, erklärte Großbritannien in Allianz mit Frankreich Russland den Krieg. Und zwei Tage darauf traf in Black Hall der schriftliche Befehl ein, *Assistenzarzt Jonathan Alan Greenwood, geb. 17. Juni 1826*, habe sich innerhalb der nächsten vier Wochen im Hauptquartier des 1. Bataillons der *Rifle Brigade* in Walmer, Kent zu melden.

11

»Ausgeschlossen!« Jonathan hob abwehrend die Hände, lehnte sich in seinem Stuhl zurück und presste die Handflächen gegen die gebogene Tischkante, als müsste er einen Schutzwall zwischen sich und Ralph errichten. »Briefe an meinen Eltern vorbeizuschmuggeln ist eine Sache, aber was du da jetzt von mir verlangst …« Kopfschüttelnd nahm er seine Tasse und trank einen Schluck Tee.

Ralph senkte den Blick auf seine eigene Tasse, die er am Henkel im Halbkreis auf dem Unterteller hin- und herdrehte »Wie geht es ihr?«, fragte er leise, mit einem sachten Schwingen in der Stimme. Jonathan schwieg und starrte durch die Tüllgardine hinaus in den Regenschauer, der gerade auf die Straße niederprasselte und an der Außenseite der Scheibe herabperlte. Der April war kaum wärmer als der März, und nur selten riss die Wolkendecke auf, um die Turmspitzen Oxfords in Sonnenlicht zu tauchen.

Über drei Wochen war es nun her, dass Mr. und Mrs. Greenwood an jenem Sonntag Ralphs Antrag abgelehnt hatten und dass dieser niedergeschlagen aus Oxford abgereist war, zurück nach Gloucestershire. Drei Wochen, in denen in Black Hall wieder so etwas wie Normalität eingekehrt war, sah man einmal davon ab, dass zwischen Maya und Angelina nach wie vor unversöhnliches Schweigen herrschte. Was aber im Tagesablauf des Hauses nicht weiter ins Gewicht fiel, da Maya sich kaum mehr aus ihrem Zimmer bewegte, Mahlzeiten ausließ oder lustlos darin herumstocherte. Sie verbrachte ganze Tage damit, aus dem Fenster zu starren, unklar, was sie dort zu sehen vermochte, und meistens ein Buch in der Hand, in dem sie nie las.

»Es geht ihr nicht gut«, sagte Jonathan schließlich und begann geistesabwesend sein bis dahin unberührtes Scone auf dem Teller zu zerkrümeln. »Einsilbig ist sie geworden, wie versteinert. Sogar ihre Arabischstunden bei Professor Reay hat sie aufgegeben. Und selbst mir gelingt es nicht, zu ihr durchzudringen.« Er schob ein paar der Bröckchen aus locker gebackenem Teig mit der Fingerspitze auf dem Tellerrand hin und her. »Ich weiß nicht, was werden soll, wenn ich in ein paar Tagen nicht mehr hier sein werde«, murmelte er ratlos.

»Dann hilf uns«, bat Ralph, die verschränkten Unterarme auf den Tisch gestützt. »Nicht meinetwegen, sondern um Mayas willen.«

Jonathan sah seinen Freund lange an. Auch Ralph hatte in der Zwischenzeit seine Einberufung erhalten, ebenfalls zur *Rifle Brigade*. Jonathan wusste, dass damit für Ralph ein kleiner Traum in Erfüllung ging.

Dieses Regiment, dessen Colonel-in-Chief Prinzgemahl Albert war, hatte einen exzellenten Ruf. Es war das erste Regiment, in dem das Auspeitschen als Disziplinarmaßnahme abgeschafft worden war, in dem man die Sitte eingeführt hatte, dass die Offiziere regelmäßig mit ihren Männern dinierten, um so eine familiäre Atmosphäre zu schaffen und den Zusammenhalt zu stärken. Regelmäßig gab es Schieß- und Sportwettkämpfe und interne Auszeichnungen, um den Ehrgeiz der Soldaten anzustacheln. Die »Grashüpfer«, wie die Soldaten des Regimentes aufgrund der dunkelgrünen, schwarz abgesetzten Uniform genannt wurden, waren hervorragende Scharfschützen, die paarweise oder auf sich allein gestellt außerhalb der

Gefechtsordnung operierten. Große Ehren hatte die *Rifle Brigade* noch unter ihrem alten Namen *95th Rifles* in den Napoleonischen Kriegen errungen. Legendär war die Geschichte eines Soldaten, der damals im Krieg auf der iberischen Halbinsel mit seinem Baker-Gewehr einen französischen General aus einer Entfernung von mehreren hundert Yards erschossen und gleich darauf einen weiteren Franzosen niedergestreckt hatte, der seinem General zu Hilfe eilen wollte. Und jüngst waren die *Rifles* auch siegreich aus zwei Kriegen in Südafrika hervorgegangen.

Doch Jonathan konnte in Ralphs Gesicht weder Anzeichen von Jubel noch Stolz auf seine künftige Zugehörigkeit zu diesem Regiment erkennen. Er war blass, seine Augen ungewöhnlich ernst; er wirkte äußerst besorgt und so übernächtigt, als wäre er nicht von Gloucestershire nach Oxford gereist, sondern um den halben Erdball. Jonathan hätte den beiden in den vergangenen Wochen gerne weiterhin als *Postillon d'Amour* zur Verfügung gestanden. Er hatte es aber für klüger gehalten, der Anordnung seiner Eltern Folge zu leisten, einen Briefwechsel zwischen Ralph Garrett und Black Hall im Allgemeinen für eine gewisse Zeit auszusetzen, bis sich die Gemüter beruhigt hätten.

»Sollte … sollte ich fallen«, Ralph schluckte und schob mit seinem Zeigefinger die Zuckerdose zuerst ein wenig von sich weg, dann ein Stückchen nach links und wieder nach rechts, »so wüsste ich Maya wenigstens unabhängig und versorgt. Zwar nur mit einer kleinen Pension und der bescheidenen Summe, die ich geerbt habe, aber immerhin. Das ist mehr, als sie jetzt haben dürfte.«

»Falls ich euch helfe – *falls!*«, betonte Jonathan scharf, als Ralph bei seinen Worten hoffnungsvoll den Kopf hob, »was wird dann aus Maya, während du im Feld bist?«

Ralph zuckte mit einer Achsel, während er die Zuckerdose

weiterwandern ließ. »Sie kann bei meiner Familie in Montpellier House bleiben. Sie und Isabel würden gewiss wunderbar miteinander auskommen. Oder sie begleitet mich einfach.« Dass Soldaten aller Ränge ihre Frauen und Kinder mit in den Krieg nahmen, wo sie für dessen Dauer hinter den Frontlinien lebten, war nichts Ungewöhnliches und durchaus von den Oberbefehlshabern gewünscht – eine Sitte, die Jonathan ganz persönlich zweifelhaft fand; seiner Meinung nach hatten Frauen und Kinder an einem Kriegsschauplatz rein gar nichts zu suchen. »Das soll sie ruhig selbst entscheiden«, fuhr Ralph fort. »Lange wird dieser Krieg ohnehin nicht dauern, und dann kehre ich mit ihr nach Indien zurück.«

Tief durchatmend stützte Jonathan die Ellenbogen auf den Tisch und rieb sich mit den Händen über das Gesicht, in der vergeblichen Hoffnung, so einen klaren Kopf zu bekommen. Vorzeitig war Ralph aus Cheltenham in Richtung Kent aufgebrochen, um diesen Umweg über Oxford zu machen. Ein Page des Hotels Angel in der High Street hatte Jonathan seine Nachricht überbracht, der Ralph dort abgeholt hatte, und, zur Erinnerung an glücklichere Tage, waren sie dann gemeinsam ins Boffin's gegangen, wo Ralph ihn mit seinem heiklen Anliegen konfrontiert hatte.

»Würdest du nicht genauso handeln, wenn es um dich und Amy ginge?«

Jonathan sah ihn durch seine gespreizten Finger hindurch an, stieß dann hörbar den Atem aus und verschränkte die Arme vor der Brust. »Ich weiß es nicht. Unsere Situation ist ja eine ganz andere.«

Frederick Symonds betrachtete voller Wohlwollen, wie der junge Greenwood seine Tochter umwarb. Von Beruf Chirurg, war er sehr angetan von Jonathans Auftreten und Charakter, von dessen familiärem Hintergrund ohnehin. Sobald Jonathan seine Pflicht dem Vaterland gegenüber erfüllt hätte, würde

Symonds ihm gerne behilflich sein, ebenfalls als Chirurg Fuß zu fassen und dann auch seine Zustimmung zur Verlobung geben. Auch wenn Amy den Romantiker in ihm leise zu wecken begonnen hatte, so war Jonathan doch vornehmlich ein Verstandesmensch. Und Durchbrennen war etwas, was seiner Meinung nach nur die Gestalten in den altmodischen Romanen dieser Miss Austen taten, die Tante Elizabeth so begeistert las. »Kannst du nicht wenigstens bis zu Mayas Geburtstag am 1. Mai warten? Dann ist sie ohnehin einundzwanzig und ihr könntet auch ohne Einverständnis meiner Eltern offiziell in England heiraten.«

»Ich muss mich bis spätestens 30. April in der Kaserne gemeldet haben, und keiner weiß, wann wir danach ausrücken, ob in ein paar Wochen oder erst in Monaten. Die ersten Truppen sind schon in See gestochen! Aber auch wenn die Scharfschützen meistens als Letzte aufbrechen, nach Infanterie und Kavallerie, nachdem Material und Munition verschifft sind, wird erst einmal Drill angesagt sein. Urlaub für private Dinge wie eine Hochzeit wird es wohl kaum geben, und ich würde davor gerne wenigstens noch ein paar Tage ungestört mit Maya verbringen. Außerdem – versteh mich nicht falsch, nichts gegen eure Eltern –, aber so wie sie auf ihrem Nein beharren, bringen sie es fertig, in der Zeit zwischen Bestellung des Aufgebots und Trauung eine Heirat doch noch zu verhindern.«

Mit einem Seufzen lehnte Jonathan sich zurück und machte unter dem Tisch die Beine lang. »Willst du sie nicht zumindest erst einmal fragen, ob sie für eine solch wahnwitzige Idee überhaupt zu haben wäre?«

Ralph betrachtete den Rest erkalteten Tees, den er in seiner Tasse kreisen ließ. »Ich bin bereit, noch heute Abend vor eurer Tür zu stehen. Alles, was sie tun muss, ist, über die Schwelle zu treten. Wenn sie nicht kommt, fahre ich auf direktem Weg weiter nach Walmer.«

Jonathan blickte erneut aus dem Fenster, beobachtete die Passanten, denen der Regen von den Schirmen troff, die Kutschen, die hinter ihren Rädern Wasserfontänen aufspritzen ließen. Schließlich wandte er sich wieder Ralph zu. »Lass mich darüber nachdenken. Wenigstens bis morgen.«

»Was soll ich denn im Garten?«, maulte Maya einen Tag später und klammerte sich mit einer Hand an den Türgriff, während Jonathan unnachgiebig an der anderen zerrte.

»Frische Luft schnappen, du Stubenhockerin, wenn es schon eine Stunde mal nicht regnet und die Sonne scheint!« Leise vor sich hin schimpfend gab Maya schließlich nach und ließ sich von ihrem Bruder hinaus auf den Kiesweg ziehen, wo er ihren Arm unter den seinen schlang und ihren Handrücken tätschelte. »So ist's brav, immer schön dem Onkel Doktor gehorchen!«

»Angeber«, brummte Maya, doch sie konnte das Zucken ihrer Mundwinkel nicht unterdrücken. Die Kiesel knirschten unter ihren Sohlen, und über den Köpfen frohlockten Amseln und Stare über die Regenpause. Das feuchte Wetter hatte den Rasen in die Höhe schießen lassen, auf dem unzählige Tropfen des letzten Schauers in der Sonne funkelten, und das Geäst der Bäume und Sträucher überzog frisches Grün. Unwillkürlich schlossen sich Mayas Lider, und sie atmete tief durch, sog den Geruch nach nasser Erde, frischem Laub und reingewaschener Luft ein, genoss die Wärme des Sonnenlichts auf ihrer Haut.

»Maya.« Sie blieb stehen, als Jonathan anhielt und sich ihr zuwandte, sah ihn fragend an. Er ließ seine Augen durch den Garten wandern, strich ihr über die Oberarme, setzte zum Sprechen an und schien doch lange nicht die richtigen Worte zu finden. »Angenommen«, begann er schließlich zögerlich und nahm ihre Hände. »Angenommen, dort …«, er wies auf das schmiedeeiserne Gartentor zur Black Hall Road hin, »…

dort stünde heute Nacht ein Wagen und Ralph säße darin, bereit, dich mitzunehmen. Was würdest du tun?«

Mayas Stirn legte sich in Falten, ebenso verständnislos wie zornig, als wollte sie ihn schelten, ihr nicht eine solch überspannte und gänzlich hypothetische Frage zu stellen. Dann begriff sie. »Er ist hier? In Oxford?«

Ihr Bruder nickte. »Seit gestern. Er ist auf dem Weg nach Kent, wo er in das gleiche Regiment eintreten wird wie ich.« Hoffnung, Glück, Sehnsucht huschten über Mayas Gesicht, eine ganze Bandbreite an Regungen, die sich in ihrer Mimik abwechselten, sie belebten. Spätestens jetzt hätte sich Jonathan so entschieden, wie er es in den frühen Morgenstunden nach einer schlaflosen, durchgrübelten Nacht getan hatte, ehe er am Vormittag Ralph im Angel aufgesucht hatte. »Er wird heute Nacht draußen vor dem Tor auf dich warten, Maya, und hat mir sein Ehrenwort gegeben, unverzüglich mit dir über die Grenze zu fahren, nach Schottland, wo ihr euch trauen lassen könnt, wenn du mit ihm gehen willst.«

Maya atmete tief durch. »Und ob ich das will!«

»Gut, pass auf: Ich habe vom Speicher schon eine Reisetasche geholt. Ich bringe sie dir nachher, dann kannst du packen. Viel wirst du nicht mitnehmen können, aber zumindest das Nötigste für ein paar Tage. Die Tasche schmuggle ich nach Einbruch der Dunkelheit unten an die Mauer, damit sie griffbereit dort steht, wenn Ralph kommt.«

Maya sah zum Haus hinüber, dann auf ihre und Jonathans Hände, die sich umfasst hielten. »Was werden Mutter und Vater sagen, wenn herauskommt, dass du mir geholfen hast?«

»Na, mehr als enterben können sie mich nicht«, entgegnete Jonathan mit einem Schmunzeln und streichelte dann Mayas Wange. »Sie werden es nicht erfahren. Wenigstens habe ich nicht vor, es ihnen auf die Nase zu binden. Lass nur eine Notiz auf deinem Sekretär liegen, dass du mit Ralph durchgebrannt bist, damit sie sich nicht allzu sehr sorgen.« Als Maya nickte, schloss er sie in seine Arme. »Außerdem werde ich doch auch übermorgen fahren. Und bis ich aus dem Krieg zurück bin, haben sich die Wogen ohnehin geglättet.«

Maya befreite sich langsam aus seiner Umarmung und sah ihn ernst an. »Und was wird aus dir und Amy?« Ihr Durchbrennen würde das Ansehen der Familie beschmutzen, das wusste Maya, die auf den Teekränzchen ihrer Mutter das eine oder andere hinter vorgehaltenem Fächer getuschelte Gerücht aufgeschnappt hatte.

Jonathan lächelte, strich ihr mit dem Finger ein loses Haar aus der Stirn. »Mach dir keine Gedanken. Amy hat mir ihr Versprechen gegeben, auf mich zu warten, und ich kann mir nicht vorstellen, dass Mr. Symonds mir wegen meiner leichtsinnigen Schwester gram wäre.« Sein Lächeln verschwand, und er sah sie so eindringlich an, als wollte er sich jedes Detail ihres Gesichts ganz genau einprägen. »Jetzt ist erst einmal nur wichtig, dass du endlich glücklich wirst. Darauf hast du viel zu lange gewartet.« Er ließ sie los und bot ihr galant seinen Arm an. »Komm, lass uns eine ordentliche Runde durch den Garten drehen, damit unsere Tarnung perfekt ist.« Den Kopf in den Nacken gelegt, blickte er zum Himmel, an dem sich stahlgraue Wolkenmassen zusammenschoben und die blauen Felder dazwischen bedrängten und verschluckten. »Es fängt ohnehin in Kürze wieder an zu regnen.«

»Maya!« Gerald Greenwood hob überrascht den Kopf, als das zarte Klopfen am Türrahmen seines Arbeitszimmers ihn aus seinen Gedanken riss. Wie gewöhnlich hatte er vergessen, die Tür zu schließen, was unweigerlich am nächsten Morgen dazu führen würde, dass Martha sich darüber beschwerte, man röche den kalten Pfeifenrauch im ganzen Haus. Die bewusste Pfeife nahm er jetzt aus dem Mund und sah seine Tochter über die

Brille hinweg an, die er neuerdings zum Lesen benötigte. »Was treibt dich so spät hierher?«

»Darf ich mich noch zu dir setzen und ein wenig lesen?«

»Natürlich, Kind, natürlich!« Er schwenkte die Pfeife in Richtung der Sitzgruppe gegenüber seinem Schreibtisch, ehe er sich wieder über seine aufgeschlagenen Bücher und Notizen beugte. »Mach's dir bequem.« Maya durchquerte den Raum, griff sich wahllos ein Buch aus einem der Regale, die sich die Wände entlangzogen, entzündete die Lampe auf dem Tisch und kuschelte sich in eine Ecke des Sofas. Zwar schlug sie das Buch auf der ersten Seite auf, war aber mit ihren Augen und Gedanken ganz woanders, während die Standuhr in der Ecke hinter dem Schreibtisch mit ihrem leisen Ticken Mayas letzte Stunden in Black Hall verrinnen ließ. Die roten Polster des Sofas und der beiden Sessel waren abgenutzt von den vielen Studenten, die in all den Jahren bei den abendlichen Diskussionen mit ihrem Vater und anderen Dozenten aufgeregt darauf hin und her gerutscht waren. Mit der Fingerspitze zeichnete Maya die Umrisse eines Fleckes nach. Er stammte von einem Becher Kakao, den sie als kleines Mädchen darauf verschüttet hatte und dessen Überreste nie ganz entfernt werden konnten. Sie ließ den Kopf auf der Lehne ruhen und sah ihrem Vater zu, wie er im Lampenlicht las und schrieb, nachdenklich an der Pfeife sog und Rauchwölkchen durch den Raum schickte, die den Duft pfeffriger Vanille verbreiteten, der für Maya untrennbar mit Gerald verbunden war, soweit sie sich zurückerinnern konnte. Es schmerzte sie, ihm solchen Kummer zufügen zu müssen, und nicht einmal mehr die Tatsache, dass auch er gegen ihre Heirat mit Ralph gewesen war, hatte noch Gewicht.

Sie fuhr zusammen, als die Standuhr mit mehrfachem leisem *Pling* die volle Stunde anschlug, und gleich darauf kam auch die Bestätigung vom Turm von St. Giles. Gerald Greenwood legte die kalte Pfeife in den Aschenbecher, gähnte und streckte sich. »Mach nicht mehr allzu lange, mein Herz«, empfahl er, als er herüberkam und sich über sie beugte, ihr einen Kuss auf die Wange gab.

»Bestimmt nicht«, flüsterte Maya, umarmte ihren Vater und drückte sich fest an ihn, mühsam die Tränen zurückkämpfend, die in ihren Augen brannten.

Gerald sah sie überrascht an, als er sich von ihr löste. Seine Tochter war heute schon den ganzen Abend so anders gewesen, besonders freundlich zu den Dienstboten, zärtlich zu ihrer Mutter, und sogar mit Angelina hatte sie ein paar nebensächliche Worte gewechselt. Erleichterung durchzog ihn, als er die Hand unter ihr Kinn legte und sachte mit dem Daumen über ihre Wange strich. »Ich bin froh, dass es dir wieder besser geht«, murmelte er und küsste sie leicht auf die Stirn. »Gute Nacht, Maya.«

»Gute Nacht, Vater«, erwiderte Maya, und sie glaubte, an dem Kloß ersticken zu müssen, der in ihrer Kehle steckte, als er ging.

Es war still im Haus. So still, dass Maya ihr Herz klopfen hörte, viel schneller, als es die Standuhr vorgab. Bald würde Jonathan kommen und sie holen. Ihre Reisetasche stand schon seit dem Dinner draußen im Garten, im Schutz der Mauer. Wenig hatte darin Platz gehabt, aber wenig war es auch, woran Maya hing: ein frisches Kleid, Wäsche zum Wechseln und Strümpfe, ein Nachthemd samt Morgenrock, ihre Haarbürste und eine Handvoll Toilettenartikel, ihr indischer Schal und ein Bündel Briefe, Ralphs und Richards, trotz allem, mit einem Seidenband zusammengebunden. Mayas Magen rumorte unruhig, vor freudiger Erwartung und Angst. Bald, sehr bald, würde sie an Ralphs Seite sein, für immer dieses Mal, und mit ihm in ein abenteuerliches neues Leben aufbrechen. Trotzdem wünschte sie sich auch, hierbleiben zu können, nicht all das zurücklassen zu müssen.

Als sich eine Silhouette im Türrahmen bewegte, sah sie auf. Es war Jonathan, der so leise die Treppe hinuntergeschlichen war, dass sie ihn nicht kommen gehört hatte. Mit einem tiefen Durchatmen stand sie auf, nahm die Lampe mit und folgte ihm durch ein nächtliches Black Hall, das von nun an nicht mehr ihr Zuhause sein würde.

Sie warf ihr Cape um, das Jonathan mitgebracht hatte, und zog die Kapuze tief ins Gesicht, als sie durch die Gartentür ins Freie schlüpften. Draußen goss es; in Strömen prasselte der Regen auf Kies und Rasen, füllte die Pfützen, die sich bereits gebildet hatten, gurgelte in den Regenrinnen des Hauses. Die Lampe, über deren Zylinderöffnung Jonathan schützend die Hand hielt, gab kaum Licht in dieser nassen Finsternis, und der Weg zum Gartentor kam Maya unendlich lang vor.

Als Jonathan am Abend die Tasche dort platziert hatte, hatte er auch gleich das schmiedeeiserne Tor aufgeschlossen, das Jacob immer sorgsam bei Einbruch der Dunkelheit versperrte, sodass Maya es nun einfach aufziehen konnte. Nur wenige Schritte davon entfernt, vorne von zwei Laternen beleuchtet, wartete der geschlossene, vierrädrige Wagen mit zwei Pferden und einem missmutig dreinblickenden Kutscher, dem das Wasser in Rinnsalen von der Krempe des Hutes und seinem voluminösen Mantel floss. Jonathan öffnete ihr den Wagenschlag, und Ralph sah ihnen entgegen, nahm Maya die Tasche ab und verstaute sie im Fußraum. Maya fiel Jonathan um den Hals. »Danke, tausend Dank«, flüsterte sie ihm zu und küsste ihn auf die Wange. Sein Gesicht war nass, schmeckte salzig, und sie wusste nicht, ob es seine Tränen waren oder ihre eigenen, die sich mit den Regentropfen vermischten.

»Auf bald, gib auf dich acht«, erwiderte er heiser, presste sie noch einmal fest an sich, ehe er sich freimachte und ihr in die Kutsche half.

Über sie hinweg ergriff Ralph Jonathans Hand. »Danke, Joe, das werde ich dir nie vergessen.«

Jonathan nickte. »Pass bloß gut auf sie auf, sonst mache ich dir mächtigen Ärger!«

Ein Grinsen flog über Ralphs Gesicht. »Ehrenwort. Wir sehen uns in Walmer!« Jonathan ließ die Tür zuschnappen und hob die Hand zum Gruß, als der Kutscher die Zügel schnalzen ließ und der Wagen anrollte, die Black Hall Road hinauf, in Richtung der Felder vor der Stadt.

Maya schob die Kapuze herunter und blickte aus dem Rückfenster, sah zu, wie Jonathan sich entfernte: ein schlaksiger Schattenriss vor der Mauer, vom Lichtpunkt der Laterne beschienen. Ganz so, als hielte er Wache, um verirrten Seelen den Weg nach Hause zu leuchten. Erst als der Wagen abbog, das Sichtfenster nur noch nächtliche Dunkelheit zeigte, drehte Maya sich auf dem stramm gepolsterten Ledersitz um, schälte sich aus dem nassen Cape und schob es beiseite. Geduldig hatte Ralph gewartet, bis sie ihm ihre Aufmerksamkeit schenkte. Lange sahen sie sich nur an, Schemen im unbeleuchteten Wageninneren. Dann spürte Maya Ralphs Hände sachte über die Konturen ihres Gesichts streichen, als sei er blind und müsste sich vergewissern, dass sie es wirklich war. Er küsste sie, auf die Stirn, auf die Wangen, den Mund, wie aus Dankbarkeit, und Mayas ganzer Abschiedsschmerz war vergessen. Sie rutschte in seine Armbeuge hinab, wärmte sich an ihm, und das Trommeln des Regens auf dem Dach, das gleichmäßige Rattern der Räder und das Hufgeklapper machten Maya schläfrig. *Wir sind zusammen – nun ist alles gut … alles ist gut … ist gut …*

Sie ließen Oxford mit seinen Türmen hinter sich, passierten das schlummernde Summertown, als sie weiter in die Nacht hineinfuhren, Richtung Birmingham, wo sie am nächsten Morgen den Zug nehmen würden, in den Norden, bis hinter die Grenze zu Schottland, nach Gretna Green.

12

Lachend sprangen sie die schon ausgetretenen Stufen unter dem abgewetzten grünen Läufer hinauf, rannten den Korridor entlang und ließen sich atemlos gegen die weißlackierte Tür des Hotelzimmers fallen.

»Halt mal bitte.« Gehorsam nahm Maya die unterzeichnete Hochzeitsurkunde entgegen, während Ralph die Tür sperrangelweit öffnete. »Nein, warte«, rief er lachend, als Maya hineingehen wollte, fasste sie um die Taille und nahm sie schwungvoll auf den Arm. »Wir machen das, wie es sich gehört, sonst bringt es womöglich noch Unglück«, erklärte er augenzwinkernd, als er Maya über die Schwelle trug und der Tür einen Tritt gab, dass sie knallend hinter ihnen ins Schloss fiel. »Ah, sehr schön, der Champagner, wie bestellt!«, rief er aus und ließ Maya vorsichtig neben dem runden Tisch vor dem Kamin nieder. Während Ralph die Flasche aus dem eisgefüllten Kühler zog und sich an deren Korken zu schaffen machte, legte Maya die Urkunde auf den Sekretär neben der Tür, daneben ihren Brautstrauß, ein bescheidenes Gebinde aus Veilchen und Schlüsselblumen, das sie auf dem Weg zur Schmiede Kindern abgekauft hatten, die an den Hochzeitspaaren des Dorfes ein paar Münzen verdienen wollten.

Aufmerksam ließ sie ihre Blicke durch das Zimmer schweifen, während sie ihre Handschuhe auszog. Es war alles so schnell gegangen, dass sie noch gar keine Gelegenheit gehabt hatte, sich in diesem Zimmer umzuschauen, das sie heute am Spätnachmittag als Miss Greenwood verlassen hatte und in das sie nun gegen Abend als verheiratete Frau zurückgekehrt war. Unwillkürlich berührte sie den schmalen Goldreif an ihrem linken Ringfinger, den Ralph am Nachmittag vor ihrer Flucht noch in Oxford gekauft hatte und der nur ein ganz klein wenig zu locker saß.

Die rote Tapete war an einigen Stellen unterhalb der Decke ausgefranst, pellte sich dort von den Wänden ab, biss sich mit dem verschossenen Grün der Vorhänge vor dem einzigen Fenster, genauso wie der dünne Teppich in Blau- und Gelbtönen, der auf den Dielen ausgebreitet war, nicht dazu passte. Zu dem runden Tisch gehörten zwei Sessel, deren hellblaue Polster so abgewetzt waren, dass man die Füllung aus Rosshaar hervorschimmern sah. Dahinter öffnete sich die Tür in das Badezimmer, das klein und eng war, dafür aber sauber. Und an der Wand gegenüber thronte ein Ungetüm von Bett, aus beinahe schwarzem Holz, mit gedrechselten Pfosten und üppigen Federbetten, flankiert von zwei kastenähnlichen Nachttischchen in stumpfem Rotbraun.

Nach der langen Reise – insgesamt zwei Nächte und anderthalb Tage – hatten sie hier nur rasch ihr Gepäck abgestellt, hatte Maya sich zurechtgemacht, während Ralph solange taktvoll draußen vor dem Zimmer auf sie gewartet hatte. Dann waren sie Hand in Hand zur Schmiede aufgebrochen. In der niedrigen weißgetünchten Werkstatt mit dem dunklen Schieferdach hatte der Schmied schließlich Hammer und Zange zur Seite gelegt und über dem Amboss, in Anwesenheit seiner Frau und seines Sohnes als Zeugen, Maya und Ralph getraut. So, wie sich seit einhundert Jahren unzählige Paare von schottischen Schmieden hatten trauen lassen. Paare, die aus England über die Grenze flohen, weil man in Schottland ohne elterliche Zustimmung auch unter einundzwanzig Jahren heiraten konnte und vor allem ohne große Formalitäten: keine vorab eingeholte Lizenz oder ein Aufgebot, das in der entsprechenden Kirche zu jedem Sonntagsgottesdienst mindestens drei Mal vor der Trauung verkündet werden musste. Nach schottischem Recht war jedes Eheversprechen gültig, das vor mindestens zwei Zeugen gegeben wurde, aber besonders beliebt war die Trauung durch einen Schmied. Denn so wie dieser Handwerker sonst glühendes Metall mit Metall unauflöslich miteinander verband, sollte er auch als »Priester des Ambosses« die Brautleute auf ewig zusammenschweißen. Und weil Gretna Green der schottische Ort war, der von England aus am schnellsten zu erreichen war, fanden sich hier besonders viele Liebespaare ein. Im Dorf war man bestens auf Hochzeiter und Flitterwöchner eingestellt, vor allem auf solche mit schmalem Geldbeutel.

Das Knallen des Korkens scheuchte Maya aus ihren Gedanken auf, und Ralph reichte ihr eines der beiden langstieligen Gläser. »Auf uns«, verkündete er feierlich.

»Auf uns«, wiederholte Maya. Die Gläser stießen mit einem feinen Klingeln zusammen, und der Champagner prickelte auf Mayas Zunge, rann kribbelnd ihre Kehle hinab.

Ralph verzog das Gesicht und betrachtete verdrossen den Inhalt seines Glases. »Der schmeckt ja grauenhaft!« Er zog die Flasche am Hals halb wieder aus dem Kühler und musterte mit gerunzelter Stirn das Etikett.

Maya legte den Kopf in den Nacken und lachte. Sie hatte kaum zwei Schlucke getrunken, und trotzdem fühlte sie sich bereits beschwipst. »Was erwartest du? Wir sind in Gretna. Hier heiraten diejenigen, die die Liebe einem luxuriösen Fest vorziehen! Wer hierher kommt, kann sich keinen teuren Champagner leisten.«

Ralph sah sie an, und ein Lächeln umspielte seine Mundwinkel. »Du hast recht.« Er nahm ihr das Glas aus der Hand, stellte es zusammen mit seinem auf den Tisch und zog sie an der Taille zu sich heran. »Deshalb werde ich«, er drückte seine Lippen kurz auf die ihren, »morgen auch gleich meinem künftigen Colonel einen Eilbrief schicken, damit er mich als frisch verheirateten Lieutenant im Sold nach oben stuft und uns eine entsprechende Unterkunft zur Verfügung stellt.«

»Ah, deshalb wolltest du mich unbedingt heiraten«, neckte Maya ihn, die Arme um ihn gelegt. »Allein des Geldes wegen!«

»Natürlich«, bestätigte Ralph im Brustton der Überzeugung und bog ihren Oberkörper leicht nach hinten, schwang sie hin und her, hauchte zarte Küsse auf ihren Hals, »nur deshalb habe ich mir eine reiche Erbin ausgesucht.« Er setzte eine grüblerische Miene auf. »Oder sollte ich mich da etwa geirrt haben?« Lachend stemmte er sie hoch und wirbelte sie durch die Luft, dass Maya vergnügt aufjauchzte und in sein Lachen einstimmte, als sie wieder festen Boden unter die Füße bekam. Ralph zog sie so eng an sich, dass seine Stirn beinahe die ihre berührte. »Sie rauben mir den Atem, Mrs. Garrett«, murmelte er – Mayas Glück hätte nicht vollkommener sein können.

Der Feuerschein warf sein geheimnisvolles, rotgoldenes Licht auf sie beide, hüllte sie ein in seine tiefen Schatten. Still war es jetzt, als alles gesagt war, nachdem sie sich bei einem einfachen Mahl aus Bauernbrot, Käse und Wein, am Boden sitzend, wie bei einem Picknick, selbst gefeiert hatten und auf ihre Tollkühnheit und ihren Mut angestoßen hatten; sich wieder und wieder das Versprechen gegeben hatten, dass nichts und niemand sie jemals mehr trennen würde. Der Länge nach auf dem Teppich ausgestreckt, hatten sie ihre Schuhe abgestreift, und Mayas Nacken ruhte auf Ralphs Unterarm. Es war, als zögerten sie beide diese Nacht hinaus, um sich gegenseitig zu versichern, dass sie von nun an alle Zeit der Welt hatten. Als genössen sie das Wissen, nichts Verbotenes zu tun, wie sie hier eng umschlungen lagen, und doch den Reiz ihres Abenteuers auskosteten. Sachte Berührungen gab es: Mayas Finger, die über Ralphs Gesicht strichen und über seinen Hals; seine Lippen, die über ihre Handfläche wanderten, Küsse hineindrückten, so viel zarter als diejenigen, mit denen er ihren Mund bedachte, mit denen er eine Hitze durch sie hindurchströmen ließ, die bis in ihre Fingerspitzen drang, sich in Mayas Mitte sammelte und dort förmlich ihren Siedepunkt erreichte. Als sie beide innehielten, um Atem zu schöpfen, schob Maya ihn von sich weg und setzte sich auf. Eine nach der anderen zog sie die Nadeln aus ihrem Haar und ließ sie achtlos auf den Boden fallen, schüttelte dann den Kopf, bis die dunklen Kringel frei über Schultern und Rücken glitten und wandte sich wieder Ralph zu. Dieser sah sie nur an, und sein Gesicht zeigte den gleichen Ausdruck wie an jenem Abend vor dem Dinner in Black Hall, als sie sich das erste Mal in die Augen gesehen hatten. Maya erhob sich, und er leistete keinen Widerstand, als sie ihn mit sich zog, hinter sich her durch den Raum zum Bett.

»Warte«, hauchte sie, als er sich an ihrem marineblauen Miederjäckchen zu schaffen machte. »Ich will es selber tun.« Der Reihe nach öffnete sie die stoffbezogenen Knöpfe und löste die Haken, mit denen der Rock an der Innenseite daran befestigt war. Sie schälte sich aus der eng anliegenden Jacke mit den weiten Ärmeln, streifte die Ärmelstulpen mit den Rüschen um das Handgelenk ab, knöpfte das ärmellose Blusenhemdchen mit den Biesen und Spitzen auf und zog es sich über den Kopf. Der rückwärtige Verschluss des Überrocks wurde geöffnet, die Bänder ihrer Unterröcke gelöst, die sie schließlich allesamt wie in einer voluminösen Stoffwolke zu Boden rauschen ließ, aus der sie herausstieg. Geschickt angelte sie nach hinten, zog die Schnüre des Korsetts auf, enthakte es an der Vorderseite und warf es beiseite. In Trägerhemdchen und langen Unterhosen setzte sie sich auf die Bettkante, schob die wadenlangen Volants hoch und rollte die Strümpfe ab, die sie einfach fallen ließ. Dann sah sie Ralph an und streckte die Hand nach ihm aus. Zusammen ließen sie sich auf das Bett sinken, und Mayas Haar wirkte schwarz wie Ebenholz auf den weißen, gestärkten Bezügen, im Schummerlicht des Raumes.

»Du bist so schön«, flüsterte er, als er seine Blicke über sie schweifen und behutsam seine Hände folgen ließ, die die Kurven ihres Körpers nachzeichneten: die vollen Brüste, deren Spitzen sich dunkel unter dem dünnen Batist abzeichneten, die Einbuchtung ihrer schlanken Taille, die Wölbung ihrer Hüften.

»Hattest … hattest du schon viele Frauen?«, fragte sie leise.

Als hätte er sich die Finger an ihr verbrannt, hielt er inne, und ein verlegenes Grinsen blitzte in seinem Gesicht auf. »Ein paar waren es schon, ja.« Er zögerte kurz, dann beugte er sich wieder über sie. »Aber keine war so wie du.« Und er küsste sie, drängender, fordernder als bisher, sodass sie nach Luft rang und doch immer noch mehr davon wollte. Maya glaubte im Fieber zu liegen, als sie ihm seine Hosenträger von den Schultern streifte. Nach drei Knöpfen verließ sie die Geduld und sie zerrte ihm das Hemd einfach über den Kopf, tastete nach dem Bund seiner Hose. Mit einem Laut der Überraschung und Bewunderung stieß sie den Atem aus. Ralphs Äußeres ähnelte tatsächlich einer aus Stein gehauenen Statue, einer aus blassgoldenem Marmor: fest, kühl und glatt, breitschultrig, schmalhüftig, Muskeln und Sehnen fein modelliert.

Maya vergaß, was sie über diese Dinge in Richards Briefen gelesen hatte und in den Anatomiebüchern ihres Bruders, die er während der Semesterferien so achtlos in seinem Zimmer offen hatte herumliegen lassen. Sie erkundete voller Staunen den Körper, der dem ihren so gar nicht ähnelte, so in sich geschlossen war, hart, wo der ihre weich. Was sie gelesen hatte,

hatte sie nicht im Geringsten darauf vorbereitet, was Münder, Zungen, Hände miteinander und auf nackter Haut tun konnten und wie herrlich sich das anfühlte, welche Schauder es durch sie hindurchjagte, was an Wärme und Begehren, wie es sie weich machte und zergehen lassen wollte. Sie war darauf vorbereitet gewesen, als Ralph sich auf sie legte, ihre Beine auseinanderschob, auf das Drücken, das Reißen, und doch sog sie krampfhaft die Luft ein, als er in sie eindrang, weil es schmerzte und gleich darauf so, so wunderbar war.

Doch nichts und niemand hatte sie darauf vorbereitet, dass seine schnellen Bewegungen sie verstörten, weil er damit vorwärtspreschte und sie dabei zurückließ, sodass sie zwar körperlich mit Ralph eins war und sich dennoch alleine fühlte. Als er sich aufbäumte, aufstöhnte, gleich darauf von ihr herunterrollte und sie in seine Arme zog, bebend am ganzen Leib, sie mit trockenem Mund küsste, da fiel Mayas Begehren in sich zusammen und Enttäuschung machte sich breit. Während eine warme, klebrige Flüssigkeit ihr zwischen den Beinen hervorsickerte, kam sie sich betrogen vor, um etwas, von dem sie nicht einmal wusste, wie es sich anfühlen musste. Sie stellte sich vor, dass sie jetzt ebenso erschöpft und glücklich hätte hier liegen müssen wie Ralph, dass sie Erfüllung in ihrer Lust hätte finden müssen, so wie er, und sie verstand nicht, warum dem nicht so war.

»Hat es dir gefallen?«, murmelte Ralph, schon leicht schläfrig.

»Ja«, hauchte Maya. Eine Lüge, die erste in dieser noch so jungen Ehe, und Angst überfiel sie, dass diese nicht die letzte bleiben sollte.

Mit ganzer Kraft schob sie die trübseligen Gedanken beiseite. Sie waren zusammen, vor Gott und den Menschen getraut, und das allein zählte. Alles andere würde sich finden. Sie schmiegte sich eng an ihn, lauschte dem Schlagen seines Herzens, das sich langsam wieder beruhigte, und wünschte sich so sehr, ihres möge den Gleichklang dazu finden.

Es waren so unbeschwerte Tage in jenem April, beschwingt und sonnig, wie das Wetter, das Sonne über die Felsen und grünen Wiesen Schottlands schickte, mit einer Brise, die die Frische des nahen Meeres in sich trug. Sie wanderten über die Felder, vorbei an Weiden, auf denen braune Kühe friedlich grasten, und entlang der niedrigen Hügel und der schlickigen Wattflächen des graublau funkelnden Solway Firth. In einem gemieteten Coupé fuhren sie die acht Meilen nach Westen, nach Annan, der nächstgrößeren Stadt, wo sie zwei hübsche neue Kleider für Maya kauften und einen recht gewagten Hut, flach, mit breiter Krempe und langen Bändern. Und mit jedem Tag, der verstrich, schienen Oxford, Black Hall und Richard Francis Burton in immer weitere Ferne zu rücken, als hätte Maya ihnen endgültig den Rücken gekehrt und ein neues Leben begonnen.

Es war an ihrem siebten Tag in Gretna Green, zwei Tage, ehe sie wieder nach England zurückkehren wollten, damit Ralph Maya seiner Familie vorstellen konnte, dass sie in überschäumender Fröhlichkeit ins Hotel zurückkehrten und der Portier hinter seinem Stehpult Ralph einen Brief entgegenhielt. »Post für Sie, Mr. Garrett.«

»Oh, das ging ja schnell«, lachte er und bedankte sich mit einem Nicken, bevor er ungeduldig den Umschlag aufriss und den Brief entfaltete. Während seine Augen über die Zeilen huschten, verlosch sein Lächeln, wich die Farbe aus seinem Gesicht.

»Schlechte Nachrichten?« Besorgt berührte Maya ihn am Arm. »Ralph?«

Er sah sie an, als müsste er sich erst erinnern, wer sie war, und schluckte. »Ich bin abkommandiert worden, mit sofortiger Wirkung.«

»Wohin denn abkommandiert? Und warum?«, hakte Maya nach, doch Ralph ging nicht darauf ein, packte sie bei der Hand und zog sie in Richtung Treppe.

»Ich muss nach London, auf der Stelle.«

Als der Zug mit ihnen nur wenige Stunden später südwärts durch Englands Norden ratterte, als Ralph schweigend aus dem Fenster starrte, seine Linke sich fortwährend zur Faust ballte und wieder öffnete, sich an seinem Kiefer ein Muskel anspannte und wieder lockerte, da war er Maya so fern wie niemals zuvor. Auch sein Arm, den er ihr um die Schultern gelegt hatte, konnte daran nichts ändern.

Und zum ersten Mal beschlich Maya Garrett, geborene Greenwood, das Gefühl, dass sie den Bund fürs Leben mit einem völlig Fremden geschlossen hatte.

2

Das Auge Arabiens

Hüte Dich vor dem Rauch innerer Wunden,
Weil eine innere Wunde letztlich aufbrechen wird.
Vermeide, so lange du kannst, ein Herz zu entwurzeln,
Weil ein Seufzer dann eine ganze Welt entwurzeln könnte.

SHEIKH SA'DI,
Der Rosengarten

I

Kein Windhauch rührte an der Wasseroberfläche, keine Brise, die den Passagieren an Deck etwas Kühlung verschafft hätte. Selbst der Fahrtwind des »P&O«-Dampfers schien sich noch im Augenblick seines Aufkommens in der heißen, stehenden Luft zu verflüchtigen. Dieser Tag im Mai war einer jener Tage, für den die Tropen so berüchtigt waren: regungslos, stumm, erdrückend. Nichts war zu hören, außer dem Zischen des Meeres, als der Kiel durch sein Türkisblau pflügte, und dem gleichmäßigen Dröhnen der Dampfmaschine. Zu beiden Seiten erstreckte sich Land, öde und felsig, über dem die heiße Luft flirrte. Eine Schar fliegender Fische schwirrte über die seidige Oberfläche des Wassers, setzte ein paar Mal klatschend auf, ehe sie einer nach dem anderen darunter wieder verschwanden.

Maya trat zu Ralph an die Reling, schob ihren Arm unter den seinen und schmiegte die Wange an seine Schulter. Lange sah sie ihn an, ihren Blick unter dem schmalen Rand ihres Strohhutes vor ihm verborgen, bemüht, in seinem Gesicht zu lesen, das er starr und unbeweglich auf den Küstenstreifen gerichtet hielt. Er war jetzt oft in einer solchen Stimmung: stumm vor sich hin brütend, einen bitteren Zug um die Lippen, und Maya wusste, welche Gedanken ihn beschäftigten.

Sein Vorsprechen in der nächsthöheren Dienststelle hatte nichts genutzt. Weder seine Bitte um Nachsicht noch seine Versicherung, es werde keinen weiteren Verstoß gegen die Disziplinarvorschriften geben, hatten daran etwas ändern können. Und auch sein bislang so makelloser Lebenslauf, seine früheren lobenden Empfehlungsschreiben aus Bengalen und Rawalpindi hatten kein Gewicht gehabt. In London war man hart geblieben und stimmte mit dem Colonel der *Rifle Brigade* überein, der nach Erhalt von Ralphs Schreiben aus Gretna Green, ohne lange zu zögern, seine Entscheidung gefällt hatte: Lieutenant Ralph William Chisholm Garrett hatte es versäumt, rechtzeitig vor seiner Eheschließung die Erlaubnis seines Vorgesetzten im neuen Regiment einzuholen, und eine solche Zuwiderhandlung gegen die Gepflogenheiten der Armee musste geahndet werden, auch wenn es sich nur um eine verhältnismäßig belanglose Formsache handeln mochte. Gerade jetzt, in Kriegszeiten, war es unverzeihlich, wenn ein Soldat seinen Gefühlen den Vorzug gab, anstatt den Bestimmungen Folge zu leisten. Noch dazu, wenn es sich dabei um einen Neuzugang handelte, der sich erst noch in die bestehende Formation eines Regiments einzugliedern hatte. Hier konnte man so kurz vor dem Feldzug gegen die Russen unmöglich Milde walten lassen!

Ein einziger Federstrich tilgte Ralph Garrett von der Namensliste des Regiments, ließ so den Traum von der *Rifle Brigade* und glorreichen Schlachten im Krieg zerplatzen, noch ehe er seinen Dienst in der Kaserne von Walmer angetreten hatte. Auch eine Rückkehr in das *Corps of Guides* war ihm verwehrt worden. Sein ohnehin begehrter Posten dort sei schon neu besetzt, und schließlich müsse man ein Exempel statuieren. Spräche sich herum, dass man dem Lieutenant dies hatte durchgehen lassen, kämen womöglich in der Folge weitere Soldaten auf die Idee, ohne lästige Formalitäten ihre Liebchen noch rasch zu heiraten, ehe sie einrücken mussten! Was käme dann als Nächstes: Verpassen des Fahnenappells, Feigheit vor dem Feind, Fahnenflucht?

Deshalb erhielt Lieutenant Ralph Garrett den Befehl, sich »unverzüglich und ohne Umwege« in die britische Niederlassung im Hafen von Aden zu begeben, wo er »künftig und bis auf Weiteres« in der dortigen Garnison seinen Dienst zu versehen hätte. Aden, das seit knapp zwanzig Jahren ein winziger Außenposten des Britischen Empire war, galt als eine Art Strafkolonie für britische Soldaten. Ein östliches Gibraltar, unmittelbar vor den Toren des gigantischen Osmanischen Reiches gelegen, nur durch eine Meerenge von Afrika getrennt und im Hinterland von miteinander mal befreundeten, mal befeindeten Sultanaten belagert. Eine Verzögerung seiner Abreise würde als Gehorsamsverweigerung gewertet werden und ihm eine Vorladung vor das Kriegsgericht bescheren, das hatte man Ralph sehr deutlich zu verstehen gegeben. Somit hatte keine Möglichkeit mehr bestanden, noch nach Gloucestershire zu reisen oder auch nur nach Kent, um sich von Jonathan zu verabschieden.

»Es ist doch nur vorübergehend«, flüsterte Maya und strich in dem Versuch, ihn zu trösten, wie schon unzählige Male zuvor über seinen Oberarm.

»Das hoffe ich«, entgegnete Ralph. Doch seiner Stimme fehlte jegliche Überzeugungskraft.

»So schlimm wird es schon nicht werden«, gab sie sich zuversichtlich. »Wir haben ja uns!«

Ralph sah sie an, und die Andeutung eines Lächelns flog über sein Gesicht, als er ihre Hand nahm und sie drückte. »Ja, du hast recht. – Schau, das ist das Bab el-Mandeb«, rief er aus und wies auf die nackte Landzunge mit einer vorgelagerten Insel, die sich ins Meer erstreckte. An der Stelle, an der sich die afrikanische und die arabische Küste eng aneinanderschoben, an der sich das Wasser plötzlich unruhig und aufgewirbelt gab. *Bab el-Mandeb – das Tor der Tränen*, übersetzte Maya aus ihrem arabischen Wortschatz, und trotz der Hitze an Deck überlief sie ein kalter Schauder.

Maya hatte nicht lange gebraucht, um zu einer Entscheidung zu gelangen, ob sie Ralph nach Aden folgen wollte. Kleinmütig und gesenkten Hauptes wieder an die Tür von Black Hall zu klopfen stand genauso außer Frage, wie als unbekannte Ehefrau des Sohnes auf der Schwelle von Montpellier House aufzutauchen. Ihr Platz war an Ralphs Seite, und wenn es schon nicht Indien sein sollte, so schien ihr Arabien weitaus mehr als nur ein enttäuschender Ersatz und auf alle Fälle besser als ein Feldlager auf dem Balkan.

Staunend hatte Maya an Deck unter dem schwarzblauen Nachthimmel des Mittelmeeres gestanden, der am Horizont in das tintige Meer eintauchte, und die Sterne betrachtet, die in einer Helligkeit funkelten, wie Maya sie von englischem Boden aus noch nie gesehen hatte, auch nicht in den Seebädern von Brighton oder Torquay, wo die Familie Greenwood manch einen Sommer verbracht hatte.

Zu gerne hätte Maya ihre Reise unterbrochen, um von Bord zu gehen und die Ewige Stadt Rom zu besichtigen, Florenz in seinen Farbtönen von Ocker, Terrakotta und Olivgrün, Siena und Perugia, das quirlige Neapel; vielleicht auch noch Ischia, die Felsinsel unter der alten Festung des Castello Aragonese: grün von Zitronenhainen, Feigen- und Granatapfelbäumen; Salerno mit den malerischen Ruinen eines mittelalterlichen Schlosses und Capri mit dem Wunder seiner Blauen Grotte – Orte und Ansichten, die sie nur aus den Kindheitserzählungen Richards kannte, aus den schwelgerischen Erinnerungen ihres Vaters und von den colorierten Stichen in seinem Arbeitszimmer. Wie die aus Griechenland, wo jedem Stein noch etwas von der mythischen Götterwelt des Olymp anzuhaften schien.

Jetzt, da ihre Mutter nicht mehr das Sagen hatte, hätte sie das alles gerne gesehen. Martha Greenwood waren Reisen grundsätzlich ein Graus gewesen. Viel zu groß war ihre Angst, besonders die zarte Angelina könnte Hitze nicht vertragen und sich in einem fremden Land eine schwere Krankheit einfangen. Wozu in die Ferne schweifen, wenn es auch in England Seebäder mit mildem, sonnigem Klima gab, die der Gesundheit zuträglich waren? Obwohl es Gerald gereizt hätte, mit seinen Kindern auf den Spuren seiner Studienreisen zu wandeln – er hielt eine solche Form der Bildung für äußerst nützlich und fruchtbar – , hatte er sich Marthas diesbezüglichen Wünschen gefügt. Wie er es meist tat, wenn es um die Fürsorge und Erziehung der Kinder ging, die er bei ihr in guten Händen wusste und die ohnehin nicht seine Domäne war. Und so war es eben bei Torquay und Brighton geblieben.

Umso mehr genoss Maya diese Reise, wenn auch nur vom Deck des Dampfers aus. Viel zu schnell erreichten sie Alexandria, »die Perle des Mittelmeeres«, und viel zu schnell verließen sie es auch wieder, sodass es bei ein paar oberflächlichen Impressionen blieb: gelb gestrichene Häuser, schlechte Imitationen europäischer Bauweisen, aber auch zauberhafte orientalische Kaffeehäuser, vor denen Tamarisken ihre zerknitterten silbergrünen Zweige willkürlich in alle Himmelsrichtungen ausbreiteten. Palmen, wo man auch hinsah, und Prozessionen von Kamelen, die in ihrem gemächlichen Trott die Straßen blockierten und nur halbherzig von ihren weiß gewandeten Treibern mit dem charakteristischen roten Fes zum Weitermarschieren angetrieben wurden. Mit der Eisenbahn war es ein kurzes Stück weiter zum Nilufer gegangen, wo ein Dampfschiff auf sie gewartet hatte. In einer so flachen Ebene, dass man sich auf einem stillen, endlosen Ozean hätte glauben können, wäre da nicht der fransige Saum von Palmen und Tamarisken gewesen, der sich gegen den Abendhimmel abzeichnete, war das

Schiff über den breiten ruhigen Fluss geglitten. Die Szenerie hatte etwas Trauriges für Maya gehabt und war in ihrer Grandiosität doch überwältigend: der Nil, Ägypten, die Wiege einer uralten, majestätischen Kultur, so alt und majestätisch wie die Pyramiden jenseits des Flusses. Cairo, »die Triumphierende«, voll von lärmendem Leben, kühl im Schatten der Gebäude und der Gärten, ein Glutofen auf den Straßen und Plätzen unter den Kuppeln und Minaretten. Prächtig und verfallen zugleich, ein Spiegelbild der Religionen, Völker und Dynastien, die hier im Laufe der Jahrhunderte gelebt und gebaut hatten, atmete die Stadt Freiheit, wie es nur eine Stadt vermag, die ein Schmelztiegel von Kulturen ist, christlich-europäisch, moslemisch, afrikanisch. *Aus dieser Stadt hat mir Richard geschrieben*, ging es Maya durch den Kopf.

Ein nubischer Kutscher in bunter Uniform, halb Husar, halb Orientale, hatte sie in einem Pferdewagen aus der Stadt gebracht, hinein in eine dürre Landschaft aus Schluchten, Felsen, Sand und einzelnen englisch beflaggten Posten in Gestalt würfelförmiger Häuser, deren Zweck in dieser Einöde ohne Wasser unklar blieb. In der Ferne zeichneten sich steinige Linien ab, die sich bald als Bergkette zu erkennen gaben, und beidseits des Weges bleichten die Überreste von Kamelskeletten aus. Als diese seltener wurden, eine niedrige Mauer in Sicht kam, flankiert von zwei Türmen, waren sie in Suez angekommen, wo der Dampfer wartete, der mit Maya und Ralph an Bord Kurs auf das Rote Meer nahm.

Maya stand noch immer unter dem Bann der Eindrücke, die sie auf ihrer bisherigen Reise gesammelt hatte. So flüchtig sie diese auch in der zügigen Weiterfahrt aufgelesen hatte, Bilder, Szenen, Farben, Gerüche und Geräusche, so nachhaltig wirkten sie noch in ihr. Wie ein berauschender Trank, von dem sie nur wenige Tropfen gekostet und der sie doch süchtig nach mehr zurückgelassen hatte. Und so fieberte sie ihrer Ankunft in Aden entgegen – Aden, das für sie nach »Eden« klang, hinter dem die ganze fremde Herrlichkeit Arabiens auf sie warten würde.

Doch als wenige Stunden später die Halbinsel in Sicht kam, war Maya geschockt: gezackte Umrisse, zerbrochene und zerrissene Felsgrate dunkelgrauen bis nahezu schwarzen Gesteins. Als hätte vor Urzeiten eine gewaltige Explosion ein verkohltes Bruchstück genau hier ins Wasser geschleudert, das anschließend in Vergessenheit geraten war. Nicht einmal das anspruchloseste Gewächs hatte darin Wurzeln zu schlagen vermocht. Undenkbar, dass dort wahrhaftig Menschen leben konnten. So in etwa hatte Maya sich immer die Insel des Château d'If vorgestellt, die Festung, in deren Kerker Edmond Dantès, *Der Graf von Monte Christo*, vierzehn lange Jahre unschuldig inhaftiert gewesen war.

»Ist es das?«, fragte Maya tonlos.

»Ja, das ist unser neues Zuhause«, bestätigte Ralph mit sarkastischem Unterton und drückte sie an sich.

Der Dampfer schipperte in eine Bucht, die einer Wüste glich, umgeben von verlassenen Felsen, und warf den Anker aus. Kleinere dampfbetriebene Kähne unter großen Sonnensegeln setzten vom Ufer her über, in deren Kielwasser winzige, hölzerne Ruderboote schaukelten. Noch ehe die kleine Flotte den Dampfer der P&O-Company erreicht hatte, hörte man großes Geschrei. Die meisten der Ruderboote wurden von Somalijungen gelenkt, halbnackt, tiefschwarz und dünn, die mit gellenden Rufen ihre Waren anpriesen und sie in Richtung Reling hochhielten: Leopardenfelle, Antilopenhörner und Straußenfedern, Kostbarkeiten von der nahen Küste Afrikas. In drei oder vier der anderen Boote saßen mit ernsthaften bis gelangweilten Mienen Inder und Singhalesen, die bestickte Stoffe und Tischtücher ausgebreitet hatten, denen es aber zu heiß schien, um ausgiebig Werbung dafür zu machen. Einige der Passagiere, die an der Reling standen, machten sich einen Spaß daraus, Pennys ins Wasser zu werfen und zuzusehen, wie die Jungen kopfüber ins Nass sprangen und das Wasser in tanzenden Kreisen brach, wenn ihre Leiber in der Tiefe verschwanden. Wie Fische wanden sich ihre Schatten unter der Oberfläche, während sie nach dem langsam herabsinkenden Geld haschten, ehe sie prustend und mit stolzem Grinsen wieder auftauchten, die Münze sicher in ihrer Faust. Wer – aus welchen Gründen auch immer – an Land zu gehen gedachte, reichte sein Gepäck der Besatzung eines der Dampfkähne und kletterte vom Schiff aus hinein, um in den Hafen überzusetzen, so auch Maya und Ralph.

Stufen führten zu einem Anlegeplatz unter einem Eisendach, und Maya schluckte angesichts der Verlassenheit und Trostlosigkeit, die sich vor ihr ausbreitete: schwärzlicher, abweisender Stein im Hintergrund, eine sandige Piste, ein halbes Dutzend lottriger Karren im Schutz des hässlichen Eisendachs, vor die schläfrige Ponys mit verfilztem Fell gespannt waren und in denen noch schläfrigere Somalis dösten. Dahinter lag in der Sonne das weiß getünchte Grabmal irgendeines Heiligen, mit einer Andeutung von Garten links und rechts. Hier hatte jemand zumindest guten Willen gezeigt, denn die wenigen Pflanzen versuchten allenfalls unter der dicken Schicht aus Ruß und Staub grün auszusehen, schienen sich aber in der Sonnenglut zu verformen und im nächsten Moment schmelzen zu wollen. Eine Straße, die diesen Namen im Grunde nicht verdiente, krümmte sich zu einem Bogen, an dem entlang sich notdürftig und wenig einfallsreich erbaute Häuschen sammelten. Nicht weit davon erstreckte sich auf einem Steinsockel ein längliches Gebäude aus Holz mit einer Säulengalerie, die den Blick freigab auf die geöffneten Türen einzelner Zimmerchen, den Kammern einer Bienenwabe gleich. Das Schild über der Eingangstür ließ keinen Zweifel: Es handelte sich um das

Prince of Wales. Das beste Hotel auf der Halbinsel. Und das einzige.

In einem der Pony-Karren holperten Maya und Ralph die Küstenstraße entlang, durch Sand und über Steine, die sie beide durchschüttelten und auch den Wagen Gefahr laufen ließen, jeden Augenblick in seine Einzelteile zu zerfallen, sofern das altersschwache Pony, das der Somali ungerührt mit der Peitsche traktierte, nicht zuvor zusammenbrach. Auf der linken Seite funkelte das Meer, auf der rechten stiegen zerklüftete Felswände empor, flachten sich wieder ab, tauchten plötzlich zu beiden Seiten auf, ließen den Karren durch einen kleinen natürlichen Pass rumpeln, ehe er wieder in die Ebene hinabrollte. Auf halber Strecke, nach gut zwei Meilen, tauchte etwas auf, das wohl ein Dorf darstellen sollte. Am Strand lagen kleine einheimische Boote auf dem Trockenen, zwischen denen arabische Seeleute mit gekreuzten Beinen im Sand saßen und ihre Segel flickten. Dann stieg die Straße steil auf den rauen Felsen an, ließ das Meer in der Tiefe zurück, bog landwärts ab, und als sich vor Pony und Karren eine Steinwand schob, packte Maya Ralphs Hand fester.

Denn die schmale Straße, die sich zwischen karstigen Steilhängen hindurchschlängelte, führte durch ein von Menschenhand erbautes Tor, das Maya im Schatten des Nachmittags wie ein gähnender Schlund erschien, bereit, sie beide zu verschlingen.

2

»Allaa-huuuu ak-barrr! Allaa-huuuu ak-barrr!« Von den Minaretten der Stadt riefen die Stimmen der Muezzins ihre Gläubigen zum Morgengebet, langgezogen und klagend, einander überlagernd und durchdringend, schwermütig und inbrünstig zugleich. Räder rumpelten über steinigen Boden, Stiefel knirschten im Militärschritt durch Sand. Heiser schrie irgendwo ein Esel, ein Kontrapunkt in der Sonate von Pferdeschnauben, dem Meckern von Ziegen und dem ungehaltenen Röhren bockender Kamele. Dazwischen Männerstimmen, zackig englisch oder schrill melodiös, wenn sie von den Händlern und Lastenträgern stammten, die ihr Tagwerk begannen. Nur ganz, ganz sacht war das Rauschen des nahen Meeres zu vernehmen.

Das Camp erwachte, wie jeden Morgen, und Maya blinzelte unter halb geschlossenen Lidern in die fahlen Lichtstrahlen, die sich durch das enge Fenster quetschten. Obwohl es noch früh am Tag war, ihr Nachthemd dünn und leicht, rann ihr der Schweiß den Rücken hinab, klebte ihre Zunge am Gaumen, und ihre Lippen schmeckten salzig. So salzig, wie fast alles in Aden schmeckte, sogar die Luft zum Atmen. Als sei die winzige Halbinsel, durch einen natürlichen Damm wie an einer Nabelschnur am arabischen Festland hängend, einst ein Schwamm voll Meerwasser gewesen, das dann unter der Sonnenglut verdunstet war und Fels und Boden bis in jede Pore mit dem übriggebliebenen Salz getränkt zurückgelassen hatte.

Ein Geräusch aus dem vorderen Zimmer ließ Maya sich umdrehen, und als sie sah, dass die andere Hälfte des schmalen, aus einfachen Holzlatten gezimmerten Bettes leer war, setzte sie sich auf. »Ralph?«

Ihr Ehemann erschien im Rahmen der Verbindungstür, in hellen Hosen und Hemd, seinen roten Uniformrock noch aufgeknöpft, einen Emailbecher mit dampfendem Kaffee in der Hand. »Guten Morgen. Hab ich dich geweckt? Entschuldige, ich habe mich extra bemüht, leise zu sein.«

»Guten Morgen«, erwiderte Maya, schüttelte den Kopf und gähnte, als sie die Knie anzog und sich halb mit dem Oberkörper auf die Oberschenkel lehnte. »Nein, ich bin von selbst aufgewacht.« Verlangend reckte sie ihm die Arme entgegen.

»Den Kaffee oder mich?«, fragte er mit einem Schmunzeln nach.

Maya legte den Kopf schräg, machte ein nachdenkliches Gesicht. »Mmmh … Beides!«, verkündete sie schließlich mit einem Kichern. Er ließ sich auf der Bettkante nieder, und Maya umschlang ihn mit aller Kraft, als sie ihn heftig und unmorgendlich küsste, bis er sich von ihr losmachte.

»Nicht jetzt – ich muss zum Dienst«, lachte er leise; ein flaches, ein freudloses Lachen. »Hier«, sagte er, als er ihr den Becher hinhielt, »aber bleib ruhig noch liegen. Es ist ja noch so früh.« Er drückte die Lippen auf ihre Stirn. »Bis heute Abend.« Am heißen Kaffee nippend, sah Maya zu, wie er sich seinen Helm schnappte, der auf dem Stuhl in der Ecke bereitlag, und ging. Kaum war die Tür des Bungalows hinter ihm zugeklappt, stieg in Maya das bleierne Gefühl innerer Leere auf, das ihr in den vergangenen vier Monaten zu einem vertrauten Begleiter geworden war.

Natürlich konnte sie liegen bleiben, wenn ihr danach zumute sein sollte, sogar den ganzen Tag lang. Hier in Aden gab es für sie kaum etwas zu tun. Der winzige, hastig aus dem dürren Boden gestampfte Bungalow auf dem Garnisonsgelände – Schlafzimmer, Bad, und ein Raum, der zugleich als Diele, Salon und Küche diente – machte kaum Arbeit. Zumal Gita, eine Bengalin mittleren Alters, jeden Tag für ein paar Stunden aus der Stadt herüberkam und sich um das Gröbste kümmerte. Doch der Kampf gegen den allgegenwärtigen Staub und den feinen Ruß der im Hafen verladenen Kohle, den der Wind durch das Inselinnere herübertrug, erwies sich ohnehin als aussichtslos. Daher blieb Maya nichts weiter übrig, als die Stunden hinter sich zu bringen, so gut es ging, bis sie um acht Uhr abends der Salutschuss der Garnisonskanone zusammenzucken ließ und sie bald darauf mit Ralphs Rückkehr rechnen konnte. Sofern er nicht noch einen kleinen Umweg über das provisorische Offizierskasino machte, wo er und die anderen hier stationierten Soldaten sich bei einigen Gläsern Brandy ihrem Ärger über den Dienst in Aden Luft machten.

Aden und sein Hinterland waren reich an Steinkohle – ideal also, um den Pendelverkehr zwischen England und dem indischen Subkontinent, der an dieser Küste vorbeiführte, um eine Kohlestation zu erweitern und dadurch auf den Schiffen Platz und Gewicht zu sparen. Dieses Argument war auch der Vorwand gewesen, unter dem Commander Stafford B. Haines mit einem kleinen Schiffsgeschwader 1839 Aden für England eingenommen hatte. Allerdings nicht ohne Gegenwehr wie ursprünglich erwartet.

Der Sultan von Lahej hatte anfangs unter gewissen Voraussetzungen großes Interesse an einer britischen Besatzung bekundet. Das südwestliche Arabien war zwischen der malerischen Küste und dem glühenden Herzen der Halbinsel, der immensen Wüste der Rub al-Khali, des »Leeren Viertels«, in zahlreiche Sultanate zersplittert, deren wechselseitige Loyalitäten sich scheinbar mit den Jahreszeiten ändern konnten. Dass zwischen ihren Grenzen kriegerische Beduinenstämme hin und her wanderten, die auf ihrer Unabhängigkeit beharrten oder sich mal dem einen, mal dem anderen Sultan als Söldner anboten, entweder in Auseinandersetzungen untereinander oder zur Bewachung der Handelskarawanen durch das Land, verkomplizierte die Lage noch zusätzlich. So hatte sich der Sultan von Lahej eine durch britische Truppen beschützte Souveränität für seine Herrschaft nach dem Muster der Maharajas in Indien erhofft, genauso wie eine militärische Schützenhilfe im Kampf gegen seine Feinde, wie den Sultan von Fadhli oder das Osmanische Reich, das sich Aden nur zu gerne einverleibt hätte. Und auch der Vizekönig von Ägypten hatte schon einmal seine Hand nach Arabien ausgestreckt, war aber am Widerstand der dort ansässigen Stämme gescheitert. Denselben Widerstand hatten auch Haines' Männer anfangs zu spüren bekommen. Mittlerweile war jedoch in Aden Frieden eingekehrt.

Ein Friede, der die britischen Soldaten in jenem August 1854 in einem merkwürdigen Balanceakt zwischen gähnender Langweile und angespanntem Warten hielt. Warten, ob sich der Kriegsschauplatz zwischen Konstantinopel und St. Petersburg vom Balkan hierher verlagern würde oder ob die entscheidenden Schlachten doch eher am Schwarzen Meer stattfinden würden. Warten, ob sich nicht doch in den weiter entfernten Sultanaten etwas zusammenbraute. Außerdem musste sich zeigen, wie sich das derzeitige, kriegsbedingte Bündnis mit Englands Erzrivalen Frankreich entwickeln würde, sobald der geplante Kanal zwischen Rotem Meer und Mittelmeer gebaut war. Ein Gemeinschaftsprojekt zwischen Frankreich und Ägypten, das bald in Angriff genommen werden sollte. Und auch wenn ein solcher Kanal eine erhebliche Verkürzung des

Seewegs nach Indien versprach, sahen die entsprechenden englischen Stellen diesen nur ungern in den Händen fremder Mächte.

Als Soldat in Aden Dienst zu tun hieß in der Regel, Patrouillenrunden durch die Stadt zu drehen, um für Recht und Ordnung zu sorgen: Rangeleien zwischen Händlern und Kulis, wie die Tagelöhner und Lastenträger genannt wurden, schlichten, einen Dieb oder Betrüger verhaften und in das örtliche Gefängnis überführen. Einige Truppen überwachten die Verladung der Waren am *Steamer Point*, schrieben und kontrollierten Frachtlisten und hatten ein Auge darauf, dass alles ordentlich ablief. Wer richtiges Pech hatte, landete in der Schreibstube des Bevollmächtigten. So auch Lieutenant Ralph Garrett, der seine Tage damit zubrachte, Materialanforderungen zu schreiben, Anträge an die Verwaltung in Bombay, Personaldokumente oder sonstige Korrespondenz. Und davon gab es viel in jenem Jahr. Denn Haines war im Frühjahr aufgrund von Unregelmäßigkeiten in der Buchhaltung seines Amtes enthoben und nach Bombay beordert worden, wo man ihm den Prozess gemacht, ihn schließlich für schuldig befunden und zu einer mehrjährigen Haftstrafe wegen Veruntreuung verurteilt hatte. Der neue Bevollmächtigte, Colonel James Outram, war weniger ein Pionier wie Haines, der sich einheimische Hilfe in seinen Stab geholt hatte, sondern ein erfahrener Kolonialbeamter aus Bombay, der sich in den Kopf gesetzt hatte, Aden zu einem veritablen Teil Britisch-Indiens zu machen. Sofort nach seinem Amtsantritt im Juli hatte er damit begonnen, die gesamte Verwaltung Adens nach dem Modell der britischen Herrschaft auf dem Subkontinent umzukrempeln, was eine wahre Flut an Briefen und zu erstellenden Dokumenten zur Folge hatte. Die Papiere, die Haines bei seiner überstürzten Abreise hinterlassen hatte, mussten gesichtet und Pläne für die Zukunft Adens erstellt werden. Neue Posten wurden geschaffen und besetzt, Gelder für weitere Bau- und Sanierungsmaßnahmen beantragt.

Ralph beklagte sich nie über seine Tätigkeit, aber Maya sah ihm an, wie sehr er darunter litt. Sein einstmals so federnder Schritt war müde geworden, sein Blick matt und sein früher stets lächelnder Mund schmal, wenn er sich unbeobachtet glaubte. Es bedrückte Maya, ihn so zu sehen und nichts dagegen tun zu können, außer seine nächtlichen Zärtlichkeiten zu erwidern, ihn mit den ihren zu überschütten, um so wieder einen Funken Lebendigkeit in ihm zu entzünden, ein Strahlen in seinen Augen im Schein der Öllampe zu entdecken. Nicht zuletzt, weil sie sich ihm dann so nahe fühlen konnte wie sonst kaum, gab sie es ihm gerne, auch wenn sie selbst hungrig zurückblieb. Es war wohl nur eine Illusion gewesen, dass Frauen auch solche Erfüllung darin fanden wie Männer. Eine Mär, von Männern in Unkenntnis des weiblichen Körpers in die Welt gesetzt, der Richard Francis Burton erlegen war und die er irrtümlich an Maya weitergereicht hatte. Oder es traf nur auf orientalische Frauen zu, nicht auf englische Ladys. Maya begann sich damit abzufinden, dass nicht mehr daran war als eine hoch aufflammende Lust, die einfach wieder abflachte, ohne je wirklich befriedigt zu werden. Wenn sie wenigstens ein Kind hätte … Ein Kind, um das sie sich kümmern könnte, das sie ganz in Anspruch nehmen würde, das vielleicht auch Ralph wieder leichteren Sinnes sein ließe. Doch viermal hatte Maya ihre monatliche Blutung gehabt, seit sie in Aden angekommen waren, und nichts deutete darauf hin, dass sie inzwischen empfangen hatte.

Seufzend stand Maya auf, um sich zu waschen und anzuziehen. Nur das Nötigste an Morgentoilette, wie meistens, weil in den Sommermonaten Wasser rationiert war. Während über dem gesamten Golf von Aden Regenzeit herrschte, die die Böden der Küstenregionen auf dem Festland tränkte und begrünte, hielten die Wolken anscheinend diesen hässlichen Flecken Erde einfach für nicht würdig genug, um ihre kostbare Fracht darüber abzuladen. Sie beschränkten sich auf kurze, aber heftige Platzregen, die gerade genug Wasser lieferten, um die verästelten Flussläufe am Stadtrand notdürftig zu füllen, aber bei Weitem nicht genug, um verschwenderisch damit umgehen zu können. Oben auf den Bergen gab es zwar alte, zwischen die Felsen gemauerte Zisternen, um eben dieses Regenwasser zu sammeln, aber die meisten davon waren voller Geröll und Dreck, Überbleibsel aus Adens armen, verlassenen Jahrzehnten, und unbrauchbar. Outram hatte sich deren Instandsetzung auf seine Agenda gesetzt, wie Ralph Maya im Vertrauen erzählt hatte, weil Aden nur mit ausreichender Wasserversorgung wachsen konnte. Ein Trost für Maya, wenn auch ein schwacher, weil noch kein Termin feststand, zu dem mit den Arbeiten daran begonnen werden würde.

Als Maya sich in ihrem einstmals eierschalfarbenen, jetzt aschgrauen Sommerkleid das Haar aufsteckte, beschloss sie, Gita in den wenigen Brocken Englisch und Bengalisch, die sie sich gegenseitig beigebracht hatten, zu bitten, mit ihr auf den Basar der Stadt zu fahren. Ralph mochte es nicht, wenn sie ohne ihn dort hinging; es schien ihm zu unsicher, auch wenn die Zeiten, in denen selbst ein Commander Stafford B. Haines nur mit zwei Pistolen bewaffnet das Haus verließ, längst Vergangenheit waren. Das Treiben auf den Märkten belebte und erfreute Maya, und sie kehrte nie zurück, ohne eine Kleinigkeit oder eine besonders schöne Frucht für Ralph mitzubringen.

Der Halbkreis jäh abfallender, schwarz glänzender Felswände, in den die Stadt hineingebaut war, war das Relikt eines längst erloschenen Vulkans und wurde deshalb auch einfach nur »Krater« genannt. Sobald Maya aus der Tür trat, vermied sie den Blick hinauf zu den sich auftürmenden Graten und Felsspalten. Feindselig schienen sie ihr, in ihrer finsteren Nacktheit, ihrer Abwehr, auch nur den kleinsten Bewuchs zuzulassen, und so beklemmend, dass allein das Wissen um deren Anwesenheit in ihrem Rücken ihr manchmal Atemnot verursachte. Nur zwei enge Schluchten unterbrachen den Ring des Kraters und die breite Lücke hinter der Garnison, die sich zu einem Strand hin öffnete: Hier war der alte Hafen Adens gewesen, solange man Schiffe noch aus Holz und nicht aus Eisen gebaut hatte, bewacht und vor der Brandung des Ozeans durch die Felsinsel von Sirrah geschützt.

Der Krater hatte viele Zivilisationen und Religionen kommen und gehen sehen, die sich in dieser natürlichen Festungsanlage am Meer niedergelassen hatten, war Zeuge von Reichtum und Armut, emsigen Hausbaus und schnellen Verfalls unter der unbarmherzigen Sonne gewesen. Und wie das Meer bei Flut über den Strand strich und sich bei Ebbe wieder zurückzog, war auch die Halbinsel über die Jahrhunderte von Menschen bevölkert und wieder verlassen worden. Nach den antiken arabischen Reichen von Ausan und Saba waren es die aus Ägypten stammenden Ayyubiden und die türkischen Rasuliden gewesen, die aus Aden einen lebhaften Handelsplatz gemacht hatten, und selbst Marco Polo hatte schon von Aden und seinen gut achtzigtausend Einwohnern berichtet. Portugiesen waren hier gewesen, Holländer und Osmanen, für wenige Monate sogar schon einmal die Engländer, durch Napoleons Feldzug in Ägypten aufgeschreckt. Als Haines den Union Jack im Inneren des Kraters gehisst hatte, war Aden jedoch, wie schon mehrere Male zuvor, ein Trümmerfeld gewesen, von kaum sechshundert Menschen bewohnt.

Und auch wenn Aden immer noch mehr einem Camp denn einer wirklichen Stadt ähnelte, so begann sich der Umschwung abzuzeichnen, weg von allem Provisorischen, hin zu einer dauerhaften Ansiedlung, die rund zwanzigtausend Menschen ein Dach über dem Kopf und Arbeit bot. Vom Strand vor Sirrah aus breitete sich die Garnison großflächig auf dem ebenen Boden des Kraters aus. Einst hatte hier eine prächtige Moschee gestanden, die aber schon längst in sich zusammengefallen und abgetragen worden war. Nur das Minarett stand noch. Durch seine Bauweise wie durch die Nähe zum Strand einem Leuchtturm ähnelnd, blickte es aus seiner Höhe auf die Baracken der Garnison hinab. Aus Stein und Holz erbaut, waren die Unterkünfte von quadratischem bis länglichem Grundriss, das tief herabgezogene strohgedeckte Walmdach wurde ringsum von hölzernen Säulen gestützt. Ställe und das Magazin befanden sich auf dem von Festungswällen umgebenen Gelände zusammen mit einzelnen, erst kürzlich errichteten Bungalows wie dem der Garretts. Am Fuße des alten Minaretts standen geräumige Zelte, in denen das Hab und Gut des Militärs untergebracht war, das noch auf die Fertigstellung der im Bau befindlichen Lagerräume warten musste. Aber es lebten auch Menschen in diesen Zelten: Lastenträger, Stallburschen, Hilfskräfte arabischer Herkunft, aus Bengalen oder Afrika, die alles an Handlangerdiensten erledigten, was in der Garnison tagtäglich anfiel.

Die Wege waren weit in Aden, und überall beiderseits der doppelten Verteidigungsmauer, die Garnison und Stadt voneinander trennte, standen die Somalikutscher mit ihren zu mietenden Ponykarren bereit. Auch Maya und Gita nahmen einen davon, um sich durch eine der wenigen Maueröffnungen auf die andere Seite hinüberbringen zu lassen, in die Stadt, die eine bunte Mischung aus Altem und Neuem war.

Maya konnte nicht oft genug durch die schnurgeraden, breiten Straßen bummeln, Gita, die kleine, mollige Bengalin immer neben sich, deren traditioneller Sari in einem verwaschenen Olivgrün keineswegs eine Besonderheit in Aden darstellte. Weil Aden von Bombay aus verwaltet wurde, hatte die

Aussicht auf einen guten Verdienst auch viele Arbeitskräfte aus Indien angelockt, so viele, dass sie mittlerweile ein Drittel der Bevölkerung Adens stellten und das meiste hier mehr indisch denn arabisch wirkte, die Märkte mehr *bazaar* denn *suq* waren. Gita grüßte immer wieder jemanden, und sogleich flogen ein paar freundliche Worte auf Bengali hin und her. Selbst die wieder aufgebaute Moschee über dem Grab des Schriftgelehrten Sayyid Abdullah al-Aidrus hätte mit ihren luftig-weißen, pavillonähnlichen Bauten neben dem schlanken Minarett und in der Nachbarschaft der Tempel von Hindus und Parsen besser nach Delhi gepasst. Nur die anderen, traditionelleren Moscheen der Stadt und eine einsame katholische Kirche rückten das Bild wieder gerade.

Maya war immer wieder aufs Neue hingerissen von dem bunten Völkergemisch, durch das sie schlenderte, und von dem babylonischen Sprachgewirr, das in der Luft lag. Neben Bengali konnte sie Urdu hören, aus der Gegend um Delhi oder dem Punjab, Hindustani aus Kalkutta, und wer aus Bombay den Weg hierher gefunden hatte, sprach oft Marathi. Französische und portugiesische Worte schwirrten durch die Luft, Englisch und Arabisch natürlich, gesprochen von den drahtigen kleinen Männern des Südens mit ihrer dunkelbraunen Haut und scharfen Gesichtszügen, von denen viele *qat* kauten, die Blätter eines einheimischen, immergrünen Strauches, in ihrer Wirkung anregend wie Kaffee oder Tee, das ihre Wange ausbeulte, während sie ihrer Arbeit nachgingen. Daneben die Männer aus den Bergen, von hohem Wuchs und hellerem Teint; Männer, deren Blöße ein Lendentuch bedeckte und die auf dem Kopf einen mehrfach gewickelten, gemusterten Turban trugen; Männer in langen fließenden Gewändern mit ärmellosen Westen darüber – und fast alle trugen zumindest einen Oberlippenbart, wenn sie nicht auch Bartwuchs auf Kinn und Wangen hatten. Nur selten sah man schwarz gewandete, verschleierte Frauen vorüberhuschen, von denen nur die Augenpartie unverhüllt blieb, mal in Begleitung eines Bruders oder Ehemanns, mal in Grüppchen mit anderen. Überdeutlich stachen sie neben der fröhlichen Kleidung ihrer indischen Schwestern hervor, deren Armreifen und Schmuck am linken Nasenflügel im Sonnenlicht aufblinkten. An die Sarizipfel klammerten sich kleine Kinder, splitterfasernackt, und häufig trugen Mütter, ebenso selbstverständlich wie nachlässig, einen schlafenden Säugling auf dem Arm, als handelte es sich dabei um eine Puppe. Bullige Nubier mit blauschwarzer Haut schulterten Säcke mit Salz, und auch die schlanken Somalis waren überall zu sehen. Vor allem deren Frauen, die sich in sari-ähnliche, bunt gemusterte Baumwolltücher hüllten, beeindruckten Maya sehr, wenn sie stolz an ihr vorüberschritten, einen Korb mit Obst und Gemüse auf dem hoch erhobenen Haupt balancierend. Hin und wieder konnte Maya auch einen Blick auf einen Juden erhaschen, das kupferfarbene Gesicht eingerahmt von langen schwarzen Schläfenlocken unter der bestickten Kappe. Juden, die sich noch in der Epoche König Salomos hier niedergelassen und unter den wechselnden Herrschern tapfer ausgeharrt hatten. Deren Gemeinde – an die Garnison angrenzend, in den letzten Jahren mit der rasch wachsenden Stadt verschmolzen – war seit Haines' Ankunft von einem versprengten Häufchen von kaum zweihundert Personen wieder stetig angewachsen und umfasste jetzt knapp dreizehnhundert Männer, Frauen und Kinder und mehrere Synagogen. Auch sie profitierten von der englischen Besatzung, hinsichtlich ihrer Geschäfte ebenso wie durch die Gewissheit, dass ihnen die Garnison die Tyrannei einer erneuten osmanischen Herrschaft vom Leib halten würde.

Maya betrachtete gerne die indischen Häuser, wie kleine Festungen erbaut und doch mit zarten Verzierungen ausgeschmückt, ebenso weiß leuchtend wie die arabischen Kalksteinhäuser mit filigran durchbrochenen Erkern aus geschnitztem Holz. Viele neue Häuser gab es, niedrig und würfelförmig, meist weiß, oftmals aber auch in einem matten Rot gestrichen, deren vorderer Raum einen Laden beherbergte, während in den hinteren Räumen die Familie lebte. Kaffeehäuser, in den die Männer saßen, den Mokka tranken, dem die alte Küstenstadt im Westen ihren Namen gegeben hatte, Tee mit viel Milch nach indischer Sitte von der Untertasse schlürften und Wasserpfeife rauchten. Und immer wieder die sichtbaren Bemühungen, doch einen kleinen Grünstreifen links und rechts vor dem Vertrocknen zu bewahren.

Meist vergeblich, denn auch heute brannte die Sonne wieder auf die ungeschützte, weite Straße hinunter; die Wolkenwand hinter dem Rand des Kraters schien es einmal mehr nicht eilig zu haben, Aden ihre Gunst zu gewähren. Ziellos ließ sich Maya durch die Straßen treiben. Wasserkarren rumpelten vorbei: ein einfaches hölzernes Fass auf Rädern, mithilfe eines Gestänges ein Dromedar als Zugtier davorgespannt. Auf einer Straßenkreuzung führten Arbeiter ein Kamel im Kreis herum, das eine Art einfachen Zirkel hinter sich herzog: am Anfangspunkt im Boden verankert, am Ende mit einem steinernen Rad versehen, das in der eingegrabenen kreisförmigen Rinne Kalk für den Hausbau zermahlte. An der nächsten Ecke boten Beduinen Kamele feil, langbeinige Tiere mit hellem Fell zwischen beige und karamell. Die Beduinen selbst, schlank und hochgewachsen, wirkten wie aus Lehm geformt, als seien sie direkte Nachfahren Adams, von des Schöpfers Händen aus dem Boden des Landes geknetet und unter Sonne, Wind und Sand verwittert. Maya waren sie immer unheimlich, trotz ihrer farbenprächtigen Kleidung – lange, voluminöse Gewänder in Weiß, Rot, Blau, mit kunstvollen Stickereien und eingewebten Bordüren, oftmals leichte Mäntel darüber und bunte Tücher zum Turban geschlungen, deren lose herabhängendes Ende zum Schutz gegen Staub und Sonnenglut vor Mund und Nase gezogen werden konnte. Fremd wirkten sie hier, obwohl doch in diesem Land zuhause, unnahbar, wie Wanderer zwischen den Welten.

Um einer vorbeizuckelnden Kamelkarawane Platz zu machen, die Tiere mit Säcken hoch beladen und begleitet von mit Schwertern und Gewehren bewaffneten Reitern zu Pferd, musste Maya am Straßenrand, an einem Stand, an dem Knoblauchknollen und glänzend rote Pfefferschoten angeboten wurden, kurz haltmachen. Verstohlen tauchte sie im Schutz ihrer Röcke die Finger in einen offenen Sack mit Linsen, erfreute sich an dem glatten, kühlen Gefühl auf ihrer Haut, wie plattgedrückte Perlen, und ein Lächeln huschte über ihr Gesicht. Verlangend schnupperte sie in die Luft vor dem benachbarten Stand, in der sich die Aromen der in offenen Beuteln präsentierten Gewürze, in Schattierungen von samtigem Braun, mattem Gelb und Orangerot, vermengten. Ein satter, betäubender Duft, der es unmöglich machte, all seine Komponenten voneinander zu unterscheiden, und doch roch Maya eine Art Kümmel heraus, etwas fruchtig Scharfes wie Curry, und eine frische, holzige Pfeffernote. Bis ins turbulente Herz der Stadt waren Maya und Gita vorgedrungen, und immer häufiger lehnten Frauen in müßiger Haltung an den Hauswänden, während ihre Blicke aufmerksam das Treiben auf der Straße verfolgten. Ihre goldene Hautfarbe, ihre Saris in Fuchsia, Violett und Smaragd verrieten ihre indische Herkunft, und ihre stark geschminkten Gesichter, die Art, wie sie herumstanden, träge und lauernd, ließen Maya vermuten, womit sie ihren Lebensunterhalt verdienten, und sie musste sich beherrschen, diese Frauen nicht unverhohlen neugierig anzustarren.

Maya schluckte trocken, als ihr Blick auf einen Tisch fiel, an dem ein Mann gerade Wassermelonen aufschnitt, groß wie Kanonenkugeln, das rosarote Fleisch in seinem weißen Bett verlockend in seiner Saftigkeit. Der Obsthändler fing ihren Blick auf und schenkte ihr ein breites Lächeln, die Zähne weiß in seinem dunklen Gesicht und nur von einer einzigen Lücke unterbrochen. Aufmunternd streckte er ihr einen der Fruchthalbmonde hin.

»*Bikam hâtha*, wie viel kostet das?«, fragte Maya mit bemüht entschlossener Stimme. Eine Hitzewelle schoss durch sie hindurch, die ihr den Schweiß aus allen Poren hervortrieb. Keine Hitze, die damit zusammenhing, dass sich die Wolken in plötzlicher Hast über der Stadt zusammenballten, sich wie der Deckel eines Kochtopfes über den Krater schoben, den Gluthauch der Luft verdichteten und mit ihrem Regendampf zu einer unerträglichen Schwüle aufsiedeten, sondern eine Hitze der Verlegenheit und Anstrengung. Denn eine der härtesten Lektionen, die Aden bislang für Maya bereitgehalten hatte, war, dass sie zwar die arabischen Schriftzeichen lesen und übersetzen konnte, aber mit dem Verstehen und Verständlichmachen noch erhebliche Schwierigkeiten hatte. Erst allmählich bekam sie ein Gehör für die Laute, zeigte sich ihre Zunge willig, sie zu formen, und noch immer war sie oft verwirrt, wenn sie das gleiche Wort in unterschiedlicher Aussprache hörte, je nachdem, ob der Sprecher hier aus dem Süden stammte, weiter aus dem Norden oder aus einer ganz anderen Ecke Arabiens.

»*Chamsa*, fünf«, erwiderte der Mann und verbreiterte sein Lächeln. Maya zögerte kurz, unsicher, ob er fünf indische Rupien meinte, die gängige Währung Adens, neben der aber genauso in englischen Pfund gehandelt wurde, in persischen alten Rial, neueren Qiran und Toman; und auch mit den noch aus den Zeiten des Levante-Handels etablierten Maria-Theresia-Talern wurde gezahlt, die auf Arabisch so märchenhafte Namen wie *Abu Kush* und *Abu Nuqta*, »Vater des Vogels« und »Vater der Perle«, trugen. Und sie überlegte, ob sie auch hier feilschen sollte, wie es Brauch war, und ob fünf Rupien für dieses Stück Melone viel oder wenig waren. Die Preise in Aden waren sehr unterschiedlich: Kleidung beispielsweise war billig, manches an Obst und Gemüse allerdings im Verhältnis dazu recht teuer. Angebot und Preis wechselten beinahe täglich, und bislang hatte Maya noch kein verlässliches Schema darin erkennen können. Schließlich angelte sie einfach in ihren perlenbestickten Stoffbeutel hinein, den sie auf einem ihrer Streifzüge durch die Stadt erstanden hatte, und streckte dem Händler die abgezählten Münzen hin. Erschrocken zuckte sie zusammen, als sich eine gebräunte, auffallend schlanke Männerhand auf die ihre legte und sie sachte hinabdrückte.

Stumm und erstarrt sah Maya zu, wie Richard Francis Burton, in braunen Hosen und weit geöffnetem Hemd, einen fleckigen, zerdrückten Panamahut auf dem dunklen Haupt, sich in rasend schnellem Arabisch einen Wortwechsel mit dem Händler lieferte. Mit dem Ergebnis, dass Letzterer schließlich mit gramvoller Miene wegen des entgangen Zusatzgewinnes, aber begeistert funkelnden Augen ob der wahrlich arabischen Geschäftstüchtigkeit des Fremden ein viel größeres Stück Melone in die Hand nahm und es gegen die zwei Münzen tauschte, die Richard aus seiner Hosentasche gezogen hatte. Unwillkürlich wanderte Mayas linke Hand, deren Goldschmuck am Ringfinger sie als verheiratete Frau auswies, hinter ihren Rücken. Mit zufriedenem Gesichtsausdruck und einer leichten Verbeugung reichte Richard Gita das Stück Melone, die es mit beiden Händen entgegennahm, und unter Richards eindringlichen Blicken senkte Maya den Kopf. Sie fühlte sich grauenhaft in ihrem angeschmutzten Kleid, unter dem Monstrum von breitkrempigem Strohhut, dessen Bindebänder verschlissen und schweißfleckig waren, mit den Haarsträhnen, die sich gelöst hatten, sich feucht um ihre Schläfen kringelten und daran festklebten.

»Auch wenn dies der letzte Ort ist, an dem ich dich je vermutet hätte – ich freue mich, dass das Schicksal uns hier wieder zusammenführt«, sagte Richard schließlich, und es wurde Maya weh und warm ums Herz.

»Was führt dich denn hierher?«, wollte sie wissen und erschrak über ihren eigenen harschen Tonfall. Und doch entsprang er ganz ihrem Gefühl, Richard als eine Art Eindringling in ihre Welt zu empfinden.

Den Kopf in den Nacken gelegt, lachte er laut heraus. »Du musst zugeben, dass deine Anwesenheit hier überraschender ist als meine!« Sein Oberlippenbart zuckte amüsiert. »Ich schlage hier meine kostbare Zeit tot, während ich auf die Genehmigung meiner Expedition nach Somalia durch die Direktoren der East India Company warte. Die *Royal Geographic Society* war von meinem Aufsatz über die *haj* so angetan, dass sie mir Gelder bewilligt hat, genauso wie die Verwaltung in Bombay – von der bekomme ich sogar eintausend Pfund! Nur das entscheidende Dokument fehlt eben noch … Immerhin kann ich hier schon vorab meine somalischen Sprachkenntnisse vertiefen. Also keine völlige Verschwendung, hier seit Mai festzusitzen!«

»Seit Mai schon …«, kam Mayas tonloses Echo. Kurz durchzuckte sie der Gedanke, ob es etwas geändert hätte, wäre sie Richard schon früher begegnet, aber sie verwarf ihn sogleich wieder. Dennoch musste er die kurze Veränderung in ihrem Gesicht bemerkt haben, denn er blickte zum sich rasch verdunkelnden Himmel und nahm ihren Arm. »Lass uns Unterschlupf suchen. Gleicht bricht hier ein Unwetter los.«

Schon unter dem ersten massiven Donnergrollen, das beinahe drohend von den Felswänden zurückgeworfen wurde, ließ sich Maya willenlos von ihm über die Straße führen, gefolgt von Gita, der Ralph mehrfach eingeschärft hatte, seine Frau in der Stadt niemals aus den Augen zu lassen. Richard zog Maya in eine überdachte Gasse zwischen zwei eng beieinanderstehenden Häusern der Altstadt. Dann holte er ein zusammengerolltes Bündel Geldscheine aus der Hosentasche und hielt es Gita hin, während er sie mit einem Wortschwall auf Bengali überschüttete und mit jener Mischung aus energischer Bestimmtheit und Charme bedachte, die ihm so schnell niemand nachmachte. Gitas Augen wurden immer größer, bis sie schließlich nickte, das Melonenstück in ihre Armbeuge schob und das Geld entgegennahm. Dann lief sie eiligen Schrittes wieder zum Eingang der Gasse, blieb dort stehen, ihren Rücken kerzengerade durchgedrückt, als wollte sie ihnen zu verstehen geben, dass sie sich keinesfalls umzudrehen gedächte, was auch immer hinter ihr nun vorgehen mochte.

Ein Blitz zerschnitt das Dämmerlicht, als Richard Maya weiterschob; ein Donnerschlag folgte, der ein gedämpftes Grollen nach sich zog, und dann klatschte der Regen in dicken Tropfen herab, ließ den süßen Geruch weggewaschenen Hitzestaubes aufsteigen. Sein lautes Lied wurde durchdrungen von den Rufen der Händler, ihrem Gejammer, als sie in aller Hast ihre Waren zusammenpackten und notdürftig abzudecken versuchten, als sich alles in die Häuser zu retten begann, was Beine hatte.

»Was um alles in der Welt hast du ihr erzählt?«, zischte Maya, als sie endlich anhielten. Richards Bart zuckte kurz.

»Ich habe an ihren Aberglauben ebenso appelliert wie an ihr Mitgefühl als Hinduistin. Der kleine Obolus tat sein Übriges. Im gesamten Orient schuldet man alleine dem Mammon Gehorsam.«

Maya zuckte zurück, als er ihren linken Arm hinter ihrem Rücken hervorziehen wollte, wand sich unter seinem Griff, doch er blieb unerbittlich. »Lass«, sagte er, ebenso zornig wie zärtlich, »ich habe ihn doch schon längst gesehen.« Maya ergab sich, und beide starrten auf Mayas zusammengekrampfte Finger in seiner Hand und den schmalen Ring daran. »Hast du deshalb meine Briefe nicht mehr beantwortet?«, fragte er schließlich.

Ruckartig hob sie den Kopf. »Ach, das hast du bemerkt?« Sie schluckte hart am Gift ihrer eigenen Zunge und versteifte ihre Mundpartie, die unkontrolliert zu beben begann. Richard schwieg einen Moment, strich wieder und wieder über ihre Fingerknöchel und den Metallreif.

»Konntest oder wolltest du nicht auf mich warten?«, gab er schließlich heiser zurück.

In Mayas Augen stiegen Tränen auf. »Wärst du denn gekommen – irgendwann?« Sie hatte es hart sagen, hatte vorwurfsvoll klingen wollen, aber es geriet entsetzlich schwach. Richards Blick war unstet, wanderte über die Mauer hinter ihr, hoch zur Überdachung und hinunter auf den festgestampften Boden, über den das erste Regenrinnsal von draußen hereinfloss, als er ihre Hand umfasste und wieder locker ließ.

»Genau das wollte ich nie – dich so sehen. An einem solchen Ort und so unglücklich. Abgeschnitten von deiner Familie, von allem, was dir vertraut ist.« Sein Blick wurde weich, so weich, dass Maya ihre Tränen nicht mehr zurückhalten konnte, als er sie ansah und hinzufügte: »Hat dir niemand gesagt, dass Aden zu jenen irdischen Plätzen gehört, die dem Fegefeuer am nächsten kommen? Hier tut man Buße für seine Sünden, weil man in Aden einfach nicht anders kann, als zu leiden.«

Ein Schluchzen entglitt ihr, schüttelte sie durch, als er sie in die Arme schloss, und sie erwiderte seine Küsse fiebrig und gierig, in der Hoffnung dadurch etwas zu erhaschen, was sie in jener verregneten Aprilnacht in Black Hall zurückgelassen hatte und das ihr so schmerzlich fehlte. Derart schmerzlich, dass sie die Erinnerung daran in den vergangenen Monaten nie zugelassen hatte. Zwischen zwei raschen Atemzügen hörte sie ihn leise lachen. »Sieh an – jung verheiratet und doch so hungrig!«

Maya stieß ihn mit aller Kraft von sich, holte aus und schlug zu. Sie erschrak über die Wucht, mit der sie ihn im Gesicht traf, mit der sein Kopf zur Seite flog, erschrak über den unerwarteten Schmerz in ihrer Handfläche und am meisten darüber, dass dieser ihr Erleichterung verschaffte, weil er einen anderen, inneren Schmerz überlagerte.

Für einen Moment war es still. Selbst der Donner schien verblüfft innezuhalten, und der Regen rauschte in ähnlichem Rhythmus wie Mayas schnelle Atemstöße herab. Richards Augen funkelten und er grinste, ein ebenso unverschämtes wie unwiderstehliches Grinsen, rieb sich mit dem Daumen über den Unterkiefer und schüttelte leicht den Kopf. »Schätze, das habe ich auch verdient.« Sein Blick verdunkelte sich, wurde tief und abgründig, als er ihn lange auf Maya richtete. »Man sagt, dass Reisende ebenso wie Poeten derselben jähzornigen Rasse angehören. Dich muss der Urheber dieses Spruches wohl vergessen haben.« Er machte eine kleine Pause und setzte mit heiserer Stimme hinzu: »Ich weiß, dass mich bei allem, was ich tue, der Teufel treibt. Und jede Wette, dass du dir insgeheim den Mut wünschst, ihn bei dir ebenfalls gewähren zu lassen.«

Maya lief los, rannte bis ans Ende der Gasse, riss dort Gita mit sich, hinaus in den Regen, taub für die bedauernden Klagen der Bengalin über den Verlust der Melone, die diese vor Schreck hatte fallen lassen. Der Regen durchnässte sie beide innerhalb von Sekunden, und so unangenehm Maya der nasse Stoff war, der ihr auf der Haut klebte, so herrlich fühlte sich das warme Wasser auf der Haut an, wie es über sie hinweglief und ihre Tränen mit sich fortspülte. In ihr setzte etwas zu lautstarkem Jubel an, verstummte jedoch abrupt, als ihr ein Satz einfiel, den sie vor langer Zeit einmal irgendwo gelesen hatte: *Wer zwei Männer zu lieben glaubt, liebt keinen von beiden wirklich.*

3

Varna / Bulgarien, den 2. September 1854

Mein liebes Schwesterlein,
es tut mir unendlich leid, dass Du seit meinem letzten Brief aus Malta so lange auf Nachricht von mir warten musstest! Die vergangenen drei Monate sind nur so dahingeflogen, und ich hatte seit unserer Ankunft hier im Juni mehr als alle Hände voll zu tun, sodass ich einfach keine Zeit fand, Dir zu schreiben. Ich hoffe, Du hast Dir nicht allzu große Sorgen gemacht – mir geht es gut, und ich gelobe Besserung! Deine Briefe habe ich alle erhalten – wenigstens die Feldpost funktioniert in diesem verdammten Krieg –, und sie waren mir mehr als einmal ein Lichtstreifen am sonst so düsteren Horizont.

Du kannst Dir nicht vorstellen, wie froh ich bin, dass wir hier endlich unsere Zelte abbrechen! Ich kann es kaum abwarten, diesem grässlichen Ort den Rücken zu kehren, der uns nichts als Pech gebracht hat. Die Soldaten der anderen Regimenter erzählen, dass zuvor Gallipoli schon ein Schock gewesen war – überall tote Hunde, Katzen und Ratten, wohin man auch seinen Stiefel setzte, und eine Hitze, dass es einem Offizier sogar gelungen sein soll, ein Ei auf seinem Tschako aus Patentleder zu braten (ob er diesen während der Zubereitung des Spiegeleis noch auf seinem Kopf trug, wurde mir leider nicht berichtet). Nun, ich war nie in Gallipoli, aber in meinen schlimmsten Alpträumen hätte ich mir nicht so viel Schmutz und Verwahrlosung vorstellen können wie in Varna, und glaub mir: Es ist deutlich schlimmer, als Gallipoli jemals gewesen sein kann. Der Name »Schwarzes Meer« bekommt dabei gleich eine ganz andere Bedeutung … Irgendwie haben es die Franzosen besser hinbekommen, ihren Teil des Lagers aufzuräumen als unsere Leute. Ich wünschte nur, das wäre das Einzige, was es an der Organisation dieses Feldzuges zu bemängeln gäbe. Die Verschiffung an Material und Proviant nach Gallipoli war, gelinde gesagt, chaotisch gewesen, und genauso war es auch auf dem Weg von dort nach Varna. Zelte waren angekommen, deren Pfosten an Bord eines anderen Schiffes noch unterwegs waren. Pferde hatte man nicht sorgfältig genug festgebunden, sodass sie in denkbar schlechtem Zustand ankamen, und bei der Ankunft warf man sie einfach über Bord, damit sie an Land schwimmen konnten, weil es an kleinen Booten zum Weitertransport in den Hafen fehlte. Es mangelte an Proviant: Im August ging uns das Brot aus, und ein Brand im Magazin vernichtete Verpflegung und anderes kriegswichtiges Material, was vor allem die Franzosen hart traf. Doch das Schlimmste waren die eingeschleppte Cholera und der Typhus. Ich übertreibe nicht, wenn ich sage, dass die Zahl der Toten in die Tausende geht, Franzosen wie Engländer, und Unzählige musste ich für dienstuntauglich erklären und wieder in die Heimat zurückschicken. Mir machte am meisten meine eigene Machtlosigkeit zu schaffen, obwohl ich zu helfen versuchte, wo ich nur konnte, unabhängig von Regimentszugehörigkeit der Kranken. Wir hatten nicht einmal eine ordentliche Lazarettausstattung zur Verfügung, keine Tragen oder Sanitätswagen. Ein solches Desaster, nur wegen Schlamperei und schlechter Organisation! Da weiß man manchmal nicht mehr wohin mit seinem ganzen Ärger und seiner Wut…

Derweil saßen die Generäle ratlos herum und verschoben probeweise ihre Fähnchen auf den Karten, ohne je zu einem Entschluss zu kommen, ob man die russische Belagerung in Silistria nun angreifen sollte oder nicht, und nachdem sich Russland wieder von dort zurückgezogen hatte, beratschlagte man, wie man die Truppen des Zaren noch zu fassen bekommen könnte. Zum Glück ist jetzt eine Entscheidung gefallen: Wir brechen auf, in Richtung Krim, gen Sebastopol. Ich kann nur hoffen, dass das Klima dort besser ist, die Cholera uns nicht verfolgen wird und die längst überfälligen Kämpfe ohne große Verluste auf unserer Seite vonstattengehen. Andererseits kann es jetzt eigentlich nur besser werden – denn was könnte schlimmer sein als Varna?

Ehrlich gesagt bin ich froh, Dich und Ralph weit entfernt von diesem Krieg zu wissen. Froh, dass Ihr das alles nicht miterleben müsst und Euch in Sicherheit befindet. Auch wenn ich Eure Enttäuschung über Ralphs (»mein Schwager« – so ganz kann ich mich noch nicht daran gewöhnen, ihn so zu nennen) Strafversetzung verstehen kann. Aber siehst Du: Es hat alles etwas Gutes. Besser Aden als Varna! Deshalb bin ich doppelt, nein, was schreibe ich da, tausendfach(!!) froh, dass es Dir so gut geht und dass Ihr glücklich seid, wie ich es Deinen lebhaften Schilderungen entnehmen konnte. Das bestätigt mir, dass es richtig war, Euch zu helfen, dass sich auch der große Krach zuhause gelohnt hat. Gräm Dich nicht, dass Du aus Black Hall immer noch keine Antwort auf Deine Briefe erhalten hast. Lass Vater und Mutter bitte noch ein wenig Zeit. Sie werden nicht ewig böse sein; spätestens wenn ihr erstes Enkelkind da ist, werden sie einsehen, dass Du einfach keine andere Wahl hattest, und dann wird auch die Versöhnung nicht lange auf sich warten lassen.

Sobald das hier überstanden ist, nehme ich den nächsten Dampfer zu Euch, großes Ehrenwort!

Ich soll Euch beide lieb von Amy grüßen – sie schreibt mir ebenfalls fleißig (auch wenn sie doch ein klein wenig beleidigt ist, dass wir nicht auch durchgebrannt sind … Frauen!!). Grüß Ralph von mir, und ich umarme Dich ganz fest,

Jonathan

Maya unterdrückte mühsam ein Gähnen, bis ihr vor lauter Anstrengung Tränen in die Augen stiegen. Heute war die allmonatliche »Ladys' Night« im Offizierskasino; eine Veranstaltung, die dieser hochtrabenden Bezeichnung keinesfalls gerecht wurde. Für Maya lag eine ungeheure Ironie in der Tatsache, dass sie als Ralphs Ehefrau auf dem Feldzug gegen Russland willkommen gewesen wäre, während man in Aden jedoch eine Begleitung der Soldaten durch ihre Familien nicht gerne sah. Dennoch hatten sich eine Handvoll unerschrockener bis verzweifelter Frauen wie Maya hier eingefunden, und ihretwegen wie auch in dem Versuch, so etwas wie gesellschaftliches Leben in Aden zu etablieren, hatte man diesen Abend eingeführt, offen für Soldatenfrauen wie europäische Zivilisten, die das Verlangen nach heimatlicher Unterhaltung verspürten. Das sonst gänzlich den Offizieren vorbehaltene Kasino war deshalb als Ort dieser Veranstaltung ausgewählt worden, weil es der einzige Raum in ganz Aden war, der genug Platz für so viele Menschen bot, und außerdem englisch genug war, um den eingeladenen Damen wenigstens einen Anflug von Eleganz bieten zu können.

Wobei dies sowohl hinsichtlich des Ambientes wie des Publikums mehr von guter Absicht zeugte denn von Erfolg gekrönt war, wie Maya dachte, als sie ein erneutes Gähnen hinunterzwang und sich umsah: ein rechteckiger Raum mit rohen Mauern aus weißem Kalkstein, rußverschmiert vom Qualm der Zigarren und Zigarillos, die hier jeden Abend kistenweise in Rauch und Asche aufgingen. Die hölzernen Läden vor den quadratischen Fensteröffnungen standen sperrangelweit nach außen offen, doch es war nicht die Schuld der darin eingelassenen Gitterstäbe, dass kein Windhauch hereindrang. Und auch der Deckenfächer, von einem scheinbar in tiefem Schlaf an der Wand lehnenden Somalijungen an einer langen Schnur hin- und herbewegt, war kaum in der Lage, die zum Schneiden dicke Luft aus den Ausdünstungen schwitzender Leiber, Alkohol- und Rauchschwaden auch nur aufzuwirbeln. Die Holzbohlen des Bodens waren rissig, ausgetreten und von feuchter Hitze verzogen, sodass der schon ziemlich ramponierte Billardtisch nur mithilfe von Keilen unter zweien seiner Beine waagerecht gehalten wurde. Gespielt wurde auf ihm aber heute Abend ohnehin nicht; der Billardtisch war zur Sitzgelegenheit umfunktioniert worden, weil die Offiziere natürlich allen anwesenden Damen ein Vorrecht auf die zahlenmäßig begrenzten Stühle eingeräumt hatten. Wer danach keinen abbekommen hatte, hockte auf den dazugehörigen wackeligen Tischen oder stand ganz einfach, sofern man nach dem importierten Gin, von bengalischen Dienern eilfertig nachgeschenkt, dazu noch in der Lage war und nicht an einem Kameraden oder der Wand Halt suchen musste.

Maya hielt sich auf ihrem Stuhl stocksteif und gerade, weil sie der Lehne mit den losen Speichen nicht traute, und ließ ihren Blick über die abseits der Gentlemen versammelten Frauen schweifen, die sie nur flüchtig von den monatlichen Zusammenkünften her kannte. Mit halbem Ohr hörte sie den schnatternden Frauenstimmen zu, die sich über die beste Zubereitung von Kochbananen unterhielten und darüber, wie man Fleisch haltbar machte. Details, die Maya sich zwar zu merken und auch umzusetzen versuchte, doch was sie abends an dem einfachen gemauerten Herd ihres Bungalows zustande brachte, zeugte eher von Ideenreichtum denn von wahren Kochkünsten. Trotzdem aß Ralph jedes Mal, ohne zu murren, tapfer seine Portion auf. Auch die sonst üblichen Themen – wie man Schwangerschaftsübelkeit bekämpfte, welche Farbe, Konsistenz und welchen Geruch Wochenfluss annehmen konnte und wie man sich seinen auf die lästige fleischliche Vereinigung drängenden Ehemann zumindest einige Nächte vom Leibe hielt – stießen bei Maya nicht auf wirkliches Interesse. Dennoch bemühte sie sich um einen gleichmütig höflichen Gesichtsausdruck, als sie verstohlen an den kurzen Ärmeln ihres leichten Kleides zupfte, dessen lindgrüner Stoff unter den Achseln schon feuchte Flecke zeigte. Ein paar Mal hatte sie versucht, ein Gespräch in Gang zu bringen, bis sie verlegen feststellen musste, dass sie die Einzige war, die Bücher liebte und weiter Arabisch lernen wollte, damit es zu mehr reichte, als auf dem Markt um Obst und Honig zu feilschen. Und auch auf ihre Nachfragen, wie denn die arabischen Frauen hier lebten, was es denn jenseits des Kraters zu sehen gab, hatte sie erstaunte bis befremdete Blicke geerntet. Maya fürchtete, dass ihr früher so wacher Verstand dabei war, unter Untätigkeit und Hitze zu verkümmern wie die welken Pflänzchen der sogenannten Gärten Adens. In den nächsten Tagen würde endlich die Büchersendung aus London eintreffen, die sie Ralph von seinem Sold abgeschmeichelt hatte. Bücher waren Luxusgüter in Aden und nicht vorrätig, weil niemand hier die Zeit oder die Neigung hatte, sie zu lesen. Also mussten sie zu horrenden Preisen extra per Brief geordert werden. Doch Maya hielt es nicht mehr länger ohne Lektüre aus. Sie kam beinahe um vor Langeweile. Gleichzeitig schämte sie sich, wenn sie sich dabei erwischte, dass sie auf die anderen Soldatenfrauen herabsah, weil deren Horizont nicht weiter reichte als über ihren Kochtopf und die stetig wachsende Kinderschar, die man heute Abend einer *Ayah*, einer indischen Kinderfrau, überlassen hatte. Sie schämte sich, dass sie auf sie herabsah, obwohl sie selbst nichts Besseres darstellte. Nicht hier, nicht in Aden. Hier zählte es nicht, dass sie eine Professorentochter war, die Griechisch und Latein konnte; es machte sie nicht einmal als Blaustrumpf verdächtig. Denn hier bedeutete ihr Wissen einfach nichts, und das ließ sich Maya auf eine Art einsamer fühlen, als sie es in Oxford je gewesen war.

Unwillkürlich schlossen sich ihre Finger um das Medaillon ihrer Großmutter, eine Geste, die ihr zur Gewohnheit geworden war. Als könnte sie so eine Verbindung zu ihrer Familie herstellen, die ihr nicht nur durch die Meere und Küsten, die zwischen ihnen lagen, fern war. Jonathans Brief, den sie erst heute erhalten hatte, obwohl er ihn vor über drei Wochen geschrieben hatte, klang in ihr nach. Der nächste Brief würde sicher auch wieder auf sich warten lassen.

Die erste Schlacht des Krieges war erfolgreich geschlagen worden, als die Engländer und Franzosen von ihrem Landungsplatz der Calamita-Bucht Richtung Sebastopol marschiert waren und am Fluss Alma den dort wartenden russischen Truppen einen kräftigen Nasenstüber versetzt hatten. Freudestrahlend hatte Ralph ihr die Nachricht überbracht, hatte ihr jedes noch so kleine Detail berichtet, von dem er gehört und gelesen hatte, und es war deutlich spürbar, wie sehr er mit dem Feldzug mitfieberte, von dem er ausgeschlossen war.

Mayas Blick wanderte zu ihrem Mann, der gerade in eine angeregte Unterhaltung mit zwei anderen Offizieren vertieft war. Seine Wangen glühten, von Hitze, Gin und den engagierten Gesten, mit denen er seine Meinung vertrat. *Es war richtig*, sprach sie sich innerlich selbst Mut zu, *ja, natürlich war es das!* Und dennoch schmeckte es schal, wenn sie ihre überschwänglichen Zeilen an *Assistenzarzt Jonathan Greenwood, erstes Bataillon Rifle Brigade* schrieb, und bis heute hatte sie es aus genau diesem Grund vermieden, Tante Elizabeth auch nur einen kurzen Gruß zu schicken. Ausgerechnet Tante Elizabeth, die gewiss Mayas Durchbrennen mit Ralph am wenigsten verurteilen würde. Und doch fürchtete sie, die scharfsinnige alte Dame würde zwischen den Zeilen etwas herauslesen, was sie hellhörig werden ließ. Maya kannte sie; Tante Elizabeth würde kein Blatt vor den Mund nehmen, unverblümt nachfragen und Maya so auf Dinge stoßen, über die sie nicht nachzudenken oder sich zu äußern bereit war.

»Nein, Outram macht das schon richtig«, hörte Maya Ralph sagen. »Das ist es, was wir hier brauchen: eine ordentliche Verwaltung und die britische Befehlsstruktur, die sich auch in Indien bewährt hat. Nicht einen solchen halb arabischen Schlingerkurs, wie Haines ihn gefahren hat!«

»So weit gebe ich Ihnen recht, Ralph«, warf eines seiner Gegenüber ein, »aber Outram scheint sich hier nicht sonderlich wohl zu fühlen. Kein Wunder: Bei seiner angeschlagenen Gesundheit ist Aden auch ein denkbar ungünstiger Platz. Ist gewiss nur eine Frage der Zeit, bevor er den Posten hier mit fliegenden Fahnen wieder gegen einen im schicken Bombay eintauscht!«

»Gerede«, widersprach Ralph im Brustton der Überzeugung und tätschelte kameradschaftlich die Schulter seines Gesprächspartners, »alles nur Gerede. Aber selbst wenn: In weiser Voraussicht hat Outram alle Schlüsselpositionen unter ihm mit Leuten besetzt, die gute Kontakte nach Bombay haben, damit unsere Anliegen dort Gehör finden. Und je enger Aden sich an Bombay bindet, desto klarer können wir den Herren dort machen, dass Aden ein unverzichtbarer Posten ist, den es noch weiter zu stärken gilt.«

Für die Briten besaß Aden mit seiner geographischen Lage und Gegebenheiten eine besondere strategische Bedeutung, die der Hauptgrund für die Besetzung gewesen war. Aden lag ziemlich genau auf halbem Weg zwischen Bombay und Suez – einer Strecke, die auf der für England so wichtigen Reiseroute nach Indien nicht ungefährlich war. Nicht nur, dass sie zwischen dem osmanischen Vizekönigreich Ägypten und der Westküste Arabiens, die zum großen Osmanischen Reich gehörte, hindurchführte; das Rote Meer war außerdem ein beliebter Tummelplatz für Piraten afrikanischer und arabischer Herkunft. Ein britischer Militärposten auf dieser Route war daher ein deutliches Signal, dass man besser keine Hand an britische Schiffe legte und den Ostindienverkehr ungestört passieren ließ.

»Unbedingt«, pflichtete ihm der zweite Offizier bei. »Was man so hört, gärt es in Mekka. Zwei Familien streiten sich um den Titel des Sherifen der Heiligen Stadt. Ausgerechnet! Noch ist Konstantinopel abgelenkt, damit beschäftigt, sich gegen das gefräßige Russland zu wehren. Aber mit unserer Hilfe ist der Zar schnell bezwungen. Dann wird sich der Sultan wieder den Konflikten im eigenen Reich zuwenden können, und sicher will er als Erstes in Mekka für Ruhe sorgen. Woher wissen wir, dass er nicht dabei auch seine Macht zu demonstrieren sucht, indem er seine Grenzen gleich bis hinunter ans Meer ausdehnt und Aden schluckt? Unseren Beistand jetzt im Krieg hin oder her; auf ewige Dankbarkeit würde ich bei den Türken nicht bauen! Aden kann nicht stark genug sein, und man kann gegen Haines sagen, was man will: Die Idee mit dem Freihafen war ein Geniestreich! Je unentbehrlicher Aden für die Company ist, desto größer das Interesse, die Stellung auch zu halten. Und sei es nur aus wirtschaftlichen Gründen. – Aahh«, rief er unvermittelt lang gezogen aus und machte eine große Geste hin zur Tür, »je später der Abend, desto größer die Ehre des Besuchs! Jetzt können wir gleich aus ebenso berufenem wie prominentem Mund eine Einschätzung der Lage erhalten!«

Drei Männer traten lachend über die Schwelle des Kasinos. Der jüngste von ihnen, vielleicht etwas über Mitte zwanzig, war groß und sehr dünn. Seine blauen Augen, rund wie die eines Kindes, mit dem ebenso erstaunten, naiven Blick, und die lohfarbene, kaum zu bändigende Mähne wiesen ihn als Engländer aus, vielleicht mit einem skandinavischen Einschlag. Der Zweite war schwer auf ein bestimmtes Alter zu schätzen, wohl um die dreißig, unscheinbar, jedoch von jener in sich ruhenden Wesensart, die einen sofort ansprach und Vertrauen einflößte. Doch es war der Dritte in ihrem Bunde, der alle Blicke des Raumes auf sich zog; weniger durch die dramatische Ankündigung des Offiziers als durch seine pure physische Präsenz, durch sein auffälliges Äußeres, neben dem seine beiden Begleiter deutlich verblassten. Maya schoss das Blut in die Wangen, und sie duckte sich, die Lider gesenkt, als könnte sie sich so unsichtbar machen, doch Richard hatte sie bereits entdeckt. Murmelnd entschuldigte er sich kurz bei seinen Begleitern und kam in langen Schritten auf sie zu, seinen Hut in der Hand zusammengedrückt.

»Guten Abend, Ladys«, rief er mit einer galanten Verbeugung in die Runde des Damenkränzchens, das ihm mit dieser Mischung aus erschrockener Missbilligung und hingerissener Faszination entgegensah, die Richard Francis Burton fast immer beim anderen Geschlecht auszulösen pflegte. Ohne auf ein Entgegenkommen Mayas zu warten, nahm er ihre Linke aus dem Schoß und drückte einen Kuss darauf, genau auf die Stelle, die von ihrem Ehering geschmückt wurde. Ein bewusst gesetzter Fauxpas dieses Mannes, der als *Enfant terrible* bekannt war, und Maya ahnte, was er ihr damit sagen wollte. »*Enchanté, Madame*«, raunte er, Spottlust im Blick, ehe er übertrieben die Hacken zusammenschlug und sich wieder zu seinen Begleitern gesellte.

Maya sah zu, wie Richard nachlässig seinen Hut auf den Berg von Kappen und Militärhelmen warf, der sich in der Mitte des Billardtisches angesammelt hatte, sich von einem der Bediensteten ein gefülltes Glas reichen ließ und die drei Gentlemen reihum Hände schüttelten, sich namentlich miteinander bekannt machten und Floskeln wie »erfreut« und »angenehm« von sich gaben. Der Unscheinbare war unter den Soldaten offenbar kein Unbekannter; trotzdem schnappte Maya auf, wie er einem der Offiziere als »Dr. John Steinhäuser … am Hospital hier … sag doch einfach *Styggins*, so nennen wir ihn …« vorgestellt wurde.

Aus dem vollen, geschwungenen Mund des dunkelblonden Engländers kamen auf sehr charmante wie selbstbewusste Art Satzfetzen wie »Lieutenant John Hanning Speke … zehn Jahre im 46. Regiment der *Bengal Native Infantry* … drei Jahre Heimaturlaub vor mir … gerne hinüber nach Afrika, um zu jagen … schon eine recht beachtliche Sammlung der Fauna Indiens und Tibets …«

Richard Francis Burton bedurfte offenbar keiner großen Vorstellung; seine Erscheinung und der Name allein, der sich wie ein Lauffeuer durch das Kasino verbreitete, schienen zu genügen, und Maya sah ihm an, wie sehr er seinen Ruhm genoss, als sich die Soldaten um ihn scharten. Auch wenn er durchaus eifriges Getuschel und blasiert emporgezogene Augenbrauen hervorrief. Aber Maya sah auch den fragenden Blick, den Ralph ihr zuwarf und den sie nur mit einem müden Heben ihrer Schultern beantwortete, ehe sie sich wieder abwandte. Ihre Wangen brannten unter der Erinnerung jener Küsse in der Gasse, seiner Worte und ihrer handfesten Reaktion darauf. Doch sie konnte nicht anders, als zu lauschen, sich verzweifelt zu bemühen, Bruchstücke der Männergespräche zu erhaschen, soweit sie in das dichtgewobene Netz an Frauenklatsch hineindrangen. Dieses spann sich gerade um eine der heute abwesenden Damen, die während der letzten Parade – regelmäßige Demonstrationen der militärischen Überlegenheit der Engländer, die Outrams Gesetz folgten, nach dem Uniformen mit Respekt gleichzusetzen waren – zum zweiten Mal mit einem ebenfalls verheirateten Captain gesichtet worden war. Was nach den Regeln der sogenannten Gesellschaft von Aden als Beweis für ein Verhältnis betrachtet wurde.

»… die Sultanate im Hinterland …« – »… bedeutungslos, da werden wir nichts zu befürchten haben, sicher nur Sand und Steine …« – »Na, Vorsicht, meine Herren! Gegen Lahej und seine Verbündeten steht nicht nur Fadhli, sondern auch einige andere Sultanate. Lahej ist ehrgeizig und habgierig. Denken wir nur an das Fort von Shaykh Uthman, das er vor anderthalb Jahren errichtet hat – mit Wohlwollen Haines' übrigens –, von dem aus er die Karawanen der Fadhlis und Aqrabis besser kontrollieren kann. Und beide Parteien versuchen die Stämme der Berge auf ihre Seite zu ziehen …«

»… militärische Stärke?« – »Ach, ich bitte Sie, was sollen diese Halbwilden aus der Wüste denn schon –« – »Gute Frage! Es war ja noch kein Europäer dort. Verbotenes Territorium, wenn Sie verstehen, was ich meine?«

»Scheint ja überall hier verbotenes Land und verbotene Städte zu geben.« Beifälliges Gelächter ertönte. »Sie waren doch schon in einer solchen, Burton – was glauben Sie, wie sich die Lage in Mekka entwickeln wird und wie die Bedeutung Adens, so im Dreieck zwischen Bombay, Arabien und Afrika?«

Maya horchte auf, als sie Richards Stimme vernahm. »Mekka … natürlich geht es dabei auch um den Sklavenhandel«, hörte sie ihn mit einem trockenen Auflachen sagen und auf den Einwand eines Gesprächspartners hin spöttisch hinzufügen: »Ja, Ihnen mag das barbarisch erscheinen. Aber sind wir in dieser Hinsicht wirklich so viel weiter? Denken Sie doch nur an die kokette Jagd der Frauen des Westens nach einem Ehemann! Was sind diese denn anderes als Sklaven, die sich an den Meistbietenden …« Der Rest seiner Rede ging in dem aufbrandenden Tumult unter, als sich einige der angetrunkenen Soldaten unter lautstarken Beschimpfungen auf ihn stürzten, um die Ehre der so geschmähten holden Weiblichkeit zu verteidigen. Und auch unter den Damen hob ein Gezischel und Gezeter an, denn Richards Stimme war laut genug gewesen, um seine ketzerischen Ansichten auch zu ihnen herüberzutragen. Nur Maya saß stumm und steif auf ihrem Platz, brodelnde Wut und Scham in ihrem Innern. Ein Blick zwischen ihr und Richard, dem Dr. Steinhäuser beruhigend die Hand auf die Schulter legte, während Ralph einen tobenden Kameraden von ihm wegzerrte, hatte genügt. Richard hatte gelacht, tat es immer noch, doch seine Augen waren ausdruckslos und unergründlich gewesen. Dieser eine Blick hatte genügt, und Maya hatte gewusst, dass es seine Absicht gewesen war, sie mit dieser Äußerung zu verletzen.

Die Stimmung des Abends – so es eine gegeben hatte – war gründlich verdorben, und recht bald zerstreute sich die Gesellschaft des Kasinos, ging man seiner Wege, in Richtung der Baracken und Bungalows oder zurück in die Stadt.

Den Heimweg über war Maya schweigsam gewesen, Ralph nicht minder, und sie waren es auch noch, als sie in ihrem Bungalow ankamen, Ralph sich rücklings auf das Bett warf, Maya sich auskleidete und ihr Nachthemd überstreifte; bis sie vor dem kleinen Spiegel stand, der über dem Stuhl in der Ecke hing, die Nadeln aus ihrem aufgesteckten Haar zog und Ralph sich mit einem herzhaften Gähnen aufsetzte. »Ein unangenehmer Mensch«, sagte er, als er aus seinen Stiefeln schlüpfte und sie zu Boden poltern ließ.

»Wer?«, fragte Maya unnötigerweise.

»Dieser Burton. *Captain* Burton – dass ich nicht lache! Kannst du dir so einen auf dem Kasernenhof vorstellen? Also, ich nicht.« Ralph redete sich in Rage, während er sich damit abmühte, die goldenen Knöpfe seines Uniformrockes aufzubekommen. »In Bombay sind sie sicher froh, dass sie ihn los sind, diesen Taugenichts ohne einen Funken Disziplin und Anstand im Leib. Soll er doch wirklich lieber auf Reiseschriftsteller machen, das passt sicher besser zu ihm mit seinen angeblich mehreren Dutzend Sprachen, mit denen er ja immer so gerne angibt! Outram hält auch nichts von diesem Hätschelkind Napiers, noch weniger als von Napier selbst, diesem Gauner. Welche Schande für die Armee, für England, wie Napier sich bei der Eroberung der Provinz Sindh verhalten hat! Eine strenge Hand ist eine Sache, Brutalität eine andere. ›Eine ordentliche Tracht Prügel, gefolgt von Freundlichkeit – so bekommt man die wildesten Kerle zahm‹, soll er über seine Politik dort gesagt haben. Kein Wunder, dass sich Outram gegen dieses afrikanische Abenteuer ausgesprochen hat. Wobei: Sollen sie doch ihre Hälse riskieren, wenn sie unbedingt wollen! Um Speke wäre es vielleicht schade, scheint ein netter Kerl zu sein – aber um diesen arroganten Pinsel Burton sicher nicht!« Aufgebracht feuerte er den Rock zu Boden, wand sich aus den Hosenträgern, blieb aber auf der Bettkante sitzen. Maya fing im Spiegel seinen verblüfften Blick auf. »Woher kennst du ihn eigentlich?«

Einen winzigen Moment hielt sie darin inne, fuhr dann emsig damit fort, ihr Haar durchzubürsten. »Von früher«, erklärte sie leichthin. »Er war ab und zu Gast meines Vaters, als er noch in Oxford studierte.« Ralph stand auf und zog das Hemd aus dem Hosenbund. »Und weshalb erfahre ich das erst jetzt?«

Maya lachte, ein dünnes kleines Lachen, während sie ihr Haar weiter bearbeitete. »Oje, Ralph, wenn ich dir alle Studenten aufzählen soll, die über die Jahre in Black Hall ein und aus gegangen sind, würden wir morgen früh noch hier sitzen!« Er trat hinter sie und sah ihr zu, abwechselnd ihre Rückansicht und ihr Spiegelbild.

»Ich mag nicht, wie er dich anschaut«, sagte er langsam. Maya warf ihm einen neckenden Blick über ihre Schulter hinweg zu.

»Du wirst doch wohl nicht eifersüchtig sein?«

Er packte ihren Unterarm und riss sie herum, dass die Bürste krachend aus ihrer Hand in die Ecke flog. »Hast du was mit ihm?!«, herrschte er sie an und schüttelte sie. Maya rang darum, sich ihren Schrecken nicht anmerken zu lassen, Ruhe zu bewahren.

»Unsinn«, gab sie verärgert zurück und versuchte, sich von ihm freizumachen. »Wie kommst du darauf?« Vor ihr blitzte für den Bruchteil einer Sekunde das Bild einer Gasse in der Stadt auf, in die Richard sie während eines Wolkenbruchs zog; ein Bild von ihnen beiden, wie sie sich küssten, und dann Richards Blick heute Abend, wie ein verwundetes Raubtier.

Als hätte Ralph ihre Gedanken lesen können, stieß er sie rücklings gegen die Wand, dass Maya beim Aufprall nach Luft schnappen musste. Er hielt ihre Arme umklammert und schüttelte sie, brüllte sie an: »Gib mir gefälligst eine Antwort! Hast du was mit ihm?«

»Nein, hab ich nicht«, schrie Maya zurück, suchte sich mit ruckartigen Bewegungen aus seinem Griff zu befreien, ihm mit den bloßen Füßen vor die Schienenbeine zu treten. »Und jetzt lass mich los, du tust mir weh!«

Ebenso plötzlich, wie er auf sie losgegangen war, gab er sie auch wieder frei, fiel förmlich in sich zusammen. Erschrocken über seinen eigenen Ausbruch sah er sie an, wie sie sich über die schmerzenden Unterarme und Handgelenke rieb, hob seine Hände, tastete in fahrigen Bewegungen vorsichtig, streichelnd über ihre Schultern, Arme, ihr Gesicht, als müsste er sich vergewissern, dass er ihr nichts gebrochen hatte. »Verzeih mir«, stammelte er, »das … das wollte ich nicht. Geht es dir gut?«, fragte er vorsichtig und den Tränen nahe, als er über ihr Gesicht strich. Maya nickte, schniefte leise, zuckte kurz zusammen, wehrte sich aber nicht, als er sie in seine Arme zog. »Ich wollte dir nicht wehtun, Ehrenwort«, murmelte er in ihr Haar, als er sie sachte wiegte. »Du bist mir doch das Wichtigste im Leben.«

Sie umklammerten einander wie die Waisenkinder, die sie geworden waren. Maya dachte an den Brief, den Ralph vor zwei Wochen nach langem Schweigen endlich aus Gloucestershire erhalten hatte. Mit versteinerter Miene hatte er ihn zusammengeknüllt und achtlos ins Herdfeuer geworfen, war dann ins Kasino verschwunden, von wo er erst spät in der Nacht mit schweren Schritten und in eine Wolke aus Rauch und Alkoholdunst zurückgekehrt war. Wortlos hatte er sich neben sie gelegt, war augenblicklich eingeschlafen und hatte diesen Brief mit keiner Silbe mehr erwähnt.

Als sie so aneinander Halt suchten, war es Maya, als stünden sie auf einer abschüssigen Rampe, auf deren spiegelglatter Oberfläche sie langsam, aber unaufhaltsam hinunterschlitterten, dem Abgrund entgegen.

4

Auch gut zweihundert Meilen entfernt saßen an diesem Abend Männer beisammen, tranken und erörterten die Lage. Sprachen über den Freihafen von Aden, über Outram und Haines und über den Sultan von Lahej. Doch statt Gin gab es Gewürztee, und ihre Sprache war nicht Englisch, sondern Arabisch.

Der Palast des Sultans von Ijar war ein lang gezogener, verschachtelter Komplex, dessen Architektur an die Vorväter von Sultan Salih ibn Muhsin al-Ijar erinnerte. Generation um Generation hatte mit zunehmendem Reichtum immer neue Innenhöfe und Räume an die bestehenden anbauen lassen. In seinem Kern war noch der ursprüngliche Zweck des Gebäudes erkennbar: eine uneinnehmbare Festung, die über die Reichtümer des Landes wachte und über die Wege, auf denen diese in die benachbarten Sultanate und in die Häfen der Küste gebracht wurden. Von den Türmen aus konnte man seinen Blick in alle Himmelsrichtungen schweifen lassen, die in Ijar die Gegensätze Arabiens in sich vereinten: Im Süden und Westen türmten sich Berge und Felsplateaus auf; im Norden begann die Wüste Ramlat as-Sabatayn, ein Ausläufer der gewaltigen Rub al-Khali. Im Osten hingegen lag das fruchtbare Land, das Ijar ernährte: Flussbetten und Seebecken, die während der Regenzeiten genug Wasser für Felder und Gärten führten, genug, um Viehherden prächtig gedeihen zu lassen und geschäftige Handwerkerstädtchen am Leben zu erhalten. Genug, dass Ijar große Teile seiner Ernten und seiner Erzeugnisse gegen klingende Münze ausführen konnte: die bunten, feingewebten Baumwollstoffe, die Stickereien und die kunstfertigen Silberschmiedearbeiten, für die Ijar so berühmt war.

Doch Sultan Salih fand keinen Gefallen mehr daran, von einem der Türme aus den Blick über sein Reich schweifen zu lassen. Sorgen bedrückten ihn; Sorgen, die den Stolz auf das, was sein Blick erfasste, schmälerten und bitter schmecken ließen. Nein, hungern musste in Ijar niemand, *al-hamdu li-illah*, Allah sei gedankt! Aber der Wohlstand, den der Handel dem Land angedeihen ließ, schrumpfte von Jahr zu Jahr. Schuld daran waren die Engländer, die den gesamten Handel Südarabiens in Aden zusammengezogen hatten.

Der neue Sultan von Lahej hatte sich von der britischen Niederlassung in Aden vor allem auch einen finanziellen Nutzen erhofft, sollte doch die Anwesenheit der Briten den gewinnträchtigen Handel mit und nach Indien anziehen. Denn fast alle Karawanenrouten Arabiens Richtung Aden führten über das Territorium von Lahej, abgesehen von einem schmalen Küstenstreifen auf Fadhli-Gebiet. Tatsächlich hatte er damit ein gutes Gespür bewiesen, denn die Stadt erlebte einen schnellen wirtschaftlichen Aufschwung, nicht zuletzt durch die stetig wachsende Garnison, für die neue Gebäude entstanden, deren Soldaten verpflegt werden mussten und die ihren Sold ausgeben wollten. Der Handel blühte; weniger mit dem zu früheren Zeiten durch Gold aufgewogenen Weihrauch oder mit Gewürzen wie Safran oder Pfeffer, sondern mit Kohle, Vieh, Getreide, Tierfutter, Obst und Gemüse und vor allem Kaffee. Kaffee, auf den sich französische Handelsreisende ebenso gierig stürzten wie amerikanische und ägyptische. So öde die vorgelagerte Halbinsel war, so fruchtbar war das Land dahinter, urbar gemacht durch ein uraltes, ausgeklügeltes Bewässerungssystem. Lahej konnte daher hohe Wegzölle einstreichen, und als Haines dann noch auf die Idee verfallen war, 1850 Aden zu einem Freihafen zu erklären, in dem keine Zölle erhoben wurden, hatte dies gleich mehrere Vorteile: Die konkurrierenden Häfen von Shuqra, im Sultanat von Fadhli, und die des Sultans von Aqrabi in allernächster Nähe wurden aus dem Rennen um die Gunst der Händler geworfen. Aden bekam quasi das Monopol am gesamten Handel Südarabiens und der Sultan von Lahej noch mehr Wegzölle, außerdem einen Triumph über seinen Erzfeind Fadhli und so eine engere Bindung an die Engländer. Und nirgendwo zeigte sich der wachsende Wohlstand Lahejs und Adens so deutlich wie auf den Märkten und in den Geschäften Adens.

Die anderen Häfen entlang der Küste aber lagen nahezu brach, und Ijar traf dies zusammen mit dem Sultanat von Bayhan besonders hart. Denn beide lagen am weitesten von Aden entfernt; ihre Waren hatten den längsten Weg über die meisten Sultanate und damit die höchsten Auslagen an Wegzöllen. Bis die Güter aus Ijar in Aden angelangt waren, war von der Gewinnspanne durch ihren Verkauf so gut wie nichts mehr übrig; da nützte es auch nichts mehr, im Hafen selbst den Zoll einsparen zu können. Zusätzlich hatte die Anzahl der Übergriffe durch Wegelagerer zugenommen; kriegerische Stämme, die bis an die Zähne bewaffnet unberechtigten Zoll verlangten oder gleich die Karawanen plünderten. Stämme, die ebenso wie der Sultan von Ijar von der veränderten wirtschaftlichen Lage durch die Politik der Engländer betroffen waren.

Deshalb hatte Sultan Salih heute seine Sheikhs, die Ältesten der Stämme Ijars, und die Hauptmänner seiner Soldaten zusammengerufen, um sich mit ihnen zu beratschlagen. Nachdem sich alle ehrerbietig begrüßt und sich mit untergeschlagenen Beinen auf den bunten Teppichen niedergelassen hatten, die den glatten Kalksteinboden bedeckten, wurde der erste Durst mit Tee gelöscht, der Hunger mit Speisen gestillt, die auf silbernen Platten und in kleinen Schüsseln in der Mitte standen: *kubaneh*, ein aus Teigkugeln in einem abgedeckten Topf gebackenes Brot, mit brauner Kruste und aus seinem Inneren noch dampfend, dazu *zhoug*, eine Paste aus im Mörser zerstoßenen und verrührten Pfefferschoten, Knoblauch, Petersilie, Kardamom, gewürzt mit Pfeffer und Salz, und *shafuth*, Sauermilch mit scharfen Bohnen und Kräutern. Es gab geröstetes Huhn und Lamm zu Reis und Melone. Zum Abschluss labte man sich an Datteln und *bint al-sahn*, einem aus mehreren kreisrunden Teigplatten zusammengesetzten Kuchen, mit zerlaufener Butter und Honig.

Durch die schmalen, hohen Fensteröffnungen der beiden Längsseiten zog würzige Abendluft herein. Öllampen aus gehämmertem Silber verbreiteten ein kupfernes, bewegtes Licht, ließen die mit Ornamenten bemalten Wände lebendig erscheinen, wie ein Wald voller Blätter und Blüten, durch die ein Windhauch strich. Der Sultan wartete geduldig, bis seine Gäste sich satt gegessen hatten, wie es Brauch war, bediente sich nur hier und da selbst mit einem Häppchen und ließ derweil seinen Blick über die Männerrunde schweifen, die sich in dem großen Raum im Herzen des Palastes eingefunden hatte. Die Gesichter der Sheikhs, vierzehn an der Zahl, hart, vom Wetter gezeichnet und graubärtig wie sein eigenes, waren ihm so vertraut wie die Gesichter seiner ebenfalls anwesenden Söhne, als seien die Sheikhs seine Brüder. Nur die variierenden Farben und Muster der langen Gewänder und Turbane verrieten ihre voneinander abweichenden Ahnenreihen. Sultan Salih empfand sich selbst als das Oberhaupt einer Familie, der Familie von Ijar, für deren Wohlergehen er Sorge zu tragen hatte. Und waren sie denn nicht eine einzige Familie, seit ihre Vorväter nach Jahrhunderten der Fremdherrschaft durch Mamelucken, Tahiriden und Rasuliden schließlich vor über zweihundert Jahren zu den Waffen gegriffen und die Osmanen vertrieben hatten? Mit den Klingen ihrer langen Schwerter ebenso wie mit den Musketen, die die Türken mit ins Land gebracht hatten – verboten für arabische Hände, und doch hatten sie die Feuerwaffen in ihren Besitz bringen und die Osmanen damit vernichtend schlagen können. Seither waren deshalb ihre Schwerter und die *djambia* genannten Krummdolche Symbole wehrhafter Tradition, Gewehre und Patronengurte aber Insignien kämpferischer Macht. Und während die Gebiete nördlich von Aden zwar nominell noch immer zu Konstantinopel gehörten, aber von Imamen der Dynastie der Zaiditen regiert wurden, waren hier im Süden, östlich von Aden, auf den Ruinen der antiken Königreiche von Saba, Ma'in, Qataban, Ausan, Himyar und Hadramaut entlang der alten Weihrauchstraße die achtzehn Sultanate entstanden, deren Land schon zu Zeiten Ptolemäus' *Arabia felix*, »glückliches Arabien«, genannt worden war.

Die fremden Dynastien hatten, noch zu Lebzeiten Mohammeds, nicht nur den Glauben an Allah gebracht, sondern wenig später auch das Heilige Buch des Koran, besondere Elemente in Architektur, Kunst und Musik, ihre Sprache und ihre Schrift. Doch man war stolz auf die althergebrachten Traditionen, auf die Stammesgesellschaft und ihre Gesetze, die keine ausländische Macht auszurotten geschafft hatte – nicht einmal das große Osmanische Reich. Geblieben war aber auch ein grundlegendes Misstrauen jeglichem Fremden gegenüber. Wer nicht hier geboren war, nicht durch sein Blut oder eigene Leistung seinen Platz im komplizierten Gefüge von Stamm und Familie gefunden hatte, hatte hier nichts zu suchen. Das galt ebenso für europäische Wirrköpfe, die diesen weißen Fleck auf ihren Karten zu vermessen und beschriften versuchten, wie für Narren, die sich berufen fühlten, aus purer Abenteuerlust die

Wüste der Rub al-Khali zu durchwandern. Und dementsprechend beunruhigt sah man die Anwesenheit der Engländer in Aden und die Bindung der nächstgelegenen Sultanate an den europäischen Vorposten im Land, zusätzlich zu den dadurch entstandenen finanziellen Einbußen.

»Vier Jahre sind es nun«, sprach der Sultan also, als sich die Männer einer nach dem anderen wieder aufgerichtet, ihre jeweils rechte Hand von den Essensresten gesäubert und sich ihm mit aufmerksamen Blicken zugewandt hatten. »Vier Jahre, seit in Aden keine Zölle mehr erhoben werden. Vier Jahre, in denen das Sultanat von Lahej blüht und gedeiht, im direkten Handel mit und unter dem Schutz der *faranj*, den Fremden. Vier Jahre, dass sich die Schatullen von Lahej mit Wegzöllen füllen, während sich die unseren zunehmend leeren und kein Geld mehr nachfließt.« Er machte eine Pause und sah seine Sheikhs der Reihe nach an, die mit betrübten Mienen zustimmend nickten.

»Die Händler klagen, die Bauern und Handwerker ebenso«, ließ sich einer von ihnen vernehmen.

»Bei uns auch«, stimmte ihm ein Zweiter zu.

»Der Sultan von Lahej ist ein Verräter«, warf ein anderer mit tiefster Verachtung in seiner Stimme ein. »Ein Verräter an den Traditionen und an seinen Brüdern! Er verkauft sich an die *faranj*, lässt sich von ihnen den Rücken stärken und spuckt so auf den Sultan von Fadhli und den von Aqrabi!« Besonders das Sultanat von Aqrabi, eingeschlossen zwischen Lahej und Aden, flächenmäßig sehr klein und seit Langem freundschaftlich mit Fadhli verbunden, fühlte sich von der zunehmenden Stärke Lahejs bedroht, fürchtete baldige Armut neben seinem immer mächtigeren und reicheren Nachbarn.

»Damit spuckt er auch auf uns!«, ereiferte sich der Nächste, was beifälliges, zorniges Gemurmel der versammelten Männer hervorrief.

»Der Sultan von Fadhli und der von Aqrabi waren uns immer treue Verbündete«, stimmte Sultan Salih zu, »im Handel wie im Krieg, und es betrübt mich, dass ihre Lage keinen Deut besser ist als die unsere.«

»Die *faranj* haben sogar die Häfen Aqrabis blockiert!« – »Lahej bezahlte Fadhli Schweigegeld, nur um wenig später gegen ihn zu marschieren, unterstützt von den *faranj!*«

»Lahej verkauft die alleinigen Rechte der Handelslieferungen für Fisch, Fleisch, Butterschmalz und Tabak von außerhalb in sein Sultanat an denjenigen, der ihm am meisten dafür bietet. Die anderen haben das Nachsehen und verlieren so eine Einkommensquelle!«

»Sobald Lahej sich von einem von uns angegriffen fühlt, wird er die *faranj* zu Hilfe rufen!«

Sultan Salih hob die Hand und wartete, bis das empörte Stimmengewirr abgeebbt und wieder Ruhe eingekehrt war. Sein Kopf neigte sich in Richtung der weiter entfernt sitzenden Männer, die an ihren wind- und wettergegerbten Mienen, den von der Sonne verblichenen Farben ihrer Turbane und Kleidung und nicht zuletzt an den ledernen Patronengurten als Krieger zu erkennen waren. »Was habt Ihr aus Aden zu berichten, Rashad? Ihr seid doch eben erst von dort zurückgekehrt.«

Alle Blicke richteten sich auf den angesprochenen Krieger. Rashad ibn Fahd ibn Husam al-Din al-Shaheen gehörte sichtbar zu den Jüngsten der Runde. Sein Bart, der die vollen Lippen einrahmte und die Schwere der Kinnlinie noch hervorhob, zeigte ebenso wenig eine Spur von Grau wie sein Haar, das er schulterlang trug, nach der herrschenden Sitte seines Stammes. Dessen blauschwarze Farbe fand ihren Widerschein in den Tönen seines Hemdes, in der Taille mit einem breiten Lederriemen gegürtet, reich gefältelt unter den schweren, gekreuzten Patronengurten, dem vielfach um den Kopf gewundenen Tuch und den langen, weiten Hosen – gefärbt mit Indigo, in Rabenschwarz über Dunkelblau bis Violett und Zartgrau.

Selbst wenn sich unter den versammelten Männern einer befunden hätte, der Rashad al-Shaheen nicht kannte, hätte er ihn eindeutig zuzuordnen gewusst. Denn im Umkreis von Hunderten von Meilen gab es nicht viele Stämme, die mit Indigo färbten, nur wenige, die sich darauf so geschickt verstanden, und kaum welche, die Hosen statt der landesüblichen Gewänder trugen. Nur die Reiterstämme aus den Bergen kleideten sich so, und nur die Frauen von al-Shaheen besaßen die Kunstfertigkeit, die Hemden ihrer Männer an Kragen und Säumen mit solch zarten Bordüren in Weiß und Rot zu besticken und mit gehämmerten Silberplättchen zu versehen, die im Licht aufblinkten. Es hieß, den Leuten aus den Bergen sei nicht zu trauen; seien sie doch hinterhältig, diebisch und ohne Ehrbegriff. Doch jeder im Raum wusste, dass dies nicht auf den Stamm von al-Shaheen zutraf – wenn seine Männer auch als besonders kriegerische Gesellen galten, mit denen man sich besser nicht anlegte. Ein Stamm, der sich zwischen den Tälern und Bergen am Rande von Ijar ebenso selbstverständlich bewegte wie in der Wüste der Ramlat as-Sabatayn, der von Vieh- und Pferdezucht lebte und dessen besonderes Talent für die Falknerei ihm seinen Namen gegeben hatte. Seine besten Reiter leisteten dem Sultan von Ijar schon lange Jahre treue Dienste, solange sie jung und kampfestüchtig waren.

Das traf auch auf Rashad zu, dessen Name in etwa »rechtschaffenes Verhalten« bedeutete und der diesem alle Ehre machte, so wie vor ihm sein Vater Fahd und sein Großvater Husam al-Din. Eine fadendünne Narbe, weiß auf seiner goldbraunen Haut, die eine seiner buschigen Brauen spaltete; eine weitere, die sich zwischen seinen tiefliegenden dunklen Augen entlangzog, bis an die Wurzel seiner starken, hervorspringenden Nase, und ähnliche Male auf seinen großen, kräftigen

Händen, die das bunte Teeglas umfasst hielten, verrieten, dass er sich seinen Platz als Hauptmann der Söldner des Sultans von Ijar tapfer erkämpft hatte. Er galt nicht nur als guter Krieger, der des Sultans Karawanen unbeschadet nach Aden brachte und wieder zurück, sondern auch als Mann von großer Klugheit und Vernunft. So wunderte sich niemand über den Respekt, den der Sultan dem so viel jüngeren Hauptmann entgegenbrachte und mit dem er ihn um seine Meinung bat. Gespannt warteten die anderen auf Rashads wohl überlegte Antwort.

»Die Wege hinunter zur Küste, durch das Gebiet von Lahej und nach Aden hinein sind hart umkämpft«, ließ er sich schließlich vernehmen. Seine Stimme klang tief und voll, aufgeraut von Sand und Wind. »Karawanen ohne bewaffnete Begleitung kommen kaum mehr unversehrt hinein. Große Schwierigkeiten machen die anderen Stämme aus den Bergen, die sich als Beschützer den Karawanen andienen, die am meisten bezahlen und, wenn es sich anbietet, noch unterwegs die Seiten wechseln.«

»Wie verhalten sich die *faranj?*«, wollte der Sultan wissen.

»Die meisten der Kämpfe entziehen sich ihrer Kenntnis, weil sie kaum über den Rand des Kraters hinausblicken. Es sei denn, der Sultan von Lahej bittet sie um Hilfe; dann stellen sie zwei, drei Mann, und deren Erscheinen genügt, um die Karawane von Lahej ungestört nach Aden hineinzubringen.« Rashads Miene war undurchdringlich; allein ein kaum merkliches Emporschnellen seiner versehrten Augenbraue verriet, wie er darüber denken mochte.

Der Sultan nickte vor sich hin, als er überlegte, seine Worte sorgfältig abwog, bis er verkündete: »Wir können nicht länger hinnehmen, dass Lahej mithilfe der *faranj* auf unsere Kosten und auf die unserer Brüder immer fetter wird, womöglich noch sein Herrschaftsgebiet ausdehnen will. Dagegen müssen wir etwas tun.« Mit lauten Zurufen bekundeten die Sheikhs ihre Zustimmung zu diesem Beschluss ihres Sultans. Als sie wieder verstummt waren, wandte sich der Sultan erneut an den Hauptmann. »Wie können wir das bewerkstelligen, Eurer Einschätzung nach?«

Rashad schwieg, seinen Blick in das halbvolle Teeglas versenkt.

»Ihr kennt doch das Denken und Handeln der *faranj* aus eigener Erfahrung«, fasste der Sultan ohne Eile nach. »Ihr habt unter Ihnen gelebt, Ihr sprecht ihre Sprache.«

Rashad al-Shaheen hatte viel gesehen, war als Begleitschutz für die Händler Ijars mit seinem Vater nach Somalia gereist, nach Ägypten bis hinauf nach Cairo, kaum dass er als Halbwüchsiger in den Kreis der Männer aufgenommen worden war. Er kannte Aden noch aus der Zeit vor der Besetzung durch Commander Haines, hatte zu jenen Männern gehört, die sich in den unruhigen ersten Jahren der Anwesenheit der Briten widersetzt hatten, und sein Vater hatte diesen Widerstand mit dem ehrenvollen Tod eines Kriegers bezahlt. »Ich habe nur immer wieder einige Zeit in Aden verbracht, wenn meine Männer die Karawanen dort wohlbehalten hingebracht hatten und wir auf den Abmarsch einer anderen Karawane gewartet haben. Und meine Kenntnisse ihrer Sprache reichen kaum über das Nötigste hinaus«, zeigte Rashad sich unter einer leichten Verneigung in Richtung des Sultans bescheiden. Der Sultan lächelte. Dieser Zug an ihm war einer der Gründe, weshalb er den Hauptmann über alle Maßen schätzte, doch, wie Allah wusste, bei Weitem nicht der entscheidende.

Rashad stellte sein leeres Teeglas auf dem Boden ab und ließ seine Handgelenke mit den enganliegenden Ledermanschetten entspannt auf den Knien seiner untergeschlagenen Beine ruhen, machte mit lockeren Händen verhaltene und doch bestimmte Gesten. »Ein offener Angriff wäre vergeblich und nutzlos obendrein. Auch ist nicht zu erwarten, dass die *faranj* je mit Lahej brechen werden. Dafür liegen Aden und Lahej zu dicht nebeneinander, hängen die *faranj* zu sehr wirtschaftlich von den Feldern und Brunnen des dortigen Sultans ab. Alles, was wir tun können, ist, ihnen zu verstehen zu geben, dass sie mit uns rechnen müssen und uns nicht einfach unberücksichtigt lassen können.«

»So sprecht«, ermunterte Sultan Salih ihn, »was schlagt Ihr vor?«

Rashad bedankte sich mit einem Nicken, als sein Nebenmann ihm das Teeglas erneut gefüllt hatte und nahm es auf. Er sah den Sultan über den Rand des Glases hinweg an, und in seinen Augen funkelte es geheimnisvoll. »Mit einem klugen Schachzug die *faranj* dort zu treffen, wo sie am empfindlichsten sind.«

5

Maya saß auf der einfachen, schmalen Veranda des Bungalows und las. Der Monat Oktober hatte, wenn auch keine kühlen, so doch erträglichere Temperaturen mit sich gebracht und eine trockene, warme Luft, die ganz Aden durchatmen ließ, bar der sonstigen feuchtheißen Schwüle. Vom Meer strich eine zarte Brise durch das gesamte Camp herüber, und im Schatten des überstehenden Daches war es richtiggehend angenehm. Sobald Ralph morgens den Bungalow verlassen hatte, nahm Maya sich einen Stuhl und setzte sich hierher, eines der Bücher in der Hand, die inzwischen eingetroffen waren, oder sie durchwanderte das Camp bis zum Strand, wo sie durch Sand und Steine stapfte, ihre Schuhe auszog und die Wellen über ihre bloßen Füße unter den gerafften Röcken streichen ließ. Stunden, in denen Aden ihr zwar nicht freundlicher, aber doch weniger feindselig vorkam, in denen sie nicht unter der ihr aufgezwungenen Untätigkeit litt, weil diese Stunden etwas von einer Vergnügungsreise an ferne Gestade hatten, obgleich sich auch in den selbstvergessensten Momenten nie ein Gefühl von Unbeschwertheit bei Maya einstellen wollte – nicht mit den finsteren Felswänden in ihrem Rücken oder am Rande ihres Gesichtsfeldes, denen zu entrinnen unmöglich war.

Maya sah nicht auf, als ein Karren in ihrer Nähe knirschend hielt; zu vertraut war ihr das Geräusch im Zentrum des Camps, in dem jeden Tag reges Kommen und Gehen herrschte. Erst als sich ihr Schritte näherten, Männerschritte, hob sie den Kopf, und ihr Herz zuckte aufgeregt. Gleichwohl stand sie nur langsam auf, mit derselben Miene angespannter Konzentration, die sie dem Buch hatte angedeihen lassen, das sie nun zuklappte und in ihren verschränkten Armen vor die Brust drückte.

»*Jane Eyre*«, las Richard halblaut anstelle eines Grußes, den Kopf leicht geneigt, um die goldgeprägten Buchstaben auf dem Buchrücken über Mayas Armbeuge entziffern zu können. »Ein völlig überschätztes Werk.« Instinktiv presste Maya das Buch fester an sich und wich leicht zurück.

»Ich mag es«, widersprach sie heftig.

»Natürlich.« Richards Gesicht zeigte keine Regung. »Das Gefühl, fremd und wurzellos zu sein, wohin man sich auch flüchtet, nirgendwo wirklich dazuzugehören, die innere Zerrissenheit – darin erkennen wir uns beide wieder.« Sein Mund verzog sich zu einem spöttischen Lächeln. »Oder ist es Mr. Rochester, der dich so fasziniert?« Mayas Wangen glühten. Warum nur durchschaute Richard sie immer so schnell?

»Was willst du?«, lenkte sie ungeduldig ab.

Er schwieg einen Moment, sah sie nur an, und seine Stimme klang wehmütig, fast zärtlich, als er schließlich sagte: »Genauso hast du vor mir gestanden, als ich dich das erste Mal gesehen habe, im Arbeitszimmer deines Vaters. Weißt du noch? Du hattest ein Buch an dich gedrückt und mich finster gemustert, bis ich mich hinhockte, auf Augenhöhe mit dir, und dich fragte, welches Buch das denn sei. Wie alt warst du damals? Acht? Neun?«

»Sieben«, flüsterte Maya mit zittriger Stimme, und sie glaubte unter dem Tränenstrom zu ersticken, der vor lauter Traurigkeit und Heimweh plötzlich in ihr emporschoss. »Ich war sieben.«

»Friede?« Bittend streckte er ihr seine Rechte hin, in derselben Geste, wie er sie damals nach jenem anderen Buch ausgestreckt hatte, und mit demselben Blick. »Ich wollte dir etwas von Aden zeigen, was du gewiss noch nicht kennst, was dich aber interessieren wird.«

Wie damals knickte ihr linker Fußknöchel in kindlicher Unschlüssigkeit nach außen um, bevor sie dann doch alle Vorsicht beiseiteschob und Neugierde über Vernunft siegte. Und so, wie sie als kleines Mädchen dem fremden Studenten entgegengestürmt war, ihm ihren Schatz zu zeigen, in den sie sich beide dann sogleich vertieft hatten, nickte sie rasch. »Ich hole nur eben meinen Hut.«

Schweigend saßen sie nebeneinander in dem Ponykarren, den Richard samt Fahrer gemietet hatte und der sie an den Rand des Kraters brachte, an eine Stelle, von der aus man von unten die in die Felsen gebauten Mauern der alten Zisternen sehen konnte. Und schweigend folgte Maya Richard den Pfad hinter den Häusern hinauf, durch den vor so langer Zeit erkalteten Lavastrom hindurch, der anthrazitfarben glänzte, an manchen Stellen rötlich gefleckt, als würde der Stein in der salzgetränkten Luft Adens rosten. Der steil ansteigende Weg war klar erkennbar, wenn er auch nicht viel benutzt zu werden schien.

Die Geräusche der Stadt verklangen, all die Wagenräder, das Geklapper und Geknirsch von Pferde- und Kamelhufen auf hartem Untergrund, das Stimmengewirr. Es war, als zöge eine unbekannte Macht sie weg von den Dächern, den Türmen und Minaretten Adens, schützend geborgen im Inneren des Steinkreises, hinauf in eine andere Welt, in der Dämonen, der Teufel oder Gott selbst sie erwarten mochten. Magere Sträucher, kaum mehr als dürre Zweige mit braunen Pergamentfetzen daran, klammerten sich in Gesteinsspalten, zappelten im Wind, der hier oben kräftig blies. Irgendwo schlugen ein paar wilde Hunde an, verstummten aber sogleich wieder. Eine betörende Stille herrschte hier, die Maya gefangen nahm, ein Kontrast zu der Stadt unter ihnen, wie er größer nicht hätte sein können. Schweißperlen traten ihr auf die Stirn, rannen ihr den Rücken auf der Innenseite des Hemdchens unter dem Kleid hinab, wurden aber sogleich vom Wind wieder getrocknet. Herrlich, weil von körperlicher Bewegung herrührend, herrlich, weil sie zum ersten Mal seit langer Zeit wieder tief Luft in ihre Lungen schöpfen konnte. Selbst wenn dieser Aufstieg kein Ziel gehabt hätte, wäre er jegliche Anstrengung wert gewesen. Doch nur wenige Schritte weiter blies Maya überrascht die Luft aus, als sie erkannte, wo Richard sie hingeführt hatte. Was sie bislang von unten nur als undeutlichen hellen Fleck im schwarzen Fels wahrgenommen hatte, entpuppte sich als niedriger runder Turm, zu dem ein ummauerter Weg hinführte. Staunend blieb sie stehen, besah sich in aller Ruhe dieses seltsame Bauwerk, das nur eine Türöffnung und keine Fenster hatte, an dessen Fuß winzige Kapernsträucher mit fleischig grünen Blättern wuchsen und Gräser mit verblüffend üppigen weißen Blüten. Und sie zuckte zurück, als sie dazwischen sonnengebleichte Knochen ausmachen konnte. *Menschenknochen*: Schienbeine, Rippenbögen, ein Schulterblatt. Erschrocken sah sie Richard unter ihrer im Wind auf und ab flatternden Hutkrempe an. »Was ist das hier?«

Er antwortete nicht sofort, als müsste er zuerst die befremdliche Stimmung dieses Ortes ganz in sich aufnehmen, ebenso schön wie grausam. »Das ist der Turm des Schweigens«, verkündete er dann feierlich in dessen Richtung und fügte zu Maya gewandt hinzu: »Die Begräbnisstätte der Parsen, denen Erde, Feuer, Wasser und Luft allesamt gleich heilig und rein sind, die nicht durch tote Körper verunreinigt werden dürfen. Hierher bringen sie ihre Verstorbenen, um sie allein durch die Sonne bestatten zu lassen – und durch Vögel wie Milane und Krähen«, erklärte er mit einer Geste zum Himmel, wo große schwarze Vögel neugierig über ihnen kreisten. »Aus ihren Schnäbeln und Krallen landet manch ein Knochen vom Dach des Turms, wo die Parsen die Toten ablegen, dann doch wieder auf der Erde.«

Maya durchlief ein Schaudern. »Wie trostlos – kein Grab zu haben, an dem man trauern kann.« Ihre Finger schlossen sich um das Medaillon mit den darin verborgenen Portraits ihrer Großeltern, an deren Grabsteinen sie so oft gewesen war.

»Nein, Maya«, widersprach Richard sanft, »das ist Freiheit! Nach seinem Tod in den Kreislauf der Elemente einzugehen – kann es etwas Schöneres, etwas Heiligeres geben? Das würde ich mir auch wünschen, wenn meine Zeit gekommen ist.«

Maya dämmerte es, dass Richard sie nicht ohne tieferen Grund an diesen Platz geführt hatte. »Warum?«

Seine Mundwinkel zuckten, als er sich abwandte, ein Bein auf einen Felsbrocken stellte, sich mit dem Unterarm darauf abstützte und in das Innere des Kraters hinabblickte. »In einer Woche breche ich nach Somalia auf.« Er kniff die Augen zusammen. »Die *Royal Geographic Society* hat großes Interesse daran, dass das Innere des Landes endlich erforscht und kartographiert wird. Einerseits, um eventuell eine Inbesitznahme vorzubereiten – aber auch, um eine noch größere Expedition zu den Quellen des Nils vorzubereiten.«

»Davon träumst du schon so lange.«

Richard lachte auf und riss einen Grashalm aus einer Steinfuge heraus, drehte ihn zwischen den Fingern, vermied es aber weiterhin, Maya anzusehen. »Allerdings schreibt mir die Verwaltung in Bombay vor, keine unnötigen Risiken einzugehen. Die Expedition wird auch keine offizielle sein, sondern eine von mir privat unternommene, ohne Geleitschutz durch Soldaten. Ich allein trage die Verantwortung. Derzeit kennt kein Weißer die genaue Lage von Harar, der verbotenen Stadt, weil es bei den Eingeborenen heißt, dass sie unweigerlich untergehen wird, sobald der erste Christ sie betritt. Die Forscher, die versucht haben, sich ihr zu nähern, berichten von einem barbarischen und blutrünstigen Volk, dessen Herrscher Abu Bekr seine Brüder und weitere Mitglieder seiner Familie im Kerker seines Palastes gefangen hält. Wer je einen Anlauf dorthin unternommen hat, musste noch auf dem Weg dorthin umkehren und um sein Leben laufen.«

Unwillkürlich musste Maya lächeln. »Nach all den Jahren nun also so etwas wie ein Abschied!«

Er wippte auf sein Knie gestützt vor und zurück, als plagte ihn Unentschlossenheit, dann warf er den Grashalm, den er immer noch in der Hand hielt, fort und kam auf sie zu.

»Du liebst diese Art von Auftritten, nicht wahr?«, platzte sie heraus, den Kopf leicht schräg gelegt und ein angriffslustiges Funkeln in den Augen. »Diese dramatischen Inszenierungen. Wärst du kein Forschungsreisender, wärst du Schauspieler geworden. Deshalb immer nur ein plötzliches Auftauchen aus dem Nichts – nie ein wirklicher Abschied, der ja nicht halb so effektvoll wäre, dich vielleicht tatsächlich berühren könnte!«

Er blieb vor ihr stehen und legte sachte die Hand gegen die Winkelung zwischen ihrem Unterkiefer und ihrem Hals. »Immer, wenn ich dich ansehe, ist mir, als würde ich in einen Spiegel schauen.«

Sie schluckte, sammelte behutsam die Worte, die ihr auf der Zunge lagen, und ließ sie zaghaft aus ihrem Mund gleiten. »Läufst du deshalb vor mir davon, seit ich dich kenne?«

Sein Versuch eines Lächelns misslang, und seine Stimme wurde leise, zittrig, als schnürte ihm etwas die Kehle zu. »Wie kann ich vor der anderen, besseren Hälfte meines unvollkommenen Wesens davonlaufen? Du bist doch immer bei mir, wohin ich auch gehe.«

Maya schossen Tränen in die Augen, und etwas bäumte sich in ihr auf. »Warum hast du mich dann damals nicht –«

»Schht«, machte er, während ein flüchtiges Lächeln über sein Gesicht zuckte, und legte ihr seinen Daumen auf ihre Lippen. »Wer kann es schon ertragen, jede Sekunde sich selbst in die Augen zu sehen?«

Wütend schlug Maya seine Hand von ihrem Gesicht. »Ach, fahr doch zur Hölle!«, schrie sie und lief davon, den steinigen Pfad hinab.

»Ihr Wunsch ist mir Befehl, Madam«, rief er ihr hinterher, doch Maya verschloss ihre Ohren und ihr Herz vor seiner Stimme, seinen Worten.

Sie wusste, dass er ihr nachsehen würde, bis sie aus seinem Blickfeld verschwunden war, und auch, dass er ihr nicht nachgehen würde – seine Art, Abschied zu nehmen. Ihr war klar, dass sie es nicht besser machte, floh sie doch auch vor ihrem eigenen Spiegelbild, weil sie dieses ebenso fürchtete wie er das seine.

Lange saß Maya an diesem Tag auf der Veranda, *Jane Eyre* aufgeschlagen auf ihrem Schoß. Anfangs im hellen Licht des Nachmittags, später mit einer Lampe zu ihren Füßen, die einen zarten Schimmer in der Dunkelheit hinterließ. Doch sie blätterte keine einzige Seite weiter, noch hätte sie zu sagen vermocht, wo ihre Gedanken indes weilten. Sie wartete auf Ralph, versuchte sie sich selbst einzureden. Doch mehr noch wartete sie darauf, dass wieder ein Tag vorbei sein würde; auf eine Nacht, die die Seligkeit des Schlafes, aber dennoch keine Erholung brachte, ehe ein neuer Tag anbrach, der ebenso leer sein würde wie der vorangegangene.

Endlich hörte sie Schritte, unsicher, bemüht fest auftretend, und Ralphs vertraute Silhouette erschien auf der Veranda. Maya sprang auf und warf sich ihm entgegen, schlang die Arme fest um ihn, hielt ihn dabei in seinem wackeligen Gleichgewicht und bemühte sich, seine Alkoholfahne zu ignorieren, als sie ihn zärtlich küsste. »Ich habe so lange auf dich gewartet! Warum kommst du wieder so spät?«

»Ich hatte zu tun«, erklärte er träge und erwiderte flüchtig ihren Kuss, schob sie dann sanft beiseite und ging ins Haus. Maya sammelte hastig Buch, Lampe und Stuhl ein und trug alles ins Haus. »Hast du Hunger? Soll ich dir noch etwas –«

»Nein, ich habe schon im Kasino gegessen«, schnitt er ihr das Wort ab und schenkte sich ein Glas Brandy aus einer der Flaschen ein, die den Weg in den Bungalow gefunden hatten.

Maya sah ihm zu, wie er im Stehen trank, zügig, als litte er schrecklichen Durst. »Konntest ... konntest du mit Playfair sprechen?«

Lieutenant Robert Lambert Playfair war der persönliche Assistent Outrams und nahm zusammen mit Kaplan G.P. Badger auch die Sprachprüfungen in Arabisch für die Soldaten ab. Letzterer hatte mehr als genügend Zeit, sich seinen Studien arabischer Handschriften zu widmen, denn der einfache Bungalow, der bis zum geplanten Bau einer anglikanischen Kirche als Kapelle für das Camp diente, war zu den Gottesdiensten nur selten besetzt. Die Soldaten von Aden erwiesen sich als keine sonderlich fromme Gemeinde.

Maya hatte Ralph vor ein paar Tagen gebeten, Playfair die Gründung einer Schule vorzuschlagen, für englische Kinder wie für einheimische, und ihn zu fragen, ob er oder Badger Maya eventuell in Arabisch unterrichten würden.

»Hm?« Ralph sah sie verwirrt an und trank noch einen Schluck. Dann blitzte Verstehen in seinem Gesicht auf, und er schüttelte den Kopf. »Hat sich noch keine Gelegenheit ergeben. Mache ich dann morgen.« Schwer ließ er sich in einen der Stühle fallen.

Maya nickte, die Lippen zusammengepresst, und versuchte, sich ihre Enttäuschung nicht allzu sehr anmerken zu lassen. »Bitte vergiss es nicht«, bat sie ihn dennoch.

»Habe ich schon jemals etwas vergessen?«, fuhr er sie an, in einer zornigen Geste die Arme ausgebreitet.

Maya schüttelte betreten den Kopf. »Nein, entschuldige. Du weißt doch aber, wie wichtig es mir –«

»Rechne dir bloß keine zu großen Chancen aus!« Fast drohend richtete er sein Glas in ihre Richtung. »Du bist keine ausgebildete Lehrerin, Playfair ist momentan sehr beschäftigt, und wir haben in der Verwaltung wirklich noch ganz andere Sorgen!« Er nahm noch einen tiefen Zug. »Und außerdem: Was willst du eigentlich noch? Du hast hier doch alles, was du brauchst!« Verärgert wies er in den Raum hinein. »Du kannst dir schöne Tage machen, während ich mich auf der Schreibstube abrackere und mich mit drögem Papierkram abplagen muss!« Ralph stand auf, um sein schon wieder leeres Glas erneut zu füllen, setzte die Flasche dann mit einem lauten Knall wieder ab. »Ich verstehe dich nicht. Die anderen Frauen beklagen sich doch auch nicht, haben nicht solche Flausen im Kopf, sind zufrieden mit ihrem Leben!«

Maya schluckte ihren Stolz hinunter und trat auf ihn zu. »Ich bin eben nicht so wie die anderen. Das hast du doch gewusst, von Anfang an.« Behutsam strich sie über seine Schulter, doch er schüttelte sie ungehalten ab.

»Nichts habe ich gewusst, gar nichts!«, rief er wild gestikulierend. »Wenn ich gewusst hätte, was mich hier erwartet, hätte ich dich nicht …« Er verstummte, als er sah, wie sich Mayas Augen mit Tränen füllten. Sie wirbelte herum, stürmte in das Schlafzimmer und ließ die Tür hinter sich so heftig ins Schloss krachen, wie es das dünne Holz zuließ. Der Länge nach warf sie sich auf das Bett, vergrub den Kopf in den flachen, harten Kissen, doch das Weinen, das ihr vielleicht Erleichterung gebracht hätte, wollte sich nicht einstellen. Sie hörte Ralph im vorderen Raum auf und ab marschieren. Nach einer Ewigkeit öffnete sich die Tür und er schlich sich herein. Das Bett knarzte, als er sich neben sie legte, und Maya versteifte sich unter der Berührung seiner Hand auf ihrem Rücken. »Verzeih mir«, flüsterte er. »Ich hab es nicht so gemeint.« Er streichelte ihre Schultern, drückte Küsse in ihr Haar, und widerstrebend ließ Maya sich in seine Arme ziehen. »Verzeih mir«, murmelte er wieder und wieder zwischen einzelnen Küssen. Maya wehrte sich nicht, als er sie zu entkleiden begann, sie mit Liebkosungen bedachte, die sie sogar erwiderte, als könnte sie ihm so dabei helfen, seine verletzenden Worte von vorhin auszulöschen. Doch es misslang.

Als sie sich hinterher an seinen nackten Rücken schmiegte, mehr aus Gewohnheit denn echtem Bedürfnis, sein Körper schwer und warm von Müdigkeit, einem Rest Trunkenheit und abklingender Lust, fühlte sich Maya so verlassen wie nie zuvor in ihrem Leben.

6

Sebastopol, Oktober 1854

Liebe Maya,
nun ist schon wieder so viel Zeit vergangen seit meinem letzten Brief, während von Dir immer so liebe und aufmunternde Zeilen kommen! Und die kann ich auch wahrlich gut brauchen.

Gewiss, ich gebe Dir recht: Wir haben an den Ufern der Alma gesiegt, natürlich müsste uns das Auftrieb geben. Aber der Preis dafür war hoch! So viele Verwundete – und wir hatten keine Bandagen, keine Schienen, kein Chloroform, kein Morphium und keinen Platz, sodass wir die armen Teufel auf der nackten Erde lagern mussten oder auf dungverklebtem Stroh in den Ställen der nahegelegenen Gehöfte. Ich habe Gliedmaßen ohne Anästhesie amputiert, während meine Patienten auf umgekehrten Kübeln saßen oder auf alten, ausgehängten Türen lagen – im Mondschein habe ich operiert, weil es keine Kerzen oder Lampen gab. Und weitere eintausend Männer mussten wir mit Cholera in das Lazarett von Scutari, nahe Konstantinopel, schicken. Wunder dich nicht, wenn du darüber nichts in den Zeitungen lesen wirst – natürlich ist es unmöglich zuzugeben, dass unsere glorreiche Armee in Wirklichkeit aus einem Haufen von Amateuren und Stümpern besteht! Es ist erschreckend, wie schlecht die anderen Assistenzärzte ausgebildet sind. Jungspunde noch, mit gerade mal anderthalb

Jahren Berufserfahrung nach ihrem Studium. Und auch wenn das Ministerium bevorzugt solche einberufen hat, die eine gute Chirurgenausbildung vorweisen können, haben die Jungs so gut wie keine Ahnung, was im Ernstfall zu tun ist. Ich nehme mal an, die entsprechende Einstellungsprüfung war ein reiner Witz, so ist zumindest mein Eindruck.

Offen gestanden glaube ich nicht mehr daran, dass wir diesen Krieg so schnell und mühelos gewinnen können, wie allenthalben behauptet wird. Noch ist es hier warm, um nicht zu sagen heiß – aber sollten wir noch bei Wintereinbruch hier sein, dann gnade uns Gott …

In aller Eile (weil kurz vor der nächsten Zwölf-Stunden-Schicht), aber nicht minder herzlich eine feste Umarmung

Deines Bruders Jonathan

Sebastopol, Anfang (?) November 1854

Mein Schwesterherz,

ich kann mich nicht einmal erinnern, welches Datum wir heute haben oder welchen Wochentag – aber hier draußen spielt es auch kaum eine Rolle. Ich brauche es nur zu wissen, um die Totenscheine auszustellen, und sobald ich mich dann für wenige Stunden auf mein Feldbett lege, habe ich es auch schon wieder vergessen. Wenn ich mitbekomme, wie oft die einfachen Soldaten nach Hause schreiben, fühle ich mich jedes Mal schuldig, aber nach meinen Diensten bin ich meist zu müde, schmerzen mir Hände und Arme. Amy schimpft auch schon, dass ich so wenig schreibe – wohl aus Sorge, mir könnte etwas geschehen sein, hört sie länger als zwei Wochen nichts von mir.

Nun hat es sich gerächt, dass der September und Oktober noch so warm waren – Tausende von Männern haben nicht mehr an Kleidung als das, was sie am Leib tragen, weil sie ihren Offizieren gehorchten, die ihnen befahlen, Sack und Pack einfach an der Alma liegen zu lassen und weiterzumarschieren. Wir hocken auf den Höhen über Sebastopol wie auf einem Leuchtturm – tolle Aussicht von hier aus, und ich wette, die Russen haben eine noch bessere auf unsere Stellungen! Außerdem halten sie die einzig gute Straße. Zwar ist das Wetter noch akzeptabel, aber die Wege sind nicht befestigt und oft matschig von der Feuchtigkeit des späten Herbstes. Keine Chance, sie vor dem Winter noch instand zu setzen, da die Gegend so verlassen ist, dass wir keine einheimischen Arbeiter anwerben können. Wir haben kein Werkzeug und vor allem keine Wagen oder Zugtiere. Und jeden Tag muss ich Männer mit Ruhr, Skorbut und Wundbrand oder einfach halb verhungert und am Ende ihrer Kräfte nach Scutari schicken.

Balaklawa war grauenhaft. Die tatsächlichen Verluste hielten sich in Grenzen für eine Schlacht dieser Größenordnung, denke ich – aber die Verwundeten! Stapelweise wurden amputierte Arme und Beine – noch mit Ärmeln und Hosenbeinen daran – in die Bucht des Hafens geworfen, der Lord Raglan wegen seiner strategischen Lage so begeistert hatte. Unter der Wasseroberfläche konnte man sie hindurchschimmern sehen, und Leichen tauchten plötzlich aus dem Schlamm wieder auf – ein grauenvoller Anblick! Das einst klare Wasser war mit schrillfarbigem Schaum bedeckt, und das ganze Dorf roch nach Schwefel.

Ich muss mich wieder meinen Patienten widmen – auch wenn ich nicht weiß, wie ich ihnen helfen soll, außer sie nach Scutari zu schicken: auf klapprigen Gäulen und Ponys oder zu Fuß. Zu Fuß, Maya! Ins Lazarett, obwohl die Zustände dort auch nicht viel besser sein sollen. Aber wenigstens sind sie weg von der Front.

Mit meinen herzlichsten Grüßen, auch an Ralph

J.

Sebastopol, Dezember 1854

Endlich! Ich bin froh zu hören, dass die Schlacht von Inkerman unsere Lage in das Bewusstsein der Öffentlichkeit gerückt hat, dass zumindest hitzige Diskussionen im Gange sind, wie sich die unerträglichen Zustände hier verbessern ließen. Ich kann allerdings nur hoffen, dass die Politiker nicht nur reden, sondern auch schnell genug handeln …

Erst, wenn ich einen Brief an Dich abgeschickt habe, fällt mir ein, was ich alles Schreckliches hineingeschrieben habe. Verzeih, dass ich diese Gräuel bei Dir ablade – aber ich wüsste nicht, wem gegenüber ich sonst mein Herz ausschütten könnte. Mutter und Vater gewiss nicht! Und Amy sorgt sich ohnehin so sehr. Ich habe alle Mühe, sie davon abzuhalten, hierherzukommen und im Corps von Miss Nightingale Dienst zu tun. Respekt, was diese Dame in Scutari leistet! Besonders unter diesen mehr als widrigen Umständen … Aber Amy will ich dort nicht wissen – sie soll das nicht sehen. Und komm auch Du bloß nicht auf den verrückten Einfall, ein gutes Werk tun zu wollen! Es reicht, wenn einer von uns sich das antut. Mensch, wie ich Ralph um seinen Posten beneide – er ist doch wirklich ein Glückspilz! Ich sage mir jeden Tag tausend Mal, dass ich das überstehen werde, heil und unbeschadet – dann erhole ich mich erst einmal bei Euch, hocke tagelang in einem der hübschen Kaffeehäuser, die ich nach Deinen Beschreibungen in allen Details vor mir sehen kann, und lasse mich von der Sonne verwöhnen. Und nach der Hochzeit mit Amy mache ich es mir in Oxford gemütlich und behandle nichts Schlimmeres als Gicht, Erkältungen und Magenleiden, schaue meinen Kindern beim Aufwachsen zu und werde höchstens meinen Enkeln irgendwann einmal von diesem verdammten Krieg erzählen.

Sentimentale Grüße,

J.

Januar 1855

Nein, ich mag einfach nicht mehr über Kranke und Tote schreiben. Dieses Thema könnte inzwischen ganze Bände füllen, und ändern würde ein Brief von mir daran ohnehin nichts. Dieser Krieg ist ein einziges Desaster, und die Belagerung der Stadt offenbar ohne Ende. Wie wollen wir den Krieg gewinnen, wenn wir keine Männer mehr haben, die kämpfen können, weil Krankheiten, Erfrierungen und Hunger sie zu Hunderten, zu Tausenden dezimiert oder kampfunfähig gemacht haben? Immer wieder habe ich den Eindruck, mich gar nicht in der Realität zu befinden, sondern im Fiebertraum eines Wahnsinnigen … Und ich habe ernsthaft Angst, den Verstand zu verlieren, wie so viele der Männer, die unter dem Granatenbeschuss in den Schützengräben ausharren. So viele, die desertiert sind oder sich in ihrer Not selbst eine Kugel in den Kopf gejagt haben, um ihrem Leid ein schnelles, schmerzloses Ende zu setzen. Dieser Krieg wird eine Generation von Krüppeln nach Hause entlassen, Krüppel an Leib und Seele – ein Krieg, der nicht einmal der unsere ist, sondern der zweier fremder Mächte.

Also lieber zu angenehmeren Dingen. Ha, was habe ich mich über Dein Erlebnis auf dem Basar amüsiert! Ich kann mir Dein verdutztes Gesicht lebhaft vorstellen, als Dich die Bauersfrau mit ihrem Wortschwall auf Arabisch überschüttet hat, weil sie glaubte, Du seist eine von ihnen, nur in europäischer Kleidung! Jede Wette – in einheimischer Tracht würdest Du gar nicht auffallen! Und ich bin stolz auf Dich, dass Du die Sprache schon so gut beherrschst und Du Dich einigermaßen mit ihr verständigen konntest.

Wie gerne wäre ich jetzt bei Euch im sonnigen Aden! Dass meine Schrift so krakelig ist, liegt an der Kälte, ich friere mir hier die Finger (und noch einige andere Körperteile mehr) ab; ich musste sogar das Tintenfass erst zwischen den Handflächen erwärmen, ehe ich die Feder hineintunken konnte. Weißt Du noch –

letzten Winter, als es zuhause so kalt war? Meine Güte, ich denke so oft an Zuhause, und Mutter und Vater, an Angelina und Dich – letztes Jahr, als wir ganz andere Sorgen hatten, die uns damals doch so gewaltig erschienen, und unlösbar. Was uns das neue Jahr wohl bringen wird? Frieden, hoffentlich, und endlich eine Passage nach Hause …

J.

Natürlich schrieb Maya in diesen Monaten so häufig, so heiter und ausführlich nach Sebastopol, um ihren Bruder aufzumuntern, zumindest für die wenigen Augenblicke, in denen er ihre Briefe las. Um ihn für kurze Zeit von den Schrecken des Krieges abzulenken, denen er tagtäglich ins Gesicht sah, während sie selbst nur das davon wusste, was die Korrespondenten in den Zeitungen darüber schrieben und was Ralph an Informationen mit in den Bungalow brachte. Und bei allem Detailreichtum blieben diese Schilderungen für sie seltsam flach und farblos; vielleicht, weil das, was in und um Sebastopol geschah, zu schrecklich war, als dass man von außen eine greifbare Vorstellung davon bekommen konnte. Doch Maya verfasste diese Briefe auch für sich selbst, konnte sie sich doch so das Leben in Aden erschreiben, das sie sich erträumt hatte, aber nicht lebte. Es waren keine Lügen, die sie niederschrieb, zumindest nicht in ihren Augen. Sondern besonders bunt kolorierte Schilderungen ihres Alltagslebens, der Plätze, die sie auf ihren Streifzügen durch Aden sah, den Menschen, denen sie begegnete. Menschen, die ihr zu ihrem eigenen Erstaunen offen begegneten, sich freuten, wenn sie sie in ihrer Sprache anredete, so fehlerhaft ihr Arabisch auch noch war, mit ihr über das Wetter schwatzten oder ihr Feigen und Datteln in die Hand drückten. Keine Begebenheit schien ihr zu gering, um sie in den Briefen zu erwähnen: Wie sie von ihrer Veranda aus den Schrei eines Vogels gehört hatte, der so anders klang als die der Milane und

Krähen, die am stählernen Himmel ihre Kreise zogen, und der zu einem schneeweißen Falken gehört hatte, der sich aus dem Inneren des Kraters aufgeschwungen und über den schwarzen Felsgrat geglitten war, beeindruckend in seiner schwerelosen Eleganz. Von einheimischen Männern, die ihr aus der Ferne aufgefallen waren, mit auch im bunten Stadtbild Adens fremdartiger Kleidung, blauschwarz eingefärbt, in langen Hosen, weit wie Röcke, und Stiefeln, die unglaublich schöne, edle Pferde am Zaumzeug durch die Straßen geführt hatten.

Was sie jedoch nicht erwähnte, waren die Dinge, die sie bedrückten, und auch das tat sie ebenso um Jonathans willen wie für sich selbst. Es war schlimm genug, dass sie und Ralph sich zunehmend entfremdeten, kaum mehr das Nötigste miteinander sprachen, weil es einfach nichts zu reden gab. Dass er vergangene Woche erst mitten in der Nacht nach Hause gekommen war, nach einem billigen, moschusähnlichen Parfum riechend. Verbissen hatte Maya Fragen und Vorwürfe hinuntergeschluckt, sich schlafend gestellt, wenn auch stumme Tränen später in ihr Kissen geflossen waren. Sie hatte nicht noch eine heftige Auseinandersetzung heraufbeschwören wollen; Streitereien waren zwischen ihnen so häufig geworden, entzündeten sich zumeist an winzigen alltäglichen Kleinigkeiten, ja Nichtigkeiten, gefolgt von halbherzigen Versöhnungen. Aber inzwischen gab es nicht einmal mehr diese, weil Ralphs körperliches Verlangen nach ihr abgekühlt zu sein schien, was ihr nicht einmal fehlte und was sie doch als Versagen ihrerseits betrachtete. Sie schrieb auch nicht davon, dass sie schließlich mutig und in ihrem besten Kleid bei Lieutenant Playfair selbst vorgesprochen hatte, um ihm ihren Plan zur Gründung einer Schule vorzustellen, worauf dieser sie hochnäsig abgefertigt hatte, was sie denn bitte mit einheimischen Kindern zu schaffen hätte? Englische Kinder gingen selbstverständlich auch in England zur Schule, sobald sie alt genug seien, und ob es nicht an der Zeit sei, dass sie für eigenen Nachwuchs sorgte? Und wie er oder der Kaplan denn dazu kämen, eine Frau zu unterrichten?

Nichts davon, dass sie zwei Monate lang auf ein Kind hatte hoffen dürfen, ehe ihre Blutung besonders stark doch noch zurückgekehrt war und sich seither keiner Verzögerung schuldig machte; nicht, dass Maya das Gefühl hatte, ebenso unfruchtbar zu sein wie das Gestein des Kraters und ebenso nutzlos. Deshalb schrieb sie auch ebenso wenig über die Leere ihres Daseins und die Langeweile wie über ihr Gefühl, durch eine Glaswand von den anderen Bewohnern Adens getrennt zu sein, gleich ob Engländer, Bengalen oder Araber, und dass ihr altvertrauter Alptraum zurückgekehrt war. Und auch nicht über ihr Warten darauf, dass etwas geschehen mochte, das so viel unerträglicher war als ihr Warten seinerzeit in Black Hall. Weil es in Aden nichts Nennenswertes gab, mit dem sie sich zerstreuen konnte, weil sie einsam war und weil Ralphs Erscheinen in ihrem Leben, das Drama, das darauf gefolgt war, sie nur weiter zurückgeworfen hatte auf diese Position duldsamen Wartens.

Deshalb freute sie sich selbst jede Woche aufs Neue, Jonathan zu schreiben, darauf, am wackeligen Tisch des vorderen Zimmers Stunden damit zu verbringen, Szenen noch einmal vor ihrem inneren Auge ablaufen zu lassen, Bilder aus der Erinnerung heraufzubeschwören und auszuschmücken, die Worte dafür sorgfältig auszuwählen, auf der Zunge zergehen zu lassen und schließlich niederzuschreiben. Zeit hatte sie dafür im Überfluss, und es war die einzige Zeit, in der sie sich wirklich und wahrhaftig glücklich fühlte.

Aus diesem Grund runzelte sie unwillig die Stirn, als es an diesem Tag Mitte Februar klopfte, legte dann aber doch seufzend den Federhalter beiseite und öffnete die Tür, in deren Rahmen sie wie vom Donner gerührt stehen blieb.

»*As-salamu aleikum*«, begrüßte Richard sie, so selbstverständlich und nebensächlich, als sei er erst vor drei Wochen zum Essen hier gewesen. Hager war er geworden, und tiefbraun, wäre trotz seines europäischen Anzugs mühelos als Araber oder Nordafrikaner durchgegangen. Doch unter seiner sonnengefärbten Haut wirkte er fahl, hinter der unbändigen Energie, die er versprühte, müde, ausgelaugt, fast krank.

»*Wa aleikum as-salam*«, antwortete Maya mechanisch, gelähmt vor Überraschung wie mühsam unterdrückter Freude. Doch es gelang ihr nicht ganz, das Lächeln, das sich auf ihr Gesicht drängte, zurückzuhalten, und so ließ sie es schließlich geschehen. »Du hast es also geschafft!«

»Hat sich das noch nicht herumgesprochen?«, lachte er und breitete den einen Arm aus, während er unter dem anderen ein umfangreiches Paket, eingeschlagen in braunes Papier und mit einer Kordel verschnürt, festhielt. »Du darfst mir gratulieren! Als ›Mirza Abdullah‹ war ich mit meinen Gedichten und den Erzählungen aus *Tausendundeiner Nacht*, mit meinem Wissen um das Erstellen von Horoskopen und meinen Taschenspielertricks die Sensation am Hof des Gouverneurs von Zayla, und ebenfalls in dieser Verkleidung betrat ich nicht nur die verbotene Stadt von Harar, sondern auch den Thronsaal des gefürchteten Emirs, der mir sogar die Hand zum Kuss darbot. Worauf ich natürlich nicht einging, da ich eine solche Geste als allein der holden Weiblichkeit vorbehalten betrachte; mit dem Ergebnis, dass es zehn Tage dauerte, bis ich die Erlaubnis des Emirs erhielt, die Stadt wieder zu verlassen, um über Berbera zurückzukehren. Einmal Harar und zurück – als erster Europäer!!« Ein teuflisches Funkeln stand in seinen Augen, als er leise hinzufügte: »Oder hätte ich besser sagen sollen: einmal Hölle und zurück?«

Maya errötete, senkte die Lider und kaute auf ihrer Unterlippe. »Dein Gedächtnis ist bemerkenswert«, versetzte sie schnippisch, und er lachte, gab ein kurzes Seufzen von sich.

»Ja, welch seltsame Streiche einem das Gedächtnis doch manchmal spielt! Die wichtigsten Ereignisse im Leben sind oft verschwommen wie ein Traum, während die Erinnerung die unwichtigsten Kleinigkeiten peinlich genau bewahrt.« Sie sah auf, als er das Paket unter dem Arm hervorholte und in seinen überschlanken Händen wog. »Und ehe du mich wieder ohne Umschweife fragst, was ich hier will … Meine Zeit ist knapp, die Quellen des Nils rufen! Dieses Mal in Begleitung von Speke. Der scheint ja ohnehin gekommen zu sein, um in Afrika zu sterben – nachdem er alles abgeschossen hat, was ihm vor die Flinte geraten ist«, spöttelte er gutmütig und voller Sympathie. »Deshalb wollte ich nur kurz vorbeischauen, um dir das hier zu geben.«

»Was ist das?«, wollte Maya wissen, als sie das Paket entgegennahm.

»Bücher. Ich hatte sie vor meiner Abreise bestellt, und sie haben hier geduldig gewartet, bis ich sie dir nun persönlich vorbeibringen kann.« Maya murmelte einen Dank mit erneut gesenktem Blick, weil sie nicht wollte, dass er das überwältigende Glück über dieses Geschenk darin sah. »Die drei Bände meiner *Pilgerreise* - und *Sturmhöhe.* Damit du auch einmal einen wirklich guten Roman zu lesen bekommst.«

Sie sah ihn listig an. »Ist der Unterschied zwischen Mr. Rochester und Heathcliff so groß?« Richard nickte bedächtig, als er seinen Hut abnahm und ihn über seinen Fingern kreisen ließ. »Allerdings. Heathcliff hält keine wahnsinnige Frau auf dem Dachboden versteckt.« Leise setzte er hinzu: »Genauso wenig wie ich.«

Maya schluckte, wich seinem eindringlichen Blick zunächst aus, ahnte sie doch, dass er ihr mit diesen Anspielungen etwas mitteilen wollte, bis ein Hauch des Begreifens sie streifte: Richard warb um sie, auf seine eigene, hintergründige Art. *Zu spät*, dachte sie bitter, *viel zu spät*. Jetzt kam er auf sie zu, nun, da sie verheiratet war und er keine Verpflichtung zu einer solch gesetzlichen Bindung mehr fürchten musste. Als sie ihn wieder ansah, waren ihre Augenbrauen zusammengezogen, und ihre Stimme klang heiser, mit einem drohenden Schwingen darin. »Mag sein. Vergiss aber nicht, dass ich die Ehefrau eines anderen bin.«

Richard lachte höhnisch auf. »Eines Mannes, der dich nicht glücklich macht. Der es gar nicht *kann*, weil sein Horizont nicht weit genug reicht, um dich zu verstehen. Um das zu erkennen, braucht es nur wenige Blicke und einen kurzen Wortwechsel mit ihm. Allah möge dich beschützen ab dem Tag, an dem er herausfindet, wer die Frau wirklich ist, die er da geheiratet hat.«

Maya schwieg; das Paket wie einen Schutzwall vor sich haltend, wandte sie ihr Gesicht ab, doch Richards Stimme, die plötzlich samtweich wurde, drang bis tief in ihre Seele. »Sag mir, Majoschka, wie kommt es nur, dass du jedes Mal noch unglücklicher aussiehst, wenn wir uns begegnen?«

Sie zuckte mit einer Achsel, hilflos und trotzig, und ihr Gesicht spiegelte ihren inneren Aufruhr wider, den Kampf gegen ihre Tränen. »*Kismet?*«, kam ihre Gegenfrage, künstlich in ihrer Koketterie und hilflos vor Enttäuschung.

»Du liebst ihn nicht, Maya«, stellte Richard nüchtern fest. »Genauso wenig wie mich. Du liebst nur das, wofür er und ich stehen – für die Fremde, den Orient und das verlockende Abenteuer. Das habe ich auf dieser Reise nach Harar begriffen, während ich über dich nachgedacht habe. Im Volksmund nennt man Aden auch »das Auge Arabiens«. Ich wünschte, es würde dich lehren, endlich deine Augen zu öffnen und klar zu sehen.«

Heller Zorn brandete in Maya auf, schlug über ihr zusammen. »Was weißt *du* schon von Liebe?!«, schleuderte sie ihm entgegen. Nun war es an Richard, seinen Blick zu senken, während er unaufhörlich mit seinem Hut spielte.

Dies wäre vielleicht der richtige Moment gewesen, von indischen Frauen zu erzählen, mit pechschwarzem Haar und Haut wie Seide; vom Zauber der Somalifrauen mit ihren großen dunklen Augen, ihrer samtigen braunen Haut, die wirkten, als seien die steinernen Schönheiten des antiken Ägyptens zu Fleisch geworden – von all den Frauen, die er auf den verschiedenen Kontinenten geliebt und besessen hatte, um eine andere Liebe zu vergessen, der alle ähnelten, ihr jedoch niemals gleichkamen. Einer alten Liebe, die doch so jung war. Viel zu jung und viel zu groß in der Macht, die sie über ihn ausübte, berauschender und verhängnisvoller als Alkohol, Opium, Haschisch und alle Drogen, die er in seinem Leben gekostet hatte.

Doch stattdessen setzte Richard Francis Burton seinen Hut wieder auf, zog ihn tief ins Gesicht, dass der Schatten der Krempe seine Augen verbarg. »Weißt du«, sagte er mit rauer Stimme, »Männer, die sich auf die Suche nach dem Ursprung eines Flusses machen, suchen in Wahrheit nach dem Ursprung von etwas anderem, das ihnen selbst schmerzlich fehlt, obwohl sie wissen, dass sie es niemals finden werden.« Ohne ein weiteres Wort drehte er sich um und ging, schlenderte die breite Straße hinab, eine Hand in der Hosentasche vergraben, während er mit der anderen einen Ponykarren heranwinkte.

Maya sah ihm nach. Ein Zittern stieg in ihr auf, das sie nicht kontrollieren konnte, das ihren Körper beherrschte. Sie hasste ihn. Dafür, dass seine Bemerkungen sie immer wieder bis ins Mark trafen, bevor er sie dann damit allein ließ.

7

Assistenzarzt Jonathan Greenwood hauchte in seine kaltgefrorenen Hände, um sie wenigstens etwas anzuwärmen, knetete und massierte sie, um wieder ein Gefühl für sie zu bekommen.

Vor ein paar Tagen war das Thermometer gestiegen, hatten mildere Temperaturen die Soldaten von einem baldigen Ende dieses schrecklichen, tödlichen Winters träumen lassen. Wenn auch das Tauwetter den Boden in einen schlammigen Morast verwandelt hatte, der einem nach ein paar Schritten die Stiefel auszog. Kaum war der Untergrund dann getrocknet, hatte Jonathan die günstige Gelegenheit genutzt, sich ein bisschen außerhalb des Lagers die Beine zu vertreten und frische Luft zu schnappen. Als er über die Hügel gewandert war, hatte er eine Ahnung davon gewonnen, welch schönes Land die Gegend um Sebastopol vor dem Krieg gewesen sein musste: grün und sanft, ehe Schützengräben gezogen worden waren und man ganze Wälder aus strategischen Gründen wie für Nutz- und Brennholz geschlagen hatte. Bevor Feldschanzen, der anfallende Unrat eines Heerlagers, Massengräber und Granattrichter seine Oberfläche entstellt hatten. Doch die Natur, unbeeindruckt von des Menschen Tun, hatte den Frühling im ewigen Lauf der Jahreszeiten gewittert und die nackten Felder mit Krokussen, Tulpen und Hyazinthen bemalt. Verstörend schöne Farbtupfer der Lebendigkeit inmitten dieser Trostlosigkeit, die Jonathan mit den Tränen hatten kämpfen lassen, weil sie etwas in ihm in Schwingung versetzt hatten, das er längst tot geglaubt hatte, schien er doch abgestumpft durch das Leid, das zu einem festen Bestandteil seines Alltags geworden war – als seien Dantes Visionen von Hölle und Fegefeuer Wirklichkeit geworden. Mit den bloßen Händen hatte er sorgsam die Knollen eines dottergelben Krokus und einer noch geschlossenen Hyazinthe ausgegraben und sie mit in das Ärztezelt genommen, dort in eine Blechbüchse mit Sand und Steinen gepflanzt und angegossen. Die ersten Hyazinthenknospen waren heute aufgebrochen, himmelblaue Sterne, wie Amys Augen, verbreiteten einen betörend süßen Duft, der nach Hoffnung roch – nach der Hoffnung auf ein Leben nach dem Krieg. Eine Hoffnung wie ein dünner, fauliger Strohhalm, denn vor zwei Tagen war das Wetter wieder umgeschlagen, hatte die Höhen um Sebastopol erneut in Eis und Schnee gekleidet, war ein so dichtes Schneegestöber über sie hereingebrochen, dass man das benachbarte Zelt in drei Yards Entfernung nicht mehr erkennen konnte und die Schneedecke um die Zelte herum heute drei Fuß hoch war.

Das Feuer des einfachen Ofens im Ärztezelt brannte Tag und Nacht, ließ Jonathans Wangen unter dem struppigen, rötlichen Vollbart, den er sich hatte stehen lassen, glühen. Doch trotz der Jacke mit Futter aus Kaninchenfell fror er ansonsten unaufhörlich. Dabei gehörten die Ärztezelte noch zu den besseren Unterkünften: Die Feldbetten hatten wasserdichte Laken, ein umgedrehter Kartoffelkorb wurde als Hocker genutzt, und der Erdwall um den Zeltpfosten in der Mitte, auf dem ein Handtuch lag, diente ebenfalls als Sitzgelegenheit. Ein liegendes Fass war zum Kleiderschrank umfunktioniert worden und eine Lattenkiste zur Kommode. Ferner gab es den

Luxus zweier Klappstühle und eines Klapptisches, an dem Jonathan nun saß.

Mayas jüngster Brief irritierte ihn auch nach dem dritten Durchlesen noch. Beschwingt wie immer, klang in den heiteren Zeilen ein neuer Unterton ermatteter Resignation und gleichzeitig kratziger Überspanntheit mit, der ihm an seiner Schwester fremd war. Etwas schien nicht in Ordnung zu sein mit seiner Lieblingsschwester in Aden, und Jonathan sorgte sich, wollte er doch nichts mehr, als Maya glücklich zu wissen. So brütete er darüber, was vorgefallen sein konnte. Wahrscheinlich hatte sie nicht die geringste Ahnung, dass ein solcher Tonfall darin lag und Jonathan dieser aufgefallen war, was es für ihn zusätzlich schwer machte, eine Antwort zu verfassen. Wusste er doch, wie halsstarrig Maya sein konnte, wenn man sie auf etwas ansprach, das ihr unangenehm war. Er schwankte noch, ob er zuerst Amy schreiben sollte, entschied sich dann aber für den Brief an Maya. Mit den Fingerspitzen fuhr er zärtlich über die Photographien, die vor ihm auf dem Tisch lagen, wie immer, wenn er seinen Lieben schrieb – die seiner Familie, die ihn seit seiner Abreise nach Indien damals begleitete, und diejenige Amys, die sie ihm zu Weihnachten geschickt hatte. Er bog und spreizte noch einmal seine steifen Finger, ehe er zur Feder griff, ihre Spitze in das Tintenfass tunkte und zu schreiben begann.

Sebastopol, den 22. Februar 1855

Mein liebes Schwesterherz,

es scheint, als sei das Schlimmste hier vorüber, obwohl der Winter einfach nicht weichen will. Die Zahl der Krankheitsfälle nimmt täglich ab; wir haben Brennstoff, und auch wenn unsere Kost kaum mehr bietet als eingemachte Karotten und Erbsen oder altes Brot mit Marmelade, leiden wir keinen Hunger. Dafür gibt es Kaffee im Überfluss, mit einem guten Schuss Brandy – und das hält unsere Lebensgeister doch enorm auf Trab! Wir hatten schon ein paar Tage Frühling hier, Du wirs————

Verblüfft starrte Jonathan den Tintenstrich an, der sich über das halbe Blatt zog und den seine Hand ohne sein Zutun gemacht hatte, vom heftigen Druck der Feder tief in die Oberfläche des Papiers gegraben. Doch er hatte keine Zeit mehr, sich weiter darüber zu wundern, denn sogleich flog die Feder in hohem Bogen durch das Zelt, als ein Krampf seinen Arm durchschüttelte, er unter einem unerträglichen, scharfen Schmerzgewitter in der Körpermitte einknickte. Muskelzuckungen schleuderten ihn aus dem Stuhl und mit einem dumpfen Schlag auf den Boden des Zeltes. Er rang nach Atem, glaubte zu ersticken, jeden Muskel einzeln aus seinem Körper gerissen zu bekommen. *Maya*, blitzte es in seinem schmerzdurchfluteten Gehirn auf, *ich muss dir doch noch erzählen, dass ich Schneeglöckchen gesehen habe … Amy auch … Amy …* Dann verlor er das Bewusstsein, als sein Leib sich wand und krümmte, er zugleich alles erbrach und ausschied, was er im Magen hatte und sein Körper an Flüssigkeit besaß.

~

Mayas Augen strahlten, als sie den gut drei Wochen alten Feldpostbrief in der Hand hielt, flackerten, als sie eine andere Handschrift als die ihres Bruders darauf sah, verglommen, als sie ihn in angstvoller Ahnung aufriss und mit zitternden Fingern entfaltete.

Verehrte Mrs. Garrett,

aus der persönlichen Korrespondenz Ihres Bruders liegt uns Ihre Anschrift vor. Daher sehen wir es als unsere Aufgabe an, Ihnen mit großem Bedauern mitteilen zu müssen, dass Assistenzarzt Jonathan Alan Greenwood, geb. 17. Juni 1826, in der Aus-

übung seiner Pflicht für Krone und Vaterland sein Leben gelassen hat … verstarb am 23. Februar diesen Jahres … Cholera … Seine sterblichen Überreste … der russischen Erde übergeben … Unser aufrichtigstes Beileid.

gez. Brigadier-General George Buller,
Rifle Brigade, Sebastopol

Die Zeilen tanzten vor ihren Augen, verschwammen stellenweise, wo ihre Tränen darauf tropften und die Tinte verschmierten. Sie tat ein paar unbeholfene, wackelige Schritte, ziellos, hilflos, sackte dann mit einem Klagelaut zusammen, während der Bungalow um sie kreiste. Und Maya weinte, wie sie nicht geglaubt hätte, jemals weinen zu können.

So fand Ralph sie am Abend, auf dem Boden kauernd, ein zerknülltes Stück Papier vor die Brust gepresst. Aus roten, dick geschwollenen Augen blickte sie ihn an, doch es war, als sähe sie ihn nicht wirklich.

»Er ist tot«, flüsterte sie, heiser geweint. »Jonathan. Er ist tot.« Mit bebender Hand reichte sie die Nachricht zu ihm empor, gleichzeitig eine flehentliche Geste, ihr in ihrem Schmerz beizustehen. Ralph schluckte. Jegliche Farbe war aus seinem Gesicht gewichen, als er nach einem Stuhl tastete, ihn zu sich zog und sich langsam darauf niederließ, offenbar der greifbaren Welt der Gegenstände nicht mehr trauend. Notdürftig glättete er das Blatt mit fahrigen Bewegungen, starrte lange stumm auf die dürren Zeilen. Sehr lange.

Seine freie Hand rieb über Kinn und Wangen, streckte sich dann nach Mayas Schulter aus, verharrte aber in der Luft, und stattdessen reichte er ihr den Brief zurück. »Wenigstens ist er so zum Helden geworden«, meinte er mit brüchiger Stimme und fuhr voller Bitterkeit fort: »Was mir nicht vergönnt war.« Maya sah ihn nur an, und etwas zerbrach in ihr.

Als sie das Blatt nicht entgegennahm, ließ er es zu Boden flattern, hievte sich kraftlos aus dem Stuhl und wandte sich zur Eingangstür. Er zögerte, schien sich ihr wieder zuwenden zu wollen, setzte dann aber seinen Weg unbeirrt fort. Mayas Augen schlossen sich; sie hörte nur, wie die Tür hinter ihm zuklappte.

In den Tagen und Wochen, die folgten, fiel Maya in einen Abgrund der Finsternis. Stunden, in denen der Schmerz sie zerriss, in denen Tränenströme aus ihr herausstürzten, bis sie glaubte, für den Rest ihres Lebens leer geweint zu sein, wechselten sich mit Phasen ab, in denen sie apathisch in der Ecke hockte oder an die Decke starrend auf dem Bett lag. Stunden, in denen sie sich ausgehöhlt fühlte, bar jeglicher inneren Regung, weil sich alles in ihr abgestorben anfühlte. Es schien unmöglich, dass es Jonathan nicht mehr gab, ihren Bruder, der immer da gewesen war, solange sie zurückdenken konnte, mit dem sie sich so verwachsen gefühlt hatte, dass sie nun glaubte, mit ihm sei auch ein Teil von ihr gestorben. Jonathan, der ihr immer zur Seite gestanden hatte, trotz aller brüderlichen Neckereien. Und obwohl Ralph sich bemühte, ihr Tee brachte oder etwas Obst, bei ihr saß, bis sie beides unter seinem guten Zureden hinabgewürgt hatte und ihre Hand hielt, bekam Maya in diesem März eine unvergessliche Lektion erteilt: Dass es nämlich Männer gab, die es nicht ertrugen, wenn jemand in ihrer Gegenwart so sehr litt, die weder Halt zu geben noch welchen anzunehmen vermochten, wenn sie selbst trauerten, um einen Freund ebenso wie um verpasste Gelegenheiten; die sich nur den Halt zugestanden, den ein Tresen bot. Männer wie Ralph Garrett.

Erst nach vielen Tagen schob sich der Gedanke in Mayas Bewusstsein, dass sie nicht allein war mit diesem Verlust. Dass es Eltern gab, noch eine Schwester, eine Verlobte, die den gleichen, vielleicht sogar einen weitaus grausameren Verlust erlitten hatten. Doch ein ums andere Mal, das Maya über einem leeren Briefbogen saß, fehlten ihr die Worte, zitterte ihre Hand, die die Feder hielt, bis sie ihr aus den kraftlosen Fingern glitt. Wie konnte sie Trost spenden, wo sie selber keinen hatte? Wo sollte sie anfangen, sich ihrer Familie wieder anzunähern? Gerade jetzt schien dies möglich, weitaus mehr als all die Monate zuvor – und doch ungleich schwieriger.

Es war Ende April, mehr als fünf Wochen nach jener Todesnachricht, dass Maya erneut verzweifelt nach Worten suchte, eine Brücke zu ihren Eltern zu schlagen. Doch jedes Mal, wenn sie sich auch nur an den großen Verlust heranzutasten versuchte, erschienen ihr die Worte trocken und falsch, lösten sie in Maya eine neue Welle des Schmerzes aus, die es ihr unmöglich machte, weiterzuschreiben. Wütend über ihre eigene Hilflosigkeit warf sie die Feder hin und vergrub das Gesicht in ihren Händen. *Und kein Ort, an dem wir ihn betrauern können*, kam es ihr in den Sinn. Ruckartig hob sie den Kopf, als ihr der Turm des Schweigens einfiel, zu dem Richard sie damals, im Oktober, gebracht hatte. Im Rückblick ebenso ein schlechtes Omen wie ein Wegweiser in unbeabsichtigter Vorausahnung.

Den englischen Bewohnern Adens war von oberster Stelle nahegelegt worden, zu ihrer eigenen Sicherheit die Stadt nicht zu verlassen; hatte es doch in den vergangenen Wochen einige kleine Zwischenfälle auf der Landenge zwischen der Halbinsel und dem Festland gegeben, in die Beduinen und ein paar Engländer verwickelt gewesen waren und bei denen zum Glück niemand ernsthaft verletzt worden war. Sogar das Tor in der Felswand über der Zugangsstraße nach Aden war mit bewaffneten Wachposten versehen worden. Doch Maya wähnte sich an dieser heiligen Stätte der Parsen in Sicherheit, gerade weil der Turm in völliger Verlassenheit auf seinem Felsvorsprung stand.

Mit jedem Schritt, den sie den steilen Pfad hinaufstieg, manchmal ihre Hände zu Hilfe nehmend, weil die Last ihres Kummers zu schwer war, schickte Maya Verwünschungen zum Himmel hinauf, zu Gott und dem Schicksal, das ihr den Bruder genommen hatte. Die sonnengetränkte, angenehm warme Luft trocknete ihre Tränen, kaum dass sie ihr aus den Augenwinkeln gerollt waren. Atemlos oben am Turm angelangt, blieb Maya stehen, schloss die Augen und ballte die Fäuste, während Wind und Stille sie umschmeichelten und durch das feine Gewebe ihres hellen Kleides drangen. In ihnen glaubte Maya Jonathans Nähe zu spüren, seine Stimme, sein Lachen zu hören, körperlos, wie aus einer Ferne jenseits von Zeit und Raum.

Und Maya schrie, brüllte allen Zorn heraus über diese Ungerechtigkeit, ihr eigenes elendes Dasein, ihre zerbrochenen Hoffnungen, den Schmerz und die Trauer. Klaubte Steine vom Boden auf, schleuderte sie in alle Richtungen, riss an den Pflanzen, als müsste sie Unkraut jäten. Keuchend fiel sie auf die Knie, als ihre Stimme versagte, durchpflügte den dürren Untergrund mit den Fingern, dass Steinchen und grober Sand sie ihr zerschrammten, bis unter die Nagelhaut drangen, ihr Blut sich mit dem Boden mischte. Maya suchte Halt und fand ihn an den weißen Mauern aus Kalkstein, an denen Generationen von Menschen vor ihr den Verlust ihrer Lieben betrauert hatten. Dies war kein Ort christlicher Trauer, sondern ein Ort anderen Glaubens, anderer Volkszugehörigkeit, einer anderen Form des Abschieds. Und doch war das Ergebnis das gleiche, hüllte Maya in Trost ein, als sie um ihren Bruder weinte, als ihre Tränen im Laufe des Tages endlich versiegten. Und während sie an die Grundmauer des Turms gelehnt saß, die Sonne auf ihrem Gesicht, die bewegten Grashalme an ihren Handgelenken auf und nieder streichend, überkam sie so etwas wie Frieden. Und Maya wusste, was sie zu tun hatte.

In unmittelbarer Nachbarschaft des Turms, den die Parsen von Aden für ihre Toten errichtet hatten, ein Stück weit von den Kanten und Felsspalten des Kraters entfernt, saßen zu dieser Stunde Rashad al-Shaheen und ein halbes Dutzend seiner Männer beisammen. Die baufälligen Zisternen oberhalb der Stadt waren ihr Zufluchtsort an den Tagen, an denen sie sich durch die Stadt treiben ließen, hier mit alten Bekannten sprachen, dort neue, vielversprechende Kontakte knüpften, beständig Augen und Ohren offenhielten, um mehr über die Struktur und vor allem die Schwachstellen der englischen Besatzungsmacht zu erfahren. Sich dauerhaft in der Stadt aufzuhalten war Rashad zu riskant erschienen, und die durch Ab- und Zulaufrinnen miteinander verbundenen gemauerten Sammelbecken, von Flechten und Gräsern überwuchert, boten ein ideales Versteck: abgelegen, aus dem Innern des Kraters nicht einzusehen und vor allem menschenleer.

Im Herbst des vorangegangenen Jahres hatte Colonel James Outram schon wieder genug von Aden gehabt und war nach Bombay zurückgekehrt, wo ihn ein weitaus besserer Posten erwartet hatte. Sein Nachfolger Colonel William Coghlan war erst einmal zu beschäftigt, sich in Outrams Hinterlassenschaft einzuarbeiten und den *Status quo* an Verwaltung und laufenden Arbeiten zu erhalten, als weiterführende Baumaßnahmen im Besatzungsgebiet ins Auge fassen zu können, und so blieben auch die Zisternen einstweilen ihrem langsamen Verfall preisgegeben, unbeachtet von der unter ihnen liegenden Stadt.

Obwohl sie sich noch nicht lange wieder hier aufhielten, stand Rashad al-Shaheen nun auf, um nach den Pferden zu sehen, die ein Stück weiter unten angebunden waren. Zwar meist unnötig, war dies eine Gewohnheit, die er sich weigerte abzulegen, weil er wusste, wie viel im Ernstfall von der Verfügbarkeit und dem guten Zustand ihrer Reittiere, von Sattel und Zaumzeug abhing. Und ebenfalls war es eine Gewohnheit von ihm, in regelmäßigen Abständen seine Blicke aufmerksam über die Umgebung schweifen zu lassen, mochte diese auch noch so ruhig und unverdächtig erscheinen. Als Ali al-Shaheen, Rashads Vetter und rechte Hand, sah, dass sein Hauptmann konzentriert einen Punkt schräg unter ihnen, auf der Innenseite der Kraterwand, ins Auge fasste, sprang er auf und stellte sich neben ihn. »Seltsam«, murmelte er, als er ebenfalls zum Turm des Schweigens hinübersah, vor dem sich eine Frauengestalt in heller Kleidung vom Boden erhob, die weiten Röcke ausklopfte und sich daranmachte, den Pfad wieder hinabzugehen. »Eine einzelne Parsin – *dort?*«

Der Fuchswallach wandte Rashad den schön geformten Schädel zu, und Rashad raunte ein paar Liebkosungen, strich ihm über Stirn und Nüstern. »Das ist keine Parsin«, berichtigte er Ali. »Sie trägt die Kleidung der *faranj*.« Auch wenn Rashad sich scheinbar in der Beschäftigung mit dem Pferd erging, bemerkte Ali doch das Funkeln in seinen Augen, konnte er an seiner Miene ablesen, dass Rashad nachdachte. Ali ließ mit einem Ausdruck zwischen Verblüffung und Entsetzen seinen Blick zwischen der Engländerin, deren Kleid sich so kontrastreich vom Lavagestein abhob, und seinem Hauptmann hin- und herschweifen.

»Du planst doch nicht …«

»Die *faranj* haben keine anderen Frauen hier als die der Soldaten«, erklärte Rashad mit ausdrucksloser Miene. »Und ich habe gesagt, wir müssen sie treffen, wo sie am empfindlichsten sind.«

Ali nickte und schenkte seinem Vetter sein breitestes Grinsen. »Wenn das kein guter Plan ist!« Mit einem Blick über seine Schulter griff er zum Zaumzeug seines eigenen Pferdes. »Dann sollten wir uns aber beeilen!«

Rashad schüttelte den Kopf und bedeutete Ali, ihm zurück zu den anderen zu folgen. »Nein, kein Grund zur Eile. Sie wird wiederkommen.« Seine Augen folgten dem hellen Punkt vorm schwarzen Fels, der rasch hinabwanderte, wurden schmal, als könnte er so selbst auf die Entfernung noch einmal die Geste sehen, mit der sich die Frauengestalt vorhin ebenso entschlossen wie tröstend über Augen und Wangen gewischt hatte. »So wahr ich hier stehe«, murmelte er.

»Gibst du mir Geld, bitte?«, empfing Maya Ralph an diesem Abend, als er lange nach Dienstschluss aus dem Kasino zurückkehrte. »Ich brauche Trauerkleidung und will zurück nach England, zu meiner Familie. Sie braucht mich jetzt, und ich sie auch.«

Er starrte sie fassungslos an, überrascht von ihrer Bitte wie von ihrer neu gewonnen Stärke, ihrer zur Schau gestellten Entschlossenheit. Dann senkte er den Kopf, drehte sich um und begann sich mit unsicheren Händen ein Glas Brandy einzugießen. Maya stand auf und tat ein paar Schritte auf ihn zu. »Ralph?«

Er nahm ein paar tiefe Züge. »Ich hab nichts übrig«, hörte sie ihn schließlich sagen.

»Ich brauche auch nicht viel«, zeigte Maya sich beharrlich. »Ich lasse mir nur ein ganz einfaches Kleid machen, das ist hier doch nicht teuer, und ich muss auch nicht erster Klasse fahren.«

Ihr Mann trank weiter, und zwischen einzelnen Schlucken glaubte Maya etwas von »Verbindlichkeiten« und »Kasino« verstanden zu haben. »Wie bitte?« Ihre Frage kam gefährlich leise, ungläubig und fast schon zornig.

»Keine Sorge«, er drehte sich um und lehnte sich lässig an

die Wand, »in ein paar Tagen habe ich wieder eine Glückssträhne, alle Schulden beglichen und du kannst fahren!« Er bemühte sich, selbstbewusst und siegesgewiss zu klingen, doch er wirkte mehr wie ein Schuljunge, der mit einer Ausrede um die drohende Strafe herumzukommen versuchte.

»Wie konntest du nur?«, war alles, was Maya zuerst hervorbrachte, als sie müde wieder zu ihrem Stuhl zurückging und darauf niedersank, ihre Stirn auf die geballten Fäuste gestützt. *Im Volksmund nennt man Aden auch »das Auge Arabiens«. Ich wünschte, es würde dich lehren, endlich deine Augen zu öffnen und klar zu sehen*, fielen ihr Richards Worte wieder ein. Sie hob den Kopf und sah Ralph aufmerksam an, und vielleicht zum ersten Mal sah sie ihn als das, was er wirklich war: ein Mann, der nur dafür geschaffen war, gegen feindliche Soldaten zu kämpfen, den Schlachten des Lebens aber hilflos gegenüberstand und unter deren Widrigkeiten in die Knie ging. Der die weich gezeichnete Scheinwelt des Rausches der scharfkantigen, nüchternen Realität vorzog, sich in der trügerischen Sicherheit wog, am Kartentisch, dieser kleinen, scheinbar so berechenbaren Welt, Herr über Spiel und Glück sein zu können. Sie nahm es ihm nicht einmal übel: Er hatte ihr nie etwas vorgemacht, nie behauptet, mehr zu sein als das, was er darstellte. Es war ihr alleiniges Verschulden, dass sie im Rausch der Verliebtheit und im Trotz gegen ihre Familie sich nicht die Zeit genommen hatte, ihn besser kennenzulernen, ehe sie mit ihm durchgebrannt war und damit den größten Fehler ihres Lebens begangen hatte.

Vielleicht hatte er den Anflug von Mitleid in ihrem Gesicht gelesen, denn als sie müde aufstand und sich anschickte, in das hintere Zimmer zu gehen, hörte sie ihn gehässig sagen: »Kannst ja deinen großartigen Freund Burton um Hilfe bitten!« Verwirrt drehte sich Maya zu ihm um. »Ja, er ist zurück, allerdings ohne Glanz und Gloria, sondern als Steinhäusers

Patient! Noch in Berbera wurden er und seine Männer von Somalis überfallen. Speke wurde gefangen genommen, konnte aber schwer verwundet und unter großem Blutverlust fliehen. Ein anderer Lieutenant bezahlte Burtons Nachlässigkeit, das Camp nicht gut genug bewachen zu lassen, allerdings mit seinem Leben. Wenigstens hat auch Burton seine gerechte Strafe bekommen: eine Speerspitze mitten durchs Gesicht! Richtig gepfählt haben sie ihn! Aber das ist nichts dagegen, was Coghlan und Playfair mit ihm machen werden, wenn sie diesen Vorfall untersuchen lassen: Sie werden so mit ihm Schlitten fahren, dass er nirgendwo in der Armee noch eine Chance hat!« Ralph knallte sein leeres Glas auf den Tisch und marschierte an Maya vorbei ins Schlafzimmer, wo er sich in voller Montur der Länge nach auf das Bett warf. Maya starrte vor sich hin, und sie schlang die Arme um ihren Oberkörper; sie fror plötzlich.

8

»Es tut mir sehr leid, aber er will Sie nicht sehen.« Mitfühlend sah Dr. John Steinhäuser, wie in ihrem Gesicht die Hoffnung erlosch, die darin gestanden hatte, seit er ihr die Tür geöffnet hatte, auf ihre Bitte hin durch eine der dunklen Holztüren in den hinteren Teil des Hauses verschwunden und gleich darauf zurückgekehrt war. Enttäuschung machte sich sichtbar in ihr breit, vermischte sich auf ihren Zügen mit der ohnehin schon vorhandenen Besorgnis. Maya nickte, ihre Kinnpartie angespannt und verhärtet, als sie den Blicken des Arztes auswich und in den Vorraum starrte: ein quadratischer Raum, Tierfelle und gerahmte Photographien an den hellgelben Wänden. Die Rahmen der Fenster zur Straße hin waren aus dem gleichen Holz wie die Eingangstür und die Türen, die in die angrenzenden Räume führten, wie das der beiden einfachen Stühle mit Lehnen und Sitzflächen aus Rohrgeflecht und des eckigen, leicht schiefen Tisches, auf dem ein Stapel Briefe lag. Im Grunde hatte Maya von Richard nichts anderes erwartet, als sie sich gleich am nächsten Tag auf den Weg gemacht hatte, ihn in Dr. Steinhäusers Haus am Rande der Stadt zu besuchen. »Ist es … ist es sehr schlimm?«, fragte sie nun. Als Dr. Steinhäuser zögerte, beeilte sie sich hinzuzufügen: »Ich stamme aus einer Arztfamilie – Sie können also getrost offen sprechen.«

Über Dr. Steinhäusers jungenhaftes Gesicht huschte ein anerkennendes Lächeln, ehe er leicht seinen Kopf wiegte. »Die mit Widerhaken versehene Speerspitze drang hier«, er legte die Spitze seines Zeigefingers auf sein linkes Jochbein, »ein, durchstieß den Gaumen in einer Diagonalen abwärts, brach ihm ein paar Backenzähne heraus und trat hier unten«, sein anderer Zeigfinger tippte an seine rechte Wange, »wieder aus. Leider war ich nicht in der Stadt, als er vom Anleger ins Hotel getragen wurde, aber der diensthabende Arzt hat gute Arbeit geleistet. Essen, trinken und sprechen ist durch die offenen Wunden noch schwierig, aber das Fieber sinkt bereits, und ich bin zuversichtlich, dass alles schnell verheilt.« Er machte eine Pause, überlegte, ob er noch Weiteres über den Zustand seines Freundes und Patienten verlauten lassen sollte; etwas, was ihm eindeutig mehr Sorgen bereitete als die offenen Wunden in Richards Gesicht. Doch er entschied sich, dass eine Geschlechtskrankheit im fortgeschrittenen Stadium nichts war, was er einer jungen Dame zumuten konnte, Arztfamilie hin oder her. Dass dadurch Richards Körper geschwächt war, ihm so das feuchtheiße Klima der kommenden Monate ebenso zum Verhängnis werden konnte wie die Keuchhustenepidemie, die in der Stadt ausgebrochen war, verschwieg er ebenfalls, um Maya nicht zu beunruhigen. »Möchten Sie es nächste Woche noch einmal versuchen? Vielleicht zeigt er sich entgegenkommender, wenn der Heilungsprozess weiter fortgeschritten ist.« Maya nickte, wenig überzeugt, und wandte sich zum Gehen.

Doch als sie eine Woche später wiederkam – eine Woche, in der sie mit sich gerungen hatte, ob sie das Medaillon ihrer Großmutter auf den Märkten Adens zu Geld machen sollte, es dann aber doch nicht übers Herz gebracht hatte; die Woche, in die ihr zweiundzwanzigster Geburtstag gefallen war, den

Ralph einfach vergessen hatte –, war Richard Francis Burton aus Aden abgereist, zurück nach England.

»Den hat er für Sie hiergelassen«, sagte Dr. Steinhäuser, als er Maya einen an sie adressierten Brief übergab. Ungeduldig riss sie ihn auf.

Maya,

Du bist gewiss gekränkt, dass ich Dich nicht sehen wollte. Aber mit meinen Verletzungen war und bin ich kein schöner Anblick (so ich es jemals zuvor gewesen bin; immerhin hat mir der gute Styggins versprochen, dass ich beeindruckende Narben davontragen werde), und die Schande dieser fehlgeschlagenen Expedition trägt ebenfalls nicht dazu bei, dass ich Dir aufrechten Blickes hätte gegenübertreten können, obwohl mich an dem Unglück keine Schuld trifft. Coghlan, der an Spekes Krankenlager sogar Tränen vergossen hat, wie man mir berichtete, sieht es anders, ebenso Playfair & Co. Sie wollen, dass ich dafür büße, was meiner ohnehin kränkelnden Karriere in der Armee nicht förderlich sein wird. Nicht nur deshalb trage ich mich mit dem Gedanken, mich nach meiner Rückkehr nach England für die Krim zu bewerben, in der Hoffnung, mich in diesem Krieg zu bewähren und mir so endlich die längst fällige Beförderung zu verdienen. Nenn mich sentimental – denn auch wenn der sonst so überschätzte Patriotismus in diesen Überlegungen keinerlei Rolle spielt, so durchaus das Gedenken an Deinen Bruder.

Adieu, auf bessere Tage

R.

Mayas Knie gaben unter ihr nach, und sie fühlte sich von Dr. Steinhäuser sanft in Richtung eines der Stühle geschoben, hörte, wie er nach einem seiner Diener rief und ihr gleich darauf ein Glas Wasser reichte. Der Rand schlug ihr klappernd gegen die Zähne, als sie sich bemühte, in kleinen, langsamen

Schlucken zu trinken, so stark zitterte ihre Hand. Dankbar und sichtlich ruhiger reichte sie dem Arzt das leere Glas zurück, tat ein paar tiefe Atemzüge. Sie hätte damit rechnen müssen, dass ihn die Nachricht vom Kriegstod ihres Bruders über das Kasino und Dr. Steinhäuser erreichen würde, auch wenn sie selbst in den vergangenen Wochen und Monaten den monatlichen Damenkränzchen ferngeblieben war. Doch keinesfalls hätte sie damit gerechnet, dass sie bei Richard eine solche Reaktion auslösen würde.

»Was habt ihr Männer nur immer mit euren Kriegen?«, murmelte sie schließlich gedankenverloren, und Dr. Steinhäuser lachte auf.

»Das wissen wir wohl selbst nicht so genau!« Verlegen zuckte er mit den Achseln. »Es hat bestimmt etwas mit Abenteuer zu tun, damit, sich zu bewähren. Mit Ehre. Und vielleicht mit der Hoffnung auf einen Funken Unsterblichkeit im Angesicht des Todes.«

Unter einem trockenen Auflachen schüttelte Maya den Kopf. »Das werde ich nie verstehen.«

Dr. Steinhäuser schmunzelte ein wenig unbeholfen. »Womöglich nicht, nein.« Er reichte ihr seinen Arm, als sie sich anschickte aufzustehen. »Wird es gehen? Möchten Sie sich nicht noch ein wenig ausruhen?«

Maya schüttelte den Kopf. »Nein, ich … ich bin in Ordnung.« Natürlich war das gelogen, aber sie wollte keinen Augenblick länger hier verweilen, trotz der im Grunde wohltuenden Gegenwart Dr. Steinhäusers. Es zog sie nicht zurück in den Bungalow, als sie sich bei Dr. Steinhäuser bedankt und von ihm verabschiedet hatte, und auch nicht weiter hinein in die Stadt, sondern hinauf zum Turm des Schweigens, der ihr ein Ort der Zuflucht geworden war.

Seit sie das letzte Mal hier gewesen war, war es spürbar wärmer geworden, kündigte die heiße Jahreszeit ihre Rückkehr an. Maya löste die Bänder ihres Hutes und legte ihn neben sich, als sie sich setzte, den Rücken an das Fundament des Turmes gelehnt. Der Gedanke, auch Richard würde in diesem endlosen Krieg auf der Krim, der so romantisch verklärt begonnen und dann so viele unnötige Opfer gefordert hatte, sein Leben lassen, war ihr unerträglich. Sein Vorwurf, sie hätte weder ihn noch Ralph je geliebt, hatte sie tief getroffen. *Im Volksmund nennt man Aden auch »das Auge Arabiens«. Ich wünschte, es würde dich lehren, endlich deine Augen zu öffnen und klar zu sehen.* Und während Maya dort oben saß, auf die Grate des Kraters ringsherum blickte, die aus dieser Perspektive so viel weniger bedrohlich wirkten, vielmehr erhaben und majestätisch, sogar aufrichtig in ihrer Schroffheit, sah Maya, wie sehr sie sich in ihre eigenen Träumereien und Illusionen verstrickt hatte. Aden war nicht das Arabien aus *Tausendundeiner Nacht*, deren französische Übersetzung Maya heimlich auf Richards Anraten hin gelesen hatte, es hatte auch nie behauptet, es zu sein. Es war Mayas eigener verschleierter Blick gewesen, der ihr diese Enttäuschung bereitet hatte, und sie hatte ein ganzes Jahr gebraucht, um das zu erkennen. Genau wie das, was sie von Richard und Ralph verlangt hatte, an Zauber, an Sinn, an Erfüllung, mehr gewesen war, als ein Mensch jemals zu geben imstande war. Langsam zerriss sie Richards Brief in winzige Schnipsel, die sie in der hohlen Hand sammelte, ehe sie die Finger weit öffnete und sie dem Wind darbot, der sogleich eilig danach griff, sie aufwirbelte und davontrug, über den Boden tänzelnd und hinauf in die Luft fliegend, über die Felsen hinweg, wie Schneeflocken.

»Was nun?«, flüsterte sie hinter ihnen her. Heiß durchzog sie die Sehnsucht nach ihren Eltern, sogar nach Angelina, nach einem Neuanfang, und so schwer es ihr fiel, so hart sie an ihrem Stolz schluckte, der sich in ihrer Kehle querstellte, so rang sie sich doch dazu durch, endlich Tante Elizabeth zu schreiben und sie um das Geld für die Heimfahrt zu bitten.

In der zufriedenen Gewissheit, die richtige Entscheidung getroffen zu haben, die vielleicht ein Anfang sein mochte, nach und nach den Scherbenhaufen zu beseitigen, zu dem ihr Leben geworden war, und in einem plötzlich aufschießenden Gefühl absoluter Freiheit schloss Maya die Lider, lehnte den Kopf gegen den warmen Stein und atmete tief durch.

Ein Rascheln, stärker als das zarte, schleifende Geräusch, mit dem der Wind die Grashalme und die Zweige der Sträucher über Mauern und Boden streichen ließ, stark genug, dass es mit dem Sirren des Windes mithalten konnte, irritierte sie, ließ sie widerstrebend die Augen öffnen. Ihr Atem stockte, als ein halbes Dutzend Männer auf sie zuschritt, in schwarzblaues Tuch gekleidet, ihre weiten Hosen und die Ärmel ihrer Hemden im Wind flatternd, die Silberplättchen daran im Sonnenlicht grell auffunkelnd. Ihre Gesichter waren verhüllt, zeigten nur die dunkle Augenpartie, und ihr entschlossener Blick, die Art, wie sie mit energischen Bewegungen zielstrebig auf Maya zukamen, ließen keinen Zweifel daran, worauf sie aus waren.

Maya rappelte sich an der Mauer hoch und begann zu laufen, um den Turm herum, wohl wissend, dass sie in der Falle saß, weil nicht weit dahinter der Fels wieder steil und zerklüftet anstieg. Sie blieb mit dem Schuh an einem Stein hängen, geriet ins Straucheln, stürzte jedoch vorwärts und rannte weiter, so schnell sie konnte. Ein hastiger Blick über ihre Schulter verriet ihr, dass sie sie beinahe eingeholt hatten, bis auf einen der Männer, der zurückgeblieben und wohl der Anführer dieser Bande war.

Maya schrie auf, als sie schließlich am Arm gepackt und

zurückgerissen wurde. Sie schlug und trat um sich, rief um Hilfe und brüllte Verwünschungen, biss zu, als sich eine Hand auf ihren Mund legte, schmeckte fremde Haut und Blut, hörte unmittelbar neben ihr jemanden aufjaulen. Gleich darauf, aus etwas größerer Distanz, eine Männerstimme, überlaut und zornig: »*Lâ!* Nein!« Und gleich darauf fühlte Maya einen heftigen Schlag an der Schläfe, Sterne tanzten vor ihren Augen. Dann gab es nur noch schwarze Stille.

3
Unter dem Safranmond

Eine ganze Welt in einem Sandkorn sehen,
und einen Himmel in einer wilden Blume,
halt Unendlichkeit in der Fläche deiner Hand,
und Ewigkeit in einer Stunde.

WILLIAM BLAKE
Weissagungen der Unschuld

I

»Inwiefern *verschwunden?*« Colonel Coghlan schaute entrüstet. »Könnten Sie das vielleicht etwas präzisieren, Lieutenant?« Eindringlich sah er seinen Untergebenen an, der unglücklich wirkte, unrasiert und übernächtigt, wie er vor seinem Schreibtisch versuchte strammzustehen.

Lieutenant Ralph Garrett räusperte sich und holte tief Luft. »Sir, als ich gestern am späten Abend nach Hause kam, war meine Frau nicht da. Sie tauchte die ganze Nacht nicht wieder auf und ist auch bis heute Nachmittag nicht zurückgekehrt. Ich habe unsere Bengalin ebenso befragt wie die Nachbarn – ohne Ergebnis. Zuletzt wurde sie gestern gegen drei Uhr nachmittags von Styg – von Dr. Steinhäuser gesehen«, er nickte dem Arzt zu, der mit verschränkten Armen an der rissigen Wand von Coghlans Büro lehnte und zur Bestätigung dieser Aussage gleichfalls nickte, »als sie bei ihm war.« Ralphs Hand, die bis dahin locker auf seinem Rücken gelegen hatte, ballte sich zur Faust, als er an die beiden Besuche Mayas dort dachte, von denen Steinhäuser ihm erzählt hatte, von ihrer Reaktion auf den Brief, den Richard Francis Burton ihr hinterlassen hatte. Bei der Vorstellung, Maya sei verschwunden, um Richard nach England zu folgen, zog sich sein Magen schmerzhaft zusammen.

Coghlan wechselte einen Blick mit Lieutenant Playfair, der sich auf einem Stuhl nahe des Schreibtisches niedergelassen hatte, streckte dann die Hand nach einer ledernen Schriftenmappe aus und klappte sie spielerisch mehrfach auf und wieder zu. »Nun, Lieutenant Garrett«, entgegnete er langsam, ein maliziöses Lächeln um seine Mundwinkel, »für Sie ist es gewiss ein herber Schlag, dass Ihnen die Gattin davongelaufen ist, für die Sie Ihre Karriere ruiniert haben. Aber ich verstehe beim besten Willen nicht, weshalb Sie sich deshalb an uns wenden.« Energisch ließ er den Deckel der Mappe zufallen, lehnte sich zurück und sah Lieutenant Garrett mit fragend hochgezogenen Augenbrauen an, während Playfair hörbar ein Lachen unterdrückte. Ralph lief rot an.

»Sir, ich gebe zu, May– … meine Frau und ich hatten in letzter Zeit ein paar Schwierigkeiten. Deshalb zog ich anfangs durchaus auch diese Möglichkeit in Betracht.« Tatsächlich war ihm zuerst der Verdacht gekommen, Maya könnte womöglich von seinen Ausflügen zu den indischen Prostituierten der Stadt erfahren haben, aber schließlich waren es nur wenige Besuche dort gewesen: nach feuchtfröhlichen Abenden im Kasino und in der Begleitung von Kameraden, die ebenfalls nicht unbedingt großes Interesse daran hatten, dass ihre Vergnügungen dort bekannt würden, weil sie hier oder in England auch Ehefrauen hatten, und so hatte er diesen Gedanken wieder verworfen. Außerdem war er schon einige Wochen nicht mehr dort gewesen; das erhoffte Gefühl der Stärke, dasjenige, Herr der Lage zu sein, nichts geben zu müssen, nur selbstsüchtig nehmen zu können, das er noch aus ähnlichen Zerstreuungen aus seiner Zeit in Indien kannte, hatte sich einfach nicht einstellen wollen, und er hatte schnell den Gefallen daran verloren. »Ihre persönlichen Sachen sind aber allesamt noch im Haus, es fehlt nichts.« *Auch nicht die Briefe, die dieser verfluchte Burton ihr all die Jahre geschrieben hat*, setzte er in Gedanken hinzu und biss die Zähne zusammen, wie er es getan hatte, als er auf der Suche nach einem Hinweis auf Mayas Verbleib ihre Reisetasche unter dem Bett hervorgeholt, sie geöffnet und das Briefbündel darin entdeckt hatte. Dabei war es ihm kein Trost gewesen, dass seine eigenen, in der Zeit seines Werbens an sie gerichteten Briefe obenauf gelegen hatten.

»Und?« Coghlans Uniformschultern hoben und senkten sich. »Dann hat sie eben Hilfe gehabt oder sich gut auf ihre Flucht vorbereitet. Meiner Einschätzung nach ist das – bei allem Respekt – Ihr privates Pech, Lieutenant, und nichts, womit Sie weiterhin Ihre und vor allem unsere kostbare Zeit verschwen– … Fisker, was fällt Ihnen ein?!«, bellte er in Richtung der Tür, durch die ein noch junger, milchgesichtiger Soldat, ohne anzuklopfen, hereingestürmt war.

»Ver– … Verzeihung, Sir«, stotterte dieser unter seinem Helm hervor, sichtlich verängstigt und bemüht zackig salutierend. »A– … Aber als ich eben draußen auf dem Vorplatz Wache hielt, galoppierte ein vermummter Reiter vorbei und warf das da nach mir, was dann keine Handbreit neben meinem Gesicht im Türrahmen stecken blieb.« Zittrig platzierte er den Gegenstand gut sichtbar auf Coghlans Schreibtisch. Stumm starrten die Männer auf das *Corpus Delicti*: eine *djambia*, ein Dolch mit gebogener zweischneidiger Klinge, die einen hellen, ausgefransten Stofffetzen aufspießte, und um dessen ziselierten Silbergriff ein Band aus blauschwarzem Stoff geknotet war.

»Das ist ein Stück von Mayas Kleid«, brachte Ralph mühsam hervor, als er den feinen Musselin mit dem Streublümchenmuster und dem aufgesetzten Volant erkannte. *Das Kleid, das ich ihr letztes Jahr zum Geburtstag gekauft habe.* Er schluckte schuldbewusst, als ihm einfiel, dass er ihren Geburtstag vor über einer Woche vergessen hatte.

»Private Fisker, lassen Sie Kaplan Badger kommen. Und lassen Sie auch nach dem Reiter suchen«, befahl Coghlan dem jungen Soldaten tonlos, und als dieser auch nur eine Sekunde zögerte, sich in Bewegung zu setzen, brüllte er: *»Sofort!«*

»Irrtum ausgeschlossen?«, hakte Coghlan gute zwei Stunden später nach.

Der Kaplan schnitt ein Gesicht und wiegte vorsichtig den Kopf. »Mit letzter Sicherheit kann ich es nicht sagen. Mein Fachgebiet sind eher klassische arabische Handschriften und Miniaturen. Aber ich habe auf den Märkten *djambias* mit solchen Mustern gesehen«, sein Zeigefinger fuhr die verschlungenen Ornamente auf dem Griff nach, »und die stammten alle aus Ijar. Zwar war ich noch nie dort, aber ich weiß, dass auch Leute aus den Bergen für den Sultan von Ijar als Söldner arbeiten. Und einige der Bergstämme färben mit Indigo.« Wie zur Bestätigung hob er ein Ende des verknoteten Stoffbandes an.

Coghlan schürzte die Lippen und begann in dem niedrigen, weißgetünchten Raum auf- und abzumarschieren, die Stirn nachdenklich in Falten gelegt.

»Der Reiter war ebenfalls in Blauschwarz gekleidet«, warf Private Joseph Fisker, der sich nach Ausführung seiner Befehle für den Colonel wieder gefangen hatte, dienstbeflissen ein.

Coghlan fuhr herum und machte eine zornige Geste in seine Richtung. »Den *Sie* haben entkommen lassen!«

»Sir«, verteidigte Fisker sich mit einem vorsichtig empörten Unterton, »er war doch aber auch viel zu schnell und gleich wieder weg!«

Lieutenant Playfair stützte den Ellenbogen auf die Stuhllehne und drehte sich zu Coghlan um. »Wenn er später wieder in gemäßigtes Tempo verfallen ist, kam er sicher unbemerkt durch die Wachposten am Tor hindurch, die ja keine Ahnung hiervon hatten«, er wies mit der anderen Hand auf den Krummdolch. »Dort herrscht doch täglich reger Durchgangsverkehr.«

»Sir«, insistierte Ralph heftig, »Sie müssen einen Trupp nach Ijar entsenden, um meine –«

»Sagen Sie mir nicht, was ich zu tun habe, Lieutenant«, fiel ihm Coghlan übertrieben laut ins Wort. »Ihre Frau wird wohl kaum aus der Sicherheit Ihres Bungalows hier auf dem Garnisonsgelände heraus entführt worden sein. Hätten Sie sie besser im Griff gehabt, dann würden wir uns jetzt nicht in dieser unmöglichen Situation befinden!«

Ralph schluckte seinen Zorn und seine Widerworte hinunter und brachte gerade noch ein »Jawohl, Sir« heraus.

Dr. John Steinhäuser warf einen letzten Blick auf den Dolch und kehrte dann an seinen angestammten Platz an der Wand zurück, zwischen den notdürftig zusammengezimmerten Regalen mit den dicken Stößen an Mappen und Dokumenten darin. »Weshalb sie wohl Mrs. Garrett entführt haben? Hätten sie sie – Entschuldigung«, meinte er mit einer leichten Verneigung in Ralphs Richtung, »einfach verschwinden lassen wollen, hätten sie uns nicht einen solchen Hinweis gegeben. Allerdings enthält dieser wiederum keinerlei Forderung.«

Coghlan strich sich über seinen Bart und sah zum Deckenfächer hinauf, musterte die Sprünge im Putz, aus denen es jeden Abend beim Abfeuern der Acht-Uhr-Kanone in pulvrigen Fontänen herausrieselte und kleine Steinbröckchen hinabregnete. »Ijar hat allen Grund, uns unsere Politik übel zu nehmen. Womöglich wollen sie sich dafür rächen. Oder sie haben Mrs. Garrett als Geisel genommen, um uns zu einer Kurskorrektur zu zwingen. Colonel Outram hat mir erzählt, dass es in den unruhigen ersten Jahren der Besatzung einen Plan zur Entführung Commander Haines' gab, der aber rechtzeitig vereitelt werden konnte. Vor diesem Hintergrund scheint so etwas durchaus denkbar.«

Obwohl der Sultan von Lahej, zu dessen Gebiet auch die karge Halbinsel gehörte, den Briten zuerst versprochen hatte, ihnen die insgesamt fünfundsiebzig Quadratmeilen gerne abzutreten, hatte er es sich dann doch anders überlegt. Überredet von den benachbarten Sultanaten, darunter auch sein eigentlicher Erzfeind, der Sultan von Fadhli, hatten sie gemeinsam einen *jihad*, einen Kampf im Namen Allahs, gegen die englischen Besatzer begonnen. Fast fünf Jahre dauerte das diplomatische und militärische Tauziehen um Aden, das sogar in einer Belagerung der Engländer gipfelte, um sie von der Versorgung mit Tierfutter und Grundnahrungsmitteln aus dem Hinterland abzuschneiden. Doch Haines, mittlerweile zum Bevollmächtigten der Britischen Krone für Aden ernannt, war es gelungen, alle Angriffe abzuwehren und Friedensverträge mit den unmittelbar benachbarten Sultanaten von Lahej, Haushebi, Unter-Yafa und Aqrabi auszuhandeln, während der Sultan von Fadhli sich beleidigt auf sein Territorium zurückzog, ein Abkommen mit den Engländern verweigerte und auch seine Solidarität mit Lahej aufkündigte. Doch spätestens seit dem Tod des alten Sultans von Lahej 1847 und der Thronbesteigung durch einen seiner Söhne, der sich den Engländern gegenüber aufgeschlossener zeigte, hatten sich die Wogen geglättet. Zumindest hatte es bis zum heutigen Tag danach ausgesehen.

»Die Araber hier entführen doch ständig irgendjemanden«, warf Playfair ungeduldig ein. »Beduinen bringen Handelsreisende in ihre Gewalt, oder die Söldner eines Sultans entführen Leute aus einem verfeindeten Sultanat. Der Sultan von Lahej thront mit seinem Palast über so etwas wie einem richtigen Dorf, in dessen Häuschen er seine Geiseln gefangen hält. Immer geht es fast ausschließlich darum, ein möglichst hohes Lösegeld zu erpressen. Das hat hier doch Tradition, gilt nicht mal als Kavaliersdelikt und scheint obendrein ein einträgliches Geschäft zu sein.«

»Dennoch liegt uns bis jetzt keine Forderung vor«, hielt Steinhäuser dagegen.

»Kommt vielleicht noch«, meinte Playfair achselzuckend.

Der Colonel marschierte zum Fenster und starrte stumm zwischen den Gitterstäben hindurch ins Freie. Mrs. Garretts Entführung kam zu einem denkbar ungünstigen Zeitpunkt. Neben den Alltagsgeschäften und dem weiteren Ausbau der englischen Siedlung Adens war er vollauf damit beschäftigt, den unglücklichen Ausgang der Somaliaexpedition von Captain Burton zu untersuchen. Sowohl London als auch Bombay übten Druck auf ihn aus, den Vorfall so schnell und so gründlich wie möglich aufzuklären und die rasch anschwellende Akte möglichst mit einem hieb- und stichfesten Beweis von Burtons Schuld zu schließen. Was durchaus auch in seinem eigenen Interesse lag, leider aber aufgrund widersprüchlicher Zeugenaussagen nicht so einfach war, wie es zuerst den Anschein gehabt hatte. Mittlerweile zog Coghlan sogar eine Besetzung des Hafens von Berbera in Erwägung, um an Ort und Stelle Besichtigungen und Befragungen vorzunehmen und zudem den dortigen Behörden unmissverständlich zu verstehen zu geben, wer hier das Sagen hatte.

Dass Mrs. Garrett sich leichtsinnig in Gefahr begeben hatte, stand für Colonel Coghlan außer Frage, und was er von Playfair über sie gehört und wie er sie selbst bei ihren flüchtigen Begegnungen erlebt hatte, passte das auch zu ihr. Andererseits war sie Engländerin, und er konnte sie deshalb nicht einfach ihrem Schicksal überlassen. Sollte man in Bombay oder London davon Wind bekommen, würde ihre Entführung und deren noch ungewisser Ausgang nicht zuletzt auch auf ihn selbst zurückfallen. Schickte er jedoch zu ihrer Befreiung einen Trupp Soldaten nach Ijar, müsste er bei der feindlichen Gesinnung der weiter entfernten Sultanate damit rechnen, keinen einzigen Mann zurückzubekommen. Der Gedanke, Mrs. Garrett sollte vielleicht gar als Lockvogel dienen, um seinen Männern eine Falle zu stellen, ließ ihn in Schweiß ausbrechen.

Wie er es auch drehte und wendete – es schien keine befriedigende Lösung zu geben. Jedenfalls keine, die ihn in seiner Position vor gewaltigen Unannehmlichkeiten schützen konnte. Und das nur einer Frau wegen …

Er fuhr herum, seinen ausgestreckten Zeigefinger in Richtung Lieutenant Garrett deutend. »*Sie* holen Ihre Frau zurück! Schließlich ist es *Ihre* Frau, und Sie haben keinen unbeträchtlichen Anteil daran, dass wir diesen Ärger am Hals haben! Sie kriegen ein Pferd und Material, Männer des Sultans von Lahej als Dolmetscher und Wegbegleiter, und dann reiten sie dort hinaus und bringen sie wohlbehalten zurück. Oder Sie brauchen sich hier nicht mehr blicken zu lassen!«

»Aber Sir«, setzte Ralph an, *das ist ein Himmelfahrtskommando*, schluckte er den Rest des Satzes hinunter, als er Coghlan ansah, dass dieser sehr wohl wusste, was er da befahl. Wenige Meilen hinter der Landzunge, die die Halbinsel Adens mit dem arabischen Festland verband, begann *Terra incognita*, unbekanntes, unkartographiertes Land, und niemand, der aus Forscherdrang dort hinausgezogen war, war weit gekommen – oder lebend zurückgekehrt. Private Fisker sah ihn mitfühlend an und bekam gleich darauf ebenfalls den Zorn des Colonels zu spüren. »Und *Sie* reiten mit, Fisker, zur Strafe, dass Sie den Reiter haben entkommen lassen!« Ohne auf den entsetzten und gekränkten Gesichtsausdruck des Soldaten zu reagieren, ging Coghlan zurück zu seinem Schreibtisch, nahm die darauf liegende Mappe auf, um sie sogleich wieder fallen zu lassen. »Das ganze Unternehmen ist inoffiziell und auf eigene Verantwortung. Haben wir uns verstanden?!«

»Da haben Sie uns ja schön in die Scheiße geritten«, zischte Private Fisker, als er neben Ralph hinaus in die Abenddämmerung trat.

»Allerdings«, stimmte Ralph ihm mechanisch zu, ohne ihm

wirklich zugehört zu haben. Er fühlte sich wie zerschlagen und wie betäubt, als hätte er sich gerade aus einer heftigen Schlägerei befreien können, doch zum ersten Mal seit langer Zeit fühlte er sich auch wieder lebendig. Endlich! Nach einem Jahr erzwungener Untätigkeit auf der Schreibstube endlich wieder eine Aufgabe! Er spürte die Vorfreude in sich aufsteigen, ungeachtet aller Schrecken, die dort draußen auf ihn warten mochten. Doch selbst die wildesten Phantasien von gellend johlenden Beduinenhorden, die mit gezückten Schwertern auf ihn zugaloppierten, waren nicht halb so beängstigend wie der Sturm an Gedanken und Gefühlen, der in ihm tobte. Hass und Ekel überrollten ihn bei der Frage, was die Entführer Maya wohl angetan hatten oder noch mit ihr vorhatten. War sie verletzt, hatte sie Schmerzen? Womöglich waren sie in diesem Augenblick gerade dabei, ihr Leid zuzufügen – sich ihres Körpers zu bemächtigen, sie zu schänden? Ein Gefühl der Scham übermannte ihn, als er daran dachte, wie lästig sie ihm in den vergangenen Monaten oft gewesen war: Erst mit dieser Anhänglichkeit, aus Langeweile und der Trennung von ihrer Familie geboren, dann mit ihrer aufgesetzten Fröhlichkeit und Zuversicht, die ihm Trost hätten sein sollen, ihn aber nach Luft ringen ließen und ihn in die Arme der Huren getrieben hatten, später dann mit ihrer scheinbar nicht enden wollenden Trauer um Jonathan. Natürlich hatte auch er um den Freund getrauert, aber Jonathan war in den Krieg gezogen wie ein Soldat, und Soldaten starben nun einmal. Er schämte sich für die Wut, die so oft in ihm gebrodelt hatte, wenn er sie angesehen hatte und daran denken musste, dass er ihretwegen hier, an diesem grässlichen Ort, auf diesem undankbaren Posten gelandet war. Weil sie ihn mit ihrer fremdartigen, dunklen Schönheit, die ihn so sehr an Indien erinnerte, betört hatte, so sehr, dass er nächtelang nicht hatte schlafen können bei dem Gedanken, sie nicht wieder zu sehen, sie nicht heiraten zu können.

Noch mehr schämte er sich ob seiner Erleichterung, dass nicht er selbst schuld an ihrem Verschwinden war, dass er sie lieber in feindlichen Händen wusste denn aus freien Stücken auf dem Weg zu Richard Francis Burton.

Lange hatte er in der vergangenen, durchwachten Nacht mit sich gerungen, den Stapel vergilbter Briefe in Sichtweite, bis letztlich Neugierde und Eifersucht die Oberhand gewonnen hatten. Und schließlich waren die Briefe ja bereits geöffnet gewesen, nicht wahr? Briefe, die er anhand ihres Datums zuordnen konnte – als Maya neun gewesen war, dreizehn, siebzehn, zwanzig. Viele waren es gewesen, und doch erstaunlich wenige, zog man den langen Zeitraum in Betracht, in dem sie entstanden waren. Ihr Inhalt hatte Ralph in seinen Grundfesten erschüttert. Das waren keine Briefe, die man einem kleinen Mädchen schrieb, einer Heranwachsenden, sondern einer Person auf Augenhöhe, mit Schilderungen fremder Länder, Gedanken über das Leben und den Tod, die Liebe und das Wissen über die Welt. Selbst kein Kind von Traurigkeit, war Ralph schockiert gewesen, wie freizügig Burton der blutjungen Maya – kaum sechzehn – über körperliche Liebe geschrieben hatte. Und zu erfahren, dass Maya, die ja für ihn spürbar noch Jungfrau gewesen war, schon lange vor ihrer gemeinsamen Hochzeitsnacht alles darüber gewusst hatte, mehr sogar noch als er, vielleicht auch mehr von ihm erwartet hatte, ließ ihn fassungslos und angeekelt zurück. Was er im Lampenlicht bis zum Morgengrauen aus der winzigen, unleserlichen Handschrift entziffert hatte, zeigte ihm eine Maya, die er nicht kannte, von der er nicht einmal gewusst hatte, dass es sie gab. Und er beneidete Richard Francis Burton weniger darum, dass er Maya von klein auf kannte, sie – wenn auch aus der Ferne – in ihrem Wachsen und Werden begleitet hatte. Sondern er neidete ihm die Kenntnis jener Seite ihres Wesens, die für Ralph verborgen geblieben war.

Als Ralph auf seinem Weg in den verlassenen Bungalow stehen blieb und zum Himmel blickte, an dessen malvenfarbenem Samt der Abendstern aufglomm, begriff Ralph, dass die wahre *Terra incognita* nicht hinter Aden lag, sondern in Maya selbst. »Ich werde dich finden«, flüsterte er in die laue Luft hinaus. »Ich bringe dich zurück und werde dir ein besserer Ehemann sein. Das verspreche ich dir.« Und er hoffte, seine Gefühle hinter diesen Worten konnten Maya erreichen. Wo immer sie jetzt auch sein mochte.

2

Der Nachhall eines vertrauten Klanges drang zu Maya hindurch, monoton und singend zugleich, und die Schwingungen der Rufe des Muezzins, die noch in der Luft vibrierten, holten sie ins Bewusstsein zurück. Mühsam öffnete sie die Augen, blinzelte in den winzigen, kahlen Raum hinein, dessen Wände im fahlen Licht nicht kühl-weißlich schimmerten, sondern einen gelbbräunlichen, warmen Ton hatten, wie Siena. Ein pochender Schmerz pulsierte in ihrem Kopf, als sie ihn anhob; alle Glieder taten ihr weh. Sie drückte sich von dem einfachen Strohsack hoch, setzte sich schließlich mühsam auf und lehnte tief durchatmend den Rücken gegen die kühle Wand. Der Kopfschmerz ging in ein ausgedehntes Prickeln über; ihr schwindelte, und eine Woge der Übelkeit ergriff sie, zwang sie zu würgen. Sie robbte hinüber zu dem hölzernen Eimer, der wohl zur Verrichtung ihrer Notdurft gedacht war, und erbrach wässrige Flüssigkeit, bis sie nur noch Galle schmeckte. Keuchend richtete sie sich wieder auf, kroch zurück und tastete zitternd nach dem Krug und Becher aus Ton neben ihrem Lager, goss sich ungeschickt ein und trank in so gierigen Zügen, dass ihr feine Bäche links und rechts über das Kinn hinabliefen. Wasser, das frisch und rein schmeckte, ihren Durst löschte, den widerwärtigen Geschmack in ihrem Mund und das Brennen ihrer wunden Kehle hinabspülte. Als ihr Atem ruhiger wurde, fühlte Maya sich bedeutend besser. Was hatten sie ihr angetan?

Hektisch begann sie sich abzutasten, jeden Teil ihres Körpers nach Verletzungen und Blessuren zu untersuchen, und seufzte erleichtert auf, als sie schließlich feststellte, dass alles heil, sie unversehrt und ihre Kleidung vollständig war. Auch ihren Ehering und die Kette mit dem Medaillon hatte man ihr gelassen. Nur ein handtellergroßes Stück am Saum ihres Überrockes fehlte, und da dieser nun ohnehin schon beschädigt war, riss sie daneben noch einen Fetzen herunter, tunkte ihn in den Wasserkrug, wrang ihn aus und fuhr sich damit über Hände und Gesicht. Ein Schmerzenslaut entfuhr ihr, als sie dabei über ihre Schläfe rieb, und vorsichtig betastete sie die Stelle. Der Ausläufer ihres Jochbeins war angeschwollen und druckempfindlich, schien aber nicht ernstlich verletzt zu sein. Ihr Magen zog sich knurrend zusammen, als ihr Blick auf den Teller hinter dem Wasserkrug fiel, auf dem sich ein Fladenbrot und ein kaltes Gemüsegericht befanden. Maya zögerte, während sie nach den Strähnen ihres Haares tastete, die sich gelöst hatten und die sie nach Gefühl wieder feststeckte. Wenn das Essen nun vergiftet war? Sie schob die Unterlippe vor, verzog sie nach links und rechts, während sie nachdachte, schließlich schüttelte sie kaum merklich den Kopf. Das machte doch keinen Sinn – warum sollte man sie auch vergiften? Hätte man sie einfach töten wollen, wäre es schon längst geschehen oder man ließe sie einfach hier verhungern und verdursten. Trotzdem mahnte sie sich selbst zur Vorsicht, als sie ein großes Stück aus dem flachen, weichen Laib rupfte, eine üppige Portion Gemüse darauf schaufelte und erst einmal daran roch, den scharf-würzigen Geruch einsog, ehe sie es vorsichtig in den Mund steckte. Es schmeckte köstlich, und heißhungrig machte sie sich über den Rest her.

Während sie aß, spürte sie einen Luftzug, der nach Meer

roch, und sie sah auf. Ihr Blick fiel auf eine quadratische Fensteröffnung in der gegenüberliegenden Wand, auf der Innenseite von sonnigen Lichtstrahlen umrahmt. Noch kauend, ihre Finger an ihrem Rock abwischend, stand sie auf und ging hinüber. Das Fenster lag relativ hoch, seine Unterkante etwa auf Höhe von Mayas Brustbein, und sie stellte sich auf die Zehenspitzen, um besser hinausblicken zu können.

Unter ihr erstreckten sich im abendlichen Farbenspiel aus Purpur, Pfirsichgelb und stählernem Blau die Bauten einer kleinen Stadt: akkurate Steinquader, dazwischen die Minarette und Kuppeln zweier schlichter Moscheen. Insgesamt nicht viel mehr als ein Fischerdorf vor einem Strand aus Sand und Felsen, auf dem die dreieckigen Segel an Land gezogener Boote hell leuchteten. Das Meer dahinter goldbetupft, in den unterschiedlichsten Blautönen changierend. »Immerhin, ein Zimmer mit Meerblick«, seufzte Maya in einem Anflug von Galgenhumor, stützte sich auf den Fenstersims, reckte sich darüber, bis sie senkrecht hinabsehen konnte. Ihr Gefängnis befand sich im dritten Stockwerk des Gebäudes; die Mauer darunter fiel glatt und senkrecht ab, sodass es keine Möglichkeit gab, hinauszuklettern oder einfach auf die palmengesäumte Sandpiste davor hinunterzuspringen, ohne sich einen Knochen zu brechen oder zumindest stark zu stauchen. Ganz abgesehen davon, dass das Fenster höchstwahrscheinlich zu eng war, als dass sie sich hätte hindurchquetschen können, wie sie feststellen musste, als sie sich wieder halb aufrichtete und sich den Hinterkopf am Fenstersturz stieß, ihre Schulter schmerzhaft die seitliche Kante streifte. »Verdammt«, entfuhr es ihr, und wütend trat sie gegen die Wand. Angst machte sich in ihr breit, dass sie hier für den Rest ihrer Tage bleiben müsste, da wohl außer ihren Entführern niemand wusste, wo sie sich befand. Sie zuckte zusammen, als sie den heiseren Schrei eines Vogels hörte, und verblüfft blickte sie dem hellen Federleib eines Falken nach, der fast zum Greifen nahe vor dem Fenster vorüberflog, in die letzten Lichtfelder hinein, die die untergegangene Sonne für einen Augenblick noch hatte stehen lassen. Als finge er darin Feuer, loderten seine Flügel auf, und er verschwand aus ihrem Blickfeld.

Ein Scharren von draußen vor der Tür ließ Maya sich umdrehen. Eine Frau trat herein, ein hölzernes Tablett mit einem Krug frischen Wassers vor sich hertragend, und beide blickten sich überrascht an. Die Frau wohl, weil sie nicht darauf gefasst gewesen war, Maya so munter zu sehen, und Maya, weil diese Frau zwar verschleiert war, aber kein Schwarz trug, wie sie es von den arabischen Frauen in Aden her kannte, sondern ein mehrlagiges Gewand in sattem Pflaumenblau und leuchtendem Rot, gelb bestickt. Die Frau verneigte sich mit niedergeschlagenen Augen und murmelte etwas Unverständliches, ehe sie sich daranmachte, den Krug auszutauschen und Teller und Eimer einzusammeln. Es war nur ein Augenblick, in dem die Frau ihr den gebeugten Rücken zudrehte und Maya gewahr wurde, dass die Tür halb offen stand. Ohne nachzudenken, rannte sie los, schoss durch den Türspalt hindurch, geradewegs in die Arme der daneben postierten Wache, die nur zuzugreifen brauchte. »*Musadâ*, Hilfe!«, schrie sie in den kahlen Korridor hinaus, während sie mit dem Wachposten rang, der in ähnlichen Farben gekleidet war wie die Frau. Auf Englisch bedachte Maya ihn mit allen Schimpfnamen und Flüchen, die ihr einfielen, während er sie wiederum in einem so schnellen Arabisch anbrüllte, dass sie kein einziges Wort davon verstand. Schnelle Schritte erklangen hinter Maya, ein, zwei kurze Silben, von einer Männerstimme im Befehlston hervorgebracht. Noch ehe sie den Kopf wenden konnte, fühlte sie sich hart an den Schultern gepackt und von der Wache weggezerrt. Man stieß sie in den Raum hinein, wo sie taumelnd gegen die Wand prallte. Aus den Augenwinkeln sah sie, wie die Frau erschrocken hinaushuschte, sich die Tür wieder schloss, aber eine dunkle Gestalt mit ihr in der Kammer blieb. Maya stürzte vorwärts und griff sich den tönernen Becher vom Boden, schleuderte ihn mit voller Wucht in eine Ecke, dass er zerbrach. Hastig sammelte sie eine große, spitz zulaufende und scharfkantige Scherbe auf und richtete sie auf den Mann. »*Yalla rûh*, hau ab!«, rief sie ihm entgegen, mit einer Stimme, die zu ihrer eigenen Überraschung sehr gefasst klang. Ihr Zorn gab ihr Kraft: der Zorn darüber, dass ihr Fluchtversuch missglückt war, und Zorn auch über ihre eigene Dummheit, weil sie geglaubt hatte, einfach davonlaufen zu können. Breitbeinig stand sie da, jeden Muskel ihres Körpers angespannt, um sich zu verteidigen, und doch verspürte sie Angst: Ihr Gegenüber sah nicht so aus, als ob er sich von einer Tonscherbe würde beeindrucken lassen. Für einen Araber war er recht groß, wohl größer sogar noch als Maya und um einiges kräftiger. Zweifellos war er in der Lage, sie im Handumdrehen zu überwältigen, ehe sie ihm auch nur einen Kratzer beigebracht hätte. Doch er machte keine Anstalten, sich zu bewegen, weder, um den Raum zu verlassen, noch um auf Maya zuzukommen; er stand einfach nur da, aus den Schatten des Raumes emporwachsend, und sah sie an. Aufgrund seiner Kleidung aus schwarzblauem Tuch nahm Maya an, dass er einer der Männer war, die sie am Turm des Schweigens entführt hatten, oder zumindest zu ihnen gehörte. Er war schwer auf ein bestimmtes Alter zu schätzen, Anfang, Mitte dreißig vielleicht, mit massiven Gesichtszügen. Und es waren weniger seine Patronengurte oder der Krummdolch, der in seinem breiten Ledergürtel steckte, die ihn so bedrohlich wirken ließen, als vielmehr sein schulterlanges schwarzes Haar, die Art, wie er sein bebärtetes Kinn vorschob, während er sie musterte, und die Narben in seinem Gesicht, von denen eine seine dichten Augenbrauen durchschnitt.

»*Yalla rûh*«, wiederholte Maya noch einmal mit nachdrücklicher Betonung, aber es klang weniger überzeugend als beim ersten Mal, und auch ihre Hand zitterte, als sie eine abwehrende, ruckartige Geste mit der Tonscherbe machte. Seine dunklen Augen funkelten, als belustigte ihn ihre Wehrhaftigkeit, und doch glaubte sie darin auch einen Anflug von Respekt zu entdecken. In einer ruhigen, fließenden Bewegung hob er die Hände zu einer entwaffnenden Geste.

»Ich tue Ihnen nichts«, sagte er auf Englisch mit hartem Akzent.

»Sie sprechen meine Sprache?« Maya blickte misstrauisch, als witterte sie eine Falle.

Er neigte leicht seinen Kopf. »Ein wenig.«

»Was wollen Sie von mir?« Geschichten kamen ihr in den Sinn, von europäischen Frauen, die geraubt und in den Harem eines lüsternen Sultans gebracht worden waren, und ein kalter Schauder durchlief sie. »Ich besitze nichts Wertvolles, außer diesem hier.« Mit der anderen Hand hielt sie ihm das Medaillon um ihren Hals entgegen, wie um es ihm für ihre Freilassung anzubieten. Seine Hände unverändert erhoben, ging er langsam zu dem Strohsack hinüber, ohne seine Distanz zu Maya zu verringern oder seinen Blick von ihr abzuwenden. Maya machte ein paar gegenläufige Schritte, unsicher, was er vorhaben mochte, und hob vorsichtshalber ihre notdürftige Waffe noch ein Stück weiter an. Geschmeidig ließ er sich mit gekreuzten Beinen auf der Lagerstatt nieder, die Unterarme auf seine Knie gestützt, und tippte sich locker mit Zeige- und Mittelfinger an seine Wange.

»Tut es noch weh?«, wollte er statt einer Antwort auf ihre Frage wissen. Automatisch fasste sich Maya an die Schläfe und schüttelte den Kopf. »Es tut mir sehr leid, dass Ali Sie geschlagen hat. Ich wollte ihn davon abhalten, aber es war schon zu spät«, erklärte er. Obwohl er hörbar mit bedächtiger Anstrengung seine Worte wählte, die weichen Laute schwer aus seinem Mund tropften, die harten dagegen leise grollten, hatte er zweifellos untertrieben, was seine Kenntnisse des Englischen anbetraf. »Ali ist noch sehr jung und muss erst lernen, dass auch ein Krieger gewisse Regeln zu befolgen hat. Man darf nie die Beherrschung verlieren, wenn man ohnehin überlegen ist – auch dann nicht, wenn man gebissen wird.« Seine vollen Lippen zeigten die Andeutung eines Lächelns, und Maya spürte, dass sich ihre Mundwinkel ebenfalls gegen ihren Willen hoben, kniff ihre Lippen aber schnell wieder zusammen, und auch ihr Gegenüber blickte wieder ernst. »Ich bedaure ebenfalls, dass Sie das Schlafmittel nicht vertragen haben. Das alles lag nicht in meiner Absicht, und ich hoffe, Sie nehmen meine Entschuldigung dafür an. Ich bin froh, dass es Ihnen besser geht.«

Maya runzelte ihre Stirn. »Welches Schlafmittel?«

Wieder lächelte er. »Als Sie wieder zu sich kamen, haben Sie sich recht … kämpferisch gezeigt. Um größeres Aufsehen auf dem Weg hierher zu vermeiden, haben wir Ihnen ein Schlafmittel verabreicht, aber das ist Ihnen offensichtlich nicht bekommen.«

Bruchstückartig erinnerte sich Maya an Hände, die sie festgehalten, ihr mit Gewalt eine bitter schmeckende Flüssigkeit eingeflößt hatten, und jetzt begriff sie auch, weshalb ihr übel gewesen war. »Wie haben Sie mich aus der Stadt herausgebracht? Seit wann bin ich schon hier? Und *wo* bin ich?«, sprudelte sie hervor.

»Unter einem Beduinenumhang ist viel Platz. Auch«, er deutete auf ihre weiten Röcke, » für solch ein Kleid. Wenn am Eingang zur Stadt viel los ist, sehen die Wachen nicht so genau hin, wen oder was man vor sich auf dem Sattel hat. Wir sind die ganze Nacht durch geritten und befinden uns nun in Shuqra, im Palast des Sultans von Fadhli. Aber wir reisen morgen weiter. Sofern Sie sich gut genug dafür fühlen, natürlich.«

»Wohin werden Sie mich bringen?«

»Nach Ijar, einige Tagesreisen von hier entfernt.«

»Und dann?«

Er neigte leicht seinen Kopf. »Dann hängt es von Ihren Leuten ab, ob sie sich zu Verhandlungen bereit zeigen.«

Maya schluckte, als sie an Colonel Coghlan und Lieutenant Playfair dachte, bei denen sie sich kaum vorstellen konnte, dass sie sich auf Verhandlungen mit Entführern einließen. »Und was wird aus mir, wenn Sie sich nicht einig werden sollten?«

Er schwieg, wich ihrem Blick nur für den Bruchteil einer Sekunde aus, doch lange genug, dass Maya neue Übelkeit in sich aufsteigen spürte, dieses Mal vor lauter Angst. »Seien Sie unbesorgt«, sagte er, und seine Stimme klang eine Spur spröder, als er sie wieder ansah. »Sie stehen unter meinem Schutz.«

»Wie beruhigend«, murmelte Maya in sarkastischem Tonfall und strich sich über ihr Jochbein.

Ohne Eile stand er auf. »Um das zu verstehen, müssten Sie mehr über die Gesetze meines Stammes wissen«, konterte er hart. »Können Sie reiten?«, fügte er etwas milder hinzu.

Maya machte eine unschlüssige Bewegung mit dem Kopf. »Ich habe schon lange auf keinem Pferd mehr gesessen.«

»Gut.« Er nickte. »Ich werde Ihnen ein geeignetes besorgen lassen.«

Erst als er sich auf die Tür zubewegte, wurde Maya gewahr, dass es mittlerweile schon fast dunkel war und sie die Tonscherbe in ihrer Hand hatte sinken lassen. Er drehte sich noch einmal um. »Haben Sie auch einen Namen?«

»Maya. Maya Garrett.«

»Maya«, wiederholte er gedehnt, und die Art, wie er die Silben betonte, berührte etwas in Maya, auch noch, als er hinzufügte: *»Ana ismi Rashad.«*

Leise schloss er die Tür hinter sich, und Maya hörte, wie ein Riegel vorgeschoben wurde. Tief durchatmend lehnte sie sich rücklings gegen die Wand, ließ die Scherbe fallen und blickte seitwärts aus dem Fenster. Ein Lichtpunkt blinkte im tiefdunklen Himmel auf, der an den Rändern noch eine Spur rosa leuchtete, und Maya starrte beklommen auf den Abendstern, der ihr sonst immer so verheißungsvoll erschienen war, heute in seiner unendlichen Ferne und Einsamkeit aber ein Gefühl der Verlorenheit in ihr auslöste. Ihre Knie gaben nach und sie sank in die Hocke, vergrub den Kopf in den Armbeugen. Sie wähnte sich in einem Alptraum, doch sie wusste, dass alles um sie herum nur allzu wirklich war. Was dieser Rashad gesagt hatte, hatte geklungen, als hätten er und seine Männer eine Nachricht in die Garnison geschickt, dass Maya sich in ihrer Gewalt befand, und sie konnte nur hoffen, dass man in Aden schnell handelte und sie bald frei sein würde. »Wann wird das sein?«, flüsterte sie vor sich hin, als sie sich auf den Boden setzte, ihre angezogenen Knie umschlang und das Kinn darauflegte. *Was, wenn Coghlan nichts unternimmt?* Maya hatte eine vage Vorstellung davon, wie weit das Land war, das sich hinter der Landenge zwischen Aden und der arabischen Halbinsel erstreckte. Wenn ihre Entführer wollten, konnten sie Maya einfach verschwinden lassen, ohne dass sie jemals irgendjemanden Vertrautes wiedersah, nie jemand erfuhr, was ihr zugestoßen war. Sie dachte an Ralph, fragte sich, ob er sich um sie sorgte oder ihr im Stillen Vorwürfe machte, womöglich gar Erleichterung empfand, sie losgeworden zu sein.

Maya war elend zumute. Sie wünschte sich, die Zeit zurückdrehen zu können, gestern nicht zum Turm hinaufgegangen zu sein, nie Aden betreten zu haben, nicht mit Ralph durchgebrannt zu sein. In diesem Augenblick hätte Maya, ohne zu zögern, einen Pakt mit dem Teufel geschlossen, dass er ihr das vergangene Jahr zurückbrachte. Dann säße sie jetzt nicht hier, wäre Jonathan noch am Leben und Richard vielleicht nicht auf dem Weg auf die Krim. Doch das Leben kennt keine Umkehr, kettet unerbittlich Konsequenzen an des Menschen Entscheidungen und Handlungen, und während Maya unbeweglich dort in der Kammer saß, die von der Dunkelheit der anbrechenden Nacht geflutet wurde, spürte sie, wie der unablässig vorwärtsdrängende Strom der Zeit sie mit sich nahm, einer ungewissen Zukunft entgegen.

Zum ersten Mal konnte Maya an Leib und Seele fühlen, was es hieß, sich gen Mekka aufzumachen, nach Harar, Berbera oder Sebastopol, ohne Garantie auf Rückkehr, sich blind seinem Schicksal anvertrauend. Sie hörte Richard lachen, sein unverwechselbares trockenes Lachen, wie er ihr spöttisch zurief: *Das ist die gerechte Strafe, Majoschka! So lange hast du nach Abenteuern gegiert, dich danach verzehrt, welche zu erleben – jetzt kannst du zeigen, dass du einem solchen gewachsen bist!* »Und ob ich das bin!«, antwortete Maya ihm trotzig, sich selbst damit Mut zusprechend. »Ich werde es schaffen! Mutter und Vater sollen nicht noch ein Kind verlieren.« Um die Tränen zurückzudrängen, die ihr in den Augen brannten, als sie an Gerald und Martha dachte, an Jonathan, biss sie sich auf die Unterlippe, schloss die Lider und lehnte den Kopf gegen die Wand.

»Ich werde das hier überstehen«, nahm sie sich selbst im Flüsterton ein Versprechen ab. »Egal wie.«

3

Es war noch früh am nächsten Morgen, kurz nach Sonnenaufgang und lange nachdem die Gebetsrufe von den Minaretten verklungen waren, als Maya von der gleichen Frau wie am Tag zuvor eine Mahlzeit gebracht bekam. Jedenfalls nahm Maya an, dass es sich um dieselbe Person handelte, denn alles, was sie von deren Gesicht sehen konnte, war die Augenpartie – schöne, große Augen mit einer Iris in Umbra, von einem schwarzen Wimpernkranz beschattet und schon von den Linien späterer Lebensjahre untermalt. Augen, die mit einem Ausdruck des Mitgefühls Mayas rotgeränderte betrachteten, die verrieten, dass diese sich vergangene Nacht in den Schlaf geweint hatte. Als sie wieder alleine war, trank Maya in kleinen Schlucken den heißen Kaffee und sah zu, wie der grellorangefarbene Schein, der sich durch die Fensteröffnung reckte, sich langsam in das gelbweiße Licht des vollen Morgens wandelte. Stark war der pechschwarze Kaffee, und so süß, dass er sich im Mund mehr zäh denn flüssig anfühlte, die Schärfe des weißen Fisches mit buntem Gemüse noch steigerte, aus dem Maya roten Pfeffer und Koriander herauszuschmecken glaubte und zu dem es ebenfalls noch warmes Fladenbrot gab, das das Brennen auf Mayas Zunge und Gaumen wieder linderte. Doch obwohl Mayas Magen ihr zuvor wie ausgehöhlt erschienen war, war es ihr unmöglich, alles aufzuessen, was sich auf dem tiefen

Teller aus dünnem, gehämmertem Metall befand. Aber es beruhigte sie, dass man augenscheinlich darauf bedacht war, sie bei Kräften zu halten.

Maya wandte den Kopf, als sich die Tür wieder öffnete und erneut die Frau hereintrat, dieses Mal einen Zuber voll Wasser vor sich herschleppend, ein Tuch über dem Arm und einen grobzinkigen Beinkamm mit den Fingern der einen Hand umklammernd, während der Handballen die Wand des Zubers stützte. Hinter ihr erschien Rashad, ein dunkles Stoffbündel und ein paar Stiefel in den Händen, die er neben Maya auf den Strohsack warf. »Ihre Kleidung für die Reise.« Neugierig griff Maya danach, ließ die Kleidungsstücke aber sofort wieder fallen, als sie sah, dass es sich um Hemd und Hosen handelte, wie Rashad sie trug, und dass diese sichtbar abgenutzt waren. Seine Mundwinkel krümmten sich in einem Anflug von Spott leicht nach unten. »Sie sind gewaschen.«

Maya stieg Schamesröte in die Wangen. »Ich … ich glaube, ich fühle mich noch nicht gut genug, um weiterzureisen«, versuchte sie ihren Aufbruch hinauszuzögern, wie sie es sich nach ihren Grübeleien der letzten Nacht zurechtgelegt hatte, in der Hoffnung, Coghlans Männer folgten vielleicht schon ihrer Spur. Sie sah, wie Rashad einen Blick auf den zu gut zwei Dritteln leeren Teller warf, den die Frau in den Händen hielt, er seine Lippen zu einem verhaltenen Schmunzeln aufwarf, und ihre Röte vertiefte sich. »Djamila und ich werden vor der Tür warten, bis Sie fertig sind«, sagte er nur, und bedeutete der Frau mit einem Rucken des Kopfes, ihm zu folgen.

Mit betretenem Gesichtsausdruck saß Maya noch einen Augenblick lang da, seufzte dann tief auf und fügte sich. Noch während sie aufstand, öffnete sie die Knöpfe an der Vorderseite des Kleides und schälte sich heraus, hakte das Taillenmieder auf, schlüpfte aus den zwei leichten Sommerunterröcken und ließ achtlos alles auf das Strohlager fallen, neben dem sie in der späten Nacht ihre Schuhe abgestellt hatte. Gründlich und voller Wohlbehagen wusch sie sich und trödelte dabei mit genüsslicher Boshaftigkeit herum, entwirrte ihr Haar mit dem Kamm und steckte es mehr praktisch denn kunstfertig zu einem festen Knoten auf. In Strümpfen und Unterwäsche stand sie einen Moment lang da, unschlüssig, ob sie sie anbehalten sollte, ehe sie das verschlusslose Hemd und die weiten Hosen mit der Kordel im Bund darüberzog, den breiten Gürtel um ihre Taille schnallte. Ebenso wie das Hemd war ihr dieser etwas zu groß, sodass er ihr auf die Hüften hinabrutschte. Mit spitzen Fingern griff sie zu den Stiefeln, hielt sie in vorsorglichem Abstand von sich und schnupperte hinein. Erneut seufzte sie. Sie waren unzweifelhaft getragen, aber mit Strümpfen würde es gehen, und so schlüpfte sie tapfer in die Stiefel, die nur ein wenig zu groß für sie waren. Blieb nur noch der mehrere Hand breite Tuchstreifen für den Kopf. Maya ließ ihn nachdenklich durch die Finger gleiten und blickte zum Fenster hinüber. *Ob er wohl lang genug wäre, um …* Mit Blicken tastete sie die Umgebung des Fensters ab, schließlich den ganzen Raum, und stellte enttäuscht fest, dass es nichts gab, woran sie den Stoff hätte festknoten können, um wenigstens einen Versuch zu unternehmen, sich durch die Öffnung hindurchzuschieben und dann abzuseilen. Missmutig wickelte sie das Tuch rein nach Gefühl um ihr Haar und ließ das Ende locker auf ihre Schulter herabhängen. Sie kam sich reichlich lächerlich vor, wie ein Mohr in einer Weihnachtsaufführung. »Fertig«, rief sie unfreundlich zur Tür hin. Als Rashad hereinkam, brach er in lautes Lachen aus, ein Lachen, das von tief unten aus seinem Körper kam und zwei Reihen ebenmäßiger, weißer Zähne sehen ließ. Maya kochte vor Wut und sah ihm wütend entgegen.

»So sieht jeder auf große Entfernung, dass Sie keiner von uns sind!« Er deutete auf seine eigene Kopfbedeckung. »Sie tragen es falsch.« Zornig riss Maya sich den Turban in einem

Stück herunter und strich sich über das Haar, stopfte zwei Strähnen, die sich gelöst hatten, zurück in den Knoten.

»Darf ich?« Noch immer leise lachend, streckte er die Hand nach dem Tuch aus. Maya antwortete nur mit einem Achselzucken, reichte es ihm aber. »Die *keffiyeh* gibt es in ganz Arabien«, erzählte er, während er die Wicklungen des Stoffes entfaltete. »In verschiedenen Formen, Farben und Mustern. Am Tuch und wie man es trägt, erkennt man, wo ein Mann hingehört, zu welchem Stamm.« Unwillig ließ Maya es geschehen, dass er die Stoffbahn erneut um ihren Kopf schlang, spürbar darum bemüht, sie nicht mehr als nötig dabei zu berühren. »Das hier«, er hielt das freie Ende vor ihren Mund und ihre Nase, »können Sie gegen Wind und Sand hier rüberlegen und da festmachen«, er wies auf eine Stelle über ihrem rechten Ohr. Maya nickte ungeduldig und bog den Kopf nach hinten. Seine unmittelbare Nähe, so dicht, dass sein Atem sie streifte, löste Unbehagen in ihr aus, obwohl Rashad einen angenehmen Geruch verströmte, zedernholzähnlich, nach Leder, sonnengebleichter Baumwolle und Salz. Als hätte er etwas gespürt, trat er drei Schritte zurück und musterte sie eingehend, was Maya sich keineswegs wohler fühlen ließ. Er nickte, scheinbar zufrieden mit seinem Werk. »Gut. So können Sie aus der Ferne als junger Stammeskrieger durchgehen. Eigentlich gehört noch so eine *djambia* dazu, wie sie jeder Knabe erhält, sobald er in den Kreis der Männer aufgenommen wird. Aber da ich so eine nicht des Nachts in den Rücken bekommen möchte …«, er strich über den ziselierten Griff und die Scheide des Dolches, den er im Gürtel trug, dann grinste er und wies auf Mayas linke Hand. »Nur den Ring müssen Sie abnehmen. Er ist zu verratend.«

»Verräterisch«, korrigierte Maya ihn schnippisch in einem Anflug von Trotz, über den sie selbst erschrak. Doch Rashad schien ihr diese vorlaute Bemerkung nicht übel zu nehmen.

»Verräterisch«, wiederholte er mit einem Neigen des Kopfes, als wollte er sich für seine fehlerhafte Ausdrucksweise entschuldigen.

Sie streifte den Ring ab, angelte unter dem Hemdkragen nach ihrer Kette, löste den Verschluss und fädelte den Ring auf, der unter feinem Klingen mit dem Medaillon zusammenstieß, ehe sie die Kette wieder umlegte und unter das Hemd gleiten ließ.

»Gehen wir.«

»Meine Sachen!«, rief Maya und hatte sich schon nach ihren Kleidern gebückt.

Rashad schüttelte den Kopf. »Nein, die bleiben hier.«

Maya schluckte. Es ging ihr nicht um das Kleid als solches, das konnte sie ohnehin nicht mehr anziehen, aber ihre vertraute, englische Kleidung hierzulassen gab ihr das Gefühl, unter keinen Umständen mehr in ihr altes Leben zurückkehren zu können. Doch da Rashad ihr offenbar keine Wahl ließ, atmete sie tief durch, mühsam ein Schluchzen unterdrückend, und folgte ihm.

Der Wachposten ging voraus, und am Ende des schmucklosen Korridors ließ Rashad Maya den Vortritt – vielleicht, um rasch eingreifen zu können, sollte sie einen weiteren Fluchtversuch wagen, wie sie überlegte. Den ganzen Weg die hohen Steinstufen hinab, die sich in rechtwinklig aufeinanderfolgenden Absätzen zwischen glatten, fensterlosen Wänden hindurchschoben, spürte Maya seine Anwesenheit in ihrem Rücken, wie die eines lebendigen Schattens. Abrupt endete die Treppe vor einem Türrahmen, durch den gleißend helles Sonnenlicht sie blendete, und sie traten über die Schwelle ins Freie.

Maya hatte in ihrem Kämmerchen, kühl gehalten durch die dicken Mauern des Gebäudes, schon fast vergessen, wie heiß es war. Drückend und kaum gemildert von der leichten Brise des nahen Küstenstreifens, schlug ihr die Luft entgegen, und sie kniff die Augen zusammen, um sie vor dem grellen Sonnenlicht zu schützen. Zu Pferd warteten schon drei von Rashads Männern, die Enden ihrer Turbane vor Nase und Mund geschlungen, was ihnen ein finsteres Aussehen gab und keine Rückschlüsse auf ihren Gesichtsausdruck erlaubte. Zwei reiterlose Pferde hielten sie von ihren quastengeschmückten Sätteln aus am Zaumzeug, und Maya runzelte die Stirn, als sie auf einem weiteren Djamila zu erkennen glaubte – im Herrensitz. Ihre Kleidung war so geschnitten, dass durch die seitlichen Schlitze des Gewandes ein violetter Futterstoff hervorschaute, darunter wurde ein weiter Hosensaum sichtbar, der einen Fußknöchel und einen festen Pantoffel sehen ließ, wie er für Arabien so typisch war: spitz zulaufend und aus braunem Leder mit eingeprägtem Muster und dünner, flacher Sohle.

»Warum muss ich mich als Mann verkleiden, wenn Djamila auch mitkommt – in ihren eigenen Sachen?«, beschwerte sie sich bei Rashad.

Einer seiner Mundwinkel hob sich leicht. »Für den Fall, dass Ihre Leute uns einholen, werden sie Djamila für Sie halten oder zumindest verwirrt sein. Das kann uns kostbare Zeit verschaffen. Außerdem«, eine Augenbraue zuckte, »gibt es sicher Dinge, bei denen Ihnen die Nähe einer Frau angenehmer ist als die eines meiner Männer.« Sein Blick ließ keinen Zweifel daran, *welche* Dinge er damit meinte, und Mayas Wangen brannten.

»Und der Sultan von Fadhli stellt Ihnen dafür gerne eine seiner Dienerinnen zur Verfügung – sowie ein Gefängnis für Ihre Geisel?«, entfuhr es ihr ein wenig zu rasch, um über ihre Verlegenheit hinwegzutäuschen.

Rashad antwortete nicht sofort, als müsste er ihren hastigen Wortfluss noch einmal überdenken, um ihn verstehen zu können, dann lachte er. »So ist es. Wie es bei uns heißt: Zwei Brüder gleichen zwei Händen – eine wäscht die andere.« Sein Lachen ging über in ein Lächeln. »Aber bitte, nicht *Geisel* – betrachten Sie sich als meinen *Gast.*« Maya schnaubte verächtlich, sagte aber nichts darauf.

Sie hatten die Reiter erreicht, und Rashad legte eine Hand auf die Kruppe des Fuchses mit leerem Sattel, der aber wie die anderen Pferde mit reichlich Gepäck beladen war, während er mit der anderen auf den Braunen daneben wies und Maya bedeutete aufzusteigen. »In solch einem Sattel kann ich nicht reiten«, verkündete sie, immer noch mit der Absicht, möglichst viel Zeit bis zu ihrem Aufbruch herauszuschinden. Rashad sah sie fragend an. »Nicht so«, erklärte sie, und stellte zur Veranschaulichung des Unterschieds zwischen Herren- und Damensattel die Beine in den weiten Hosen einen Fußbreit auseinander, um sie gleich darauf wieder zusammenzupressen und anmutig seitwärts die Knie zu beugen. »Sondern so.«

»So ist es aber besser«, nickte Rashad ihr zu und zeigte auf den Sattel.

»Ich kann das trotzdem nicht«, beharrte Maya und zuckte zusammen, als sie bemerkte, wie dünn und schrill ihre Stimme klang, sie ihre Augen groß und rund machte und ihre Lider flatterten. *Wie Angelina*, fuhr es ihr durch den Kopf, *ich benehme mich wie Angelina!* Verblüfft vergaß sie für einen Moment alles um sich herum. Wo Maya ohne Umschweife gefragt und ihre Bitten vorgebracht hatte, hatte Angelina umschmeichelt, becirct, geschmollt, um an ihr Ziel zu gelangen. Weil sie wusste, dass man einem solch charmanten, schwachen Frauenzimmer nichts abschlagen konnte, während Maya mit ihrer direkten Art oft angeeckt war – und nun, da sie nicht einfach sagen konnte: »Ich will nicht mitkommen«, verfiel sie, ohne nachzudenken, auf die gleichen Taktiken wie ihre Schwester. Hatte Angelina sich etwa nicht nur deshalb dieses Getue angewöhnt, weil man von ihr erwartete, sich so zu verhalten, sondern auch aus einer Mischung aus Machtlosigkeit und Unsicherheit heraus, aufgrund derer sie stets ein unverblümtes Nein fürchtete?

»Auch wenn wir morgen noch hier stehen«, riss Rashads Stimme sie aus ihren Überlegungen, »nützt Ihnen das nichts. In Aden weiß niemand, dass wir hier sind. Ihre Leute wissen nur, dass es nach Ijar geht. Mehr nicht.«

Noch halb mit ihren Gedanken bei Angelina und beschämt darüber, dass er ihre Verzögerungstaktik so leicht durchschaut hatte, angelte Maya mit dem Fuß nach dem Steigbügel. Erst im vierten Anlauf gelang es ihr, sich hochzuhieven und das andere Bein über den Pferderücken zu werfen. Aber kaum hatte sie sich im Sattel niedergelassen, geriet sie auch schon ins Wanken, sodass Rashad den Arm nach ihr ausstreckte, Halt anbietend, ohne sie dabei zu berühren. »Geht es?«, fragte er leise. Maya nickte hastig mit hochrotem Gesicht, als sie sich zurechtsetzte. Sie sah zu, wie er sich scheinbar ohne Anstrengung auf sein eigenes Pferd schwang und sich von einem seiner Männer ein langes Schwert reichen ließ, die Scheide an einem langen Lederriemen umschnallte, ebenso ein Gewehr, dessen Gurt er sich umhängte. Waffen, wie sie auch jeder der drei anderen Männer bei sich trug, ebenso wie eine *djambia* im Gürtel über dem weiten blauschwarzen Hemd. Rashad verhüllte die untere Hälfte seines Gesichtes mit dem Ende des Kopftuches, und auf eine entsprechende Geste von ihm hin tat Maya es ihm gleich. Er hob die Hand in Richtung des Wachpostens, der diesen Gruß auf die gleiche Art erwiderte. »*Yalla*, los!«, ertönte gedämpft Rashads Befehl, und der Tross setzte sich in Bewegung, die Piste aus Sand, Schotter und Palmen entlang, die Maya von ihrem Fenster aus gesehen hatte. Gemächlich, als gäbe es wirklich keine Eile, nach Ijar zu gelangen.

Maya warf einen ersten, zweiten und letzten Blick auf den »Palast« des Sultans von Fadhli – ein einfacher Steinklotz auf ebenem, staubigem Grund vor einer rauen Wand aus schwarzem Fels. Ockerfarbig wie die Wände in seinem Inneren, bestand der einzige Schmuck dieses Gebäudes aus den verschnörkelten, weißen Bordüren, mit denen die simplen Fensteröffnungen ummalt waren. Sie wandte den Kopf und sah zur Stadt hinüber, deren Mauern die Helligkeit des Morgens fast schmerzhaft zurückwarfen. Lichtfunken blitzten auf der grünblauen Fläche des Meeres, das weiß aufschäumte, wo es sich an Felsen brach. Todesangst stieg plötzlich in Maya auf und nahm ihr die Luft zum Atmen. *Bitte, lass Coghlans Männer uns aufspüren, uns den Weg abschneiden – lass sie mich hier herausholen!* Ihre Finger krampften sich um die Zügel. Rashad langte herüber und ließ seine Finger sacht für einen Moment auf dem Hals von Mayas Pferd ruhen, schloss die Lider und öffnete sie wieder. Die Haut um seine Augen, die von so dunklem Braun waren, dass sie fast schwarz wirkten, legte sich in Falten, wie zu einer stummen Ermunterung, ehe er seinen Fuchs antraben ließ und sich an die Spitze des Zuges setzte. Die Reiter formierten sich neu – Djamila ritt zu Mayas Linken einer der Männer auf Höhe der rechten Hinterhand ihres Pferdes, und die anderen beiden bildeten die Nachhut. Reitgerten schienen hier unbekannt; die Männer lenkten ihre Pferde allein mit Schenkeldruck und kaum merklichem Anspannen und Lockerlassen der Zügel. Einen Augenblick lang war Maya versucht, die ihres Pferdes herumzureißen und im Galopp zu fliehen. Doch sie merkte selbst, wie unsicher sie im Sattel saß, alle Kraft ihrer Muskeln benötigte, um sich im Schaukelgang oben und aufrecht zu halten, obwohl das Tier unter ihr lammfromm vor sich hin trottete. *Morgen könnte ich es vielleicht versuchen*, dachte sie bei sich, *morgen fühle ich mich bestimmt sicher genug. Oder übermorgen.* An diesen Gedanken klammerte sie sich, während sie die Küste entlangritten, vorbei an einsamen Sandflächen, umspült von grünlich schillerndem Wasser; und auch noch, als sie wenig später einer Abzweigung ins Landesinnere hinein folgten.

Gut fünfundsiebzig Meilen südöstlich marschierte der Angestellte des provisorischen Postamtes von Aden fröhlich vor sich hin pfeifend durch die Garnison, wie er es jeden Vormittag tat. Am Bungalow von Lieutenant Garrett blieb er stehen, verstummte und wog nachdenklich einen Brief in seinen Händen. Wie ein Lauffeuer hatte sich im Camp die Neuigkeit verbreitet, dass Mrs. Garrett ihrem Mann davongelaufen war und dieser von Colonel Coghlan großzügigerweise nicht nur Urlaub bewilligt, sondern auch einen Soldaten zur Seite gestellt bekommen hatte, um sie ausfindig zu machen und zurückzubringen. »Was mache ich jetzt damit?«, knurrte der Postbote unwillig vor sich hin, während er überlegte. Schließlich zuckte er mit den Achseln, trat auf die Veranda und schob den Brief mit dem Konterfei Königin Viktorias auf der Marke kurzerhand unter der Tür hindurch. Frohgemut sprang er wieder auf die Straße und setzte pfeifend seinen Weg fort.

Doch es sollte lange niemand mehr in den Bungalow zurückkehren, um den Brief zu öffnen, in dem Gerald Greenwood seine Tochter bat, nach Hause zu kommen.

4

Die Straße war kaum mehr als ein über die Jahrhunderte von den Pferde- und Kamelhufen der Karawanen ausgetretener Weg. Steil und im Zickzack stieg er durch die in großzügigen Stufen aufeinanderfolgenden Felsebenen an. Geformt von der abrupten Gewalt des brodelnden Erdinneren, langsam abgekühlt und nur zaghaft von den Elementen abgeschliffen, glänzte der dunkle Stein um seine Risse und Furchen, wies skurrile Spitzen und Faltungen auf. Kraterlöcher säumten den Weg, waren teilweise mit Wasser aufgefüllt, das in grellem Grün leuchtete. Die Luft über den Bergen und den Sandflächen dazwischen flimmerte. Alles in der Ferne erschien unscharf und vergrößert, schrumpfte erst beim Näherkommen wieder auf ein normales Maß: vermeintliche Bäume zu Sträuchern, Sträucher zu Büscheln drahtigen Wüstengrases. Auf einer Anhöhe, von der aus Maya mit einem Blick über ihre Schulter noch die Häuser von Shuqra als weiße Punkte in der Ferne erkennen konnte, überstrahlt vom Funkentanz der Sonnenreflektion auf dem Wasser, wirkte das Lavafeld weniger barbarisch, und flache Stellen darin schienen gar weich wie grauer Samt. Doch gleich schoben sich wieder uralte Berge an den Pfad heran, ihre Flanken seit Ewigkeiten vom Wind abgebürstet und sandgescheuert, einzelne Brocken davon durch den Wechsel von heißem Tag und kalter Nacht abgesprengt und auf dem Grund zersplittert. Es war ein trockener Wind, der hier wehte, wie aus einem Ofen – als verbargen sich in den Felsspalten drachenähnliche Fabelwesen, die ihren glühenden Atem daraus hervorspien. Und es war eine stille Welt, durch die sie ritten, während die Sonne höher stieg. Kein Tier zeigte sich, und niemand sprach ein Wort. Das Schweigen bedrückte Maya wie eine schwere Last. Ein paar Mal hatte sie versucht, mit ihrem unbeholfenen Arabisch ein Gespräch mit Djamila zu beginnen – über die Hitze, die Berge, diese Landschaft, die in Mayas Augen keine war. Doch Djamila hatte sie immer nur mit einem vorwurfsvollen Ausdruck in den Augen angesehen, schließlich den Kopf geschüttelt und einen Finger auf das Tuch vor ihrem Mund gelegt. Und Maya war beschämt und verwirrt verstummt. So war nur das trockene Geklapper der Hufe zu hören, das Stampfen, mit dem das Gewicht der Pferde die Erde erschütterte und wie ein immerwährendes Flüstern im Hintergrund das flackernde Brausen des Windes, das zarte Knistern und Rascheln, wenn er durch die Zweige der Tamarisken strich, deren dürre Blätter dabei silbern aufschimmerten. Während das andere Gebüsch, das sich in den Stein krallte, starr blieb, die zwergenhaften Bäume, hart und knöchern und oft mit langen Dornen bewehrt.

Um die Mittagszeit rasteten sie in einem weiten Tal, an dessen Grund ein Wasserlauf üppiges Gebüsch nährte. Graufellige Kühe, die gleichgültig herumstanden, grüne Zweige und Grasschöpfe abrupften und zwischen ihren Kiefern zermahlten, verrieten, dass die nächste Siedlung nicht weit sein konnte. Zeit, um hier die Pferde zu tränken, die Wasserschläuche aus Ziegenhäuten zu füllen, Brot und Datteln zu essen und selbst Wasser mit den Händen aus dem Bach zu schöpfen; Zeit auch für Maya, sich in einer abgelegenen Ecke und hinter einem großformatigen, dunklen Tuch, das Djamila mit abgewandtem Kopf wie einen Vorhang vor sie hielt, zu erleichtern, ehe

Djamila zu demselben Zweck irgendwo hinter Gesträuch und Felsen verschwand und Maya danach zeigte, wie sie sich die Hände mit Sand reinigen konnte, sollte einmal kein Wasser dafür übrig sein.

Lang zog sich das Tal hin. Je weiter sie hineinritten, desto höher und steiler wurden seine Wände, versickerte der Wasserlauf zu einem Rinnsal, das schließlich gänzlich in der Erde verrann. Getrocknete Fladen aus Kameldung zeigten, dass dieser Weg oft von Karawanen beschritten wurde. Bald waren auch die dazugehörigen Tiere in Sicht, massive Körper mit befransten Höckern auf zerbrechlich langen Stelzenbeinen. Weitere Kühe und ganze Herden von Schafen und Ziegen verteilten sich um in den Boden gegrabene Brunnen. Frauen beugten sich über die Einfassungen aus lose aufgeschichteten Felsbrocken. Mit Harken und Metallbechern kratzten sie hörbar darin herum, um auch ja jeden Tropfen des kostbaren Nasses herauszuholen. Maya konnte ihren Blick nicht von den zierlichen Gestalten in den langen Wickelröcken und einfachen Blusen abwenden, weil ihre von harter Arbeit und kargen Lebensbedingungen gezeichneten Gesichter unverhüllt waren. Allein ihr Haar war bedeckt von bunt gemusterten Tüchern, die sie im Nacken verknotet hatten. Nur dann und wann streifte ein ebenso neugieriger wie scheuer Blick den vorbeiziehenden Reitertross. Graue und braune Esel wurden mit Wasserhäuten beladen, um sie in die Dörfer zu bringen, und hölzerne Tröge gefüllt, um die sich das Vieh scharte. Andere Frauen saßen im spärlichen Schatten der Bäume zusammen, schwatzten und lachten, während sie ein Auge auf ihre Tiere hatten; eine von ihnen trieb mit einem Stock die vorwitzigen Schafe zurück, damit sich auch die geduldigeren Kühe und Ziegen am Wasser laben konnten.

Aus dem Tal heraus wand sich der Pfad in eine weite Ebene, nur an den weit entfernten Rändern von Bergrücken umgeben, auf denen Maya Umrisse von Dörfern ausmachen konnte. Die

Vegetation nahm so rasch ab, wie sie aufgetaucht war. Nur einzelne niedrige Bäume blieben übrig, knorrig, die Kronen aus länglichen Blättern und starken Dornenzweigen breit auslaufend. Rashad lenkte sein Pferd zu einem von ihnen hin und erschreckte dabei eine verirrte Ziege, die auf den Hinterläufen gestanden und verlangend den Hals zum Baum hinaufgereckt hatte. Unter empörtem Gemecker stakste sie nun davon, während Rashad sich vom Sattel aus im Geäst zu schaffen machte und dann mit etwas in seiner geschlossenen Rechten zurückkehrte.

»Hier.« Er hielt Maya in der hohlen Hand ein paar rotbraun glänzende Beeren hin, wie ovale Kirschen. Misstrauisch blickte Maya zwischen den Früchten und ihm hin und her, und Rashad legte den Kopf in den Nacken und lachte. Er löste das Tuch von seinem Gesicht und steckte sich eine der Beeren in den Mund. »Sie heißen *dom*, und sie sind gut«, erklärte er kauend. Als Maya sah, dass Rashad sie hinuntergeschluckt hatte, zog sie sich zögerlich ebenfalls das Tuch beiseite und nahm sich eine Beere, knabberte vorsichtig die Hälfte davon ab. Unter der festen, glatten Haut verbarg sich gelbes Fruchtfleisch, das mild und süß schmeckte. Mit zufriedenem Lächeln ließ Rashad die restlichen Beeren in Mayas Hand kullern und sein Pferd wieder voraustraben. Maya umklammerte mit der Linken fest die Zügel und steckte sich mit der anderen Hand eine Beere nach der anderen in den Mund. Ihr Saft befeuchtete Mayas trockene Mundhöhle, löste die ekelhafte Klebrigkeit darin auf, die auch das Wasser nicht hatte hinunterspülen können, und lange sann sie über diese freundliche Geste des Arabers nach.

Ein Dorf, mitten in dieser Einöde, kam in Sicht, und zog wieder vorüber, ohne dass Maya mehr davon zu Gesicht bekommen hatte als fast nackte Kinder, ihre dunkelbraune Haut von einer dicken grauen Staubschicht überzogen, die johlend umhersprangen und in ihr Spiel vertieft den Vorüberreitenden keinerlei Beachtung schenkten. Der Pfad stieg an und fiel wieder ab, in ein weiteres Tal, und auch hier gab es Wasser, Grün und eine Rast. Maya war froh, wieder festen Boden unter den Stiefeln zu haben und ihre schmerzenden Glieder strecken zu können, auch wenn ihre Oberschenkelmuskeln zitterten und die ersten Schritte nach dem Abstieg etwas wackelig gerieten. Rashad hatte das Tempo merklich angezogen, doch es schien Maya vermessen anzunehmen, dass er ihr erst einige Stunden langsameren Rittes hatte geben wollen, bis sie sich wieder daran gewöhnt hatte, im Sattel zu sitzen.

Es tat gut, sich vor dem träge vor sich hin rinnenden Bach hinzuknien, die Ärmel des weiten Hemdes aufzukrempeln und die Unterarme hineinzutauchen, mit den hohlen Händen Wasser zu schöpfen und die Kehle hinabtröpfeln zu lassen. Mochte es auch moosig und nach Stein schmecken, war es doch allemal besser als jenes aus den Wasserschläuchen, das eindeutig ein Aroma von Ziege angenommen hatte. Mit nassen Händen wischte sie sich über das Gesicht, das schweißverklebt und um die Augen herum sandverkrustet war, und legte die gekühlten Finger für einen wunderbar erfrischenden Moment in ihren glühenden Nacken. Lächelnd sah sie den Kaninchen zu, die wie Aufziehspielzeug umhersausten, abbremsten, herumsaßen und mit ihren Näschen zuckten, ehe sie wieder davonhoppelten.

Diese Nager waren nicht das Einzige an Wildtieren hier, wie Maya auf ihrem weiteren Ritt durch das Tal feststellte. Zwischen den dornigen Ästen der Bäume hatten Vögel ihre Nester gehängt, bauchig und fest gewebt wie kleine Jutesäcke. Als schwarzgelbe Federbälle schwirrten sie mit emsigem Flügelschlag durch die Luft, wenn sie ausschwärmten und wieder hurtig zu ihren Jungen zurückkehrten. Ihr Zwitschern erfüllte die Luft mit freudigen Koloraturen.

Einige Meilen weiter kam ihnen eine Karawane entgegen, eine gemächlich zuckelnde Prozession hoch beladener Kamele, begleitet von Männern in sandhellen Gewändern, deren Haut tiefbraun war und die ihre Stirn und Wangen zusätzlich noch mit Indigo geschwärzt hatten. Diejenigen von ihnen, die auf einem der Kamele saßen, ließen ihre Gewehre auf den Knien ruhen, und wer daneben einhermarschierte, trug seine Waffe wie ein Joch auf den Schultern, die Arme locker über Lauf und Kolben herabhängend. Maya schluckte, und ihr Herz pochte wild, als sie den Zug auf sich zukommen sah, der offensichtlich nach Süden marschierte, an die Küste, höchstwahrscheinlich sogar in den Hafen von Aden. Die Männer wirkten wenig Vertrauen erweckend, und doch boten sie vielleicht eine Chance auf Rettung, waren sie Rashads Truppe doch zahlenmäßig überlegen. Sie zögerte, wartete, bis das vorausschreitende erste Kamel auf ihrer Höhe angelangt sein würde, doch Rashad kam ihr zuvor. Er zügelte seinen Fuchs, bis Mayas Brauner sich brav danebengeschoben hatte, und griff sich dann das Zaumzeug ihres Pferdes. So sachte, dass Mayas Pferd ungerührt weitertrabte, und doch hatte seine Geste etwas Entschlossenes.

»Wagen Sie es nicht«, raunte er ihr hinter seinem Gesichtstuch zu. Maya, die sich ertappt fühlte, errötete spürbar und senkte den Blick. Ein Gefühl der Furcht durchfuhr sie ob der bedrohlichen Härte in seiner Stimme. Doch ihr Körper reagierte wie von selbst; als der erste Kamelreiter neben ihr auftauchte, nur etwas mehr als eine Armeslänge entfernt, ließ sie ihre Muskeln anspannen, die Zügel fester packen, bereit, aus ihrem eigenen Reitertross auszuscheren und tief Luft für einen Hilferuf zu holen. Und noch im gleichen Augenblick rang sie nach Atem, weil Rashad ihren Unterarm so fest gepackt hatte, dass ihr Tränen in die Augen schossen und sie vor Schreck und Schmerz beinahe aus dem Sattel gekippt wäre. Rashad hielt sie im Gleichgewicht, erwiderte den ebenso respektvollen wie distanzierten Gruß der Karawanenleute mit einem Nicken und gab Maya erst frei, nachdem auch das letzte Kamel mit baumelndem Schwanz vorbeigeschaukelt war. Bis Maya sich wieder gefangen und vergewissert hatte, dass er ihren Arm nicht mit seiner Kraft zerquetscht, ihr Elle oder Speiche gebrochen hatte, hatten sich Pferdetrupp und Kamelzug schon wieder weit voneinander entfernt.

»Ich hatte Sie gewarnt«, sagte Rashad nur und setzte sich mit leichtem Fersendruck in die Flanken seines Pferdes wieder an die Spitze der Gruppe. Maya wandte sich um und fasste noch einmal sehnsuchtsvoll die rasch kleiner werdende Karawane ins Auge. Ihr Blick begegnete den ausdruckslosen Augen der beiden Männer, die hinter ihr ritten, und schnell richtete sie ihre Aufmerksamkeit wieder nach vorne, auf den schwarzblauen Rücken Rashads, dann auf die Mähne ihres Pferdes. Mit dem Handrücken wischte sie die heißen Tränen zorniger Enttäuschung fort, die sich in den Augenwinkeln gesammelt hatten.

Als die Sonne sank, die Felsen wie aus Kupfer gegossen wirkten, kam ein Dorf in Sicht, recht groß und von quadratischem Grundriss, markiert durch einen weithin stark riechenden Umgebungswall aus getrocknetem Dung. Einige wenige Steinhäuser und viele einfache Hütten aus Holz und Halmgeflecht fanden in seinem Inneren Platz. Hundegebell war zu hören, und Herden von Schafen und Ziegen wurden neben ein paar Kühen von Frauen in Richtung Nachtquartier getrieben. Ein breiter Streifen von Feldern lag neben dem Dorf, sichtlich trocken und Regen erwartend, brüchige, zu fransigem Stroh gebleichte Getreidehalme der letzten Ernte darüber verteilt. Doch als suchte Rashad die Einsamkeit der Berge oder als wollte er an diesem Tag so viel wie möglich des noch vor ihnen liegenden Weges bewältigen, ritten sie bis nach Sonnenuntergang weiter, bis die Felsen im Westen mit den Farben der Dämmerung verschmolzen.

Erschöpft setzte Maya sich auf einen Stein und sah zu, wie

Rashads Männer in ihrer Nähe einen Teil des Gepäcks abluden und mit nur wenigen Handgriffen drei Zelte errichteten, viereckig und aus dem gleichen schwarzblauen Tuch wie ihre Kleidung. Mayas Unterarm schmerzte noch immer; die Abdrücke von Rashads Fingern hatten sich von ursprünglich rot zu gelblich-violett verfärbt, und ihre Glieder, Rücken und Gesäß waren teils taub, teils schmerzhaft überdehnt und durchgeschüttelt. Doch noch mehr taten ihr die Hände weh, die blasig und wund waren von den Lederriemen der Zügel. Sie schluckte mehrfach, um Speichel in ihrem Mund zu sammeln, spuckte in die Handflächen und verrieb das Wenige an Feuchtigkeit, was sie zusammenbekommen hatte, blies darauf, doch sie spürte nur einen Hauch von Kühlung, kaum Linderung. Hiebe wie von einer Axt erklangen im Halbdunkel, und wenig später glomm es vor den Zelten auf, und anfängliche Flämmchen wuchsen rasch zu einem tüchtigen Lagerfeuer an. Im rotlodernden Licht verrührte einer der Männer Wasser mit Mehl und vergrub das gummiartige Ergebnis in der noch glühenden Asche, die bereits entstanden war, während ein anderer mit einem Messer auf etwas Festes einhackte. Der Dritte war mit den angebundenen Pferden beschäftigt, und gedämpftes Geschlabber und Geschmatze verriet Maya, dass er ihnen Wasserbehälter und Säcke mit Futter um die Hälse gehängt hatte. Bald drang der köstliche Duft von frischem Brot, gebratenem Fleisch und noch etwas anderem zu ihr herüber. Maya begriff, weshalb man sie hier so scheinbar sorglos im Dunklen ohne Aufsicht sitzen ließ. *Wie gerissen*, dachte sie voller Zorn, *wie gerissen, mich zu Pferd in die Berge zu verschleppen! Sie wissen genau, dass ich nach einem solchen Tag zu müde bin, um mich auch nur weiter als zehn Schritte vom Lager wegzubewegen. Dass ich in der Nacht nicht den Weg zum Dorf zurückfinden und mir wahrscheinlich noch auf der steinigen Straße den Hals brechen würde!* Je weiter ihr Weg sie ins Landesinnere führte, desto unsinniger würde jeglicher Fluchtversuch Mayas sein, ohne Karte, als unerfahrene Reiterin und unkundig, was die Sitten und Gebräuche der Araber gegenüber einer allein reisenden englischen Frau anbelangte.

»Zeigen Sie mir Ihre Hände.« Maya hob den Kopf, als Rashad zu ihr trat, einen belaubten, dornenübersäten Ast in den Händen. Unsicher, was er damit vorhaben wollte, den harten Griff um ihren Arm noch in spürbarer Erinnerung, vergrub sie die Hände im Schoß ihrer weiten Hose und schüttelte den Kopf. Er seufzte, als er neben ihr in die Hocke ging, einen schmalen Dolch seitlich aus seinem Gürtel zog und zahlreiche Kerben in das noch weiche Holz ritzte, aus denen sogleich eine zähe Flüssigkeit hervorquoll. »Ich habe gehört, englische Frauen seien fügsam, aber ich kann Ihnen versichern: Sie zumindest können es mit den Frauen meines Stammes aufnehmen. – Nun geben Sie schon her«, fügte er grob hinzu, »ich will nicht, dass Sie später sagen, ich hätte mich nicht um Sie gekümmert.« Maya gehorchte widerwillig, und er ließ den milchigen Saft in ihre Handflächen tropfen. »Jetzt so machen.« Er legte den Ast beiseite, tupfte, rieb seine eigenen Handflächen gegeneinander und nickte zufrieden, als Maya es ihm gleichtat.

»Warum tun Sie das?«, fragte Maya, während Rashad weitere Schnitte in die junge Rinde setzte und hob ihre Hände flach an, die klebrig waren vom Saft des Zweiges, der auf angenehme Art leicht auf ihrer Haut brannte und kühlend wirkte. Rashads Zähne blitzten kurz auf. »Weil Sie uns kostbar sind.«

»Kostbar?« Maya war nicht sicher, ob sie ihn richtig verstanden hatte, ob er auch wirklich das Wort gewählt hatte, das ihm vorschwebte.

Rashad schwieg einen Moment, anscheinend ganz darauf konzentriert, jedes Quäntchen der heilsamen Flüssigkeit aus dem Zweig zu holen. Während er den Saft erneut auf Mayas Handflächen träufelte, antwortete er: »Ich will Sie ohne Schaden Ihren Leuten zurückgeben, soweit es in meiner Macht steht. Dafür bürge ich mit meiner Ehre.«

»Das verstehe ich nicht.«

Ein Lächeln flog über sein Gesicht. »Nein. Das können Sie auch nicht.«

»Erklären Sie es mir?«, hakte Maya schüchtern nach einer kleinen Pause nach. Sie glaubte schon, er würde sie ohne Antwort lassen, als er langsam zu sprechen begann, und es klang, als müsste er jedes Wort sorgsam auswählen und abwägen.

»Hier im Süden ist das Leben streng nach alten Gesetzen geregelt. Gesetze für das Verhalten in der Familie, zwischen Männern und Frauen, Vätern, Müttern und Kindern, zwischen Alt und Jung. Das Verhalten in einem Stamm, zwischen den Stämmen, gegenüber dem Sultan, zwischen den Sultanaten.«

»Wie sie im Koran stehen?«, warf Maya ein, stolz darauf, dass sie von Richard so einiges über die arabische Welt gelernt hatte. Rashad lachte leise.

»Manche, ja. Aber im Vergleich mit unseren Bräuchen ist unser Glaube noch sehr jung. Und wir halten unsere Bräuche hoch. Sie haben unsere Stämme durch harte Jahre geleitet und am Blühen gehalten, soweit unsere Abkunft zurückreicht. ›Das Erbe deines Vaters ist mehr wert als Jahre des Lernens‹, sagt man bei uns. Wir sind stolz darauf, dass nichts und niemand uns je diese Bräuche und den Stolz darauf nehmen konnte. Zuallererst sind wir Stammesleute, dann erst Gläubige. So war es immer, und so soll es auch bleiben.« Er machte eine kleine Pause und fuhr dann fort: »Eines dieser Gesetze heißt *sayyir*. Es regelt das Verhältnis zwischen zwei Stämmen. Wenn ich als ein al-Shaheen mich auf einem Gebiet bewege, das einem anderen Stamm gehört, und wir mit ihm ein *sayyir* haben, muss der gesamte Stamm dafür sorgen, dass ich unbeschadet dieses Gebiet auch wieder verlassen kann. Sie, Maya, stehen im Gesetz des *rafiq* zu mir. *Rafiq* bedeutet, einem Fremden vorübergehend den Schutz eines Stammes zu gewähren. Ich habe Sie oben am Turm des Schweigens auf eine gewisse Zeit unter den Schutz meines Stammes gestellt. So lange, bis ich Sie in Ijar wieder Ihren Leuten übergeben kann.«

Maya grübelte über seine Worte nach, die zunächst keinen Sinn zu machen schienen, bis sie zu verstehen glaubte. »*Rafiq* bedeutet also mir aufgezwungenen Schutz – auf einer Reise, die ich nicht will?«, fasste sie seine Erklärung in ihren eigenen Worten zusammen.

Rashad lachte. »Wenn Sie es so ausdrücken wollen...Ja, so ist es. Zumindest bei Ihnen jetzt.« Er machte eine kleine Pause, ehe er fortfuhr: »Zu einem *rafiq* gehört auch immer die Zahlung eines Entgeltes. In diesem Fall wollen wir für diesen Schutz etwas von Coghlan.«

»Und wie viel bin ich Ihrer Meinung nach wert?« Maya konnte sich diesen Anflug von Zynismus nicht verkneifen.

»Sehr viel«, entgegnete Rashad ernst, als hätte er ihren teils ärgerlichen, teils koketten Tonfall nicht bemerkt. »So viel, wie das Sultanat von Ijar an Geld verloren hat, seit Haines Aden zum Freihafen gemacht hat und es in Zukunft womöglich noch verlieren wird, wenn wir nicht handeln.«

»Sprechen Sie deshalb so gut Englisch – um mit Ihren und den Feinden des Sultans besser verhandeln zu können?« Maya glaubte, einen Ausdruck von Verblüffung über diese Frage in Rashads Gesicht gesehen zu haben. Er schüttelte den Kopf und kratzte mit dem Zweig in der Erde herum.

»Ihr Engländer seid nicht unsere Feinde. Wir wollten Euch nicht hier haben, das ist wahr. Aber Ihr wart die Stärkeren und habt uns bislang trotzdem unsere Freiheit gelassen. Das ist gut. Uns im Landesinneren ist es im Grunde egal, wem der Hafen von Aden gehört. Aber es ist eine Frage von Wohlstand oder Armut, ob Eure Regierung eine Politik betreibt, die den Sultan von Lahej bevorzugt und alle anderen Gebiete zu Verlierern macht.«

»Das tut mir leid«, fühlte Maya sich genötigt zu sagen, obwohl sie wusste, wie flach und gezwungen es klang.

Rashad lachte erneut. »Das muss es nicht. Es ist nichts – wie sagt man – *Personenhaftes?*«

»Persönliches«, verbesserte Maya.

»Nichts Persönliches«, wiederholte Rashad. »Niemand macht Sie für die Politik Coghlans verantwortlich. Und ich führe nur einen Befehl aus, wie ich ihn als Söldner des Sultans bekommen habe.«

Er verstummte, und auch Maya schwieg, als sie über seine Worte nachdachte, strich dabei unbewusst mit dem Handrücken über ihren malträtierten Unterarm. Vieles ging ihr nicht aus dem Kopf, aber eine Sache, die Rashad gesagt hatte und die sie nicht mit den schwarz verschleierten arabischen Frauen in Aden in Einklang bringen konnte, beschäftigte sie besonders.

»Wie haben Sie das gemeint«, begann sie von Neuem, »ich kann es mit den Frauen Ihres Stammes aufnehmen?«

Wieder schienen seine Zähne in der Dunkelheit auf. »Die Frauen von al-Shaheen gelten als ebenso wehrhaft wie ihre Männer. Sie kümmern sich um das Heim, das Vieh und die Kinder; sie spinnen, weben und nähen, wie überall sonst auch. Doch manchmal ist es nötig, dass sie an unserer Seite gegen Feinde kämpfen. Sie sind geschickt mit dem Schwert und tapfer, und weil sie sich uns ebenbürtig fühlen, lassen sie sich von uns Männern auch nicht gerne vorschreiben, was sie zu tun und zu lassen haben.«

Maya zögerte einen Moment, bevor sie ihre nächste Frage stellte, unschlüssig, ob sie damit wohl zu weit ginge: »Haben … haben Sie auch eine Frau? Oder mehrere?«

»*Eine*«, gab Rashad lachend zur Antwort. »Ich bin zu selten bei meinem Stamm, um für mehr als eine sorgen zu können, und sie war auch immer dagegen, dass ich mir eine zweite nehme. Sie ist eine gute Frau! Zwei Söhne und eine Tochter hat sie mir geschenkt. Der Älteste ist Krieger wie ich, der Jüngere schon in den Kreis der Männer aufgenommen und für das Mädchen wird bald ein Mann gesucht werden.« Er klang wehmütig, als er das sagte, und gleichzeitig distanziert, als spräche er über Fremde.

»Ich hätte nicht gedacht, dass Sie schon so alt sind«, entfuhr es Maya, was ein noch lauteres Lachen Rashads zur Folge hatte.

»Ich weiß nicht viel über Euch Engländer, aber ich glaube zu wissen, dass die Zeit eines Menschenlebens bei uns anders verläuft als bei Euch!« Er verstummte für einen Moment, schien ähnlich wie Maya zuvor darüber nachzudenken, ob er seine nächste Frage stellen sollte, ehe er in schuldbewusstem Tonfall wissen wollte: »Haben Sie Kinder?«

»Nein.« Mayas Stimme war brüchig.

Rashad richtete sich zu seiner vollen Größe auf, und er schien erleichtert, als er erwiderte: »Ein Grund mehr, Sie heil zu Ihrem Mann zurückzubringen: Damit Sie ihm noch viele Kinder schenken können.«

Sie sah ihm nach, wie er als schwarze Silhouette zu seinen Männern ans Feuer ging, den Ast hineinwarf, der eine Funkenfontäne freisetzte, sich dann mit gekreuzten Beinen niederließ und einen Becher gereicht bekam, sich in das Gespräch einmischte und lachte. Sein Weg hatte sich mit dem Djamilas gekreuzt, die etwas für Maya vor sich hertrug, das sich als hölzerner, gut gefüllter Teller entpuppte, neben einem tönernen Becher mit einer Art Tee, der Kardamom und Nelken enthielt. Zusätzlich trug sie einen wollenen Umhang über dem Arm gegen die urplötzlich hereingebrochene Kälte der Nacht, die Maya nicht gespürt hatte, solange Rashad bei ihr gewesen war.

Zuerst hatte Maya geglaubt, das Rumoren in ihrem Innern rührte von ihrem leeren Magen her. Doch nachdem sie fast alles aufgegessen hatte – gebratenes Ziegenfleisch, frisches Brot, das sandig und verrußt schmeckte, dazu eine dicke, scharf gewürzte Paste aus Erbsen und Bohnen – machte es sich immer noch bemerkbar, wenn auch leicht abgeschwächt. Maya schob es auf den Gedanken an Ralph und ihre Kinderlosigkeit, den Rashad mit seiner Frage und seiner abschließenden Bemerkung wieder aus einem verborgenen Winkel hervorgeholt hatte, und auf die Empörung, die in ihr schrillte, dass sie wohl überall als Frau nur etwas zählte, wenn sie empfing und gebar; schließlich darauf, dass sie darüber nachzugrübeln begann, ob sie es wohl als Auszeichnung empfände, bezeichnete ein Mann sie als »gute Frau« – und ob Ralph je in diesem Sinne über sie gedacht hatte.

Erst als sie neben Djamila in eines der Zelte gekrochen war und auf dem aus Decken hergerichteten Lager augenblicklich erschöpft eingeschlafen war, verlosch dieses beunruhigende Gefühl.

5

Sie waren noch nicht weit geritten, als am nächsten Morgen, am Fuße eines jäh abfallenden, felsigen Gebirgsausläufers, hinter dem sich die gewaltige Wand eines Hochplateaus erstreckte, eine Stadt in Sicht kam. Festungsähnliche Bauten klebten auf halber Höhe der Bergflanke, durch Steiltreppen miteinander verbunden, und weitere Stufen führten hinab zu einer Ansammlung von Häuschen am Fuße des Berges, aus der Ferne nicht mehr als Steinkrümel. Rashad zügelte sein Pferd und zog sich sein Tuch vom Gesicht. »Salim!«, rief er über seine Schulter hinweg, und eilfertig spurtete einer der beiden aus der Nachhut zu ihm vor, nickte eifrig, als Rashad ihm einige Sätze zuwarf, und galoppierte dann, ohne zu zögern, voraus. Rashad dirigierte seinen Fuchs dicht neben Maya und machte eine Kopfbewegung in Richtung der Stadt. »Das ist Az-Zara. Hier betreten wir das Gebiet des Sultans von Lodar. Kein angenehmer Mann. Salim wird die Nachricht von unserer Ankunft überbringen. Sobald wir dort sind, halten Sie sich im Hintergrund und machen alles so wie meine Männer.«

Maya nickte, zum Zeichen, dass sie verstanden hatte. Ihr Herz pochte schneller vor Angst, und ihre Handflächen waren schweißnass, sodass sie die Zügel fester packen musste. In gemessenem Trab hielten sie auf die Stadt zu, und Maya konnte auf den Treppen oben am Berg reges Treiben erkennen. Menschen wie kleine schwarze Striche, die die Stufen hinabeilten und Maya dabei an das organisierte Gewimmel einer Ameisenstraße erinnerten.

Die Häuser von Az-Zara bestanden aus groben, mit Schlamm zusammengekleisterten Steinblöcken: hohe Bauten, einfach und geradlinig, teils zwischen den graubraunen Felsen errichtet, teils auf ihnen. Auf einer Freifläche mitten in der Stadt sah Salim ihnen schon erwartungsvoll entgegen, das Gesicht unverhüllt, sein Pferd neben sich am Zaumzeug haltend. Hinter ihm reihten sich die Soldaten auf, die so eilig die Treppen hinabgerannt und gesprungen waren, sobald sie von ihrem Ausguck in der Festung den Reitertrupp auf die Stadt hatten zukommen sehen. Um ihre Hüften trugen sie schwarze Tücher und schwer aussehende Patronengurte; die dazugehörigen Gewehre hatten sie auf ihren ärmellosen Westen über der nackten, mageren Brust geschultert. Ihre um den Kopf gewundenen Tücher waren steif und glänzend, von vielen Bädern im Indigo durchtränkt, und ließen dunkle, wie von Pomade schmierig wirkende Lockenschöpfe sehen. Fast einer ironischen Geste gleich, steckte in den Windungen jedes Turbans ein Sträußchen aus Wildblumen und Kräutern.

Maya warf einen Blick über die Schulter und sah, dass auch die bei ihnen verbliebenen zwei Männer das Ende ihres Kopfputzes vom Gesicht genommen hatten, dabei zwar weiche Gesichtszüge enthüllten – der eine war nur auf der Oberlippe spärlich behaart –, die aber trotzdem unverkennbar männlich wirkten. Sie schluckte trocken, von Panik erfüllt.

»Rashad«, zischte sie nach vorne, und mit fragend hochgezogenen Augenbrauen hielt er sein Pferd zurück, bis Maya zu ihm aufgeschlossen hatte. Sie zog ebenfalls das Ende des Tuches von Mund und Kinn und deutete aufgeregt darauf.

»Ich kann das doch nicht weglassen – ich werde doch sofort als Frau erkannt! Als Fremde!«

Rashads Augenbrauen zogen sich belustigt zusammen. »Aus der Nähe schon, aus der Ferne nicht unbedingt. Halten Sie sich hinter meinen Männern, und halten Sie den Kopf gesenkt. Niemand wird Ihnen viel Beachtung schenken.« Er zögerte, und seine Mundwinkel krümmten sich zu einem spöttischen Lächeln. »Jedenfalls nicht, solange ich keinen Fehler mache und der Sultan uns gewogen bleibt.«

»Wie beruhigend«, murmelte Maya vor sich hin. Rashads Lippen verzogen sich zu einem echten Lächeln, und gegen ihren Willen erwiderte Maya es, wenn es auch schwach und unsicher geriet. Er drehte sich im Sattel um und winkte die beiden Männer heran, dann zwinkerte er Maya aufmunternd zu und ließ seinen Fuchs voraustraben.

Sie hielten neben Salim, Rashad vorneweg, Maya zwischen den beiden anderen Männern ein paar Schritte entfernt, und stiegen ab. Sofort postierten sich die beiden Männer vor Maya, die gehorsam ihren Kopf senkte und angestrengt ihre zitternden Knie unter Kontrolle zu bringen versuchte. Sie wagte nicht, sich auszumalen, was ihr bevorstand, sollte man sie als Frau erkennen – in einem Land, in dem beide Geschlechter strikt getrennt waren, drohten gewiss schwerwiegende Konsequenzen, wenn man sie enttarnte. Sie fuhr zusammen, als sich von hinten warme Finger um ihre vor Angst ganz kalten schlossen. Djamila war neben sie getreten, drückte kurz ihre Hand, schenkte ihr einen aufmunternden Blick, ehe sie beiseitetrat, ihre Hände sittsam vor dem Schoß gefaltet, das verschleierte Haupt demütig gesenkt, wie es sich für eine Frau und Dienerin geziemte. Maya hätte sich bedeutend wohler gefühlt, sich in ähnlicher Kleidung zu ihr gesellen zu dürfen.

Unter gesenkten Lidern und zwischen den Schultern der beiden Krieger von al-Shaheen hindurch sah Maya, wie ein dünnes Männlein mit komplett ergrautem Haupt und Bart die Linie der Soldaten abschritt, die sofort strammstanden, ihre Mienen ernst und feierlich. Nur sein Auftreten, die Reaktion seiner Männer und die ehrfürchtigen Blicke der aus der Stadt herbeigelaufenen Schaulustigen ließen in ihm den Sultan von Lodar erkennen. Denn seine Kleidung war, abgesehen von einem fadenscheinigen schwarzen Hemd über dem Hüfttuch, keineswegs besser als die seiner Armee, und auch er trug ein Gewehr bei sich. Einzig das Blumengebinde am Turban fehlte und war durch eine Pfauenfeder ersetzt worden. Zwei jüngere Männer folgten ihm, braune Federn an ihrem Kopfputz, und aufgrund einer gewissen Ähnlichkeit in den Gesichtszügen nahm Maya an, dass es sich um die Söhne des Sultans handeln musste.

Letzterer blieb nun ungefähr in der Mitte der Soldatenreihe stehen und winkte Rashad mit einer gebieterischen Geste zu sich heran. Langsam, jeden Schritt bewusst setzend, ging Rashad auf ihn zu, die Mauer der Männer von der anderen Richtung her abschreitend. Gut drei Schritte vor dem Sultan machte er Halt, und die beiden Männer musterten sich schweigend, weder freundlich noch feindselig. Dann hob der Sultan seinen Arm, und die Linie der Soldaten teilte sich, bildete einen Gang, an dessen Ende ein weißer Kreis auf einer Hauswand leuchtete, auf den der Sultan nun wortlos deutete. Rashad schien die Zeremonie zu kennen, denn er schlüpfte aus dem Gurt seines Gewehres, legte an und feuerte ab, lud mit einer Patrone aus einem seiner Gurte nach und traf erneut auf das Ziel; drei Mal insgesamt, ehe er seine Waffe wieder umhängte und beiseitetrat. Der Sultan tat es ihm nach, ebenso wie seine beiden Söhne, und auf einen Wink, gefolgt von einem Befehlsruf, feuerten alle Soldaten gleichzeitig einen Salutschuss ab. Besorgt blickte Maya zu den Pferden, ob diese wohl scheuen und durchgehen würden. Doch offensichtlich waren sie solche lautstarken, kriegerischen Rituale gewöhnt; nur ihre Ohren zuckten; ansonsten blieben sie mit hängenden Zügeln und gelangweilter Miene regungslos stehen.

Jetzt erst begrüßten sich der Sultan und Rashad mit einem klatschenden Handschlag, begleitet von laut vorgebrachten Begrüßungsformeln, Fragen seitens des Sultans und Antworten Rashads, woher sie kämen, wohin sie ritten, was der Grund für ihre Reise sei und welche Neuigkeiten sie von der Küste mitbrächten. Maya verstand nicht alles, glaubte aber gehört zu haben, dass Rashad den Zweck ihres Rittes nach Norden mit »Waren von geringem Wert für Ijar« angab. Ein Tuch wurde auf der nackten Erde ausgebreitet, und auf eine einladende Geste hin setzten sich Rashad und der Sultan einander gegenüber, während die Söhne des Sultans seitlich hinter ihrem Vater Platz nahmen. Ein Diener brachte mit einer tiefen Verbeugung Kaffee, der bis zu Maya hin verlockend duftete, mit einer Spur von Ingwer darin. Obschon noch nicht einmal Mittag war, brannte die Sonne vom wolkenlosen Himmel, und das Gespräch zwischen dem Sultan und Rashad zog sich endlos in die Länge. Ein mehrfaches Klirren erregte Mayas Aufmerksamkeit, und ihr Atem stockte, als sie sah, wie sich von den Häusern am Rande der Stadt eine Prozession von Gefangenen näherte. Unterernährte, zerlumpte Gestalten mit eisernen Ringen um die Knöchel, die mit einem länglichen Metallstück verbunden waren und ihnen nur Trippelschritte erlaubten oder sich allenfalls mit kleinen Hüpfern vorwärtszubewegen. Getrieben von zwei Soldaten des Sultans, stellten sie sich in einer Reihe hinter dem Sultan auf, der prahlerisch die Arme ausbreitete, als wollte er sagen: »Seht her, das gehört alles mir!« Er und Rashad wechselten noch ein paar Worte, dann drehte sich Rashad zu Salim um und winkte ihn mit lockerer Hand zu sich heran. Salim wusste offenbar genau, was er zu tun hatte, kramte in einer seiner Satteltaschen herum und reichte seinem Hauptmann etwas, das dieser dem Sultan auf das ausgebreitete Tuch hinzählte: in der Sonne glänzende Münzen, die der Sultan befriedigt einstrich.

Endlich erhoben sie sich, verabschiedeten sich herzlich, und Rashad konnte mit einer Aufwärtsbewegung seines Zeigefingers das Signal zum Aufbruch geben. Kaum hatte Maya sich im Sattel niedergelassen, schob sich das Pferd eines der Männer vor sie und schützte sie vor den Blicken des Sultans. Mit zum Gruß erhobener Hand ließ Rashad sie schnell antraben, aus Az-Zara hinaus.

Kaum waren sie außer Sichtweite der Stadt, trieb Maya ihr Pferd vorwärts neben Rashads Fuchs. »Wofür haben Sie den Sultan bezahlt?«, wollte sie von ihm wissen.

»Damit er uns durchreiten lässt. Wegegeld – das ist hier üblich.«

»Und wer waren diese Gefangenen?« Mit Schaudern dachte Maya an die verwahrlosten Männer mit ihren Fesseln. Ein Seitenblick des Arabers streifte sie.

»Geiseln des Sultans.«

Ein kalter, metallischer Geschmack breitete sich in Mayas Mund aus. »Da muss ich Ihnen wohl dankbar sein, dass Sie mich nicht ebenfalls in Ketten legen!« Spöttelnd hatte sie es sagen wollen, doch bestürzt musste sie feststellen, dass es fast schmeichlerisch geklungen hatte.

Rashads Kopf fuhr herum, und er musterte sie mit einem Ausdruck der Verblüffung, der einem gestrengen wich, in dem sich seine Augenbrauen über der Nasenwurzel zusammenzogen. »Für den Sultan von Lodar ist das nur Vergnügen. Reisende mit leeren Beuteln oder die, die ihm einfach nicht gefallen, nimmt er gefangen. Mit *rafiq* oder mit *'ird*, meiner Pflicht, meinem Sultan zu seinem Recht zu verhelfen, hat das nichts zu tun.« Er nickte ihr knapp zu. »Ich behandle Sie, wie es meine Aufgabe ist.«

Sein Pferd preschte in einem leichten Galopp vorwärts, ehe es ein gutes Stück entfernt wieder in Trab verfiel. Betroffen starrte sie Rashads Rücken an, der ihr in seiner aufrechten Haltung so abweisend erschien. Blut stieg in ihre Wangen, als sie sich bewusst wurde, dass sie sich gewünscht hatte, ihm würde ihr Wohlergehen um ihretwillen am Herzen liegen – nicht weil sie ein kostbares Unterpfand für die Verhandlungen zwischen dem Sultan von Ijar und Colonel Coghlan war und Rashad sich dem strengen Ehrenkodex seines Stammes verpflichtet fühlte. Einen schrecklichen Moment lang begriff Maya vollkommen, in welcher Gefahr sie schwebte, wie sehr ihr Leben in Rashads Händen lag, und sie ertappte sich dabei, im Geiste mehrere Möglichkeiten durchzuspielen, sich seine Gunst zu sichern: Anbiederung, Koketterie, zur Schau gestellte Demut. Erneut drängte sich ihr der Gedanke an Angelina auf. Hatte diese nicht auch immer das Wohlwollen der Männer zu erringen versucht, nicht allein, um ihre Eitelkeit zu befriedigen, sondern vor allem, um einen von ihnen für sich zu gewinnen, der ihr eine gute Partie zu sein versprach und dadurch ihre Zukunft sicherte? Und so wie Maya durch Zufall zwischen die Fronten der Sultanate einerseits und der Regierung in Aden andererseits geraten war, war wohl auch Angelina in den Zwängen der Gesellschaft gefangen, und beide versuchten sie, das Beste daraus zu machen. Ein zärtliches Gefühl für ihre gefallsüchtige, selbstverliebte kleine Schwester überfiel Maya, ließ sie lächeln und ihr Pferd antreiben, auf dass es für sie möglichst bald ein Wiedersehen mit Angelina geben würde. Auch wenn ihr Weg sie zunächst immer weiter ins Innere Arabiens führte.

Nicht weit hinter Az-Zara, auf dem höchsten Punkt eines flachen, sandigen Hügels, erreichten sie die nächste Ortschaft. In ihrer Ausdehnung größer als Az-Zara, bestand sie aber nur aus wenigen Steinhäusern, zwei recht schäbigen Moscheen und einem ganzen Feld einfacher Behausungen, aus zusammengebundenen Zweigen errichtet. Auf der anderen Seite des Hügels, in einer ausgedehnten Ebene mit frisch besäten Äckern, rasteten sie an einem Brunnen, quaderförmig aus weißem Kalkstein gemauert und für diese Einöde außergewöhnlich verschwenderisch mit eingeritzten Ornamenten verziert. Ein dumpfes Vibrieren der Erde und in der Luft ließ Maya den Kopf heben, als sie gerade Wasser aus dem Brunnen in ihren Mund schöpfte. In vollem Galopp sprengte ein Apfelschimmel heran, und noch ehe der Mann in langem Beduinengewand und mit rotem Turban sein Pferd zum Stehen gebracht hatte, war er abgesprungen und reckte grüßend den Arm zur Gruppe am Brunnen, und die Männer, die gerade die Pferde mit frisch gefüllten Wasserschläuchen beluden, erwiderten seinen Gruß mit freudigen Rufen. Rashad eilte mit großen Schritten auf ihn zu, und unter lautem Gelächter schüttelten sie sich die Hände, umarmten sich herzlich mit Wangenküssen. In dem lebhaften Gespräch, das sich sogleich entspann, hielt der fremde Reiter Rashad seine Handfläche hin, nickte grinsend und machte eine abwerfende Handbewegung, als wollte er sagen: »Nicht so schlimm.« Maya schloss daraus, dass es sich um Ali handeln musste, denjenigen von Rashads Männern, den sie bei ihrer Entführung in die Hand gebissen hatte, und verkniff sich ein schadenfrohes Lächeln. Ali nickte immer wieder eifrig und zeigte hinter sich, in die Richtung von Az-Zara, machte schließlich eine bedauernde Geste, gestikulierte etwas wie »ist nicht meine Schuld« in die Luft. Rashad lief zu seinem Pferd und kehrte mit einem kleinen Lederbeutel zu Ali zurück, dem er diesen in die Hand drückte. Eine nicht minder warme Verabschiedung folgte; Ali saß schwungvoll wieder auf und stob auf seinem Pferd in die Richtung davon, aus der er gekommen war.

»Alles in Ordnung?«, erkundigte sich Maya, als Rashad wieder zu ihnen stieß.

»Oh ja«, erwiderte er mit einem Nicken und klang vergnügt. Als er sich die Zügel seines Pferdes griff, zögerte er, schien zu überlegen und fügte dann hinzu: »Ali und ein weiterer meiner

Männer sind als Kundschafter im Süden unterwegs, in Verkleidung. Zwei englische Soldaten haben sich auf den Weg nach Ijar gemacht.«

Maya kaute auf ihrer Unterlippe herum und sah Rashad zu, wie er aufstieg. »Und wo sind sie jetzt?«, fragte sie, ihre Augen mit der Hand gegen die Sonne schützend, als sie zu ihm emporblickte.

Er lachte. »Das werde ich Ihnen gewiss nicht sagen! Wer weiß, was Sie sich sonst ausdenken, um unsere Reise zu verzögern!«

Doch der Gedanke, dass Soldaten aus der Garnison unterwegs waren, ihnen womöglich dicht auf den Fersen, ließ Maya keine Ruhe. Kaum saß sie wieder im Sattel, ließ sie ihr Pferd zu Rashad hintraben und ritt neben ihm her. »Wird der Sultan von Lodar sie durchlassen?«

Rashad zuckte mit den Schultern. »Dafür müssen sie selbst sorgen.«

»Hätten Sie nicht beim Sultan schon ein gutes Wort einlegen können?«, redete sie fieberhaft auf ihn ein. »Es liegt doch auch in Ihrem Interesse, wenn sie möglichst schnell nach –«

Rashad riss seinen Fuchs herum, dass er sich quer vor Mayas Pferd stellte, das einen erschrockenen Satz rückwärts machte, was Maya sich Halt suchend an den Sattel klammern ließ. Er wirkte verärgert und doch klang er ruhig, als er erklärte: »Hätte ich dem Sultan gesagt, dass ich Sie bei mir habe und warum – dann hätte er uns niemals passieren lassen und versucht, sowohl von Ijar als auch aus Aden so viel Geld wie möglich für uns zu bekommen.« Mit dem Kopf machte er eine ruckartige Bewegung. »*Yalla*, ich will heute noch über den Pass von Talh!«

In gesteigertem Tempo näherten sie sich den rötlichen Granitfelsen, deren Auswaschungen die Rinnsale in den nahezu trockenen Flussbetten rostig färbte. Auf den nackten

Felsen vor dem Gebirgsmassiv hatte man Steinhäuser errichtet, so winzig, als würden Zwerge darin leben. Das Gestein war reich an Formen, facettenhaft abgesplittert, in Schichten einander überlagernd, spitzkantig oder zu sanften Kurven ausgewaschen. Ihr Weg gewann an Höhe, zwischen zerklüfteten Bergen und abfallenden Geröllhalden zu beiden Seiten hindurchkletternd. Wie Vogelnester kauerten oben auf den Graten Wehrposten, mit Schießscharten in den groben Mauern versehen. Immer höher ging es und immer näher an das Felsmassiv, das sich bedrohlich vor ihnen aufbaute und in seiner Schroffheit unüberwindlich schien. Nach der Hitze der Niederungen zerrte ein angenehm kühler Wind an Mayas Hemd und Turban. Auf einem kleinen Plateau erregte eine Bewegung Rashads und ein mehrfaches feines Klicken hinter ihr ihre Aufmerksamkeit. Rashad hatte das Gewehr schussbereit und entsichert im Anschlag, ebenso wie seine Männer, und Maya beobachtete, wie alle vier die Umgebung mit aufmerksamen Blicken absuchten.

»Was ist?«, flüsterte Maya beunruhigt, als sie zu Rashad aufgeschlossen hatte.

»Diese Gegend liegt zwischen den Gebieten zweier Stämme«, murmelte er, ohne sie dabei anzusehen. »Niemandsland. Hier tragen sie ihre Fehden aus. Wenn es sein muss, auch auf dem Rücken von Reisenden.«

Um die Mittagszeit machten sie kurz halt. Eine wenig erholsame Pause auf ihrem Ritt durch die Berge, denn während Mensch und Tier Wasser zu sich nahmen, Salim vorgefertigtes Brot, getränkt mit Sesamöl, verteilte, hielten immer mindestens zwei der Männer mit angelegtem Gewehr Wache, und Maya atmete erleichtert auf, als es weiterging. Sie war schon aufgesessen, als Rashad seinen Fuchs zu ihr herüberlenkte und sich vom Sattel aus an dem hinter Maya aufgeschnallten Gepäck zu schaffen machte. »Hier.« Er reichte ihr einen Umhang aus indigogefärbter Wolle, am Halsausschnitt mit einer Kordel zu verschließen. »Den werden Sie brauchen.«

»*Shukran*«, erwiderte sie, »danke.« Er nickte nur und warf sich ebenfalls eines dieser zeltartigen Kleidungsstücke über.

Der Wind wurde rauer und kälter, als sie alle Zeichen menschlicher Besiedlung hinter sich ließen. Es war, als schoben sich die aufragenden Bergwände vor ihnen zusammen, um sie am Weiterreiten zu hindern, doch Rashad verfolgte beharrlich den eingeschlagenen Weg. Wolken schoben sich vor die Sonne, zogen über die Felsen und hinterließen über den mit Regenwasser gefüllten Aushöhlungen im Boden flache Schatten. Maya duckte sich, als ein graubrauner Vogel dicht über ihr hinwegschoss, scheinbar aus dem Nichts kommend und ins Nirgendwo fliegend, einer heimatlichen Taube frappierend ähnlich. Hinter der nächsten Biegung schnappte Maya überrascht nach Luft und brachte ihr Pferd mit einem Ruck zum Stehen. Ein aufgeschrecktes Kaninchen flitzte im Zickzack davon und verschwand über eine Böschung: unförmige Blätter, aus denen zahllose Stängel herausragten, von leuchtend roten Schirmchen gekrönt. Seidige orangegelbe Blüten prangten an langen Zweigen, an denen sich filigranes Laub mit Dornen abwechselte. Dichte Büsche, halbe Bäume schon, wuchsen aus Felsspalten, und hochstämmige Aloe, deren traubige Blütenstände über den fleischigen Spitzblättern dicht besetzt waren mit glänzenden, prallen Knospen in Feuerrot und Gelb. Geöffnet ähnelten sie schlanken Glöckchen mit geriffelter, matter Oberfläche. Noch nie hatte Maya eine solch fremdartige, wilde Schönheit gesehen; noch weniger hätte sie etwas derartig Betörendes in dieser unwirtlichen Gegend vermutet. Verzaubert von diesem Anblick ließ sie sich zu Tränen rühren und vergaß alles um sich herum. Sie nahm auch nicht wahr, wie Rashad mit erhobener Hand den restlichen Trupp zum Stehen brachte, geduldig wartete und Maya dabei lange ansah, bis er an einem Flackern in ihren

Augen erkannte, dass sie ihren Blick von dieser Farbenpracht zu lösen begann und er das Zeichen zum Weiterritt gab.

Der Aufstieg wurde beschwerlich. Weniger für die Pferde, die dergleichen gewohnt zu sein schienen, als für Maya, der unbehaglich zumute war ob der lockeren Steine unter den Hufen ihres Tieres. Nervös begann sie an den Zügeln zu rucken, um Stellen auszuweichen, die ihr unsicher oder gefährlich vorkamen. Rashad hatte wohl den unregelmäßigen Hufschlag ihres Braunen gehört, und nach einem Blick über seine Schulter wartete er, bis Maya auf seiner Höhe war, sicherte sein Gewehr und hängte es wieder um. Unter einem Nicken nahm er ihr sanft, aber bestimmt, die Zügel aus der Hand, dirigierte so ihre beiden Pferde weiter vorwärts, immer weiter die Steigung hinauf, die sich wenig später nach rechts neigte, hinein in eine dunkle, tief eingekerbte Schlucht, halb verborgen unter zarten Wolkenschleiern.

Maya wandte sich noch einmal um. In weiter Ferne erstreckte sich bis zum Meer eine immense Ebene, sonnenüberglänzt, davor die weit verstreuten Hügel und Berge, über die sie gekommen waren, und davon abgesetzt schwärzliche Kegel mit abgeschnittener Spitze, wie vor langer Zeit erloschene Vulkane. Dann verschwanden sie in der Dunkelheit des Passes von Talh, öde und tot, Pferde und Reiter wie Spielfiguren vor den gewaltigen Felswänden, die endlos zu sein schienen. Monate hätten sie unterwegs sein können, Tage oder nur Stunden – an diesem Ort hätte es keinen spürbaren Unterschied gemacht. Und unbeirrbar führte Rashad Mayas Pferd am Zügel mit sich.

Gänzlich unvermittelt spie der Schlund sie wieder aus, auf ein Hochplateau, von dem aus sie auf ein Land blickten, das wie ein trockenes, sanft gewelltes, graubraunes Meer aussah. Glänzende, nackte Felsen waren darüber verstreut, mit lachsfarbenen, blutroten und ockergelben Einsprengseln, unterbrochen von knorrigen, alters- und witterungsgebeugten Bäumen.

»*Bilad ash-Shaitan*«, hörte Maya Rashad neben sich raunen und erschrocken sah sie ihn an. »Das Land des Teufels.« Er warf ihr ein spöttisches Grinsen zu, ehe er das Tuch wieder über Mund und Nase zog. Die Art, wie er die Worte betont hatte, in einer Mischung aus Sehnsucht, Wohlbehagen und Ehrfurcht, wie seine Lippen sich verzogen, seine Augen gefunkelt hatten, ließen für einen flüchtigen Augenblick ein anderes Gesicht vor das des Arabers schieben. *Richard.* Und Mayas Herz schlug rasch, viel rascher als die Hufschläge ihrer Pferde, als sie sich an den Abstieg jenseits des Talh machten.

Weit kamen sie nicht mehr an diesem Tag, obwohl Rashad sie zur Eile antrieb, so gut es auf dem Schotterpfad eben ging. Die Sonne war bereits verschwunden, und in ihrem Gefolge senkte sich die Dämmerung wie ein schweres Tuch über das Trockental an den Ausläufern der Berge. *Wadi* wurde ein solch weites, lang gestrecktes Tal genannt, hatte Rashad Maya erklärt. Unsagbar karg in vielen Monaten, konnte es unversehens von einem reißenden Strom durchschossen werden, wenn Regen fiel. Der Ort nahe eines solchen Flusses, jetzt aber nur noch ein Tümpel, wurde zu ihrem nächtlichen Lagerplatz erkoren, als es zwischen den Steilwänden längst schon dunkel war.

Maya fand in ihrem Zelt keinen Schlaf, obwohl jede Stelle ihres Körpers schwer war und schmerzte, sie satt war von Brot und Reis mit Bohnen und Djamilas regelmäßige, geräuschvolle Atemzüge neben ihr die Wirkung eines Wiegenliedes ausübten. Leise, um sie nicht zu wecken, nahm Maya den Umhang, den sie über ihre eigentliche Zudecke gebreitet hatte, und kroch aus dem Zelt. Ihre Stiefel, die draußen stehen geblieben waren, schüttelte sie aus, bevor sie sie anzog – wie Djamila es ihr gezeigt hatte. Auch ohne Worte hatte Maya verstanden, dass Insekten oder Reptilien es sich gerne in einer solchen Behausung gemütlich machten. Das Feuer brannte spärlich und niedrig. Nicht mehr lange, und die Flammen würden verlöschen. Maya streckte genüsslich ihre schmerzenden Glieder und atmete tief die kalte, klare Luft ein, die noch das Aroma der Berge in sich trug.

»*Masâ al-chêr*, guten Abend«, ertönte es aus der Dunkelheit jenseits des Feuers, in Rashads unverwechselbarer tiefer Stimme. Maya zögerte kurz, unsicher, wie sie sich verhalten sollte, ging dann aber kurz entschlossen um das Feuer herum, bis sie seinen dunklen Umriss auf der Erde sitzend ausmachen konnte.

»*Masâ an-nûr*«, antwortete sie entsprechend. In dem schwachen Licht sah sie, wie Rashad einen Lappen zur Hand nahm, damit einen Becher ausrieb und aus einer Blechkanne über dem Feuer eine heiße Flüssigkeit eingoss und ihr reichte. Er machte eine einladende Geste neben sich, und Maya ließ sich mit gekreuzten Beinen nieder. »*Shukran.*« Es war seltsam, wie rasch sie sich an diese fremde Kleidung gewöhnt hatte, an diese Hosen und das lockere Hemd. Nur manchmal, vor allem, wenn sie verlegen war, so wie jetzt, fehlten ihr die vertrauten, Halt bietenden Gesten wie diejenige, über ihre Röcke zu streichen oder an einem Volant herumzuzupfen.

»Können Sie nicht schlafen?«, erkundigte er sich nun. Maya schüttelte den Kopf. Aus irgendeinem Grund, den sie selbst nicht kannte, verspürte sie das Bedürfnis, sich in seiner Sprache mitzuteilen.

»*Kathî*, viel«, begann sie, und legte die Fingerspitzen seitlich an ihre Stirn, »*Hâna*, hier.« Ihre Hand wanderte auf ihr Brustbein, oberhalb ihres Herzens. »*Wa-hâna*. Und hier.«

Rashad gab einen Laut des Verstehens von sich und nickte, schwieg aber, was Mayas Verlegenheit noch verstärkte.

»Der Kaffee schmeckt gut«, ließ sie sich vernehmen und nahm noch einen Schluck, »mit … mit«, sie suchte nach dem passenden arabischen Wort, das ihr aber entfallen war. »Ingwer«, setzte sie schließlich auf Englisch und mit einem entschuldigenden Seufzen hinzu.

»Zanjabil.«

»*Zanjabil*«, wiederholte Maya, und beide lachten leise, vermieden es aber, sich anzusehen, starrten stattdessen in die letzten Flammen, die blässlich vor sich hinzuckten, sich rußend selbst verzehrten.

Als Maya ausgetrunken hatte und den Becher vor sich auf die Erde stellte, erhob sich Rashad, schickte sich an, sich vom Lager weg in die Dunkelheit zu bewegen. »Komm mit.«

Mayas Herz raste angstvoll, und sie sah rasch zu den anderen Zelten hinüber. Hatte Rashad ihre Anwesenheit, ihre Nähe, ihre Bemühungen, Arabisch zu sprechen, als freizügiges Angebot missdeutet? Seine Schritte entfernten sich knirschend auf dem trockenen Boden, und Maya blieb nicht viel Zeit, sich zu entscheiden. Sie sprang auf und folgte eilig dem Klang seiner Stiefelsohlen, dennoch um genügend Abstand bemüht, unbewusst die Arme um sich geschlungen und leicht vornübergebeugt.

Es waren vielleicht zwanzig Yards, die sie gingen, dann blieb Rashad stehen, löste seinen Umhang von den Schultern und breitete ihn auf dem Boden aus, setzte sich aber in einiger Entfernung davon auf die nackte Erde. Nur langsam wagte Maya sich zu nähern. Rashad bewegte sich nicht. Vorsichtig ließ sie sich auf dem äußersten Rand des Stoffes nieder und sah den Araber von der Seite her an, der ihr jedoch keinerlei Aufmerksamkeit schenkte. Doch so schnell ließ sich Mayas Misstrauen nicht zerstreuen, und sie beobachtete ihn weiter aus den Augenwinkeln heraus, während sie ihren Blick vor sich in die Finsternis schweifen ließ, dann zum Himmel. Vor Staunen rang sie nach Atem.

Als schmiegten sich Erde und Himmel aneinander, waren die Sterne zum Greifen nahe. Myriaden von funkelnden Kristallsplittern, in einer Pracht und Herrlichkeit, die ihr nicht mehr irdisch vorkam, sondern ewig-göttlich. Eine tiefe Seligkeit durchzog Maya, auch wenn sie sich winzig fühlte unter dem Lichtermeer, und erschreckend unbedeutend. Ein Silberschweif zog durch das Indigo des Nachthimmels, betont langsam, als wollte er sichergehen, dass Maya ihn auch wirklich sah, ehe er beschleunigte und kurz über dem Horizont verglomm. *Wünsch dir was!*, jubelte eine Kinderstimme in ihrem Inneren, nein, zwei, drei. Maya, Angelina, Jonathan, vor vielen Jahren. Die Sternschnuppe war in Sekunden verglüht, wie ein Menschenleben angesichts der Ewigkeit. *Tot. Im Himmel.* Irgendjemand hatte ihr vor langer Zeit erzählt, dass die Seele eines Menschen zu einem Stern wurde, wenn er starb. *Wer hat mir das nur … Großvater – Großvater war es, am ersten Weihnachtsfest in Black Hall. Welcher Stern ist seiner – und welcher Jonathans? Jonathan …* Tränen liefen über Mayas Wangen, und ein Schluchzen entfuhr ihr. Jonathan gab es nicht mehr. Unvorstellbar. Entsetzlich in der unumstößlichen Gewissheit. In der Endgültigkeit. Und doch war er ihr so nahe, jetzt, hier, für immer, in dem, was sie von ihm in sich trug, an Gemeinsamem, an Erinnerungen, an Gefühlen. Maya weinte und verbarg die Hände vor ihrem Gesicht. Voller Scham, dass sie Rashad unlautere Motive zugetraut hatte, während er ihr das hier hatte zeigen wollen. *Doch woher hätte ich wissen sollen …* Wie sie ihren Eltern Kummer zugefügt hatte, weil sie ihrem Herzen gefolgt war. *Wie hätte ich wissen können, dass ich das Falsche tat?* Sie haderte mit sich, ihren Entscheidungen, verpassten Momenten, bat um Vergebung. Vor allem sich selbst. Und bei aller Bedeutungslosigkeit, aller Hilflosigkeit fühlte Maya sich geborgen und beschützt, und das nicht nur vom silbernen Licht der Sterne.

Rashad saß nur da und schwieg. Wartete, bis Maya sich leer geweint hatte. Dann erst sagte er leise, auf Arabisch, und so langsam, als wollte er sichergehen, dass Maya möglichst viel davon verstand: »Das ist, was die Wüste mit uns macht, wenn wir uns ihr öffnen: Sie zeigt uns, was in unserem Inneren verborgen liegt und schafft Klarheit. Nur wer stark genug ist, kann das ertragen.«

Ob Richard je stark genug gewesen war, sich in dieser Weise der Wüste zu öffnen? Oder war er viel zu sehr damit beschäftigt gewesen, zu erkunden, zu vermessen, Abenteuer zu bestehen und alles für seine Berichte festzuhalten? *Und falls er es war – wie furchterregend muss dann das gewesen sein, was er in mir sah?* Doch die Gedanken an Richard Francis Burton verloschen so schnell wie die Sternschnuppe. Und noch schneller verglühte der Gedanke an Ralph, der es nicht einmal gewagt hatte, der Realität ins Auge zu blicken.

Leb wohl, Jonathan.

Vielleicht aber hatte Rashad seine Worte vorhin mit Bedacht gesprochen, weil sie ihm wichtig waren.

»Ich hatte einen Bruder«, hörte Maya sich selbst in ihrer eigenen Sprache sagen. »Er starb im Krieg gegen Russland. Es ist noch nicht lange her. Deshalb war ich oben am Turm.«

Etliche Augenblicke verstrichen, ehe sie erneut Rashads Stimme hörte, ebenfalls in seiner eigenen Sprache. »Mein Vater starb mit einer englischen Kugel in seiner Brust. Ich stand neben ihm. Nicht viel, und sie hätte mich getroffen. Ich habe ihn in den Armen gehalten, bis zu seinem letzten Atemzug. Das ist schon viele Jahre her.« Seine Rede war frei von Anklage, von Vorwurf, aber nicht frei von zärtlicher Trauer.

Sie schwiegen beide, weil es keiner Worte mehr bedurfte. Gemeinsam hielten sie Wache für ihre Toten, bis die Sterne verblassten und sie in das Lager zurückkehrten, wo jeder seinen Weg ging. Beide mit dem festen Vorsatz, so zu tun, als hätte es diese Nacht nie gegeben, und mit dem Wissen, dass ihnen das nicht gelingen würde.

6

Der Lauf des *Wadi* Hatib bestimmte ihren weiteren Weg. Schmal zuerst, wie eine von Gottes Zeigefinger zwischen die steinigen Kuppen geritzte Ackerfurche. *Oder von einer Teufelskralle*, dachte Maya, als ihr Rashads Bezeichnung für diese Gegend wieder einfiel: *Bilad ash-Shaitan*, Land des Teufels. Poröser Stein mischte sich mit Sand auf den Abhängen, die langsam zurückwichen, als sich der *wadi* im Laufe des Tages verbreiterte. Wie feine Verästelungen eines Blutgefäßes zweigten sich aus der Mitte des Trockentals zur Bewässerung des Bodens kleinere Rinnen ab. Von Menschenhand durch Steinreihen begrenzt, zogen sie sich durch die Ebene bis an die Terrassenflächen zwischen Hang und Tal. Dennoch traf die Gruppe erst einige Meilen weiter auf Menschen: drei Männer, in verblichene rote und blaue Tücher gehüllt, die sich ihnen auf den Rücken von Kamelen näherten. Salim ritt vor zu Rashad, der ihm ein paar Münzen in die Hand drückte und ihren Trupp anhalten ließ, worauf Salim zu den Kamelreitern hinübergaloppierte, eine Hand zum friedensverkündenden Gruß erhoben. Maya nutzte diesen Augenblick, um ihr Pferd ein paar Schritte weitergehen zu lassen, ehe sie es zum Stehen brachte und einen scheuen Seitenblick auf Rashad warf, der Salims Verhandlungen skeptisch aus der Ferne beobachtete. So ging es schon den ganzen Tag, seit sie in der Frühe losgeritten waren. Sie mieden einander, wechselten weder ein Wort noch mehr als einen flüchtigen Blick. Dennoch zog ein unsichtbares, elastisches Band sie immer wieder zueinander, ließ Mayas Pferd anscheinend wie von selbst in schnelleren Trab verfallen, Rashads Fuchs seine Gangart verlangsamen, ehe ihre Reiter sich dessen bewusst wurden und willkürlich die räumliche Distanz zwischen ihnen wieder vergrößerten. Und ebenso willkürlich richtete Maya nun ihren Blick auf Salim, der sich mit den drei Männern scheinbar rasch einig geworden war, denn er überreichte ihnen das Geld und kehrte umgehend zurück. »Wir können weiter«, rief er Rashad zu, der rasch seine Augen wieder von Maya abwandte, nickte und sein Pferd mit einem Schenkeldruck weitertraben ließ.

Erst einige Zeit später sahen sie menschliche Behausungen: festungsähnliche Gebäude, dicht an die Ausläufer der Hügel gerückt, von denen sie kantige Auswüchse zu sein schienen. Dann kam lange nichts mehr, woran sich das Auge erfreuen oder festhalten konnte, und Maya empfand dies als das eigentlich Teuflische an diesem Landstrich. Meile um Meile, Stunde um Stunde die zum Verwechseln ähnliche Abfolge von Szenerien und Bildern: Stein und Sand, Fläche und Steigung, Tamarisken und knorrige Bäume, die etwas Alttestamentarisches hatten, und der eingespielte Tagesablauf zwischen Ritt und Rast verstärkte diesen Eindruck der Monotonie noch.

Zu Mayas Erleichterung und zur Freude ihrer müden Augen verengte sich der *wadi* wieder, und ihre Pferde wechselten in Reih und Glied in einen trocken liegenden, steingesäumten Kanal. Trotzdem gab es hier windgekämmte Teppiche reifer Gerste und mit dem grünen Hauch keimender Saat überzogene Flicken brauner Erde, versorgt von einem Brunnen, aus dem ein Esel und ein Kamel per weithin quietschendem Flaschenzug das notwendige Nass heraufholten. *Wie ungerecht Ödnis und Fruchtbarkeit hier verteilt sind …* Auf einer Erhebung stand ein Dorf – niedrige Steinhäuser um eine trutzige Burganlage –, das auf verblüffende Weise einer mittelalterlichen europäischen Stadt glich. Nur der Kuppelbau und die mit rohen Steinhaufen markierten Gräber unterhalb machten diese Ähnlichkeit sogleich wieder zunichte. Auch hier näherten sich ihnen Männer auf Kamelen, zu fünft dieses Mal, und wieder war es Salim, der als Abgesandter zu ihnen ritt, um das Wegegeld feilschte und sich gütlich mit ihnen einigte. Wie ein farbiger Schatten im Nachmittagslicht zogen die Kamelreiter in gebührendem Abstand neben Rashads Reitern einher, bis der *wadi* in ein Feld von zerstreuten Felsbrocken überging, zwischen denen ein ausgetretener Pfad hindurchführte. Dort machten ihre Begleiter Halt und hoben ihre Hände zum Gruß. Maya vermutete, dass hier ihr Stammesgebiet zu Ende war, was Rashad und seine Männer ihr gleich drauf mit ihrem Griff zu den Gewehren bestätigten. Die Sonne sank, kippte flammende Farbströme über Himmel und Steinbrocken. Der Pfad mündete schließlich in eine flache Mulde, eingebettet in einen großzügigen Steinkreis, ideal für einen Lagerplatz.

Während die Männer wie gewohnt die Zelte errichteten, einer zwischen den Steinen herumkletterte, um trockenes Holz für ein Feuer zu sammeln, wanderte Maya voller Staunen zu den rechteckig beschlagenen Blöcken, die sich aus dem sandigen Boden in der Mitte erhoben und Maya um mehrere Haupteslängen überragten. Mit den Fingerspitzen fuhr sie über die narbige Oberfläche, versenkte sie in dem merkwürdigen Relief, sofern es noch nicht gänzlich verwittert war. Es ähnelte einer Keilschrift, nur aus großflächigeren Zeichen und ungleich ansprechender in seiner vielgestaltigen Form. Sie sah auf, als sie aus dem Augenwinkel wahrnahm, wie Rashad sich ihr näherte, und ließ verlegen die Hand sinken, als befände sie sich in einem Museum und hätte verbotenerweise die Ausstellungsstücke berührt.

»Es heißt, sie stammen aus der Zeit der Himyariten«, sprach er sie ohne Tadel in der Stimme auf Englisch an. »Der Stamm, durch dessen Gebiet wir vorhin gekommen sind, betrachtet sich als ihre Nachfahren. Himyar war ein altes Königreich vor vielen, vielen Generationen, lange vor der Ankunft des Propheten. Ein paar Meilen von hier existieren noch Ruinen einer Festung. Einst war Himyar so mächtig, dass es sogar das große, ruhmreiche Saba unterwarf. Bis das Reich von Aksum es schwächte und es schließlich unterging. Aksum – zusammen mit den Beduinenstämmen.« Unverhohlener Stolz schwang in seiner Stimme mit, als er hinzufügte: »Darunter auch meine Vorfahren von al-Shaheen. Eine Legende, die von den Alten an die Jungen weitergegeben wird.«

Maya spürte, wie ihr unter dem Hemd eine wohlige Gänsehaut über die Arme kroch. Vor weit über tausend Jahren hatten hier Menschen gelebt, war dies womöglich eine blühende Landschaft, eine belebte Stadt gewesen, und die steinernen Zeugnisse vor ihr vielleicht eine Kultstätte oder ein Denkmal für ruhmreiche Taten. Noch einmal streckte sie die Hand aus und berührte den von Wind, Sand, Sonne und Regen so vieler Jahre abgeschliffenen Stein, als könnte sie damit die seither vergangene Zeit überbrücken. Menschen waren geboren worden und gestorben, doch die Steinblöcke mit ihren eingemeißelten Zeichen hatten sie überlebt, bis heute. *Ein Stück Ewigkeit. Unsterblichkeit.*

»Wo lag Aksum?«

»Jenseits des Bab el-Mandeb.« Er ließ seine Augen zwischen der Steinstele und Maya hin- und herwandern. »Gefällt es Ihnen?«, fragte er leise, und in seiner Stimme schwang eine ungewohnte Weichheit mit.

Maya nickte. »Ich bin sozusagen mit alten Inschriften aufgewachsen. Mein Vater beschäftigt sich damit.« Sie wollte noch etwas hinzufügen, doch ihre Stimme versagte, als sich in ihr der unbändige Wunsch bemerkbar machte, sie könnte Gerald diese Steine zeigen, und ihr die Kehle eng wurde.

»Dann wird Ihnen Nisab gefallen. Die Reste einer Handelsstadt«, er hob seine Hand Richtung Norden, »an der alten Weihrauchstraße. Wenn alles gut geht, erreichen wir sie in zwei Tagen.« Er zögerte, und die Worte, die er in sich trug, schienen ihm nur schwer über die Lippen zu kommen. »Wollen Sie mir erzählen – von Ihrem Vater? Später, am Feuer?«

Der Flammenschein ließ die Risse um die Inschrift golden und bronzen aufglänzen, während das Licht der Sterne sie mit Silber übergoss. Vielleicht waren sie tatsächlich einmal mit Edelmetallen überzogen gewesen, die die Berührung der Jahrhunderte nach und nach abgerieben hatte – reich, wie Himyar gewesen sein musste, nach dem, was Rashad aus den Überlieferungen seines Volkes erzählt hatte. Himyars Wohlstand begründete sich im Handel mit Weihrauch und Myrrhe, beides Harze der einheimischen Bäume, die Maya auf ihrer Etappe heute aufgefallen waren und die damals als Medizin, Kosmetik und heiliges Räucherwerk mit Gold aufgewogen wurden.

Maya erzählte von den Reisen ihres Vaters, seiner Faszination für alles Alte, das der Vergänglichkeit getrotzt hatte, seinen Bemühungen, es nicht weiter der Vergessenheit anheimfallen zu lassen, von ihren gemeinsamen Stunden in seinem Arbeitszimmer. Von Oxford und seinen geschichtsträchtigen Bauten unter den Türmen. Dabei bemühte sie sich um eine lebendige, bildhafte Schilderung; dennoch musste sie Begriffe oft großzügig umschreiben, die in Rashads Vorstellungswelt nicht vorkamen, mit Gestik und Mimik veranschaulichen oder mit dem Finger in den Sand zu ihren Füßen skizzieren. Schnee beispielsweise, den Rashad nie gesehen hatte, nicht einmal wusste, dass es so etwas gab, denn in den Bergen wurde es sehr kalt und es regnete oft, aber nie gab es beides zugleich.

Und auch Rashad musste oft die Hände zu Hilfe nehmen, um auszudrücken, was er meinte, wenn er von seinem Vater erzählte, wie er ihm das Reiten beigebracht hatte, noch ehe Rashad als Kleinkind seine ersten Schritte gemacht hatte, ihn das Schießen lehrte und den Umgang mit dem Schwert. Hingerissen lauschte Maya seinen Erzählungen von den Falken, die die Männer seines Stammes züchteten und abrichteten, um Kleinwild und sogar Antilopen zu jagen. Denn wer Allah verehrte, durfte kein Fleisch essen, das nicht rituell geschlachtet und sorgsam ausgeblutet war. Die Falken von al-Shaheen trugen ausnahmslos ein weißes Federkleid. »Hell wie der Wüstensand, aus dem unsere Ahnen gekommen sind«, wie Rashad erklärte, und daraus leitete sich auch der Name ihres Stammes ab: *al-Shaheen*, »der weiße Falke«.

Von der immensen Wüste der Rub al-Khali berichtete er, die so feindlich war, dass selbst die Beduinen sie mieden. Sie nannten sie einfach *Al-Rimal*, »die Sande«, weil es dort nichts anderes gab außer Sand und Hitze, unvorstellbare Hitze, Hunderttausende von Meilen in alle Himmelsrichtungen. Nur an ihren Rändern entlang bewegten sich die Beduinen, wie in der kleineren Schwester der »Sande«, der Ramlat as-Sabatayn. Doch die Legende besagte, dass das nicht immer so gewesen war. Ehe haushohe Sandfluten sich ausbreiteten und nahezu alles Leben verscheuchten, hatte es dort angeblich Seen und Flüsse gegeben, Oryx-Antilopen, Wasserbüffel, Flusspferde und außerdem Esel, Ziegen und Schafe, die den Menschen als Nutztiere dienten. Denn im Herzen der heute verdorrten Landschaft stand eine Stadt, so prächtig und glänzend, dass sie die Sonne überstrahlte, reich vom Handel mit Weihrauch, und erbaut auf Befehl des mächtigen Königs Shaddad, ein Nachfahre Noahs.

»Iram, die Stadt der Säulen«, sagte Maya, und ihre Stimme klang verträumt.

»Sie kennen die Legende?«

Maya nickte. »Ich habe darüber gelesen. ›Geht und errichtet eine uneinnehmbare Festung, die sich hoch in den Himmel reckt, und baut um sie tausend Pavillons, jeder auf tausend Säulen aus Chrysolith und Rubin und die Dächer aus Gold‹«, zitierte sie aus dem Gedächtnis eine Stelle der Geschichten aus *Tausendundeiner Nacht*, die ihr besonders in Erinnerung geblieben war.

»In unserer Heiligen Schrift heißt es, Iram sei vom Stamm von 'Ad bewohnt gewesen. König Shaddad hat die Warnungen des Propheten Hud missachtet, der die Bewohner zum rechten Lebenswandel ermahnte.«

»Und zur Strafe verschlang die Wüste die Stadt?«, riet Maya. Rashad nickte.

»So scheint jede alte Kultur ein Iram zu haben«, flüsterte Maya. »Eine Stadt, die nach der Legende für die Sünden ihrer Bewohner der Zerstörung anheimfällt. In der römischen Antike war es Pompeji, und in der griechischen berichtete Plato über das versunkene Inselreich von Atlantis.«

Ihre Sätze klangen in die Stille der Nacht hinein, und beide lauschten diesem Nachhall in ihrem Inneren, der dort etwas im Gleichtakt schwingen ließ, das so alt war wie die Menschheit selbst.

»Sssshhh«, machte Rashad unvermittelt. Aufmerksam horchte er in die Finsternis, die für Mayas Ohren lautlos war. Nur das leise Schnauben der Pferde war zu hören, und sogleich verstummte auch dieses, als lauschten sie ebenfalls. Kaum einen Herzschlag später ergriff Rashad mit der einen Hand sein Gewehr, mit der anderen Mayas Oberarm und riss sie mit sich hoch, als er aufsprang. Er zerrte sie durch den hoch aufwirbelnden Sand die wenigen Schritte zu den Steinstelen und brüllte etwas in Richtung der Zelte, in die sich seine Männer schon vor Stunden zum Schlafen zurückgezogen hatten, ebenso wie Djamila. Es war nur ein einziges Wort, doch es klang furchteinflößend. Maya fühlte sich halb zwischen die Blöcke geschoben, dann im Genick zu Boden gedrückt. »Runter. So bleiben«, raunte er ihr zu. Dann war er fort, und sogleich ertönte vielstimmiges, gellendes Geheul, das von außerhalb des Lagers und blitzschnell näher kam. Rufe, Schüsse, Schreie, Keuchen, Metall auf Metall, abrupt verstummend, neu einsetzend. Maya kauerte sich weiter auf den Knien zusammen, die Hände schützend über Kopf und Nacken verschränkt und sich doch von allen Seiten her entsetzlich verwundbar fühlend. Sie wollte die Augen offenhalten, zu ihrem eigenen Schutz, und doch kniff sie sie ängstlich zusammen, wie sie es als ganz kleines Mädchen bei einem Gewitter immer getan hatte. Noch mehr Schüsse, die weit in die Nacht hinaushallten, und der Geruch von verbranntem Schwarzpulver. Dann ein Schlag, ganz in ihrer Nähe, der sie aufwimmern ließ. Und urplötzlich wieder Stille. Herrliche Stille. Beängstigend.

Maya blinzelte ein paar Mal, zwang sich dann, die Lider zu öffnen. Gab einen ersticken Laut von sich, als sie den Mann sah, der vor ihr im Sand lag, rücklings ausgestreckt. Sein Schwert war ihm aus den leblosen Fingern geglitten, die Klinge nicht weit von Maya entfernt. Die Augen aufgerissen, starrte er scheinbar in den glitzernden Himmel, den Mund erstaunt geöffnet, aus dem eine dunkle Spur über seinen Kiefer auf den Boden rann. In seiner nackten Brust, unweit des Herzens, klaffte ein ausgefranstes Loch. Maya tastete nach den Steinwänden, stützte sich daran ab, um wieder auf die Beine zu kommen. Ihr Magen machte einen erleichterten Satz, als sie Rashad in langen Schritten auf sich zueilen sah, in der Rechten sein Gewehr, den Lauf nach unten gerichtet.

»Geht es Ihnen gut?«, rief er ihr zu.

Maya nickte und wollte ihm entgegengehen. Da fiel ihr Blick auf einen von Rashads Männern, sein schulterlanges

Haar unverhüllt und zerwühlt, wie er sein Schwert mit schleifendem Geräusch aus der Leibesmitte eines weiteren am Boden liegenden Mannes zog, die Klinge bis auf halbe Höhe dunkel und matt von Blut. Mit der Stiefelspitze trat er prüfend in die Seite des Toten. Sie sah sich weiter um. Rings um das Feuer und zwischen den Zelten konnte sie andere Schattenrisse von Körpern am Boden erkennen, sieben, acht, vielleicht noch mehr, und Mayas Beine knickten unter ihr weg. Etwas schlug neben ihr dumpf in den Sand, und sie fühlte sich aufgefangen und gehalten, gegen etwas Weiches gedrückt, in dem sich kleine, metallisch kühle Stellen gegen ihre Wange pressten. Doch darunter war etwas Festes, das eine wohlige Wärme verströmte, einen angenehm holzigen, wenn auch scharfen Geruch, sie darin einhüllte, und sie hörte ein Herz schlagen, schnell und erregt.

War das ihres?

»Es ist gut«, hörte sie Rashad murmeln. »Es ist alles gut.«

Langsam, in Ahnung dessen, was sie mit allen Sinnen wahrnahm, hob sie den Kopf. In Rashads Augen funkelte das kaum abgeebbte Jagdfieber des geborenen Kriegers, und doch stand dahinter etwas Ruhiges, Weiches, das Maya schlucken ließ. Er hob die Hand, als wollte er ihr über die Stirn streichen, doch er hielt inne. *Sein kostbares Unterpfand*, schoss es Maya durch den Kopf, und im selben Moment verdunkelten sich Rashads Augen, lösten sie beide sich mit einem Ruck voneinander. Brüsk wandte Rashad sich ab und hob sein Gewehr wieder auf.

»Ich bin in Ordnung«, erklärte Maya hölzern, strich sich in fahrigen Bewegungen über das Hemd und die Seitennähte der weiten Hosen und marschierte steifbeinig wie ein Zinnsoldat an Rashad vorbei durch das Lager, bemüht, keinen Seitenblick auf die toten Körper zu werfen, allein auf ihr Zelt konzentriert. Djamila, die vorsichtig durch einen Spalt der beiden Tuchbahnen vor dem Eingang gelugt hatte, hielt ihr die eine davon auf.

Es war Djamilas Blick über ihrem Gesichtsschleier, der Maya stehen bleiben ließ. »Ihr seid eine tapfere Frau«, hörte Maya sie betont deutlich sagen. Die ersten Worte, die Djamila direkt an sie gerichtet hatte. Djamila, deren Gesicht Maya noch nie gesehen hatte, da sie es stets verhüllt hielt und immer allein aß.

Maya wollte etwas erwidern, doch sie fand auf Arabisch keine Worte, die das hätten ausdrücken können, was sie empfand. Schließlich schüttelte sie nur traurig und mit dem missglückten Versuch eines Lächelns den Kopf, ehe sie ins Zelt trat, froh um die Sicherheit und den Schutz, den die Dunkelheit innerhalb der Stoffbahnen ihr zu geben versprach.

7

So menschenleer war diese Gegend, dass Maya am nächsten Tag fast davon überzeugt war, der vereitelte Überfall sei nur ein böser Traum gewesen. Zumal Rashads Männer die Leichen wohl noch in der Nacht weggeschafft und sogar Sand über die Blutlachen auf dem Boden geschaufelt hatten, sodass keine Spuren mehr sichtbar waren, als Maya aus ihrem Zelt trat. Allein Rashads Verhalten ihr gegenüber zeigte, dass etwas geschehen war, dass die Bilder und Geräusche, die Maya bis in den Schlaf verfolgt hatten, Wirklichkeit gewesen waren.

Rashad hielt sich fern von ihr, sein Gesicht verhüllt und die Augen stets von ihr abgewandt. Sein Pferd trabte weit voraus, so weit, wie es der geröllübersäte Pfad zwischen den Felsen und erkalteten Lavaströmen, scharfkantig und pechschwarz, zuließ. Es war ein mühseliger Ritt für Mensch und Tier, fast noch beschwerlicher als oben am Pass von Talh, doch dieses Mal half Rashad ihr nicht. Maya ertappte sich dabei, wie sie seinen Rücken anstarrte, fieberhaft nach einem Grund suchte, ihn anzusprechen, etwas zu fragen. Etwa, als auf einem schwarzen Bergrücken die verfallenen und zerbröckelten Mauern einer alten Festung zu sehen waren und sie zu gerne gewusst hätte, ob es sich dabei tatsächlich um diejenige des Königreiches von Himyar handelte, von der er ihr am Tag zuvor erzählt hatte. Es dürstete sie nach seiner Aufmerksamkeit, wie er sie ihr gestern an den mit Inschriften versehenen Steinblöcken und nach dem Überfall geschenkt hatte, und ihre Wangen brannten, als sie sich dessen gewahr wurde. Sie biss die Zähne zusammen und schalt sich eine Närrin. Gewiss trieb er sie alle nur deshalb zur Eile an, um diesen unwirtlichen Landstrich so schnell wie möglich hinter sich zu bringen, das war der einzige Grund.

Denn von der Erhebung, auf die der steinige Pfad sie geführt hatte, blickten sie auf einen breiten, sandgefüllten *wadi* und eine staubige Ebene hinab, die bis an den Horizont reichte. *Bilad ash-Shaitan*. Maya holte tief Luft, unterdrückte das angstvolle Ziehen in ihrer Magengegend und ließ ihr Pferd die flach abfallende Böschung hinuntergaloppieren, immer Rashad hinterher.

»Ihr müsst auf den weißen Kreis zielen und möglichst treffen«, flüsterte Muhsin Lieutenant Ralph Garrett zu, der ihm einen Hilfe suchenden Blick zugeworfen hatte. »Drei Mal. Der Sultan darf nicht den Respekt vor Euch verlieren und Euch als unterlegen betrachten.«

»Mit dem Revolver oder dem Gewehr?«, erwiderte Ralph ebenfalls im Flüsterton.

Muhsin unterdrückte sichtlich den Impuls, die Augen gen Himmel zu verdrehen und zuckte lediglich mit den Schultern. »Das bleibt Euch überlassen.«

Ralph warf einen verunsicherten Blick in Richtung des Sultans von Lodar, der unbeweglich wie eine tönerne Statue ein paar Schritte von ihm entfernt stand. Nur die zusammengezogenen grauen Augenbrauen unter der faltigen Stirn verrieten, dass er sich in seiner Ehre gekränkt zu fühlen drohte, begann Ralph nicht bald mit seinem Teil der Begrüßungszeremonie. Während man in Bombay und Kalkutta noch zögerte, die Soldaten mit den kleinen Faustfeuerwaffen amerikanischer

Herstellung auszustatten, hatten Haines und seine Nachfolger aufgrund der oft kritischen Lage in Aden Nützlichkeit über Tradition und alten Zwist mit der ehemaligen Kolonie gestellt und etliche Revolver verschiedener Bauart für das Magazin der Garnison angeschafft. Freundlicherweise hatte Colonel Coghlan auch Lieutenant Ralph und Private Fisker jeweils einen davon samt reichlich Munition für ihre Mission zur Verfügung gestellt. Kurz entschlossen zog Ralph deshalb seinen Colt Dragoon aus dem Holster, das auf Hüfthöhe an einem quer über dem Oberkörper verlaufenden Gurt hing, legte an, spannte den Hahn und feuerte in schneller Folge drei Schüsse ab, die allesamt weniger als einen Inch voneinander entfernt in das Ziel auf der Hauswand einschlugen. Zufrieden musterte er das Ergebnis, und so entging ihm das interessierte Glitzern in den Augen des Sultans, das der handlichen Waffe galt, mit der sich mehrfach hintereinander schießen ließ, ohne nachladen zu müssen, sondern nur die Betätigung eines Hebels zwischen den einzelnen Schüssen erforderte.

Ralph trat zurück und überließ das Feld dem Sultan von Lodar und nach ihm seinen Söhnen, ehe die beiden Reihen der Soldaten ihren einstimmigen Salut abfeuerten und der Sultan Ralph herzlich die Hand schüttelte. Muhsin sprang als Dolmetscher ein, da Ralphs Arabisch aufgrund seiner Schreibstubentätigkeit, die nur englischsprachige Korrespondenz mit der Verwaltung in Bombay umfasste, sehr zu wünschen übrig ließ. Wogegen Muhsin dank seiner langen Vermittlertätigkeit zwischen Lahej und Aden vorzüglich Englisch sprach, weshalb er auch als Anführer des Begleittrupps der beiden britischen Soldaten auserkoren worden war. Die Fragen nach dem »Woher« beantwortete Ralph wahrheitsgemäß mit »Aden«, sofern es ihn selbst und Fisker betraf, mit »Lahej«, was Muhsin und seine fünf Männer anging, die in gebührendem Abstand bei den beiden Pferden und den bepackten Kamelen warteten.

Mushin hatte die Hände über dem Kopf zusammengeschlagen, als Ralph darauf beharrt hatte, hoch zu Ross nach Ijar aufzubrechen. »Wir müssen durch die Berge, *said*! Das sind keine Pferde für einen solchen Weg! Nur die Leute aus den Bergen haben die geeigneten Tiere dafür!« Doch Ralph hatte auf den beiden Wallachen aus der Garnison bestanden. Denn war er nicht auch auf den Pferden der *Guides* im Gebirge um Peshawar unterwegs gewesen? Eben!

Des Sultans »Wohin« und »Wozu« ließ Ralph kurz überlegen. Gab er sich als Händler aus, vermutete dieser Herrscher, der mehr einem einfachen Straßenräuber glich, womöglich kostbare Waren in ihrem Gepäck. Doch für eine diplomatische Reise stellten er und Fisker nicht genug dar. Ihre Uniformröcke hatten sie in ihren Säcken hinter den Sätteln verstaut, weil sie nicht in ihrer offiziellen Funktion als Soldaten aufgebrochen waren, sie ihnen aber vielleicht noch nützlich sein könnten (ganz abgesehen davon, dass beide es nicht über sich gebracht hatten, die roten, goldbetressten Röcke, die sie einer Nationalität, einem Berufsstand und einem Rang zuordneten, in der Garnison zurückzulassen). Um sich unterwegs nicht gleich schon von Weitem als Militärs zu verraten, hatten sie sich in helle Reiterhosen und Stiefel gekleidet, dazu weite Hemden mit Stehkragen und ärmellose, bestickte Westen und Umhänge gegen die nächtliche Kälte. Weiße Turbane mit losen Enden verbargen Ralphs sandfarbenes und Fiskers fahlbraunes Haar. Erst kurz vor der Grenze nach Ijar würden sie wieder in ihre Uniformen schlüpfen, um sich als englische Soldaten und Abgesandte Coghlans zu erkennen zu geben.

»Eine Forschungsreise nach Ijar mit dem Zweck, die Beziehungen zwischen dem Sultan und Aden zu verbessern«, beeilte er sich deshalb zu erklären, und Muhsin übersetzte fleißig in blumige Wendungen, wie sein eigener Sultan sie liebend gern hörte.

Den Hunger nach Neuigkeiten aus Aden konnte Ralph nicht stillen, sog sich ein paar Bemerkungen über das Wetter und den weiteren wirtschaftlichen Aufschwung der Stadt aus den Fingern. Doch mindestens ebenso interessiert war der Sultan an England, überhäufte Ralph mit Fragen über dieses fremde Land, und auch nach dutzendfacher Versicherung, ihr gekröntes Haupt sei eine Frau, blickte der Sultan drein, als würde Ralph ihm ein Lügenmärchen auftischen. Auch Muhsin wusste allerhand aus Lahej zu berichten, und so saßen sie Stunde um Stunde auf dem ausgebreiteten Tuch, auf das die pralle Sonne hinabstach, tranken Kaffee und gingen schließlich zu gebratenem Ziegenfleisch mit teuflisch scharfen Bohnen über.

Es war diese Seelenruhe, diese Gemächlichkeit, mit der die Menschen hier lebten und arbeiteten, die Ralph rasend machte. Gepackt hatten Fisker und er schnell am Morgen, nachdem Mayas Entführung entdeckt worden war, und ebenso rasch hatten sie die gut siebzehn Meilen nach Lahej zurückgelegt. Doch bereits dort erwartete sie ein großes Zaudern und Trödeln, bis der Sultan von Lahej Für und Wider gegeneinander abgewogen hatte, Männer zu einem für ihn derartig heiklen Zweck abzustellen. Er wollte es sich ebenso wenig mit Ijar verderben, das enge Bande zu seinem alten Feind, dem Sultan von Fadhli pflegte, wie mit den Engländern. Schließlich überwog der unmittelbare Nutzen, sich in den Augen von Colonel Coghlan in ein noch vorteilhafteres Licht zu rücken, und die Zahlung von siebzig Maria-Theresia-Talern tat ihr Übriges. Doch dann begann das Grübeln, wen man den beiden Engländern zur Seite stellte. Muhsin als Reiseführer oder Mohammed oder doch lieber Abdallah? Und wer sollte darüber hinaus mitkommen? In Ralph war schon der Verdacht aufgekommen, Lahej solidarisierte sich insgeheim mit Ijar und den Entführern und wollte Letzteren deshalb einen möglichst großen Vorsprung verschaffen, als endlich die Wahl auf Muhsin fiel, dazu auf einen seiner Brüder, zwei Vettern, einen Schwager und einen Neffen. Doch auch die Zusammenstellung der Ausrüstung und des Proviants zog sich in die Länge, bis sie schließlich mit anderthalb Tagen Verspätung aus Lahej aufbrachen, in Richtung Shuqra, und von dort aus weiter nach Lodar.

»Der Sultan bietet uns an, für heute Nacht seine Gäste zu sein«, wandte sich Muhsin endlich wieder an Ralph. Dieser blies die Wangen auf und war schon drauf und dran, höflich, aber bestimmt abzulehnen, als er bemerkte, wie flach die Sonnenstrahlen inzwischen über den Häusern von Az-Zara lagen und sie in kupfernes Licht tauchten. Weit würden sie heute ohnehin nicht mehr kommen, ehe die Nacht hereinbrach und die ohnehin wenig bequeme Straße unberechenbar machte. Zudem legte Muhsin ihm mit der Andeutung eines Nickens nahe, unbedingt zuzusagen; daher nahm Ralph die Einladung des Sultans dankend an.

Und der Sultan von Lodar machte der viel gerühmten arabischen Gastfreundschaft alle Ehre. Stolz führte er seine englischen Gäste durch die Stadt, *seine* Stadt, zeigte ihnen die weitläufige Festungsanlage und natürlich seine vielen Gefangenen, als präsentierte er damit eine ganze Sammlung von Verdienstmedaillen. Spät am Abend gab es dann noch ein eher bescheidenes, für die Verhältnisse von Lodar wohl aber recht üppiges Mahl, aus Huhn, gebratenen Tauben und noch mehr Bohnen, bis die Reisegruppe es wagen konnte, sich in das ihr zur Verfügung gestellte Gästehaus zurückzuziehen.

Private Fisker, der Ralph die Schuld an seiner aufgezwungenen Anwesenheit auf dieser irrwitzigen Tour gab und beleidigt kaum mehr als das Nötigste an Worten mit ihm wechselte, schnarchte schon auf seinem Strohlager; ebenso wie die Männer aus Lahej nebenan, obwohl sie versprochen hatten, auf das abgeladene und ins Haus geschaffte Gepäck aufzupassen. Nur

Ralph lag noch wach, und das lag nicht an den Unmengen an Kaffee, die er aus Höflichkeit getrunken hatte.

Seine Gedanken waren bei Maya, während er ihren Schal in Grün- und Brauntönen durch die Finger gleiten ließ, immer wieder das Gesicht in den weichen Stoff vergrub und tief ihren ureigensten Geruch einsog. Eigentlich war kein Platz für private, nutzlose Dinge zwischen all den Wasserschläuchen, Mehlsäcken, Beuteln mit Reis, Linsen, Dörrfleisch und Kaffeepulver und Munition, doch Ralph wollte etwas Persönliches von Maya mit auf dieser Reise haben, hatte deshalb den Schal und nach kurzem Zögern auch den kompletten Packen Briefe in seine Satteltaschen gestopft. Hoffentlich ging es ihr gut … Wo sie sich jetzt wohl befand? Muhsin hatte ihm bestätigt, dass der einzig gangbare Weg nach Nordosten über Az-Zara und Lodar führte. Doch auf Ralphs Nachfrage hin, ob eine englische Frau in Begleitung schwarz gekleideter Reiter in den vergangenen fünf Tagen hier durchgekommen sei, hatte er nur einen entgeisterten Blick und ein bedauerndes Kopfschütteln des Sultans geerntet. Wie hatten sie Maya am Sultan vorbeigeschmuggelt? Der Hauptgrund dafür, dass ihn jede noch so kleine Verzögerung nervöser werden ließ, war die Aussicht, die Entführer einzuholen und Maya noch auf dem Weg nach Ijar zu befreien. Weit konnten die Entführer gewiss noch nicht gekommen sein. Wer diese Route nahm, tat dies auf Kamelen, hatte Muhsin ihm versichert und einen erneuten missbilligenden Blick auf Ralphs Wallach geworfen. Und beladene Kamele kamen sehr langsam vorwärts, wie Ralph auf ihrem Weg nach Az-Zara nur zu gut hatte feststellen können. Ihm graute vor all den Meilen, die ihnen bevorstanden. Doch Befehl war Befehl, und er hätte sich noch viel weiter ins Innere Arabiens vorgewagt, um Maya sicher und wohlbehalten in die Arme schließen zu können. *Wenn das hier überstanden ist*, dachte er, *dann fangen wir beide noch einmal ganz von vorne an.*

Lieutenant Ralph Garrett war in dieser Nacht nicht der Einzige, der keinen Schlaf fand und seinen Gedanken nachhing. Nachdem er Salim die Wache über das Lager übertragen hatte, wanderte Rashad hinaus in die Sandebene von Al-Hadhina, die er von seinen häufigen Reisen zwischen Ijar und Aden ebenso gut kannte wie die Satteltaschen seines Fuchses. Er hätte einen nächtlichen Ausritt bevorzugt, aber es galt, die Pferde zu schonen, denn noch lag eine weite Strecke vor ihnen, wenn sie auch den größten Teil bereits hinter sich hatten. Als hätte sein Weg ein bestimmtes Ziel, marschierte er durch den weichen Boden, immer im Takt seines Atems und seines Herzschlages, bis seine innere Stimme ihm sagte, dass er die richtige Stelle gefunden hatte und er sich niederließ. Lange saß er so da, unter dem weit gespannten, silbern gesprenkelten Indigozelt des Himmels, wartete auf die Klarheit und Ruhe, die er immer in der Wüste fand. Doch vergebens.

Etwas beunruhigte ihn. Und die Tatsache, dass dem so war, entsprach so gar nicht seinem Wesen. Gedankenverloren vergrub er seine Rechte im Sand, tiefer und tiefer, als könnte er sich so seiner Wurzeln in diesem Land, in Stamm und Familie vergewissern. Seine Fingerspitzen berührten etwas Festes im pulvrigen Untergrund, und er fischte einen kleinen Gegenstand heraus, flach und kreisförmig, säuberte ihn und hielt ihn in das milchige Licht der Sterne. Eine alte Münze, eingekerbt und matt geschliffen vom Kommen und Gehen des Sandes, wie es sie entlang der alten Reisewege zuhauf im Boden gab, von Karawanen oder Dieben vor langer Zeit verloren.

Maa-yaa, klang es in ihm. Es erstaunte ihn, dass er keine Klagen von ihr zu hören bekam, wie wenig Furcht sie angesichts ihrer Lage zeigte, und wie viel Mut, und wie sie sich mit beinahe orientalischer Gelassenheit in ihr Schicksal ergab. Wie sie mit offenen Augen durch dieses Land ritt, alles an Formen, Farben, Gerüchen in sich aufnahm, kennenlernen und begreifen wollte, was sie umgab. Das passte so gar nicht zu den Engländern, mit denen er bislang in Kontakt gekommen war.

Ma. Ya. Zwei weiche Silben, die mehr aus seiner eigenen Sprache zu stammen schienen als aus der ihren, die so viel härter und kantiger war. Mit seltsamen Lauten, die er erstaunlich schnell lernte, sobald er sich unter dieses fremde Volk gemischt hatte, das sich auf der vorgelagerten Halbinsel Adens mit Waffengewalt niedergelassen hatte. Kundschafter für die Sultane war er gewesen, in der Verkleidung eines Handlangers, später in der eines Händlers, schließlich der Söldner, der er tatsächlich war und als der er Karawanen den Schutz seines Schwertes und seines Gewehres gab. Er empfand keinen Hass für die Fremden, wie er nie Hass für Gegner in einem Kampf empfand. Denn der Kampf war das Los des Kriegers, und es war eine Ehre, darin den Tod zu finden. Der Süden, *al-Yaman*, war seit Menschengedenken Schauplatz vieler Kriege gewesen. Kein Land der Milde, sondern eines, das weder Leichtsinn noch Feigheit verzieh. Das war seine Natur, und diese hatte die Natur seiner Bewohner geformt. »Ich gegen meine Brüder. Ich und meine Brüder gegen meine Vettern. Ich und meine Brüder und meine Vettern gegen den Rest der Welt«, wie man den Jungen von al-Shaheen beibrachte, kaum dass sie der Mutterbrust entwöhnt waren.

Rashad dachte an Nashita, die schon über die Hälfte ihres und seines Lebens die Frau eines Kriegers war. Vierzehn war sie gewesen, er sechzehn, als ihre Familien den Bund beschlossen, wie es Brauch war. Sie war hübsch und eigensinnig und lachte viel, war so voller Lebendigkeit, wie ihr Name es verhieß, und es gab keinen Grund, nicht glücklich zu sein. Rashad al-Shaheen hatte zwei Söhne gezeugt und eine Tochter, alle drei wohl geraten und keine Kinder mehr. Er hatte seine Pflicht getan, für seine Familie, seinen Stamm, wie er es immer tat, auch für den Sultan von Ijar und die Ältesten von al-Shaheen. Und er hatte es gerne getan. Immer. Weil er ein al-Shaheen war.

Genauso tat er nun auch seine Pflicht, Maya sicher nach Ijar zu bringen und dort zu warten, bis die Engländer eintrafen, die nach Alis Angaben und seinen Berechnungen auf der Höhe von Az-Zara sein mussten. Wo sich ganz in der Nähe Ali postiert hatte, um notfalls einzugreifen, sollte der Sultan den Durchritt der Engländer behindern. Dreieinhalb Tage noch bis Ijar. Vielleicht fünf mehr bis zur Ankunft von Coghlans Männern. Rashad würde mit ihnen verhandeln und ihnen Maya übergeben, sobald sie sich einig geworden waren. Dann wäre alles vorbei. Ganz so, wie er es geplant hatte. Kein Grund also, beunruhigt zu sein.

Rashad holte schon aus, um die Münze wieder in die Ebene hinauszuwerfen, doch er besann sich eines Besseren und behielt sie in seiner Hand. Schloss die Finger behutsam zur Faust, damit er sie auf seinem Weg zurück in das Lager nicht verlor. Kein Grund, beunruhigt zu sein.

8

»Wie viel?!« Ralphs Gesicht lief hochrot an, als er abwechselnd den Sultan und Muhsin anblickte. Sein Dolmetscher duckte sich vorsichtshalber, verzog ängstlich das braune Gesicht unter dem rot-weiß karierten Turban, das Ralph beständig an das eines Frettchens erinnerte.

»Fünfzig Maria-Theresia-Taler für die Weiterreise«, wiederholte Muhsin die Forderung des Sultans. »Dafür stellt er uns auch Geleitschutz bis an die Grenze seines Gebietes.«

Dass sie auf ihrer Reise nach Ijar Wegegeld würden bezahlen müssen, hatten sie im Voraus gewusst und waren mit einer entsprechenden Barschaft im Gepäck aufgebrochen. Eine Summe, die Coghlan aus seiner Schatulle vorgestreckt und für die Ralph einen Schuldschein unterschrieben hatte. Genug, um sich den Weg nach Ijar und wieder zurück zu erkaufen, genug auch, um unterwegs Lebensmittel zu erhandeln, sollte ihnen der Proviant ausgehen. Doch Ralph dachte nicht daran, schon gleich zu Beginn ihrer Reise einen solch hohen Betrag in den gierigen Schlund eines hinterwäldlerischen Sultans zu werfen, der aus der Lage seines Territoriums an einem Hauptverbindungsweg seinen finanziellen Vorteil zu ziehen gedachte. Eingedenk der orientalischen Sitte des Feilschens hob er eine Hand mit abgespreizten Fingern. »Fünf«, entgegnete er, »und kein Geldstück mehr.«

Doch der Sultan schüttelte den Kopf und beharrte nachdrücklich auf seiner Forderung. Seine Rechnung war ebenso einfach wie bestechend: Alle Engländer waren reich, diese Kunde war auch bis nach Lodar vorgedrungen. Wer noch dazu sichtbar neue Kleidung trug, schöne Pferde besaß und als Waffe ein Wunderwerk der Technik – der konnte auch fünfzig Taler entbehren.

Der Morgen verstrich mit diesen zähen Verhandlungen, bis Ralph zwanzig Taler als sein letztes Angebot nannte und der Sultan sich beim Ruf des Muezzins zum Mittagsgebet empfahl. Was nicht für die Mehrzahl seiner Soldaten galt, die sich zwar in die Schatten der Häuser und der Festungsanlagen zurückzogen, aber ihre Gewehre dabei nicht aus den Händen legten. Sieben Mann gegen ein unübersichtliches Heer – das war auch für einen ehemaligen *Guide* wie Ralph eine unlösbare Aufgabe.

Niedergeschlagen hockte er auf seinem Strohlager in der Kammer des Gästehauses und brütete über einer Lösung für ihr Dilemma, während Fisker so tat, als ginge ihn das alles rein gar nichts an. Es war schon Nachmittag und Ralph kurz davor, kurzerhand einfach die geforderten fünfzig Taler zu bezahlen, um nicht noch weitere kostbare Zeit zu verlieren, als Muhsin mit einem breiten Grinsen hereinstürmte, einen prall gefüllten Sack ihres Gepäcks über der Schulter. »Wir können los!«

Verblüfft sah Ralph ihn an. »Wieso das?«

Ein breites Lächeln zog sich über Muhsins Gesicht. »Ein durchreitender Händler hat von unserer misslichen Lage erfahren und dem Sultan dreißig Taler gegeben. Er lässt uns gehen.«

Private Fisker schnappte sich seine Sachen und konnte gar nicht schnell genug losstürmen, während Ralph unbeweglich sitzen blieb. Etwas war merkwürdig, geradezu verdächtig an dieser Begebenheit. Als ob jemand großes Interesse daran hätte, dass sie ohne Verzögerung weiterreiten konnten. Unvermittelt sprang er auf. »Ist dieser Händler noch hier?« Auf Muhsins Kopfschütteln hin hakte er weiter nach: »Wie sah er aus? Was trug er für Kleidung? Schwarze, mit Indigo gefärbte?«

Muhsin blickte irritiert und zuckte mit der Schulter. »Weiß ich nicht. Ist das nicht egal? Wir sollten uns beeilen, ehe der Sultan es sich anders überlegt.«

Dieser bestand zwar dennoch auf den von Ralph angebotenen zwanzig Talern, ließ sie dann aber ohne weitere Behinderungen, im zufriedenen Wissen, heute ein gutes Geschäft gemacht zu haben, ziehen. Über den ominösen Händler konnte Ralph nicht mehr in Erfahrung bringen, als dass er wie ein Beduine gekleidet war und in letzter Zeit mehrfach Az-Zara passiert hatte – wobei »in letzter Zeit« nicht genauer eingegrenzt werden konnte. Während sie Pferde und Kamele wieder beluden und die Stadt verließen, sah Ralph sich nach allen Seiten um. Der Gedanke, die Entführer hätten jemanden ausgesandt, der sie beobachtete, behagte ihm nicht, auch wenn es ihnen dieses Mal zum Vorteil gereicht hatte. Er riss an den Zügeln seines Wallachs und galoppierte an, in Richtung des Passes von Talh.

Die Sandebene von Al-Hadhina lag schon seit dem späten Vormittag weit hinter der Reitergruppe um Maya und Rashad. Einen Bergrücken hatten sie erklimmen müssen, auf dessen Rückseite Geröll das Vorwärtskommen erschwert hatte. Steine, die metallisch unter den Pferdehufen geklirrt hatten, ehe es durch aufeinanderfolgende *wadis* gegangen war, deren pulvriger Boden die Schritte der Tiere bis zur Geräuschlosigkeit gedämpft hatte. Kleine Mädchen in rot-grünen Kleidchen und mit strähnigem, verfilztem Haar, mehrsträngige Ketten bunt bemalter Tonperlen um die Hälse geschlungen, hüteten Ziegen unter Myrrhen- und Feigenbäumen. Laut kreischend und mit langen Stöcken trieben sie ihre Tiere von den Feldern weg und von Gesträuch, das mit kleinen, dunkelvioletten Beeren übersät war, die auf diese offenbar eine unwiderstehliche Anziehungskraft ausübten. Im letzten der *wadis* stiegen Lehmterrassen mit scharf abgegrenzten Wänden an, von Äckern überzogen, wo die Flächen groß genug waren. Frauen und Kinder tränkten Vieh, schlugen mit Stöcken auf Bäume ein, um die Beeren zu ernten, die Maya schon vor einiger Zeit gekostet hatte. Während sich auch der Reitertrupp eine Pause mit Wasser und Brot gönnte, brachte Rashad Maya eine Handvoll der dunkelroten Beeren, die er ihr wortlos übergab, wenn auch seine Augen über dem schwarzblauen Tuch nicht gerade unfreundlich blickten.

Auf den Felsgraten in der Ferne waren Türme zu sehen; eine Festung tauchte auf, um die sich kleine unscheinbare Häuser drängten, die nur um die eckigen Fensteröffnungen mit einem schmalen weißen Band bemalt waren, weil Kalk hier selten war. Schließlich wurde am Horizont ein heller Fleck in der flirrenden Luft sichtbar: Nisab. Zum Greifen nahe, und doch schien Maya der Weg dorthin endlos, denn die Hufe der Pferde versanken im Boden, der weich und rieselnd war wie Maismehl. Der Himmel wurde trüb, als ein Wind heranfegte, der Staub und Sand vor sich hertrieb, ihren Ritt noch zusätzlich behinderte, die Stadt wieder in die Ferne rücken ließ und mit einem geblichen Vorhang verhüllte. Hügelketten erhoben sich aus dem pudrigen Untergrund, ebenso braun wie die kleinen, aus Lehm erbauten Dörfer davor.

Vor einer dieser Siedlungen herrschte reges Treiben; Menschen, die in Gruppen zusammenstanden und deren farbige Kleidung weithin leuchtete wie ein bunter Flickenteppich: kräftiges Rot und Blau, Ocker, Grau und Gelb, Mauve, Moosgrün und Indigo. Gestreift, kariert, geblümt. Ein junger Mann in weißem Gewand, in der Taille von einem grünen, bestickten

Gürtel gerafft, in dem eine *djambia* steckte, kam auf sie zugerannt, seine langen Arme schwenkend und unter lautem Rufen, von fröhlichem Lachen immer wieder unterbrochen. Rashad bedeutete den hinter ihm Reitenden anzuhalten und trabte voraus, beugte sich halb aus dem Sattel, als er den Mann erreicht hatte, der Rashad mit einer Wortflut überschüttete, auf die dieser erst mit Kopfschütteln, dann mit Lachen und schließlich mit einem Nicken reagierte, und frohgemut stürmte der junge Mann wieder in Richtung des Dorfes.

»Wir sind eingeladen. Der Vortag einer Hochzeit«, erklärte Rashad in auch für Maya verständlichem Arabisch, als er wieder zu ihnen stieß, und gemeinsam ritten sie hinüber in das Dorf, wo das Fest stattfand.

Was aus der Entfernung wie eine einzige Menschenmenge ausgesehen hatte, löste sich beim Näherkommen in zwei Gruppen von je Männern und Frauen auf. Letztere nahm nach dem Absteigen sofort Djamila in Beschlag. Djamila, die Maya gestern mit vor Verlegenheit hochrotem Kopf um Hilfe hatte bitten müssen, als sich ihre monatliche Blutung ankündigte, und die Maya – bestens vorbereitet – mit Tüchern aus ihrem Gepäck versorgte, sich darum kümmerte, dass häufiger gerastet wurde als an den Tagen zuvor und die die gebrauchten Stoffstücke dann heimlich tief im Boden vergrub. Sehnsüchtig blickte Maya ihr nach, denn das zirpende Lachen der Frauen übte einen betörenden Sog auf sie aus. Einige der Frauen tanzten zu gleichförmigen, dennoch nicht eintönig gesungenen Melodien, begleitet von rhythmischem Händeklatschen, und die Fröhlichkeit wurde noch gesteigert durch hohe Triller, die aus ihren Kehlen zum Himmel emporflogen. Maya indes wurde nach dem bewährten Muster durch zwei von Rashads Männern abgeschirmt, als sie zu der anderen Gruppe hinübergingen, Rashad und Salim vorneweg. Auch hier wurde getanzt: immer zwei Männer innerhalb des Kreises der männlichen

Dorfbewohner, die hoch erhobenen kleinen Finger ineinandergehakt, auf- und abspringend, bis sich ein Dritter aus dem Kreis löste und einen der beiden ersetzte. Die Zeit für diesen Wechsel wurde mit dem Taktschlag klatschender Hände abgemessen. Schlank waren sie alle, wirkten sehr jung, wie ihre Locken flogen und ihre schwarzen Augen blitzten. Graziös tanzten sie, und doch nicht unmännlich, vor allem nicht, als sich weitere Männer zu den Tänzern gesellten, mit beiden Beinen schnell aufstampften, was ein vibrierendes Tremolo ergab. Ihr Gesang ähnelte einem tiefen Murmeln, das Maya wohlige Schauer über die Haut laufen ließ. Die Falsett-Soli, die immer wieder dazwischen einfielen, ließen das Auf und Ab des Liedes wie das Wechselspiel zwischen Blitz und Donner wirken. Maya fragte sich, aus welchem weit entfernten Jahrhundert dieser Tanz stammen mochte, von Generation zu Generation weitergegeben – hier, in diesem seit weit über tausend Jahren besiedelten Gebiet in der Nähe der sagenhaften Weihrauchstraße. Ihr Blick fiel auf Rashad, der leicht versetzt vor ihr stand, im Rhythmus in die Hände klatschte, und Mayas Herz schneller schlagen ließ. Hatte er auch so getanzt, damals, vor seiner eigenen Hochzeit, im Kreis der Männer seiner Familie, seines Stammes? Eine Ahnung überkam sie, wie es sein musste, in einem so engen Verbund aufzuwachsen, althergebrachten Traditionen verhaftet, im Wechselspiel der Elemente verwurzelt, dem Zusammenleben von Mensch und Tier. Er musste ihren Blick gespürt haben, denn er wandte sich zu ihr um und sah sie an. Und lächelte.

Die Häuser von Nisab waren klar erkennbar im Licht des frühen Abends, als sie unweit davon im Sand haltmachten und ihre Zelte errichteten. Nisab, das einstige Handelszentrum für die luxuriösen Güter, die aus China und Indien kamen – Gewürze, Elfenbein, Jade, Seide und andere kostbare Stoffe, die für die Hochkulturen des Mittelmeerraumes bestimmt gewesen waren. Aus der entgegengesetzten Himmelsrichtung, aus dem Osten Afrikas, wurden edle Hölzer, Federn, Felle, Tierhäute und Gold feilgeboten. Vergangenheit.

Geblieben waren auch hier steinerne Überreste, halb im Sand vergrabene Steintafeln, vor denen Maya im schwindenden Licht kniete, sie sorgsam von den körnigen Sandschichten befreite und mit den Fingerkuppen die eingravierten Muster nachzog. Sie sah auf, als sich ihr ein Lichtschein näherte. Rashad kam aus dem Lager herüber, eine aus einem dicken Ast improvisierte Fackel in der Hand, die er zwischen die Steinblöcke tief in den Untergrund rammte, bevor er sich daneben niederließ.

»Ich wünschte, ich könnte es lesen«, seufzte Maya mit Blick auf die Inschriften.

»Der Vater meines Großvaters konnte noch ein paar Worte der alten Sprache«, entgegnete Rashad. »Ich habe sie leider nicht mehr gelernt.« Sie schwiegen einen Moment lang, dann hantierte er an seinem Gürtel herum und legte etwas auf der Steinplatte vor ihr ab.

»Eine alte Münze. Ich habe sie gestern gefunden. Vielleicht möchten Sie sie haben.«

Maya nahm das Metallstück auf und hielt es in den zuckenden Schein der Fackel, drehte es hin und her. In filigranen Erhebungen zeigte es das Profil eines Mannes mit Kurzhaarschnitt und Adlernase, gekrönt von einem Lorbeerkranz, wie ihn auch der Rand des Geldstücks schmückte.

»Sie sieht aus wie eine aus dem antiken Rom«, überlegte Maya. »Stammt sie aus der Zeit von Himyar?«

Rashads Schultern hoben sich. »Vielleicht.«

»Die Welt ist so groß«, murmelte Maya vor sich hin, »und trotzdem gab es schon immer Verbindungen zwischen den Kontinenten. Zu jeder Zeit. Auch wenn sie abrissen, wurden wieder neue geknüpft. – Danke«, flüsterte sie glücklich, schloss beide Hände darum und presste sie vor ihr Brustbein. Nicht ahnend, wie viel sie Rashad mit ihren Worten, dieser Geste, dem Leuchten in ihren Augen, für dieses Stück Metall von eigentlich geringem Wert zurückgab.

»*Said*«, hörte Ralph Muhsin Stimme vor sich, dünn und hoch vor verärgerter Besorgnis, »das ist nicht gut, wenn wir heute noch weiterreiten! Es ist zu kalt und das Licht zu schlecht!«

Damit hatte er zweifellos recht. Nach der Hitze des Tages und dem anstrengenden Ritt traf die Kälte der anbrechenden Nacht sie umso mehr. Es war hier oben, auf dem steilen Weg hinauf zum Pass, derart kalt, dass sowohl Ralph als auch Private Fisker entgegen ihrer ursprünglichen Absicht ihre Uniformröcke ausgepackt und übergezogen und dann erst die wollenen Umhänge darübergeworfen hatten. Ralph trug zusätzlich Mayas Schal um den Hals gewickelt und gegen den scharfen Wind fest verknotet. »Das wird schon gehen!«, rief er als Erwiderung nach vorne. Unter allen Umständen wollte er den erlittenen Zeitverlust wieder wettmachen.

»Aber *said*«, jammerte Muhsin weiter, »so gut kenne ich den Weg nicht!«

Ralph glaubte sich verhört zu haben, gab seinem Wallach die Sporen und galoppierte nach vorne, an die Spitze des Zuges. »Wie bitte?« In Lahej hatte Muhsin ihm geschworen, den Weg nach Ijar so gut zu kennen wie die Wickelungen seines Kopftuches! Eine glatte Lüge, wie sich nun herausstellte.

»Ich kenne ihn *natürlich*«, beeilte sich Muhsin zu erklären, »aber nicht so gut wie die Leute, die ihn ständig benutzen. Bitte, *said*«, bettelte er, »bleiben wir hier, bis es wieder hell wird!«

Hin- und hergerissen zügelte Ralph sein Pferd. Bei Dunkelheit weiterzureiten, ohne den Weg genau ausmachen zu können und ihn auch nicht aus Gewohnheit im Gefühl zu haben, barg enorme Risiken. Hier zu übernachten versprach allerdings auch mehr als ungemütlich zu werden und bedeutete außerdem eine weitere Verzögerung. Seine Unentschlossenheit übertrug sich auch auf seinen Wallach, der ohnehin nur für schnelle Ritte durch Ebenen, allenfalls noch durch Sandflächen gezüchtet worden war, nicht aber für das Gebirge, und mit Ralph auch keinen Reiter im Sattel hatte, der ihn mit sicherer Hand durch dieses unwegsame Gelände leitete. Nervös machte er ein paar Schritte auf der Stelle, trat dabei auf einen losen Stein, der wegkullerte, und knickte mit dem Hinterlauf um. Panisch versuchte das Pferd wieder Boden unter den Huf zu bekommen und schwankte leicht. Beruhigend redete Ralph auf den Wallach ein, ließ ihn ein paar Schritte zurückgehen. Doch wieder verfehlte dieser sicheren Grund, tastete hektisch mit dem Huf umher, geriet dabei zu dicht an die Böschung und aus dem Gleichgewicht. Ralph riss an den Zügeln, um das Tier zurück auf den Weg zu bringen. Aber als er den starken Sog der Schwerkraft spürte, wand er instinktiv seine Stiefel aus den Steigbügeln, ließ die Zügel los und warf sich mit aller Kraft seitwärts. Hart schlug er auf, das angsterfüllte Wiehern des Wallachs gellend in den Ohren. Er spürte, wie er über eine harte Kante hinabrutschte, bekam einen rauen Felsvorsprung zu fassen, hangelte und zog sich empor, während es unter ihm einen dumpfen Schlag gab. Hände packten ihn und brachten ihn in Sicherheit. Die Schreie des Tieres gingen ihm durch Mark und Bein. Ohne lange nachzudenken, zog er seinen Revolver und feuerte nach Gehör, abwärts in die Finsternis, bis die Trommel leer war. Als das Echo des letzten Schusses, von allen Seiten zurückgeworfen, verhallt war, war es still. Totenstill.

Private Fisker ließ Ralphs Schulter los, klopfte kurz in ermunternder Absicht darauf und ging zu seinem Pferd zurück, das einer von Muhsins Männern wieder beruhigt hatte. Ralph starrte in die Dunkelheit hinab, die nicht nur sein Reittier verschluckt hatte, sondern auch seinen Schlafsack, Kleidung, Gewehr und Munition.

»Vor Nisab können wir nirgendwo ein neues Pferd erwerben, *said*«, hörte er Muhsins Stimme. Ralph nickte, obwohl Muhsin es nicht sehen konnte. Alles Dinge, die sich ersetzen ließen. *Die Briefe. Ich habe deine Briefe verloren.*

Mit zitternder Hand fuhr sich Ralph über seine Wangen, die nass waren. Er hatte Angst. Dies war kein Gebirge wie diejenigen, die er im Norden Indiens kennengelernt hatte. Mehr feindselig denn nur rau erschien es ihm, genauso wie das, was er bislang von diesem Land zu Gesicht bekommen hatte. Diese ganze Reise schien unter keinem guten Stern zu stehen. Unwillkürlich blickte er zum Himmel. Wolkenfetzen blendeten große Bereiche der schimmernden Lichtpunkte aus. War er hier, um Buße zu tun? *Ich mache es wieder gut, Maya, ich mache alles wieder gut.*

Nur ein kleines Stück weiter oben erreichten sie ein kleines Felsplateau, das ihnen ein unbequemes, aber erträgliches Nachtlager bot. Am nächsten Morgen, gleich nach Sonnenaufgang, ließ Ralph sich von Muhsins Männern die Felswand hinabseilen, bis hinunter zum Kadaver des Pferdes. Munition, den zusammengerollten Schlafsack und einen Teil des Proviants konnte er bergen. Doch das Gewehr war am Kolben stark beschädigt und unbrauchbar, und die am Sattel befestigte Ledertasche mit seinen beiden Hemden und dem Briefbündel war durch den Aufprall abgerissen und irgendwo zwischen den Felsspalten verschwunden. *Verzeih mir! Das und so viel mehr.*

9

Der Weg, über den Jahrhunderte zuvor die mit Schätzen beladenen Kamele getrottet waren, derselbe, den Rashad für ihre Reise nach Ijar ausgewählt hatte, krümmte sich um dunkle, längs gerillte Bergkegel herum, während sich auf der rechten Seite das sandige Meer der Ramlat as-Sabatayn erstreckte. Immer wieder peitschte der Wind durch deren Wellen, trieb zarte Schleier zu den Bergen hin, die den Reitern in den Augen kratzten und auf der empfindlichen Haut piekten. Die Luft über dem Boden glühte und flirrte, warf sich auf und entspannte sich wieder. Immer glaubte Maya, sie ritten auf Wasserpfützen zu, doch kurz bevor sie sie erreichten, verschwanden sie auch wieder – Sinnestäuschungen, hervorgerufen durch die erhitzte Luft. Wenig später ließ Rashad den Trupp anhalten, zog das Tuch vom Mund und deutete die kleine Böschung zu seiner Rechten hinab. »Möchten Sie ein Bad nehmen?«

Maya, die glaubte, er wolle sich einen Scherz mit ihr erlauben, blinzelte in die Richtung, in die er gezeigt hatte, doch die Wasserfläche blieb sichtbar. »Hier?«

Rashads Mundwinkel zuckten, und er wies auf die andere Seite. »Oder dort. Suchen Sie es sich aus.«

Auch links der staubigen, aber festgrundigen Piste gab es Wasser, viel mehr sogar. Der kleine See schien tief, schimmerte sogar blau, und ging in einen flussähnlichen Lauf über, der sich zu einem *wadi* verbreiterte und in der Ferne zwischen den Bergflanken verlor. Maya zögerte. Ein Bad in klarem Wasser war verlockend, nach knapp einer Woche über Felsen und durch Sand und Gluthitze, ohne die Möglichkeit einer gründlicheren Körperreinigung. Sie sah sich nach allen Seiten um. »Mitten im Nirgendwo?«

Rashad wies in einer großen Geste auf die gottverlassene Gegend, in der sie sich befanden. »Weit und breit niemand zu sehen. Sie suchen sich eine Seite aus und gehen mit Djamila baden«, er nickte der Araberin hinter sich zu. »Meine Männer nehmen die andere, und ich halte hier oben Wache. – Mit dem Rücken zu Ihnen, natürlich«, setzte er hinzu, sich aus dem Sattel heraus leicht zu ihr neigend und seine Stimme zu einem Flüstern gesenkt. Angesichts seiner geradezu vorbildlichen Planung zur Wahrung der Schicklichkeit benötigte Maya keine zweite Einladung.

»Ich nehme die rechte Seite.«

Sie reichte Rashad die Zügel ihres Pferdes und sprang ab, schlitterte die Böschung hinunter und konnte nicht eilig genug aus den Stiefeln kommen, die sie weit von sich schleuderte. Angelte unter den weiten Hosenbeinen nach dem Bund ihrer Strümpfe, die längst herabgerutscht waren, streifte sie ab und warf sie ebenfalls und mit angeekelter Miene weit von sich. Allein schon der Sand unter ihren bloßen Füßen war herrlich, wenn auch heiß, und sie huschte auf Zehenspitzen ins Wasser, wo ihr ein Seufzer des Entzückens entfuhr. Als sie sich umwandte, sah sie, wie Djamila ihr nachkam, ein Leinensäckchen in der Hand, und wie Rashad oben am Rande der Straße stand, den aufrechten Rücken ihr zugekehrt, das Hemd und die weiten Hosenbeine im Wind flatternd. Hastig zog Maya den Turban herunter und warf ihn hinter sich, pulte die Nadeln aus ihrem Haar, wofür sie sich allerdings noch einmal aus dem Wasser bequemen musste, um sie sorgsam auf dem indigogefärbten Tuchknäuel abzulegen. Mit allen zehn Fingern durchkämmte sie ihr verknotetes, strähniges Haar, rubbelte über dessen schmerzende Wurzeln, pellte sich aus Hemd und Hosen und rannte in ihrer schweißfleckigen Unterwäsche wieder ins Wasser hinein. Es war wärmer, als sie erwartet hatte, und tiefer, reichte ihr in der Mitte bis hoch zur Brust. Maya hielt sich die Nase zu, ging in die Knie und tauchte bis über den Scheitel unter, wieder und wieder, bis sie das Lachen und kieksende Jubeln nicht mehr unterdrücken konnte, das sich hinter ihrem Brustbein einen Weg bahnte, weil es so herrlich war. Prustend tauchte sie auf und planschte lautstark umher, bis ihr Blick auf Djamila fiel, die unbeweglich und noch immer angezogen am Ufer stand. »*Ta'âli*, komm«, rief sie ihr auf Arabisch zu und winkte sie zu sich heran. Djamila hob als Antwort den Beutel in stummer Aufforderung an.

»Was ist das?«, fragte Maya atemlos, als sie zurückgewatet war und tropfnass vor Djamila stand, die eilfertig die Schnur um das Leinentuch löste, einen grünlichen, wächsern schimmernden Klotz herausholte und Maya hinhielt.

»Seife«, entfuhr es ihr überrascht auf Englisch, gefolgt von einem Lachen über sich selbst, weil es so klang, als sähe sie so etwas zum ersten Mal oder zumindest seit langer Zeit wieder. Und auch Djamila kniff erheitert die Augen zusammen.

»*Ta'âli*«, wiederholte Maya, lockend dieses Mal, und machte einen Schritt zurück ins Wasser. Doch Djamila zögerte immer noch, und Maya überlegte, ob es ihr aus irgendeinem religiösen oder traditionellen Grund verboten war, hier ins Wasser zu gehen – oder zusammen mit ihr, der fremden Engländerin. Schließlich legte Djamila die Seife beiseite und streifte langsam ihr rotes und blauviolettes Obergewand über den Kopf, das ein dünnes Unterkleid in dunklem Lila, an den Säumen und dem geschlitzten Halsausschnitt mit weißen Bordüren bestickt, enthüllte, von den Rundungen ihres nicht ganz schlanken Körpers ausmodelliert, schlüpfte aus den ledernen Pantoffeln und machte einen Schritt ins Wasser, das sofort den Saum ihrer Hosen dunkel färbte. Sie schien zu überlegen, geradezu mit sich selbst zu kämpfen. Dann ging ein tiefer Atemzug durch ihren Körper, als müsste sie sich zu etwas überwinden, und sie hantierte umständlich mit ihrem Gesichtsschleier, zog dann das gesamte Tuch herunter, den Kopf wie unter großer Scham gesenkt haltend.

Im ersten Moment hatte Maya nur verblüfft festgestellt, dass Djamila wohl sehr viel älter war, als sie sie geschätzt hatte, oder zumindest so aussah. Die tiefen Linien um Nasenflügel und Mundwinkel, zusammen mit den zahlreichen Silbersträhnen im straff zusammengebundenen braunen Haar, legten nahe, dass sie vielleicht Anfang fünfzig war. Doch gleich im nächsten Augenblick legte sich Mayas Hand vor ihren Mund, um einen entsetzten Laut zu unterdrücken. Denn vom Hals aufwärts über das Kinn bis zum linken Wangenknochen zogen sich die groben Linien geröteten Narbengewebes, das auch den einen Mundwinkel mit einschloss, der auf grausame Art in einem freudlosen Lächeln erstarrt war. Maya schluckte, und Tränen stiegen ihr in die Augen. Jetzt begriff sie, weshalb Djamila immer so sorgsam darauf geachtet hatte, nie ihren vorgeschriebenen Schleier in Mayas Gegenwart abzulegen, auch dann nicht, wenn sie unter sich waren und es erlaubt gewesen wäre. Maya fühlte sich hilflos, war unsicher, wie sie reagieren sollte, und das Einzige, was ihr einfiel, war, Djamila mit dem Bein eine Wasserfontäne entgegenzuschaufeln, die das Untergewand bis auf Hüfthöhe bespritzte. Wie ein kleines Mädchen, das ein anderes, ihr fremdes Kind zum Spielen auffordert, legte sie dabei den Kopf schräg und lächelte schüchtern. Djamila sah sie erschrocken an, und als Maya sich bückte und ihr mit einem Kichern aus beiden Händen mehr Wasser entgegenschüttete, begriff sie. Ein Lächeln breitete sich auf ihrem entstellten Gesicht aus, ging in ein Lachen über, das für eine Frau erstaunlich tief und kratzig klang, und erst zaghaft, dann mutiger revanchierte sie sich bei Maya. Unter Gelächter und Gekreisch sprangen und tollten die beiden Frauen im Wasser umher, als wären sie keine zehn Jahre, spielten Fangen und ließen die glatte Oberfläche hoch aufsprudeln und schäumen. Während sie außer Atem innehielten, Djamila sich vorbeugte und Wasser auf ihr Haupt schöpfte, richtete Maya sich auf und sah, wie ihnen oben an der Böschung Rashad seinen Oberkörper zugewandt hatte, die Arme über der Brust gekreuzt, und sie glaubte, ein feines Lächeln um seine Lippen erkennen zu können. Mayas Augen wurden schmal. Übermütig streckte sie sich zu voller Größe, drückte ihr Rückgrat durch und sah Rashad fest entgegen, wohl wissend, dass der zarte weiße Batist ihr am ganzen Leib klebte, in seiner nassen Durchsichtigkeit mehr enthüllte denn verbarg. In stummer Herausforderung stand sie da, sich ihrer Weiblichkeit gänzlich bewusst, und etliche Sekunden verstrichen, ehe Rashads Lächeln sich vertiefte und er sich wieder umwandte, betont langsam.

Eingeseift und abgespült, die Haare gewaschen und mit einem Kamm geglättet, nach dem Olivenöl und Jasmin der Seife duftend, saßen Maya und Djamila nebeneinander am Ufer, um sich von der Sonne trocknen zu lassen, wo auch Mayas Strümpfe lagen, die sie gründlich mit Wasser und dem Seifenstück bearbeitet hatte. Djamila kramte in ihrem Obergewand herum und zog aus einer eingenähten Tasche eine Handvoll flacher Küchlein hervor, nicht größer als ein Geldstück.

»Hier«, bot sie sie Maya an, »ein Geschenk vom Fest gestern.« Sie war hörbar bemüht, langsam und deutlich zu sprechen; ihre Worte kamen ein klein wenig verzerrt aus ihrem verzogenen Mund. Maya mochte Djamilas Stimme, die etwas heiser war und doch voller Wärme. Mit schelmischem Blick teilten die beiden Frauen die Süßigkeiten untereinander auf, die knusprig waren und klebrig süß, nach Mandeln und getrockneten Früchten schmeckten.

»Djamila«, begann Maya, als sie den Mund wieder leer hatte. »Wie …« Sie verstummte und deutete mit dem Finger auf ihr eigenes Kinn.

Djamila kniff die Augen zusammen und sah auf das Wasser hinaus. »Ein Feuer. Bei uns im Stall. Ich wollte die Ziege holen. Ich war so«, sie hob die Hand und deutete damit die Größe eines etwa fünfjährigen Kindes an. »Damit«, ihre Stimme zitterte, und sie wies auf ihre Narben, »gab es für mich keinen Mann zum Heiraten mehr. Oder nur für viel Geld. Meine Familie war aber arm.« Sie atmete tief durch, als fiele es ihr schwer, weiterzusprechen. »Dann wurde ich vom Sultan gekauft, als Dienerin. Dort muss ich auch niemandem mein Gesicht zeigen.« Sie sah Maya mit einem Seitenblick an, der ironisch war und doch vergnügt und von einer Gelassenheit gegenüber ihrem Schicksal zeugte, der Mayas Zuneigung noch verstärkte. »Aber«, setzte Djamila erneut an und schüttelte leicht den Kopf, »das Gesicht ist auch nicht wichtig. Die Augen«, sie spreizte Zeige- und Mittelfinger zu einem V und deutete dabei abwechselnd auf ihre und Mayas, »die Augen sind wichtig.« Sie nickte nachdenklich, wie zur Bekräftigung. Impulsiv ergriff Maya ihre Hand. Djamila blickte auf ihrer beider Hände hinab, hob dann den Blick unverwandt in Mayas Augen und erwiderte ihren Händedruck ebenso fest.

Zwei Tage und zwei Nächte folgten sie der alten Weihrauchstraße, entlang der Wüste und den Bergen. Ein einsamer Weg; nur drei Karawanen begegneten sie in dieser Zeit und überholten eine vierte, die offenbar ebenfalls in Richtung Ijar unterwegs war, aber mit ihren bepackten Kamelen gemächlicher voranzuckelte als Rashads Reiter. Zwei Tage, in denen wie gewöhnlich nur wenig gesprochen wurde, nicht zuletzt, weil der Gesichtsschutz vor dem kleinkörnigen Sand in der Luft unverzichtbar war. Zwei Nächte aber, in denen Maya und Rashad alles nachholten, was unter der gleißenden Sonne ungesagt blieb. Als läge ein böser Zauber auf ihnen, der sie des Tags mit Stummheit schlug und ihnen nur erlaubte, bei Feuerschein und Sternenlicht frei zu sprechen. In einer gemeinsamen Sprache, in der sich ihre beiden mischten und zu einer neuen verzahnten, der allein sie mächtig waren. Die Nacht schuf Vertrautheit und Nähe, in der es leicht war, zu erzählen; Geschichten aus der Vergangenheit, die immer so viel näher ist, wenn kein Tageslicht die Gegenwart scharf konturiert ins Auge springen lässt. Wie die Beduinen saßen sie beieinander und teilten ihre Erinnerungen.

Und so wurde in den Schatten der Nacht Black Hall lebendig, mit seinen dunklen Winkeln in den Korridoren, seinen Giebeln und Dachgauben, dem Garten mit Mayas Schaukel unter dem Apfelbaum. Gerald und Martha, Jonathan und Angelina wanderten umher, wie Luftspiegelungen der Wüste, deutlich zu sehen, aber nicht greifbar, ließen sich abwechselnd am Feuer nieder, lauschten den Geschichten, die Maya über sie erzählte, nickten zustimmend, ehe sie sich wieder erhoben und in die Dunkelheit zurückglitten. Richard setzte sich eine Weile zu ihnen, und sein Bart zuckte amüsiert, als er Mayas Version seiner Reisen und Abenteuer hörte, leistete aber keinen Widerspruch. Zog jedoch angestrengt die Augenbrauen zusammen, als sie erzählte, wie sehr sie ihn geliebt und wie sehr sie gelitten hatte. Wie sehr sie danach strebte, es ihm, Captain Richard Francis Burton, an Wagemut und gelebter Freiheit gleichzutun, und wie sie mit dem Versuch gescheitert war, an Ralphs Seite nach einem solchen Leben zu greifen. Maya verfolgte keinen Zweck mit dem, was sie Rashad erzählte; es war ihr schlicht ein Bedürfnis, und er erwies sich als guter Zuhörer, aufmerksam und geduldig. Wie auch Maya eine gute Zuhörerin war, als Rashads Worte die Berge heraufbeschworen, in denen er aufgewachsen war, rings um den Jabal Sa'fan. Er gab wenig Persönliches von sich preis, nicht mehr als das, was Maya ohnehin schon von ihm wusste. Lieber hielt er sich an die Überlieferungen seines Stammes. Wie die Erzählung, in der ein junger Scheich eines Tages einen wertvollen Ohrring aus dem Sand der Wüste auflas. Er beauftragte eine alte, weise Frau, die Besitzerin zu suchen. Als die junge Frau, schöner als jedes Geschmeide, gefunden ward, überreichte sie dem Scheich den anderen Ohrring mit den Worten »damit sie wieder vereint seien«. – »Eine Schönheit mit dem großen Herzen eines Prinzen«, erklärte der Scheich daraufhin und beschloss, sie zu seiner Frau zu machen. Mit seinem Reichtum und seiner Macht warb er erfolgreich um ihre Gunst, brachte sie zu seinem Stamm und heiratete sie. Doch in der Hochzeitsnacht begegnete ihm der Vetter der Braut, der ihm gestand, schon lange in aufrichtiger Liebe zu ihr entbrannt zu sein. Dies rührte den Scheich, und großmütig verzichtete er auf seine Rechte. Er übergab seine Braut dem jungen Mann – »damit sie wieder vereint seien« – und überhäufte das junge Paar zur Hochzeit mit prächtigen Geschenken.

In dem, was Rashad mit seiner tiefen Stimme über die Menschen von al-Shaheen berichtete, entdeckte Maya so vieles wieder, was sie in den vergangenen Tagen von ihm kennengelernt hatte, und es war, als hätte sie all das mit eigenen Augen gesehen. Immer wieder schwiegen beide, kosteten den Geschmack des Fremden, das der jeweils andere zum Leben erweckt hatte, stellten sich vor, wie es wäre, nur einen Tag lang in die Haut des anderen zu schlüpfen. Das verband sie, schlug eine Brücke, die auch mit dem ersten Morgengrauen nicht verschwand.

Doch auch die längste aller Nächte geht einmal zu Ende, und so brach auch nach der siebten Nacht von Mayas Nomadenleben – der neunten nach ihrer Entführung – ein neuer Morgen an. Und dieser zeigte Maya mit seinem Fortschreiten ein anderes, neues Gesicht dieses Landes: hoch aufragende Häuser aus orangerotem Stein, von weiß bemalten Zinnen gekrönt. Weiß auch die geometrischen Malereien an den Wänden, zart wie Klöppelspitze, kreisförmig oder als mäandernde Bordüren; die Verzierungen an den Spitzbogenfenstern, den Arkaden und Galerien. Ganze Wälder von Dattelpalmen spendeten Schatten, ihre Kronen schwer und üppig und von dunklem Grün, wie Malachit. Ebenso grün wie die belaubten Bäume der Aprikosen, Mandeln und Walnüsse, die Büsche um die vielen Teiche und Bewässerungskanäle. Grün wie die Felder, die sich als glänzende Teppiche links und rechts der Straße ausbreiteten. In der Ferne konnte Maya rötliche Berge erkennen, und davor die Silhouette einer Stadt, ebenfalls kupferfarben, aber auch mit weißen Hausmauern durchsetzt, zwischen denen sich schlanke Minarette reckten und Kuppeln wölbten. Ziegen, Kühe und Schafe drängten sich um gemauerte Brunnen, grasten auf Weideflächen. Oleander blühte in Fuchsia und Weiß, die handtellergroßen, seidigen Blüten des Hibiskus in Scharlachrot, Lachsrosa und Zitronengelb; die winzigen Sterne der Jasminsträucher in Crème und Zartgelb. Ein Garten Eden, meilenweit umgeben von Sand und Fels, und Maya wusste nicht, ob sie in ihrem Leben jemals etwas derart Schönes, Betörendes gesehen hatte.

»Das ist Ijar«, rief Rashad ihr über die Schulter zu und galoppierte an, denn die Straßen befanden sich in gutem Zustand, waren sorgfältig geebnet und festgeklopft. Sie passierten einige kleinere Ortschaften, bis sie eine von größerer Ausdehnung erreichten – jene Stadt, die Maya von Weitem schon gesehen hatte. Auf einer Anhöhe breitete sich ein weitläufiger Gebäudekomplex aus, turmbewacht und imposant, auf den sie zuhielten. Sie ritten die leichte Steigung hinauf und durch ein geöffnetes Tor hindurch, bewacht von Soldaten, die freudig winkten und Rashad anerkennend etwas zuriefen.

Hinter dem Torbogen machten sie in einem großzügigen Innenhof Halt, in dem sie von noch mehr Soldaten empfangen wurden, deren Turbane in dem gleichen warmen Farbton wie die Mauern der Häuser schimmerten. Rashad glitt aus dem Sattel und begrüßte jeden Einzelnen von ihnen lachend und mit festem Handschlag. Maya sah, dass auch Djamila und Rashads Männer abstiegen, und zögerlich tat sie es ihnen gleich. Es war kein prächtiger Palast, zumindest nicht von außen, eher eine Festung, aber schön in seiner Einfachheit, dem unaufdringlichen Schmuck aus Kalkfarbe, wo der Stein rötlich, und orangebraun, wo der Untergrund hell war. Fensterreihen zogen sich entlang der Mauern, und auf zwei Seiten führte ein kleineres Tor in die entsprechenden Gebäudeteile. Aus einem dieser Tore eilte nun eine verschleierte Frau auf sie zu, in einem Gewand, rot wie Klatschmohn, am Saum mit einer breiten Bordüre besetzt, die ein filigranes Muster zeigte, in das goldene Fäden eingearbeitet waren. Goldmünzen säumten das Tuch über ihrem Scheitel, das so fein war, dass ihr dunkles Haar darunter hervorschien, und klimperten leise in der schnellen Bewegung, im Gleichklang mit den Anhängern ihres Armkettchens und der Ohrringe. Ein paar Schritte vor der Gruppe von Pferden blieb sie abwartend stehen.

Rashad kam auf Maya zu. »Sa'adiyah wird Sie in die Gemächer der Frauen bringen«, erklärte er ihr auf Englisch. »Dort sind Sie untergebracht, bis Coghlans Männer eintreffen und wir verhandelt haben.« Er musste Mayas bestürzten Blick richtig gedeutet haben, denn er fügte hinzu: »Nicht lange. Nur einige Tage.« Maya nickte, obwohl sich alles in ihr gegen diese neue Umgebung sträubte. Solange sie Rashad an ihrer Seite wusste, fühlte sie sich sicher, hatte sie schon beinahe vergessen, dass sie diese »Reise« nicht aus freien Stücken unternommen hatte. Doch jetzt verspürte sie Angst.

»Wo werden Sie sein?«, hakte sie deshalb nach, in der Hoffnung, er würde sie damit beruhigen, weiterhin über sie zu wachen. Stattdessen wich er ihrem bittenden Blick aus, betrachtete eindringlich ihr Pferd und strich über den Hals des Braunen.

»In der Nähe«, verkündete er knapp, und seine Stimme war spröde. »Djamila wird bei Ihnen bleiben.« Er klopfte zärtlich auf die Backe des Tieres und trat zurück, seine Miene undurchdringlich.

Die Frau namens Sa'adiyah winkte Maya mit eifrigen Gesten zu sich heran. »*Marhaba*, willkommen!«, rief sie fröhlich, und widerstrebend ging Maya ihr entgegen, dicht gefolgt von Djamila. Am Tor drehte sie sich noch einmal um. Rashad stand in der Sonne, die so hoch stand, dass sein Körper keinen Schatten warf, und sah ihr nach, bis Sa'adiyah Maya mit Zischlauten weiter hineinlockte und das Tor hinter ihnen zuzog. Als es ins Schloss fiel, glaubte Maya, die Luft zum Atmen würde ihr genommen, und dankbar erwiderte sie den Druck von Djamilas Fingern, die sich um die ihren geschlossen hatten.

Rashad al-Shaheen starrte auf das längliche Halbrund des Holztores. Sein Sultan erwartete ihn, würde mit Freuden hören, dass der erste Teil des Planes geglückt war, bis ins Detail wie von Rashad beabsichtigt. Er hätte erleichtert sein müssen.

Doch er war es nicht.

10

»Wie weit ist es noch?«, rief Ralph Muhsin zu, während das Kamel unter ihm nur unwillig, erst auf das gute Zureden eines der Araber hin in die Knie ging und dabei den winzigen Sattel zwischen seinen Höckern in beträchtliche Schwingungen seitwärts versetzte. Muhsin verdrehte die Augen zum goldglänzenden Abendhimmel und bat stumm Allah um Beistand. Seit fünf Tagen, seit sie den Pass von Talh hinter sich gebracht hatten, war es bei jeder Rast dasselbe Spiel: Kaum hatten sie einen Lagerplatz auserkoren, kam auch schon diese Frage des Engländers, jedes Mal in demselben ungeduldigen, drängenden Tonfall vorgebracht. Noch ehe das Tier seinen massigen Leib gänzlich abgesenkt hatte, was nur in ruckartigen Schüben vor sich ging, war der Lieutenant schon heruntergeklettert, erleichtert, wieder festen Boden unter den Füßen zu haben. Der ungewohnte Passgang der Tiere, die andere Formung des Sattels, die ihn dazu zwang, sich hinzukauern, die Beine eng und in seltsamer Stellung anzuziehen, strapazierten seine Muskeln, ebenso wie die Langsamkeit, in der sich ihre kleine Karawane vorwärtsbewegte, an seinen Nerven zerrte. Intuitiv trat er zwei große Schritte zurück – in weiser Voraussicht, denn das Kamel wandte den Kopf in seine Richtung, reckte ihn auf dem langen Hals vor, zog die weich fallende, gespaltene Oberlippe empor und entblößte so unter angriffllustigem Röhren das geöffnete Gebiss gelblicher, abgeschliffener Zähne.

»Geduld, *said* – Geduld«, leierte Muhsin seine übliche Antwort herunter, während er sein eigenes Reittier zufrieden zwischen dem Haarbüschel am Oberkopf des langen Schädels kraulte.

Ralph schritt im Sand umher, um seine Beine zu lockern, und nahm dabei die Gegend genau in Augenschein, bis hin zu der tiefbraunen Bergkette am Horizont. Er kniff die Augen zusammen, vermeinte davor die Umrisse von Dörfern ausmachen zu können und stöhnte leise auf. Einen Großteil ihrer Verspätung hatten auch die Bewohner der hinter ihnen liegenden *wadis* verschuldet, die angesichts der beiden fremden, hellhäutigen Männer ihre Neugier nicht hatten zügeln können, flink herbeigelaufen kamen, die Kamele umringten und sie aus dem Pulk heraus herzlich zu Kaffee, gedörrtem Ziegenfleisch und Fladenbrot in ihre einfachen Behausungen einluden, wo sie sie mit den dazugehörigen Fragen nach dem Woher und Wohin löcherten. Ralph hatte Muhsin befohlen, ihnen zu erklären, dass sie in größter Eile waren; doch Muhsin hatte ihn erstaunt angesehen und ihm dann deutlich zu verstehen gegeben, wie unhöflich es wäre, dieses Angebot der Gastfreundschaft nicht anzunehmen. Es wäre doch unklug, es sich mit dem Wohlwollen der hier ansässigen Menschen zu verscherzen, *nicht wahr, said?*

Und so hatte Ralph zähneknirschend nachgegeben, sich im Schneidersitz in oder vor der Hütte eines Sheikh, eines Dorfältesten, niedergelassen und sich bemüht, ein guter Gast zu sein. Auch noch, als seine Augenbrauen emporschnellten, weil Muhsin sich für die Einladung und das ihnen vorgesetzte Mahl mit einem Sack Reis oder Linsen revanchierte, ebenfalls mit der Anmerkung, dass das so üblich sei. Währenddessen wuchs in Ralph das Misstrauen gegenüber Muhsin. Denn auch die Verhandlungen Muhsins mit insgesamt drei Gruppen bewaffneter Kamelreiter über Wegegeld und Geleitschutz hatten sich für Ralphs Begriffe über Gebühr in die Länge gezogen, bis Muhsin jeweils zwanzig Maria-Theresia-Taler gezahlt hatte. Sehr zu Ralphs Missfallen, hatte sich doch die streckenweise Begleitung der vermummten Araber ihn sich eher in Gefahr denn in Sicherheit fühlen lassen. Verzögerte sein Reiseführer ihren Weitermarsch vielleicht doch mit Absicht, um den Entführern einen möglichst großen Vorsprung zu verschaffen? Zumal Ralphs Erkundigungen nach einem Trupp schwarz gekleideter Männer mit einer Engländerin in ihrer Gewalt von den Dorfbewohnern durchweg verneint wurden.

Sein Stiefel versank in etwas Weichem im Sand, und er sah genauer hin. »Muhsin!«, brüllte er und winkte den Mann aus Lahej heran, deutete auf die sonnengetrockneten Pferdeäpfel, in die er getreten war. »Das könnte doch ein Hinweis sein, oder?« Sein Finger wanderte weiter zu einem Hufabdruck, windgeschützt von einem Steinhaufen. »Hier müssen sie doch vorbeigekommen sein!«

Wäre Muhsin ein Beduine gewesen, so hätte er aufgrund des Abdrucks wissen können, welcher Stamm dieses Pferd gezüchtet hatte, ob es eines aus den Bergen oder von der Küste war, anhand dessen Tiefe, ob es einen Reiter aufsitzen gehabt hatte, und falls, ob es sich dabei um einen eher ungeübten, schwerfälligen handelte oder um einen, der von Kindesbeinen an im Sattel saß. So wie die Beduinen auch nie den Abdruck eines Kamelhufes vergaßen, den sie einmal gesehen hatten, und die weichen Sohlen mit Fetzen loser Haut Kamelen aus der Sandwüste, glatt polierte Sohlen jedoch Tieren zuordnen konnten, deren Heimat Geröllfelder waren. Aus den Ausscheidungen von Pferd und Kamel konnten die Beduinen herauslesen, welches Futter es zuletzt gefressen hatte, ob mitgebrachtes oder wild abgeweidetes. Wann es zuletzt getränkt worden war und, dank ihres Wissens um die Lage der Wasservorkommen, auch ungefähr wo, und die leichteste Übung von allen: wie lange es her war, dass das Tier hier vorbeigekommen war. Doch Muhsin war kein Beduine; seine Familie war seit Generationen sesshaft auf den Feldern von Lahej und stolz darauf, ebenso stolz wie auf ihren Ruf als gerissene Geschäftsleute, und sah auf die in ihren Augen primitiven, eigenbrötlerischen und hinterhältigen Nomaden herab.

Deshalb schoben sich nun auch Muhsins Schultern himmelwärts. »Möglich, *said*.«

Ralphs ohnehin strapazierter Geduldsfaden riss. »Verflucht, Muhsin, was weißt du denn mit Sicherheit? Führst du uns überhaupt auf dem richtigen Weg nach Ijar?«

Der Araber sah ihn mit einem zutiefst gekränkten Blick an, der einem nicht minder starken an Verachtung wich. »Sehe ich aus wie ein Beduine, *said*? Wenn Ihr lieber mit einem solchen gereist wärt, hättet Ihr Euch eben einen als Reiseführer nehmen sollen! Viele Wege führen nach Ijar, aber dieser ist der einzige, auf dem man Unkundige führen kann, ohne dass sie sich den Hals brechen! Ohne dass an jeder Wegbiegung räuberische Stämme lauern! Sollten die Männer des Sultans von Ijar Eure Gemahlin nicht über diesen hier gebracht haben, dann betet zu Eurem Gott, dass Ihr sie mit heilen Knochen zurückbekommt!« Sprach's und stolzierte hoch erhobenen Hauptes zurück zu den Kamelen.

Wie betäubt blickte Ralph ihm nach, dann trat er zornig einen Teil der Pferdeäpfel fort, dass der Sand hoch aufstob, marschierte in das Gelände hinaus, wo er sich auf einen Felsen hockte und in die karge Landschaft hinausstarrte. Er fischte einzelne Kiesel aus dem Sand heraus und schleuderte sie weit von sich, als könnte er jedem einen zornigen oder bedrückenden Gedanken mitgeben und damit von sich abwerfen.

Ganz gleich ob in Bengalen, Lahore, Peshawar oder Rawalpindi – immer war er sich dessen bewusst gewesen, hinter sich eine ganze Armee stehen zu haben: Die Gesamtheit aller Regimenter, die Indien zu einem Teil des Britischen Empire gemacht hatten. Dessen Grenzen es zu schützen, dessen Territorium es zu verteidigen galt, das Recht des Stärkeren im Rücken, des Herren im Lande, vor Gott und Königin. Genauso wäre es gewesen, hätte er als Scharfschütze der *Rifle Brigade* gegen den erklärten Feind Russland kämpfen dürfen. Auf dieser Seite Engländer, daneben Verbündete, die es vielleicht noch zu gewinnen galt, dort drüben der Feind – so einfach hätte es sein müssen.

Hier jedoch musste er auf seinen Rückhalt durch britisch-militärische Macht verzichten, um die Krieger und Sheikhs nicht zu brüskieren und Gefahr für Leib und Leben zu riskieren. Er und der immer noch wortkarge Private Fisker waren allein auf weiter, sandig-felsiger Flur – ohne Karten, ohne Berechtigung von oberster Stelle. Auf Gedeih und Verderb dem Wohlwollen der Männer aus Lahej ausgeliefert, die den Weg kannten und die hier wohlgelitten waren. Abhängig von ihrem Wissen und Verhandlungsgeschick mit den Menschen der zu durchreisenden Sultanate und Stammesterritorien, in denen jeder einfache Bauer mit *djambia* und Gewehr bewaffnet zu sein schien, wo hinter der herzlichsten Gastfreundschaft kriegerische Wachsamkeit durchschimmerte. Mit offenen Angriffen oder Schusswechseln hätte Ralph umgehen können, aber nicht mit dieser Atmosphäre, die die Grenzen zwischen Freund und Feind verwischte wie der Wind Fußspuren im Sand.

Das alles war für Lieutenant Ralph Garrett nur schwer zu ertragen. Nicht minder die zur Schau gestellte orientalische Eigenart der Gemächlichkeit, des Fatalismus: »Was geschehen soll, wird geschehen. Gleich, ob heute oder morgen oder in einem Jahr.« Aus Indien zwar vertraut, hatte diese Mentalität hier aber für ihn eine ganz andere Bedeutung und andere

Konsequenzen. Denn während es sich weiter östlich um Regierungsaufträge gehandelt hatte, deren Erfüllung durchaus mehrere Tage oder Wochen Aufschub geduldet hatten, ging es hier um Leib und Leben seiner Frau, die womöglich längst in Ijar war. Die vielleicht in einem fensterlosen, vor Schmutz starrenden Verlies vor sich hin vegetierte, weil er es versäumt hatte, rechtzeitig die Heiratserlaubnis einzuholen, weil er nicht besser auf sie achtgegeben hatte.

Als er in der mittlerweile hereingebrochenen Dunkelheit keinen Stein mehr ertasten konnte, vergrub Ralph den Kopf in den Händen und weinte.

Kaum zwei Meilen hatten sie am folgenden Morgen hinter sich gebracht, als sie erneut auf eine Gruppe von Kriegern trafen, die ihnen ihren Geleitschutz gegen bare Münze aufdrängten, sie aber auch zu einem Gastmahl einluden, das sich weit in den Tag hinein hinzog.

Zur selben Stunde betrat Maya die Dachterrasse des Palastes von Ijar, die zum Trakt der Frauen gehörte. Mannshohe Mauern verhinderten die Einsicht von unterhalb der Anhöhe, auf der der Gebäudekomplex stand; Palmen, immense Oleandersträucher und Jasminbüsche in glasierten Tontöpfen warfen Schatten über den glatten Stein, in denen es sich trefflich aushalten ließ. Der Windhauch, der von den Bergen her kam, ließ sich bereitwillig auf seinem vorgezeichneten Weg in die quadratische, ummauerte Fläche sacken, hielt Blattwedel und Laub in beständiger Bewegung und fächelte so zusätzlich Kühle herbei.

Zielstrebig steuerte Maya die Bank an, die in einem besonders schattigen Winkel der Terrasse stand; eine rechteckige Steinplatte auf einem Sockel, von Palmwedeln und Blütenzweigen gegen die grelle Sonne beschirmt, und setzte sich. Sie schlüpfte aus den dünnen, ledernen Pantoffeln, stellte die nackten Füße auf die glatte Oberfläche und umschlang die angezogenen Knie. Geistesabwesend strich sie über den Stoff ihres Gewandes, das sich seidig anfühlte, aber aus feiner Baumwolle war, dicht gewebt, und in einem prächtigen Rot leuchtete. Dies war ihr vierter Tag in Ijar, und vor allem der Tag ihrer Ankunft, der so voll neuer Eindrücke gewesen war, war ihr noch in lebhafter Erinnerung.

Ihre anfängliche Angst war unbegründet gewesen, denn die Frauen des Palastes hatten sie und Djamila freundlich begrüßt. Viele Frauen waren es gewesen, weit mehr als ein Dutzend, mittleren Alters, jünger, sehr jung, dazwischen Kinder, das älteste vielleicht zwölf, das kleinste kaum über die ersten Schritte hinaus. Damit es im Trubel nicht unterging, nahm eine der Frauen – vielleicht seine Mutter? – es auch schnell auf ihren Arm, von wo aus es Maya mit großen Augen anstarrte, drei seiner dicken Fingerchen in den Mund gestopft. Auf den ersten Blick konnte Maya nicht unterscheiden, ob alle Frauen zur Familie des Sultans gehörten oder Dienerinnen waren, denn ihre Gewänder und Schleier glichen einander, allesamt in Abstufungen von Rot, Orange und Gelb, was offenbar auch die Farben Ijars waren, ein leuchtender Kontrast zum Grün der Felder und Bäume. Und auch ihr Schmuck, die Ohrgehänge und Armreifen, die ziselierten Colliers, die aus den kleinen Halsausschnitten mit dem bordürenumsäumten Schlitz hervorblitzten, waren sich sehr ähnlich, teils silbern, teils golden, und ohne dass Maya daraus auf den Rang der betreffenden Frau hätte schließen können. Die Willkommensrufe waren von Gelächter begleitet gewesen ob Mayas Männertracht, an der die Araberinnen sogleich herumzuzupfen begannen, um Maya von dieser Ungehörigkeit zu befreien. Djamila, die bemerkte, dass Maya die fremden Hände am Leib als unangenehm empfand, ging energisch dazwischen und verlangte mit herrischer Stimme Wasser und ein paar andere Dinge, deren Namen Maya nicht kannte. Es schien, als gefiele den Frauen Djamilas Einsatz, und ein paar von ihnen waren davongeeilt, um ihren Forderungen nachzukommen, während die anderen Maya und Djamila in einen luftigen Raum führten: ein mit kühlem Leinen bezogenes großes Lager und dazugehörigen Kissen auf der einen Seite des Bodens, einen einfachen baumwollumhüllten Strohsack auf der anderen – ihre Unterkunft für die nächsten Tage. Nichts Aufwändiges, aber auch kein Verlies. Mehrere Frauen hatten geholfen, um einen großen Zuber, zur Hälfte mit Wasser gefüllt, hereinzuschleppen. Zwei weitere brachten einen Weidenkorb mit tönernen und gläsernen Fläschchen, Töpfen, Tiegeln, einen Stapel großformatiger Tücher und etwas Zusammengefaltetes, Rotes, auf dem ein Paar zierlicher, spitz zulaufender Pantoffeln ruhte; eine Dritte brachte einen großen Wasserkrug, ehe Djamila sie alle wieder hinauskomplimentierte und unmissverständlich heftig die Tür zuschlug.

Maya genierte sich ein wenig, sich in Djamilas Anwesenheit komplett auszuziehen. Aber aufgrund der Tatsache, dass Djamila ihr mutig das entstellte Gesicht gezeigt hatte, holte Maya ebenso tief Luft, wie Djamila es am Teich getan hatte, und schlüpfte schließlich auch aus Hemdchen und langer Unterhose. In freundlichem Tonfall Unverständliches vor sich hin murmelnd, krempelte Djamila ihre Ärmel auf und begann, eine goldbraune, gummiartige Paste aus einem der Töpfe zu kratzen und zu kneten, presste ein großes, flachgedrücktes Stück davon auf Mayas Bein und zog es sofort mit einem Ruck wieder ab. Maya schrie leise auf, vor Schreck und weil es ziepte; Djamila jedoch schnalzte zufrieden mit der Zunge, als sie die auf dem nach Karamell duftenden Gummi haftenden Härchen betrachtete. »Muss das –« wagte Maya einen zaghaften Protest, aber Djamila blieb schweigsam hartnäckig, setzte die Prozedur an beiden Beinen, auf und unter den Armen und schließlich zu Mayas peinlich berührtem Entsetzen auch an dem Dreieck zwischen den Oberschenkeln fort. Als Djamila sie in den Zuber scheuchte und sich mit einer Art Seifenpulver ans Werk machen wollte, weigerte sich Maya endgültig. Waschen konnte sie sich durchaus selbst! Aber sie genoss es, immer wieder von einem Schwall klaren Wassers übergossen zu werden. Ebenso dass Djamila ihr die Haare wusch und kämmte, nach dem Abtrocknen hier etwas in die Haut rieb, dort cremte und ölte, dabei munter vor sich hin summte und trällerte, als bereite ihr das Ganze selbst höchstes Vergnügen. Alles roch herrlich, nach Rosen und Jasmin, nach Weihrauch und Zimt, nach Hölzern und Blüten, die Maya nicht einzuordnen wusste. Das knöchellange Gewand mit den weiten Ärmeln ruhte schmeichlerisch auf ihrer Haut, und Djamila ergänzte es mit einem breiten, fast durchsichtigen Schal, den sie kunstfertig um Mayas Schultern drapierte, über ihren Scheitel zog und ihr zeigte, wie sie dessen Ende mit einem Häkchen und einer Öse befestigen konnte, um ihre untere Gesichtshälfte zu verhüllen.

Sa'adiyah, die Frau, die sie im Innenhof empfangen hatte, holte sie ab, und in einem großen, mit Teppichen ausgelegten Raum trafen sie wieder auf die gesamte Frauengruppe, die im Kreis beieinandersaß, im Schneidersitz auf mit bunten Baumwollstoffen bezogenen Polstern und bar ihrer Gesichtsschleier. Auf einladende Rufe und Gesten hin ließen sich auch Maya und Djamila nieder, bekamen bunte Gläser mit Tee in die Hände gedrückt, der süß, nach Früchten, Kardamom und einem Hauch von Rosen schmeckte. Platten und Schüsseln wurden aus der Mitte herumgereicht, mit Reis und buntem Gemüse, heiß und scharf, und kross gebratenen Hühnerfleischstückchen mit einer feurigen roten Paste. Als ob Djamila sich in Mayas Gegenwart sicherer fühlte oder solcherlei gewohnt war, löste sie gleichmütig den Schleier von ihrem verunstalteten Gesicht, schien den flüchtigen Moment entsetzten Schweigens nicht zu bemerken, nicht die befremdeten bis furchtsamen Blicke der Frauen, doch Maya tat es in der Seele weh. Während sie aßen, sich immer nur mit der rechten Hand bedienten, bestürmten sie Maya mit unzähligen Fragen. Woher sie käme, wie lange sie denn schon in Aden gelebt habe, was es dort Neues gebe, ob sie einen Mann hätte und Kinder? *Wie* – von so weit her komme sie ursprünglich? Wie es denn dort aussehe, was für Kleidung denn die Frauen dort trugen, was man dort äße und tränke, wie groß denn Mayas Familie sei. Maya bemühte sich, Rede und Antwort zu stehen, so gut sie es vermochte; spitze Ausrufe der Begeisterung prasselten auf sie ein, als die Frauen begriffen, dass Djamila nicht als Dolmetscherin dabei war, sondern Maya sich sehr wohl auf Arabisch verständigen konnte. Sofern es ihr an den entsprechenden Worten fehlte, behalf sie sich notgedrungen mit Mimik und Gestik, und ihre Entschuldigungen für ihre mangelhaften Sprachkenntnisse wurden mit aufmunternden Schnalzlauten und abschwächenden Gesten beantwortet. Die jüngeren unter den Kindern bestaunten Maya mit unverhohlener Neugierde, die aber schnell erlahmte. Selbstbewusst marschierten sie zwischen den Frauen umher, holten sich reihum Küsse und Liebkosungen ab, ließen sich mit Leckerbissen füttern, bevor sie sich ihren Spielkameraden zuwandten, um kleine Streitereien auszufechten und sich an den Haaren zu ziehen oder kreischend aus dem Raum hinauszustürmen, einander nachjagend; oder sie hielten sich mit glasigem Blick und weitem Gähnen an der Schulter einer Frau fest, ehe sie sich in deren Schoß plumpsen ließen und an die Brust kuschelten, die Lider vor Müdigkeit schon fast geschlossen. Langsam wagte auch Maya, Fragen zu stellen – wer von ihnen zum Sultan gehörte und wie die Frauen zueinander standen. Unter Gelächter schwirrten fremd klingende Namen durch den Raum, *Adiba*, *Munawwar*, *Zaynab*, *Durrah*, und Verwandtschaftsverhältnisse, die immer länger wurden ... Gemahlin, Gemahlin des zweiten Sohnes, Base der Gemahlin des ersten Sohnes, Schwester der Base der Gemahlin des dritten Sohnes, bis Maya lachend kapitulierte. Eines glaubte sie aber verstanden zu haben: dass dies ein Haus war, in dem es im eigentlichen Sinne keine Herrschaft und Diener gab, sondern das Zentrum einer Sippe, in der jede der Frauen ihren Platz und ihre Aufgaben hatte.

Diese Annahme bestätigte sich im Laufe der folgenden drei Tage. Keine der Frauen war je lange untätig: In der Küche mit dem nach außen gehenden Rauchfang gab es Mahlzeiten zuzubreiten, und davon reichlich. Die einfach gehaltenen Räume – kaum besser ausgestattet als derjenige, den sich Maya und Djamila teilten –, die von jeweils mehreren Frauen zusammen bewohnt wurden, mussten gekehrt und sauber gehalten werden. Wäsche wurde am Brunnen des kleinen Innenhofs, von den Mauern des Frauentraktes umschlossen, gewaschen, anschließend auf kreuz und quer gespannten Leinen getrocknet. Darunter auch Mayas eigene Kleidung, ihre englische Unterwäsche und die Kleidung der Männer von al-Shaheen; alles zusammen sorgsam in einer schlichten Truhe in ihrer Schlafkammer verstaut. Salben und Tinkturen galt es zu mischen und anzurühren, Gewänder zu nähen, zu flicken und zu besticken. Und nicht zuletzt wurden die zahlreichen Kinder zu kleineren Arbeiten angelernt, wenn sie nicht miteinander spielten, man ihnen Geschichten erzählte, Verse aufsagte oder mit ihnen Volksweisen sang.

Maya blieb sich selbst überlassen; dass sie den Teil des Palastes nicht verließ, der den Frauen vorbehalten war, verstand sich von selbst, und dessen einziger Ausgang mündete in den großen Innenhof, in dem Maya angekommen war und dessen Tor unablässig bewacht war. So wanderte sie durch die Gemächer und Flure, sah sich in aller Ruhe um und den Frauen bei ihrer Arbeit über die Schulter, schnupperte in die Luft, die nach frischer Wäsche roch, nach Heu und dem Stein der Wände; nach Anis, Kreuzkümmel, Safran, nach Thymian und Minze, Sesam- und Olivenöl. Nach Essenzen wie Moschus und Ambra, schwer und betäubend, nach Rosenwasser, Galbanum und Kampfer, beides scharf und doch frisch, oder süß nach Vanille und blumig nach Veilchen.

Mehrfach hatte Maya sich angeboten, ihnen zur Hand zu gehen, doch jedes Mal hatten die Frauen gelacht und ihr die Schultern oder Unterarme getätschelt – sie sei doch *Gast* hier, sie solle sich doch ausruhen und nicht arbeiten! Höchstens eines der ganz kleinen Kinder hatte man ihr in den Arm gedrückt, wenn es zu sehr am Rockzipfel der Mutter hing und bei der Arbeit im Weg war, und Maya hatte es auf den Knien geschaukelt, ihm englische Kinderlieder vorgesungen und so lange Grimassen geschnitten, bis das Kind nicht mehr aufhörte zu lachen und vor Begeisterung fröhlich quietschte.

Obwohl sie sich im Palast von Ijar befand, erinnerte Maya hier kaum etwas an den märchenhaften Prunk, den sie in ihrer Vorstellung immer mit Arabien verbunden hatte. Es gab keine Marmorsäulen, keine goldenen Leuchter; keine Eunuchen in Pluderhosen als Wächter eines Harems schöner Orientalinnen und Odalisken; keine pfundschweren Geschmeide mit taubeneigroßen Diamanten und Rubinen. Einfach und schlicht war alles, ländlich und fast bäuerlich, aber von einem ganz eigenen Zauber: Wandmalereien, einfache Farbe auf Putz, teilweise sichtlich alt – geometrische Muster, Blüten- und Blätterranken, abstrakte Ornamente; leichte Teppiche in leuchtenden Farben, die Fäden so fein und sorgsam geknüpft, dass Maya sie nur aus allernächster Nähe voneinander unterscheiden konnte, sie aus größerem Abstand wie bemalt wirkten; kostbar geschnitzte Truhen mit ziselierten Metallbeschlägen und vor allem Stoffe in aller Pracht und Herrlichkeit, die denkbar war: an Kleidung, an Kissen und Decken. Keine Seide, nirgends, aber Baumwolle, die dick und flauschig sein konnte oder so hauchdünn und glänzend, dass ein Seidenweber vor Neid erblasst wäre. Maya staunte darüber, was sich aus Garn und Farbe zaubern ließ, in welch reicher Palette an Schattierungen sich die Töne mischen ließen, von Karmin- und Zinnoberrot über Kirschrot und Koralle bis hin zu Quittengelb und Ginster. Auf ihre Fragen hin bekam sie erklärt, wie alt die Muster waren, in denen Bordüren gewoben wurden, Tuchbahnen bestempelt, Säume bestickt. Beinahe jede Familie besaß gleich mehrere Muster, die von Generation zu Generation an die Töchter weitergegeben wurden, und doch ähnelten sie sich in ihren Grundzügen, weil sie alle sichtbar machen sollten, dass die Hand, die die Nadel geführt hatte, die Frau, die den Stoff besaß oder trug, aus Ijar stammte.

Zeit für ein Schwätzchen gab es jedoch immer, und gerade in den Abendstunden saßen die Frauen lange beisammen, zu Tee und einem Imbiss, tratschten und lachten, und wer von ihnen unten in der Stadt gewesen war, brachte von dort Neuigkeiten mit. Die eine oder andere stellte kichernd dar, wie sie über ihrem Gesichtsschleier einem Händler mit flatternden Wimpern einen koketten Augenaufschlag geschenkt hatte, der ihr daraufhin sofort einen günstigeren Preis gemacht hatte.

Gestern war die Stimmung zu vorgerückter Stunde besonders übermütig gewesen: Sa'adiyah, die nach Mayas Verständnis die Aufgaben einer Hausdame innehatte, hatte von Aussehen und Auftreten Rashad ibn Fahds geschwärmt, und einige der anderen Frauen hatten mit gleicher Inbrunst in dieses Loblied eingestimmt. In vertraulichem Tonfall und mit begehrlichen Blicken hatten dann die Frauen von Maya wissen wollen, wie es denn um die Manneskraft der Engländer bestellt sei – bei ihrem Gemahl beispielsweise, und welche Vorlieben in der körperlichen Vereinigung man denn in der Fremde pflegte? Maya war vor Verlegenheit hochrot angelaufen, um Worte ringend, bis Djamila sich eingemischt hatte, ihre Herrin sei müde und müsse schlafen gehen, in einem Tonfall, der keine Widerrede duldete.

Es war weniger Prüderie, aus der heraus Maya so empfindlich reagiert hatte, als die unerwartete Konfrontation mit den Gedanken an sowohl Ralph als auch Rashad, die sie von der überwältigenden Fülle an Eindrücken nur zu bereitwillig hatte beiseiteschieben lassen. Doch einmal geweckt, ließen sich diese Gedanken nicht so leicht wieder verdrängen, und ihretwegen war Maya heute hier heraufgekommen, in die Schatten der ansonsten von Sonnenlicht überfluteten Terrasse.

Maya seufzte auf und strich zum wiederholten Male über ihr Gewand, als befänden sich Falten darin, die der Glättung bedurften. Mit einer Art versteinertem, feinporigem Schwamm hatte Djamila ihr so lange die befeuchteten Handflächen bearbeitet, bis sie die Schwielen und Schrunden, die die Zügel darauf hinterlassen hatten, abpoliert hatte und Maya dann dazu verdonnert, die Hände so lange in einer Schale mit Öl ruhen zu lassen, in dem Blüten schwammen, bis sie wieder zart und weich waren.

Sie legte ihr Kinn auf die Knie und zwang sich, weiter nachzudenken, so schwer es ihr auch fiel. Nicht allein, weil es ihr unangenehm war, sondern auch, weil sie durch die ihr aufgezwungene Untätigkeit – war sie auch gut gemeint – im Geiste träge geworden war. Ebenso durch das reichliche Essen bedingt, das nicht nur einfach zu köstlich schmeckte, um sich mit wenigen Bissen zu begnügen; Maya hatte zudem noch nicht herausgefunden, ab wann dankend abzulehnen als unhöflich betrachtet wurde.

Sofern sie sich nicht verzählt hatte, lag ihre Entführung kaum zwei Wochen zurück, und doch schien seither eine kleine Ewigkeit vergangen zu sein. Ihr vierter Tag hier … Jeden Tag war damit zu rechnen, dass Coghlans Männer eintrafen. Es war also nur noch eine Frage der Zeit, ehe sie den Rückweg nach Aden antreten würde, zurück zu Ralph. Doch die Vorstellung, ihr dortiges, freudloses Leben wieder aufzunehmen, an der Seite eines Mannes, dem sie gleichgültig war, dem sie selbst zuletzt nicht mehr viel an Gefühl entgegengebracht hatte, war ihr unerträglich. Wie würde es für sie weitergehen – danach? *Darüber denke ich nach, wenn es so weit ist. Keine Stunde eher. Aber nach Hause – nach Hause muss ich! Zu Vater, Mutter und Angelina. Zurück nach England. Nach Hause.* Doch was, wenn man sie von englischer Seite einfach aufgab, weil der Preis für sie als zu hoch erachtet wurde? Wenn sie hier zu bleiben verdammt war? *Nein, daran darf ich nicht denken*, befahl sie sich. *Wenn ich nicht daran denke, wird es auch nicht geschehen. Und Rashad würde es auch niemals zulassen.* Oder?

Nur widerstrebend konnte Maya zugeben, dass er ihr fehlte. Einmal hatte sie ihn bei einem zufälligen Blick aus ihrem Fenster gesehen, wie er gerade auf seinem Fuchs die Anhöhe zum Palast hinaufgaloppiert war, in seinen Bewegungen eins mit dem Tier unter sich. Ihr fehlte seine Stimme, sein zu einem spöttischen Lächeln verzogener Mund, die ruhige und doch bestimmte Art, die ihn wie eine Aura umgab. Jeden Morgen, wenn die Rufe der Muezzine erschallten, noch ehe die Sonne aufging, sie bald danach die gemurmelten Gebete der Frauen hörte, vermisste sie die Klänge der Gebete von Rashad und seinen Männern, die sie jeden einzelnen Tag ihrer Reise sacht aus dem Schlaf geholt hatten. Das Plätschern oder Rieseln, wenn sie sich mit Wasser oder Sand reinigten, wenn einer von ihnen die anderen rief: »*Allahu akbar*« – Gott ist groß. Wenn sie alle gemeinsam die Verse raunten, deren Worte sich Maya erst nach und nach erschlossen hatten: »Im Namen Allahs, des Allerbarmers, des Allbarmherzigen, Preis sei Allah, dem Herrn der Welten, dem Allerbarmer, dem Allbarmherzigen, dem Herrscher am Tage des Weltgerichts. Dir wollen wir dienen, dich um Hilfe anrufen, führe uns den rechten Weg. Den Weg derer, denen du huldvoll bist, über die nicht gezürnt wird, die nicht irregehen.« Und diese Töne, diese Worte waren es auch gewesen, die Maya des Nachts anfangs in den Schlaf gesungen hatten, bis sie an Rashads Seite die Stunden kostbarer Nachtruhe mit Gesprächen oder Schweigen verschwendet hatte. Stunden, von denen sie keine einzige bereute. Nicht eine der täglich fünf Gebetszeiten in Ijar verging, in der Maya nicht daran dachte und sich zurück auf den steinigen Weg hierher sehnte. Nur um Rashads willen.

Wie absurd, so zu denken und zu fühlen! Einem Mann gegenüber, der ihr die Freiheit geraubt hatte. Dabei hatte sie sich selten wirklich gefangen gefühlt, weder während ihrer Reise noch seit sie sich hier in Ijar befand. Nicht mehr als in Black Hall oder in Aden. War sie je wirklich frei gewesen? Woran ließ sich Freiheit messen?

Der Klang von Schritten riss sie aus ihren Gedanken, und sie sah auf. Ein Mann war zu ihr getreten, von eher kleinem Wuchs und schmal, nach dem, was das weiße Gewand mit der roten Stickerei an den Säumen und am Halsausschnitt konturierte, das in der Taille von einem breiten orangeroten Stoffgürtel gerafft wurde und in dem eine prächtige silberne *djambia* steckte. Die Farbe des Gürtels wiederholte sich im Tuch des Turbans über seinem von den Jahren gezeichneten Gesicht, das einem Falken ähnelte. Er musste weit über fünfzig sein, wie Maya aus dem graumelierten Bart und der nicht mehr ganz glatten Haut auf seinen Handrücken schloss.

»Man sagte mir, dass ich Euch hier fände«, richtete er das Wort an sie und lächelte. Er hatte gütige, tiefbraune Augen.

Maya sah ihn nur an, und seine Stirn legte sich in Falten. »Ihr sprecht doch unsere Sprache?«

Maya nickte, wackelte dann leicht mit dem Kopf. »Ein wenig«, antwortete sie wahrheitsgemäß und mit einem kleinen Auflachen, das er erwiderte.

»Verzeiht, dass ich erst heute nach Euch sehe – meine Geschäfte ließen es bislang nicht zu.« Er legte seine Rechte auf sein Herz und verbeugte sich angemessen tief. »Euer Gastgeber – Sultan Salih ibn Muhsin al-Ijar.«

Maya sprang hastig auf, verwirrt und unsicher, wie sie sich zu verhalten hatte, und entschloss sich impulsiv zu einem wohlerzogenen britischen Knicks. »Maya Garrett«, erwiderte sie hastig und angelte mit den Zehen verstohlen nach ihren Pantoffeln.

»Sagt – ist alles zu Eurer Zufriedenheit?«, erkundigte sich Sultan Salih. Er war kein Herrscher vom Charakter eines Sultans von Lodar, der Vergnügen daran hatte, sich vieler Gefangener zu rühmen. Unter normalen Umständen hätte ihm allerdings die Nachricht seiner Dienerschaft genügt, dass es der englischen Frau gut ginge, schließlich wusste er das Unterpfand für seine Verhandlungen mit der Regierung von Aden bei seinen Frauen in den besten Händen. Doch Sultan Salih war von Natur aus ein neugieriger Mann, und was er aus dem Frauentrakt gehört hatte – dass die Fremde arabisch sprach, sich für das Leben im Palast interessierte, für die Führung des Haushaltes und die Küche gar ihre Hilfe bei der Arbeit angeboten hatte, überhaupt eine sehr offene und wissbegierige Person zu sein schien – hatte ihm keine Ruhe gelassen und ihn dazu bewogen, sich selbst ein Bild von seinem Gast zu machen. Und dieses fiel überraschend reizvoll aus.

Maya nickte, doch er musste wohl die Spur eines Zögerns darin entdeckt haben.

»Habt Ihr einen Wunsch, den ich Euch mit meinen bescheidenen Mitteln erfüllen kann?«

Maya biss sich kurz auf die Unterlippe, überlegte, ob sie es wagen konnte, bis sie schließlich herausplatzte: »Verzeiht – aber besitzt Ihr vielleicht Bücher?«

Das Erstaunen in des Sultans Gesicht ließ Maya fieberhaft nachdenken, ob sie das richtige Wort, *kutub*, gebraucht und auch korrekt ausgesprochen hatte, bis sich seine Miene weiter erhellte und er nickte. »Gewiss. Folgt mir.«

Im mittleren Stockwerk des Palastes gab es einen Durchgang von den Frauengemächern zu den übrigen Gebäuden, und gar nicht weit davon entfernt führte der Sultan Maya in einen Raum, in dem mehrere Truhen standen. Die Oberflächen aus altersdunklem Holz waren mit feinen Schnitzereien verziert, die wie Blätter spitz zulaufenden oder rechteckigen Beschläge der Kanten und der Deckel bestanden aus gelblichem Metall. Ob aus Messing oder Bronze, hätte Maya nicht zu sagen vermocht. Auf dem Teppich in dunklen Blau- und Rottönen stand ein quadratischer Tisch, in dessen Platte ein sternförmiges Mosaik in ähnlichen Farben eingelassen war. Er reichte Maya ungefähr bis zur Mitte ihrer Wade, und davor lag ein dickes Polster, reich bestickt und an den vier Ecken mit Quasten versehen.

»Bitte«, der Sultan machte eine raumgreifende Geste. »Sucht Euch aus, wonach Euch verlangt. Ihr könnt die Bücher mitnehmen oder hier lesen. Wann immer Ihr wollt.« Mit zögerlichen Schritten trat Maya wahllos auf eine der Truhen zu, kniete sich davor und klappte den Deckel zurück. Mit einem ebenso erstaunten wie glücklichen Laut sog sie den Atem ein, und mit ihm den vertrauten, staubig-samtigen Geruch alter Bücher, der ihr so sehr gefehlt hatte, dass ihr vor Glück Tränen in die Augen stiegen. Aufeinandergestapelt lagen die kostbaren Bände darin, in feines Leder gebunden und mit tiefen Prägungen goldener arabischer Schriftzüge versehen. Behutsam nahm sie den ersten in die Hand, hob ihn heraus und entzifferte mit gerunzelter Stirn die geschwungenen, verschnörkelten Zeichen, schlug ihn auf und überflog die Seiten. Geraume Zeit verging, in der Maya sich die einzelnen Bücher ansah. Dabei war sie so vertieft in diese Schätze, dass sie sogar die Anwesenheit des Sultans vergaß und nicht sah, wie sein Gesichtsausdruck von stiller Freude zu nachdenklichem Erstaunen wechselte, als er etwas in sich aufsteigen spürte, was er lange Jahre verloren geglaubt hatte.

Schließlich hatte Maya das gefunden, worauf sie gehofft hatte, verstaute die überzähligen Bücher sorgsam wieder an ihrem Platz und wandte sich halb um, drei Bände in den gekreuzten Armen vor die Brust gepresst. »*Shukran*«, bedankte sie sich mit einem strahlenden Lächeln.

Sie hatte Bücher. Sie war gerettet.

Dachte sie.

11

Während die wachsamen Krieger des Sultans von Nisab eine gute Woche zuvor Rashad und seine Männer von al-Shaheen schon von Weitem an Kleidung und Reitstil erkannt und gemäß des vor langer Zeit festgelegten *sayyir* ungehindert hatten ziehen lassen, erschienen ihnen die Kamele und das Pferd mit den beiden hell gekleideten Fremden verdächtig. Deshalb ritten sie auf ihren eigenen Rössern der Gruppe entgegen und baten die Männer höflich, aber mit unmissverständlich im Anschlag gehaltenen Gewehren, ihnen zu folgen, um ihre Anwesenheit auf diesem Gebiet mit dem Sultan persönlich zu erörtern. Der Sultan von Nisab hörte sich die Angaben zu ihrer Herkunft und ihrer Absicht schweigend an. Konnte man Fremden trauen, die sich so weit ins Landesinnere vorgewagt hatten? Gaben sie nur vor, rein freundschaftliche Kontakte nach Ijar pflegen zu wollen und hegten in Wirklichkeit insgeheim feindliche Absichten gegen den befreundeten Sultan Salih? Und wie viel Geld mochte ihnen die Weiterreise nach Ijar wert sein – zwanzig Taler? Vierzig? Fünfzig oder gar mehr? Da der Sultan von Nisab kein Mann voreiliger Entschlüsse war, bot er seinen neu angekommenen *Gästen* daher großzügig Räume innerhalb seines Palastes an, sorgsam von seinen Kriegern bewacht, »damit den Fremden nichts zustoße«. In aller Ruhe sann er darüber nach, was am besten zu tun sei.

Wog das Für und Wider ab und überlegt sogar, Sultan Salih eine Nachricht per berittenem Boten zu schicken.

Aber – gemach, ermahnte er sich selbst. *Gemach.*

Die Grenzen zwischen Tag und Nacht verschwammen, während Maya las. Zuerst war es mühselig, sich wieder in die fremde Schrift hineinzufinden, die Wellenlinien und Schnörkel und Punkte wahlweise auseinanderzuhalten oder zusammenzuziehen und sich deren Bedeutungen wieder zu entsinnen. Manche Wörter blieben ihr trotz allem ein Rätsel, und sie konnte sie nur erraten oder als Lücken stehen lassen. Doch der Zauber des geschriebenen Wortes versagte nicht, ließ Bilder vor Mayas innerem Auge wachsen, Szenerien, ganze Welten. Sie durchblätterte die steifen Seiten, brüchig vor Alter, die Kanten wellig, bis sie fand, was sie gesucht hatte: die Geschichte von König Shaddad und seiner Stadt der Säulen, Iram. Und darin erwähnt auch das alte Reich von Himyar, diejenigen von Hadramaut und Saba, hier, in *al-Yaman*. Ein wohliger Schauder durchfuhr Maya bei der Vorstellung, dass die überlieferten Geschichten möglicherweise wahren Ursprungs waren. So wie vielleicht auch noch unter »den Sanden« Überreste dieser alten Kulturen vergraben waren, irgendwo in den Weiten der Rub al-Khali. Doch sie legte die ineinander verschachtelten Erzählungen Sheherazades vorerst beiseite. Sheherazade, die des Abends eine Geschichte begann, aber nicht zu Ende brachte, damit der Sultan, begierig zu hören, wie sie ausging, Sheherazade am Morgen nicht köpfen ließ, wie er es mit den Frauen vor ihr getan hatte. Bis sie nach tausendundeiner Nacht mit ihrer Klugheit und Erzählkunst sein Herz gewonnen hatte.

Ein schmales Bändchen mit Versen hatte Maya noch gefunden, die die Geschichte von Qays ibn al-Mullawah ibn Muzahim, einem Beduinen aus dem Stamme Bani Aamir, erzählten. Zu diesem Stamm gehörte auch Layla bint Mahdi ibn Sa'd, auch Layla Al-Aamiriya genannt, und es war Qays' Los, dass ihr sein Herz gehörte. Nur ihr, für immer. Er schrieb Gedichte für sie, sprach darin von seiner Liebe, seiner Leidenschaft, seiner Ergebenheit in das Schicksal, das sie füreinander bestimmt hatte.

Qays bat Laylas Vater um ihre Hand. Doch dieser war erzürnt über die Verse, die Qays verfasst und überall verkündet hatte, nannte es eine Schande, einen Verstoß gegen Sittlichkeit und Tradition, und gab Layla einem anderen Mann, der mit ihr in die Fremde ging. Als Qays von Laylas Vermählung hörte, floh er in die Wüste und wanderte ziellos umher. So lange, dass seine Familie irgendwann die Hoffnung auf seine Rückkehr aufgab und man ihn nur noch Madjnun, »den Verrückten«, nannte. Viele Jahre später fand man ihn tot in der Wildnis, auf Laylas Grab, umgeben von den Tieren, die seine Wanderung begleitet hatten. In einen nahen Felsen hatte er noch drei Verse geritzt, die letzten, die von ihm überliefert waren.

Diese Zeilen, das Einzige, was von seinem Leben und traurigen Schicksal geblieben war, berührten Maya sehr, und sie las sie mehr als einmal. Als Djamila ihr Tee und Obst auf die Terrasse hinaufbrachte und ihr über die Schulter sah, klappte Maya das Buch zu und reichte es ihr. Djamila schüttelte den Kopf und hob mit einem Ausdruck der Verlegenheit die Schultern.

»Du kannst nicht lesen?«, versuchte Maya zu raten, und Djamila nickte. Maya ergriff ihre Hand. »Verzeih, das wusste ich nicht. Magst … magst du es lernen?« Djamila hielt einen Moment inne, dann nickte sie wieder, eifrig, und mit einem Glanz in den Augen.

Wie seltsam, dachte Maya oft in den Stunden, in denen sie und Djamila sich über Papierbögen beugten, mit Feder und Tinte hantierten, die der Sultan auf Mayas Bitte hin zur Verfügung gestellt hatte. *Wie seltsam – ich, eine Fremde, bringe Djamila die Zeichen ihrer eigenen Sprache bei.*

Während Maya Djamila Lesen und Schreiben lehrte und immer ein Buch mit sich trug, wohin sie auch ging, ob in ihr eigenes Gemach, durch die Flure oder hinauf auf die Terrasse, verflog die Zeit, ohne dass sie es merkte. Mit den Geschichten Sheherazades, die auf Arabisch derber waren, sinnlicher, aber auch poetischer als in der Übersetzung, die Antoine Galland Anfang des vorigen Jahrhunderts angefertigt hatte, schien es keine Vergangenheit mehr zu geben, der sie nachhing, kein Morgen, an das sie einen Gedanken verschwendete, nur immerwährendes Jetzt.

Genauso wenig verschwendete sie einen Gedanken an das, was hinter ihr lag, wenn der Sultan sie aufsuchte und sich sowohl nach ihrer Lektüre als auch nach ihrem Wohlbefinden erkundigte. Dass sein Blick schimmernd war, sein Gang leicht und federnd, bemerkte sie nicht.

Doch seine Frauen sahen es sehr wohl. Es gefiel ihnen nicht, und ihre Herzen fingen an, sich gegen die Fremde in ihrer Mitte zu verschließen.

Es begann harmlos: rasch niedergeschlagene Augen, sobald Maya sich den Frauen näherte, hastig gemurmelte Entschuldigungen, der Reis brenne an, oder das Feuerholz sei ausgegangen, mit denen sie davoneilten; vorgeschützte Müdigkeit, wenn es sich um die abendlichen Zusammenkünfte handelte, oder ein Kind, das sich nicht wohlfühlte und der Fürsorge seiner Mutter bedurfte; ein Buch, von dem Maya sicher gewesen war, es neben ihr Bett gelegt zu haben, das aber verschwunden war.

Als Maya eines Nachmittags in ihre Schlafkammer ging, um das Holzkästchen zu holen, in dem sie die Schreibutensilien aufbewahrte, lag es umgekippt auf dem Boden, die zerbrochenen Federn daneben, und auf ihrem Laken prangte ein schwarzer Tintenteich. Ein Versehen, glaubte sie, vielleicht beim Saubermachen geschehen. Ebenso ein Missgeschick wie die irrtümlich in einen der Salbentiegel geratene Zutat, die Djamilas Fingerspitzen rötete und schmerzhaft brennen ließ, noch ehe sie die weißliche Pomade nach dem Bad auf Mayas Haut aufgetragen hatte. Allein Djamila, mit Weihrauchessenz verarztet, der das Leben in einem Sultanspalast vertraut war, drängte sich ein Verdacht auf. Ohne Maya diesen mitzuteilen, beschloss sie, Augen und Ohren offenzuhalten. Umso mehr, als am Tag darauf der Boden ihrer gemeinsamen Kammer mit indigoblauen und weißen Tuchfetzen übersät war, dazwischen die fein säuberlich mit einem scharfen Messer zerschnittenen Stiefel.

»Habt ihr gesehen, wie er sie anblickt?« Adiba, die erste Gemahlin des Sultans, schnaubte förmlich vor Wut. »Er besucht sie häufiger als uns!«

»Aber warum?«, gab Munawwar, die zweite Gemahlin, zurück. »Hätte sie goldenes oder kupfernes Haar und Haut wie Milch, könnte ich es verstehen. Aber sie sieht aus wie eine von uns!«

»Und trotzdem«, ließ sich Zaynab vernehmen, die dritte und jüngste Gemahlin von Sultan Salih, »übt sie ihren Reiz auf ihn aus. Sie ist jung und kräftig, sie kann viele Söhne haben!«

»Und was wird dann aus uns?«, äußerte Munawwar, was jede von ihnen sich fragte.

»Er wird sie uns vorziehen, und ihre Söhne den unseren«, ergänzte Adiba bitter.

»Aber er wird sie ihren Leuten zurückgeben müssen, sobald diese in Ijar eintreffen«, versuchte Zaynab, die stets um Harmonie bemüht war, die anderen beiden zu beruhigen.

Eine kleine Pause entstand, bevor Adiba erneut das Wort ergriff: »Wenn sie aber nicht gehen will? Ihr seht doch, wie sie ihn umschmeichelt – und wie geschickt sie es anstellt!« Und leise fügte sie hinzu: »Sie darf nicht länger hierbleiben. Dafür müssen wir sorgen.«

Sie wagten nur deshalb, offen zu sprechen, weil sie Maya oben auf der Terrasse wussten. War sie erst einmal dort, konnten Stunden vergehen, bis sie wieder den Weg hinunterfand, oft erst bei Einbruch der Dunkelheit. Doch Djamila, die festgestellt hatte, dass sie das Dattelgebäck zu Mayas Tee vergessen hatte und noch einmal in die Küche hinabgelaufen war, hörte sie sehr wohl. Zorn wallte in ihr auf, und gleichzeitig verspürte sie Furcht. Furcht um das Wohlergehen der jungen Frau, die sie so fest ins Herz geschlossen hatte. Wie die Tochter, die zu haben ihr nie vergönnt gewesen war und die sie deshalb mit aller Hingabe und Liebe umsorgte, zu der sie fähig war. Wie eine Löwenmutter, die ihr Junges bedroht sieht, war sie daher wild entschlossen, dass niemand es wagen durfte, Maya Schaden zuzufügen.

Dieser Entschlossenheit bedurfte es bereits, als Djamila am Folgetag Mayas Hilferufe hörte. Sie ließ den Wäschestapel, den sie eben aus dem Innenhof geholt hatte, fallen und rannte in Richtung der Kammer, die sie beide bewohnten. Maya drückte sich gegen den Rahmen der Türöffnung und starrte verängstigt auf den Boden des Zimmers, auf dem sich eine Schlange zusammenringelte. Eine Spirale graubrauner Schuppen, die den gefleckten, dreieckigen Kopf umschloss, die um sich selbst kreiselte und ein rasselndes Geräusch erzeugte.

»Beweg dich nicht!«, befahl Djamila ihr mit fester Stimme und drückte ihren Arm. »Dann tut sie dir nichts! Ich komme gleich wieder!«

»Djamila«, rief Maya ihr hinterher, als sie sie davonlaufen sah. Sie schloss die Augen, öffnete sie dann wieder, um die Schlange nicht aus dem Blick zu verlieren, bemüht, das Zittern in ihrem Körper zu unterdrücken und regungslos zu bleiben.

Schwer atmend vom schnellen Lauf kehrte Djamila zurück, einen dicken Ast in der einen Hand, in der anderen einen Stein, der zum Mahlen von Getreide gebraucht wurde. Mit sanften Bewegungen schlich sie auf die Schlange zu, den Ast mit dem gegabelten Ende erhoben. Djamila gab gurrende und zischende Laute von sich, machte kleine Bewegungen mit dem Stock, um das Reptil zu reizen, bis es tatsächlich seinen Kopf nach vorne schleuderte und Djamila blitzartig zustieß, den Kopf der Schlange zwischen der Astgabelung auf dem Boden fixierte und mit dem Stein zuschlug, mehrfach und mit aller Kraft, bis kein Geräusch mehr zu hören war. Sie löste den Stock vom Boden und schob ihn unter den Leib des toten Tieres, der links und rechts hinunterbaumelte wie ein Tau, und schaufelte es mit angewiderter Miene zum Fenster hinaus.

»Ich … ich hatte Angst, dass sie mir nachkommt, wenn ich davonlaufe.« Mayas Stimme klang dünn und kläglich, als wollte sie sich für ihr Verhalten entschuldigen. Djamila legte Stock und Stein beiseite und schüttelte den Kopf. »Das war gut so. – Komm«, flüsterte sie, und zog Maya mit sich, hinauf auf die Terrasse.

In wenigen Worten schilderte sie Maya, was sie vom Gespräch der Frauen belauscht hatte. Maya starrte nur stumm vor sich hin; allein das Öffnen und Schließen ihrer geballten Fäuste verriet, welche Gefühle in ihr tobten. Sie schwieg lange, nachdem Djamila ihre Rede beendet hatte. Schließlich wandte sie ein: »Die Schlange kann doch auch so hineingekommen sein.« Die Zaghaftigkeit, mit der sie ihre Worte sprach, ließ jedoch ahnen, dass sie selbst nicht daran glaubte, auch wenn ihr unvorstellbar schien, dass die Frauen, die sie so freundlich aufgenommen hatten, sie plötzlich so sehr hassen sollten. Grundlos, in Mayas Augen.

»Kind«, Djamila ergriff ihre Hand, legte sie in ihren Schoß, »diese Schlangen gibt es nur in der Wüste. Sie wandern nicht von allein in die Häuser einer Stadt.« Als sie die Todesangst in Mayas Augen sah, fügte sie rasch hinzu: »Bestimmt wollten sie dir nur einen Schrecken einjagen. Es waren genug Frauen in der Nähe, die wissen, wie man sie tötet. So wie ich.« Sie drückte Mayas Hand. »Rashad muss uns helfen.«

Maya ließ diese Worte auf sich wirken. Weshalb waren Coghlans Männer noch nicht eingetroffen? Waren sie womöglich schon längst hier, wurden sich aber mit dem Sultan nicht einig? Je länger sie darüber nachdachte, desto klarer wurde ihr, dass Djamila recht hatte. Rashad musste ihnen helfen – Rashad würde zumindest wissen, was zu tun war.

Sie entzog Djamila ihre Hand und fingerte an ihrem Schal herum, an dessen Ende sie die antike Münze geknotet hatte, und reichte sie Djamila. »Kannst du ihm die zukommen lassen? Dann weiß er, dass ich ihn sprechen muss.« Djamila nahm die Münze entgegen und nickte, in der stillen Hoffnung, es möge Allahs Wille sein, sie zu retten.

Sie hatten Glück. Schon am nächsten Tag ritt Rashad in den Hof des Palastes. Seine Miene war finster; denn einiges hatte sich nicht wie geplant entwickelt. Aufmerksam wie immer, entging ihm nicht das Aufblitzen in der Luft über ihm, das sachte Klirren, mit dem etwas aus mäßiger Höhe auf den Steinboden prallte und liegen blieb. Er stieg vom Pferd und ging hinüber zu der Stelle, von wo er das Geräusch gehört hatte. Verblüfft las er die Münze auf und legte den Kopf in den Nacken. An einem der Fenster stand Djamila, die es offensichtlich nicht wagte, sich herauszubeugen oder zu rufen, aber heftig gestikulierte. Rashad verstand nicht, was genau sie von ihm wollte, aber er hatte eine Ahnung und nickte ihr zu, ehe er wie verabredet seinen Sultan aufsuchte.

Natürlich gestattete Sultan Salih seinem Hauptmann, Maya vom Stand der Dinge zu unterrichten und sich mit eigenen Augen zu vergewissern, dass es ihr gut ging. Zu diesem Zweck trafen sie sich im Innenhof, und noch bevor Maya ein Wort herausgebracht hatte, berichtete Djamila hinter ihrem Schleier von den Ereignissen der letzten Tage, leise, damit keines der Worte über ihren kleinen Kreis hinausdrang. Rashad hörte schweigend zu, blickte keine der beiden Frauen an, sondern konzentrierte sich auf die dahinterliegende Hauswand und drehte dabei unablässig die Münze zwischen den Fingern. Seine Augenbrauen zogen sich immer weiter zusammen, je länger Djamila erzählte. Auch als sie schon geendet hatte, blieb er stumm.

»Bitte, Sie müssen uns glauben und helfen«, platzte Maya schließlich auf Englisch heraus, als sie sein Schweigen nicht mehr aushielt. Sein Blick richtete sich auf sie.

Wie hätte er ihr auch nicht glauben können? Er kannte diese Art von Schlangen, wie Djamila sie ihm beschrieben hatte, wusste wie sie, dass es sie nur in der Wüste gab und wie man sie unschädlich machte. Jeder hier im Land wusste das. Aber er wusste auch, wie giftig ihr Biss war, absolut tödlich – und dass es gewissenlose Gesellen gab, die sich darauf verstanden, sie einzufangen, in Kisten zu sperren und gegen viel Geld abseits der Stände des *suq* demjenigen zu verkaufen, der rasch eine unliebsame Person loszuwerden gedachte. Nun machte auch der eigenartige Glanz in den Augen des Sultans Sinn, der Rashad bei seinen letzten Besuchen aufgefallen war. Immer, wenn die Rede auf die Verspätung der Engländer gekommen war oder auf Maya selbst. Rashad hatte ihn als leichte Gemütserregung aufgrund der Verzögerung der Verhandlungen gedeutet, doch nun erschien ihm dieser in neuem Licht und bereitete ihm ein ungutes Gefühl.

»In spätestens vier Tagen werden Ihre Leute hier sein«, erklärte er. »Sie wurden in Nisab aufgehalten, sind aber bereits unterwegs. Der Geleitschutz des dortigen Sultans wird dafür sorgen, dass es keine weiteren Behinderungen mehr geben wird.«

Maya schüttelte langsam den Kopf. »Ich weiß nicht, ob das ausreichen wird.«

Rashads Miene war undurchdringlich. Ein Muskel an seinem Kiefer spannte sich kurz an, lockerte sich aber gleich darauf wieder.

»Geben Sie mir einen Tag«, entgegnete er schließlich knapp, ebenfalls auf Englisch, und wandte sich zum Gehen, zurück zu seinem Sultan, dessen Gegenwart er hinter einer der Fensteröffnungen überdeutlich spürte. War das nun ein Ja gewesen? Maya konnte es nicht einordnen.

»Sie müssen mir helfen«, rief sie ihm verzweifelt auf Englisch nach.

Er warf ihr einen Blick über die Schulter zu. »Einen Tag.«

Maya sah ihm hinterher, wie er durch das gegenüberliegende Tor verschwand. Und wie einst Sheherazade hoffte sie, sie würde diesen einen Tag überleben.

Als die Sonne hinter den Bergen sank, die massigen Felsbrocken rot erglühten, ritt Rashad hinaus in die Wüste der Ramlat as-Sabatayn. Er hatte es nicht eilig, denn die ganze Nacht lag noch vor ihm. Die Last seiner Gedanken wog schwer auf seinen Schultern, drückte ihn ebenso tief in den Sattel wie die Hufe seines Tieres in Stein und Staub. Als der erste Stern am Himmel aufglomm, zügelte er seinen Fuchs und stieg ab. Mit gekreuzten Beinen ließ er sich im Sand nieder und beobachtete, wie sich alles um ihn in Indigo färbte und sich eine orangefarbene, nahezu runde Scheibe über den Horizont erhob: fast Vollmond.

Sein Plan war gut durchdacht gewesen. Doch er hatte weder damit gerechnet, dass Coghlans Männer ein Pferd verlieren würden, noch damit – Rashad entfuhr ein verächtlicher

Laut –, dass sie offensichtlich einen Trottel als Reiseführer angeheuert hatten, der zu ängstlich war, um die Strecke zügig zu beschreiten. Ihr verlängerter Aufenthalt in Nisab war ebenfalls nicht vorauszusehen gewesen und der Wankelmütigkeit des dortigen Sultans zuzuschreiben. Doch nachdem Ali mehrere Tage vergeblich nach der Karawane Ausschau gehalten hatte und nach Nisab zurückgeritten war, hatten sein Verhandlungsgeschick und ein gut gefüllter Beutel dieses Hindernis rasch beseitigen können. Am wenigsten jedoch hätte Rashad mit der Eifersucht und Niedertracht der Frauen gerechnet und damit, dass ausgerechnet diese damit seinen ausgeklügelten Plan zunichte machen würden. Und wie schlau sie es angestellt hatten, dass niemand ihnen etwas nachweisen konnte, Djamilas Wort gegen das der Gemahlinnen des Sultans stünde! War es am Ende gar sein größter Fehler gewesen, Mayas Anziehungskraft zu unterschätzen – weil er diese vor sich selbst, zu seinem eigenen Schutz, heruntergespielt hatte?

Was sein Sultan begehrte, gehörte ihm. Und auf seine Frauen ließ er nichts kommen. Rashad hatte ihm Treue geschworen, stand mit seiner eigenen Ehre und der seines Stammes für die Einhaltung dieses Schwures ein. Er war seinen Männern verpflichtet, genau wie seiner Frau und seinen Kindern. Half er Maya, aus dem Palast zu fliehen, stellte er sich gegen den Sultan, gegen Ijar, seinen eigenen Stamm und seine Familie. Von all dem Geld, das diese Unternehmung bislang gekostet hatte, das aus der Schatulle Sultan Salihs stammte und somit unwiederbringlich verloren ginge, nicht zu reden.

Auf der anderen Seite jedoch stand *rafiq*, und damit sein Versprechen, Maya zu beschützen, das nicht weniger wog. Stieße ihr etwas zu, solange er sie nicht eigenhändig den Engländern übergeben hätte, würde er sich mit ebenso viel Schuld beladen. Wie schnell könnte dies geschehen – ein Stoß aus dem Fenster, der hinterher als Unglück oder Freitod dargestellt würde.

Rashad sah sich an einem Punkt angelangt, an dem es kein Richtig oder Falsch mehr gab. Nur Konsequenzen, die es abzuwägen galt. Gleich, wozu er sich entschließen würde – er würde seine Ehre verlieren. Das Kostbarste, was ein Krieger besaß, kostbarer als das Leben selbst.

Als der Morgen graute, stand Rashad ibn Fahd ibn Husam al-Dins Entscheidung fest. Und er bat Allah, ihm zu vergeben.

12

Der nächste Tag war der längste in Mayas Leben. Die Stunden krochen endlos dahin, während sie sich auf ihrem Bett zusammengekauert hatte und bei jedem Geräusch zusammenschreckte. Um einen Anschein von Normalität zu wahren, hatte Djamila unter den Frauen des Palastes verbreitet, Maya fühle sich nicht wohl – »nichts Schwerwiegendes, eine kleine Unpässlichkeit, ja, bestimmt das ungewohnte Essen« –, und sich weiterhin im Haushalt nützlich gemacht, wie sie es sich angewöhnt hatte, sah aber immer wieder nach ihrem Schützling und sprach ihr mit Blicken und Gesten Mut zu.

Was, wenn Rashad ihr nicht half? Wenn er zu spät kam, die Frauen schon längst einen Plan ausgeheckt hatten, sie endgültig loszuwerden? Würde er ihr helfen – galt *rafiq*, dieses merkwürdige, althergebrachte Gesetz, auch für einen solchen Fall? Je länger Maya nachgrübelte, desto mehr steigerte sie sich in Unsicherheiten und Ängste hinein, bis ihr Magen sich vor Übelkeit zusammenzog und wieder ausdehnte, sie kaum noch Luft bekam.

Endlich, eine gefühlte Ewigkeit nach ihrem letzten Besuch, eilte Djamila wieder herein und kniete sich vor Maya auf die weiche Unterlage. Sie löste ihren Schleier vom Gesicht, nahm danach Mayas Hände von deren angezogenen Knien und umklammerte sie fest. »Sei bereit!«, flüsterte sie ihr zu, und ihre dunklen Augen glänzten. »Rashad ist im Palast. Wenn der Muezzin zum Abendgebet ruft, werde ich die Frauen ablenken, und er kommt dich holen.«

Maya hielt den Atem an, stieß ihn in einem erleichterten Schluchzen wieder aus und erwiderte Djamilas Händedruck. Doch etwas in ihren Worten stimmte Maya nachdenklich. »Aber du wirst nachkommen«, versuchte sie bestimmt zu klingen. Es war keine Frage, es konnte keine sein, völlig ausgeschlossen.

Djamilas Augenbrauen hoben und senkten sich, zogen sich zusammen, als sie Mayas Blicken auswich, die darin zu lesen suchte. Mit ihren Daumen strich sie über Mayas Handrücken und schüttelte schließlich den Kopf. »Siehst du«, begann Djamila langsam, den Blick unverändert auf Mayas Finger geheftet, »je länger sie glauben, du lägest hier mit Unwohlsein, desto größer wird euer Vorsprung sein. Würde ich ebenfalls verschwinden, wüssten sie auf der Stelle, dass du geflohen bist. Daher ist es besser, wenn ich bleibe.«

»Sie werden dich dafür bestrafen«, entgegnete Maya tonlos. »Das kann ich nicht zulassen, ich –« Sie wollte ihr die Hände entziehen, doch Djamila hielt sie unnachgiebig fest.

»Du musst!«

»Warum tust du das?« Tränen rannen über Mayas Wangen.

Djamila schwieg einen Moment, dann lief ein lautloser Seufzer durch ihren Körper, und sie zog Mayas Rechte zu sich heran. Als Maya gewahr wurde, dass Djamila sie auf ihre linke Brust legen wollte, zuckte sie zurück. Mit aller Kraft hielt Djamila sie fest, drückte Mayas Finger gegen die üppige Wölbung, in das Fleisch hinein, und Maya spürte darin harte, knollige Verdickungen, selbst durch den Stoff hindurch. »Djamila, du musst zu einem Arzt!«

Die Araberin schüttelte den Kopf. »Längst zu spät. Der Tod

ist ein schwarzes Kamel, das sich vor jeder Tür niederlässt. Früher oder später muss jeder von uns auf dieses Kamel steigen. Und dem Tod entgegenzutreten ist besser, als vor ihm zu fliehen. Ich habe keine Angst vor dem, was mich erwartet.« Sachte legte sie Mayas Hände zurück auf deren Knie. »Wenn ich schon keinem Sohn, keiner Tochter das Leben schenken konnte, so lass mich wenigstens helfen, dir das deine zurückzugeben.« Ihr vernarbtes Kinn zitterte, doch ihr Mund lächelte. »Dann hat das meine zumindest diesen Sinn gehabt.«

Sie richtete sich auf den Knien auf und beugte sich vor, nahm Mayas Gesicht in ihre Hände, küsste sie sanft auf die Stirn, auf die Wangen, links und rechts. Maya schlang die Arme um sie, drückte sie so fest an sich, wie sie nur konnte, um ihr zu zeigen, wofür Worte nicht ausreichten. Djamila befreite sich aus Mayas Umarmung, strich ihr mit den Fingerspitzen über die Wange.

»Lebe glücklich, lebe frei«, raunte sie, ehe sie aufstand und hastig die Kammer verließ.

Das war das letzte Mal, dass Maya sie sehen sollte.

Es war der Moment, in dem die Sonne sich rot verfärbte und hinter den Horizont glitt, dass die Muezzine ihren klagenden, heiligen Gesang anstimmten, weit über Stadt und Land hinaus schallend, bis hinter die Mauern des Palastes von Ijar.

Rashad al-Shaheen stand im Schatten eines Flures, halb hinter einer Fensteröffnung verborgen, und sah in den Innenhof hinab. Gerade noch rechtzeitig hatte er sich von seinem Sultan verabschiedet, der ihm ohne Misstrauen geglaubt hatte, er müsse heute noch den Engländern entgegenreiten, um diese gebührend nach Ijar zu geleiten, und deshalb könne er Sultan Salih leider auch nicht zum Gebet begleiten. Dass Beduinen und Krieger die Notwendigkeit zu reisen über die der Gebete stellten, war allgemein bekannt – und war nicht auch Rashads

Pferd dementsprechend bepackt gewesen? Doch während der Sultan sich wie die übrigen Männer des Palastes in den Gebetsraum begab, hatte Rashad nicht das Gebäude verlassen, wie Sultan Salih annahm; stattdessen hatte er dort einen Durchgang zum Trakt der Frauen gesucht und gefunden, wo er ihn angesichts der Bauweise des Palastes vermutet hatte. Hier wartete er auf eine günstige Gelegenheit.

Ebenso war es ihm zuvor gelungen, bei seinem Eintreffen im Palast ein zusammengefaltetes Papier hervorzuziehen und Sultan Salihs Erlaubnis zu erhalten, Djamila vor dem Tor zu den Frauengemächern zu sehen, um ihr eine Nachricht der Engländer an Maya geben zu dürfen, die ihm Ali gebracht hatte. Dort hatte er ihr das unbeschriebene Blatt überreicht und in wenigen Worten geschildert, was er zu tun beabsichtigte und wann, und Djamila hatte sich aus freien Stücken bereit erklärt, das Ihre beizutragen, ehe Rashad wieder zum Sultan hinaufgegangen war.

Hufschläge, hohl von Boden und Wänden des Innenhofs zurückgeworfen, erregten seine Aufmerksamkeit, und er unterdrückte den Anflug eines zufriedenen Lächelns. Es war ebenfalls nicht schwer gewesen, Salim glaubhaft zu machen, der Sultan wünsche zur Zeit des *Salatu-I-Maghrib*, des Gebetes zu Sonnenuntergang, sein Kommen, um danach gemeinsam mit ihm und Rashad zu speisen und das weitere Vorgehen mit den Engländern zu besprechen, denn Salim vertraute ihm. Ihn einzuweihen hatte Rashad weder gewagt noch gewollt. Es wäre Salims Pflicht gewesen, ihn davon abzuhalten, und Rashad widerstrebte es, ihn dazu zu verleiten, ebensolche Schuld auf sich zu laden, wie er selbst es im Begriff war zu tun. Schlimm genug, dass er diesen Verrat beging. *Der Abtrünnige ist der Bruder des Mörders.*

Während Rashad wartete, bis Salim sein Pferd neben seinem Fuchs abgestellt hatte und durch das Seitentor im Palast verschwunden war, machte er sich an seiner Kluft zu schaffen und zog die Kleidungsstücke hervor, die zusammengerollt unter dem weiten Hemd und seinem Umhang verborgen gewesen waren. Dann marschierte er los, gemäß der Wegbeschreibung, die Djamila ihm gegeben hatte.

Maya fuhr auf, als sie Schritte kommen hörte, feste, schwere Schritte, wie von Stiefeln, und hastete zur Tür. Im Halbdunkel konnte sie eine schwarze Silhouette ausmachen, um die sich eine weite Stoffbahn bauschte. *Rashad*, jubelte es in ihr, und etwas, das ihr Herz umschlossen gehalten hatte, brach, ließ es frei und leicht schlagen.

»Hier«, sagte er statt einer Begrüßung, als er sie erreicht hatte, und hielt ihr etwas Dunkles, Weiches hin. »Zieh das unter. Und das darüber.« Gehorsam schlüpfte Maya in die Hosen, wandte sich halb um, um die Kordel an ihrer Taille zuzuziehen und zu verknoten, ehe sie das Gewand darübergleiten ließ, und noch während sie den Umhang umwarf, wickelte Rashad ihr die *keffiyeh* um den Kopf. Wobei er nicht umhin kam, ihr Haar mit den Fingern aufzudrehen, um es darunter zu verbergen, was Maya von den Haarwurzeln ausgehend einen angenehmen Schauer über den Rücken laufen ließ. Ohne ein weiteres Wort schob er sie aus dem Raum und die Treppen hinunter, auf denen das vielstimmige Gemurmel aus dem Gebetsraum zu hören war, durch das Tor hindurch, hinüber zu den beiden Pferden, die gleichmütig auf die Rückkehr ihrer Reiter warteten.

Es dunkelte rasch zwischen den Mauern des Hofes; die Dämmerung blich alles zu Grautönen aus, löschte Konturen und Details. Rashad machte sich an seinem Gepäck zu schaffen und reichte Maya ein Paar Stiefel. Sie schlüpfte aus den Pantoffeln, hinein in das festere Schuhwerk, während Rashad ihre Schuhe verstaute, ihr dann das zweite Pferd am Zaumzeug zuführte, dessen Sattel sie erklomm. Den Saum ihres Gewandes schob sie hinauf und verbarg ihn notdürftig unter den Falten des Umhangs, dessen Fülle sie mit einer Hand vor sich zuhielt.

»Mach alles so wie ich«, zischte er ihr zu, und nebeneinander trabten sie zum Tor hinaus. Die beiden Wachposten davor hoben grüßend die Hand, riefen einige freundliche Worte, die Rashad erwiderte, während Maya sich mit einem stummen Nicken begnügte, und zügig ritten sie die Anhöhe hinab.

Schweigend entfernten sie sich unter dem Geklapper der Hufe von der Stadt, die bald nur noch eine breite Streuung von Lichtpünktchen in der Dunkelheit war, kleiner wurde, verschwand und das Feld den Silbertupfen der Sterne überließ. *Gott schütze dich, Djamila.*

»*Yalla*«, rief Rashad plötzlich, galoppierte scharf an, und Maya folgte seinem Beispiel. Sie jagten in die Nacht hinaus, und der Wind, der sie hoch oben auf dem Pferderücken traf, den Umhang rauschend hinter ihr herflattern ließ, war in diesem Augenblick das Herrlichste, was Maya sich hätte vorstellen können. *Frei – ich bin frei!*

»Langsam«, ermahnte sie Rashad nach einer Weile, und mit einem Seitenblick auf ihn ließ Maya ihr Reittier ebenfalls in eine ruhigere Gangart fallen. Jetzt spürte sie auch, dass der Boden unter den Hufen weicher war und zäh und er schwere Fontänen aufwirbeln ließ.

»Wir müssen die Pferde schonen«, hörte sie ihn sagen. »Vor uns liegen drei Tage in der Wüste.«

»Warum keine Kamele?«, gab Maya mit einem übermütigen Lachen zurück.

Rashad gab einen unwilligen Laut von sich. »Kamele sind gut für weite Reisen in tiefem Sand und für schwere Ladung. Aber um auf diesem Boden schnell zu sein, sind unsere Pferde besser.« Er verfiel in ein Schweigen, das Maya in seiner Unnahbarkeit einen tiefen Stich versetzte, und sie wagte nicht, einen Laut von sich zu geben.

Es war ein mühseliger, ein kräftezehrender Ritt, für Mensch und Tier, während einer langen Nacht und eines noch längeren Tages. Jeder Schritt wurde zur Anstrengung; die Sonne, grell vom Sand zurückgeworfen, blendete, ließ die Luft erglühen und aufwabern. Maya hatte Durst, doch sie traute sich nicht, Rashad um mehr Wasser zu bitten, als er ihr bei den kurzen Pausen mit einem aus den Schläuchen gefüllten Becher zu trinken gab, hoffte inständig, deren Inhalt würde vor allem für die Pferde reichen. Stechende Kopfschmerzen plagten sie, ein taubes Gefühl unter der Schädeldecke ließ sie schwindeln. Ihre Augen brannten, die Kehle nicht minder, und immer wieder nickte sie ein vor Mattigkeit, bis ein Stoß Rashads sie wieder aufschreckte. Er gab keine einzige Silbe von sich, und Maya verlangte auch nicht danach. Es fiel ihr schon schwer genug, sich halbwegs aufrecht im Sattel zu halten, die Zügel nicht entgleiten zu lassen, das Atmen nicht zu vergessen. *Und das ist der Preis für die Freiheit.*

Blutrot flimmerte die Sonne, und in ihrem grellflammenden Licht wechselte die Farbe des Sandes von Gelb zu Rosa, *wie ein Ozean aus zertretenen Blütenblättern.* Maya rieb sich mit dem Handrücken über die Augen, um wieder besser sehen zu können. Die Dünen dunkelten rostrot nach, kühlten dann in Lavendel und eisigem Blau aus.

Rashad zügelte sein Pferd, stieg ab, und Maya tat es ihm gleich, sackte zu Boden und auf die Knie, weil ihre Beine sie nicht mehr trugen. Müde sah sie zu, wie er beide Pferde ein paar Schritte wegführte und an einem Pflock anband, sich dann auf dem Boden zu schaffen machte. Ein metallisches Klirren und Kratzen, dann hörte sie die Pferde gierig schlabbern. Maya rappelte sich auf, mehr von Neugierde getrieben denn mit tatsächlich vorhandener Kraft, und ging zu ihm.

»Ein Brunnen«, krächzte sie erstaunt, als sie die Umrandung aus flachen Steinen sah, den an einer Kette befestigten Eimer, in den die beiden Pferde abwechselnd ihre Mäuler tunkten. Rashad ließ den Eimer erneut in den Schacht hinab, zog ihn wieder hinauf und gab Maya einen bis zum Rand gefüllten Becher. »Grundwasser«, erklärte er, als sie ihn leer zurückreichte, keuchend vom hastigen, atemlosen Trinken. »Ist nicht der Einzige hier.« Er füllte ihn erneut, und während Maya sich hinhockte, langsamer trinkend diesmal, beobachtete sie, wie er aus dem Gepäck ein dunkles Tuch zog und mit wenigen Handgriffen ein kleines Zelt errichtete. Sie war zu erschöpft, um ihm ihre Hilfe anzubieten, aber er schien dergleichen auch nicht zu erwarten. Es war bemerkenswert, wie vertraut ihm die scheinbar leere Wüste war. Jeden Stein schien er zu kennen, jede wandelbare Verwerfung der staubigen Dünen. Weniger als eine Landschaft: kein Raum, nur Himmelsfläche und halb pulvriger, halb harter Boden, zwischen denen er sich jedoch mühelos orientieren konnte, während sie für Maya keinerlei Anhaltspunkte boten. Als das Zelt stand, wanderte er hinaus, bückte sich immer wieder und sammelte etwas auf, zerrte an einer Stelle an etwas herum, bis er es dem Untergrund entrissen hatte.

»Viel ist es nicht«, sagte er, als er mit einem Armvoll dürren Reisigs zurückkehrte, »aber für einen Kaffee wird es reichen.«

Schweigend saßen sie nebeneinander vor dem kümmerlichen Feuer, tranken ihren Kaffee, kauten auf den Stücken gummiartigen Fladenbrotes herum, die Rashad zwischen ihnen aufgeteilt hatte. Die beiden Pferde schnaubten müde vor sich hin, und Maya begann sich ein wenig zu erholen.

»Wohin reiten wir?«, fragte sie, als sie die Stille nicht mehr ertrug.

»Wir machen einen Umweg durch die Ramlat as-Sabatayn, um Zeit zu gewinnen. Dann kehren wir auf die Weihrauchstraße zurück. Wenn alles gut geht, treffen wir dort auf Ihre Leute.« Seine Einsilbigkeit traf Maya mitten ins Herz, und sie schluckte die Frage hinunter, was sein würde, wenn es nicht gut ginge. Sie sah über den Rand ihres Bechers hinaus in die Dunkelheit, wo am dunklen Nachthimmel der Mond prangte, voll und rund, in einem warmen Gelb, wie Safran. Ihr Blick wanderte weiter, bis ihr Kopf sich in den Nacken legte. Die Sterne standen so tief, klar und prächtig, dass Maya glaubte, sie könnte sie heruntersammeln, wenn sie nur den Arm weit genug ausstreckte.

»Und Allah sprach«, hörte sie Rashad leise neben sich, »›wärst du nicht gewesen, Mohammed – ich hätte das Firmament nicht erschaffen‹.«

Maya bewegte sich nicht, ließ seine Worte, seine Stimme in sich nachklingen, die überwältigende, beängstigende Schönheit von Himmel und Wüste, die sie vor Augen hatte, die sie umgab, und blinzelte ihre Tränen fort. Tränen vollkommener Seligkeit und quälender Sehnsucht. *Drei Tage ... Nein, nur noch zwei... und dann? – Werden wir uns wohl niemals wieder sehen ...* beantwortete sie selbst ihre Frage. Erst als sie hörte, wie Rashad sich regte, sah sie zu ihm hin. Er zog etwas aus seinem Gürtel und reichte es ihr.

»Die gehört Ihnen.«

Als Maya die Münze aus der Zeit von Himyar entgegennahm, berührten sich ihre Fingerspitzen. Nur für den Bruchteil eines Herzschlages, aber es reichte, um einen Funken zu schlagen, der Maya bis ins Mark traf. Sie hörte, wie er den Atem anhielt, glaubte einen Riss in dem Panzer der Unnahbarkeit wahrzunehmen, den er vor sich hertrug, ehe er sich, scheinbar beschäftigt, wieder abwandte.

»Danke«, murmelte sie verlegen, machte eine Faust um

das alte Geldstück und wickelte sich tiefer in den Umhang. »Danke«, wiederholte sie mit Nachdruck. »Für alles.«

»Sie sollten schlafen gehen«, gab er spröde zurück. »Das Zelt ist für Sie. Es wird noch sehr viel kälter werden heute Nacht. Und morgen liegt wieder ein solcher Ritt vor uns.«

Maya nickte, stellte den leeren Becher ab und stand wortlos auf. Die Tuchbahn des Zelteingangs in der Hand, zögerte sie. *Zwei Tage noch… niemand wird es je erfahren.* Einen flüchtigen Moment lang dachte sie an Ralph, durchzog sie Schuldbewusstsein wie ein leichter Krampf in ihrem Inneren, das sie dann aber mit aller Macht abschüttelte. *Niemand wird es je erfahren.*

»Wenn«, begann sie, schluckte, bestürzt über ihre eigene Kühnheit, nahm dann aber allen Mut zusammen. »Wenn es so kalt wird heute Nacht – Sie können auch gerne mit im Zelt –« Sie brach ab, lauschte in die Richtung, in der sich ein Schattenriss hinter den blässlichen Flammen abzeichnete. Als alles still blieb, biss sie sich auf die Unterlippe und schlüpfte ins Zelt, trat zornig die Stiefel von sich und warf sich auf die Decken, die Rashad ausgebreitet hatte. Das Gesicht mit den brennenden Wangen in den Armen vergraben, schämte sie sich zutiefst. *Du bist so dumm, Maya! Nun muss er glauben, ich wollte ihm meinen Körper zum Dank für seine Hilfe anbieten! Hoffentlich lässt er mich jetzt nicht hier allein in der Wüste sitzen. Verdient hätte ich es!*

Rashad hielt seinen Becher so fest umklammert, dass er jeden Moment erwartete, ihn krachend in seiner Hand zersplittern zu hören. Bis vor wenigen Augenblicken hatte er sich noch in der Sicherheit gewogen, dieses Wagnis allein des *rafiq* wegen eingegangen zu sein. Doch die Wüste, mag sie auch selbst oft trügerische Fallen stellen, duldet keine halbherzigen Täuschungsversuche. Nicht umsonst zog sie von jeher Propheten und Heilige an, um darin Gottes Wort und Weg zu empfangen. Die Wüste bietet nur Wahrheit oder Wahnsinn, niemals etwas dazwischen. Und Rashad, der Sohn Fahds, der Sohnessohn Husam al-Dins, vom Stamme al-Shaheen, wusste nicht, wonach von beidem er griff, als er den Becher abstellte und aufstand, um hinüber in das Zelt zu gehen, zum ersten Mal in seinem Leben nicht Ehre und Pflicht gehorchend, sondern seinem Herzen, das ihn sich so weit hatte vorwagen lassen, dass die dünne Linie zwischen Recht und Unrecht längst hinter ihm lag.

Mit den eigenen Schuldgefühlen kämpfend, musste Maya eingedöst sein, denn sie schreckte zusammen, als sie Geräusche vernahm, ein leises Knistern, ein Scharren. Sie hielt den Atem an, und unter ihrem eigenen Herzschlag konnte sie das sachte Auf- und Abebben eines anderen Atems hören. Sie streckte ihre Hand aus, hinein in die absolute Finsternis des Zeltes. Auf ihrer Handfläche spürte sie ein zartes Prickeln, das von der abgestrahlten Wärme eines Körpers herrührte. Ihre Mundwinkel zuckten ungläubig, verzogen sich dann zu einem Lächeln. Weiter reckte sich ihr Arm, und Maya gab einen erstickten Laut von sich, als etwas sie am Handgelenk packte, sie sich über den Tuchboden gezogen fühlte, hin zum Kern dieser verlockenden Wärme. Ihr Gesicht suchte seinen Atem, senkte sich darauf herab, legte sachte ihren Mund auf den seinen, wo er einen Moment ruhen blieb, ehe sie ihn küsste.

Rashad lag still, und als Maya schon glaubte, er würde sich ihr entziehen, sie von sich stoßen, erwiderte er ihren Kuss. Spitz und hart zuerst, wie in Abwehr. Doch Maya lockte und umschmeichelte mit Lippen und Zunge, bis sein Mund unter dem ihren weich wurde, offen, ebenso gab wie nahm. Scharf sog sie die Luft ein, als er ihre Schultern umfasste, ihre Arme streichelte, sie an sich presste und wieder von sich schob, um ihr das Tuch vom Kopf zu streifen, mit den Fingern ihr Haar durchkämmte, das an den von den Lederriemen der Zügel rauen Stellen seiner Hände haften blieb wie an Kletten. Sie schmiegte Mund und Nase an seinen Hals, spürte das Pochen darunter, badete in seinem Geruch, der schwer war, wie vom Salzwasser der Meere getränktes Holz. Sie erschrak, als ihre Finger an das kalte Metall seiner Patronengurte stießen, aus denen er sich gleich darauf herauswand. Maya hörte ein feines Klingeln, als er sie beiseitelegte, und noch eines, als er seinen Gürtel öffnete, und sie hielt inne. Ein Geräusch, das ihr bekannt vorkam, wenn auch vor einiger Zeit zum letzten Mal gehört, und sie brach in stummes Lachen aus, als ihr einfiel, wo. *Mein Traum – es ist dasselbe wie in meinem Traum …*

Schicht um Schicht schälten sie sich aus ihren Kleidern, bis nur noch Haut auf Haut blieb. Maya schmiegte sich an ihn, bedeckte ihn mit ihrer Nacktheit. *Wie absurd*, schoss es ihr durch den Kopf, *völlig absurd, was ausgerechnet wir beide hier tun*. Doch dieser Gedanke zerplatzte sogleich unter dem seligen Seufzen, das tief aus ihr herauskam, als er Mund und Hände über ihren Körper wandern ließ. Wie sie einander begegnet waren, was hinter ihnen lag oder auf sie zukommen mochte – davon hatte nichts Platz in diesem kleinen Zelt mitten in der Wüste, unter dem Safranmond. Hier waren sie nur ein Mann und eine Frau, die einander begehrten. Als er in sie hineinglitt, setzten ihr Atem und Herzschlag für einen Augenblick aus, ehe beides zu einem schnelleren Rhythmus zurückfand, demselben Rhythmus, in dem sie sich miteinander, ineinander bewegten. Und Maya war, als rutschte sie in seinen Armen auf eine Klippe zu, langsam und stoßweise, bliebe in einer heiklen Balance auf deren Kante liegen, bevor sie einatmete und fiel, hinunter in das tiefe, tiefe Meer.

Sie war alleine, als sie am nächsten Morgen erwachte, ihre Blöße sorgsam zugedeckt. Eilig kleidete sie sich an und verharrte dann doch minutenlang regungslos im Inneren des Zeltes, ehe sie sich einen Ruck gab und hinaustrat. Rashad kehrte ihr den Rücken zu und lud gerade den letzten gefüllten Wasserschlauch auf sein Pferd. Mayas Herz schlug schnell und angstvoll, voller Furcht, dass es ihm nichts bedeutet haben mochte, es nicht mehr gewesen war als ein nächtlicher Rausch, dem im hitzeflirrenden Tageslicht die Ernüchterung folgte. Doch als er sich umwandte, sah sie, dass dem nicht so war. Lange sah er sie an, bis er schließlich lächelte, und Maya wusste, dass er ebenso fühlte wie sie.

Zwei Tage blieben ihnen, und eine Nacht. Zwei Tage, an denen sie sich zu Pferd durch die Wüste kämpften, von Brunnen zu Brunnen, nur in Begleitung von Staub und Sand, vereinzelt herumhuschenden Echsen und einer Schlange, die mit panischen Seitenwindungen machte, dass sie davonkam. Tage, in denen sie nicht sprachen, denn sie waren jenseits aller Worte angelangt. Blicke genügten, die Art, wie sich manchmal ihre Reittiere nebeneinanderschoben und sich ihre Knie streiften. Rashads Hand, die für einen kurzen Moment die ihre nahm. Eine Nacht, in der sie mit Berührungen alles sagten, was es noch zu sagen gab. Ein Mann und eine Frau, fernab aller menschlichen Begriffe von Gut und Böse, jenseits der Grenzen, die Menschen sich schufen. Zwei Seelen, die sich gefunden hatten, ohne je auf der Suche gewesen zu sein. Das Paradies, mitten in Sand, Staub und Hitze.

Es war an ihrem dritten Tag in der Wüste der Ramlat as-Sabatayn, und die Pferde bekamen wieder festeren, steinigen Grund unter die Hufe, der sie leichter vorwärtskommen ließ, als Rashad unvermittelt seinen Fuchs zum Stehen brachte.

»Was ist?« Maya zügelte ebenfalls ihr Pferd. Er schüttelte den Kopf und legte den Finger an die Lippen, wandte den Kopf, als er in alle Richtungen lauschte, sein Gesicht in konzentrierter Aufmerksamkeit angespannt. Auch Maya horchte;

doch außer dem Zischen des Windes, wenn er über den Boden fegte und Sandfähnchen durch die Luft flattern ließ, war für sie nichts zu hören.

»Sie kommen«, sagte er schließlich im Tonfall nüchterner Feststellung.

Maya schloss die Lider. Es war wie ein Vibrieren auf der Haut, das die feinen Härchen auf den Armen entlangstrich. Ein sachtes Zittern in der Magengegend. Als wäre ihr Körper feiner gestimmt als ihr Ohr. Doch Maya konnte nicht ausmachen, woher es kam, und öffnete die Augen wieder.

»Zwei Trupps«, erklärte Rashad. »Einer von dort«, er zeigte leicht versetzt in die Richtung, aus der sie gekommen waren. »Araber. Meine eigenen Männer und welche des Sultans. Der andere von da«, er wies schräg nach vorne, in das grelle Licht der schon tief stehenden Nachmittagssonne hinein, sodass Maya die Augen zusammenkneifen, sich schließlich abwenden musste. »Kamele, davor zwei Pferde, aber keine arabischen Reiter. Schwerfällige Engländer.« Sein Blick senkte sich auf seine Hände, die die Zügel umschlossen. »Unser Weg ist hier zu Ende, Maya.«

Er wirkte gelassen, fast heiter, und Maya erriet, dass er es genauso geplant hatte: den Männern des Sultans, dem abtrünnigen Krieger und dem von ihm geraubten Unterpfand auf den Fersen, so lange auszuweichen, bis die Engländer in Reichweite waren und er Maya zu ihnen schicken konnte. Bewunderung für seine taktische Klugheit streifte sie, die sich aber sogleich in den Fluten der Traurigkeit auflöste, die in ihr aufstiegen. Sie hatte gewusst, dass dieser Moment kommen würde, und doch fühlte sie sich nun davon überrascht, auf seltsame Art betrogen. Maya mühte sich ab, das würgende Gefühl in ihrem Hals hinunterzuzwingen. »Wohin wirst du gehen?«

Rashad wich ihren Blicken aus, musterte die Lederriemen des Zaumzeugs, fuhr mit den Fingern darüber, hakte sie darunter ein und löste sie wieder. »Ich reite meinen Leuten entgegen und werde sie aufhalten, damit ihr ohne Kampf zurückreiten könnt.«

»Was werden sie mit dir machen?« Maya konnte nur noch flüstern.

Sein Mund unter dem Bart zuckte. »Mich ihrer Gerichtsbarkeit unterstellen.«

Maya kniff für einen Moment die Lider zusammen, als die Vorstellung schmerzhaft durch sie hindurchfuhr, wie ein solches Urteil wohl ausfallen mochte. »Das kann ich nicht zulassen«, widersprach sie rau.

Rashad sah sie an und lachte leise. »Maya, ich bin ein al-Shaheen. Ich habe das *'ird* gegenüber meinem Sultan verletzt. Und ich habe zweifach die Ehe gebrochen – deine und meine.« Er senkte seine Stimme. »Ich bereue nichts. Aber ich kann auch nicht so tun, als sei nichts geschehen.«

Sie verstand ihn, sträubte sich auch alles in ihr dagegen. »Dann flieh«, bat sie ihn dennoch, »oder komm mit mir!«

Sein Blick wurde weich. »Es gibt hier kein ›oder‹ mehr, Maya. Ich entkomme ihnen nicht, sie sind in der Überzahl, auf mindestens ebenso guten Pferden wie dem meinen. Von deinen Leuten habe ich ebenfalls keine Milde zu erwarten – gleich«, setzte er hinzu, als er sah, dass Maya etwas erwidern wollte, »gleich, wie heftig du für mich Fürsprache halten wirst. Für uns gibt es keinen Ort, an dem wir zusammen sein können. Geh zurück zu deinem Mann«, fügte er sanft hinzu. »Und ich stelle mich den Folgen meines Handelns, bewahre so den letzten Rest von Ehre, der mir geblieben ist. Wenigstens«, seine Augenbrauen stießen über der Nasenwurzel zusammen, »wenigstens habe ich das *rafiq* erfüllt: Du kehrst unbeschadet zu deinen Leuten zurück.«

»Ich will nicht ohne dich sein«, hielt sie flüsternd dagegen, und die ersten Tränen lösten sich, rannen ihr die Wangen hinab.

»Das wirst du nicht«, entgegnete er, und seine Stimme klang heiser. Er ergriff ihre Hand und legte sie auf seine Brust, dorthin, wo unter dem indigoblauen Tuch sein Herz schlug. »Das ist deines. Solange es mich geben wird, wirst du darin sein.«

Als er sie losließ, fasste sie sich in den Nacken und löste den Verschluss ihrer Halskette, winkte Rashad zu sich, und er neigte sich ihr gehorsam aus dem Sattel entgegen. Sie legte ihm die Kette mit dem Medaillon ihrer Großeltern und dem aufgefädelten Ehering um und wollte ihm damit so viel von sich mitgeben wie möglich. Seine Nähe, das Gefühl seiner Haut unter ihren Fingerspitzen, zerrissen sie innerlich, als sie überprüfte, ob der Verschluss halten würde.

»Möge sie dich beschützen, Rashad vom Stamm al-Shaheen …« Ihre Stimme zitterte und versagte, wie ihre Hände, die fahrig zu den Zügeln griffen. Doch sie machte keine Anstalten, loszureiten, sah ihn nur an, versuchte verzweifelt, sich jedes noch so kleine Detail seines Äußeren ins Gedächtnis einzubrennen. Denn sie wusste, jede Umarmung, jeder Kuss würde sie zerbrechen lassen angesichts der Endgültigkeit des Abschieds.

»*Yalla!*«, rief er zornig, versetzte ihrem Pferd mit der flachen Hand einen Schlag auf die Kruppe, dass es wiehernd einen Satz vorwärts machte, Maya aus ihrer Erstarrung riss und sie antraben ließ. Im Sattel wandte sie sich noch einmal um.

Rashad sah ihr nach, legte seine leicht geschlossene Rechte an die Lippen, dann an seine Stirn, murmelte Worte, die nicht mehr zu ihr drangen, öffnete leicht die Finger und hob sie gen Himmel. In einer leichten Geste, wie ein Gebet oder einen Schwur, den er dort hinaufschickte, zu Allah, ehe er energisch seinen Fuchs wendete und davongaloppierte, zurück in die Wüste.

Maya zwang sich, wieder geradeaus zu blicken, ihr Pferd weitertraben zu lassen, in die Richtung, die Rashad ihr angegeben hatte. Blind vor Tränen ritt sie nach Gefühl, in das gleißend weiße Licht der Sonne hinein. Bis aus dem Boden, flimmernd und flüssig, die Umrisse zweier Pferde aufstiegen, flach und gewellt wie eine Luftspiegelung, deren Reiter in scharlachrotes Tuch gekleidet waren. Coghlans Männer.

»Lieutenant!« Ralph zuckte zusammen. Die Straße zog sich endlos, und obwohl er in Nisab ein gutes Pferd hatte erwerben können – wenn auch zu einem Wucherpreis –, kamen sie nur schleppend voran, weil Muhsins Männer auf ihren Kamelen weiterhin gemütlich vor sich hin trabten. Mit zusammengekniffenen Augen folgte er Private Fiskers ausgestrecktem Arm. Ein Reiter kam aus der Wüste, kirschrot und schwarzblau gekleidet, hielt auf die Weihrauchstraße zu, halb im Galopp, mehr aber in stolperndem Trab. Als sei sein Pferd müde oder er selbst unsicher und ebenfalls erschöpft.

Sie sind da. Sie werden mich nach Hause bringen. Nach Hause. In plötzlich aufwallender Erleichterung riss sich Maya ihre *keffiyeh* herunter, schüttelte ihr Haar aus und winkte ihnen mit dem indigogefärbten Tuch entgegen.

Private Fisker und Lieutenant Ralph Garrett tauschten einen verblüfften Blick, dann gaben sie ihren Pferden die Sporen und galoppierten los, Maya in Empfang zu nehmen und sicher den ganzen Weg zurückzugeleiten.

Doch sie spürte genau, wie ein Teil von ihr in der Wüste zurückblieb. Bei Rashad.

4
Schicksalswege

Warum begegnen wir uns auf der Brücke der Zeit
nur für einen Gruß, eh' wir auseinandergeh'n?
Ein Gruß, um auseinanderzugeh'n;
doch fragt der Troll in mir:
Geh'n wir nicht auseinander, um uns neu zu begegnen?
Ah! Ist es so?

RICHARD FRANCIS BURTON,
The Kasidah of Haji Abdu El-Yezdi

I

Elizabeth Hughes, geborene Greenwood, schloss lautlos die Tür zu ihrem Gästezimmer, schlich dann auf leisen Sohlen die steile Treppe hinunter. Auf der Hälfte der Stufen glaubte sie ein Geräusch gehört zu haben, blieb stehen und horchte. Erleichtert atmete sie auf, als sie feststellte, dass es nur die Regentropfen gewesen waren, die auf das Dach und gegen die Fensterscheiben prasselten, und setzte ihren Weg in das mittlere Stockwerk hinab fort. An der Tür zum Salon blieb sie stehen. Betty, ihr Hausmädchen – immer noch als solches bezeichnet, obwohl kaum jünger als die Hausherrin –, bemühte sich sichtlich, möglichst geräuschlos am Servierwagen zu hantieren, Tee einzuschenken und die gefüllten Tassen auf dem niedrigen Tisch neben den Gurkensandwiches und dem aufgeschnittenen Butterkuchen abzustellen. Voll Mitgefühl betrachtete Tante Elizabeth die breiten Schultern, rotberockt und goldbetresst, die über die niedrige Lehne des Sessels hinausschauten, den Hinterkopf mit dem glattgebürsteten, sandfarbenen Haar, der leicht vornübergeneigt war. *Armer Junge, ist bestimmt auf der Stelle eingeschlafen.*

»Danke, Betty«, flüsterte sie mit einem Nicken, als der gute Geist des Hauses vor ihr knickste und sich zurück in die Küche begab, sie selbst auf Zehenspitzen in den Salon tippelte, um den müden Kopf sachte auf ein Kissen zu betten. Doch Lieutenant Ralph Garrett schlief nicht.

»Bring mich nach Bath«, hörte sie ihn flüstern. Die Worte kamen flach aus seinem Mund, als besäße er nicht mehr genügend Kraft, um zu sprechen. »Sie hat immer nur gesagt: ›Bring mich nach Bath, zu Tante Elizabeth.‹«

Anstatt wie beabsichtigt das Kissen vom Sofa zu holen, wandte sich Tante Elizabeth zu dem niedrigen Schränkchen unweit der Tür, bückte sich ächzend, um den Schlüssel umzudrehen und hinter den beiden Flügeltüren mit den eingeschnitzten Obstkörben zwei bauchige Gläser und eine verstöpselte Karaffe aus Kristall hervorzuholen.

»Ich weiß nicht, wie es Ihnen geht«, sagte sie, als sie die Türen mit dem Ellenbogen wieder zuschubste, zur Sitzgruppe ging und sich mit einem Seufzen auf dem Sofa niederließ. »Aber ich habe einen Cognac bitter nötig.« Sprach's, und platzierte vor sich und Ralph jeweils ein gut gefülltes Glas neben ihre Teetassen. Die Karaffe ließ sie vorsichtshalber in Reichweite stehen.

Doch Ralph rührte nichts davon an, starrte regungslos vor sich hin, die Unterarme auf die Knie gestützt. Tante Elizabeth trank einen großzügigen Schluck, räusperte sich wohlig, als die scharfe Flüssigkeit die Kehle hinabrann, in ihrem Magen sich sogleich Wärme ausbreitete, die von dort aus bis in ihre Finger und Zehen weiterwanderte. Sie hatte geglaubt, ihr Herz würde aufhören zu schlagen, als heute, mitten am Tag und ohne Vorwarnung, ihre Nichte und deren Ehemann vor der Eingangstür des schmalen Reihenhauses am Sydney Place No. 4 gestanden hatten, nach Monaten ohne ein Lebenszeichen und beide in denkbar schlechter Verfassung. Doch nach dem ersten Schrecken hatte Tante Elizabeths Pragmatismus schnell wieder die Oberhand gewonnen, hatte sie Betty ein heißes Bad bereiten lassen, Ralph in den Salon gescheucht und Maya erst in die

Wanne, dann in eines ihrer rüschenumwölkten Nachthemden gesteckt und schließlich ins Bett verfrachtet, wo diese augenblicklich eingeschlafen war. Nun erst hatte sie die Muße, Ralph, den Mann ihrer Nichte, eingehend zu betrachten.

Seit sie den Lieutenant zum ersten Mal gesehen hatte – *auch schon wieder mehr als ein Jahr her, Grundgütiger, die Zeit vergeht wie im Flug!* –, hatte er sich erschreckend verändert. Schmal, fast hager war er geworden, das Gesicht sonnenverbrannt, die Lippen aufgeraut, als sei er einmal durch die Sahara und wieder zurück gekrochen. Auch Maya hatte abenteuerlich ausgesehen; in einem schlecht sitzenden Kleid minderer Qualität und äußerlich deutlich von körperlichen Strapazen gezeichnet. *Aber vielleicht sieht man so aus, wenn man geradewegs aus dem wilden Arabien zurückkommt …* Noch mehr hatte Tante Elizabeth erschüttert, was sie in den Gesichtern der beiden lesen konnte: Erschöpfung vor allem, aber auch die Spuren von Ereignissen gewaltiger Dimension, die sie wohl erlebt und die sie in ihren Grundfesten ins Wanken gebracht hatten. Vor allem Mayas Augen hatten ihre Tante erschreckt: groß und geweitet, blickten sie leer – als suchten sie etwas, fänden aber nichts, woran sich ihr Blick festhalten könnte. *Kein Wunder, dass sie zuerst zu mir wollte – es würde Gerald und Martha das Herz brechen, sie so zu sehen! Sie muss also noch einigermaßen bei Verstand sein …* »Möchten Sie mir nicht endlich erzählen, was Ihnen beiden widerfahren ist?«

Als bräuchte es einige Zeit, bis ihre Frage zu Ralph durchgedrungen war, regte er sich lange nicht, bis er schließlich tief durchatmete und sich mit den Händen über das Gesicht rieb. »Tut mir leid, Mrs. Hughes – darüber darf ich nicht sprechen. Befehl von oben.«

Tante Elizabeth sog hörbar Luft durch die Nase ein. »Mein lieber Ralph – ich darf Sie doch ›Ralph‹ nennen, nicht wahr? Sie gehören doch inzwischen zur Familie … Militärische Geheimhaltung hin oder her: Wer, denken Sie, sitzt Ihnen hier gegenüber? Genau, eine Lady höheren Alters, die ihre Tage mit Teetrinken, Häkeln, Stricken und in ihrer Kirchengemeinde verbringt. Was, glauben Sie, geschähe, wenn ich mit Ihren ach-so-brisanten Geheimnissen zur Tageszeitung ginge, in der gesamten Stadt Gerüchte streute oder gar bei Ihrer Majestät selbst damit vorspräche, um zu petzen? *Hm?* Erraten! Keine Menschenseele würde mir davon auch nur ein Sterbenswörtchen glauben!« Sie füllte sich erneut ihr inzwischen leeres Glas und stellte die Karaffe unsanft wieder ab. »Meinen Respekt haben Sie für Ihren Schneid, mit meiner Nichte kurzerhand durchgebrannt zu sein. Aber sie mir in einem derartig bemitleidenswerten Zustand zurückzubringen – dafür schulden Sie mir eine Erklärung! Also, heraus mit der Sprache!«

Selbst ein Colonel Coghlan oder ein Lieutenant Playfair hätten wohl unter dieser donnernden Ansprache zumindest instinktiv den Kopf eingezogen. Wie sollte dann ein Lieutenant Garrett länger die Wahrheit für sich behalten? Also erzählte er, beginnend bei Mayas Entführung und Coghlans Befehl, sie zurückzubringen, von seiner Reise quer durch das arabische Hinterland, bis zu dem Moment, als Maya von jenseits der alten Weihrauchstraße auf ihn zugeritten gekommen war und er sie endlich wieder in seine Arme schließen konnte. Tante Elizabeths Augenbrauen zogen sich immer höher, je länger er sprach, fast bis hinauf zum Rand ihres Witwenhäubchens. Und hätten seine Schilderungen nicht haargenau zu dem gepasst, was sie in seinem und Mayas Gesicht gelesen hatte – sie hätte ihm keine Silbe davon geglaubt. Was beneidete sie die Männerwelt im Allgemeinen und ihren Bruder im Besonderen um den Halt, den ein Pfeifenkopf zu bieten vermochte! Um das Auskratzen, Neustopfen, umständlich Anzünden und das konzentrierte Paffen, das einem erlaubte, sich vollkommen auf das Zuhören zu konzentrieren und seine Gedanken dabei zu ordnen. Das angefangene Paar Socken, von denen sie das Jahr über mehrere Dutzend für wohltätige Zwecke zu stricken pflegte, hätte eine gute Alternative dargestellt. Doch wagte sie es nicht, aufzustehen und den Handarbeitskorb heranzuholen, um Ralph nicht den Eindruck zu vermitteln, sie nähme seine abenteuerlichen Erzählungen nicht ernst.

»Zuerst schien sie ganz munter«, berichtete er weiter, sich nun doch am Cognacschwenker festhaltend. Tante Elizabeth gehörte zu jenen Menschen, denen gegenüber auch Wildfremde bereitwillig ihr Herz ausschütteten, ihr ihre tiefsten Kümmernisse anvertrauten. Ralph Garrett bildete hierbei keine Ausnahme. »Aber je länger wir unterwegs waren, desto stiller wurde sie, und umso bedrückter. Als erinnerte sie sich an Dinge, die auf ihrem Hinweg geschehen waren, und litte darunter. In Aden dann«, er nahm einen tiefen Zug, atmete tief durch und trank noch einen Schluck, »gebärdete sie sich wie eine Wahnsinnige. Wollte keinen Tag länger dort bleiben, mich kaum in ihrer Nähe dulden. Sich auch nicht von Stygins – ich meine, von unserem Arzt, Dr. Steinhäuser – untersuchen lassen, ob sie auch wirklich unverletzt war! Zum Glück«, er nickte Tante Elizabeth dankbar zu, als sie ihm nachschenkte und sich ebenfalls erneut eingoss, »zum Glück gewährte mir der Colonel unverzüglich Urlaub. Von meinen sechzig Tagen für das vergangene Dienstjahr ist zwar schon die Hälfte durch die Reise nach Ijar und zurück aufgebraucht, aber Coghlan hat eingesehen, dass sowohl Maya als auch ich etwas Erholung brauchen werden, und hat mich bis Mitte November freigestellt.« Mit der freien Hand massierte er sich die Stirn. »Sie muss Furchtbares durchgemacht haben. Nehme ich jedenfalls an, sie spricht nicht darüber, sondern beharrt unablässig darauf, dass es ihr gut geht. Aber es geht ihr nicht gut! Nicht einmal«, er brachte es kaum über sich, seine Rede fortzusetzen, »nicht einmal ihren Ehering und ihre Kette mit dem Medaillon haben diese Bastarde ihr gelassen!« Er zog die Nase hoch, rieb sie sich mit der Rückseite seines Zeigefingers, wehrte aber ab, als Tante Elizabeth ihm ihr spitzenumrandetes Taschentuch reichen wollte. »Und Coghlan«, Ralphs Miene zeigte tiefste Verachtung, »Coghlan denkt nicht daran, Vergeltungsmaßnahmen einzuleiten. ›Was wollen Sie, Lieutenant‹«, ahmte er in überzogener Manier seinen Vorgesetzten nach, »›Sie haben sie doch unversehrt zurückbekommen! Ist doch alles in Ordnung!‹« Ralph starrte in sein Glas mit dem Rest der zimtbraunen Flüssigkeit. *»Alles in Ordnung«*, wiederholte er bitter. »Nichts ist in Ordnung. Gar nichts.« Er sah Tante Elizabeth unverwandt an, und seine Stimme war nur noch ein angstvolles Flüstern, als er hinzufügte: »Ich erkenne sie nicht mehr wieder, Mrs. Hughes. Sie hat nicht einmal wirklich zur Kenntnis genommen, dass ich wichtige persönliche Dinge, die ich ihr mitbringen wollte, verloren habe. Das ist nicht mehr meine Maya.«

Ah, diese unsägliche Angewohnheit von euch Männern, in diesem besitzergreifenden Tonfall über uns Frauen zu sprechen wie von einem Hund! Mein Spaniel Lord Nelson. Meine Elizabeth. Meine Maya. Und wie gerne ihr euch darüber beklagt, dass wir irgendwann nicht mehr die unschuldigen Lämmchen sind, die ihr einst gefreit habt! Doch eingedenk der schweren Wochen, die nicht nur hinter Maya, sondern auch hinter deren Ehemann lagen, übte Tante Elizabeth sich in Nachsicht. »Das kommt schon wieder alles in Ordnung! Maya ist eine echte Greenwood, und unsere Familie hat sich von jeher durch eine zähe Natur hervorgetan.« Mit echtem Mitgefühl sah sie den jungen Mann an. »Sie wollen sich gewiss auch ausruhen. Ich verfüge leider nur über ein einziges Gästezimmer, aber –«

»Haben Sie vielen Dank, Mrs. Hughes.« Ralph erhob sich. »Ich möchte heute noch weiterreisen, zu meiner Familie nach Gloucestershire. Dort gibt es für mich einiges zu klären und auch ein paar finanzielle Angelegenheiten zu regeln. Ich habe beträchtliche Schulden bei der Verwaltung in Aden durch diese ganze Geschichte. Wenn ich nicht auf ewig dort Dienst schieben will, bis ich diese von meinem Sold abbezahlt habe, sollte ich mich rasch darum kümmern.« Der reduzierte Sold für den Urlaub hatte gerade eben gereicht, um die Heimfahrt für sich und Maya zu bezahlen; an seine immer noch bestehenden Spielschulden wollte er derzeit lieber nicht denken, und er hütete sich, diese gegenüber Mayas energischer Tante zu erwähnen.

»Haben Sie denn Aussicht auf eine Versetzung?« Über Jonathan – *der Gute, Gott hab ihn selig*; Tante Elizabeth konnte nie an ihren Lieblingsneffen denken, ohne dass ihr sofort Tränen in die Augen schossen – hatte die gesamte Greenwood-Sippe seinerzeit schnell von Ralphs Strafversetzung erfahren. Dieser nickte. »Ich hoffe es. Der Colonel war erleichtert, dass Maya unter allen Umständen fortwollte. Frauen sind in Aden nicht gerne gesehen. Er wird an oberster Stelle eine Empfehlung für mich aussprechen, als Gegenleistung für Mayas Rettung.«

Das war gewiss das Beste an dieser ganzen Geschichte: Nachdem Lieutenant Garrett und Private Fisker nach ihrer Rückkehr jeweils ihren schriftlichen Rapport abgegeben hatten, war der Colonel voll des Lobs gewesen. Wie Private Fisker gehofft hatte, war er sogleich zum Corporal befördert worden; nicht zuletzt für seine heldenhafte Rettung Lieutenant Garretts bei dessen Reitunfall am Pass von Talh. Aber nicht allein dafür.

Ralph hatte zuerst gezögert, als Fisker vorschlug, bei ihrer Rückkehr eine korrigierte Version von ihrem Zusammentreffen mit Mrs. Garrett zum Besten zu geben. Reichlich ausgeschmückt, als hätten sie Maya beide unter Einsatz ihres Lebens einer Horde bis an die Zähne bewaffneter Banditen entrissen. Niemand würde ihnen je nachweisen können, dass sie sich abgesprochen hatten und unabhängig voneinander

Coghlans Stab eine glatte Lüge präsentierten (von Maya einmal abgesehen; aber es war nicht zu erwarten, dass Coghlan oder Playfair sie dazu befragten; schließlich war sie lediglich eine Frau, und noch dazu der Stein des Anstoßes). Beide würden enorm davon profitieren; vor allem hatte Fisker mehrfach und nachdrücklich darauf hingewiesen, seine Verpflichtung zu dieser aufreibenden Mission sei hauptsächlich Ralphs Schuld gewesen. Zu guter Letzt hatte Ralph zugestimmt – *alles*, nur um aus Aden fortzukommen. Ab und zu plagten ihn Gewissensbisse, wenn er daran dachte; wie ein Held fühlte er sich wahrhaftig nicht. Wenigstens war er Tante Elizabeth gegenüber bei der Wahrheit geblieben; darauf war er stolz.

»Möchten Sie nicht doch noch ein paar Tage bleiben?«, hakte diese nun freundlich nach. »Zumindest bis es Maya etwas besser geht?«

Ralphs Schultern zuckten. »Wozu? Ich kann ohnehin nichts tun, sie nimmt mich kaum wahr. Je schneller ich alles geklärt habe, umso besser ist es auch für sie. Bei Ihnen weiß ich sie in den besten Händen, Mrs. Hughes.«

Da Elizabeth Hughes in den über zwei Jahrzehnten an der Seite ihres seligen Gatten gelernt hatte, sich nicht lange über merkwürdig anmutende Verhaltensweisen der Männer zu wundern – zumal in Zeiten menschlicher Krisenfälle –, insistierte sie nicht länger, verabschiedete ihn freundlich und läutete nach Betty, ihn zur Tür zu geleiten. Sie selbst indes klappte ihren Sekretär auf und setzte sich zurecht, um in aller Eile ein paar Zeilen zu verfassen, in denen sie Gerald Greenwood darüber informierte, dass seine Tochter heute aus ihrem arabischen Abenteuer heimgekehrt sei. Gesund zwar, kein Grund zur Sorge, aber doch sehr angegriffen. Daher bitte sie um Marthas und seinetwillen, wie aus Rücksicht auf Maya darum, erst in ein paar Tagen anzureisen, sobald Letztere sich etwas erholt habe.

Ihre Feder noch in der Hand, sinnierte sie einige Augenblicke über all das Ungemach, das die Familie ihres Bruders in so kurzer Zeit heimgesucht hatte. »Ja nun«, seufzte sie schließlich, verstaute Schreibgerät und Papier wieder in den dafür vorgesehenen Fächern und verschloss das Möbel, »die Wege des Herrn sind unergründlich.«

Sie schickte Betty mit dem beschriebenen Blatt zum Postamt, ein Telegramm nach Black Hall aufzugeben, und stieg dann wieder die Treppen empor, um an Mayas Bett zu wachen.

2

Das laute Dröhnen einer Kirchenglocke drang in Mayas Halbschlaf, immer neu ansetzend, ehe es gänzlich verhallt war, gefolgt von hellerem Gebimmel. Ein Klang, der vertraut war, jedoch fremd geworden, und es war nicht das Lied der Glocken von St. Giles. Maya gähnte herzhaft, streckte sich und stützte sich auf die Ellenbogen. Ein leichter Luftzug strich durch ihr Haar. Sie legte den Kopf in den Nacken und blinzelte schräg hinauf zum Fenster, das eine Handbreit aufgeschoben war, sah durch Spitzengardine und Glas in einen sommerlich blauen Himmel, an dem Wolkenfetzen hingen, leicht und zart wie Zuckerwatte. In den Nachklang des Geläuts, dessen Vibrationen noch einige Sekunden lang im Raum schwebten, schob sich das pumpende Zischen einer Lokomotive. Die Linie der Great Western Railway durchschnitt den Park von Sydney Gardens, auf den die Vorderseite des Hauses hinausging. Jene Eisenbahngesellschaft, mit der einen Tag zuvor auch Maya und Ralph aus London angereist waren, in die Stadt am Avon, umgeben von sieben Hügeln, zentriert von der berühmten spätgotischen Abteikirche und durchkämmt von georgianischen Reihenhäusern. Steinerne Brücken überspannten die Gleise der Eisenbahn, in einen tiefen, gemauerten Graben gebettet, damit den Kurgästen nicht die schöne Aussicht verdorben wurde, wenn sie gegen Eintritt über die

Kieswege zwischen den Blumenrabatten und Grünflächen entlangflanierten, sich auf den weiß lackierten Stühlchen niederließen, um im klassizistischen Bau des Sydney Hotels Erfrischungen zu bestellen oder sich am Pavillon trafen, in dem Musikkappellen aufspielten. Die Besucher spazierten durch die Laub- und Nadelwäldchen, in deren Ästen Eichhörnchen herumsprangen, bewunderten die zwischen den Bäumen verborgenen Höhlen und Wasserkaskaden, wandelten über die zierlichen, gusseisernen Brücken in chinesischem Stil, unter denen das grün schillernde Wasser des Kanals hindurchfloss, der die Flüsse Avon und Kennet miteinander verband, oder irrten spielerisch gegen ein paar Pence extra durch das Labyrinth aus Buchsbaumhecken. London hatte Vauxhall Gardens für Promenaden bei Tag und für abendliche, lauschige bis lärmende Vergnügungen im Lichterglanz. Und Bath, seit der Römerzeit die Stadt der heilkräftigen, heißen Quellen und seit der Moderne zudem die der Spieltische, eben Sydney Gardens.

Mayas Blick fiel auf ein Tischchen im Winkel zwischen Fenster und Bett, darauf ein Tablett, beladen mit Teegedeck, Sahnekännchen, Zuckerdose und einer bauchigen Kanne unter liebevoll bestickter Stoffhülle. Eine Miniaturausgabe Letzterer behütete den Eierbecher, und der Teller mit einem Stapel braungoldener Toastscheiben, ein Glasschälchen mit abgehobelten Butterflocken und je eines mit Orangenmarmelade und Honig komplettieren das Frühstück, das einen verlockenden Duft nach Heimat und Erinnerung verströmte. Maya lächelte versonnen. *Die gute Tante Elizabeth!* Es gab wohl niemanden, der ähnlich großzügig und derart gütig war wie sie. Bei Tante Elizabeth wurde man sogar noch mit offenen Armen aufgenommen, nachdem man sie Monate ohne ein geschriebenes Wort gelassen hatte und dann völlig überraschend vor der Tür stand.

Sie setzte sich auf, schwang die Beine aus dem knarzenden Bett und zog das Tischchen näher zu sich, hantierte mit Porzellan und Silber und seufzte wohlig auf, als sie den ersten Schluck Tee trank. Herb, fast bitter, mit viel kühler Sahne und nur wenig Zucker, wie sie ihn immer am liebsten getrunken hatte. Keinen viel zu süßen Kaffee wie in Aden. *Vorbei. Ich muss nie wieder dorthin zurück.* Aber auch keinen aus mit einem Stein frisch zermahlenen Bohnen, über einem Lagerfeuer gekocht und mit Ingwerpulver gewürzt. *Vorbei.* Maya umfasste die Tasse mit beiden Händen und legte sie gegen ihr Brustbein, um den Knoten dahinter zu wärmen und vielleicht zu lösen. Das leise Klicken des Türschlosses ließ sie aufblicken und ein Lächeln hinüberschicken. »Guten Morgen.«

»Guten Morgen, Liebes«, gab Tante Elizabeth zurück und schob nach Kopf und Oberkörper nun auch ihre bauschigen Röcke durch den Türspalt. »Ich wollte vor dem Kirchgang nur kurz nach dir sehen. Aber wenn du jetzt schon auf bist …« Sie machte Anstalten, ihr Gesangbuch auf der Kommode neben der Tür abzulegen und die gehäkelten schwarzen Handschuhe abzustreifen.

»Du kannst ruhig gehen. Ich werde hiermit eine Zeit beschäftigt sein.« Vergnügt deutete Maya auf ihr Frühstück.

Tante Elizabeth musterte sie prüfend, und obwohl ihre Miene Zufriedenheit ausdrückte, fragte sie: »Wie fühlst du dich?«

Maya neigte den Kopf hin und her, nickte schließlich, während sie tief ausatmete. »Ganz gut. Ein bisschen«, sie rieb sich in einem großen Kreis über den Bauch, dann von der Kehle quer über Schlüsselbein und die Schulter, die sie sachte nach hinten durchdrückte, »angespannt und verquer.« Als schiene ihr Becken verschoben, der Brustkorb leicht gequetscht. Nicht verwunderlich nach den vielen Meilen, die sie zu Pferd, an Bord eines Schiffes, per Eisenbahn und in der Kutsche zurückgelegt hatte. »Stammt sicher noch von der langen Reise und legt sich bald.« Sie zögerte. »Hat … hat Ralph dir erzählt, was …« Sie verstummte, als sie sah, dass ihre Tante bestätigend kurz die Lider schloss. Biss sich auf die Lippen, drehte in ihre Gedanken vertieft die Tasse in den Händen.

»Ich habe deinem Vater telegraphiert«, erklärte Tante Elizabeth nach einer kleinen Pause. »Sie reisen übermorgen an. Deine Eltern und Angelina.«

Maya nickte, runzelte dann die Stirn, als sei ihr plötzlich etwas eingefallen. »Welchen Tag haben wir heute?«

»Sonntag, den zweiundzwanzigsten Juli.« Unter Mayas irritiertem Blick fügte sie rasch hinzu: »Im Jahre des Herrn achtzehnhundertfünfundfünfzig. Und exakt«, sie hob den Zeigefinger unter dem neu einsetzenden Läuten der Kirchenglocken, »zehn nach elf.« Maya kicherte in ihre Tasse hinein, die sie wieder angesetzt hatte. Ihre Tante betrachtete sie liebevoll. »Ich bin froh, dass du dich wieder ein wenig besser fühlst.« Das Korsett unter dem Trauerkleid knirschte leise, als sie tief durchatmete, das Gesangbuch unter den Arm klemmte und ihre Handschuhe an den Gelenkbündchen stramm zog.

»Betty und ich werden in einer Stunde aus St. Mary's zurück sein.«

Die Tür schloss sich, und das Lächeln, das die Fröhlichkeit ihrer Tante auf Mayas Gesicht gezaubert hatte, verschwand, wich einem grüblerischen Ausdruck. Sie setzte die Tasse ab, bestrich eines der gerösteten Brote mit Butter und kaute gedankenverloren daran herum.

Zweiundzwanzigster Juli … Es war Mai gewesen, als sie im Hause Dr. Steinhäusers in Aden Richards Brief gelesen hatte. Der achte Mai, glaubte sie sich zu erinnern, vielleicht ein Tag früher oder später. Aber weshalb war dann erst Juli, wo sie doch so lange fort gewesen war? Maya dachte noch einmal alles von vorne bis hinten durch, zählte im Kopf die Tage nach, doch es schien keinen Sinn zu machen. Achtlos warf sie den Toast auf den Teller zurück und ging um das Bett herum zu dem kleinen Sekretär, kramte in dessen Fächern herum und suchte Tinte, Papier und Feder hervor. Dann ließ sie sich auf den mit fadenscheiniger Petit-Point-Stickerei bezogenen Hocker fallen und schrieb hastig alle Daten und Zeiträume nieder, an die sie sich noch erinnerte, versuchte die Ereignisse in chronologischer Reihenfolge zu ordnen. Wieder und wieder rechnete sie nach, aber das Ergebnis blieb dasselbe, auch wenn Maya den Zahlen nicht trauen wollte. Ein Jahr war sie in Aden gewesen, bevor Rashad und seine Männer sie entführt hatten. Etwas über eine Woche hatte die Reise nach Ijar gedauert. Und wenn sie die gemächliche Rückreise nach Aden abzog, jene gen England, blieben nur rund zwei Wochen übrig. Konnte sie tatsächlich nur so kurze Zeit im Palast von Ijar verbracht haben? Ihr kam es vor, als seien es Monate gewesen. Maya zweifelte an der Wahrheit der Zahlenkunst, ihren eigenen Rechenfähigkeiten, als sie, das Blatt in der Hand, zum Bett zurückwanderte und sich auf dessen Kante niederließ. Doch es änderte nichts daran: Zwei Wochen in Ijar. *Und zwei Nächte in der Wüste …*

Wie von selbst ballte sich ihre Hand zusammen, zerknüllte das Papier, so fest, dass die überdehnten Sehnen zu schmerzen begannen. Halt suchend wanderten ihre Augen im Zimmer umher. Typisch englisch eingerichtet, ein wenig altmodisch und verwohnt, war es Welten von dem entfernt, was Maya im Süden Arabiens gesehen und erlebt hatte. Als hätte sie jene Tage auf einem anderen Stern, in einem anderen Jahrhundert verbracht. In einem Raum ohne Zeit, wie in einem Traum. *Aber ich habe nicht geträumt – es ist wirklich passiert …* Von der plötzlichen Angst getrieben, den Verstand verloren zu haben, sah sie sich um, sprang auf, entdeckte ihre Reisetasche neben der Kommode, schlitterte auf nackten Sohlen über Teppich und

Dielen hinüber. Auf den Knien kauernd ließ sie den Verschluss aufschnappen, zog mit hastigen Bewegungen den indischen Schal hervor, tastete seinen Saum ab, fummelte mit zitternden Fingern an einer seiner Ecken herum. Bis sie den Knoten gelöst hatte, den sie in ihrem Bungalow in Aden hineingeknüpft und fest zugezurrt hatte. Eine kleine Metallscheibe fiel heraus, prallte klirrend auf den Holzboden, kreiselte um sich selbst, rotierte schließlich unter hohem Klingen flacher und blieb liegen. Als müsste Maya fürchten, sie würde sich unter ihren Händen in Luft auflösen, nahm sie die Münze vorsichtig auf. Sie schluchzte laut auf, lachte gleich darauf, und wischte sich die Tränen weg, damit sie sie klar sehen konnte: der Beweis dafür, dass sie dort gewesen war.

Sie vergrub ihr Gesicht im Stoff des Schals. Abgenutzt, zu heller Jade und Karamell ausgeblichen, roch er nicht mehr nach Ralph, wie anfangs, nachdem er ihn ihr übergeben hatte. Nur noch nach Sonne und Sand. *Jonathan …* Eineinhalb Jahre waren vergangen, seit sie aus Black Hall fortgegangen war. Die längsten eineinhalb Jahre ihres Lebens, und die bewegtesten. Rund fünfhundertfünfzig Tage und ebenso viele Nächte. Zu tausendundeiner hatte es nicht gereicht, auch wenn es sich so anfühlen mochte. *Nur zwei Nächte …*

Maya umklammerte die Münze von Himyar, ließ dazwischen immer wieder locker, schwankend in ihrem Aberglauben, daran haftete noch etwas von Rashad, das sie entweder über die Haut aufnehmen oder im Gegenteil mit ihrer Berührung erst recht vernichten konnte. *Wo magst du jetzt sein, Rashad vom Stamm al-Shaheen? Was haben sie mit dir gemacht? Bist du noch am Leben?*

Die ersten Tage des Rückwegs hatte Maya sich noch tapfer gezeigt, doch bereits an der Wasserstelle, an der sie mit Djamila gebadet hatte – *Bist auch du noch am Leben, Djamila? Geht es dir gut?* –, hatten die Erinnerungen sie wieder eingeholt. Auf jeder Station der Reise, ob Nisab, in der Sandebene von Al-Hadhina oder im *Bilad ash-Shaitan*. Am Pass von Talh und in Az-Zara, wo Ralph vor Erschöpfung und mit verbissenem Beschützerwillen in seinem roten Uniformrock den Sultan ebenso eigenmächtig wie erfolgreich mit militärischer Vergeltung der nahen Garnison gedroht hatte, ließe er sie nicht unverzüglich passieren – überall war Rashad neben Maya einhergeritten. Flüchtiger als eine Luftspiegelung, nicht greifbar, und umso schmerzhafter in seiner geisterhaften Anwesenheit. Bis nach Lahej verfolgte er sie, dessen Gärten und Felder sie jetzt erst zu Gesicht bekam, die Kaffeesträucher mit den roten Beeren und die Baumwollpflanzungen mit ihren Flaumbällen im Laub. Nach Aden, Suez, Cairo, Alexandria und ans Mittelmeer, und selbst hier in Bath, im Haus ihrer Tante, hörte sie seine raue Stimme, sein Lachen. Wie entfloh man einem Gespenst, das in einem selbst spukte?

Maya schüttelte heftig den Kopf, als könnte sie damit die Gedanken an ihn vertreiben, die unerträgliche Flut an Bildern und Gefühlen, die immer neu in ihr aufbrandete. Es hatte keinen Zweck. Sie würde Rashad niemals wiedersehen. Sein Land hatte ihn verschlungen, mit seinen seltsamen Sitten und Gesetzen, und würde ihn nicht mehr freigeben. Zwei Nächte, die nicht länger ihre Macht über sie ausüben durften. Denn was wogen schon zwei Nächte, verglichen mit dem Leben, das noch vor ihr lag?

Sie rappelte sich auf und verkroch sich wieder ins Bett, weil sie sich unvermittelt müde und krank fühlte. Was würde sie mit diesem Leben anfangen, für das Djamila und Rashad das ihre aufs Spiel gesetzt hatten? Nach Aden musste sie nicht zurück, das hatte Ralph ihr versprochen. Der schwarze Ring des Kraters hatte wie ein Nachtmahr auf ihr gelastet, noch unerträglicher, seitdem sie die Freiheit der Wüste gekostet hatte. Erstickender, seit so viel Wut und Schmerz und Trauer um verronnenes Glück in ihrem Körper, ihrer Seele tobten, sie unter deren Wucht zusammenzubrechen drohte, seit Ralph dafür gesorgt hatte, dass jede Sekunde jemand bei ihr war, damit sie nicht wieder allein zum Turm hinaufging und noch einmal verschwinden konnte. *Womöglich war es besser so – ich weiß nicht, ob ich es ertragen hätte, noch einmal dort zu sein …*

Ralph, der sie umhegte und mit Blicken, Gesten, Worten Abbitte leistete – jede Stunde, seit sie am Rande der Weihrauchstraße wieder zu ihm gestoßen war. *Ach, die Briefe – ich habe viel mehr verloren in Arabien als diese Briefe …* Und den sie doch nicht in ihrer Nähe ertrug, weil er nicht Rashad war; weil er ernsthaft zu bereuen schien, wie er sich ihr gegenüber verhalten hatte und sie damit fortwährend daran erinnerte, sich in der Wüste eines Betrugs an ihm schuldig gemacht zu haben, der ihr aber einfach nicht als ein solcher erscheinen mochte. Groß war ihre Erleichterung gewesen, als er ihr mitteilte, er beabsichtige, nach Gloucestershire weiterzureisen, sobald er ihre Bitte erfüllt und sie in Bath abgeliefert hätte, doch größer noch war ihre Scham, ihr Ekel vor sich selbst, dass sie so empfand. Aber ändern konnte sie es nicht. *Vielleicht, mit der Zeit, wenn ich vergessen kann …* Er würde seine Versetzung beantragen, möglichst zurück nach Indien. Und es stünde ihr frei, ihn zu begleiten oder bei ihrer Familie zu bleiben, wie es viele Frauen der in Indien stationierten britischen Soldaten zu tun pflegten. *Falls Vater und Mutter mich wieder aufnehmen, nach allem, was geschehen ist …* Einmal mehr war Maya vom Wohlwollen anderer Menschen abhängig. Unfrei. *Wird das je anders sein? »Lebe glücklich – lebe frei.« Ich werd's versuchen, Djamila.*

Eines Tages, versprach sie sich. Eines Tages hätte sie auch all das vergessen, was ihr in diesen eineinhalb Jahren widerfahren war. Dann würde es nicht mehr sein als eine vergilbte Photographie, ein Schattenbild in ihrem Gedächtnis, wie von einem besonders intensiven Traum – eine Schleife auf ihrem Schicksalsweg, nichts weiter. *Zwei Nächte – was bedeuten schon zwei Nächte…*

Als Tante Elizabeth von ihrem sonntäglichen Kirchgang aus St. Mary-the-Virgin in der Church Street zurückkehrte, fand sie Maya bäuchlings schlafend vor. Sachte zog sie ihr den Schal aus den Fingern der einen Hand, worauf Maya verschlafene Laute von sich gab und sich auf den Rücken rollte, ihre andere Hand weiterhin fest zur Faust geballt. Ihre Tante hängte den Schal sorgsam über das Fußende des Bettes und lauschte Mayas Gemurmel. Ein Kauderwelsch, das sie nicht verstand und das klang wie *»Rashad. Rashad«*.

»Armes Ding«, flüsterte Tante Elizabeth und strich ihrer Nichte sanft über das wirre Lockenhaar. »Was hast du nur durchmachen müssen! Aber ich verspreche dir: Die Zeit heilt alle Wunden!«

Doch weder Maya noch ihre Tante bedachten – die eine, um sich selbst zu schützen, die andere aus Unkenntnis –, dass das Herz des Menschen niemals etwas vergisst, was einmal darin Wurzeln geschlagen hat, wird es ihm auch viel zu bald wieder gewaltsam entrissen. Auch dann nicht, wenn das Schicksal etwas Neues darin sät.

»Ganz hat Betty den Grauschleier nicht herausbekommen«, seufzte Tante Elizabeth zwei Tage später im Salon und zupfte an Mayas Kleid herum. Es war eines der Kleider aus leichtem Musselin, das aus einer der bengalischen Schneiderwerkstätten Adens stammte und bei ihrer Abreise von dort hastig zu ihren anderen Sachen in die Reisetasche gestopft worden war. Mit gerümpfter Nase legte sie einen der von Betty gestärkten und mit einem heißen Eisen geplätteten Volants zurecht und bürstete ihn mit den Fingern ab. »Das muss ja eine grässliche Luft dort sein, die die Stoffe derart verhunzt! Aber die Leute dort verstehen ein bisschen was vom Nähen, alles ganz ordentlich gearbeitet, und für heute muss es reichen, ausnahmsweise.« Sie strich über Mayas Arme und umfasste die Hände ihrer Nichte. »Ich habe mir überlegt …« Ein tiefer Atemzug. »Vielleicht sollten wir deinen Eltern nichts davon sagen. Von dieser … dieser *Sache* in Arabien. Der arme Gerald war ohnehin schon so in Sorge, als keine Antwort auf seine beiden Briefe kam. Zumal nachdem dein Bruder …« Aus ihrem Ärmel zog sie ein Taschentuch, wischte sich über die plötzlich geröteten Augen und schnaubte lautstark und wenig damenhaft hinein. Tröstend streichelte Maya ihr die Schulter, und ihre Tante nickte seufzend, tätschelte Mayas Hand. Sie horchte auf, nahm Mayas Finger von ihrer Schulter und drückte sie fest. »Ein Wagen ist vorgefahren. Das werden sie sein.« Mit gerafften Röcken eilte sie davon.

Maya trat ans Fenster, schob die Falten der bodenlangen Tüllbahn beiseite und spähte hinunter auf das Pflaster des Sydney Place. Eine geräumige Kutsche mit herabgelassenem Verdeck hielt vor dem Eisenzaun des Reihenhauses. Schwarz war alles hinter den beiden Apfelschimmeln und dem Kutscher mit seinem grünen Anzug und Zylinder: der Wagen, die Kleider und Hauben aus Krepp der beiden Damen, die über den Rücken hängenden Schleier, Geralds Gehrock, denn das Trauerjahr für Eltern, die ein Kind verloren hatten, und die sechs Monate für ein verstorbenes Geschwister waren noch nicht um.

Gerald öffnete den Wagenschlag und stieg aus, nickte Betty zu, die zur Begrüßung knickste, und sah mit ernster Miene an der Hausfassade hinauf. Sein Gesicht wirkte grau, hob sich kaum vom Haupthaar unter dem Zylinder und dem Bart ab. Er reichte Martha seine Hand, um ihr herauszuhelfen. Maya hielt es keine Sekunde länger im Salon, doch bereits an der Treppe verließ sie der Mut. Sie klammerte sich an den Handlauf des

Geländers und sah in die Halle hinab. Betty nahm Geralds Spazierstock und Zylinder entgegen, und Tante Elizabeth tauschte mit dem Besuch Wangenküsse, erkundigte sich nach der Fahrt und der allgemeinen Befindlichkeit. Mit klopfendem Herzen und weichen Knien, eine Hand in die Rockfalten gekrallt, ging Maya die Stufen hinunter.

Gerald Greenwood erblickte seine Tochter als Erster. Sein Gesicht zeigte keine Regung, doch ein Glanz schien in seinen braunen Augen auf. Er breitete nicht die Arme aus; hob nur leicht die nach vorne gerichteten Handflächen zur Seite hin an. Doch Maya verstand ihn auch so, sprang die letzte Stufe hinab, flog ihm entgegen und umschlang ihn mit aller Kraft.

»Mein Mädchen«, hörte sie ihn flüstern, während er sie festhielt, »mein törichtes, unbesonnenes Mädchen.« Wie zerbrechlich er sich unter ihrer Umarmung anfühlte, wie zusammengeschrumpft unter der Last von Kummer und Schmerz!

»Es tut mir so leid«, gab sie unter Tränen zurück, »so unendlich leid!«

»Ist gut. Ist doch schon gut.« Die Art, wie seine Hand über ihren Rücken fuhr, in einer Mischung aus Streicheln und sachtem Klopfen, verriet seine Unbeholfenheit, aber auch seinen inneren Aufruhr. »Hauptsache, wir haben dich gesund zurück.«

Angelina drängelte sich dazwischen und schob sie auseinander, hängte sich an Mayas Hals; die aus dem Augenwinkel sah, wie ihr Vater mit dem Rücken der Faust über seine Augen fuhr, über die Nase, sich dann verstohlen in sein Taschentuch schnäuzte.

»Du dummes Ding«, schniefte Angelina an ihrem Ohr. »Ich dachte schon, ich sehe dich niemals wieder. Deine Besserwisserei hat mir ganz schön gefehlt!« Hastig, als sähe sie sich selbst bei diesem Anfall von Sentimentalität ertappt, wand sie sich aus der Umarmung ihrer älteren Schwester und musterte entsetzt deren Kleid. »Du lieber Himmel, was trägst du denn für einen Fetzen?« Konsterniert rückte und zupfte sie an ihrer von den Bindebändern tadellos am Platz gehaltenen Kopfbedeckung. »Höchste Zeit, dass du wieder in die Zivilisation zurückgekehrt bist!« Maya lachte, vorsichtig und tastend. Als sie sah, wie Angelina ihr zuzwinkerte – die großen blauen Augen hinreißend tränenfeucht –, berührte sie zärtlich ihre kleine Schwester am Arm, und für einen Moment verschränkten sich ihrer beider Finger.

Blieb nur noch ihre Mutter. Stocksteif aufgerichtet, die Hände in den schwarzen Spitzenhandschuhen vor dem Schoß ineinander verkrampft, wirkte sie auf Maya wie ein Standbild stummen Vorwurfs. Eine Statue, in deren Gesicht der Bildhauer des Schicksals in den vergangenen eineinhalb Jahren ausgeprägte Linien beiderseits der Mundwinkel eingemeißelt hatte, unter den Augen so lange mit dem Stichel herumgraviert hatte, bis sich die Oberfläche dort faltig und umschattet zeigte. Was Martha Greenwood nicht nach außen trug, bildete sich in ihrem Gesicht ab, und es war kaum zu unterscheiden, ob die schimmernden Strähnchen an ihren Schläfen noch golden oder schon silbern waren. Wider Erwarten streckte sie die Hand nach ihrer Tochter aus. Fügsam ging Maya ihr entgegen und ergriff sie. Mit der anderen Hand fuhr Martha ihr über die Schulter, den Arm, Wangen und Kinn, als müsste sie sich vergewissern, dass Maya tatsächlich unversehrt zurückgekehrt war, bis sie sie wortlos in die Arme schloss. Kein Laut entfuhr ihr, aber Maya spürte, wie die Schultern ihrer Mutter unter ihren Händen bebten, und es war fast so, als sei es Maya, die Trost spendete, und Martha diejenige, die ihn benötigte. Immer noch stumm, trat Martha einen Schritt zurück und bemühte sich räuspernd um Haltung. Doch als Betty ihrer Dienstherrin meldete, draußen sei alles vorbereitet, und Tante Elizabeth sie allesamt in den Garten zum Tee dirigierte, hielt Martha Greenwood sich bei ihrer älteren Tochter untergehakt.

Dennoch war die Atmosphäre gezwungen, als sie im schmalen, ringsum durch Mauern umfriedeten Garten beieinandersaßen, unter dem Kirschbaum, zwischen Rhododendren und Rosensträuchern, Vogelgezwitscher und Bienengesumm. Bei Tee und den berühmten *Bath buns* – kleine runde Hefekuchen mit Rosinen und Hagelzucker – mit Butter und Marmelade wurden Belanglosigkeiten ausgetauscht, die nur allmählich die in der langen Zeit entstandene Kluft zwischen Maya und ihrer Familie überbrückten.

»Alles, was ich an Worten niederschrieb, kam mir platt und nichtssagend vor«, erklärte Maya ihr Schweigen, beide Unterarme auf der Tischkante ruhen lassend. Sie schob den Teelöffel auf der Untertasse hin und her und atmete tief durch. »Als ich mich dann entschlossen hatte, einfach aufs Geratewohl nach Hause zu fahren, hatten wir zunächst kein Geld.«

Eine von Martha Greenwoods Augenbrauen schob sich aufwärts, und sie setzte ihre Tasse ab.

»Offensichtlich ist der Sold in Aden so dürftig bemessen, dass dein Gatte dir nicht einmal einen Ehering kaufen konnte«, bemerkte sie und deutete auf Mayas ungeschmückte Linke, deren Finger sich sogleich in die Handfläche falteten. Streng war ihre Mutter gewesen, solange Maya zurückdenken konnte; doch der verächtliche Unterton in ihrer Stimme war neu. Er bedrückte Maya mehr, denn dass er sie verletzte, war er doch Ausdruck für Schmerz und Hader ihrer Mutter mit dem Leben, das ihr den geliebten Stiefsohn genommen hatte.

»Nein, Mutter, er hatte mir in der Tat einen Ring geschenkt. Doch dieser ist mir … abhandengekommen. Ebenso wie«, sie schluckte und entrang sich ein entschuldigendes Lächeln, als sie ihre Kehle betastete und Gerald dabei ansah, »ebenso wie Großmutters Medaillon.« *Verzeih mir, Vater.*

Gerald nickte sacht, schloss kurz die Lider und gab ihr in seiner Mimik zu verstehen, dass dies für ihn zwar einen Verlust bedeutete, ihm ihre Rückkehr aber um vieles wichtiger war. »Du hast nach wie vor Anspruch auf deine Mitgift. Viel ist es zwar nicht, wie du weißt, aber den einen oder anderen Wunsch könntest du dir damit erfüllen. Oder es gut anlegen, für später«, empfahl er ihr.

»Wo steckt dein Herr Gemahl überhaupt?«, ließ sich Martha vernehmen.

»In Gloucestershire. Er muss dort einiges klären«, bemühte sich Maya leichthin zu erwidern. Und fühlte doch, wie sie unter den forschenden Blicken ihrer Mutter, in denen sie deutlich die Vermutung lesen konnte, dass es mit Mayas Ehe nicht zum Besten stand, auf ihrem Stuhl zusammensank.

»Das ist doch keine Art«, ereiferte diese sich denn auch punktum, »aus der Ferne zurückzukommen und die Gattin bei einer Tante abzuliefern. Wie … wie ein sperriges Gepäckstück! Ich habe damals gleich gesagt –«

»Lass gut sein, Liebes«, fiel Gerald ihr behutsam ins Wort und streichelte ihre Hand, die in zackigen Bewegungen nicht vorhandene Krümel vom Tischtuch aufpickte. »Wir alle machen Fehler. Solange«, seine Stimme wurde schleppend, »solange sie keine Folgen für Leib und Leben haben …« Der Rest des Satzes blieb in der süßen Nachmittagsluft hängen, machte jedoch umso deutlicher spürbar, dass eine Lücke in dieser Familie klaffte, die den früher so eingespielten Zusammenhalt empfindlich aus dem Gleichgewicht gebracht hatte. *Jonathan.*

Gerald räusperte sich. »Du bist selbstverständlich jederzeit wieder in Black Hall willkommen. Bis alles geregelt ist. Oder solange du willst. Es wäre uns eine Freude, dich wieder in unserer Mitte zu haben.«

Maya brauchte nicht lange, um zu der Entscheidung zu gelangen, mit ihren Eltern und ihrer Schwester in den Wagen zu steigen, als dieser gegen Abend wieder am Sydney Place No. 4 vorfuhr.

»Falls du mich je brauchen solltest – ich bin hier«, hatte Tante Elizabeth ihr zugeraunt, als sie sie zum Abschied in ihre Arme geschlossen hatte.

Und so kehrte Maya Garrett, geborene Greenwood, nach Black Hall zurück. Mit ebenso leichtem Gepäck wie in jener Regennacht im April vergangenen Jahres, aber ungleich nüchterneren Herzens.

3

»Leider konnte ich Mutter noch nicht davon überzeugen, dich sehen zu wollen.« Ralph strich über Mayas Arm, den er untergehakt hatte, während sie beide durch den Garten spazierten, Bäume und Sträucher in goldenes Augustlicht getaucht. »Sie gibt dir die Schuld für meine gescheiterte Karriere. Auch wenn ich ihr oft genug erkläre, dass ich selbst die alleinige Verantwortung dafür trage. Thomas hält sich wie immer fein raus. Ich werde jedoch nicht aufhören, sie eines Besseren zu belehren«, bei diesen Worten glitt seine Hand über die ihre und umfasste sie zärtlich. »Was ist?«

Maya war stehen geblieben und hielt sich mit zusammengezogenen Augenbrauen eine Stelle zwischen den untersten Rippenbögen. »Nichts weiter«, beruhigte sie ihn mit einem Kopfschütteln und ging weiter. »Mein Magen meldet sich in letzter Zeit recht häufig. Ich habe ihn wohl mit zu viel arabischem Kaffee und dem scharfen Essen ruiniert.«

»Du siehst blass aus«, stellte Ralph mit einem prüfenden Blick fest und fügte flüsternd hinzu: »Aber noch immer wunderschön.« Maya lächelte schwach. Es war ihr unangenehm, wenn er sie mit Komplimenten bedachte; als machte er ihr ein Geschenk, für das sie sich nicht adäquat revanchieren konnte.

»Ich bin froh, dass du hier bist«, fuhr er fort. »Hier wirst du dich am besten erholen können, während ich versuche, meine Versetzung für uns voranzutreiben.« Ein paar Zeilen Mayas hatten ihn über ihre Rückkehr nach Oxford in Kenntnis gesetzt, und auf seinem Weg nach London hatte er in Black Hall Station gemacht. »Coghlans Empfehlung muss die Herren im Ministerium mächtig beeindruckt haben, so schnell, wie sie mir die Vorladung zur Anhörung geschickt haben. Hoffentlich kann ich sie davon überzeugen, dass meine Fähigkeiten in Aden nur verschwendet und anderswo sinnvoller einzusetzen sind. – Keine Sorge«, setzte er hastig hinzu, als er Mayas Seitenblick auffing, »ich denke nicht daran, mich für einen Einsatz an der Front anzubieten. Ich nehme an, der Krieg wird ohnehin bald zu Ende sein.«

Noch immer dauerte die Belagerung Sebastopols an, und auch auf einigen Nebenschauplätzen im Baltikum, an der russischen Pazifikküste und in Armenien umklammerten sich Russland und seine Gegner in zähem Ringen, das keinem der beiden Parteien bislang einen entscheidenden Sieg gebracht hatte; auch wenn die Verbündeten Englands mittlerweile durch Truppen des Königreiches von Sardinien und durch Dragoner aus Britisch-Indien verstärkt worden waren. Daher hatten zunächst alle Hoffnungen auf der diplomatischen Ebene geruht. Premierminister Lord Aberdeen war wegen der miserablen Zustände an der Front, die sich ausnahmslos auf schlechte Vorbereitung und Organisation des Feldzuges zurückführen ließen, derart unter Druck geraten, dass er sich bereits zu Beginn des Jahres zum Rücktritt gezwungen sah und Anfang Februar durch Lord Palmerston ersetzt wurde. Keinen Monat später starb Zar Nikolaus I., ohne dass ein Ende des von ihm angezettelten Krieges abzusehen war. Angesichts der hohen Verluste auch auf russischer Seite zeigte sich sein Sohn und Nachfolger Alexander II. verhandlungsbereit. Lord Palmerston befand jedoch die auf der Wiener Konferenz zur Diskussion gestellten Bedingungen an Russland für zu milde und überredete Napoleon III. von Frankreich, hart zu bleiben. Sebastopol würde früher oder später fallen, dessen war Palmerston gewiss, und damit erhielte Großbritannien eine starke Ausgangsposition für neue Friedensverhandlungen, in denen er Russland Konditionen nach englischem Geschmack diktieren könnte.

»Ich habe an Lumsden geschrieben, in der Hoffnung, er möge meine Leistungen bei den *Guides* nicht vergessen haben und willens sein, diese ebenfalls noch in die Waagschale zu werfen. In Montpellier House fand ich den Brief eines meiner Regimentskameraden von damals vor, der mir schrieb, das Truppenkontingent der *Guides* würde aufgestockt. Vielleicht gelingt es mir, einen dieser neuen Posten zu ergattern.« Ralph blieb stehen und fasste sie an beiden Händen, atmete tief durch. »Maya, ich … ich weiß, ich kann nichts ungeschehen machen. Ich habe mich dir gegenüber furchtbar benommen. Das war und ist unverzeihlich. Dennoch hege ich die Hoffnung, du wirst mir eines Tages vergeben können.« Er rang sichtlich um Fassung wie um Worte. Seine Unterlippe zitterte, und er biss sich kurz darauf, um sie zur Ruhe zu zwingen. »Als du verschwunden warst, wir von deiner Entführung erfuhren und den ganzen Weg auf der Suche nach dir … Ich glaube, da habe ich erst begriffen, wie viel du mir bedeutest. – Ich hätte es mir nie verziehen, hätte ich dich nicht lebend zurückbekommen«, fügte er flüsternd hinzu. »Ich würde mir wünschen, dass wir noch einmal von vorne beginnen. Und zum Zeichen, dass es mir ernst ist«, er schob die Hand in die Tasche seiner Uniformhose und zog ein Kästchen hervor mit gewölbtem, von rotem Velours bezogenem Deckel, »möchte ich dir das hier geben.« Ralph ließ es aufschnappen und hielt es Maya hin. Betroffen blickte sie auf den Ehering, der in blassblauem Satin steckte. Er war massiver als der erste, aus dunklem, schwerem Gold und sichtlich teuer. »Ein besserer Ring. So wie ich auch mein Möglichstes tun werde, dir ein besserer Ehemann zu sein. Wenn … wenn du es willst. *Mich* noch willst.«

Als er sah, wie Maya keine Anstalten machte, ihn entgegenzunehmen, stumm blieb, klappte er das Kästchen wieder zu und drückte es Maya in die Hand. »Ich lasse ihn hier, damit du dich jederzeit meiner guten Absicht vergewissern kannst.« Er wirkte enttäuscht, und Maya las in der Angespanntheit seiner Züge, wie sehr er sich bemühte, es sich nicht anmerken zu lassen.

»Wir sollten langsam zurück«, erklärte er mit einer Geste in Richtung Haus. »Mein Zug geht in einer Stunde.« Wie er so vor ihr stand, im Sonnenlicht, das hell durch das Blattwerk der Bäume hindurchsickerte, die goldenen Litzen und Knöpfe seines Uniformrockes aufglänzen ließ, einen Schimmer um ihn legte, erinnerte sie sich an frühere Tage. An sein beharrliches Werben, ihre überschäumende, glückselige Verliebtheit, an den damaligen Glanz und die Leichtigkeit. Wo war all das geblieben? War es wirklich unmöglich, dass es zurückkehrte oder sich in etwas anderes, Schlichteres verwandelte, das dennoch nicht weniger Wert besaß?

Impulsiv schlang sie die Arme um ihn. »Lass mir Zeit«, hauchte sie an sein Ohr, und sie spürte sein erleichtertes Ausatmen. »Alle Zeit der Welt«, flüsterte er zurück. Seine zarten Küsse auf ihrem Gesicht konnte sie noch dulden, aber als sein Mund den ihren suchte, entzog sie sich ihm, bog schließlich den Kopf zurück, heftiger als beabsichtigt.

»Ich werde geduldig sein«, versprach er hastig und strich ihr über die Wange. »Ich weiß nicht, was dir dort draußen in Arabien widerfahren ist. Aber vielleicht wirst du es mir eines Tages erzählen können.«

»Vielleicht«, murmelte Maya, doch ihrer Stimme fehlte jegliche Überzeugungskraft.

Als sei sie niemals fort gewesen, nahm Maya ihr altes Leben in Black Hall wieder auf. Bezog ihr altes Zimmer, las, fertigte Übersetzungen an und schrieb Briefe. Doch ansonsten war nichts mehr wie früher. Aus Rücksicht auf die trauernde Familie fanden keine Diskussionsabende mit Gelehrten und Studenten im Hause statt. Auch der Besuch von größeren Teekränzchen oder gar Abendgesellschaften war undenkbar; Martha Greenwood bat nur in größeren Abständen einen ausgesucht kleinen Kreis befreundeter Ladys zum Tee, der in gedrückter Stimmung eingenommen wurde, Martha aber dennoch ein Trost war, denn die meisten von ihnen konnten ihren Schmerz nachfühlen, hatten sie doch auch einmal ein Kind, einen Ehemann oder ein anderes enges Familienmitglied verloren. Mayas und Angelinas Anwesenheit wurde dabei zwar nicht erwartet, war aber gewünscht, und Maya tat ihrer Mutter gerne den Gefallen, steckte sich zum in aller Eile für sie angefertigten Kleid aus schwarzem Krepp und Georgette sogar Ralphs neu gekauften Ring an die linke Hand. Auf die unausgesprochene Bitte ihrer Mutter hin trug sie ihn auch, wenn sie das Haus verließ, dennoch konnte sie es kaum erwarten, ihn wieder abzulegen, wenn sie sich in der Halle die Handschuhe von den Fingern pellte. Gewiss auch, weil sie es nicht rechtens fand, diesen Ring zu tragen, der Ralph offenbar so viel bedeutete, ihr dagegen so wenig; als Zeichen einer Ehe, die rasch keine mehr gewesen war und die sie gebrochen hatte. Selbst wenn sie die Einzige war, die davon wusste, und sich nach Kräften bemühte, keine Erinnerung daran zuzulassen.

Hohn erfüllte sie, wenn sie bemerkte, wie sehr sich ihr Stand in der Gesellschaft Oxfords verändert hatte: Vom missachteten späten Mädchen mit merkwürdigen Anwandlungen zur ehrbaren Gattin eines wackeren Soldaten, die ihren Eltern selbstlos in dieser schweren Zeit Beistand leistete. Man sprach nicht einmal mehr über ihr Durchbrennen, und wenn, dann mit einem nachsichtigen Lächeln, als wollte man damit sagen: Nun ja, der Beginn war etwas stürmisch und wenig standesgemäß – aber die durchgegangenen jungen Pferde trotteten wieder brav in ihrem Gespann vor dem Karren gesellschaftlicher Regeln, wie es sich gehörte.

Verwaist wirkte das einstmals so vor Leben strotzende Haus von Black Hall, zu groß geworden für den Rest der Familie Greenwood. Es hatte den Anschein, als hätte Jonathans Tod das Ende einer unbeschwerten Ära eingeläutet und den Beginn eines stillen, in sich gekehrten Daseins bedeutet. So wie auch Maya still und in sich gekehrt lebte. Ihre frühere Unrast, die Energie, mit der sie früher mit aller Macht versucht hatte, ihren Willen durchzusetzen, das fieberhafte Warten darauf, dass etwas geschah, war verloschen. Ebenso wie Mayas funkelnde Träume von Ferne und Abenteuer an der Wirklichkeit gescheitert und einer ernüchterten Sicht auf sich selbst und ihr Leben gewichen waren. Dennoch war sie froh um jeden Tag, der keine entscheidenden Neuigkeiten von Ralph brachte, der weiterhin persönlich oder per Brief den obersten Dienststellen Rede und Antwort stand und um seine Zukunft bangte, während er nach wie vor mit Engelszungen auf seine Mutter einredete, sie möge Maya doch empfangen. Maya wollte keine Entscheidung treffen, ob sie hierbleiben oder an seiner Seite noch einmal in ein Abenteuer in der Fremde aufbrechen wollte. Sie war zufrieden mit ihrem Leben, mit der Ruhe, die sie hier, in ihrem Elternhaus, gefunden hatte, zwischen ihren Büchern und im regelmäßigen Tagesablauf der Mahlzeiten. *Wie eine Nonne in ihrer Klosterzelle*, dachte sie manchmal, und sie dachte es nicht ungern.

Auch ihre frühere Gewohnheit, zu fortgeschrittener Stunde bei ihrem Vater im Arbeitszimmer zu sitzen und zu lesen, hatte Maya wieder aufgenommen. Umso lieber, als der

September bereits kühle Abende brachte und in seinen Farben von Kupferrot und Messing die Ahnung eines nebelfeuchten Herbstes trug. Herrliche Abende waren es, an denen ihr altes, wortloses Beisammensein wieder stattfand und die Stille des Raumes noch durch das Ticken der Standuhr betont wurde, das gleichmäßige Schlagen ihres Uhrwerks und das leise Echo des Kirchturms von St. Giles. Obwohl Maya nie eine Spur von Groll an ihrem Vater wahrnahm, keine Anzeichen dafür, dass er seine Enttäuschung über ihr heimliches Durchbrennen, seine Verletztheit darüber nicht tatsächlich überwunden hatte, wollte sich die alte Innigkeit zwischen Vater und Tochter nicht vollständig wieder einstellen. Manchmal spürte Maya seinen teils erstaunten, teils befremdeten Blick auf sich ruhen. Nicht ohne Liebe, das nicht. Aber mit einer gewissen Scheu, als vermochte er diese erwachsene, verheiratete Frau nicht mit dem kleinen Mädchen in Verbindung zu bringen, das ihm noch so lebhaft in Erinnerung geblieben war – selbst wenn die Person von Lieutenant Ralph Garrett ebenso wie ihre Zeit in Arabien selten in den Gesprächen bei Tisch Erwähnung fand.

Maya sah auf, als sie hörte, dass ihr Vater seine Pfeife im Aschenbecher ausklopfte und sie in das dafür vorgesehene Gestell hängte. Lächelnd sah sie ihm entgegen, die bestrumpften Beine seitlich unter den Röcken auf das rote Sofa hochgezogen, als er seine Lampe nahm und diese auf den Tisch vor ihr stellte. »Damit du dir nicht noch die Augen verdirbst«, erklärte er augenzwinkernd.

»Danke, Vater.«

Doch anstatt sich zu verabschieden und zur Nachtruhe zu begeben, musterte er den Bücherstapel neben der Lampe. »Darf ich?«

»Natürlich. Professor Reay hat sie mir geliehen.«

»Ah, der gute Reay!«, brummelte Gerald, das zuoberst liegende Buch in der Hand. »Ich bin ihm neulich in der *Bod* über den Weg gelaufen. Er schwärmt in den höchsten Tönen von deinen neu erworbenen Sprachkenntnissen.« Er rückte seine Brille gerade und überflog die ersten Seiten. »Altarabische Geschichte«, murmelte er erstaunt, und als er weiterblätterte: »*Arabia felix*. Saba. Himyar. Hadramaut.« Er ließ das Buch sinken und sah seine Tochter mit einem Blick voller Hochachtung an. »Interessantes Thema, wenn auch noch kaum erforscht. Ich meine«, er kratzte sich das graue Haupthaar, das sich an Stirn und Hinterkopf zu lichten begann, »ich meine mich zu erinnern, wie Richard Burton damals als Student davon gesprochen hatte. Hat er dir das nie erzählt? Seltsam … Er wollte wohl auch im Rahmen seiner Pilgerreise auf Spurensuche danach gehen. Hat sich aber wohl aus irgendwelchen Gründen zerschlagen, und er hat es nie wieder erwähnt. Richard soll ja nun auch auf der Krim sein, im Regiment von *Beatson's Horse*, irreguläre Kavallerie.« Er machte eine Pause, in der er eigentümlichen Gedanken nachzuhängen schien, ehe er das Buch anhob und leise fortfuhr: »Bist du darauf gekommen, als …« Gerald zögerte sichtlich, seine Frage zu beenden.

Maya ließ sich einen Moment Zeit mit ihrer Antwort. Sie wollte weder ihren Vater belügen noch ihm erzählen, was ihr in Arabien tatsächlich widerfahren war – all die Erlebnisse, die zu verdrängen und zu vergessen sie sich jeden Tag aufs Neue bemühte.

»Ich war dort, Vater«, entgegnete sie daher schlicht. »Ich bin durch den Sand gegangen, der die alten Reiche verschüttet hat.« In ihrer Stimme schwang so viel Sehnsucht mit, eine Spur von Trauer und jene Art von Zärtlichkeit, die nur jemand kennt, dessen Geist und Seele ebenso von einem Ort, einer vergangenen Zeit gefesselt sind, dass Geralds Blick weich wurde und seine Miene ein warmes Lächeln erhellte.

»Das ist der beste Anreiz, den es gibt, um zu lesen und zu forschen, sich Fragen zu stellen und nach den Antworten darauf zu suchen.« Er legte das Buch zurück und beugte sich vor, um seiner Tochter einen Kuss auf die Stirn zu drücken. Der erste seit jenem Abend vor ihrem Fortgehen. »Gute Nacht, meine kluge Tochter.«

»Gute Nacht, Vater.«

Zuhause. Sie war wieder zuhause.

4

Mit Amy Symonds schrieb Maya sich regelmäßig – Amy, die sich nach der ersten Trauer um ihren Verlobten um den Posten einer Krankenschwester im Hospital von Scutari beworben und trotz ihrer Unerfahrenheit in der aktiven Krankenpflege von Miss Nightingale ins Schwesterncorps aufgenommen worden war, da sie sich als Tochter eines Chirurgen über die Zeit gründliche medizinische Kenntnisse angeeignet hatte. In gewisser Weise war es leichter, mit Amy um Jonathan zu trauern, als mit den Eltern, die unter der Last des Kummers täglich zu zerbrechen drohten, während Amy Kraft aus der Arbeit im Lazarett zog und trotz allem das Leben zu bejahen vermochte.

Ich stelle mir oft vor, er käme mich hier besuchen, schrieb sie Maya in einem Brief. *Wie er mich schelten würde, dass ich gegen seinen Willen diese Arbeit tue und Schmerz und Leid sehe! Doch ich weiß auch, er würde genauso wenig wollen, dass wir in der Trauer um ihn versinken. Gerade er, der immer so fröhlich war, der es immer verstand, einem in der größten Trübsal ein Lächeln auf die Lippen zu zaubern, einen gar in lautes Lachen ausbrechen zu lassen, mochte einem kurz zuvor auch nicht danach zumute gewesen sein. Gerade er würde wollen, dass wir seiner zwar gedenken, aber das Leben auch wieder genießen, das er selbst so sehr geliebt hat. Du standest ihm so nahe, liebste Maya, in gewisser Weise sogar näher noch als ich – nicht wahr, Du gibst mir doch recht?*

Zwei Mal war Maya an dem Gedenkstein gewesen, der auf dem Kirchhof von St. Aldate's an Jonathan erinnerte, wenn schon sein Leichnam in russischem Boden seine letzte Ruhestätte hatte finden müssen, ungleich all jener Generationen von Greenwoods, die hier begraben lagen, wie ihre beiden Großeltern Dr. John und Alice Greenwood, und auch Jonathans Mutter Emma, eine geborene Bailey. Doch die in schwarzen Marmor eingelassenen goldenen Buchstaben und Zahlen, die Gerald beim örtlichen Steinmetz John Gibbs in der Little Clarendon Street bestellt hatte, gaben Maya nichts; nicht annähernd so viel wie Jonathans Zimmer in Black Hall. Nach dem Willen ihrer Mutter unangetastet geblieben, schien hier die Zeit stillzustehen. Als träte Jonathan jeden Augenblick zur Tür herein und rügte seine kleine Schwester liebevoll, dass sie in seinen medizinischen Fachbüchern herumblätterte, wie es früher so oft geschehen war. Anfangs hatte es Maya nur wenige Augenblicke in diesem Raum ausgehalten; schwebte darüber doch ein ewiges, mahnendes *Nimmermehr*. Doch Maya zwang sich stets aufs Neue, es jedes Mal länger darin auszuhalten, dem »nie wieder« ein »weißt du noch?« entgegenzusetzen. Es zerriss sie fast, die Briefe in ihrer eigenen Handschrift auf seinem Schreibtisch wiederzusehen, die sein Vorgesetzter zusammen mit Jonathans persönlichen Habseligkeiten nach Black Hall gesandt hatte. Vor allem seine letzten Zeilen, die an sie gerichtet gewesen waren, die er nicht mehr hatte abschicken können, ehe die Krämpfe der Cholera ihm die Feder aus der Hand geschlagen hatten, bereiteten ihr unendlichen Schmerz. Dennoch nahm sie sich diese wiederholt vor, strich zärtlich mit den Fingerspitzen darüber, ehe sie sie sorgsam in einer Schublade des Tisches verstaute. Die Briefe, die er ihr nach Aden geschrieben hatte, legte sie dazu. Es schien ihr wie ein ganz besonderer Wink des Schicksals, dass diese Briefe ihres toten Bruders im Bungalow der Garnison ihre Abwesenheit unbeschadet überstanden hatten, während das geschriebene Wort der Lebenden, Ralphs und Richards, unwiederbringlich verloren gegangen war.

Am meisten fehlten ihr die Gespräche mit ihrem Bruder. Ihm gegenüber hätte sie ihr Herz ausschütten können, dessen war sie sich sicher, ihm hätte sie von ihren Erlebnissen in Aden und auf dem Weg nach Ijar erzählen können, vom dortigen Palast. Und von Rashad. Von ihren Eindrücken, ihren Gefühlen, die ihr immer noch so wirr und unlogisch erschienen. Jonathan hätte es ihr geglaubt, jedes Wort, und sie für nichts, was sie getan hatte, verurteilt. Höchstens den Kopf geschüttelt, sie im Nacken gepackt wie eine Katze ihr Junges und in zärtlichem Spott gesagt: »Tsss, also Maya, du liederliches Weibsbild – schämst du dich wenigstens?«

Nur in Gedanken konnte sie sich ihm mitteilen. Und trotz ihres Vorsatzes, so rasch wie möglich vergessen zu wollen, überfiel sie Angst bei der Vorstellung, etwas von ihren Erlebnissen könnte verloren gehen. Weil Erinnerungen so ungleich flüchtiger waren als das geschriebene Wort, sie darüber hinaus hoffte, auf Papier Gebanntes beruhigt aus ihrem Gedächtnis löschen zu können, setzte sie sich an Jonathans Schreibtisch und begann das Erlebte aufzuschreiben. Hastige Kritzeleien zuerst, unleserlich, so ungeduldig jagte sie die Federspitze über das Papier, um Gedankenfetzen, Bruchstücke von Sätzen, die gedacht oder gesagt worden waren, festzuhalten. Erst später nahm sie sich Zeit, die richtigen Worte für das zu finden, was sie vor ihrem inneren Auge sah, was an Gefühlen noch einmal durch ihren Leib zog, was an Sinneswahrnehmungen noch in der Erinnerung haften geblieben war. Satz folgte auf Satz, Abschnitt auf Abschnitt, Seite auf Seite, aufgefädelt wie Glasperlen auf einer Schnur.

Ohne dass sie es beabsichtigt gehabt hätte, schrieb Maya über sich in der dritten Person. Nicht, weil sie die Entdeckung des rasch wachsenden Stapels fürchtete, den sie in einer Schublade von Jonathans Schreibtisch verschloss – in einem Raum, dessen Oberflächen mittlerweile von einem pelzigen Flaum an Staub überzogen waren, da Martha Greenwood Hazel nicht gestattete, darin sauberzumachen und womöglich etwas dabei zu verrücken oder gar zu zerbrechen –, sondern weil Maya es anders nicht hätte ertragen können.

Falls Martha wusste, dass ihre älteste Tochter im Zimmer des toten Sohnes ein- und ausging, ganze Nachmittage darin verbrachte, so ließ sie es sich zumindest nicht anmerken. Wie in einer absurden Umkehrung früherer Verhältnisse suchte Martha ihre Nähe, ohne wirklich einen Schritt auf ihre Tochter zuzugehen, in dem gleichen Maße, in dem Gerald und Maya sich entfremdet hatten, ohne einander weniger Zuneigung entgegenzubringen. Es waren kleine Gesten – eine Berührung auf der Hand oder dem Arm, scheu, weil ungewohnt, und doch voller Zärtlichkeit. Auf Mayas Schreibtisch stand in diesem Herbst jeden Tag ein Teller mit Äpfeln und Weintrauben, und Hazel brachte einmal pro Woche die Rinderkraftbrühe auf den Tisch, für die Maya schon als Kind alles stehen- und liegengelassen und auch den Nachschlag bis zum letzten Rest ausgelöffelt hatte. Blicke, erst forschend, dann verlegen, wenn Maya ihre Mutter dabei ertappte. So viele Momente, in denen es den Anschein hatte, als wollte Martha Greenwood etwas sagen oder fragen und es sich dann doch im letzten Augenblick verkniff, sich brüsk abwandte, um die Astern und Chrysanthemen in der Vase neu zu ordnen oder die Uhr auf dem Kaminsims ein wenig zu verschieben.

Große Ereignisse indes standen in Black Hall bevor. Denn

nachdem William Penrith-Jones über seinen Geschäftspartner Edward Drinkwater aus Summertown die Kunde erreicht hatte, dass die ältere der beiden Greenwood-Töchter, die ihm auf dem Gartenfest anlässlich des Geburtstages ihrer Tante Dora so angenehm ins Auge gefallen waren, sich vermählt hatte (die genaueren Umstände verschwieg Mr. Drinkwater aus Gründen der Schicklichkeit wie der Familienehre), hatte er sich nach kurzer Bedenkzeit entschlossen, um Angelina zu werben. Zwar besaß Mr. Penrith-Jones nicht die Attraktivität eines Lieutenant Garrett – hatte er doch mit seinem rötlichen Backenbart, der das sich lichtende gleichfarbige Haupthaar mitnichten kompensierte, sondern noch hervorhob, und seiner zur Fülle neigenden Gestalt so gar keine Ähnlichkeit mit eben jenem –, doch konnte er im Ausgleich dazu nicht zu unterschätzende Vorzüge sein Eigen nennen: Ihm eilte ein tadelloser Ruf voraus, er stammte aus einer sehr guten Familie, und Edward Drinkwater ließ auch nichts auf ihn kommen, weder in privater Hinsicht noch in Bezug auf Penrith-Jones' Geschäftsgebaren (der »in Finanzen und Handel« machte). Darüber hinaus war Mr. Penrith-Jones, ohnehin von gutmütigem Wesen, in einem Alter, in dem man die Launenhaftigkeit einer Neunzehnjährigen äußerst charmant fand und selbst dann beharrlich blieb, wenn selbige junge Dame einem noch so oft die kalte Schulter und das hochmütig in die Luft gereckte Näschen zeigte. Auch Martha Greenwood zeigte sich sehr angetan von den Manieren des Enddreißigers. Besonders auch von seiner unaufdringlichen, aber sehr herzlichen Art, mit der er anlässlich des Trauerfalles kondolierte und es verstand, während der ersten Trauerzeit auf angenehme Art den Kontakt zu den Greenwoods zu halten, ohne die Etikette dabei im Mindesten zu verletzen.

Vor allem aber besaß William Penrith-Jones etwas, worauf Angelina bei ihrem Zukünftigen den allerhöchsten Wert legte: jede Menge Geld und die Bereitschaft, es großzügig auszugeben. So war es kein Wunder, dass sich Angelina über die Zeit für ihn erwärmte. Und als Mr. Penrith-Jones den an ihn gerichteten Briefen seiner Angebeteten zwischen den Zeilen entnahm, dass diese huldvollst seine Werbung in Erwägung zu ziehen gedachte, wartete er das Ende des für Angelina vorgeschriebenen Trauerhalbjahres ab, ließ noch eine Anstandsfrist von einem Monat verstreichen und sprach dann in Black Hall vor, um Mr. und Mrs. Greenwood in aller Form um die Hand ihrer Tochter zu bitten – welche ihm selbstverständlich gewährt wurde. Genauso selbstverständlich würde man mit der Bekanntgabe der Verlobung warten, bis das Trauerjahr der Eltern vorüber war; dafür würde die Hochzeit schon ein halbes Jahr später, Mitte August, gefeiert werden. Um Angelina über diese ihr endlos scheinende Verzögerung hinwegzutrösten, erteilte ihr Verlobter – das Einverständnis ihrer Eltern natürlich vorausgesetzt – ihr *Carte blanche* beim Aussuchen und Bestellen ihrer neuen Garderobe sowie der Aussteuer. Was sich Angelina selbstverständlich nicht zweimal sagen ließ.

So lagen im Salon von Black Hall an diesem nebelverschleierten Vormittag Mitte Oktober auf dem Tisch, den Sesselpolstern, Rücken- und Armlehnen und auf dem Teppich Stoffmuster in allen erdenklichen Farben und Qualitäten herum – Taft und Organdy, Samt und Seide, Atlas und Batist, Satin und feine Wollstoffe in Maigrün, Zartgelb, Bleu und Rosé, changierendem Malachit und sattem Ozeanblau. Mit Streublümchen, Paisley-Mustern, eingewebten Bordüren, kontrastierend gestreift oder Ton in Ton. Dazwischen verstreuten sich Bänder und Spitzenstücke, auf Pappkarton gezogene Knöpfe, Kleiderskizzen und aufgeschlagene Modemagazine wie *Les Modes Parisiennes*. Angelina kniete zeitweise auf dem Boden, blätterte die Magazinseiten durch, legte ein Stoffstück daneben, murmelte etwas vor sich hin, ehe sie wieder aufsprang und hektisch ein bestimmtes Muster aus chinesischer Seide zu suchen begann, das sie vor einer halben Stunde bereits in der Hand gehabt und dann achtlos irgendwohin geworfen hatte. Maya hatte sich währenddessen mit der Fußbank begnügen müssen, die sie sich aber an das behaglich prasselnde Feuer gerückt hatte, einen Beistelltisch mit Tee und Gebäck neben sich. Immer wieder unterbrach sie ihre Lektüre, sah über die Buchseiten hinweg ihrer Schwester zu und freute sich still an deren glückseliger Geschäftigkeit.

Von ihrem alten Zwist war längst nichts mehr zu spüren. »Weißt du, Maya«, hatte Angelina ihr bei einem Spaziergang durch die Stadt in vertraulichem Ton zugeflüstert, »Durchbrennen ist zwar furchtbar romantisch – aber es geht nichts über ein richtig großes Fest zur Hochzeit!« Das war das Einzige, was Angelina noch zu Mayas Eheschließung mit Ralph gesagt hatte.

Maya dachte oft, dass die Oberflächlichkeit, mit der Angelina ihr Leben und ihre Mitmenschen betrachtete, auch ein Segen sein konnte. Wer nicht hoch flog auf den Schwingen der Liebe, konnte auch seine Federn nicht an der Sonne versengen und im freien Fall zu Boden stürzen. Angelinas heftige und meist nur kurz anhaltende Anfälle von Verliebtheit hatten ihre Schwester immer an ein kleines Mädchen erinnert, für das eine Puppe das höchste Glück darstellte; dessen Welt zerbrach, wenn das Spielzeug einen Arm oder ein Auge verlor, und das sogleich jede Träne wieder vergessen hatte, war dieses repariert oder durch ein neues ersetzt. So hatte auch eine ganze Reihe von galanten Gentlemen Ralph aus Angelinas Gedächtnis verdrängt, kaum dass der Sommer, in dem er mit Maya durchgebrannt war, vorüber gewesen war. Und da Angelina keinen Zweifel daran hegte, mit William Penrith-Jones den besten aller Männer erwählt zu haben, bestand nach ihrer ganz eigenen Logik nun auch kein Grund mehr, ihrer älteren Schwester zu grollen.

Maya wiederum besaß nun ihre eigenen Erfahrungen, was

das Kommen und Gehen der Verliebtheit anging, wie der starke Wellengang dieses Ozeans abebbte, die Fluten sich zurückzogen und eine Wüste hinterließen, in der nichts mehr wuchs. Drei Männer waren in ihr Leben getreten, jeder zu seiner Zeit, hatten Mayas Herz und Verstand erobert, und zwei davon waren wieder gegangen. Ralph jedoch war geblieben, bemüht, in der Wüste einen Brunnen zu graben, lebensspendendes Wasser zu Tage zu fördern und einen Garten in dem Staub anzulegen, zu dem ihre Ehe geworden war. Er schrieb zärtliche Briefe, in denen er ihr jubelnd den Fall von Sebastopol nach einem Jahr Belagerung und den Abzug der russischen Truppen von dort mitteilte, so wie die seiner Einschätzung nach für ihn günstig verlaufene Anhörung in London. Maya hatte zu ihrer eigenen Überraschung echte Freude empfunden, als er vergangene Woche auf einen kurzen Besuch in Black Hall erschienen war, in den Armen ein üppiges Bouquet lachsfarbener Rosen. Vielleicht war doch noch nicht alles verloren – vielleicht würde sie ihn wieder lieben können. Irgendwann.

»Blasslila«, drang Angelinas Stöhnen in ihre Gedanken, und Maya wandte ihre Aufmerksamkeit wieder ihrer Schwester zu, die ein Quadrat Seidentaft in dieser Farbe hochhielt und gleich darauf mit der anderen Hand ein weiteres Stoffmuster aufnahm. »Blasslila und mausgrau! Mutter besteht darauf, dass ich mich bis zur Verlobung noch in Halbtrauer kleide! Beide Töne erschlagen meinen Teint! Nur mit Weiß darf ich sie ergänzen – aber ein weißer Kragen sieht gleich fürchterlich bieder aus!« Mit unglücklicher Miene warf Angelina die beiden Stoffstücke wieder vor sich auf den Boden.

Maya lachte. »Mr. Penrith-Jones wird gewiss nicht sogleich die Verlobung lösen, wenn er dich ein paar Monate in Farben zu Gesicht bekommt, die dir deiner Meinung nach nicht stehen! Noch vor dem Frühjahr darfst du dann ja wieder alles tragen, was du willst.«

»Und ob ich das werde!« Angelinas blaue Augen funkelten wie Saphire, als sie eine der Zeitschriften aufnahm und mit erhobenem Zeigefinger daraus deklamierte: »›In Seide werden satte, dunkle Töne unter den modischsten Farben des nächsten Jahres sein.‹« Begeistert wedelte sie mit einem granatroten Stoffflicken. »Dann wird es auch nicht mehr heißen, ich sei zu jung für schwere Seide und sollte mich mit Organza begnügen. Auch nicht, dunkelrot sei unanständig für unverheiratete Ladys!« Sie zog ihre Stirn in grüblerische Falten, ließ das Magazin fallen und wühlte mit beiden Händen in dem Stoffberg vor sich, bevor sie ein weiteres Muster hochhielt. »Schau mal, diese Nuance gibt es auch in Samt. Wäre doch ebenfalls hübsch, findest du nicht?« Bevor Maya sich dazu geäußert hatte, war Angelina schon vom Boden aufgestanden und mit einem weiteren Magazin in der Hand zu ihr getreten. »Und so in etwa stelle ich mir mein Brautkleid vor.« Aufgeregt tippte sie auf eine der beiden in detaillierten Zeichenstrichen und zarter Kolorierung abgebildeten Frauengestalten. »Mutter findet, zehn Reihen Volants genügten vollauf. Aber wieso sollte ich mich mit zehn bescheiden, wenn doch mindestens zwölf auf so einen immensen Rock passen? Ich heirate schließlich nur einmal, da darf es doch ruhig alles an Schleifen und Spitze sein, was möglich ist!«

»Mutter wird schon nachgeben«, munterte Maya sie auf. »Und ein, zwei Worte deines lieben Williams, der dir ohnehin jeden Wunsch von den Augen abliest, werden das ihre dazu beitragen!«

Es machte Maya glücklich zu sehen, wie eine Spur früheren Glanzes in Marthas sonst so tote Augen zurückgekehrt war, seit es in diesem Haus eine Verlobungsfeier mit anschließender Hochzeit vorzubereiten galt. Feste zu organisieren, eine Balance zwischen gutem Geschmack und gesellschaftlich vorgeschriebenem Reglement zu finden waren von jeher die Stärken ihrer

Mutter gewesen, und sie fand sichtlich Gefallen daran, Musterkataloge durchzusehen und gemeinsam mit Angelina Listen zu erstellen, was an Tisch- und Bettwäsche benötigt werden würde, an Leintüchern, Porzellan und Silber, Menüs zu planen und sich Gedanken zu machen, wen man an Verwandten und Freunden auf die Einladungsliste setzen sollte.

»Du könntest auch etwas Neues gebrauchen«, stellte Angelina nüchtern fest, als sie mit neu geschärftem, modebewusstem Auge ihre Schwester betrachtete.

»Weshalb?« Maya blickte kurz auf ihr altes marineblaues Wollkleid mit den weißen Manschetten hinab. Da Maya von jeher gedeckte bis düstere Farbtöne bevorzugt hatte, hatte Martha ihr erlaubt, die kommenden Monate der Halbtrauer auf ihre schon bestehende Garderobe in dunklem Blau und Braun zurückzugreifen, anstatt sich neue Kleider anfertigen zu lassen. Was einen Protestschrei Angelinas zur Folge gehabt hatte, den ihre Mutter aber mit dem Hinweis im Keim zu ersticken wusste, Angelina habe unter all den vielen Sachen in ihrem Kleiderschrank einfach nichts, was auch nur annähernd den Anforderungen der Halbtrauer genügte. Daher hatte sich Angelina schmollend in ihr Schicksal fügen müssen, welches das harsche Urteil »blasslila und mausgrau« über sie verhängt hatte.

»Das wird an den Nähten schon ganz dünn«, erklärte Angelina und zeichnete die Taille mit dem Finger nach, strahlte dann über das ganze Gesicht. »Wenn wir schon am Aussuchen sind, können wir doch gleich etwas für dich mitbestellen. Auf zwei oder drei Kleider mehr oder weniger kommt es da auch nicht an! William hat bestimmt nichts dagegen. Los, zieh dich aus, dann nehme ich Maß!« Voller Elan schleuderte Angelina das Modemagazin auf den nächststehenden Sessel und zerrte das Maßband herunter, das sie sich um den Hals gehängt hatte.

»Hier, im Salon?« Maya sah zur offenen Tür hin.

Angelina rollte mit den Augen und ließ die Fingerspitzen

wählerisch über dem Sortiment an verschiedenen Kekssorten auf dem Beistelltischchen kreisen. »Sei doch nicht so prüde! Ist doch nur Familie und Personal im Haus, niemand, der dir etwas weggucken könnte!« Mit zufriedener Miene fischte sie ein Gebäckstück mit Marmeladenfüllung, das letzte seiner Art, vom Grund des Tellers und stopfte es sich in den Mund. »Mach schon!«, brachte sie mit vollem Mund kauend hervor und stampfte dabei leicht mit dem Fuß auf.

Seufzend legte Maya ihr Buch beiseite, stand auf und schlüpfte, assistiert von Angelina, aus ihrem Kleid. »Hat Hazel es heute Morgen besonders eilig gehabt oder weshalb ist dein Korsett nur so locker geschnürt?«, schimpfte diese, als ihre Schwester in Unterwäsche vor ihr stand. »Das geht so nicht! Halt dich am Kaminsims fest!« Gehorsam tat Maya, was Angelina von ihr verlangte und ließ allen Atem aus den Lungen strömen, machte sich, so schmal es ging.

»Hör auf, du zerquetschst mir die Eingeweide«, keuchte sie sogleich, als Angelina mit aller Kraft an den Bändern des Mieders zog und zerrte, und stöhnte erleichtert auf, als diese wieder nachgaben.

»Maya, sei mir bitte nicht böse – aber du bist dabei, ganz gehörig aus dem Leim zu gehen!« Angelina schüttelte sich die Finger aus, die ihr von der vergeblichen Anstrengung wehtaten. »Ist ja auch nicht weiter tragisch, du hast ja schon einen Mann. Und dein Dekolleté ist ja mehr als beneidenswert! Da fällt mir ein – Cousine Mabel hat mir geschrieben, dass sie neulich …«

Angelinas Geschnatter verschwand hinter dem Rauschen in Mayas Ohren, dem überlauten Pochen ihres Pulsschlages, als sie an sich hinabblickte. Ihre Brüste sprengten beinahe das Hemdchen, das ihr vor anderthalb Jahren noch tadellos gepasst hatte, quollen am Ansatz förmlich aus dem volantgesäumten Ausschnitt, bedrängten den tiefen Spalt dazwischen. Die seitlichen Stäbe des Korsetts stachen in ihre runder gewordenen

Hüften, und unter dem an der Vorderseite spitz zulaufenden Mieder zeichnete sich unübersehbar ein Bäuchlein ab. Wann hatte sie zuletzt ihre monatliche Blutung gehabt?

Maya überlegte fieberhaft. Auf dem Weg nach Ijar – daran erinnerte sie sich noch. Wie Djamila sie mit Tüchern versorgt hatte, die sie anschließend vergrub, darauf bedacht, dass keiner der Männer diese zu Gesicht bekam. Und danach … nicht mehr. Seit sie nach Black Hall zurückgekehrt war, lagen ihre Stoffstreifen und der mit Bändern versehene Gürtel, an dem diese bei Bedarf unter den langen Unterhosen angeknöpft wurden, unangetastet in ihrer Kommodenschublade. Zu aufreibend war der Weg zurück aus Ijar gewesen, zu sehr war sie damit beschäftigt gewesen, zu vergessen, sich hier in Oxford wieder zurechtzufinden, und sie litt noch immer darunter, ihr Zeitgefühl verloren zu haben. Vor allem aber hatte sie nicht darauf geachtet, weil nicht sein konnte, was nicht sein durfte.

Aufstöhnend schlug sie die Hände vors Gesicht und ließ sich auf die Fußbank fallen, plötzlich zitterig vor brennender Scham. Ausgerechnet sie, die aus einer Arztfamilie stammte, wo man mehr über diese eigentlich für junge Damen verbotenen Dinge aufschnappen konnte, als eigentlich erlaubt war, wenn man nur Augen und Ohren offen hielt. Noch dazu hatte sie sich immerzu wissbegierig auf alles gestürzt, was sie darüber zu lesen gefunden hatte.

»Maya?« Angelinas Stimme drang wie aus weiter Ferne zu ihr hindurch, auch wenn sie unmittelbar neben ihr stand und ihre Schulter streichelte. Bestürzt darüber, dass sie ihrer älteren Schwester mit ihrer unbedachten Äußerung offenbar eine solch große Kränkung zugefügt hatte, redete Angelina ohne Punkt und Komma auf Maya ein, die mit hektischen Bewegungen wieder in ihr Kleid stieg. »Das ist doch nicht schlimm! Du bist doch längst aus dem Alter raus, in dem der Umfang deiner Taille nicht die Anzahl deiner Lebensjahre überschreiten sollte! Ein Grund mehr, dir neue Sachen anfertigen zu lassen, die passen dann auch gleich viel besser!«

»Tut mir leid«, murmelte Maya, »wir verschieben das Maßnehmen, ja? Ich fühle mich nicht gut und muss mich hinlegen.«

»Maya«, rief Angelina ihr bedrückt hinterher. Doch diese war bereits die Treppen hinaufgerannt, als sei der Teufel persönlich hinter ihr her. Angelina stand noch einen Augenblick lang unschlüssig vor dem Feuer, knabberte auf dem Nagel ihres Zeigefingers herum, bis sie schließlich mit den Achseln zuckte und sich wieder ganz in den Vorstellungen von einer neuen, standesgemäßen Garderobe erging. Innerhalb von Minuten war sie erneut ins Zusammensuchen von Farben und Mustern vertieft und hatte Mayas Kümmernisse schon vergessen.

Letztere indes krakelte mit zitternden Händen am Schreibtisch in ihrem Zimmer Zahlen auf ein Blatt Papier, rechnete und rechnete erneut. Es musste Anfang Juni gewesen sein, dass Rashad sie durch die Wüste der Ramlat as-Sabatayn geführt hatte – vor fast fünf Monaten also. Nicht mehr lange, und sie würde ihren Zustand kaum mehr verbergen können. Keine Sekunde in jenen zwei Nächten hatte Maya daran gedacht, dass diese schwerwiegende Folgen für sie haben könnten. Hatte sie sich doch unfruchtbar geglaubt, ihren Schoß verdorrt, nach einem Jahr Ehe mit vielen durchliebten Nächten, ohne dass sich eine lebensfähige Empfängnis angekündigt hatte. *Niemand wird es je erfahren …*

Wäre es nicht so bitter gewesen, hätte es zu Gelächter gereizt ob dieser wahnwitzigen Ironie. Doch nun wuchs Rashads Kind in ihrem Leib heran und würde bald unübersehbar ihre Schande und Schuld verkünden. Maya presste die Faust vor den Mund, um das Schluchzen zu unterdrücken, das in ihrer Kehle aufbrandete. *Mein Leben ist ruiniert.*

5

Der wohl größte Vorteil daran, volljährig und mit einem abwesenden Mann verheiratet zu sein, bestand darin, dass man niemanden mehr um Erlaubnis bitten musste, wie Maya feststellte, als sie am nächsten Morgen beim Frühstück verkündete, für ein paar Tage zu Tante Elizabeth nach Bath fahren zu wollen. Ihr Vater war wie gewöhnlich während des Trimesters schon längst aus dem Haus, zur Morgenandacht und zu den Vorlesungen am Balliol College. Angelina hatte sie mit großen Augen über ihrem Brötchen angeblickt, und Marthas Teetasse war auf der Hälfte des Weges zurück zur Untertasse stehen geblieben. Ihr Mund hatte eine schmale Linie gebildet, bis er sich wieder entspannte.

»Fahr ruhig, mein Kind. Es wird dir sicher gut tun«, hatte sie zu Mayas Verblüffung ruhig erwidert und die Tasse sanft abgesetzt.

Dieses Mal per Telegramm vorgewarnt, hatte Tante Elizabeth sie schon vor der weiß gestrichenen Tür mit dem Rundbogenfenster darüber und der aufgefächerten Umrandung aus grob genarbten Schlusssteinen erwartet. Nach der Begrüßung, die wie immer warmherzig ausfiel, war Maya in Einsilbigkeit verfallen, bis Betty ihnen im Salon Tee serviert und sie wieder allein gelassen hatte.

Tante Elizabeth nippte vorsichtig am noch heißen Getränk

und sah ihre Nichte über den Rand der Tasse mit Rosendekor und Goldrand hinweg an.

»Was führt dich denn heute so überstürzt zu mir?« Ihr entgingen weder Mayas unruhig umherhuschende Augen noch die Art, wie diese ihre Finger ineinander verschränkte und löste, sie knetete und faltete.

»Ich habe etwas Furchtbares getan, Tante«, flüsterte Maya, ohne sie direkt anzusehen.

Unter normalen Umständen wäre dies ein Satz gewesen, bei dem eine Mrs. Hughes sich bemüßigt gefühlt hätte, dessen Dramatik mit einer scherzhaften Erwiderung aufzubrechen und abzuschwächen. Doch der Klang von Mayas Stimme, die Art, wie sie zusammengesunken ihr gegenüber auf dem Sofa saß, ließen keinen Zweifel daran, dass sie sich in höchster seelischer Not befand. Und so schwieg Elizabeth Hughes taktvoll, um Maya in ihrem vorsichtig tastenden Gang über das dünne Eis des Vertrauens nicht aus dem Gleichgewicht zu bringen. »Ich erwarte ein Kind.«

Tante Elizabeths Augendeckel klappten in rascher Folge auf und zu, als täte sie sich schwer, die Tragweite dieser Ankündigung zu erfassen. Sie stellte ihre Tasse ab, um sie gleich darauf wieder aufzunehmen, und räusperte sich dezent. »Mein gespaltenes Verhältnis zu deiner Frau Mutter in allen Ehren – aber selbst ich kann mir nicht vorstellen, dass sie euch Mädchen derart verquer erzogen hat! Die Zeugung eines Kindes ist doch beileibe kein Akt der Sünde! Wo kämen wir denn da hin, wenn dem so wäre … – Weiß es dein Ralph schon?«

Maya schluckte krampfhaft, als steckte ein Kloß in ihrer Kehle fest, schüttelte beschämt den Kopf, hob dann erst die Augen an und sah ihrer Tante unverwandt ins Gesicht.

»Es ist nicht seines.«

Die Lippen ihres Gegenübers formten ein stummes »Oh«. Nachdenklich nahm sie mehrere tiefe Schlucke. »Bist du sicher?«

»Ganz sicher.« Bereits in Aden hatte Ralph zaghafte Annäherungsversuche unternommen, die sie aber ausnahmslos abgewehrt hatte, mal zornig-heftig, mal verlegen-schamhaft. Nun wünschte sie, sie hätte es geschehen lassen. Es wäre verlogen gewesen, aber es hätte sie gerettet. *Hätte. Würde. Wenn.*

Ihre Tante nickte, betrachtete den Rest Tee in ihrer Tasse, bevor sie ihre Nichte wieder ansah. »Möchtest du mir davon erzählen?«

Dessen bedurfte es keiner weiteren Aufforderung. Als hätte sie damit einen Damm zum Bersten gebracht, stürzte alles aus Maya heraus, was sie bislang niemandem hatte anvertrauen können. Wie ihre Ehe mit Ralph, die so romantisch begonnen hatte, in der Hitze Adens verwelkt war, dass sie deshalb nie geschrieben hatte. Ihre Entführung, ihre Reise nach Ijar, die Zeit im Sultanspalast, Rashads tollkühner Plan, sie aus der drohenden Gefahr dort in Sicherheit zu bringen. Und die beiden Nächte. Maya hielt nur inne, um sich die trocken geredete Kehle mit einem Schluck längst erkalteten Tees anzufeuchten. Sie nahm nicht einmal wahr, wie es dunkelte, Betty hereinschlich, um die Vorhänge zuzuziehen, die Lampen zu entzünden. Und als diese sah, dass Bedarf bestand, platzierte sie kommentarlos einen Stapel geplätteter und säuberlich zusammengefalteter Taschentücher auf der Armlehne des Sofas.

Pling. Die Uhr aus Mahagoni und Messing verkündete, dass die erste Stunde der Nacht bereits vorüber war. Zusammengeknüllt und vollgesogen mit Tränen verteilten sich die Tücher auf dem Tisch, der Sitzfläche des Polsters, auf dem Boden, als hätte im Salon gerade eine Schneeballschlacht stattgefunden. Maya rieb sich mit dem letzten verbliebenen über das verschwollene, rotgeweinte Gesicht, noch von den letzten Schluchzern durchgerüttelt, die nur unwillig abflauten, und putzte sich lautstark die triefende Nase.

Armes Kind, dachte Tante Elizabeth und ließ den Cognac, dessen Stärkung sie recht bald benötigt hatte, im Schwenker kreisen. *Hast so viel Schweres die Zeit über mit dir herumgetragen!*

»Ich wünschte, ich könnte es ungeschehen machen«, hörte sie ihre Nichte flüstern.

Seufzend erhob sich Tante Elizabeth und ließ sich schwer neben der jungen Frau nieder, fasste diese unter das Kinn und kraulte ihr die Kieferlinie. »Nein, Maya. So, wie du mir alles geschildert hast, wünschst du dir das keineswegs. Es ist jedoch hart, mit den Folgen leben zu müssen.« Sie tätschelte Maya die Wange und nahm dann ihre Hände, die das feuchte Taschentuch umklammert hielten. »Siehst du … wenn einen die Liebe trifft, ist man machtlos. Da gibt es nichts zu bereuen und keine Vorwürfe zu erheben. Doch ob man diese Liebe auch tatsächlich leben kann – das steht auf einem ganz anderen Blatt.«

»Ich weiß nicht, was ich jetzt tun soll«, schluchzte Maya und rieb sich über die Schläfe, an der ein paar lose Haarsträhnen klebten.

»Überlegen wir mal Schritt für Schritt.« Ächzend erhob sich ihre Tante ein wenig, langte nach dem noch vollen Glas und ließ sich wieder in das Sofa fallen. »Zuerst solltest du dir im Klaren darüber sein, ob du das Kind haben willst. Fünfter Monat … ist spät, aber nicht *zu* spät. Ich habe eine Bekannte, deren Cousine hatte eine Tochter, die kennt …« Sie brach ab, als sie sah, wie Maya unentwegt den Kopf schüttelte und sich ihre Hand vor ihrem Unterbauch verkrampfte.

»Nein, Tante, das kann ich nicht tun!«

Tante Elizabeth lächelte in sich hinein. *Das ist meine Maya!*, dachte sie und sagte: »Du kannst gerne hierbleiben, es zur Welt bringen, und dann suchen wir ihm einen Platz. Unser Pastor von St. Mary's kennt bestimmt einen Amtskollegen, der …«

Maya ließ sich diesen Gedanken durch den Kopf gehen.

Das Kind austragen, unter Schmerzen gebären und dann weggeben … zu Fremden, wo es nie erfahren würde, woher es kam, wer seine Eltern gewesen waren, es nie wissen würde, dass es in Liebe gezeugt worden war, wenn auch unter solch widrigen, gar unmöglichen Umständen. *Rashads Kind.* In dem er weiterleben würde. Unwillkürlich streichelte Maya über die Halbkugel zwischen Miederkante und Rockfalten. Zum ersten Mal durchzuckte sie Freude, fühlte sie sich gesegneten Leibes. Ihre Mundwinkel zitterten, bildeten ein flatteriges, flüchtiges Lächeln, und neue Tränen schossen ihr in die Augen. »Ich sehne mich so sehr nach ihm, Tante Elizabeth!«

»Ich weiß«, murmelte diese in Mayas Haar, als sie ihre Nichte in die Arme schloss und sachte wiegte. »Aber du darfst jetzt nicht zurückschauen. Von dort kommt nichts mehr. Schau nach vorne und sei tapfer!« Maya nickte, als Tante Elizabeth ihr über den Kopf strich. »Morgen gehst du zuerst zu Dr. Sheldrake und lässt nachschauen, ob es euch beiden auch gut geht. Er ist ein liebenswürdiger alter Herr, der schon viele Kinder auf die Welt geholt hat. Und«, sie nahm Mayas Gesicht in beide Hände und sah sie fest an, »und selbst wenn alles den Avon hinuntergehen sollte – hier, in diesem Haus, hast du ein Heim. Dann wird es eben ein echtes Kind dieser Stadt! Und Gnade Gott demjenigen, der es wagt, meine Nichte als gefallenes Mädchen zu bezeichnen! Der wird in ganz Bath keinen Fuß mehr auf den Boden bekommen!«

Ihre Tante klang so böse, dass Maya gegen ihren Willen lachen musste. Und obwohl es finsterste Nacht war vor den Fenstern des Sydney Place No. 4, glaubte sie, die Sonne schöbe sich gerade über den Horizont.

»Deinen Eltern können wir vielleicht weismachen, dass sie im Rahmen der Schicklichkeit ein Enkelkind erwarten«, hatte Tante Elizabeth gesagt, als sie Maya in jener Nacht zu Bett gebracht hatte. »Aber Ralph musst du es beichten, daran führt kein Weg vorbei! Selbst der dümmste und verliebteste aller Männer kann neun Monate an beiden Händen abzählen – vor allem, wenn du ihn davor lange von dir ferngehalten hast!«

Maya klappte nur langsam das Buch zu, das ihr in den drei Tagen willkommene Ablenkung geboten hatte. Denn das Schicksal von Anne Elliott und ihrem Captain Wentworth ließ sie zeitweise ihr eigenes vergessen. Wenn auch nie für lange, denn immer wieder schweifte sie mit ihren Gedanken ab und grübelte, ohne dabei Erleichterung zu finden. Betty hatte soeben die Ankunft von Lieutenant Ralph Garrett gemeldet, und mit angstvoll schlagendem Herzen lauschte Maya in die Halle hinunter, wo sie ihre Tante hörte, wie sie Ralph mit Fragen nach seiner Herfahrt bestürmte, sich nach dem Befinden seiner Familie erkundigte und dem sonstigen Gang der Dinge, um Maya Zeit zu geben, sich zu sammeln und ihm so gefasst wie möglich gegenüberzutreten. Als sie ihn die Treppe zum Salon hinaufspringen hörte, legte sie das Buch beiseite und stand auf. In altbekannter Manier strich sie sich über die Röcke, vermied dabei aber die Berührung mit ihrem gerundeten Bauch. *Lieber Gott, steh mir bei, auch wenn ich es nicht verdient habe.*

»Maya!« Strahlend stand er im Türrahmen; strahlend seine Miene, sein Auftreten, in der ganzen Glorie seiner Uniform und mit zurückgewonnener Fröhlichkeit. Er sah sie an, wie damals in Black Hall; als sei nichts geschehen, Arabien nur ein schwarzer Traum gewesen. *Noch ist Zeit, Maya, noch kannst du dich entscheiden. Ralph oder das Kind. Beides wird nicht gehen. Wofür entscheidest du dich, Maya?*

»Mit deiner Umtriebigkeit hast du uns um einen gemeinsamen Tag gebracht«, rief er lachend, als er auf sie zuschritt und ihre Hand nahm. »Kaum war ich in Oxford, hat mich deine Mutter hierher verwiesen. Der Wagen wartet unten auf mich,

ich muss mich heute noch auf den Weg zurück nach Aden machen, mein Urlaub ist so gut wie vorbei.« Er drückte einen Kuss auf ihre Finger, murmelte: »Gott, was hast du mir gefehlt!« *Mach's mir nicht noch schwerer, als es ist.* »Du bist immer noch sehr blass. Macht dir dein Magen weiterhin zu schaffen?« Maya nickte halbherzig. »Es geht dir bestimmt gleich besser, wenn ich dir sage, dass ich großartige Neuigkeiten mitbringe!« Er lachte laut, umschlang ihre Taille, schwang sie hin und her, schien gar nicht zu bemerken, wie sie sich in seiner Umarmung versteifte und versuchte, möglichst viel Abstand zwischen sie beide zu bringen. »Unsere Gebete wurden erhört – meine Tage in dem Dreckskaff sind gezählt! Gut, ein paar Monate habe ich noch vor mir – aber nächstes Jahr im Dezember darf ich wieder zurück zu den *Guides!* Zurück nach Indien, in meine schönen Berge! Was sagst du dazu?«

Maya ertrug es nicht länger, wand sich aus seinen Armen und trat ans Fenster, umschlang fest ihren Oberkörper, damit sie nicht in der Mitte auseinanderbrach.

»Freust du dich gar nicht?« Er klang bitter enttäuscht, wie ein Kind, dessen selbst gebasteltes Weihnachtsgeschenk nicht den erhofften Anklang fand.

»Doch, natürlich freue ich mich für dich«, gab sie schnell zurück, ein künstliches Lächeln auf den Lippen, das ihr die Tränen in die Augen trieb. Angespannt auf der Unterlippe kauend, sah sie hinab auf den Sydney Place.

»Du … du musst keinesfalls mit zurück nach Aden«, hörte sie ihn hilflos sagen, ratlos. »Du kannst in Oxford bleiben – oder wo immer du willst. Das eine Jahr überstehen wir jetzt auch noch! Du musst nur meine Flut an sehnsüchtigen Briefen ertragen, mit denen ich dich überschütten werde.« Er beendete den Satz mit einem dünnen Lachen, das unsicher geriet. »Maya?«

Verzeih mir, Ralph. Maya wischte sich mit dem Fingerknöchel die Tränen weg, die ihr über die Wangen liefen, und holte tief Luft. »Ralph, ich erwarte ein Kind.«

Nie im Leben hatte Maya etwas Grauenvolleres gesehen als die leuchtende Hoffnung und Freude, die sich auf seinem Gesicht ausbreitete, dann in sich zusammenfiel, als er begriff, nachrechnete, schließlich Hass, der in seinen Augen aufloderte. »Wer?«, fragte er grob in den Raum hinein. »Dieser … dieser Burton?«

Maya schüttelte den Kopf, den Blick auf die herbstliche Farbpracht der Bäume von Sydney Gardens geheftet, die durch Tüll und Tränen zu grellen Klecksen vor ihren Augen verschwamm.

»Du lieber Gott«, hörte sie ihn stöhnen, spürte einen Luftzug, als er zum Fenster sprang, sie hart am Arm packte. »Wer hat dir das angetan? Warum hast du nichts gesagt, verdammt noch mal?« Er verschluckte sich an seinen eigenen Sätzen.

Alles hätte sie aushalten können, nur nicht sein zorniges Schluchzen, das bei sich zu behalten ihm misslang. *Es wäre so leicht, Maya – so leicht … nur eine kleine Lüge, und er würde dir vergeben, und alles wäre gut …* Doch Maya ging diese einfache, kleine Lüge nicht über ihre Lippen. Eine Lüge, die vielleicht ihre Ehre gerettet hätte. Aber sie war kein Opfer. Das zu behaupten hieße, sich aus ihrer Verantwortung zu stehlen, zu beschmutzen, was sie mit Rashad verbunden hatte, ihrem Kind den Makel anzuhängen, das Ergebnis einer Vergewaltigung zu sein.

»Antworte mir! Du sagst mir auf der Stelle, wer von diesen Schweinen es war! Ich schwöre bei meinem Leben, ich bringe Coghlan dazu, dass er die gesamte Garnison darauf ansetzt, diesen Dreckskerl zu finden und in Stücke zu reißen!«, brüllte er.

»Niemand«, schrie Maya in seine flammende Rede hinein. »Niemand hat mir etwas angetan!«

Ralphs Hand, die eben noch so fest zugegriffen hatte, sank kraftlos herab. »Warum, Maya?«

Sie schwieg, rieb sich die schmerzende Stelle an ihrem Oberarm.

»Hast du geglaubt, du kämst dadurch frei? Oder … oder konntest du dir dadurch Vorteile verschaffen? Besseres Essen, genug Wasser?« Sie hörte, wie er verzweifelt nach Gründen suchte, ihren Fehltritt zu entschuldigen. Und jedes Wort, jedes Flehen darin, scheuerte ihre Seele bloß.

Das ist dein Fegefeuer, Maya, dein ganz persönliches Fegefeuer. Gehe hin und tue Buße.

Er packte sie erneut, schüttelte sie, als könnte er dadurch die für ihn erlösenden Worte aus ihr herauspressen. »Warum? Warum hast du das getan, Maya?!«

Zwing mich doch nicht, dir wehzutun – bitte, Ralph, tu uns das nicht an!

»Weil ich es wollte«, entfuhr es ihr, und sie spürte, wie sie sich mit diesen Worten fast selbst verletzte.

Er ließ sie los und wich zurück, als hätte sie sich vor seinen Augen in einen Dämon verwandelt. Er wollte nicht wahrhaben, was er soeben gehört hatte, und schüttelte schwach den Kopf. Seine Hand, die Maya berührt hatte, zuckte vor ihr zurück, wischte über seine Hosennaht, als klebte etwas Ekelerregendes daran, von dem er sich befreien wollte. Sein Gesicht verzog sich zu einer grässlichen Fratze, sein schönes, sanftes, goldenes Gesicht.

»Du …du …«, geriet er ins Stottern, während Maya Zorn in sich aufwallen spürte, als sie auf seinen verzerrten Zügen das scharlachrote Wort lesen konnte.

»Hure? Sag's ruhig, Ralph! Damit kennst du dich ja aus, nicht wahr?« Wie unter einem Peitschenhieb fuhr er zusammen. »Dachtest du wirklich, ich sei zu blind oder zu naiv, um mir nicht denken zu können, wo du so manche Nacht warst?«

»Hast du es deshalb getan?« Er konnte nur noch flüstern, und als Maya den Kopf schüttelte, setzte er hinzu: »Wenn ich das gewusst hätte, hätte ich mir den Weg nach Ijar gespart. Von mir aus hättest du dort verrotten können!«

Urplötzlich war Mayas Zorn verraucht, fühlte sie sich kühl und klar. »Das glaube ich dir sofort. So, wie du dich mir zuvor gegenüber verhalten hast.« Sie atmete tief durch. »Es steht dir natürlich frei, dich von deiner untreuen Gattin scheiden zu lassen.«

Ungläubig starrte er sie an. Dann schüttelte er den Kopf, während seine Mundwinkel sich nach unten bogen. »Meine Mutter hatte recht: Du hast mir von Anfang an nichts als Unglück gebracht.«

Müdigkeit überfiel Maya, als sie beide in Schweigen versanken. Womöglich lag es an ihren feuchten Augen, aber ihr war, als sei der Boden des gemütlichen Salons über und über mit Scherben bedeckt. Zersplitterte Bilder, zerbrochene Gefühle und Träume. Sie meinte sich bücken zu müssen, um sie aufzusammeln, doch wusste sie genau, dass sie sich die Finger und Handflächen daran aufschlitzen würde, weil nichts verletzender war als diese scharfen Kanten und Spitzen.

»Kann es sein, dass ich nie wirklich gewusst habe, wer du bist?«

Unwillkürlich zuckte ein Lächeln über Mayas Gesicht. »Das mag sein. Aber mir geht es nicht anders – ich habe dich bei unserer Heirat auch nicht wirklich gekannt.«

Er nickte, ohne sie anzusehen, den Blick unverwandt auf den Boden gerichtet, als sähe er ebenfalls das Scherbenmeer und trauerte ebenso wie sie um das, was sie beide einmal füreinander gewesen waren. Ruckartig hob er den Kopf. »Leb wohl, Maya.« Er deutete in unbestimmter Geste auf ihre Leibesmitte. »Alles Gute.« Dann drehte er sich um und ging.

Maya blieb am Fenster stehen, hörte seine Stiefel die Treppen hinabpoltern, zwei, drei gesprochene Sätze in der Halle, das Zuklappen der Haustür. Sie behielt seinen roten Uniformrock die wenigen Schritte bis zum Wagen fest im Blick. Sah, wie er einstieg, ohne zurückzublicken. Die Kutsche ruckte an, rollte die Straße hinab und aus ihrem Gesichtsfeld. Maya atmete tief durch, und von selbst glitten ihre Hände die Taille abwärts, umfassten den kleinen Kugelbauch unter dem Stoff ihres Kleides. »Siehst du«, flüsterte sie hinab, »so werden wir es in Zukunft auch machen: kein Blick zurück.«

6

Ein Beschluss, dessen Umsetzung Maya in den folgenden Monaten nicht schwerfiel. In Begleitung von Tante Elizabeth, die das Haus am Sydney Place in Bettys Obhut gelassen hatte, war sie schon wenige Tage später nach Black Hall zurückgefahren. Martha Greenwood hatte zwar tief Luft geholt, als ihre Schwägerin verkündete, mindestens bis zum Frühjahr bleiben zu wollen – was auch die zahlreichen Koffer und Taschen erklärte, die Jacob schnaufend aus dem Wagen über die Türschwelle geschleppt hatte –, doch angesichts der freudigen Nachricht, die Maya bei ihrer Rückkehr der in den Salon zusammengerufenen Familie überbracht hatte, behielt Martha jegliches Widerwort großmütig für sich und quartierte Elizabeth Hughes im lange verwaisten Grünen Zimmer ein.

Erstaunlicherweise zeigten die Schwägerinnen unvermutete Eintracht, während sie die vom Speicher geholte alte Wiege neu herrichten ließen, die Kindersachen von Jonathan, Maya und Angelina durchsahen, ausmusterten, was unbrauchbar geworden, gründlich waschen und plätten ließen, was noch wie neu war. Dabei schwelgten sie in Erinnerungen, und Martha ließ es sogar zu, dass Elizabeth tröstend den Arm um sie legte, wenn der Schmerz übermächtig wurde, ihre Rede abbrach, die Augen feucht schimmerten und ihr Mund sich zu einer schmalen Wellenlinie über dem vorgeschobenen Kinn zusammenpresste. Selbstverständlich nur, wenn kein Dritter zugegen war. Gemeinsam verbrachten sie ganze Nachmittage im Warenhaus von »Elliston & Cavell«, um Fehlendes zu ergänzen, gurrten hingerissen, wenn sie ein besonders reizendes Hemdchen oder Häubchen in die behandschuhten Finger bekamen; oft in Begleitung von Angelina, die dann jedes Mal spitze Entzückensrufe ausstieß, völlig aus dem Häuschen, noch Tante zu werden, ehe sie Ehefrau war. Ihre Begeisterung reichte sogar so weit, dass sie von sich aus anbot, ihr Zimmer zu räumen und ebenfalls in eines der für Gäste vorgesehenen zu ziehen – es sei ja nur vorübergehend; schließlich verließe sie das elterliche Haus ohnehin im Spätsommer.

Wochenlang herrschte großes Packen und Räumen, roch es nach frischer Farbe und neuen Stoffen, bis Angelina sich neu eingerichtet hatte und der Raum am Ende des Flures bereit war für die Ankunft des neuen Erdenbürgers.

Da die heutigen Modelle an Kinderwagen ungleich raffinierter waren als derjenige, in dem die Greenwood-Kinder durch die Straßen Oxfords geschoben worden waren – ein simples, mehr praktisch denn modisch zu nennendes Gefährt, wie eine mit Griffen versehene Wanne auf Rädern –, wurde ebenfalls ein neuer gekauft und nach Black Hall geliefert. Die Nadeln klapperten um die Wette, als die Schwägerinnen Schühchen und Mützchen und winzige Fäustlinge zu stricken begannen und darin konkurrierten, besonders aufwändige Spitzen zu häkeln. Unstimmigkeiten gab es nur in solchen Fragen, ob Maya besser viel oder wenig Spinat zu sich nehmen sollte, ihren Teekonsum einzuschränken hatte und statt rotem besser weißes Fleisch äße – wobei Martha natürlich in letzter Konsequenz immer die Trumpfkarte ausspielte, selbst schon Kinder zur Welt gebracht und insgesamt drei großgezogen zu haben. Was Tante Elizabeth immer mit einer Miene zur Kenntnis nahm, die eines Napoleon Bonaparte nach der Schlacht von Waterloo würdig gewesen wäre, letztlich aber nachgab.

Nur in einer grundsätzlichen Frage herrschte zwischen Martha Greenwood und Elizabeth Hughes nicht zu versöhnende Uneinigkeit: ob der Familienzuwachs nun ein Junge oder ein Mädchen würde. Mayas Mutter beharrte auf einem Enkelsohn, während die Tante keinen Zweifel daran ließ, dass ihre Nichte ein ähnliches »Prachtmädel«, wie sie es nannte, zur Welt bringen würde, wie Maya selbst es war. Stundenlang konnten sie hitzige Debatten darüber führen, inwieweit Mayas Gang, ihre Essensvorlieben und ihr Teint Rückschlüsse auf das Geschlecht des Kindes erlaubten. Und weil keine von beiden bereit war, auch nur die jeweils andere Möglichkeit in Betracht zu ziehen, strickten sie neben vielen weißen Sachen beharrlich mit rosafarbenem beziehungsweise hellblauem Garn, stickte Martha verbissen Entenküken und blaue Glockenblumen in Windeltücher, Tante Elizabeth Röschen und Schleifen.

Was in Gerald vorgehen mochte, war hingegen schwer zu beurteilen. Stumm war er geblieben, als Maya bekannt gegeben hatte, dass eine neue Generation in ihr heranwuchs, hatte sich verstohlen sein Taschentuch vor die Augen gedrückt, während Maya die von freudigen Ausrufen begleiteten Umarmungen und Wangenküsse Angelinas und Marthas über sich ergehen ließ. Er blieb seiner Tochter in steter Zuneigung verbunden, wirkte keineswegs unglücklich über das zu erwartende Enkelkind, im Gegenteil – und doch schien es Maya, als zöge er sich weitaus häufiger und länger in sein Arbeitszimmer zurück als bislang. Manchmal bemerkte sie, wie sein Blick nachdenklich auf ihr und ihrem rasch wachsenden Leibesumfang ruhte, und Maya meinte, Angst darin zu sehen. Ob es der Gedanke war, bald Großvater zu sein, oder das Wissen, dass sie niemals mehr sein kleines Mädchen sein würde, konnte sie nicht ergründen. Es bedrückte sie; doch sie hoffte, er würde sich, spätestens sobald das Baby da war, mit den neuen Gegebenheiten zurechtfinden.

Für Maya brachen herrliche Monate an, während das Kind in ihr heranwuchs und sie von allen Seiten – Hazel, Rose und Jacob eingeschlossen – aufopferungsvoll umsorgt und behütet wurde. Sie genoss die zunehmende Schwere ihres Körpers, die ihr das Gefühl gab, tief im Boden Wurzeln zu schlagen, und durch die eine bislang unbekannte Stärke in ihr emporstieg. Oft lauschte sie in sich hinein, als könnte sie so den Herzschlag ihres Kindes hören, lachte unvermittelt auf, wenn sie es sich regen fühlte, eine seiner Bewegungen sie in der Leiste kitzelte, oder schnappte nach Luft, weil es in ihren Magen trat, in die Blase oder gegen die Rippen boxte. Das Schönste war jedoch, dass Black Hall wieder lebendig wirkte – wie ein toter Baum, der unvermittelt wieder frisch austrieb. Obwohl es draußen noch Winter war.

Zwei Jahre waren vergangen, seit Jonathan vor dem Weihnachtsfest Ralph mit ins Haus gebracht hatte. Ein Jahr, seit sie in Aden unglücklich gewesen war und Jonathan vor Sebastopol den Tod gefunden hatte. Wenn ihr Umweg über die Ehe mit Ralph und jene Zeit in Arabien den Sinn gehabt hatte, in der Wüste, unter dem Safranmond, dieses Kind zu empfangen, das Martha wieder lächeln, Gerald versonnen im Türrahmen des frisch renovierten Kinderzimmers stehen ließ und Black Hall aus seinem Trauerschlaf weckte – dann war es richtig gewesen.

Doch es gibt keine Rose ohne Dornen, und auch Mayas Leben als werdende Mutter besaß einige davon. Zumindest anfangs plagten sie Gewissensbisse, dass sie ihrer Familie den wahren Vater ihres Kindes verschwieg, so wie sie es mit ihrer Tante vereinbart hatte. Zudem fürchtete sie, sie könnten es doch von Ralph erfahren. Letztlich aber setzte sich der Gedanke durch, dass es vor allem *ihr* Kind war, Mayas, und unabhängig von dessen Vater das Enkelkind von Gerald und Martha.

Lange fürchtete sie sich davor, das Schreiben eines Rechtsanwaltes zu erhalten oder einen Brief Ralphs, in dem er ihr die bevorstehende Scheidung ankündigte. Doch nichts dergleichen geschah. Allerdings erhielt sie auch sonst keine einzige Zeile aus seiner Feder. Martha sah wohl, wie ihre Tochter mit einem Ausdruck von Furcht und Hoffnung, dann Erleichterung und Enttäuschung die Post entgegennahm, die Hazel ihr brachte, denn auch Mayas sich über lange Wochen hinweg abgerungene, zaghaft um Versöhnung buhlende Zeilen an *Captain Richard Burton, Beatsons' Horse, Krim-Feldzug* waren ohne Antwort geblieben. Immer handelte es sich ausschließlich um Briefe von Amy, die noch immer im fernen Scutari weilte, Nachttöpfe ausleerte, Verbandsmull wusch und aufwickelte und ebenfalls überglücklich war, dass Maya ein Kind erwartete:

Nicht wahr – ich darf mich doch als werdende »Tante« betrachten, auch ohne kirchlichen Segen und ohne dass wir beide mehr als flüchtige Begegnungen hatten? Uns verbindet doch etwas viel Tieferes: die Erinnerung an einen von uns beiden so sehr geliebten Menschen …

Martha Greenwood sagte nichts dazu, dass der Gatte und werdende Vater nichts von sich hören ließ, sondern dachte sich still ihren Teil. Sie wusste, dass sie mit ihren Kassandrarufen recht behalten hatte, ohne darin Befriedigung zu finden, nur Mitgefühl und eine neu wachsende Zuneigung zu dem Menschenkind, das sie geboren hatte, das ihr stets so fremd geblieben war und nun selbst ein Kind erwartete.

»Ja, marschier nur weiter so herum!« Maya sah erschrocken zur Tür ihres Zimmers, durch deren Spalt sich der witwenbehaubte Kopf ihrer Tante geschoben hatte. »Dann flutscht dir das Kind bestimmt in den nächsten Tagen einfach so heraus!«

Schuldbewusst legte Maya die Hände auf ihren gewaltigen Bauch, der auch das eigens für die Wochen vor der Geburt geschneiderte, weite Kleid an seine Grenzen brachte, und das bereits jetzt, im Februar.

»Du brauchst gar nicht so überrascht zu schauen«, schimpfte Tante Elizabeth in unverändert liebevollem Tonfall weiter. »So schwerfällig wie deine Schritte sind, hört man dich im ganzen Haus!«

»Ich werde damit aufhören«, murmelte Maya und ließ sich wieder auf dem Stuhl vor ihrem Schreibtisch nieder, der unter ihrem nicht unbeträchtlichen Gewicht leidvoll aufseufzte. Missmutig starrte sie den begonnenen Satz auf dem Blatt vor sich an, zu dessen Fortsetzung sich einfach nicht die passenden Worte finden lassen wollten. Was sie dazu bewogen hatte, auf und ab zu gehen, um ihrer Ungeduld Herr zu werden und in Erwartung einer plötzlichen Eingebung.

»Woran schreibst du denn?«, kam zaghaft, aber doch unverhohlen neugierig, die Frage von der Tür her.

Maya schüttelte den Kopf. »Nichts Besonderes.«

»Nichts Besonderes«, wiederholte Tante Elizabeth mit sarkastischem Schnauben. »Schwindel mich nicht an! Du sitzt seit Wochen in deinem Kämmerlein und kritzelst fleißig herum. Dir scheint es zumindest wichtig zu sein!«

Unwillkürlich beugte sich Maya tief über den beschriebenen Bogen und schob den Ellenbogen auf die schon gut gefüllte Mappe mit dem marmorierten Einband und den schwarzen Ecken, als sie aus dem Augenwinkel sah, dass ihre Tante an den Schreibtisch trat. »Darf ich es lesen?«

Maya zögerte kurz, schüttelte dann erneut den Kopf. »Es ist lächerlich.«

»Das kann ich erst beurteilen, wenn ich es gelesen habe«, brummelte es neben ihr.

Auf ihrer Unterlippe kauend verharrte Maya einige Augenblicke, ehe sie langsam den Arm von der Mappe schob und sie ohne einen Blick ihrer Tante reichte.

Das Kissen in den Rücken gestopft, die riesige Nachthaube über dem dünnen grauen Zopf, begann Elizabeth Hughes vor dem Schlafengehen im Schein der Lampe zu lesen. Bezaubert von den lebhaften Schilderungen über das fremde Reich von Himyar, das sich mit Beduinen verbündete und zum Kampf rüstete, um das Joch der Besetzung durch die Aksumiten abzuschütteln, verlor sich Mayas Tante in den Weiten von *Arabia felix*. Betört von der Schönheit der Frauengestalten, der Tapferkeit der Männer, ihren fein miteinander verwobenen Schicksalen, musste sie immer wieder ihr Taschentuch aus dem Ärmel hervorholen, um sich dezent zu schnäuzen. Papierfiguren, die dennoch lebendig erschienen, zwischen denen Elizabeth Hughes sich bewegte, während die Nacht verstrich. Erst kurz vor Morgengrauen löschte sie das Licht, voller Bedauern, dass sie nun bestimmt einige Tage würde warten müssen, bis sie wissen konnte, wie es weiterging; und auch mit einem Gefühl der Bedrücktheit, wie viel Sehnsucht nach jenem Land sie zwischen den Zeilen erspürte.

»Es ist gut«, sagte sie schlicht, als sie zwei Tage später Maya die Mappe wieder auf den Schreibtisch legte. »Weiter so.« Beschwingt trippelte sie aus dem Zimmer, Maya verschweigend, dass sie in ihren eigenen sauberen, klaren Buchstaben eine Abschrift davon angefertigt hatte.

»Meine Güte, Maya, du platzt demnächst!«, kicherte Angelina und stopfte sich, anscheinend unbesorgt um ihre eigene Figur, ein weiteres Trüffel-Praliné in den Mund. Die mit Bauernrosen bemalte Spandose, die in grellrosa Seidenpapier Unmengen solcher Köstlichkeiten zu enthalten schien, war ein Präsent ihres Verlobten, der diesen Titel nun schon eine Woche, seit dem 1. März, stolz und ganz offiziell vor sich hertrug. Es war ein rauschendes Fest gewesen, das Angelina seither entgegen ihrer sonst üblichen Stimmungsschwankungen in gleichmäßigem Hochgefühl gehalten hatte.

»Wart du nur«, ächzte Maya hinter ihrem Bauch hervor, der sie selbst an ein Bierfass erinnerte, »in spätestens zwei Jahren wirst du in ähnlicher Verfassung im Sofa eures Hauses am Belgrave Square hängen wie ich jetzt hier!« Für sie war die Verlobungsfeier früh zu Ende gewesen; Rücken und Füße hatten ihr derart geschmerzt, dass sie es vorgezogen hatte, die Treppe hinaufzuschleichen und sich hinzulegen. Wofür sie eine Ewigkeit benötigt hatte, kurzatmig wie sie geworden war, doch ohne es auch nur einen Moment zu bedauern. Zum Tanzen war sie ohnehin zu dick geworden, und obendrein tanzten Frauen *in Umständen* niemals: Sie hockten auf einem Stuhl am Rande des Geschehens und breiteten ihren Schal möglichst so über ihren Bauch, dass er nicht allzu sehr ins Auge stach. Was bei Maya so kurz vor der errechneten Niederkunft ein Ding der Unmöglichkeit gewesen war. Aber sie hatte es sich auch nicht nehmen lassen, anwesend zu sein, wenn Angelina und William Penrith-Jones sich in Gegenwart von Familienmitgliedern und Freunden feierlich das Eheversprechen gaben und mit fein perlendem Champagner auf das Wohl des Paares angestoßen wurde. Und dass den Greenwoods in allernächster Zukunft – und so sichtbar! – ein Enkelkind ins Haus stand, bot natürlich doppelten Grund zum Feiern. Nur zu schade, dass der stolze Vater in spe nicht zur Geburt anwesend sein konnte – das war eben das Opfer, das der Einzelne für den Ruhm des britischen Weltreiches zu erbringen hatte.

Angelina beugte sich vor, fischte ein weiteres Konfekt aus der Schachtel heraus, knabberte erst die Mandel darauf ab, dann die Hälfte des Pralinés und betrachtete genießerisch die helle Creme darin. Dabei fiel ihr Blick auf den protzigen Brillanten an ihrem Ringfinger. Sie stopfte den Rest der Süßigkeit in den

Mund und rieb den Stein am Rock ihres Kleides blank, das die Farbe von Kirschblüten hatte. »Du, Maya«, begann sie gedehnt, »was ich dich noch fragen wollte …« Sie sah sich im Salon um, als ob sich hinter den Portieren oder hinter dem Türrahmen unliebsame Lauscher versteckt hätten. Dabei wusste sie genau, dass ihre Mutter mit Tante Elizabeth bei Miss Pike zum Tee war, ihr Vater in der *Bod* arbeitete und Hazel und Rose mit dem Frühjahrsputz in der Küche beschäftigt waren, sowie Jacob im Garten damit, die über den Winter abgestorbenen Äste der Bäume abzusägen, was sich durch ein gleichmäßiges Geräusch äußerte, das gedämpft hereindrang. Entschlossen packte Angelina die Armlehnen des Sessels und rückte ihn ein Stück näher an das Sofa. »Wie wird es denn sein«, hauchte sie mit hochroten Wangen, »ich meine, die Hochzeitsnacht … Ist es schlimm?«

Maya schüttelte den Kopf. »Nein, Lina, es ist gar nicht schlimm. Es ziept nur zwischendrin einmal heftig, damit musst du rechnen.«

Angelina hatte sichtlich auf detailliertere Auskünfte gehofft, denn sie blickte enttäuscht, als Maya nicht weitersprach. »Mutter«, sie warf einen Blick über die Schulter, als erwartete sie, diese drohend hinter sich stehen zu sehen, »Mutter sagt, ich sollte besser nicht zu viel darüber wissen. William könnte mich sonst für … für nicht mehr unverdorben halten. Aber … aber ich würde es so gerne wissen! Ich möchte doch alles richtig machen!«, fügte sie hastig hinzu.

»In Jonathans Zimmer liegt ein Buch«, erwiderte Maya, »darin kannst du dir alles Wesentliche anschauen. Ich geb's dir. Hilf mir nur eben hoch.« Bereitwillig ergriff Angelina die ausgestreckte Hand ihrer Schwester, und mit vereinten Kräften hievten sie Maya aus dem Sofa.

»Wie ein Walfisch auf dem Trockenen«, prustete Angelina, als sie sah, wie Maya auf die Tür zuwackelte.

»Sehr komisch!«, gab Maya zurück und lachte, stöhnte aber gleich darauf und hielt sich mit der einen Hand am Türrahmen fest, während sie die andere gegen ihre untere Rückenpartie drückte. Seit ein paar Tagen hatte sie immer wieder ein Ziehen im Unterleib verspürt. Doch Dr. Symonds, dem Maya sich und ihr Kind anvertraut hatte, hatte ihr nach der Untersuchung den Bauch getätschelt und zufrieden gemeint, es sei alles in bester Ordnung, nur eben bald so weit. Dieser Schmerz jedoch, der soeben durch sie hindurchgefahren war, fühlte sich anders an. Wie Hände, die auf der Innenseite von unten nach oben ins Fleisch griffen und dabei unsanft an den Organen rupften.

»Geht's dir gut?«, erkundigte sich ihre Schwester besorgt.

»Ja, bestens«, schnaufte Maya und watschelte in die Halle hinaus. Sie kam genau bis zum Ende des Treppengeländers, als der Schmerz erneut zupackte, eine ansteigende Kurve beschrieb und wieder abflachte.

»Ist wirklich alles in Ordnung?« Angelina stützte sie und streichelte ihr über den Rücken. »Oder«, ihr Atem stockte und sie riss die Augen auf, »oder geht es los?«

»Woher soll ich das wissen, das ist mein erstes Kind«, schnappte Maya zurück, in plötzlicher Angst, was mit ihr geschah und ihr bevorstehen mochte.

»Ich helfe dir nach oben«, erbot sich Angelina, und Maya zuckte zusammen, als ihre Schwester sogleich unmittelbar neben ihrem Ohr in Richtung Küche schrie, schrill vor Aufregung: »Hazel, lauf zu Dr. Symonds! Rose, hol Mutter und Tante Elizabeth. Und schick Jacob in die *Bod* zu Vater! Unser Baby kommt!«

»Ich kann nicht mehr«, wimmerte Maya endlose Stunden später, die ihr wie Tage oder eine ganze Woche erschienen. Ihr Nachthemd, das Angelina ihr noch während der ersten Wehen übergestreift hatte, klebte ihr pitschnass vor Schweiß auf der

Haut. Den ganzen frühen Abend und die Nacht hindurch war ihr Körper von Schmerzen gegeißelt worden. Als ob ein Raubtier Fänge und Klauen in sie schlug, für nur wenige Atemzüge wieder locker ließ, um dann mit erneuter Wucht zuzubeißen. Jeder ihrer Muskeln schlackerte, war überdehnt und überanstrengt, und sie rang nach Atem, besaß nicht einmal mehr die Kraft zu schreien.

»Du musst und du wirst«, befahl ihre Mutter, die sie im Rücken stützte und ihr die rechte Hand hielt, während Tante Elizabeth sich auf der anderen Seite des Bettes niedergelassen hatte und ihre linke drückte.

»Neiiinnn«, jammerte Maya, als die nächste Wehe abebbte und sie erschöpft den Kopf in der Armbeuge ihrer Mutter ruhen ließ, während sie krampfhaft nach Luft schnappte.

Dr. Symonds zog die Hände unter dem Leintuch hervor, das Mayas Schoß bedeckte. »Nur Mut, Maya! Du hast zwar noch eine etwas steile Steigung vor dir, aber dann ist's bald geschafft.« Er klang zufrieden und bester Stimmung.

Maya starrte ihm hasserfüllt hinterher, als er schnellen Schrittes zur Kommode trat, die Hände in eine Wasserschüssel tunkte, gründlich einseifte und Hazel mit einem Kopfnicken zu verstehen gab, das in einer Kanne über einer Flamme heiß gehaltene Wasser darüberzuschütten, ehe er sich mit einem frischen Leintuch abtrocknete. *Würdest du das auch so beiläufig zu Amy sagen, würde sie hier* – Die nächste Wehe, messerscharf und glutheiß, ließ Maya mit gebleckten Zähnen den Kopf zurückwerfen.

»Hast du gehört«, hörte sie ihre Mutter an ihrem Ohr flüstern, »du hast es bald geschafft. Bald ist dein Baby da!« Sie spürte, wie ihre Mutter ihr die Schulter massierte, einen Kuss auf die Wange gab, dann verschwamm ihre Wahrnehmung wieder, vernebelte sich ihr Bewusstsein unter Leibeshitze und Wehenschmerz. Ein Felsblock rammte sich von innen gegen ihr Becken, schrammte ihr die Knochen auf, zwang das Gebein auseinander, das nicht weichen wollte.

»Pressen, Maya, pressen«, hörte sie den Bass Dr. Symonds' konzentriert anordnen. »Pressen!«

»Ich press doch, gottverflucht!«, stieß Maya zwischen zusammengebissenen Zähnen hervor. An ihren Schläfen traten die Adern deutlich hervor, drohten scheinbar jeden Augenblick zu platzen. Doch das war nichts gegen die Kraft, die ihren Unterleib langsam, aber stetig auseinanderiss. Maya barst, brach längs entzwei, und ihr Innerstes ergoss sich über das Bett, sie konnte es fühlen. Mit dem nächsten keuchenden Atemzug spürte sie eine so ungeheure Erleichterung, dass sie hätte schreien mögen, hätte sie es noch gekonnt, und so weinte sie nur still vor sich hin, überzeugt, dass sie gerade starb.

Und Maya starb, wurde als Mutter wiedergeboren, als ein Quäken an ihr Ohr drang, in dem es rauschte und pochte, dann ein klarer, hoher, lauter Schrei, dem viele kleine, empörte folgten, halb Schluchzer, halb Beschwerden.

»Das Baby! Es ist da, Maya, du hast es überstanden.« Die Stimme ihrer Mutter, gedämpft und doch entsetzlich laut, Küsse, überall auf ihr tränennasses, schweißtriefendes Gesicht. Unter gewaltiger Anstrengung riss sie die Lider auf, blinzelte, um ihre Augäpfel, die sich vor Erschöpfung nach hinten verdrehten, wieder auszurichten. Ein Bündel wurde neben sie gelegt, und daraus schaute ein Köpfchen hervor, knallrot und runzlig wie ein Apfel vom letzten Sommer.

»Es ist ein Junge.«

Ungläubig betrachtete Maya ihn, strich dann vorsichtig mit zitterndem Finger über die Wange, worauf sich das Köpfchen ihr zuwandte. Instinktiv zog Maya das Baby zu sich, schob es sich auf den Oberkörper und zerrte den Ausschnitt ihres Nachthemdes herunter.

»Kind, du wirst doch nicht, das schickt sich …«

»Lass sie, Martha!«

»Sie soll doch nicht … die Flecken gehen nie wieder aus den Kleidern …« Es war immer Marthas Wunsch gewesen, ihre beiden Töchter so gut zu verheiraten, heraus aus dem einfachen Bürgertum und hinauf in die Oberschicht, dass ihnen unter anderem ihr eigenes Schicksal des langwierigen, nur schwer mit gesellschaftlichen Verpflichtungen zu vereinbarenden Stillens erspart bliebe.

»Meine Güte, Martha, nun sei nicht so! Hilf lieber deinem Mädchen!«

Martha Greenwood, die bis zu diesem Moment gehofft hatte, ihre Tochter würde auf ihr Angebot, eine Amme für das Kind zu finden, eingehen, ergab sich in ihr Schicksal und zeigte Maya, wie sie das Neugeborene anzulegen hatte, und es rührte sie mehr, als sie es jemals vermutet hätte.

Maya seufzte, als die Knospe des Kindermundes und die dunkle Spitze ihrer angeschwollenen Brust sich fanden. Als es zu saugen begann, verursachte es einen brennenden Schmerz, wie von tausend Nadelstichen, und gleichzeitig schoss ein süßes Ziehen von dort durch Maya hindurch, ließ die Wurzeln ihres strähnigen Haares prickeln und ihren Körper bis in die Zehenspitzen kribbeln. Staunend betrachtete sie das Gesicht, den faltigen Arm mit einer so winzigen, so perfekten Hand und Fingerchen, komplett mit Nägeln, die schimmerten wie Perlmutt. Zart strich sie über das dichte schwarze Haar, das feucht auf dem Köpfchen klebte. *Er ist da. Mein Sohn. Dein Sohn, Rashad al-Shaheen.*

Und Maya legte ihren Kopf in den Nacken und lachte und weinte zugleich.

Müde schleppte sich Martha Greenwood die Treppe hinunter. Im Salon war längst das Feuer erloschen, waren die Lampen heruntergebrannt. Doch ein silbriger Schimmer durch das eine

Fenster, dessen Vorhänge beiseitegezogen waren, ließ Konturen erkennen, malte einen schwarzen Schatten vor das Fensterbrett – der Umriss ihres Mannes.

Marthas Kleid war zerdrückt, fleckig und durchgeschwitzt, von Mayas Leib ebenso wie von ihrem eigenen. Dicke Strähnen hatten sich aus ihrer Frisur gelöst, klebten ihr an den Wangen oder hingen lose herunter, doch sie bemerkte das alles nicht.

Das Rascheln ihrer Röcke ließ Angelina auffahren, die auf dem Sofa zusammengekauert eingeschlafen war. »Ist es da?« Als sie ihre Mutter nicken sah, sprang sie auf, doch Martha hielt sie am Arm zurück.

»Das ist kein Anblick für dich. Warte, bis alles saubergemacht und –« Aber Angelina hatte sich schon losgerissen und rannte die Treppen hinauf. Martha horchte in das morgenstille Haus hinein, lächelte zufrieden, als sie Hazels energisches Flüstern hörte, schließlich die tiefe Stimme Dr. Symonds' und eine Tür klappte, gefolgt von ungehaltenem Gemurmel im Korridor.

Ihr Gatte stand unbeweglich am Fenster und starrte in den anbrechenden Tag. Ein Sonntag. Die Glocken von St. Giles bimmelten eifrig, als wollten sie das Kind begrüßen, das in Black Hall das Licht der Welt erblickt hatte, am 9. März 1856. Martha dankte dem Herrn, dass das Haus derart solide erbaut war. Denn so fest, wie Gerald den Fensterrahmen umklammert hielt, hätte er ihn in einem Gebäude mit schlechterer Substanz zweifellos schon längst herausgerissen. Sie trat zu ihm und legte die Hand auf seine Schulter. »Es ist ein Junge, Gerald. Beide sind wohlauf und gesund.«

Er schien sie nicht gehört zu haben, rührte sich weiterhin nicht. Sie setzte an, um ihre Worte zu wiederholen, als sie ihn flüstern hörte: »So habe ich auch in der Turl Street gestanden, gewartet und gebetet. Bei … bei Jonathan noch nicht. Aber als du mit dem Jungen und den beiden Mädchen in den Wehen lagst.« Er schluckte, und er brachte die Worte nur mühsam hervor, als er fortfuhr: »Ich habe es dir damals nicht erzählt, weil ich dich nicht ängstigen wollte. Aber Emma … Emma starb im Wochenbett. Ein totgeborenes Mädchen, und zwei Wochen später verlor Emma den Kampf gegen das Kindbettfieber. Ich habe es dir nie erzählt, weil ich mir so sehr eine Tochter wünschte. Zu … zu dem Sohn, den ich bereits hatte.«

Martha schwieg, weil sie weder Gerald unterbrechen wollte noch wusste, was sie darauf hätte sagen sollen. Die heutige Nacht hatte ihr die Erinnerung an die drei Geburten, die sie selbst durchlebt und durchlitten hatte, zurückgebracht. Einen Sohn, den sie viel zu früh hatten begraben müssen, und zwei Mädchen, von denen das eine heute selbst ein Kind geboren hatte. *Das war es wert*, dachte sie, *jede einzige Sekunde der Pein.* Und sie hätte, ohne zu zögern, noch einmal diese Marter auf sich genommen, hätte sie ihren Stiefsohn damit ins Leben zurückholen können.

»Nachdem … nachdem uns Jonathan genommen wurde …«, sprach Gerald weiter, holte tief Luft. »Ich will Maya nicht auch noch verlieren. Nicht mein hübsches, kluges, starrköpfiges Mädchen.«

»*Unser*«, berichtigte Martha ihn, »*unser* Mädchen werden wir nicht verlieren. Oh, sie war so tapfer, Gerald! Sie ist so stark und kräftig – sie wird uns alle überleben, auch wenn sie noch zehn solch prächtiger Burschen zur Welt bringt!« Ihre Stimme zitterte.

Gerald wandte sich ihr zu. Die ersten Lichtstrahlen des Tages glänzten auf seinen Wangen. Er zog sie in seine Arme, und an seine Schulter gelehnt, weinte Martha Greenwood.

7

»Wach auf! He, wach auf!« Seine Lider waren schwer, so schwer, die Wimpern verklebt. Doch die Hand, die ihn rüttelte, die Stimme, die ihn rief, ließen ihm keine Ruhe. Er biss die Zähne zusammen und riss die Augen auf, kniff sie sogleich wieder zu, denn die Helligkeit bohrte sich mit glühenden Stäben hinein. In ihn, der nur noch die Finsternis gewohnt gewesen war. »Wach auf!«

Stöhnend wagte er einen neuen Versuch, blinzelte in das grelle Licht hinein. Überall goldener Schimmer. Über ihm, ihn umgebend, ihn tragend. Seine rechte Hand, die neben ihm lag, krallte sich in den Boden, griff heißes, samtiges Pulver. Er hörte das Zischen des Windes, das sein Wiegenlied gewesen war. Sein Mund öffnete sich, verzog sich zu einem Lächeln. Das war es also – *Achira*, das Jenseits! Doch das Paradies konnte es nicht sein, nein, nicht für ihn. Dies war kein blühender *Ryadh*, kein Garten mit Bächen, in denen kühles Wasser und Milch und Honig flossen, voller Dattelpalmen und Granatapfelbäumen, wie es die Heilige Schrift denjenigen verhieß, die ein rechtes Leben geführt hatten. Noch hatte es Ähnlichkeit mit der Hölle, dem Ort der Verdammten, die dem ewig lodernden Feuer darin Nahrung waren, Speisen und Getränke wie geschmolzenes Erz vorgesetzt und Kleidungsstücke aus flüssigem Kupfer übergezogen bekamen. Die Marterwerkzeuge wie Fesseln, Ketten und Eisenstöcke hatte er bereits abgeworfen. Das Lächeln auf seinem zerschundenen Gesicht wuchs. Nein, er war noch nicht an einer der beiden Stätten ewiger Vergeltung angelangt. Sondern Allah in seiner unendlichen Gnade musste ihn in die *A'raf*, die Zwischenwelt, verwiesen haben, bis entschieden war, ob sein Platz in der Hölle oder im Paradies war. *So hat Allah gesehen, dass ich neben all meinen Verfehlungen auch recht gehandelt habe. Gepriesen sei Allah!*

»Kannst du aufstehen?«, wollte die Stimme wissen.

Gehorsam rollte er sich auf seine linke Schulter und zuckte unter dem Schmerz zusammen, der durch Gelenk und Sehnen schoss. Doch er hatte schon größere Pein gelitten – *davor*. Er blinzelte hinauf, in die Richtung, aus der die Stimme kam. Eine schwarze Gestalt beugte sich über ihn, von einer Aureole umlodert. War das ein *Malak*, ein Engel Allahs? Wenn dem so war – dann trugen Engel die Züge der Menschen, die einem im Diesseits am nächsten gewesen waren, zeigten dieselbe Mimik, sprachen mit derselben Stimme.

»Salim?«, krächzte Rashad ungläubig.

»*Marhaba*, willkommen«, entgegnete Salim mit breitem Grinsen.

»Wo … wo sind wir?«

»Am Rande der *Al-Rimal.* Drei Tagesreisen von Ijar entfernt.«

Rashad stützte sich mit seiner Rechten im Sand ab und rappelte sich in eine sitzende Stellung auf, strich über seine schorfigen Schienbeine und die roten Striemen um seine Fußgelenke. Mehrere seiner Zehen schillerten purpurn bis gelblich. Etwas bewegte sich kitzelnd an seinem Hals, teils kühl, teils glühend heiß, klingelte leise. Sein Blick fiel auf seinen linken Arm, der von einer Schlinge rechtwinklig vor dem Körper gehalten wurde. Sie bestand aus weißem Stoff, stellenweise blutgetränkt und verkrustet; weiß wie das lange Gewand, das Rashad trug und das er nun mit gerunzelter Stirn musterte.

»Du bist kein al-Shaheen mehr«, erklärte Salim mit belegter Stimme. »Das haben die Ältesten beschlossen, wie Ali mir berichtete.«

Stumm nickte Rashad. Er hatte nichts anderes erwartet. Wer die Ehre seines Stammes mit Füßen trat, ihm *'ayb*, Schande, machte, konnte verstoßen werden. In einem Land, in dem das Leben durch ein feinmaschiges Netz von Gesetzen und Stammeszugehörigkeiten geregelt wurde, kam es einem Todesurteil gleich, durch dessen Maschen zu fallen. Jeder konnte mit Rashad von nun an verfahren, wie es ihm beliebte, ihn gar töten, ohne die Rache seines Stammes fürchten zu müssen. Und Rashad konnte nirgendwo hingehen, so weit dieses Netz reichte, weil er kein Recht mehr darauf hatte, das Gebiet eines anderen Stammes zu betreten oder dort um Schutz zu bitten. Er war vogelfrei. Obwohl er wusste, dass die Entscheidung der Ältesten, ihn auszuschließen, gnädiger war als diejenige, ihn zurückkehren zu lassen und mit dem Schandmal gebrandmarkt unter ihnen ein ehrloses Dasein zu fristen, wie es meist gehandhabt wurde, verspürte er Bedauern darüber, noch am Leben zu sein. Ohne sein Gewehr, ohne sein Schwert; vor allem ohne seine *djambia*, die ihm sein Vater überreicht hatte, als er in den Kreis der Männer aufgenommen worden war. Doch die größte Schande war gewesen, seinen eigenen Männern, denen er so lange Hauptmann und damit Vorbild gewesen war, als Gefangener in die Augen blicken zu müssen, ohne Ehre, voller Schuld. Ein tieferer Fall war für einen Krieger kaum vorstellbar. Wie Rashad es erlebt hatte, als er am Rande der Al-Rimal auf seine Männer und die des Sultans zugeritten war, um sich in ihre Hände zu begeben. *Vom stolzen Krieger zum ehrlosen Verbrecher.*

»Nashita hat die Scheidung ausgesprochen«, verkündete Salim die nächste Hiobsbotschaft, und wieder nickte Rashad. Auch damit war zu rechnen gewesen. Keine Frau von al-Shaheen wollte mit einem Mann verheiratet sein, der keine Ehre mehr besaß, unzumutbar war, auch für ihre Kinder. So war es nur vernünftig von ihr gewesen, von dem Recht Gebrauch zu machen, ihre Ehe zu beenden, ohne jemandem darüber Rechenschaft ablegen zu müssen, wie es beim Stamm von al-Shaheen und den meisten Beduinenvölkern Sitte war und beiden Geschlechtern gleichermaßen zustand.

»Wie geht es meinen Söhnen und meiner Tochter?«

»Sie haben keine Nachteile davongetragen. Für deine Tochter wurde ein guter Mann gefunden. Der jüngste Sohn von Hakim bin Abd ar-Rahman. Nächstes Jahr wird Hochzeit gefeiert.«

»Das ist gut.« Nashita und er hatten eine beträchtliche Anzahl von Schafen und Ziegen ihr Eigen genannt; außerdem galt sie als eine der geschicktesten Weberinnen und Näherinnen des Stammes, würde so keinen Hunger leiden müssen. Immer noch hübsch und anmutig, wäre sie sogar eine fabelhafte Partie für eine neue Heirat. Er hinterließ keine verbrannte Erde, sondern seine Familie, die ihn ohnehin selten zu Gesicht bekommen hatte, wohl versorgt und weiterhin angesehen. Erleichterung durchströmte Rashad, dass er außer sich selbst niemanden sonst zugrunde gerichtet hatte.

Er wandte den Kopf, als Salim sich ein paar Schritte entfernte und an einem der beiden Kamele zu hantieren begann, die mit ebenso trägen wie beleidigten Mienen im Sand knieten. Und wieder spürte er das Gefühl von dünnem Metall um seinen Hals, hörte ein feines Klingen. Er blickte an sich hinab, betastete die Kette, den flachen, ovalen Korpus des Medaillons und den Ring daran, drehte alles zwischen den Fingern hin und her, als sähe er es zum ersten Mal.

»Das hat dir das Leben gerettet«, äußerte Salim, als er sich mit gekreuzten Beinen auf der ausgebreiteten Decke neben Rashad niederließ, einen Wasserschlauch in der Hand. »Sie hatten es dir abgenommen, als sie dich in das Verlies warfen, und es dem Sultan übergeben. Er war außer sich vor Zorn. Nicht nur, weil du das *'ird* verletzt und ihn seines Unterpfands für die Verhandlungen mit den *faranj* beraubt hattest. Er wollte wissen, ob du ihr das«, er deutete auf die Kette um Rashads Hals, »gestohlen oder als Bezahlung von ihr genommen hattest. Schließlich war es doch ganz offensichtlich eine Arbeit aus einem fernen Land, mit ihrem Bild darin. Ich wusste nicht, was ich sagen sollte, ob ein Ja deinen sicheren Tod bedeuten würde oder ein Nein. Also blieb ich bei der Wahrheit: Ein Krieger hänge sich keinen Frauenschmuck um den Hals, wenn er ihn sich um seines Goldes wegen gegriffen hat, sondern verstaue ihn im Gepäck. Trüge er ihn, dann weil es ein Geschenk des Herzens sei. Doch dies steigerte zuerst noch den Zorn des Sultans. Mir war, als hätte er diese Frau bereits –« Salim zögerte und suchte nach den richtigen Worten, »bereits für sich erwählt gehabt und du hättest sie ihm in seinen Augen streitig gemacht. Deine Hinrichtung war bereits beschlossen. Doch als ein paar Tage vergangen waren, er noch immer nicht deine Hinrichtung befohlen hatte, schien er sich besonnen zu haben. Er befahl Ali, die Ältesten von al-Shaheen zu befragen, wie mit dir zu verfahren sei. Als Ali mit deren Urteil zurückkehrte, erklärte sich der Sultan damit einverstanden und überließ es mir, dich aus Ijar fortzubringen und dir den Schmuck zurückzugeben, den er davor nicht einen Moment aus den Händen gelegt hatte.«

Rashad hatte ihm schweigend zugehört, noch immer in Betrachtung des Medaillons vertieft. Ohne sein Zutun, ohne dass er es wollte, drückte sein Daumen auf den Goldtropfen des Verschlusses und der Deckel schnappte auf.

»Das ist nicht ihr Bild. Aber es sieht ihr sehr ähnlich. Vielleicht das ihrer Mutter.«

Es mochte etwas in seiner Stimme gewesen sein oder in seinem Gesicht, das Salim dazu bewog, leise zu fragen: »Es war nicht allein das *rafiq*. Nicht wahr?« Als Rashad nicht antwortete, hakte Salim nach: »War es das alles wert?«

Ohne ihn anzusehen, entgegnete Rashad: »Weißt du, ob sie gut in Aden angekommen ist?«

Salim zögerte, ehe er erwiderte: »Ja, ist sie. Aber schon bald darauf ist sie mit ihrem Mann zurück in ihr Land gereist, wie mir berichtet wurde.«

Entschlossen klappte Rashad das Medaillon zu und verbarg es unter dem Kragen seines Gewandes. »Dann war es das wert.« Und er verbot sich, je wieder an sie zu denken, die auf die ferne, kühle Regeninsel zurückgekehrt war und an der Seite ihres Gemahls ein Leben führte, das ihr entsprach und sie gewiss bald ihr arabisches Abenteuer vergessen lassen würde. Oder ihm zumindest keinerlei Bedeutung mehr beimessen würde, genau wie er ihm keine Bedeutung mehr beizumessen gedachte.

»Wirst du bei mir bleiben, bis es vorbei ist?«, wollte er mit einem Seitenblick von Salim wissen.

Dieser sah ihn mit einem Ausdruck höchster Verblüffung an, den Wasserschlauch, aus dem er gerade zu trinken beabsichtigt hatte, wieder sinken lassend. Dann begriff Salim, legte den Kopf in den Nacken und lachte. »Nein, Rashad, so einfach kommst du nicht davon! Ich habe nicht wochenlang den Sultan um Milde gebeten, um dich hier zu Staub zerfallen zu lassen. Das hättest du im Verlies des Palastes leichter und schneller haben können!«

Nun war es an Rashad, erstaunt zu blicken. »Was tun wir dann hier?«

Salim setzte den Wasserschlauch ab, aus dem er gerade getrunken hatte, und fuhr sich mit dem Handrücken über die wasserglänzenden Lippen, den feuchten Bart, enthüllte dabei ein verschmitztes Lächeln, als er Rashad den Schlauch weiterreichte. »Warten.«

Stunde um Stunde saßen sie so in der Gluthitze, bis Rashad es nicht länger ertrug, die Worte zurückzuhalten, die ihm auf der Seele brannten. »Verzeih mir, dass ich dich getäuscht habe, Salim.«

Salims Kopf wippte bedächtig unter dem indigofarbenen Turban. »Ich kenne dich nun schon sehr lange. Du bist immer ein guter Hauptmann gewesen, der beste, den ich mir hätte vorstellen können. Du bist kein Mann, der alles wegwirft, was sein Leben ausmacht, nur weil seine Lenden jucken. Sicher hattest du Gründe, die so schwer wogen, dass du nicht anders handeln konntest. Das genügt mir. Es gibt nichts zu verzeihen.«

Die Sonne wanderte bereits abwärts auf ihrer Bahn, als sie ein Geräusch hörten – Kamele, mehrere, die meisten davon beritten. Doch es verstrich einige Zeit, bis sie ihre flimmernden Umrisse ausmachen konnten, und noch mehr Zeit, bis die Karawane wirklich in Sichtweite war. Salim erhob sich, wedelte die hoch über dem Kopf erhobenen Arme über Kreuz und wieder auseinander, rief: »Heda! He! He!«

Die Kamele verlangsamten ihre Schritte, und das vorderste kam auf die beiden zugeritten. Sein Reiter ließ es vor Salim und Rashad anhalten, neigte sich leicht aus dem Sattel und zog sich das Ende seiner rot-weiß gemusterten *keffiyeh* von der unteren Gesichtshälfte. Über einem spärlichen grau gestromerten Bart kam eine gewaltige Nase zum Vorschein, deren abwärtsgebogene Spitze nur wenige Fingerbreit von seinem aufwärtsstrebenden Kinn entfernt war. Er war nicht mehr jung, aber auch noch kein Greis.

»Seid Ihr gestrandete Reisende, die Hilfe benötigen?«, erkundigte er sich mit knarzender Stimme. Im Oberkiefer fehlte ihm ein Eckzahn, was ihm ein verschlagenes Aussehen gab. Sein Akzent verriet, dass er aus dem Westen Arabiens stammte.

»Mein Freund hier in der Tat«, erklärte Salim und wies auf Rashad. »Wohin seid Ihr unterwegs?«

Der Karawanenführer zeigte geradeaus. »Nach Westen, und dann nach Norden. Richtung Mekka und Medina.« Er schien Salims Gedanken erraten zu haben und schüttelte den Kopf. »Nein, keine *hajjis* – wir sind Händler.«

»Könnt Ihr meinen Freund mitnehmen?«

Der Reiter musterte Rashad von Kopf bis Fuß und schnalzte ob dessen erbarmungswürdigen Zustands abschätzig mit der Zunge. »Sieht so aus, als wäre er nicht im Stande, eine lange Strecke nebenherzulaufen. Wenn ich ihm einen Platz auf einem meiner Kamele gäbe ... Das kostet Euch was!«

»Nehmt ihn unentgeltlich mit, um der Mildtätigkeit willen. Er hat schwere Zeiten hinter sich.«

Ein meckerndes Lachen war die Antwort. »Das sehe ich!« Seine Äuglein kniffen sich zusammen, und er ruckte mit dem Kopf in Rashads Richtung. »Wird sein Arm wieder? Ich könnte wirklich einen Begleiter gebrauchen, der einen guten Wächter abgibt.«

»Sein Arm ist schon wieder so gut wie neu«, versprach Salim hastig und fügte prahlerisch hinzu: »Er ist einer der besten Schützen weit und breit, erfahren im Kampf und spricht mehrere Sprachen! Sogar die fremder Länder! Gebt ihm nur ein Gewehr und er holt Euch des Nachts die Sterne vom Himmel!«

Rashad fühlte sich wie eine Ware, um die auf einem *suq* gefeilscht wurde. Oder noch schlimmer: wie auf einer Sklavenauktion. Der Händler schnalzte erneut mit der Zunge.

»Meinetwegen. Aber nach einem Jahr schon wieder abhauen, weil ihm das ewige Umherziehen zu mühselig ist – das wird es bei mir nicht geben!«

»In mir fließt das Blut eines Beduinen«, fuhr Rashad ihn an und stand langsam auf, hielt sich besser auf den Beinen, als er es selbst erwartet hätte.

»Umso besser«, schnarrte der Reiter und ließ sein Kamel Schritte in einem lang gezogenen Bogen beschreiben, dirigierte es zurück zu den Seinen. »Die paar Schritte bis zur Karawane werdet Ihr hoffentlich noch auf eigenen Beinen meistern!«

Der Moment des Abschieds. Nach all den Jahren.

»Ich werde dir auf ewig in Dankbarkeit verbunden sein, Salim«, sagte Rashad, als sie sich die Hände gaben.

»Allah möge über dich wachen«, entgegnete Salim.

Und sie gingen ihrer Wege, ohne sich noch einmal umzudrehen; Salim zu den beiden Kamelen, die sie hierhergebracht hatten, Rashad durch den Sand zu der Karawane humpelnd, die ihn im Sattel eines ihrer Tiere mitnahm, weiter entlang der *Al-Rimal*, der Sande der Rub al-Khali.

»He, du«, rief ihm der Händler nach einiger Zeit über seine Schulter hinweg zu. »Hast du auch einen Namen? Ich bin Yusuf. Yusuf bin Nadir, der alles kauft und verkauft, was sich zu Geld machen lässt.«

Rashad zögerte. *Rashad.* »Rechtschaffenes Verhalten«. Das war einmal.

»Abd ar-Ra'uf«, erwiderte er kurzerhand, *»Diener des Allerbarmherzigsten.«*

Ohne Vater. Ohne Familie und Stamm. Ohne Vergangenheit. *Ein neuer Name. Ein neues Leben.*

»*Marhaba* in unserer Mitte, Abd ar-Ra'uf«, erwiderte der Händler mit listigem Blick und drehte sich unter seinem ziegenähnlichen Gelächter wieder im Sattel um, hin zu der untergehenden Sonne, in deren rote Glut sie hineinritten.

8

Maya lächelte, als sie schwungvoll die letzte Treppenstufe hinuntersprang. Durch das halbe Haus war vergnügtes Quietschen zu hören, das sich immer wieder zu glucksendem Lachen steigerte. Auf Zehenspitzen huschte sie zur Vitrine zwischen den Türen von Salon und Speisezimmer und spähte vorsichtig um den Türrahmen herum. Ihre Mutter saß auf dem Sofa und schaukelte von Angesicht zu Angesicht ihren Enkel auf den Knien ihres lichtgrauen Kleides, girrte und gurrte, rollte mit den Augen und klimperte mit den Augendeckeln, zog Grimassen und ließ den Kleinen immer wieder wohlbehütet in ihren Armen ein Stückweit hintenüberfallen, was einen schrillen Laut des Kindes zur Folge hatte, halb entzückt, halb ängstlich, bevor beide in Lachen ausbrachen. Zärtlich ruhten Mayas Augen sowohl auf ihrer Mutter als auch auf ihrem Kind.

Ihr Sohn. Der Familientradition nach, der zufolge immer der Erstgeborene einer Generation entweder die Namen »Jonathan« oder »John« trug, und im Gedenken an ihren Bruder, hatte Maya sich für ersteren entschieden und letztlich den kompletten Taufnamen ihres Bruders übernommen. Daher hatte der Neuankömmling der Greenwoods über dem Taufbecken von St. Giles die beiden Namen »Jonathan« und »Alan« erhalten: Jonathan Alan Greenwood Garrett.

Um in Gesprächen Verwechslungen mit dem zwar toten, aber keineswegs vergessenen Jonathan zu vermeiden, wurde der Kleine einfach »Jonah« genannt. Doch wenn sie mit ihm allein war, nannte Maya ihn *Tariq*, »Morgenstern«, weil er im Morgengrauen seinen ersten Schrei getan hatte, aber auch, weil seine Geburt vor über einem halben Jahr wie ein glückliches, hoffnungsfrohes Omen gewesen war.

Noch im selben Monat, im März 1856, war auf der Konferenz von Paris ein Waffenstillstand beschlossen und schließlich ein Friedensvertrag unterzeichnet worden. Seine wichtigsten Bedingungen spiegelten die Kriegsmüdigkeit und Erschöpfung der beteiligten Parteien wider: Besetzte Gebiete mussten an ihren früheren Eigentümer zurückgegeben werden, wie Balaklawa und die völlig zerstörte Stadt Sebastopol an Russland und die armenische Provinz von Kars an das Osmanische Reich, dessen Integrität im Friedensvertrag von nun an garantiert werden sollte. Das Schwarze Meer wurde zur neutralen Zone erklärt, in der nur noch Handelsschiffe aller Nationalitäten verkehren durften, nicht aber Kriegsschiffe. Das Fürstentum Moldau und die Walachei wurden unter gemeinsamen Schutz der Großmächte gestellt. Russland wurde nicht zu Reparationszahlungen verpflichtet, und die Frage, wer die auf osmanischem Gebiet liegenden heiligen Stätten der Christenheit behüten sollte, an der sich der Konflikt entzündet hatte, der in den Krieg mündete, blieb weiter ungeklärt. Geschätzte dreihunderttausend Tote hatte der Krieg auf beiden Seiten der Frontlinien gefordert; über zwanzigtausend allein in der Armee Großbritanniens, von denen aber lediglich nur rund fünftausend im Kampf oder an ihren darin erlittenen Verwundungen gestorben waren. Der Rest war erfroren, verhungert und Cholera oder anderen Krankheiten zum Opfer gefallen. So viele Menschenleben – allein um bis auf wenige Details den Status quo vor Russlands Übergriff wieder herzustellen. Doch zumindest war dieser grauenvolle Krieg auf der Krim nun endlich vorüber, und es herrschte Frieden.

»Amüsiert ihr euch?«, fragte Maya, als sie über die Schwelle trat.

Martha sah auf und strahlte. »Prächtig! Nicht wahr, mein Goldschatz«, wandte sie sich wieder Jonah zu, *»prrrääächtiiiiggg!* Ja, mein Hübscher? Jajajaaaaaaa?« Begeistert fiel Jonah in das Kieksen am Ende der Worte seiner Großmutter ein und erging sich dann darin, ihr mit den Händchen ins Gesicht zu patschen und gleich darauf nach den baumelnden Ohrringen zu grapschen. Maya biss sich auf die Lippen und kicherte in sich hinein. Es war zu drollig, wie ihre früher stets um Haltung bemühte Mutter sich mit dem Kleinen bereitwillig zum Narren machte. Damit war sie keineswegs allein: Ganz Black Hall, Gerald eingeschlossen, tat alles, um Jonah bei Laune zu halten und nach Strich und Faden zu verwöhnen. »Endlich herrscht wieder richtiges Leben und Glück in diesem Haus«, hatte Hazel erst neulich geseufzt, als sie sich für eine kurze Teepause zu Rose an den Küchentisch gesetzt hatte. Denn auch Gäste, Professoren und Studenten fanden wieder den Weg nach Black Hall, um mit Professor Greenwood zu debattieren, ihren Wissensstand zu erweitern und sich an Roses Roastbeef und ihrer fabelhaften Sauce zu laben.

»Er sieht genauso aus wie du damals«, ließ sich ihre Mutter nun vernehmen. Ein Satz, den sie häufig über ihren Enkel im Munde führte. »Ganz die Mama!«, hörte Maya ebenfalls, seit sie Jonah in dem hübschen Kinderwagen aus Weidengeflecht mit lindgrünem Verdeck und einer den Kutschen nachempfundenen Federung zum ersten Mal ausgefahren hatte und Bekannte der Familie neugierig den Kopf hineingestreckt hatten.

Und es stimmte wirklich, wie Maya nun auch wieder feststellte, als Jonah ihr sein Köpfchen zudrehte, den kurzen, dicklichen Arm nach ihr reckte und auflachte, was sein erstes Zähnchen aufblitzen ließ, wie ein Reiskorn über seiner Unterlippe, ehe er ernst blickte und ein liebevolles »Jujujuuuu« von sich gab. Er hatte Mayas dunkles Haar und goldenen Teint geerbt, die Greenwood'schen braunen Augen. Nur Maya sah, dass sein Mündchen sich eines Tages zu den vollen Lippen seines Vaters auswachsen würde, dass seine Pausbacken die markante Kinnlinie Rashads kaschierten. Und nur Maya wusste, dass die innere Ausgeglichenheit des kleinen Jungen, die Maya angesichts seiner Rundlichkeit manchmal an einen chinesischen Buddha erinnerte, nicht allein darauf zurückzuführen war, dass alle Menschen um ihn herum bestrebt waren, ihn glücklich zu sehen. Sondern genauso auf die Tatsache, dass in seinen Adern das ruhige, beherrschte Blut eines arabischen Kriegers floss, der nur zwei Nächte lang schwach geworden war. Es war eine Illusion gewesen, vergessen zu können. Jonah erinnerte sie jeden Augenblick aufs Neue daran, aber gleichzeitig machte er es auch erträglich.

»Gehst du aus?«, wollte ihre Mutter wissen, als sie des karamellfarbigen Nachmittagskleides nebst passendem, flachem Hütchen an Maya gewahr wurde.

»Ja, ich treffe Amy zum Tee.« Amy, die nach dem Aufbruch der letzten britischen Soldaten aus dem Lazarett von Scutari im Juli ebenfalls ihre Tasche gepackt hatte und nach England zurückgekehrt war, sich aber in Oxford nicht mehr heimisch fühlte und darüber nachgrübelte, was sie nun mit ihrem Leben anfangen sollte. »Komm, mein Schatz, wir müssen los!« Maya streckte die Arme nach Jonah aus.

»Ach, lass ihn mir doch hier«, bat Martha und drückte den kleinen, warmen Körper an sich. »Ihr Mädchen habt doch bestimmt eine Menge zu besprechen, und du kannst dich ein paar Stunden lang von deinen Mutterpflichten erholen!«

Maya wollte etwas einwenden, doch Hazel, die mit einem Silbertablett in der Hand eintrat, unterbrach sie: »Ihre Post, Miss Maya!«

»Danke, Hazel.« Selbige knickste, verließ den Salon aber nicht, ohne Jonah schelmisch zuzuwinken, was dieser mit einem beglückten »Hehehe!« quittierte.

»Oh, eine Ansichtskarte von Angelina«, lachte Maya und hielt sie in die Höhe. Seit der prunkvollen Hochzeit vor zwei Monaten, die Black Hall und seinen Garten vor lauter Gästen und Gratulanten aus allen Nähten hatte platzen lassen, befand sich die frisch gebackene Mrs. Penrith-Jones auf Hochzeitsreise: Madeira, Rom, Mailand, Venedig, Florenz, Marseille. »Aus Paris. ›Ich habe mir so viele neue Kleider machen lassen, derart viele Hüte und Schuhe gekauft, dass ich mit zwei zusätzlichen Schrankkoffern nach London zurückkehren werde‹«, las Maya kichernd vor. »Und sie legt mir dringlichst ans Herz, mir doch endlich auch eine dieser brandneuen Krinolinen anzuschaffen, droht damit, sich nicht mehr in der Öffentlichkeit mit mir sehen zu lassen, wenn ich weiter stur auf einfache Unterröcke beharre. – Kuss von deiner Patentante, mein Liebling«, rief sie Jonah zu und blies einen Schmatzer in die Luft zu ihm hin.

»Was ist?« Besorgt erhob sich Martha Greenwood mit Jonah auf dem Arm, als Maya angesichts des Briefes, den sie nun in der Hand hielt, sichtlich erbleichte.

»Von Ralph«, flüsterte sie. »Aufgegeben in Gloucestershire.«

»So! Erinnert sich der große Feldherr endlich daran, dass er hier Frau und Kind hat!«, kam sogleich Marthas Kommentar.

Nach Jonahs Geburt hatte sie sich ohne Mayas Wissen hingesetzt und ihn mittels ein paar Zeilen wissen lassen, dass Maya einen gesunden Jungen entbunden hatte – mit jener trockenen Schärfe ihrer Feder, die Martha Greenwood so schnell niemand nachmachte und die den Empfänger treffen konnte wie eine schallende Backpfeife. Doch Ralph hatte diesen Wink offenbar nicht verstanden; zumindest hatte er beharrlich geschwiegen, bis jetzt, im Oktober.

»Na, nun mach ihn schon auf! Mich würde auch interessieren, was dein Herr Gemahl nun doch zu schreiben weiß!«

»Er bittet darum, mich besuchen zu dürfen.« Mit großen Augen ließ Maya den Brief sinken. »Nächste Woche, nach Möglichkeit.«

»Das wird auch allerhöchste Zeit!« Noch immer hatte Martha nicht die leiseste Ahnung, was zwischen ihrer Tochter und ihrem Schwiegersohn vorgefallen sein mochte, dass eine solche Eiszeit herrschte. Doch Martha Greenwood hegte nicht den leisesten Zweifel daran, dass der Grund für dieses Zerwürfnis allein Ralph Garrett anzulasten war. »Möchtest du ihn denn sehen?«, fügte sie leise hinzu.

Doch Maya antwortete nicht. *Scheidung – er will unter Garantie die Scheidung!*, hämmerte es in ihrem Kopf. Martha, die offenbar die Angst ihrer Tochter spürte, trat auf sie zu und umfasste ihren Unterarm. »Gleich, was er auch wollen mag – er kann dir nichts anhaben! Wir Greenwoods sind so tief in Oxford verwurzelt, haben schon so viel überstanden – da verkraften wir zur Not auch noch einen kleinen Skandal!« Sie küsste ihre Tochter auf die Wange. »Mach dir keine Sorgen, sondern lieber einen schönen Nachmittag mit Amy, ja? Grüß sie lieb von mir!«

»Ja, mach ich«, seufzte Maya und erwiderte den Kuss ihrer Mutter, drückte dann die Lippen auf Jonahs rosige, zarte Wange. »Sei lieb zu deiner Omama!«

»Ooochh, was sagt die Mama denn da bloß? Jonah ist doch immer lieb, nicht wahr, Engelchen?« Lächelnd verließ Maya den Salon, hörte ihre Mutter darin weiterhin locken und schmeicheln. »Und was machen wir zwei Süßen heute Nachmittag? Auf den Fingerchen rumkauen? Kommt da noch ein Zahn und tut dir weh? So ein böser Zahn, so ein böser!«

»Ma-hömmm«, pflichtete Jonah ihr bei.

Schweigend standen sie sich im Salon gegenüber. Fast ein Jahr war es her, seit sie einander zuletzt in einem anderen Salon gesehen hatten, am Sydney Place in Bath. Eine Begegnung, die bei ihnen beiden tiefe Wunden hinterlassen hatte. Bei Maya und auch bei Ralph, wie sie in seinen grauen Augen lesen konnte, deren Blick noch immer wie aufgeschürft wirkte.

»Gut siehst du aus«, sagte er schließlich. Was der Wahrheit entsprach. Maya hatte Monate nach der Entbindung zwar noch ein paar Pfund zu viel, aber sie standen ihr gut, verliehen ihr eine ganz neue Weiblichkeit. Der tannengrüne Stufenrock und die Miederjacke über der maigrünen Bluse mit den bauschigen Ärmeln betonten den Schimmer ihrer Haut, Mayas kräftige, dunkle Farben. Ihr Haar, beiderseits des Mittelscheitels schlicht aufgesteckt und mit grünen Bändern durchflochten, die ihr den Rücken hinabhingen, glänzte.

»Danke, du ebenfalls.« Was genauso wenig geschmeichelt war. An Ralph schienen auch schwere Zeiten keine dauerhaften Spuren zu hinterlassen; selbst das Jahr, das er noch in der Schreibstube in Aden hatte verbringen müssen, hatte seiner Jungenhaftigkeit und seinem guten Aussehen nichts anhaben können. Er trug zivil, einen schokoladenbraunen Anzug, der gut zu seinem sandfarbenen Haar und leicht gebräunten Teint passte.

Ralph nickte, den Mund zusammengepresst, sichtlich verlegen und ließ seinen Zylinder von einer Hand zur anderen wandern. Schließlich holte er tief Luft. »Maya, ich bin gekommen, um mich bei dir zu entschuldigen. Für ... für meinen Auftritt in Bath. Es war nur ... nur ein solcher Schock. Und eine unsägliche Demütigung«, murmelte er, den Blick auf seinen Hut gerichtet.

»Für mich auch«, entgegnete Maya leise. Er setzte zu einer Erwiderung an, ließ sie aber weitersprechen. »Nicht nur deine Worte. Sondern auch, was ich dir zu sagen hatte. Dass ich uns beiden diesen Augenblick nicht ersparen konnte.«

Ralph nickte, ohne die Augen zu heben. Er blies die Wangen auf und stieß hörbar den Atem aus.

»Während der vergangenen Monate in Aden hatte ich viel Zeit, um nachzudenken.« Er lachte auf, schüttelte den Kopf über sich selbst. »Du musst gewiss denken, ich käme jedes Mal mit Entschuldigungen an, um dich im nächsten Moment schon wieder zu kränken. Mit Versprechungen, von denen ich doch keine einhalte. Dieses Mal möchte ich dir nichts versprechen, Maya. Nur ... nur fragen, ob ... ob du dir vorstellen könntest, dass wir einander verzeihen. Nicht heute, nicht morgen, aber vielleicht übermorgen.«

»Ich weiß es nicht«, antwortete Maya ehrlich nach kurzer Bedenkzeit.

»Ich auch nicht«, gab Ralph mit entwaffnender Offenheit zurück. »Und doch habe ich die Hoffnung, dass es uns gelingen könnte. Irgendwann.«

Maya blieb ihm eine Antwort schuldig, aber ihre Miene zeigte weder Zorn noch Abwehr, vielmehr Ratlosigkeit. Er schien zu zögern, fügte dann schüchtern hinzu: »Kann ... kann ich ihn sehen?«

»Natürlich.« Mit gerafften Röcken stieg Maya vor ihm die Treppen hinauf, wandte sich im obersten Stockwerk nach rechts, öffnete behutsam die Tür und legte die Finger an die Lippen.

Es war ein lichter Raum, Wickelkommode und Schränkchen weiß gestrichen, ebenso wie das offene Regal mit den Rankenschnitzereien, in dem sich bereits jetzt Stoffpuppen, zwei Bälle, eine Kuh aus bunten Stoffflicken und ein Esel aus grauem Samt neben Schachteln drängten, in denen Jonathans alte Zinnsoldaten schliefen, hölzerne Bauklötze, bemalte Tierfiguren eines Bauernhofes und eine Eisenbahn, deren Wagen in immer neuen Kombinationen hinter die Lokomotive gehängt werden konnten, aufbewahrt wurden. In einer Ecke stand ein

Schaukelpferd, nicht mehr neu, aber frisch hergerichtet, und ein Hochstuhl mit Lederpolster; in der anderen ein Sessel aus Rohrgeflecht mit dazugehörigem runden Tisch. Die gelben, berüschten Vorhänge vor dem Fenster versprachen selbst dann einen Hauch von Sonnenlicht zu verbreiten, wenn es draußen trüb und nasskalt sein mochte.

Auf Zehenspitzen schlichen sie beide an die hochbeinige Wiege in der Mitte des Raumes. Jonah schlief selig; um das leicht, wie in Erstaunen geöffnete Mündchen spielte ein verträumtes Lächeln. Sein schwarzer Haarschopf veranlasste Tante Elizabeth bei ihren häufigen Besuchen immer, ihr Bedauern darüber zu äußern, dass er kein Mädchen war, da rosafarbene Schleifen sich darin so zauberhaft ausgenommen hätten, was sie aber nicht davon abhielt, Jonah beständig zu drücken und zu liebkosen. Eines der beiden Fäustchen, die links und rechts neben seinem Kopf lagen, zuckte immer wieder sachte, ebenso wie die Lider, die so zart waren, dass das Adergeflecht darunter hervorschimmerte, von dichten Wimpernbögen bekränzt.

Maya sah, wie genau Ralph ihn betrachtete. Dass er auszumachen versuchte, was äußerlich von Maya stammte – und was von dem unbekannten arabischen Nebenbuhler, der seine Ehefrau besessen und seinen Samen in ihren Schoß gepflanzt hatte, wohingegen ihrer beider Ehe fruchtlos geblieben war. Welcher Mann könnte eine solche Schmach jemals verzeihen?

Sachte senkte sich Ralphs ausgebreitete Hand auf den schlafschweren Kinderkörper nieder, schwebte über dem runden, vorgewölbten Bauch des Kindes, der sich unter der blauen Wolldecke mit jedem Atemzug hob und senkte, als müsste er dessen Wärme fühlen. Mayas Muskeln spannten sich an, bereit, ihn, ohne mit der Wimper zu zucken, von der Wiege wegzureißen, sollte er ihrem Kind Leid zufügen wollen. Ralphs Kinn schob sich vor, hob sich, bekam eine hässlich unebene Oberfläche, zitterte unter den herabgezogenen Mundwinkeln, und seine Augen füllten sich mit Tränen.

»Gott, ich wünschte so sehr, es wäre meines«, entfuhr es ihm mit einem Schluchzen. Seine Finger schlossen sich, als er sie wieder zu sich herannahm. Mayas Hand legte sich auf seinen Oberarm, ließ sie spüren, wie er unter seinem inneren Aufruhr erzitterte, und als sie keinen Widerwillen seinerseits wahrnahm, legte sie die Arme um ihn, wollte ihm damit etwas von der tiefen Liebe abgeben, die sie für ihr Kind empfand.

»Was ist bloß aus uns geworden, Maya?«, hörte sie ihn flüstern, ihre Umarmung erwidernd. »Wie konnte es je so weit kommen?«

»Nichts von alledem werden wir jemals ungeschehen machen können«, flüsterte sie in plötzlich aufwallender Zuneigung, mehr wie eine Mutter oder Schwester denn wie seine Frau, zurück, was aber dennoch bedeutete, dass noch nicht alles Gefühl für ihn verloschen war.

Er löste seinen Oberkörper von ihr, ohne sie loszulassen, und blinzelte mit tränenverklebten Wimpern in die Wiege hinein, in der der Kleine gerade herzhaft gähnte, ohne die Augen zu öffnen. »Wie ist sein Name?«

»Jonathan. Wir nennen ihn aber Jonah.« *Und ich nenne ihn Tariq.*

Ralphs Mund verzog sich, schaffte aber kein ganzes Lächeln. »Das ist schön.« Er schluckte. »Ich werde sicher nie vergessen können, dass er nicht mein Sohn ist. Vielleicht kann ich mich aber daran gewöhnen und ihn trotzdem lieben. Er sieht ja aus wie du.« Seine Blicke wanderten über ihr Gesicht. »Ich mag dich bis heute nicht kennen. Möglicherweise werde ich es niemals. Aber eines weiß ich genau: Du berührst mich auf eine Art, wie es zuvor niemals eine Frau getan hat noch jemals wird. Deshalb fällt es mir so schwer, in deiner Nähe zu sein – und noch schwerer, dich ganz aufzugeben.« Er nahm ihre bloße

Linke und drückte seine Lippen darauf. »Ich wünsche mir, dass du eines Tages wieder einen Ring von mir daran tragen wirst. Und sei es nur, weil du dich mir zugehörig fühlst.«

»Ich –«, begann sie heiser, doch er schüttelte den Kopf.

»Nein, Maya, nicht jetzt. Wir brauchen Zeit, du und ich. Und die werden wir haben. In fünf Tagen geht mein Schiff nach Indien. Wenn ich erst wieder bei meinen *Guides* bin, werde ich genug Abstand haben, um alles noch einmal zu überdenken. Ich möchte dich nur bitten, hier das Gleiche zu tun. Das darf einfach nicht alles gewesen sein.«

Maya drückte ihn an sich. »Gib auf dich acht.«

»Natürlich. Für dich und –«, sein Kopf neigte sich sachte in Richtung Jonah, der im Schlaf leise Grunzer von sich gab, »den kleinen Kerl. Er braucht doch einen Vater. Selbst wenn«, sein Gesicht zeigte ein wackeliges Lächeln, das zur Grimasse geriet, »dieser derart unvollkommen ist wie ich.« Ralph hauchte einen Kuss auf Mayas Wange und umfasste ihre Hände, ehe er sie losließ. »Bitte bleib hier oben, wenn ich jetzt gehe. Dieses Bild möchte ich mitnehmen – dich vor der Wiege.«

Als er gegangen war, beugte sich Maya über ihren Sohn und strich mit dem Fingerknöchel über seine Armbeuge. *Bitte lieber Gott, lass mir wenigstens diesen Mann, wenn du mir Rashad schon genommen hast. Schuld gegen Schuld, seine Verfehlungen gegen meine, damit ist es doch abgegolten. Lass es mir gelingen, aus dem Keim der Zuneigung wieder etwas wachsen zu lassen, das für eine Ehe reicht. Bitte lieber Gott – nur das. Mehr brauchen Jonah und ich nicht. Bitte.*

Doch manchmal stellt Gott sich taub für unsere Bitten, weil er anderes mit uns im Sinn hat. Oder er lässt traurigen Blickes des Menschen Unvernunft ihren blinden Willen.

9

In den drei Jahren, die Lieutenant Ralph Garrett dem *Corps of Guides* unter Lumsden fern gewesen war, hatte sich einiges verändert. Von Peshawar war das Regiment nach Mardan umgezogen, rund vierzig Meilen weiter nordöstlich. Grau war die Farbe dieser Gegend. Grau wie die kargen Hügel im Nordosten, ihre Felsen, ihr Geröll und der Staub, der allgegenwärtig war. Aber auch grau wie Laub und Geäst der Tamarisken, die hier hoch wuchsen. Nur wenig Abwechslung brachte das zaghafte Grün der staubbedeckten Blätter der Akazien, der dichten, weit entfernten Wälder und der kleinen Terrassenfelder der fruchtbaren, teilweise hügeligen Ebene im Südwesten, über denen jetzt, im Mai, Dunstbänke standen; aufgestiegen aus den Flüssen und den in die Erde gegrabenen Bewässerungskanälen. Luftfeuchtigkeit, die die Hitze noch unerträglicher machte. Erst im Oktober würde es wieder kühler werden, im Dezember und Januar unverhältnismäßig kalt, sogar mit Schneefall, bis heftige Gewitter und Hagelschauer wieder mildere Temperaturen ankündigten. Es war das Land der Leoparden und der Schakale, zwischen den Steinen der Bergwände herumkletternder wilder Ziegen und umherturnender Affen. Mit viel Glück konnte man auf einem Spaziergang auch einen herumstolzierenden Fasan erlegen.

Vor allem aber waren die Tage provisorischer Unterkünfte

vorbei. Am Rande des alten Stadtteils von Hoti Mardan, vom Kalpani durchflossen, war ein Fort erbaut worden, im Grundriss wie ein immenser fünfzackiger Stern. Vier seiner Arme waren den Bungalows der Offiziere vorbehalten, während der fünfte das Magazin und den Exerzierplatz beinhaltete. Buchsbaumsetzlinge und Baumschösslinge, sorgsam gewässert, sollten in den kommenden Jahren und Jahrzehnten dem Fort ein freundlicheres Gesicht verleihen und an die Gärten im fernen England erinnern. Rings um die Mitte des Forts, unter den überhängenden Brüstungen, befanden sich die einfachen Behausungen der einheimischen Infanteriesoldaten. Mehrere Hundert Mann, Pathanen, Punjabis und Sikhs. Wie überall im Land bestand die Armee der Krone auf Offiziersebene nur aus Briten; die einfachen Soldaten und unteren Ränge fast ausschließlich jedoch aus Männern des Landes, *sepoys* genannt. Aus den Gurkhas beispielsweise, Angehörigen eines kriegerischen Volkes aus dem Himalaya, aus Moslems und Hindus des gesamten Subkontinentes. Ein System, das sich trotz unterschiedlicher Religionen und Bräuche bewährt hatte. Über dem Fort flatterte stolz der Union Jack – ein weithin sichtbares, leuchtend farbiges Symbol britischer Macht an dieser wilden Grenze des Landes, wo Konflikte und Blutfehden zwischen den Völkern an der Tagesordnung waren.

Doch Lieutenant Ralph Garrett war glücklich hier. Dies war sein Platz, seine Welt, in der die auf Karten eingetragene Grenze Britisch-Indiens die Linie zwischen Freund und Feind markierte. Feind war alles, was von jenseits der Grenzen kam, dadurch kategorisier- und überschaubar war. Hier sprach man zumeist Englisch, die Sprache der Kolonialherren und des Militärs, untergeordnet noch Hindustani, Urdu und zwei, drei lokale Dialekte. Schnell hatte er sich wieder im Regiment eingelebt, sich dem Tagesablauf zwischen Frühappell, Exerzier-, Reit- und Schießübungen angepasst. Er hatte nichts verlernt, und nach sechs Monaten Soldatendienst war er wieder auf dem Zenit seiner körperlichen Leistungsfähigkeit angelangt. Aden war vergessen; seine Schulden dort hatte er beglichen, seinen Dienst nach Vorschrift abgeleistet und der Stadt erleichtert den Rücken gekehrt. Geblieben waren jedoch seine Gewissensbisse, zu Unrecht Lob für eine Heldentat eingeheimst zu haben, die keine gewesen war, und die Sehnsucht nach Maya, die in ihm wuchs, je länger er ihr fern war.

Es war nach Mittag; die Sonne brannte auf Mauern und Stein herab und flimmerte auf den glühend heißen Wellblechdächern. Unter der immensen Hitze dümpelte das Leben im Fort vor sich hin. Wer noch etwas Dringendes zu tun hatte, war bestrebt, seine Arbeit im Schatten zu erledigen, oder so wie Ralph in einem der Bungalows, deren Fensterläden und Türen sperrangelweit offen standen, um wenigstens einen Hauch von Durchzug zu erzielen. Seinen khakifarbenen Uniformrock hatte er über die Stuhllehne gehängt, noch einmal stolz über den steifen Stoff gestreichelt, über die roten Besätze und die glitzernden Kronen an den Kragenspitzen, dann die Hemdsärmel aufgekrempelt, bevor er sich an den Tisch im Vorraum setzte, um Papier und Feder zur Hand zu nehmen. Einige Briefe waren zwischen Mardan und Oxford hin- und hergegangen in den vergangenen sechs Monaten. Jonah entwickelte sich prächtig, tat schon seine ersten Schritte, und Angelina, die sich in London mehr als wohl fühlte, erwartete nun auch ihr erstes Kind.

Dieses Jahr hatte er Mayas Geburtstag Anfang des Monats nicht vergessen, ihr sogar auf dem *chowk*, dem Markt, ein Silberarmband aus ziselierten Gliedern und mit einer Bordüre aus tropfenförmigen Anhängern gekauft und nach Black Hall geschickt. Er erwartete noch ihre Antwort darauf, trotzdem wollte er mit dem, was er ihr mitzuteilen hatte, nicht länger warten.

Mardan, den 13. Mai 1857

Liebe Maya,

mehr als sechs Monate ist es her, seit wir uns zuletzt gesehen haben. Genug Zeit, um mich hier wieder einzuleben, und auch genug Zeit, um mir vieles durch den Kopf gehen zu lassen. Was geschehen ist, was ich getan und gesagt habe, bereue ich zutiefst, das weißt du.

Er hielt inne. Eiliger Hufschlag drang in seine Gedanken, doch er achtete nicht darauf, auch nicht auf die aufgeregten Stimmen im Inneren des Forts, tunkte stattdessen die Feder erneut in die Tinte.

Ich will nicht mehr ohne Dich sein. In Nowshera, der benachbarten Garnison, leben viele Soldatenfrauen mit ihren Kindern. Komm hierher und lebe mit mir – so, wie wir es mal geplant hatten. Damals, in Summertown, am Geburtstag Deiner Tante Dora, als ich Dir den Antrag gemacht habe, erinnerst Du Dich? Ich habe Dir viel über die Gegend hier geschrieben. Was meinst Du – würde es Dir hier gefallen? Bitte komm – und komm mit Jonah. Ich werde mich bemühen, ihm ein guter Vater zu sein. Ich werde ihn lieben können, daran glaube ich ganz fest. Denn er ist dein Sohn – ich muss ihn doch lieben, so sehr, wie ich Dich liebe und immer geliebt habe. Wenn ich es auch nie auf die Weise zeigen konnte, wie Du es verdient –

Die Glocke auf dem Exerzierplatz läutete Sturm. Ralph hob den Kopf von seinem Brief und runzelte die Stirn. Was mochte das bedeuten? Ein Versehen, bestimmt; in den letzten Wochen war in der Gegend alles ruhig gewesen. Derart ruhig, dass Lumsden zusammen mit seinem jüngeren Bruder auf diplomatische Mission zum Emir von Kandahar entsandt worden war.

Stiefelschritte näherten sich in größter Hast, und es klopfte am Türrahmen des Bungalows. »Lieutenant Garrett, *sahib*!«

Er wandte sich um. Einer seiner Soldaten, Samundar Khan, ein Pathane, in Khakiuniform und mit Turban, salutierte zackig, und die Worte sprudelten sogleich hervor: »Ein Aufstand im Land, Lieutenant-*sahib*! Delhi ist in den Händen von Rebellen!«

Ralph sah ihn ungläubig an. »Das ist unmöglich!«

»Nein, Lieutenant-*sahib*«, der Pathane rang nach Atem, »eben kam ein Bote aus Lahore, die *sepoys* dort hat man vorsichtshalber entwaffnet. Es gab viele Tote in Delhi, und man befürchtet, die Rebellen marschieren nach Agra.« *Agra – eine der größten Garnisonen auf dem Subkontinent!*

»Ich komme!« Ralph sprang auf, wollte schon aus dem Bungalow stürzen, lief in Riesenschritten noch einmal zurück, um seinen Uniformrock vom Stuhl zu reißen, und stürmte Samundar Khan in Richtung Exerzierplatz hinterher.

Der Luftzug, den der Serge-Stoff des Rockes in der schwungvollen Bewegung verursacht hatte, hob den Bogen mit dem angefangenen Brief sachte an, sodass er über die Kante glitt. Unschlüssig verharrte er für den Bruchteil einer Sekunde in der Luft, ehe er weite Seitwärtsschwünge machte und unter den Tisch segelte, wo er in aller Unschuld liegen bleiben sollte.

Sechs Stunden später waren fast alle Bündel des Regiments geschnürt, darunter auch das von Lieutenant Garrett, der sich freiwillig gemeldet hatte. Zusammen mit einer Handvoll anderer Offiziere und mehr als fünfhundert Soldaten marschierte er um sechs Uhr abends unter dem Kommando von Captain Henry Daly in Richtung Rawalpindi, in die nächstgrößere Garnison. Unterwegs galt es bereits zwei kleinere Militärstützpunkte abzusichern, bevor sie in Rawalpindi weitere Befehle erhalten würden. Der Rest der *Guides* sollte zusammen mit Soldaten anderer Regimenter in der Nähe dafür sorgen, dass zumindest in Mardan und in der weiteren Nachbarschaft keine Unruhen zu befürchten waren.

Ich schreibe Dir von unterwegs, Maya. Oder spätestens, wenn ich zurück bin. Es wird nicht lange dauern!

In derselben Nacht fegte ein Sandsturm durch Hoti Mardan und das Fort, wie so oft um diese Jahreszeit, schlug Fensterläden zu und wieder auf, die in der Eile des Aufbruchs zu schließen vergessen worden waren. Riss so lange an manch einer Bungalowtür, bis sie aufsprang und der Wind freie Bahn hatte, über Boden und Mobiliar zu huschen. Mit staubdurchsetzten Fingern nahm er Ralphs Brief an Maya an sich und trug ihn fort, irgendwo in Richtung Hindukusch.

In Mardan, Peshawar und Rawalpindi, wo man ständig in Alarmbereitschaft verharrte, weil Angriffe von jenseits der Grenzen des Landes drohten und die Augen konzentriert auf die Berghänge gerichtet hielt, traf die Nachricht von der Rebellion völlig überraschend ein. In den Garnisonen im Landesinneren jedoch hätte man vorbereitet sein können – hätte man die Zeichen der Zeit erkannt. Schon lange hatte die Stimmung in den Dörfern, in den Städten und Garnisonen gegärt. Gerüchte hatten die Runde gemacht, dass das Ende der britischen Herrschaft nahe sein, im hundertsten Jahr nach der Schlacht von Plassey, in der die Briten den endgültigen Sieg auf dem Subkontinent davongetragen hatten. In jenem hundertsten Jahr, von dem eine alte Prophezeiung behauptet hatte, es würde die Kolonialmacht über Indien zu Fall bringen. Gerüchte vor allem, die papiernen Patronenhülsen der neuen Enfield-Gewehre, mit denen die Armee kürzlich ausgestattet worden waren, seien mit Rindertalg und Schweineschmalz eingefettet – ein Sakrileg für jeden Hindu und jeden Moslem, der beim Laden der Waffen die Papierhülse aufbeißen musste. Trotzdem war dies, verglichen mit dem wachsenden Misstrauen gegenüber den fremden Kolonialherren und der Furcht davor, dass Kultur, Brauchtum und Religion durch neu beschlossene Gesetze der Briten beschnitten oder gar zerstört würden, eher nebensächlich. Es gab kleine Meutereien, zu Jahresbeginn und im Frühjahr, punktuell im Land verteilt, die allesamt rasch und ohne viel Mühe niedergeschlagen werden konnten. Nichts Ernstes, wie es hieß. Allen Gerüchten zum Trotz wiegten sich Militär und Verwaltung in Sicherheit. Lange. Viel zu lange.

Ein zunächst kleinerer Vorfall hatte schließlich eine verheerende Wirkung: Die Weigerung einer Gruppe von Soldaten in der Garnison von Meerut, nahe Delhi, die neuen Gewehre zu gebrauchen, wurde drakonisch geahndet. Die Kameraden waren nicht bereit, diese Strafe so einfach hinzunehmen und tobten am Abend des 10. Mai durch die Garnison, ermordeten Männer, Frauen und Kinder, plünderten und brandschatzten Bungalows und das Magazin. Am nächsten Morgen zogen sie weiter nach Delhi und fanden dort Nachahmer und Anhänger, die ebenfalls raubten, zerschlugen und mordeten, was sie an Europäern zu Gesicht bekamen, andere in die Flucht schlugen und die Stadt in ihren Besitz nahmen.

Delhi oder Punjab – wo war ein Eingreifen jetzt nötiger? Das war die Frage, die es in Rawalpindi zu entscheiden galt. Delhi, lautete nach ein paar Tagen die Antwort des Krisenstabs der verschiedenen Regimenter. Denn wer Delhi hielt, hielt Indien, so war es von jeher gewesen, noch ehe die Engländer die Macht übernommen hatten. In Delhi konzentrierten sich die Rebellen, und solange sich auch Bahadur Shah in der Stadt verschanzt hielt, dem sich die Aufständischen unterstellt und den sie mittlerweile zum Kaiser von Indien ausgerufen hatten, besaß diese Rebellion ein Gesicht – und zwar das des letzten Moguls von Indien. Eigentlich war er nur noch ein alter, kranker Mann, ein Marionettenherrscher, abhängig von Opium und dem Geld der Engländer, und dennoch war seine Symbolkraft ungeheuer. Delhi, das war die Antwort. Denn wenn es den Briten gelänge, Delhi zurückzuerobern, Bahadur Shah gefangen zu nehmen oder gar zu töten, zeigten sie damit ihre Überlegenheit und träfen die Rebellen an ihrem empfindlichsten Nerv.

So verließen die Männer des *Corps of Guides* um ein Uhr morgens am 19. Mai Rawalpindi. Zu Fuß, fünfhundertundachtzig endlose Meilen entlang der jahrhundertealten *Grand Trunk Road*, in Gluthitze und Staub, bis sie am 9. Juni vor den Mauern Delhis eintrafen, wo sich bereits die ersten Regimenter anderer Garnisonen postiert hatten. Weitere folgten im Laufe des Sommers, denn die Stadt, einst als Festung der Moguln erbaut, erwies sich als uneinnehmbar. Und trotz der Sprengung des Magazins innerhalb der Stadt durch eine Gruppe mutiger britischer Soldaten am 11. Mai, am Tag des großen Mordens, schienen die Rebellen noch mehr als genug Munition zu besitzen, um sich standhaft zur Wehr zu setzen.

Tapfer harrten die Truppen aller Regimenter aus. In Hitze und Monsunfluten, trotz Krankheiten und immer wieder aufflammender Gefechte, die viele Opfer forderten, auch unter den *Guides*. Im Juni, im Juli, den gesamten August hindurch. Lange Wochen, in denen Maya in Black Hall hoffte und bangte, jeden Tag die Zeitungen nach nur einem Wort durchsuchte, das ihr einen Hinweis darauf geben mochte, wo genau Ralph sich jetzt befand und wie es ihm ging. Die zusammenzuckte, wenn die Post kam, und erleichtert durchatmete, wenn keine Nachricht aus Indien für sie dabei war. Denn keine Nachrichten bedeuteten angesichts der Brutalität, mit der Soldaten und Rebellen um die Vorherrschaft in Indien rangen, immer gute Nachrichten.

Ralph sah, wie Captain Daly verwundet wurde, sah viele seiner *sepoys* schon gleich am ersten Tag fallen. Er selbst verzagte jedoch nicht. Weil sie *Guides* waren und weil die Kunde von ihrem tapferen Marsch durch halb Indien ihnen vorausgeeilt war, waren sie von ihren Kameraden im Zeltcamp in der Ebene vor Delhi, an den Ufern des Yamuna, als Helden empfangen worden. Hier war es, das Abenteuer, von dem er sein Leben lang geträumt hatte. Mit Blick auf die Stadtmauern aus rotem Sandstein, hinter denen sich die Rebellen verschanzt hielten, auf die Kuppeln und Minarette der Moscheen, die Türme des *Lal Qila*, des Roten Forts, in dem Bahadur Shah residierte, unter Türmen und Dachpavillons, wartete die einmalige Chance, Geschichte zu schreiben, durch die Gunst des Schicksal und mittels eigener Kraft. Das hielt ihn aufrecht – das und der Gedanke an Maya. Seine Maya. Aufrichtige Reue und Verzeihung zu erlangen wie zu gewähren genügten ihm nicht mehr; es verlangte ihn danach, ihr als Held gegenüberzutreten, reingewaschen von seinen Missetaten und geheiligt durch den Glanz eines siegreichen Kampfes. Und er wusste, seine Stunde würde kommen.

Sie kam, nachdem in den ersten beiden Septemberwochen das schwere Geschütz eingetroffen war und harter Kanonen- und Granatenbeschuss Breschen in die Bastionen und Mauern geschlagen hatte. Die Munition der Meuterer schien zur Neige zu gehen, ebenso wie ihr Proviant und ihr Kampfgeist. Es war der Morgen des 14. September, und der Befehl zum Sturm gellte vor den Toren der Stadt.

Schüsse und Kanonendonner, Befehlsrufe und Schmerzensschreie zerrissen den jungen Tag, Rauchschwaden vernebelten ihn. »Vorwärts«, brüllte Ralph und trieb seine Männer an, hinein in die Rebellen, die ihnen als Pulk aus dem Kabul-Tor entgegenströmten. Kleine, schmutzige, abgerissene Gestalten, denen man kaum mehr ansah, dass einige von ihnen einst Soldaten der glorreichen britischen Armee gewesen waren. Ralph feuerte unablässig aus seinen beiden Pistolen. »Nicht nachlassen, weiter!«, schrie er nach allen Seiten, sah aus dem

Augenwinkel, wie seine *sepoys* sich vorwärtsschoben, Schritt um Schritt, getöteten Feind um getöteten Feind. Schlachtfieber ließ ihn glühen; sein Herz pumpte schnell und freudig; sein Blut schoss kochend durch seine Adern, satt von Erregung, hungrig nach Beute.

Als die Kugel ihn traf, spürte er sie kaum. Ein heftiger Schlag, irgendwo zwischen Brustbein und Magengegend, der ihn ins Taumeln brachte. Mehr nicht. Kein Schmerz. Vor ihm schlossen sich die Khaki-Reihen seiner *Guides*, vermischten sich mit den Farben anderer Regimenter, den schmuddeligen Stoffen der Rebellen – ein zähes Ringen, das um ihn herumwirbelte.

Delhi würde heute fallen, das spürte er. Delhi würde fallen und die Rebellion zusammenbrechen. Ralph lächelte, als er auf die Knie sank, seine Pistolen ihm entglitten, als sich der Lärm um ihn verflüchtigte, es still wurde. Still und hell, ehe sich von den Seiten Finsternis heranschob.

Ich habe es geschafft, Maya. Ich bin ein Held.

10

»Ich hätte ihn nicht gehen lassen dürfen.« Mayas kalte Finger krallten sich in den kratzigen schwarzen Krepp ihres Rockes. Trauerkleid, Witwentracht. Schwarzer Unterrock, Krinoline, meterweise gekräuselter, rauer Stoff darüber, der ihr auf der Haut scheuerte, sogar im Nacken, wo der über den Rücken herabhängende Schleier aus transparentem Georgette sie immer wieder streifte. Ein Büßergewand für die Sünderin. Alles schwarz, ohne den geringsten Hauch von Farbe. Wie sie es verdiente.

Die Rückeroberung Delhis hatte tatsächlich den Wendepunkt in der Rebellion der *sepoys* bedeutet, und langsam, aber stetig neigten sich die Waagschalen des Krieges zugunsten der Engländer. Der massive Widerstand der Aufständischen vor dem Kabul-Tor hatte mehreren Regimentern der Angriffskolonne hohe Verluste beschert, und einige Vorstöße waren nötig gewesen, um das Tor schließlich zu erobern und zu durchbrechen. Von den fünfhundertfünfzig Soldaten aus Mardan, deren Marsch auf Delhi bereits jetzt Legende war, hatten dreihundertunddrei im Sturm auf die Stadt ihr Leben gelassen. Darunter auch Lieutenant Ralph William Chisholm Garrett.

»Unsinn!« Tante Elizabeths Stimme explodierte vor Empörung. »Er hat genau gewusst, worauf er sich einließ. Himmel, Kind, er war Soldat!« Seufzend erhob sie sich aus dem Sessel und ging hinüber zu dem Schrank, in dem ihr Bruder seine Spirituosen aufbewahrte, hantierte dort unter leisem, kristallenem Klirren und kehrte mit zwei gut gefüllten Gläsern zurück, von denen sie eines Maya in die Hand drückte, als sie sich neben sie auf das Sofa setzte. »Trink, mein Liebes, das hilft!«

Gehorsam nippte Maya an der goldbraunen Flüssigkeit, gab gleich darauf ein flaches, ersticktes Husten von sich. Ihre Tante, in aller Eile auf die telegraphische Nachricht angereist, Ralph Garrett sei in Indien gefallen, klopfte ihr sacht auf den Rücken. »Das wird schon wieder!« Sie ließ offen, was genau sie damit meinte.

Maya umschloss das zylindrische Glas mit beiden Händen und starrte hinein. »Ich wüsste nicht, wie«, bezog sie die Aufmunterung ihrer Tante auf Ralphs Tod.

»Ich fürchte, du musst meinem Verstand auf die Sprünge helfen, Maya. Wärt ihr beide euch nie begegnet, wäre er entweder bei seinem indischen Regiment geblieben und auch ganz ohne dein Zutun in diesem Aufstand gefallen. Oder er wäre auf die Krim gegangen. Und wie das ausgegangen wäre, das wissen wir ja alle zur Genüge.« Tante Elizabeth trank zwei, drei kleine Schlucke, senkte dann abrupt das Glas. »Jetzt hab ich's!«, rief sie halblaut und belohnte sich für ihren Geistesblitz sogleich mit einem tiefen Zug, bevor sie ihre Nichte mitfühlend ansah und ihr über die Knie streichelte. Sie senkte ihre Stimme zu einem Flüstern: »Du fühlst dich schuldig, weil du einen anderen mehr geliebt hast als ihn.«

Maya stellte das Glas auf dem Tisch ab und stand wortlos auf, ging durch den Salon und blieb an einem der Fenster stehen. »Möglich«, entgegnete sie ausweichend.

Warm eingepackt stapfte Jonah durch das herbstfeuchte Gras und die ersten gelben Blätter darauf. Immer wieder betrachtete er staunend das zum Schritt vorgereckte Beinchen, als könnte er nicht fassen, dass es seinem Willen gehorchte.

Aber vielleicht bewunderte er auch nur seine neuen schwarzen Stiefel oder die warme Flanellhose. Ab und an geriet er aus dem Gleichgewicht, kippte mit dem Oberkörper vornüber und stützte sich auf dem Erdboden ab, bis er sich wieder sicher fühlte. Anschließend kam er dann wieder in die Senkrechte, die kleinen Hände voll mit bunten Blättern, die er freudestrahlend Jacob hinterhertrug, der ihn zu dem Laubhügel schickte, den er bereits an einer Stelle des Rasens angehäuft hatte. Jonah warf seine Ladung darauf, und auch wenn die meisten Blätter danebenflatterten, lobte Jacob ihn überschwänglich.

»Denkst du noch oft an ihn?«, hörte sie ihre Tante leise hinter sich fragen. Dieses Mal gab es keinen Zweifel, von wem sie sprach. Maya kniff die Augen zusammen, biss sich auf die Lippen, so lange, bis der stechende Schmerz in ihr nachgelassen hatte.

»Jedes Mal, wenn ich Jonah ansehe«, hauchte sie der Fensterscheibe entgegen.

Als Tante Elizabeth zu ihr trat, brach Mayas die letzten Tage mühsam aufrechterhaltene Fassade. »Es fühlt sich so falsch an«, stürzte es aus ihr heraus, mit dünner, zerschlissen klingender Stimme und unter Tränen. Sie zerrte am Stoff ihres Witwenkleides. »Das hier. Und das.« Ihre gespreizte Linke hob sich, präsentierte den massiven Goldreif an ihrem Ringfinger. »Falsch und doch richtig. Ich möchte Ralph damit die Ehre erweisen und fühle mich doch als Heuchlerin, weil ich schon lange davor Witwe war, es aber niemandem zeigen konnte und froh bin, dass ich es nun darf. Ich trauere um Ralph, aber er fehlt mir nicht. Als ... als ich Arabien verlassen habe, wusste ich, dass ich ein Kapitel meines Lebens abgeschlossen hatte. Ein kleines, aber umso bedeutsameres. Jetzt, da Ralph ... jetzt ist ein viel größeres Kapitel zu Ende, und mir graut vor all dem, was noch vor mir liegt.« Sie schöpfte Atem. »Ich fühle mich so schlecht, Tante, weil ich nicht vergessen kann und ... und weil mir meine Trauer so verlogen erscheint. Alles ist so ... so verwirrend, nicht so, wie es sein sollte ...«

Ihre Tante streichelte ihr die nasse Wange. »Das liegt daran«, erklärte sie zärtlich, »dass Gefühle sich nicht steuern lassen und sich nicht unserem Willen beugen. – Martha sagte mir, seine Mutter hätte dir auf dein Kondolenzschreiben hin einen bösartigen Brief geschrieben?«

Maya nickte, während sie in ihr schwarzumrandetes Taschentuch blies. »Liegt dort drüben auf dem Beistelltisch. Du kannst ihn gerne lesen.«

Das ließ sich eine Elizabeth Hughes nicht zweimal sagen. Im Stehen zog sie das Schreiben aus dem geöffneten Kuvert. »Was sagt man dazu!«, schnaubte sie, als sie das beschriebene Blatt wieder zusammenfaltete, das in eisigem Tonfall Maya darüber in Kenntnis setzte, dass Mary-Ann Chisholm Garrett im Einvernehmen mit dem Rest der Familie keine weitere Kontaktaufnahme seitens Mayas wünsche, mit der ihr im Kampf gefallener Herr Sohn unglückseligerweise eine Mesalliance eingegangen sei. Jegliche Ansprüche Mayas auf Familienbande oder gar finanzielle Zuwendungen seien mit dessen Heldentod erloschen, was ebenso für ihren Sprössling gälte. »Nun, jeder hat so seine Art zu trauern«, seufzte sie, als sie den Umschlag zurücklegte. »Aber wenn diese *Person* bereits zu Ralphs Lebzeiten – gar in seiner Kindheit! – auch nur annähernd so giftig und snobistisch war, wundert's mich nicht, dass aus ihm kein rechter Mann geworden ist.« Entschuldigend hob sie die Hände, als sie Mayas Blick auffing. »Ja, ich weiß, man soll nicht schlecht über die Toten reden! Aber du musst zugeben, dass Ralph weiß Gott kein Engel war! Mag er auch wie einer ausgesehen und nun ›Ruhm und Ehre des Vaterlandes‹ auf seinem Soldatengrab vor Delhi geschrieben stehen haben.«

Erneut stellte sie sich neben Maya an das Fenster und strich ihr über die Schulter. »Kind, ich glaube, dir täte eine Luftveränderung gut. Etwas Abwechslung.« Als Maya abwehrend, mit fast erschrockenem Gesichtsausdruck, den Kopf schütteln wollte, beeilte sie sich hinzuzufügen: »Jeder hätte Verständnis dafür! Solange du weiterhin Trauer trägst und nicht die Puppen tanzen lässt, bleibt alles im Rahmen der Schicklichkeit.«

»Italien wäre nett«, murmelte Maya nach einer Weile. »Das würde Jonah bestimmt auch gefallen.«

»Italien?! Italien ist Schnee von gestern! Da fährt heute kein Mensch mehr hin, der etwas auf sich hält! Ich habe doch neulich in einem Magazin … wo war das noch gleich? War es die *London Illustrated News?* Oder *Fraser's Magazine for Town and Country?* Nein, das war es sicher nicht … Aber wo habe ich denn … Meine Güte, mein Gedächtnis lässt wirklich nach. Am besten komme ich gleich mit dir mit, allmählich macht sich das Alter bemerkbar! Leichtes Ziehen in den Gliedern verspüre ich jetzt schon, dabei ist noch nicht einmal Winter … – Nein, ich dachte dabei an Cairo.«

»Cairo?«

Tante Elizabeth ließ sich von Mayas entgeistertem Blick nicht beirren, zumal sie den interessierten Funken darin hatte aufglimmen sehen. »Jawohl, Cairo. Du liebst doch die arabische Welt, nicht wahr? Und Cairo erlebt gerade einen enormen Aufschwung. Der Bau des Kanals bei Suez ist beschlossene Sache. Du wirst sehen – in ein paar Jahren wird Cairo *die* Metropole am Mittelmeer sein! Mondän wie ein zweites Paris!«

Der Enthusiasmus ihrer Tante entlockte Maya ein Lächeln. Trotzdem schüttelte sie den Kopf. »Das kann ich mir nicht leisten. Ich besitze doch so gut wie nichts.«

»Du erhältst doch eine kleine Pension als Witwe, nicht wahr?« Maya wollte etwas erwidern, doch Tante Elizabeth ließ sich nicht unterbrechen. »Ja, ich habe gelesen, was diese *Person* aus Gloucestershire dir geschrieben hat. Aber sie wird damit nicht durchkommen – der Armee wird es gleich sein, ob eure

Ehe nun gut oder schlecht war. Verwitwet ist verwitwet, daran ändert auch eine verbiesterte Schwiegermutter nichts.«

»Aber es widerstrebt mir –«

»Wirst du wohl still sein! Schön, du warst keine Heilige – aber dein Ralph genauso wenig! Für all jene Tage, die du in dieser Ehe unglücklich warst, stehen dir diese paar Pfund gewiss zu! Außerdem trage ich mich schon seit einiger Zeit mit dem Gedanken, ob ich tatsächlich den Rest meiner Tage in Bath verbringen möchte. Die Stadt ist auch nicht mehr ganz das, was sie mal war! Für das Haus bekäme ich gewiss ein hübsches Sümmchen. Oder zumindest eine ordentliche Miete … Hach, da fällt mir ein …« Sie begann in ihrem Pompadour-Beutel herumzukramen und förderte einen längs in der Mitte zusammengefalteten, geöffneten Briefumschlag zutage. »Schau dir das mal bitte an.«

Mit gerunzelter Stirn nahm Maya ihn entgegen. »Wer schreibt mir unter meinem Mädchennamen an deine Adresse?«

»Frag nicht so viel – lies!«

Verehrte Miss Greenwood … freut es mich außerordentlich, Ihnen mitzuteilen, dass Ihr Manuskript mit dem Titel … bieten wir Ihnen eine Vorauszahlung in Höhe von einhundert Pfund … gerne noch weitere Werke …

Maya sank in den Sessel und starrte ungläubig auf den Brief.

»Na, wie habe ich das gemacht?« Tante Elizabeth strahlte über das ganze Gesicht. »Hast du gelesen, was er über deinen ›eleganten Stil‹ und die ›unkonventionelle Thematik‹ geschrieben hat? Dass er noch mehr von dir haben möchte? Geschichten, die im Orient ihren Schauplatz haben, sind gefragt!« Als Maya weder antwortete noch eine Regung zeigte, fuhr sie bedrückt fort: »Ist es dir nicht recht, dass ich eine Abschrift an den Verleger geschickt habe? Ich weiß, ich hätte es nicht hinter deinem Rücken tun sollen, aber ich dachte … Deshalb auch dein Mädchenname, ich hielt es für besser … Du kannst auch alles rückgängig machen, wenn –«

»Nein«, Maya schüttelte den Kopf, lachte auf, bekam erneut feuchte Augen, vor atemloser Freude dieses Mal. »Nein! Ich … ich weiß nur im Augenblick nicht, was ich sagen soll.«

»Das macht nichts.« Ihre Tante erhob sich und tätschelte ihr die Schulter. »Ich lasse dich damit einstweilen allein und geh nachschauen, wo deine Mutter bleibt. Sie wollte schon längst damit fertig sein, die Einkaufsliste mit Rose zu besprechen. Oh«, in der Tür wandte sie sich noch einmal um, »und mach dir Gedanken über Cairo!«

»Cairo?«, riefen Gerald und Martha Greenwood eine Woche später beim Dinner wie aus einem Mund und tauschten einen bestürzten Blick. Es war offensichtlich, dass sie damit gerechnet hatten, Maya würde bei ihnen in Black Hall bleiben, mit Jonah; wenn schon Angelina – vor Kurzem Mutter einer Tochter geworden – das Elternhaus Richtung London verlassen hatte.

»Ausgeschlossen, viel zu gefährlich!«, setzte Gerald sogleich hinzu und schob entschlossen seinen Teller von sich und nickte seiner Schwester mit ernster Miene zu. »Auch für dich, meine liebe Elizabeth!«

»Und schmutzig, ganz bestimmt«, pflichtete Martha ihm bei und blickte dann entsetzt ihre Tochter an. »Du denkst doch nicht etwa daran, den Jungen mitzunehmen? Nein, Maya, das kann ich nicht zulassen, auf keinen Fall! Er wird sich furchtbare Krankheiten einfangen, und es ist dort auch viel zu heiß für ihn! Und Ungeziefer gibt es dort auch! Nein, Maya, das werde ich nicht zulassen!«

Eine hitzige Debatte entzündete sich am Esstisch der Familie Greenwood, die bis in die Nacht hinein dauerte.

»Cairo?« Amy Symonds verschluckte sich am Rest ihres Teekuchens und griff hastig nach ihrer Tasse, um die verirrten Krümel gründlich hinabzuspülen und ihre gereizte Kehle zu beruhigen. Aus großen, hellblauen Augen blickte sie ihre Freundin über das Spitzentaschentuch hinweg an, hinter dem der Hustenanfall abebbte. »Ach, wie ich dich beneide!«, seufzte sie, als sie das Taschentuch in ihren Ärmelsaum schob. Ihr Blick verschleierte sich, als sie ins Träumen geriet. »Cairo, das klingt … das klingt nach Sonne und Hitze, nach alter islamischer Architektur. Nach lebhaften Märkten … nach … ach, nach einfach allem, was Oxford *nicht* ist!«

Nachdenklich musterte Maya sie. Noch immer war Amy die schöne junge Frau, der sie früher auf den gesellschaftlichen Anlässen der Stadt hin und wieder begegnet war. Mit ihrem herzförmigen Gesicht von makellosem, blassrosa Teint und dem schweren, glatten Haar in der Farbe von besonders gutem Honig das Sinnbild einer *English rose*. Derart schön, dass die Gentlemen der Stadt sich um sie rissen, obwohl sie – mit sechsundzwanzig zwei Jahre älter als Maya – mittlerweile auch das Alter hinter sich gelassen hatte, in dem sie als optimale Partie gelten konnte. Vom frühen Tod ihrer Mutter geprägt, den ihr Vater nie hatte verwinden können, wie Maya in einem Haus aufgewachsen, dessen Fundament auf Büchern und Bildung ruhte (wenn auch noch zusätzlich auf dem – wenn auch niedrigen – Stand des Landadels), hatte sie nie zur Oberflächlichkeit geneigt. Doch Jonathans Tod und ihre Zeit in Scutari hatten sie verändert.

»Weißt du«, begann sie nachdenklich, »als ich von der Krim zurückkehrte, war ich erst so froh und dankbar, wieder eine warme Stube zu haben. Ein weiches Bett. Genug zu essen. Meine Güte, uns fehlte es zeitweise am Allernötigsten im Lazarett, Patienten wie uns Schwestern! Es war einfach kein Geld da. Auch wenn es nicht sonderlich christlich klingt: Ich war froh, wieder in eine heile Welt zurückzukehren. Ohne Verwundete, ohne Schwerkranke und Sterbende. Ohne Blut und stinkenden Wundbrand und verstümmelte Gliedmaßen. Aber«, sie atmete tief durch, »nach einiger Zeit war da dieses Gefühl der Enge. Meinem Vater den Haushalt zu führen, die Dienstboten anzuleiten, in der Kirchengemeinde Basare und Konzerte zu organisieren, Teepartys besuchen … Das kann doch nicht alles sein! Oxford ist …« Sie überlegte. »Seit ich wieder hier bin, kommt mir mein Leben vor wie ein Kleid, aus dem ich längst herausgewachsen bin. Gleich, wie eng ich die Schnüre des Korsetts anziehen lasse, die Luft anhalte, mich klein zu machen versuche – es passt einfach nicht mehr.«

Beide schwiegen eine Zeitlang, jede in ihre eigenen Gedanken versunken. Bis sie gleichzeitig begannen: »Ich wage es kaum, dich zu fragen, ob du –« – »Gewiss vermessen von mir, aber könntet ihr euch vorstellen –« – »Tante Elizabeth hat bestimmt nichts dagegen, und ich schon gleich –« – »Ich könnte mich auch mit dem Kleinen nützlich –« – »Sonst sähen wir uns nur noch alle paar –«

Sie brachen in Gelächter aus, und Amy presste kichernd die Hand vor den Mund, ließ sie dann sinken.

»Würdet ihr mich wirklich mitnehmen?«, fragte sie vorsichtig, als fürchtete sie, dieser Einfall sei nichts weiter als eine Seifenblase, die bei der geringsten Berührung zerplatzt.

»Cairo!«, ereiferte sich Frederick Symonds einige Tage später, denen ungewohnt heftige Diskussionen mit seiner Tochter in ihrem eleganten Haus in der Beaumont Street vorausgegangen waren. »Warum ausgerechnet Cairo?!«

Gerald Greenwood schälte sich aus seinem Sessel, klopfte dem Chirurgen mitfühlend auf die Schulter und schickte sich an, ihnen beiden einen nervenstärkenden Whisky einzugießen.

»Schenkst du mir bitte einen Sherry ein?«, hörte er die Stimme seiner Frau, und er drehte sich mit konsterniertem Blick um. Sherry am Nachmittag – das hatte er bei Martha das letzte Mal erlebt, als … ja wann?

»Auf die Krim haben Sie Ihre Tochter doch auch gehen lassen«, gab Martha Greenwood zu bedenken, und dankte Gerald mit einem Nicken, als er ihr das Glas reichte.

»Danke, Gerald.« Frederick Symonds nahm einen tiefen Schluck. »Vorzüglicher Jahrgang! – Nach Jonathans Tod hielt ich es für sinnvoll. Sie brauchte Ablenkung, das Gefühl, etwas Nützliches tun zu können. Trotzdem war ich mehr als erleichtert, als sie heil und gesund zurück war. Aber Cairo – einfach so?« Er schüttelte den Kopf und setzte das Glas erneut an.

Martha Greenwood betrachtete nachdenklich ihren Sherry. »Maya und Amy gehören einer anderen Generation an als wir. Für sie hat die Fremde nichts Bedrohliches. Die jungen Menschen haben heute mehr Mut und Kampfgeist als wir in ihrem Alter damals. Vergraben sich nicht in ihrem Kummer, sondern ebnen sich neue Wege.« Sie nippte an ihrem zierlichen, langstieligen Glas und erklärte: »Ich finde, wir sollten sie nicht daran hindern.«

Es war schwer zu sagen, welcher der beiden Gentlemen verblüffter dreinschaute. Doch es war Gerald, an den sich Martha nun wandte. »Gib doch zu, du liebäugelst schon lange damit, die Pyramiden zu besichtigen! So haben wir dann doppelten Grund, dorthin zu reisen.«

Gerald Greenwood war sprachlos. Seine Gattin, die sich jahrzehntelang geweigert hatte, auch nur einen Fuß auf ein Schiff zu setzen, das sie aus England fortbrachte, schlug eine solche Reise vor! *Fürwahr*, dachte er, *es gibt nichts Unergründlicheres und Rätselhafteres als das Wesen einer Frau!* Doch sein Glück war unermesslich, als er das lebenslustige Funkeln in ihren Augen entdeckte, in das er sich vor fast dreißig Jahren auf der Stelle verliebt hatte und das über die Zeit einfach verschwunden war.

Der Winter verging mit Reisevorbereitungen und Packen. Tante Elizabeth hatte schnell einen Käufer für ihr Reihenhaus am Sydney Place No. 4 gefunden. Betty, die zu jener alten Schule an Dienstboten gehörte, für die nichts anderes in Frage kam, als ihrer Herrin bis an ihr Lebensende zu folgen, lehnte das Angebot, sich aufs Altenteil zurückzuziehen, geradezu empört ab und packte ebenfalls ihr Köfferchen für Cairo. Als Gerald auf dem Korridor vor Mayas Zimmer eine Bücherkiste entdeckte, in der neben Richard Francis Burtons Bericht über seine Pilgerreise nach Mekka und Medina noch Platz war, kratzte er sich am Kopf, ging hinab in sein Arbeitszimmer und wählte vier Bücher aus, von denen er hoffte, sie würden Maya Freude bereiten, und schmuggelte sie einfach mit in die Kiste.

Als in London an einem wunderbar glänzenden Frühlingstag Ende März 1858, nach einem tränenreichen Abschied am Kai, der Dampfer der »P&O Company« mit den englischen Ladys und Jonah an Bord außer Sichtweite war, tupfte sich Martha Greenwood noch einmal unter Augen und Nase und hakte sich bei ihrem Mann unter.

»Hoffentlich wird sie dort glücklich«, sagte Gerald leise und voller Wehmut.

»Bestimmt. Sie fährt ja nicht allein, sondern befindet sich in guter Gesellschaft.« Doch auch ihr war der Abschiedsschmerz anzusehen. »Nun sind unsere Kinder aus dem Haus.« Ein Seitenblick streifte William Penrith-Jones, der seine kleine Anna auf dem Arm hielt, während Angelina bemüht war, ihr die erbsengrüne Schleife, passend zum sichtlich teuren Kleidchen, im brandroten Haar zurechtzurücken, was dem knapp sechs Monate alten Kind gar nicht zu gefallen schien; jedenfalls ruckte es mit dem Kopf hin und her und zog ein unzufriedenes Gesicht, das jederzeit ohrenbetäubendes Geheul bedeuten konnte. Marthas Schulter drückte sich an die ihres Mannes. »Was fangen wir beide nun allein in dem großen Haus an?«

Seine freie Hand strich über die ihre, die auf seinem Unterarm ruhte. »Liebes, da wird uns schon etwas einfallen. Sie sind beide doch nicht aus der Welt. Wir könnten Maya gleich Weihnachten besuchen. Und London liegt dann ohnehin am Weg.«

Sie sahen sich einen Moment lang in die Augen und lächelten einträchtig.

»Kommt ihr? Hannah wartet sicher schon mit dem Tee auf uns«, ließ sich Angelina ungeduldig vernehmen. »Ich kann es nicht leiden, wenn das Teewasser nicht genau auf den Punkt ist!«

11

Ja, Hassan verstand etwas von Engländerinnen. Um Frau und acht Kinder satt zu bekommen, verdingte er sich als Fremdenführer und besorgte auch Unterkünfte. Meistens handelte es sich um alleinstehende Damen, die im fortgeschrittenen Alter noch etwas erleben wollten, sich zu Grüppchen zusammentaten oder in Begleitung ihrer Töchter und Nichten reisten, immer aber mindestens ein Dienstmädchen dabei, und mit jedem Jahr nahm ihre Anzahl zu. Sie kamen, um das orientalische Flair der Stadt zu erleben, die Pyramiden zu besichtigen und eine Bootsfahrt nach Luxor zu unternehmen oder einfach um einen unterhaltsamen Zwischenaufenthalt auf ihrem Weg von oder nach Indien einzulegen. Mit Frauen, die in Begleitung ihrer Gatten anreisten, hatte er kaum zu tun, da die Gentlemen immer selbstbewusst auf Begleitung verzichteten und ohnehin alles besser wussten. Engländerinnen waren im Grunde alle gleich: Sie bevorzugten Häuser mit Säulen, Mosaikfußböden, bestanden auf Wandmalereien und fließendem Wasser. Sie trugen große Hüte oder Tropenhelme, über die sie ein Tuch geworfen hatten, und ihre Sonnenschirme benutzten sie zusammengeklappt wie einen Säbel, um sich durch die Menschenmengen eine möglichst breite Schneise zu bahnen. Das Essen durfte nicht zu scharf sein, und Hassan musste geduldig bleiben, auch wenn er zum dreiundzwanzigsten Mal erklären musste, warum einer Bürgerin des British Empire nicht überall Zutritt gewährt wurde, wo sie ihn begehrte. Dass er die Trennung in Männer- und Frauenbereiche mit der englischen Sitte der den Männern vorbehaltenen Clubs begreiflich machte, half zwar beim Verständnis, sorgte aber meist für einstweilige Verstimmung – und, wenn Hassan Pech hatte, für mageres Trinkgeld.

Doch die vier Ladys, denen er heute das schmale, hohe Haus im lärmenden Herzen der Stadt zeigte, entsprachen in ihrer Gesamtheit nun gar nicht seinen Vorstellungen. Gut, ein Dienstmädchen hatten sie dabei, das erkannte er mit seinem geschulten Blick sofort. Auch die ältere Dame in Witwentracht, energisch und zielstrebig, war ungefähr, was er erwartet hatte. Hübsch, ausnehmend hübsch, war die eine der beiden jüngeren Frauen, mit ihrem goldschimmernden Haar und den großen blauen Augen. Der gut zweijährige Junge auf ihrem Arm gehörte ganz offensichtlich zu der Vierten im Bunde – und diese irritierte Hassan gehörig. Sie trug ebenfalls englische Kleidung, ebenfalls Witwentracht, aber sie sah wenig englisch aus, mit ihrem gebräunten Teint und ihren Augen wie dunkler Bernstein. Eine Koptin vielleicht? Oder eine Spanierin oder Italienerin? Dazu passte aber weder ihr fehlerfreies Englisch, in dem sie sich mit den anderen unterhielt, noch das Arabisch, in dem sie sich mit Hassan verständigte. Hocharabisch, aber mit einem Einschlag darin, der von jenseits des Bab el-Mandeb zu stammen schien.

Vor allem wurde Hassan ganz unruhig, als er sah, mit welch kritischen Augen sie die Sprünge im Fußboden musterte, die schadhaften Mosaiken, Rohre und Leitungen mit zumindest zur Schau getragener Kennermiene betrachtete. Sonst wurden kleine Fehler oder Abnutzungserscheinungen immer mit dem Ausruf »Hach, wie pittoresk!« bedacht. Hassan räusperte sich und deutete auf eines der Fenster im hinteren Teil des Hauses. »Und von hier aus kann man in den Innenhof sehen.«

Diese Mrs. Garrett warf kurz einen Blick hinaus, wanderte dann aber weiter durch die hohen Räume, hinaus auf den kleinen Balkon, wo sie am schmiedeeisernen Geländer rüttelte, ehe sie die hölzernen Fensterläden überprüfte. Hassan unterdrückte ein Stöhnen.

»Wie viel soll es kosten, sagtet Ihr?«, wandte sie sich unvermittelt an Hassan. Dieser nannte den Preis. Mrs. Garrett lächelte und schüttelte den Kopf. »Das ist viel zu viel.« Und wortlos hob sie die Hand, zeigte mit emporgereckten Fingern, was sie bereit war zu zahlen.

Sogleich fing Hassan an zu jammern: »Aber das Haus ist viel mehr wert! Es ist ein gutes, altes Haus, mit Sorgfalt erbaut!«

Seine mögliche Kundin lachte. »Ich sehe, dass es alt ist! Hier muss viel repariert und erneuert werden.« Erneut hob sie ihre Hand und gab zu verstehen, was ihr das Haus wert war.

»Denkt auch an mich und meine Kinder«, versuchte er an ihr Mitgefühl zu appellieren, was meist gut funktionierte bei Engländerinnen. »Wenn ich dem Hausherrn nicht den vollen Preis bringe, gibt auch er mir weniger Geld. Wovon soll ich dann meine Kinder ernähren?« Er setzte sein treuherzigstes Gesicht auf. Mrs. Garrett schüttelte mit amüsierter Miene den Kopf und beharrte auf ihrem Angebot.

»Allerdings«, sie ließ den Blick durch den Raum schweifen, von dessen Wänden an ein paar Stellen der Putz bröckelte, »werde ich Handwerker benötigen. Wenn Ihr mir gute vermitteln könntet, würde ich Euch dafür natürlich extra bezahlen.«

Hassan strahlte über das ganze Gesicht. Das war eine Lady nach seinem Geschmack! Er eilte an ihre Seite, dass sein Bauch in dem weiten Hemd über dem Kummerbund der Pluderhose hüpfte, und zusammen setzten sie den Rundgang durchs Haus fort. »Ich habe da einen Vetter, der ist Schreiner … und dessen Schwager versteht sich auf Malerarbeiten. Und sein Neffe ist Schmied! Ich kann nachher gleich vorbeigehen …«

In der Tat – Hassan verstand sich auf englische Ladys. Aber einer wie Mrs. Garrett war er noch nicht begegnet. Und so kam er nach Abwicklung des Hauskaufs und nach Vermittlung der Handwerker oft auf ein Glas Tee oder einen Becher Kaffee vorbei, um zu schwatzen und sich nach dem Stand der Renovierungsarbeiten zu erkundigen. Dabei schnauzte er bei nächster Gelegenheit den Handwerker an, sich gefälligst zu beeilen – man wolle doch Mrs. Maya, Miss Amy, Mrs. Elizabeth, Miss Betty und vor allem nicht den kleinen *said* noch länger ohne warmes Wasser lassen!

Mit Hassan hatten sie eine gute Anlaufstelle für alles, das merkten auch Maya und die anderen schnell. Er wusste, wo es das beste Obst und den besten Mais in der Nachbarschaft zu kaufen gab und bei welchem Händler man niemals Fleisch kaufen durfte, weil es von vorgestern war. Auch eine Köchin namens Fatma besorgte er ihnen, die es anfangs schwer hatte, unter Bettys scharfen Augen zu bestehen, bis man sich auf einen Kompromiss geeinigt hatte: Sie würden abwechselnd kochen, einen Tag ägyptisch-arabisch, einen Tag englisch. Es ergab sich, dass Hassan hörte, dass ein christliches Krankenhaus händeringend nach Krankenschwestern suchte – Amy Symonds kam wie gerufen. Und Hassan geriet immer wieder an besonders neugierige Touristinnen, die sich nicht gerne von einem Mann unterrichten lassen wollten, aber sehr gerne Arabischstunden bei Maya nahmen, noch lieber zum Tee blieben und, zuhause angelangt, die sympathische Mrs. Garrett ihren Bekannten und Verwandten weiterempfahlen, die ebenfalls nach Cairo zu reisen planten. Mayas Roman über Himyar verkaufte sich nicht übermäßig, aber immerhin so gut, dass der

Verleger in England zufrieden war mit dem Gewinn, Maya einen Bonus bezahlte und sie bat, doch etwas über Cairo zu schreiben, wenn sie nun schon dort lebte. Und ob sie sich eine Übersetzung aus dem Arabischen zutraue?

Zusammen mit der Pension der britischen Armee und Tante Elizabeths Sparstrumpf war für ihr aller Auskommen gesorgt. Für englische Verhältnisse bescheiden, aber hier in Cairo ließ sich gut damit leben.

Als hätte ein Windstoß Mayas Lebensbuch erfasst, flogen dessen Seiten nur so dahin, viel schneller als die sorgsam aufgeblätterten ihrer Kindheit, Jugend und ihrer frühen Erwachsenenjahre. Vielleicht, weil sie so viel zu tun hatte: mit Lesen in ihrer langsam, aber stetig wachsenden Bibliothek, mit Schreiben und Übersetzen, mit Unterricht.

Tante Elizabeth hatte recht behalten: Cairo war dabei, ein zweites Paris zu werden. Vor allem, als sich der neue Khedive Isma'il Pasha fünf Jahre nach Mayas Ankunft daranmachte, die Stadt im Westen nach dem französischen Vorbild auszubauen, mit breiten Prachtstraßen, großzügigen Parks und weiten Plätzen, an denen sich Zuckerbäckerhäuser nach europäischer Bauart präsentierten, die nachts funkelnd beleuchtet wurden. Die Eröffnung der Eisenbahnlinie nach Alexandria machte die Stadt auch für Touristen noch attraktiver, und seit Thomas Cook Cairo in sein Reiseangebot aufgenommen hatte, strömten immer mehr Engländer in die Stadt. Künstler, die betört waren von dem Leben auf den Straßen und der Freundlichkeit der Menschen, der Schönheit der Stadt, die von allem etwas hatte, Einflüsse aus dem Mittelmeerraum, dem Orient und Afrika, aus Frankreich und England; prächtige Moscheen und elegante Wohngebäude, Kaffeehäuser und bunte *suqs*, Muezzinrufe und das Geläut von Kirchenglocken.

Es sprach sich herum, dass mitten im Treiben der Altstadt, in einem der unscheinbaren Häuserblöcke in der Nähe der alten Stadtmauer Bab Zuweila, Maya Greenwood Garrett lebte, die Schriftstellerin und Übersetzerin, und so erhielt sie oft Besuch aus England, von Fremden, die die Neugierde getrieben hatte. Manch einer blieb eine Zeit in Cairo, schlug gar Wurzeln, wie Maya selbst es getan hatte; die meisten aber reisten weiter, schrieben jedoch oft über ihre Erlebnisse.

Zweifellos lag es aber auch an Jonah, dass die Zeit so vorüberflog. Oft wollte Maya rufen: »Halt, hör auf zu wachsen, ich will dich in diesem Alter, genau so, noch eine Weile haben«, doch es hätte nichts genützt. Der rundliche Zweijährige streckte sich, wurde ein kleiner Lausebengel, dann ein richtig großer Junge, schmal und hochgewachsen und so dunkel, dass man ihn wahlweise für einen kleinen Ägypter oder einen Südfranzosen hielt, und nachdem er von Fatma schon so viel Arabisch aufgeschnappt hatte, brachte Maya ihm den Rest auch noch bei. Gerade eben hatte er erst alle Zähne bekommen, dann wackelten sie auch schon und wichen den Zweiten. Betty kam kaum damit nach, seine Hosen zu verlängern, und als er seine Begeisterung für das Ballspiel mit anderen Jungen seines Alters unten auf der Gasse entdeckte, das ab und zu in kameradschaftlichen Raufereien endete, nicht mehr damit, sie zu flicken. Er ging zur Schule, wenn auch nicht besonders gern, war faul, begriff aber schnell und kam daher dennoch gut mit.

Der unerträglichen Hitze des Sommers entflohen sie jedes Jahr allesamt nach Black Hall, wo sich auch Angelina und William Penrith-Jones aus London einfanden. Nach vier Geburten war Angelina völlig aus der Form geraten, schien aber noch nicht genug zu haben und schwärmte von einem weiteren Kind. Bestimmt auch, weil sie doch noch hoffte, eines zu bekommen, das nach ihr schlug; denn abgesehen von ihren großen dunkelblauen Augen waren Anna, Jeremy, Evelyne und

Philip allesamt nach ihrem Vater geraten: gutmütig, stämmig und rothaarig. Zu fünft tobten die Greenwood-Enkel durch den Garten von Black Hall und zankten sich darum, wer als Erster auf die neue Schaukel unter dem Apfelbaum klettern durfte.

Unmittelbar nach jedem Weihnachtsfest, das sie in London am Belgrave Square verbrachten, kamen Martha und Gerald zu Besuch. Maya, der die Abneigung ihrer Mutter gegen das Reisen noch in lebhafter Erinnerung war, konnte nur staunen, mit welcher Begeisterung sie mit Mann, Schwägerin – die hier in Cairo fast noch jugendlicher und energiegeladener wirkte als seinerzeit in Bath –, Tochter und Enkel durch die Stadt flanierte, vorbei an den Moscheen und alten Palästen; manchmal begleitet auch von Amy, die wie zu einer dritten Tochter geworden war. Ausgerechnet Martha war diejenige, die nicht genug von den Basaren bekommen konnte, sich unerschrocken durch das Meer aus weißen und roten Turbanen hindurchdrängte, vorbei an Eseln, beladen mit Wasserschläuchen und Backsteinen, die jeden Augenblick herunterfallen und ihr einen Fuß zerschmettern konnten. Vor allem der Seidenbasar hatte es ihr angetan, auch wenn Maya ihr dutzendfach erklärte, dass die besonders farbenprächtigen Stoffe, die sie gerade sehnsüchtig durch die Finger gleiten ließ, aus Lyon stammten. Und auch dem Parfümbasar, überdacht und lichtlos, von nur wenigen Kunden besucht, bevölkert von finster aussehenden Gestalten, musste Martha jedes Mal einen Besuch abstatten, und sei es nur, um über die in Bündeln von den Decken hängenden Goldpapierstreifen für Hochzeitsfeiern, die bei jedem Luftzug knisterten und raschelten, zu staunen, oder für die merkwürdigen Pasten und Essenzen, durch die sie sich hindurchschnupperte, bis hin zu den verschiedenen Varianten an Hennapulver und Khol für die Augen. Es war, als ginge ihre Mutter ganz selbstverständlich davon aus, dass ihr hier nichts geschehen konnte, solange Maya dabei war, die schließlich hier lebte. Dennoch zuckte Martha immer noch angeekelt zusammen, wenn Najmah von nebenan mit besonders viel Knoblauch und Schwarzkümmel kochte und die Schwaden durch den Innenhof ins Haus zogen.

Sie gingen in die italienische Oper und die Comédie Française, oft hinauf auf die Zitadelle, wo neben verfallenen Ruinen der prächtige Palast des vorigen Khediven stand, glänzend bekuppelt und von schlanken Minaretten umrahmt, von wo aus man einen atemberaubenden Blick über die gesamte Stadt hatte. Sie besichtigten die »Hängende Kirche« im koptischen Viertel, hoch auf Treppen zwischen den Häusern erbaut, wo sich unter den Zwillings-Glockentürmen Spitzbögen mit Arabesken in atemberaubender Fülle verbargen und eine alte römische Festungsmauer. Sie besuchten das Ägyptische Museum im Stadtteil Bulaq, wo sie beeindruckt vor den Artefakten alter Kulturen standen, die vor ihnen hier gewesen waren: die der Pharaonen, die auch die Pyramiden von Gizeh erbauen ließen, gigantischen Monolithen gleich, der Ewigkeit gemahnend, und die der Sphinx, jenes monumentalen Fabelwesens, das aus leeren Augen in die Wüste hinausstarrte. Bauwerke, die vielleicht beim dritten oder vierten Besuch noch überwältigender waren als beim ersten. Bis nach Sakkara, zu den dortigen Stufenpyramiden, und nach Alexandria führten sie ihre Ausflüge. Und es berührte Maya zutiefst, den Stolz in den Augen Geralds zu sehen, wenn er eines der Bücher in die Hand nahm, die sie verfasst hatte – oder wenn er Jonah betrachtete, ihm im Museum etwas erklärte oder umgekehrt Jonah ihm die Geschichte eines bestimmten Bauwerks erzählte, wie er sie bei seinen Freunden oder in der Schule gehört hatte.

Zwei- oder dreimal hatte Jonah nach seinem Vater gefragt. Maya hatte in bestem Glauben geantwortet, er sei tot, genau wie sein Onkel, nach dem er benannt worden war, und einstweilen hatte er sich damit zufriedengegeben. Er würde irgendwann wieder fragen, detaillierter wahrscheinlich, darüber machte sie sich keine Illusionen. Doch was sie ihm dann sagte – das würde sie überlegen, wenn es so weit war.

Das indische Armband, das Ralph ihr aus Mardan geschickt hatte, trug sie nie; denn es erinnerte sie immer an diesen blutigen Aufstand, in dem er sein Leben verloren hatte. Doch sie trug den Ehering am linken Ringfinger, für Ralph, die Münze aus Himyar eingefasst an einer Kette um den Hals, für Rashad, und Witwenschwarz für beide. Immer noch. Jahr um Jahr. Nun begriff sie, weshalb Tante Elizabeth auch nach so vielen Jahren keine Farben trug. Denn nichts gab Maya mehr Freiheit als diese Witwentracht, die einem Bollwerk der Schicklichkeit gleichkam und alle Grenzen, die Maya als junges Mädchen so beengt hatten, nicht mehr existieren ließ. Es war Ralphs freier Wille gewesen, Soldat zu sein, sein Schicksal, im Aufstand der *sepoys* zu sterben. Mit seinem Tod aber hatte er ihr unfreiwillig das größte Geschenk gemacht – sie war frei. Frei zu gehen, wohin sie wollte, zu tun, was ihr beliebte, ohne dass die Gesellschaft aus tausend Augen über ihre Sittsamkeit wachte.

Doch Maya trug auch weiterhin Schwarz, weil es eine Art von Trauer gibt, die niemals endet. Wie es Gefühle gibt und Erinnerungen, die nie verlöschen. Nur leiser werden. Sie hatte aufgehört, der Vergangenheit entfliehen zu wollen, war sie doch das Fundament, auf dem Gegenwart und Zukunft ruhten. Jonah war der lebende Beweis dafür.

In Mayas Bibliothek fand sich auch eine Ausgabe von Richard Francis Burtons *First Footsteps in East Africa*, die sie oft zur Hand nahm. *»Mir scheint, einer der glücklichsten Momente im Leben eines Menschen ist der Aufbruch zu einer weiten Reise in unbekannte Länder …«*, hatte er ihr einst geschrieben. Dann lächelte sie in sich hinein, erinnerte sich an ihn, der ihr den Stoff für die Träume ihrer Kindheit und Jugend geliefert hatte, und sie dachte an ihren eigenen Aufbruch nach Black Hall und später hierher, nach Cairo.

Ausgaben der *Times* und das, was ihr Vater, noch immer unermüdlich in Diensten des Balliol College, aus Gelehrtenkreisen erfuhr, hatten ihr erlaubt, Richards Lebensweg weiter zu verfolgen. Unbeschadet hatte er den Kriegsschauplatz der Krim verlassen, war nach Bombay zurückgekehrt, dann nach Sansibar gereist, um seinen Traum wahr zu machen: eine Expedition zu den Quellen des Nils im Osten Afrikas. Eine Reise nach Nordamerika folgte, dann der Posten eines Konsuls in Westafrika, schließlich einer im brasilianischen Santos. Einen weiteren Brief Mayas hatte er unbeantwortet gelassen, ebenso wie ihre aufrichtig gemeinten Glückwünsche zu seiner Hochzeit mit Isabel Arundell im Januar 1861. Noch nach all der Zeit hatte es ihr einen Stich versetzt, von seiner Heirat zu hören. Doch noch mehr, dass er ihr keine Zeile mehr schrieb. Sie hegte jedoch keinen Groll; nur nostalgische Erinnerungen und Dankbarkeit. Hatte er ihr nicht schließlich den Weg geebnet, der sie hierhergebracht hatte – mit Jonah?

Maya war jetzt sechsunddreißig und hatte schon die ersten vier grauen Haare an ihrem Spiegelbild entdeckt. Sie war glücklich, endlich zufrieden mit ihrem Leben, und endlich verwurzelt, hier, am Schnittpunkt zwischen westlicher und östlicher Welt.

Nur manchmal, wenn der Wind durch die Gasse fegte und durch das geöffnete Fenster einen Hauch von Sand zu ihr an den Schreibtisch trug, schloss sie die Augen und sah Rashad vor sich. Es gab Momente, in denen sie durch die Straßen ging und ihr Herz stockte, weil sie im Getümmel einen Mann erblickt hatte, der auf den ersten, flüchtigen Blick aussah wie er, dem enttäuschenden zweiten aber nicht standhalten konnte. Am schmerzlichsten waren die Augenblicke, in denen Jonah konzentriert mit etwas beschäftigt war oder in Gedanken versunken. Dann wurden seine Augen schmal, bildete sich über der Nasenwurzel eine steile Falte, und Maya glaubte, seinen Vater in jungen Jahren vor sich zu haben. Unerträglich war es, wenn Jonah mit dem innehielt, was er gerade tat, und zu lauschen schien, halb in sich hinein, halb nach draußen in die Welt. Als hörte er den Ruf der Wüste, die er im Blut hatte und in der er gezeugt worden war. Dann musste Maya das Zimmer verlassen, weil sie es nicht ertrug. Denn das Herz vergisst niemals. Die Sehnsucht bleibt - auf beiden Seiten des zerrissenen Bandes.

12

Der Gesang der Zikaden füllte die Nacht und bildete in seiner ausufernden Üppigkeit, seinem silbernen Tonfall, mit dem er sich ausbreitete, ein irdisches Gleichgewicht zum Sternenhimmel. Eines der Kamele grummelte vor sich hin, als fühlte es sich durch das Insektenkonzert in seinem wohlverdienten Schlaf gestört. Der Küstenstreifen der Tihama, der »Heißen Erde«, ein Flickenteppich aus Steinwüste, *wadis*, üppigen Feldern und Mangrovensümpfen, die bei steigendem Meeresspiegel überflutet wurden, bei Ebbe auf weite Salzflächen hinausblickten, war in Finsternis getaucht. Doch heiß war es noch immer, hier, auf etwa halbem Weg zwischen der Hafenstadt Al Mokha und dem Bab el-Mandeb, wo Arabien afrikanische Züge trug: in der Hautfarbe seiner Menschen, ihrem Zungenschlag, ihren Sitten und Bräuchen, der grellen Buntheit und den gebatikten Mustern der Stoffe, die sie in der feuchten Hitze webten, färbten und trugen. Nur wenn die Zikaden einen Herzschlag lang verstummten, wenn das Ohr sich von der plötzlichen Stille erholt hatte, war das nahe Meer zu hören, glucksend, sprühend über Sand und Fels. Ansonsten ging es im Prasseln des Feuers unter, während sich die rastende Karawane, müde von einem langen Tagesritt, mit gebratenem Ziegenfleisch und Brot stärkte.

Rashad, der nun auf den Namen Abd ar-Ra'uf hörte, beugte

sich vor und schob einen ins Rutschen geratenen Ast tiefer unter die Flammen, die zuckten und sich dann gierig auf die frische Nahrung stürzten. Der Anhänger seiner Halskette glitt aus dem Ausschnitt seines Gewandes und glänzte im Feuerschein. Er bemerkte es nicht, denn die Wärme des Goldes auf seiner Haut, das kaum hörbare Klimpern von Ring gegen Medaillon waren ihm über die Jahre so vertraut geworden wie sein Herzschlag, den nur er hören konnte.

Doch Yusuf bin Nadir, der alles kaufte und verkaufte, was sich zu Geld machen ließ, sah es sehr wohl.

»Hübschen Schmuck, den du da trägst, Abd ar-Ra'uf«, schnarrte er über das Feuer hinweg.

Scheinbar gleichgültig und ohne Hast ergriff Rashad den Anhänger und ließ ihn unter den einst weißen, durch Staub, Schweiß und Sand ockerfarben und grau gesprenkelten Stoff zurückfallen und zog sich wortlos in den Schatten am Rand des Lagerfeuers zurück.

»Nun reisen wir schon so viele Jahre zusammen durch das Land, und ich weiß nichts über dich«, ließ der Händler nicht locker und kniff seine Augen zusammen, um durch Rauch und tanzendes Schummerlicht einen Blick auf das Gesicht seines Gegenübers zu erhaschen. Rashad verzog jedoch keine Miene.

»Ihr wisst genug«, entgegnete er nach einer kleinen Pause höflich mit Distanz, während Yusuf ihn vom ersten Tag an geduzt hatte. »Ich beschütze und verteidige Euer Leben wie Eure Waren mit meinen Waffen. Das allein ist wichtig.« Sobald sich seine durch die Soldaten des Sultans von Ijar ausgekugelte Schulter erholt hatte, hatte Yusuf ihm ein Gewehr und ein Schwert in die Hände gedrückt, und von beidem hatte er auf ihren langen Wegen kreuz und quer über die arabische Halbinsel häufig Gebrauch gemacht. Yusuf lachte, sein unverkennbares Lachen, wie das Meckern einer Ziege.

»Das ist wohl wahr! Du leistest mir treue Dienste als Wache. Doch als Begleiter bist du wenig unterhaltsam.«

»Ihr bezahlt mich auch als Wache, nicht als Gaukler.«

Yusuf lachte erneut. »Auch das ist wahr, Abd ar-Ra'uf. Aber ebenso wahr ist, dass ich dich gut kennengelernt habe in diesen Jahren. Auch ohne dass du je von dir erzählt hast.« Er biss mit seinen verbliebenen Zähnen – fünf waren ihm im Laufe der Zeit abhandengekommen – in ein fetttriefendes Stück Fleisch und sprach mit vollem Mund weiter: »Das Kriegerhandwerk hast du von Kindesbeinen an erlernt, das habe ich gleich gesehen, ebenso wie das Reiten. Du musst ein Meister in beidem gewesen sein. Das Geld, das ich dir gebe, reichst du sogleich an den nächsten Bettler weiter, sparst es nicht wie alle meine anderen Begleiter über die Jahre, die, wenn sie das Heimweh plagte und sie genug beisammenhatten, sich ein Stück Land oder ein paar Ziegen und Schafe kauften und sich eine Frau und Kinder leisteten. Ich habe auch bemerkt, dass du die Wege im Süden sehr gut kennst. Trotzdem hast du selbst auf den gefährlichsten Pfaden nicht halb so aufmerksam um dich geblickt wie im Süden, hast du nie auch nur für einen Herzschlag lang deine *keffiyeh* vom Gesicht genommen. Besonders nicht auf dem Gebiet des Sultanats von Ijar.«

Rashad schwieg, und Yusuf sah, dass er nicht einmal zusammenzuckte, als er diesen Namen erwähnte. Seine Stimme wechselte unvermittelt die Klangfarbe, geriet wärmer, fast liebevoll.

»Wovor flüchtest du, Abd ar-Ra'uf?«

Sein Gegenüber blieb stumm und reglos.

»Welche Schuld hast du auf dich geladen?«

»Wenn Euch weiterhin an meinen Diensten liegt, so lasst es hierbei bewenden.« In Rashads Tonfall schwang unverhohlenes Grollen mit. Yusuf unterdrückte ein Grinsen, ließ dem Lächeln, das darauf folgte, aber dann doch freien Lauf.

»Ich habe keine Kinder, habe nie eine Frau gefunden, die mein Leben mit mir hätte teilen wollen, noch eine, deren Eltern an mir Gefallen gefunden hätten. Du willst das vielleicht nicht hören ... Aber wenn ich einen Sohn gehabt hätte, hätte ich mir einen wie dich gewünscht.«

»Ihr wisst nicht, was Ihr da redet«, kam es tonlos von gegenüber.

»Und du weißt nicht, dass es Geheimnisse gibt, die das Herz vergiften, trägt man sie zu lange mit sich herum. Bei dir ist es bald so weit, Abd ar-Ra'uf oder wie immer dein Name sein mag. Ich sehe es in deinen Augen.« Yusuf seufzte und fügte leiser hinzu: »Es geht um eine Frau, nicht wahr?«

»Wie kommt Ihr darauf?« Der hörbare Schmerz, den selbst ein Rashad, der einmal ein Krieger von al-Shaheen gewesen war, nicht zu unterdrücken vermochte, rührte Yusuf. Er lachte, herzlich dieses Mal.

»Ach, mein Junge – das Flüstern einer schönen Frau kann weiter hinaus in die Welt dringen als das Brüllen eines Löwen. Du bist kein Mann, der für Ruhm oder Geld ein Verbrechen begeht, auch das weiß ich über dich. Und du warst bislang der einzige meiner Männer, der sich nie nach einem Paar hübscher Augen über dem Gesichtsschleier umgedreht hat oder den unverhüllten Mädchengesichtern der Tihama nachgeblickt hat.«

»Es ändert nichts, ob ich es Euch erzähle oder nicht.«

»Wenn dem so ist – dann kannst du dein Gewissen getrost bei mir erleichtern«, schloss Yusuf, ganz der Mann, der seit Jahr und Tag das Feilschen gewohnt war. »Dann findest du vielleicht endlich Ruhe. Was auch immer du getan haben magst – die Zeit hat gewiss schon eine dicke Schicht Wüstensand darübergeweht. Und außerdem«, er wischte sich seine Rechte am Boden ab und rülpste, »kannst du mich alten Mann nicht im Ungewissen lassen. Du würdest es dir nie verzeihen, stürbe ich, ohne dass du meine Neugierde befriedigt hast.«

Rashad schwieg. In dieser Nacht und in den beiden folgenden. Doch in der vierten Nacht entlang ihres Reiseweges, im Schein eines anderen Feuers, begann er zu erzählen.

»Man nannte mich Rashad ibn Fahd ibn Husam al-Din, und ich war ein Krieger von al-Shaheen, im Sold des Sultans von Ijar …«

Und wie einst Sheherazade benötigte er mehr als eine Nacht, um seine Geschichte vorzutragen. Wenn auch nicht tausendundeine.

13

Jonah Garrett trat von einem seiner unverhältnismäßig langen Beine auf das andere und unterdrückte ein Seufzen, während er neben Mayas Schreibtisch im zweiten Stockwerk des Hauses stand und wartete, bis seine Mutter das Heft mit seinen Hausaufgaben durchgesehen hatte, für die er sich der kratzigen Schuluniform und der dämlichen Krawatte, die er sich schon herunterriss, kaum dass er zum Schultor hinausgestürmt war, endlich entledigen durfte und stattdessen in das lange, schmale Gewand aus blauer Baumwolle schlüpfte, das ihm jedes Mal einen wohligen Seufzer entlockte, wenn er es endlich über seinen schlanken Körper streifen konnte.

»Tariq! Tariq«, ertönte nun lautstark eine Jungenstimme unten auf der belebten Gasse, drang inmitten von Stimmengewirr und Rädergeklapper durch die beiden geöffneten Flügeltüren zum Balkon herauf. »Tariq! *Yalla!*«, rief eine zweite, die gegen Ende des Satzes unwillkürlich kiekste, ansonsten rau klang, da Abbas, der Sohn des Gemüsehändlers, bereits im Stimmbruch war. Nun wippte Jonah in den Knien auf und ab und verzog ungeduldig das Gesicht. Dass seine Mutter es mit den Aufgaben immer so genau nehmen musste! Sie wusste doch, dass er auch ohne viel Aufwand gute Noten mit nach Hause brachte! Er musterte ihr Gesicht von der Seite, die ersten Querlinien unter den Augen, die teilweise vom Gestell der Brille verdeckt wurden, die sie seit letztem Winter trug, wenn sie am Schreibtisch saß. Wenigstens hatte sie erreicht, dass sein Lehrer ihm keinen neuen Tadel für sein Herumgezappel während der letzten Schulstunde des Tages mehr erteilt hatte. »Jungen in diesem Alter brauchen Bewegung, und es ist Ihre eigene Verantwortung, wenn Sie Ihnen zwischen den Stunden nicht genug Möglichkeiten dazu bieten!«, hatte Maya diesen vor dem Klassenzimmer angefaucht und war dann mit einem energischen »Komm, Jonah!« hoheitsvoll in ihrem schwarzen Kleid davongerauscht.

»Sehr gut«, sagte sie endlich, und Jonah entfuhr ein erleichtertes Seufzen, als sie ihm das Heft zurückgab. Flink wie der Wind sauste er in sein Zimmer, tauschte das Schulheft gegen den Lederball, den er aus den Sommerferien in Black Hall mitgebracht hatte, streifte sich seine Sandalen über und sprang darin die Treppen hinunter. »Bis heute Abend!«, hörte er seine Mutter rufen.

»Ja-haaaa«, kam seine geistesabwesende Antwort, gedanklich schon beim Ballspiel mit seinen Freunden. *Klipp-klapp, klipp-klapp, klipp-klapp*, machten seine Sohlen beim Spurt die Treppen hinunter, *bonk!*, der Satz über die letzten Stufen hinweg, auf den gefliesten Boden der Halle hinab. Den Ball unter den Arm geklemmt, riss er die Tür auf und stürmte über die Schwelle, direkt in einen braunen Herrenanzug hinein. Durch den Aufprall flutschte der Ball aus seiner Umklammerung, doch der Gentleman fing ihn geschickt auf und reichte ihn Jonah zurück. Jonah schluckte. Furchterregend sah der Mann aus! Ein hageres, kantiges Gesicht. Schwere dunkle Brauen über den finsteren, schmalen Augen, und links und rechts des lang herabhängenden, schwarzglänzenden Oberlippenbartes tiefe Narben von sichtlich schweren Verwundungen. Jonah war ebenso erschrocken wie fasziniert von diesem Gesicht, und so entging ihm, dass sein Gegenüber ihn ebenso eindringlich musterte: das glatte, gleichfalls schwarze Haar, das ihm in die flache Stirn fiel; ein Jungengesicht, das kaum mehr Weichheit enthielt, schon den Mann erahnen ließ, aber in seiner ovalen Gesamtform von seiner Mutter stammte, ebenso wie die großen Augen, die nur einen Hauch von Goldschimmer hatten, so dunkel waren sie. Seine Nase war allerdings recht ausgeprägt, und seine Lippen voller. Jonah hatte sich wieder gefangen, zögerte aber noch, ob er sich höflichkeitshalber auf Englisch oder Arabisch bedanken sollte. Denn obschon der Mann aussah wie ein Einheimischer, trug er doch eindeutig einen englischen Anzug mit dazugehörigem Hut. Schließlich entschloss sich Jonah zu einem unverständlichen Gemurmel, das beides hätte sein können bis hin zu einer Beschimpfung. »Tariq! Tariq!«, riefen seine Freunde und sprangen winkend auf und ab. Jonah wollte schon zu ihnen hinrennen, als der Mann ihn an der Schulter festhielt.

»Ist deine Mutter zuhause?«, fragte er ihn in fließendem Arabisch. Jonahs Augenbrauen zogen sich über der Nasenwurzel zusammen. Was konnte dieser merkwürdige Finsterling von seiner Mutter wollen? Er war es gewohnt, dass oft Fremde ins Haus kamen, Reisende, die Maya Greenwood Garretts Hilfe als Dolmetscherin benötigten oder für eine Übersetzung. Oder welche, die eines ihrer Bücher gelesen hatten, gerade in Cairo waren und es signiert haben wollten. Doch dieser Besucher war ihm unheimlich. Und eingedenk Tante Elizabeths Rede, er sei doch hier der Mann im Haus, bedeutete er seinen Freunden, auf ihn zu warten, und schob sich rücklings gegen die Tür, sorgsam mit den Beinen den Eingang dabei blockierend. »Mama«, rief er an das Türblatt gelehnt auf Englisch hinauf. »Da ist ein Mann, der dich sprechen will!«

»Wer ist es denn?«, erklang die Stimme seiner Mutter.

»Ich bin's, dein alter Gauner!«, rief der Mann zu Jonahs Verblüffung über seinen Kopf hinweg mit rauer Stimme in akzentfreiem Englisch.

Ein, zwei Augenblicke war es entsetzlich still im Haus, dann hörte Jonah die niedrigen Absätze der bestickten Lederpantoffeln, die seine Mutter im Haus trug, eilig heranklappern, die Treppen hinab. Er wandte den Kopf und sah, wie sie oberhalb der letzten Stufen stehen blieb, die Hände seitlich vor den Mund gepresst, aber ein Strahlen in den Augen, wie er es in dieser Form noch nie bei ihr gesehen hatte.

»Richard«, rief sie lachend, als sie die Hände sinken ließ, und Jonah glaubte, Tränen in ihren Augen zu entdecken. Er sah von einem zum anderen und spürte eine Art von Verbundenheit, aus der er ausgeschlossen war und die ihm Stiche in der Herzgegend verursachte. »Komm doch rauf, ich lasse Tee aufsetzen! Oder magst du lieber einen Kaffee?«

Mit wütender Miene schob Jonah sich an diesem »Richard« vorbei auf die Straße, prellte den Ball auf das Pflaster, dass er immer höher sprang. Aber als er seine Freunde erreicht hatte, hatte er den Grund für seinen Unmut auch schon wieder vergessen, mit aller Sorglosigkeit eines Dreizehnjährigen.

»Schön hast du es hier«, sagte Richard Francis Burton, als Maya ihn in ihr Arbeitszimmer führte, das in hohen, offenen Regalen auch ihre Bibliothek beherbergte. Er legte seinen Hut auf ihren Schreibtisch, ließ neugierig den Blick über die ausgebreiteten Papiere, Notizen und aufgeschlagenen Bücher schweifen, ehe er es sich in einem der beiden Stühle an dem kleinen runden Tisch bequem machte, den Knöchel des einen Beines auf dem Knie des anderen ruhend lassend. Geraume Zeit sahen sie sich mit einer Mischung aus Staunen, nostalgischer Wiedersehensfreude und ernsthafter Begutachtung einfach nur an; Richard, der saß, und Maya, die in einem schwarzen Kleid aus leichtem Stoff vor ihm stand. Und jeder von ihnen ließ vieles noch einmal Revue passieren, was sie gemeinsam, aber auch getrennt voneinander erlebt hatten.

Krank und alt sah Richard aus, fand Maya. Ausgezehrt, noch mehr als bei ihrer letzten Begegnung in Aden, als hätte ihn jedes Jahr über Gebühr gezeichnet. Doch noch mehr erschreckte sie die Müdigkeit in seinen Augen, die damals noch nicht sichtbar gewesen war.

»Wie lange ist das jetzt her?«, flüsterte sie leise. »Über dreizehn Jahre?«

Richard nickte bedächtig. »Februar '55 muss es gewesen sein. Vierzehneinhalb genau.«

Mit einem Nicken bedankte Maya sich bei Betty, die ein Tablett vor sich herbalancierte und gewissenhaft Teekanne, Tassen, herzhaftes, scharf gewürztes Gebäck und süße Mandelkekse abstellte, dazu Cognac aus Elizabeths Hughes' alljährlich mitgebrachtem Vorrat und ein Glas, schließlich den Aschenbecher, wie von Maya geordert. Sie bemühte sich, den fremden Gast nicht allzu offensichtlich anzustarren, der ihre Hausherrin in solcher Hektik um Tee hatte bitten lassen. Doch kaum hatte sie geknickst und die Tür hinter sich geschlossen, hastete sie auch schon die Treppe hinab, um der ungeduldig in der Küche wartenden Tante Elizabeth alles bis ins kleinste Detail zu berichten.

»Du hast meine Briefe nie beantwortet«, stellte Maya ohne Vorwurf in der Stimme fest, als sie den Tee eingoss.

»Ich hatte viel zu tun, war viel unterwegs«, antwortete Richard ausweichend, als er sich ein Zigarillo anzündete und den Rauch tief einsog, bevor er sich beim Cognac bediente. »Du hast zugenommen«, stellte er mit einem erneut prüfenden Blick fest.

Maya lachte, keineswegs beleidigt, während sie ihre Tasse ebenfalls füllte. »Ich bin die Pfunde nach der Geburt nie wieder losgeworden.«

»Famoser Junge, den du da hast. Schlägt ganz nach dir. Von seinem Vater hat er nicht allzu viel.«

»Findest du.« Maya setzte die Kanne ruckartig ab und ließ sich Richard gegenüber nieder. »Ihr habt keine Kinder, du und Isabel?«, fragte sie höflichkeitshalber nach, obwohl sie die Antwort kannte.

Richard rollte den Zigarillo zwischen den Fingern hin und her und schüttelte den Kopf. Es war anzunehmen, dass eine seiner vielen Krankheiten im Laufe der Jahre seine Zeugungsfähigkeit beeinträchtigt hatte. Isabel, die wie er Kinder liebte, überschüttete deshalb sämtliche Neffen und Nichten und selbst deren Hunde, Katzen, Ponys und Pferde mit überschäumender Zärtlichkeit. »Hat sich nicht ergeben«, antwortete er. »Sicher auch ein Segen, rastlos, wie wir sind.« Er sah wieder auf und fasste Mayas Kette mit der Münze ins Auge, die aus ihrem kleinen Ausschnitt hervorblitzte. »Ein hübsches Stück.«

»Hätte ich mir denken können, dass sie dir gefällt – das ist eine Münze aus Himyar. Ich habe sie aus Arabien mitgebracht.«

»Seltsam – in meiner Vorstellung trugst du immer dieses eine Medaillon um den Hals. Das, was du früher immer –«

»Ich trage es nicht mehr«, schnitt Maya ihm das Wort ab, und ein Schatten glitt über ihr Gesicht.

»Himyar«, nahm er den Gesprächsfaden wieder auf, ließ die Laute förmlich auf seiner Zunge zergehen. »Ich habe deine Bücher gelesen. Gut recherchiert und nett geschrieben, aber doch ein wenig sentimental.«

Mayas Augen blitzten auf, als sie ihn über den Rand ihrer Tasse hinweg ansah. »Sentimental, soso. Demnach ist *sentimental* für dich immer noch gleichbedeutend mit *zu viel Gefühl?*«

Richards Lippen unter dem Bart wölbten sich vor, bogen sich dann zu einem maliziösen Lächeln, doch er erwiderte nichts.

»Warum besuchst du mich nach all den Jahren?«, wollte Maya wissen, als sie ihre Tasse wieder abstellte.

Richards Lächeln verschwand, als er sie mit zusammengekniffenen Augen durch den Rauch betrachtete.

Es wäre ein günstiger Moment gewesen, um von Isabel zu erzählen, die in allem das komplette Gegenteil von Maya war: Üppig gebaut, mit rundem Gesicht und schmalen Lippen, rötlich blond und mit seelenvollen blauen Augen, stammte sie aus einer katholischen Familie mit langer Adelstradition. Was sie mit Maya gemeinsam hatte, waren Träume von Ferne und Abenteuer, grenzenloser Freiheit und von der großen Liebe – und die Weissagung einer Zigeunerin, die ihr verhieß: »Du wirst über das Meer fahren und in derselben Stadt mit deinem Schicksal sein, ohne es zu wissen. Hindernisse werden sich dir in den Weg stellen und eine Verbindung von widrigen Umständen, dass du allen Mut, alle Kraft und allen Verstand benötigen wirst, um diese zu überwinden … Du wirst einen Namen unseres Stammes tragen und stolz darauf sein. Du wirst sein wie wir, doch größer. Dein Leben wird das Vagabundieren sein, das Abenteuer. Eine Seele in zwei Körpern, im Leben wie im Tod, nie lange getrennt. Zeig dies dem Mann, den du zum Manne nehmen wirst.« Hagar Burton, so hieß die Zigeunerin, die Isabel dies prophezeit hatte. Und als sie eines Tages in den Ferien mit ihrer Familie in Boulogne weilte, begegnete sie ihrem Schicksal in Gestalt von Richard Francis Burton, der in jedem noch so kleinen Detail ihrem Traum von einem Mann entsprach und tatsächlich denselben Familiennamen wie die Zigeunerin trug.

»Dieser Mann wird mich heiraten«, flüsterte sie ihrer Schwester zu und richtete von nun an ihr ganzes Leben darauf aus, tatsächlich seine Frau zu werden – denn: »Wenn ich ein Mann wäre – so wäre ich Richard Burton. Aber da ich kein Mann bin, muss ich ihn heiraten.« Sie sammelte alles über ihn, Bücher, soweit es ihre Eltern gestatteten, und Zeitungsausschnitte, notierte in ihr Tagebuch prophetische Träume von ihm, die sie weiter ermunterten, ihr Ziel zu verfolgen. Außerdem stellte sie minutiöse Listen und Pläne auf, wie sie sich als seine Frau verhalten, was sie in seinem Leben alles bewirken würde. Wenn – wenn sie nur erst seine Frau wäre.

Er hätte erzählen können, dass er geschmeichelt war, als er nach seiner Rückkehr von der Krim Isabel und ihre Schwester in den Botanischen Gärten von Kew nahe London wiedertraf und Isabel alle seine Bücher kannte und jeden Schritt seiner Reisen. Wie sie ihn anhimmelte, den Boden anbetete, auf den er trat. Dass alles an ihr in Gesten, Blicken und Stimmlage ihn anflehte, ihr Gott zu sein, dem sie dienen wollte, bis dass der Tod sie schiede. Ja, sie war so gänzlich anders als Maya, die ihm die Stirn geboten hatte, ihm an Starrsinn und Freiheitswillen gleichkam. Isabel war die ideale Frau für das Leben, das er führte, bedingungslos ergeben, ihm den Rücken zu stärken, offene Rechnungen zu bezahlen, die Sachen zu packen und ihm zu folgen, wo immer er hinging.

So bat er sie um ihre Hand, wurde selbst in den vier Jahren heimlicher Verlobung nicht wankelmütig, bis Isabel volljährig wurde und ihn gegen den Willen ihrer Eltern heiratete. Richard liebte Isabel, aber es machte ihm auch Angst, wie sehr sie ihn mit ihrer abgöttischen Liebe überschüttete. Doch diese Angst schwand in dem Maße, wie er unter den Misserfolgen seines Lebens und den Strapazen seiner Reisen ausbrannte. Mittlerweile war Isabel die Stärkere, seine Stütze, seine Festung gegen die ihm so missgünstig gesonnene Gesellschaft. Der einzige Mensch, der uneingeschränkt zu ihm halten würde – bis dass der Tod sie schiede. Er bewies sogar eine gehörige Portion Selbstironie, indem er eine Skizze anfertigte, auf der Isabel auf dem Rücken eines Löwen ritt und diesen am Zügel hielt – dieser Löwe trug Richards Gesichtszüge. Er liebte sie – aber nicht so, wie er Maya geliebt hatte. Und seine Hoffnung, Isabel würde Mayas Spuren in seinem Herzen auslöschen, war eine Illusion geblieben.

Das alles hätte er in diesem Arbeitszimmer in Cairo erzählen können, an diesem Septembertag des Jahres 1869. Aber er tat es nicht. Das, was ihm auf der Seele lag, kam ihm in der Tat sentimental vor. Zu voll von Gefühl, und das war noch nie sein Spezialgebiet gewesen. Daher schüttelte er nun den Kopf und beugte sich vor, um die Asche seines Zigarillos am Rand des Kristallschälchens abzustreifen.

»Nein, ich war in Boulogne und Vichy – mit Swinburne übrigens, dem Dichter. Dann in Turin und Brindisi und befinde mich nun auf dem Weg nach Syrien. Ich habe den Posten des Konsuls in Damaskus angenommen. Isabel ist schon dort und bereitet alles für meine Ankunft vor. Da lag Cairo eben auf dem Weg.«

Er erging sich in Schilderungen über den endlosen, langweiligen Drill während des Krimkrieges; war er doch zu spät dort eingetroffen, um noch in wirkliches Kampfgeschehen verwickelt zu werden. Von seiner großen Safari nach Afrika sprach er, wo er und sein Begleiter John Hanning Speke den Tanganjikasee gefunden hatten. Malaria und andere tropische Krankheiten ließen Speke vorübergehend erblinden, Burton zeitweise unfähig werden, weiterzumarschieren, sodass er von seinen einheimischen Lastenträgern getragen werden musste. Auf dem Rückweg unternahm Speke ohne Richard einen Abstecher, bei dem er einen weiteren See entdeckte und zu Ehren der Königin Victoriasee taufte.

Nachdem sich Richard in Sansibar von den Folgen dieser Expedition erholt hatte, musste er in England feststellen, dass der vorausgereiste Speke bereits alle Meriten für ihre gemeinsame Expedition eingeheimst hatte. Ein heftiger Streit entbrannte zwischen den beiden, in dem Richards schlechter

Ruf – ungeachtet dessen, dass ihm keine Schuld am unglücklichen Ausgang der Reise nach Berbera nachgewiesen werden konnte – und Spekes untadeliger Leumund die entscheidenden Faktoren für die öffentliche Meinung und die der *Royal Geographic Society* waren. Verbittert brach Richard auf, um Nordamerika zu bereisen, während Speke nach einer weiteren Expedition behauptete, die Quellen des Nils gefunden zu haben. Burton bestritt dies lautstark, und eine öffentliche Debatte der beiden früheren Freunde, nun erbitterte Kontrahenten, vor der *Royal Geographic Society* wurde anberaumt. Zu dieser kam es jedoch nie: Speke starb bei der Jagd durch einen Schuss aus seiner eigenen Waffe. Ob es ein Unfall war oder Selbstmord, konnte nie geklärt werden.

Richard reiste in diplomatischer Mission nach Westafrika und in den Kongo, war Konsul im brasilianischen Santos, erkundete von dort aus Südamerika, schrieb und veröffentlichte Buch um Buch, Artikel um Artikel. Und nun also Damaskus. Rastlos. Vom Teufel getrieben. Wie von jeher und wie wohl bis an das Ende seines Lebens.

Maya lauschte begierig, doch je länger er sprach, desto erschütternder empfand sie den fiebrigen Glanz in seinen Augen, der nicht von einer Krankheit herrührte, die Leere dahinter, den hässlichen, bitteren Zug um seine Lippen, wenn er davon sprach, wie ihm immer und überall Unrecht widerfahren sei. Das war nicht mehr der gut aussehende, stolze, widerborstige Student, der ihr Kinderherz hatte höher schlagen lassen. Nicht der verwegene junge Soldat der britischen Armee in Indien, der mit seinen Küssen in ihr etwas geweckt hatte, das erst mit Rashad seine Erfüllung gefunden hatte. Dieser Mann, der ihr gegenübersaß, war verbraucht und alt, verschlissen in seinem Kampf mit der Welt, die ihm niemals das geben würde, was er von ihr begehrt hatte, solange er denken konnte: Anerkennung.

Männer, die sich auf die Suche nach dem Ursprung eines Flusses machen, suchen in Wahrheit nach dem Ursprung von etwas anderem, das ihnen selbst schmerzlich fehlt, obwohl sie wissen, dass sie es niemals finden werden, fiel ihr sein letzter Satz damals in Aden ein. *Du weißt, dass du es nie finden wirst, nicht wahr Richard? Dich treibt ein Hunger um, der nie gestillt werden wird. Egal, was das Leben dir noch zu geben vermag – es wird dir nicht genug sein. Niemals.*

Sie war fast erleichtert, als er aufstand, um sich zu verabschieden, und doch voller Wehmut. Einen Augenblick standen sie einander gegenüber, bis er die Hände nach ihr ausstreckte, sie doch wieder sinken ließ, mutlos, als sei es ohnehin vergeblich. Mit langen Schritten ging er hinüber zum Schreibtisch und nahm seinen Hut. »Danke für deine Zeit, Maya. Nein, bemüh dich nicht, ich finde allein hinaus.« Es war wie in Black Hall, damals, vor so vielen Jahren, bei ihrem ersten Abschied von so vielen, die über die Zeit gefolgt waren.

Noch ehe sie etwas hätte sagen können, hörte sie ihn schon eilig die Treppen hinablaufen, als sei er auf der Flucht. Sie trat auf den Balkon und sah hinab, folgte ihm mit Blicken, wie er seinen Hut aufsetzte und davonging. Ein Hut, zwischen einem Ozean aus Turbanen und Fesen, der irgendwann in dem regen Betrieb des abendlichen Menschengewirrs verschwand: der Engländer, der er nie sein wollte, ohne sich aber je wirklich für etwas anderes entschieden zu haben.

»Leb wohl, Richard, alter Gauner«, flüsterte sie ihm hinterher. Sie wusste, sie würde ihn nie wiedersehen.

14

Damaskus. Die Stadt, von der die Beduinen behaupten, sie sei von Uz gegründet worden, dem Enkel Shems, dessen Vater Noah war; die schon vor der Zeit Abrahams existierte – eine der ältesten, bewohnten Städte der Welt. Eingebettet in den grünen Flor eines hügeligen Flusstales, das von weiß-gelben Kamillenblüten gesprenkelt und von Aprikosenhainen geziert war; umschlossen von der sonnenverbrannten Wüste eine leuchtend weiße Stadt, unter bauchigen Kuppeln und eleganten Minaretten, gekrönt von in der Sonne schimmernden Halbmonden und durchflossen von den Fluten des Barada. Sagenhafte Gärten durchzogen die Stadt, und Springbrunnen spendeten Kühle. Der Prophet Mohammed selbst soll sich von der Pracht dieser Stadt abgewandt haben, weil der Mensch nur ein einziges Mal das Paradies betreten kann und er es vorzog, auf das Paradies Allahs zu warten. Hier befanden sich auch die Straße, die in der Bibel »die Gerade« heißt, und das Haus, in dem Hananias dem durch die göttliche Erscheinung erblindeten Saulus die Hände auflegte und ihn wieder sehend machte, sowie das Grab des legendären Sultans Saladin, des Widersachers von König Löwenherz. Ein Labyrinth aus Gassen, deren vergitterte Fenster sich fast über den Köpfen der Passanten trafen, die Araber waren, Juden, Türken, Beduinen, Perser, Kurden, Anatolier und Afrikaner. Wasserhändler und Milchverkäufer priesen ihre Getränke an, Esel und Kamele mischten sich unter die Menschen, und die streunenden Hunde, die nach allem schnappten, was essbar schien, lieferten sich knurrend und jaulend heftige Kämpfe. Es war die Stadt der *hamams*, der Bäder, und die der *harems*, der Frauengemächer.

Vor allem war Damaskus aber auch die Stadt der *suqs*, farbenprächtig und quirlig, und am Rande eines solchen zappelte gerade Yusuf bin Nadirs knochiger Zeigefinger durch die gewürzschwere Luft. »Rück ihn mehr nach rechts. Ja, so.« Er atmete tief durch, als hätte nicht Rashad, sondern er selbst die prall gefüllten Säcke mit Schmuck, Stoffen und Eisenwaren auf die Kamele gehievt. »Das lobe ich mir!«, schnaufte Yusuf nun. »Wir haben gutes Geld für unsere Waren bekommen und neue günstig eingekauft. Ein tüchtiger Gewinn ist unser! Ich sage zu Recht immer: Damaskus ist eine Reise wert!« Mit einem Ausdruck höchster Zufriedenheit auf seinem faltigen Gesicht tätschelte er das soeben beladene Kamel, dann lachte er unvermittelt auf. »Stell dir mal vor, was einer meiner Kunden mir heute erzählt hat: Der neue Konsul in Damaskus ist ein verrückter Engländer, der in jungen Jahren in der Verkleidung eines *hajji* nach Mekka gewandert ist! Hast du so was schon gehört?«

Rashads Kopf fuhr herum und, als sei ihm ein Geist erschienen, starrte er Yusuf an. »Was hast du gesagt?« Nachdem es keine Geheimnisse mehr gab, hatte auch Rashad seine Förmlichkeit abgelegt. Doch noch ehe Yusuf antworten konnte, hakte er nach: »Heißt dieser Mann Burton? Richard Burton?«

Nun war es an Yusuf, verblüfft dreinzublicken. Sein Zeigefinger pulte erst in seinem Ohr, schob sich dann unter seine *keffiyeh* und kratzte darunter herum. »Ich glaube … das könnte sein … Doch weshalb …« Er sprach weiter, doch Rashad hörte nicht mehr zu.

Rashad spürte, dass all die Worte, mit denen er Yusuf seine Geschichte erzählt hatte, wie Wasser auf den Wurzelstrunk in seinem Herzen gewesen waren. Ohne dass er es bemerkt hatte, hatte dieser wieder ausgetrieben und Knospen gebildet. Und jetzt, da die Möglichkeit bestand, dass Richard Burton, Mayas Jugendliebe, von dem sie ihm einst in einer Sternennacht in der Wüste erzählt hatte, in der Tat in Damaskus weilte, schmerzte die alte Wunde plötzlich wieder. Er schrak auf, als Yusuf mit beiden Händen vor seinem Gesicht herumwedelte. Rashads Mund war staubtrocken, obwohl er eben erst an einem Brunnen getrunken hatte.

»Yusuf … ich glaube, ich hab hier was zu erledigen. Können wir so lange bleiben? Oder du reitest schon zurück und ich hole dich wieder ein.«

Yusufs struppige Augenbrauen rutschten nach oben, unter den Saum seines schmuddeligen Turbans. »Bei Allah, es geschehen noch Wunder! Deine Augen zeigen Leben! Natürlich bleiben wir!«

Abd ar-Ra'uf, der einmal Rashad, der Krieger, gewesen war, benötigte nur wenige Stunden, um den Wohnort des neuen britischen Konsuls in Damaskus ausfindig zu machen, und nicht viel mehr, um herauszufinden, wo er für gewöhnlich anzutreffen war. Doch Rashad, der so lange Jahre jegliches Gefühl, jede Erinnerung auszulöschen versucht hatte, sah sich diesen nun hilflos ausgeliefert, und benötigte zwei Tage, um seinen Mut zusammenzunehmen und aus den Schatten der Häuser herauszutreten. Er wusste, dass dies ein Weg ohne Wiederkehr sein würde.

»*As-salamu aleikum.* Seid Ihr Richard Burton, der neue Konsul zu Damaskus?«

Als sie sich in die Augen sahen, erschraken beide für einen flüchtigen Moment, glaubten, in einem magischen Spiegel jeweils sich selbst zu erblicken, der aus dem einen einen Engländer in hellem Anzug mit Panamahut machte, aus dem anderen einen Araber in langem, hellem Gewand mit rot-weiß gefärbtem Turban.

»*Wa-aleikum as-salam*«, kam die Antwort und zerriss die Vision des Spiegelbildes. »Der bin ich.«

»Derjenige, der als *hajji* verkleidet nach Mekka gewandert ist? Als Student in Oxford war?«

»Auch der.« Richard trat unwillkürlich einen Schritt zurück, als der Araber seine Rechte hinter dem Rücken hervorzog, die er bislang dort verborgen gehalten hatte, entspannte sich sogleich wieder, als er sah, dass er ihm ein Schmuckstück in der schwieligen Handfläche darbot, offensichtlich zum Verkauf bestimmt. »Kennt Ihr das hier, *said*?«

Richard schluckte, als er das Medaillon wiedererkannte. Zu gut hatte er sich die Arbeit eingeprägt, zu oft hatte er es an ihrem Hals gesehen, und als der Daumen des Arabers den Verschluss des Ovals betätigte, gab es keinen Zweifel mehr.

»Woher habt Ihr das?« Eine deutliche Drohung schwang in seiner Stimme mit.

»Nicht gestohlen, *said* Burton. Sie hat es mir gegeben. Vor vielen Jahren.«

Richard musterte den Araber genauer. Er war nicht mehr ganz jung, ungefähr in seinem Alter, höchstens ein paar Jahre jünger. Sein Gewand war angeschmutzt, die *keffiyeh* verblichen und ausgefranst. Narben überzogen sein Gesicht, wenn auch nicht so tief wie seine eigenen, und eine davon spaltete eine Augenbraue. In seinem halblangen schwarzen Haar glänzten einige Silbersträhnen, ebenso wie in seinem Bart. »Ich trage es nicht mehr«, war Maya ihm ins Wort gefallen, bei seinem Besuch in Cairo, vor gut einem halben Jahr. Rückblickend fiel Richard der eigenartige Tonfall auf, in dem sie es gesagt hatte.

Er deutete mit einem Kopfnicken in Richtung der anderen

Straßenseite. »Dort drüben ist ein gutes Kaffeehaus. Erzählt mir, wie die Kette in Euren Besitz gekommen ist.«

Der Kaffee war längst kalt, als Rashad seine Geschichte beendet hatte. Er hatte nicht alles erzählt, nur das Notwendigste, aber Richard Francis Burton konnte sich die fehlenden Details denken: Mayas Sohn, der in keinster Weise dem Lieutenant mit dem sandfarbenen Haar ähnelte, den er in Aden zu Gesicht bekommen hatte. Ein paar Worte, in denen etwas mitschwang, das früher nicht da gewesen war. Der Bruchteil eines Herzschlages, in dem ein Schatten auf ihre Züge gefallen war, ihre Augen Schmerz gezeigt hatten. Die Münze aus Himyar.

Eifersucht begann in Richard aufzusieden, und er wusste nicht, was ihn mehr peinigte: dass Maya ihm gleichgekommen war darin, ein abenteuerliches Leben zu führen, ihn vielleicht auf eine Art sogar darin geschlagen hatte, weil sie trotz allem glücklich geworden war und er nicht. Oder der Funken der Liebe, den er in ihren Augen gesehen hatte, aber nicht hatte zuordnen können, weil er nicht jenem ähnelte, mit dem sie ihn als junge Frau bedacht hatte und den er nun ebenfalls in den Augen des Arabers sah, der ihm selbst so ähnlich war und doch kaum etwas mit ihm gemein hatte. Nur die Sprache. Und diese Frau, die keiner von ihnen aus dem Kopf und dem Herzen hatte verdrängen können. Bis heute nicht.

»Könntet Ihr ihr die Kette zukommen lassen?«, hörte er den Araber nun fragen. »Damit sie weiß, dass ich noch lebe?«

Richard schwieg, saß reglos in seinem Stuhl, während seine Augen rastlos das Treiben auf der Straße verfolgten. »Wisst Ihr, was der größte Feind der Liebe ist?« Er sprach leise, kaum zu verstehen, und vielleicht mehr zu sich selbst als zu seinem Gegenüber. »Stolz. Der Stolz ist der größte Feind der Liebe.« Ein Zucken durchfuhr seinen Körper, als er in seiner Westentasche kramte und ein paar Münzen auf den Tisch knallte, direkt neben das Medaillon und sich seinen Hut griff, der auf dem Stuhl zwischen ihm und dem Araber lag.

»Bringt sie ihr selbst«, sagte er, als er aufstand, und seine Stimme klang heiser. Er setzte seinen Hut auf und zog ihn tief ins Gesicht. »Sie lebt in Cairo. Fragt nach der Engländerin, die Bücher schreibt.«

Ohne ein weiteres Wort ging er fort. Äußerlich war er der Gleiche wie Stunden zuvor, doch etwas in ihm war erloschen. Für immer.

»Wirst du gehen?« Yusufs Lider blinzelten nicht einmal, so gebannt starrte er Rashad an.

Dieser hob die Schultern und starrte über die Hügel vor der Stadt, auf die sie sich zurückgezogen hatten, in die untergehende Sonne. »Ich weiß es nicht.«

»Was zögerst du noch? Darauf hast du doch all die Jahre gewartet! Nein, streite es nicht ab!« Rashad schwieg, was den Händler nur mehr in Fahrt brachte. »Ha, du schämst dich! Du hältst dich für nicht gut genug! Du willst dir ersparen, dass sie dich abweisen könnte! Du –«

»Lass gut sein«, fiel Rashad ihm ins Wort.

Eine Weile war es still, bis Yusuf leise fortfuhr: »Was hast du zu verlieren, Rashad? Wenn sie dich fortschickt, hast du endlich Ruhe. Und«, fügte er in neckendem Tonfall hinzu, »du weißt: In jeder Stadt Arabiens kennt man Yusuf bin Nadir, der alles kauft und verkauft, was sich zu Geld machen lässt. Der auch immer eine Wache für seine Schätze benötigt.«

Rashads Mundwinkel zuckten gegen seinen Willen. Statt einer Antwort bat er: »Kann ich mir eines der Kamele ausleihen, über Nacht? Ich möchte gerne dort hinausreiten.« Er deutete in Richtung Wüste.

»Nur zu, nur zu!«, rief Yusuf eifrig

Sein langjähriger Begleiter erhob sich, und auch Yusuf stand auf.

»Aber dass du ja mit der richtigen Entscheidung zurückkommst!«, hörte Rashad ihn hinter sich keifen, als er davonritt.

Lange saß Rashad in der Wüste, unter dem Sternenzelt, an dem am Horizont ein sattgelber Mond aufging, wie eine Scheibe, mit Safran gefärbt. Das konnte kein Zufall mehr sein, vielmehr ein Fingerzeig Allahs, der ihm die Richtung wies. Er fühlte sich wie aus einem langen, tiefen Schlaf erwacht, plötzlich wieder lebendig. Yusuf hatte recht: Er hatte nichts zu verlieren. Schon lange nicht mehr. Er hatte bereits alles verloren, was einmal sein Leben ausgemacht hatte. Doch zum ersten Mal fühlte er sich auch frei. Frei von den Pflichten und Gesetzen seines Stammes, seines Volkes.

Er war ein freier Mann, frei, dorthin zu gehen, wohin es ihn zog. So lange Jahre der Wanderschaft waren nötig gewesen, um das zu begreifen. Hier, in Damaskus.

Maya saß an ihrem Schreibtisch, doch das Arbeiten fiel ihr heute schwer. In den letzten Tagen war sie von einer inneren Unruhe erfasst worden, die sie sich nicht erklären konnte. Sie nahm ihre Brille ab und legte sie auf das nur halb beschriebene Blatt, rieb sich die Augen und die Nasenwurzel. Ein Windhauch blies sachte durch die Flügeltüren vor dem Balkon, brachte den Geruch von Sand und Staub mit sich. Zum wiederholten Mal diese Woche. Es wurde Zeit, dass der Sommer kam und sie nach Hause fahren konnte, in die Ferien; um sich im Kreis ihrer Familie zu erholen und um Angelinas Baby Nummer sechs zu bewundern, das sie im Winter zur Welt gebracht hatte. Maya fuhr zusammen, als sie den heiseren Schrei eines Falken zu hören glaubte. Hastig schob sie den Stuhl zurück und lief auf den Balkon, starrte zum Himmel. Nichts. Natürlich nicht. Eine Illusion, ein Streich, den ihr überarbeiteter Verstand ihr gespielt hatte. Trotz der Hitze des späten Nachmittags fröstelte Maya plötzlich und schlang die Arme um sich. Sie war den Tränen nahe.

»Ja?«, rief sie auf das Klopfen hin zur Tür. Amy streckte den Kopf ins Zimmer herein.

»Ich weiß, du möchtest eigentlich nicht gestört werden. Aber unten wartet ein Araber, der dich sprechen möchte. Es sei wichtig, sagt er.«

Maya seufzte und hob schicksalsergeben die Schultern. »Ist gut, lass ihn heraufkommen. Ich kann heute ohnehin nicht vernünftig arbeiten.«

Während sie die schweren Schritte sich die Stufen emporarbeiten hörte, fuhr sie glättend über ihr Haar, aus dem sich zahlreiche Locken gelöst hatten, und strich über ihre Röcke. Die Hände vor ihrem Schoß gefaltet, wartete sie, bis der unangemeldete Besucher in der Tür stand.

Die Zeit, die vergangen war, zerstob, als sie einander in die Augen blickten, Maya und Rashad. Ebenso das Arbeitszimmer, das Haus und ganz Cairo. Um sie herum breitete sich die Wüste der Ramlat as-Sabatayn aus, endloser Sand bis zum Horizont, zu purem Gold geschmolzen unter der Glut der Sonne. Die Sonne sank, verwandelte die Wüste in einen Ozean aus Rosenblättern, ein Lavendelfeld. Sterne glommen über ihnen auf, Kristalle an einem Himmel aus Indigo, und ein Mond wie aus Safran schob sich zu ihrem Funkeln hinauf.

Ohne bewusst einen Schritt auf den anderen zu getan zu haben, hielten sie einander augenblicklich fest, mussten sich versichern, dass es kein Traum war, sondern greifbare Wirklichkeit. Sie ließen einander auch nicht los, als der Sand unter ihren Füßen wegrieselte, Bodenfliesen, Wände, ein papierübersäter Schreibtisch wieder zum Vorschein kamen und flimmernd die Schemen der Bücherschränke neben ihnen auftauchten, schließlich auch das Lärmen unten auf der Gasse wieder zu ihnen durchdrang. Maya strich über die Narben in Rashads Gesicht, über die alten, die sie kannte, und diejenigen, die ihr neu waren; über die Haut unter seinen Augen, die faltig geworden war, über die zwei scharfen Kerben beiderseits seines Mundes und die feinen Silberlinien in seinem Haar, seinem Bart. So wie er die grauen Haare in Mayas Locken nachzeichnete, die kleinen Falten rings um ihre Augen, über ihre voller gewordene Wangenlinie streichelte, die er vergeblich trocken zu wischen versuchte, weil immer neue Tränen nachflossen. Ihr Haar blieb an seinen rauen Händen haften, und auch der schwarze Stoff ihres Witwengewandes, als er die Münze aus Himyar umfasste, so wie ihre Finger die Kette um seinen Hals abtasteten, das Medaillon ihrer Großmutter und ihren alten Ehering, die eine so weite Reise hinter sich hatten. Doch nicht halb so weit wie der Weg, den Rashad und sie zurückgelegt hatten.

»Es ist also wahr«, hörte sie ihn raunen, und ihr Herz zerfloss beim Klang seiner Stimme, die so viel schöner war, als sie sie all die Jahre in sich getragen hatte. »Ein Reisender ist letztlich immer auf dem Weg zurück nach Hause.«

»Wer hat das gesagt?«, wisperte Maya.

»Yusuf. Ein Freund von mir. Er hat mich zu dir geschickt.«

Maya schüttelte den Kopf. »Allah. Allah hat dich zu mir geschickt, und Gott hat dich mir zurückgebracht.«

Rashad lächelte und neigte sein Haupt. »*Al-hamdu li-illah*. Dem Herrn sei gedankt.«

Epilog

Mortlake, nahe Richmond, England, den 15. Juni 1891

Ein Beduinenzelt aus Stein und Marmor, doppelt so hoch wie ein Mann. Jede Tuchfalte akribisch in die harte Oberfläche geschlagen. Darin ein Altar mit Portraits und überquellenden Blumenvasen. Von der Decke hingen vier arabische Laternen herab. Buntes Glas in schmiedeeiserner Fassung, hinter dem Flammen flackerten und violettes, rotes und grünes Licht durch den kleinen Raum schickten, welches sich überschnitt mit dem Schein der auf dem Boden stehenden Laternen und dem Sonnenschein, der durch die kleinen Bleiglasfenster hereinfiel. Auf der linken Seite ruhte ein steinerner Sarkophag, über und über mit Blumen bedeckt, alles, was der englische Sommer hergab an Formen und Farben, in der Mitte ein Strauß Vergissmeinnicht. Ein Hauch von Weihrauch lag noch in der Luft. Maya legte den Wedel einer Dattelpalme neben den Sarg und zog aus ihrer Tasche einen kleinen Beutel hervor. Sand. Kaum eine Handvoll, doch genug, ihn von der flachen Hand durch den Raum zu pusten. *Nur aus Cairo, mein Lieber, aber ich hoffe, es erfreut dich dennoch, wo auch immer du jetzt sein magst. Wenn ich schon wegen widriger Winde deine Beerdigung um ein paar Stunden versäumt habe. Ich weiß, du magst keine Abschiede, deshalb will ich es auch kurz machen.*

Tief durchatmend zog sie an dem Strang mit Kamelglöckchen, der aufgehängt war. Ein letzter Gruß aus Arabien. Dann trat sie hinaus. Jonah sah ihr erwartungsvoll entgegen, eben noch in die Inschrift auf dem Grabmal vertieft. Über der Tafel mit dem Epitaph und unter dem Kruzifix aus grauem Stein ein aufgeschlagenes Marmorbuch, eingelassen in die Vorderwand des Beduinenzeltes. Maya stellte sich neben ihren Sohn und betrachtete ebenfalls die Inschrift auf der linken Seite desselben.

Captain Sir Richard Francis Burton
K.C.M.G., F.R.G.S.
Geboren 19. März 1821
Gestorben zu Triest
20. Oktober 1890
RIP

»Hast du ihn gut gekannt?«, wollte Jonah wissen, der in seinem Elternhaus in den Gassen Cairos immer noch Tariq genannt wurde, in dem Krankenhaus derselben Stadt aber, in dem er arbeitete, Dr. Jonah Garrett, wie es auch in seiner Geburtsurkunde stand. Fünfunddreißig war er jetzt, mit einer bezaubernden Frau verheiratet und Vater dreier Töchter. Er blickte auf seine Mutter hinab, die er um fast einen Kopf überragte. Er war noch größer als sein Vater, dem er mit zunehmendem Alter immer ähnlicher sah, auch wenn er sein Haar kurz trug und meist einen Anzug anhatte. Erstaunt hatte er die Bestürzung und Trauer wahrgenommen, mit der seine Mutter auf den Tod von Richard Francis Burton reagiert hatte. Burton, der berühmte Weltreisende, Linguist, Schriftsteller und Diplomat, Mitglied der *Royal Geographic Society*, fünf Jahre zuvor zum *Knight Commander* des *Order of St. Michael and St. George* ernannt und damit befugt, sich »Sir« zu nennen – »eine leere

Auszeichnung«, wie es empört in einem seiner zahlreichen Nachrufe geheißen hatte. Der unmittelbar nach seinem Ableben in Triest eine pompöse Prozession erhalten hatte wie sonst nur große Staatsmänner und der nach England überführt worden war, sobald dieses Grabmal stand und er hier bestattet werden konnte. Die kurzfristige Nachricht über die heute hier anberaumte Beisetzung hatte große Hektik bei seiner Mutter ausgelöst; doch trotz aller Eile hatte eine Verspätung des »P&O«-Dampfers ihre Anwesenheit bei der Zeremonie verhindert.

Maya wiegte leicht den Kopf unter dem winzigen, schwarz beschleierten Hütchen auf ihrem graugesträhnten Haar.

»Gut …«, murmelte sie, nickte schließlich. »Ich glaube schon, ja. Er hat in meinem Leben eine große Rolle gespielt, fast zwanzig Jahre lang. Ach, länger. Richard war … wie ein dunkler Engel. Ein Schatten, der mich stets begleitete, auch wenn er nicht anwesend war. Ohne ihn … Ich mag mir gar nicht vorstellen, welch anderen Weg mein Leben ohne ihn genommen hätte.« Sie lächelte, und Jonah glaubte für einen Moment zu wissen, wie seine Mutter als junges Mädchen ausgesehen hatte. »Ohne ihn hätte ich deinen Vater wohl nie kennengelernt, und es gäbe weder dich noch deine Schwester.«

Elizabeth, in ihrem Aussehen ganz nach Maya geraten, war nach ihrer Großtante benannt worden, wurde aber aus für Jonah unerfindlichen Gründen zuhause in Cairo immer »Djamila« gerufen. Zwanzig war sie jetzt und studierte an der vor zehn Jahren auch für Frauen geöffneten Universität in London Literatur.

»Auch Richard Burton hatte seinen Anteil daran, dass dein Vater und ich wieder zueinander gefunden haben.«

Nachdenklich betrachtete Jonah seine Mutter. Achtundfünfzig war sie vergangenen Monat geworden, und noch immer war sie ihm ein Rätsel. Ebenso sein Vater, der aus dem Nichts aufgetaucht war, als er vierzehn gewesen war. Er war nicht tot gewesen, wie seine Mutter ihm immer wieder erzählt hatte, aber er glaubte ihr, dass sie es selbst nicht besser gewusst hatte. Doch Jonah hatte sich schnell an seinen Vater gewöhnt; vielleicht stimmte es doch, was man in Arabien sagte: dass Blut niemals zu Wasser wurde. Rückblickend kam es ihm so vor, als sei Rashad nur kurze Zeit fort gewesen und er, der Sohn, hätte immer gewusst, dass er bald zurückkehren würde. Ein paar Mal hatte Rashad Jonah mit in die Wüste genommen, wenn auch in die ägyptische, und obwohl er nie die gleiche Faszination hatte empfinden können wie sein Vater, war er ihm dort nähergekommen als irgendwo sonst. In der Wüste, in der Rashad auch jetzt gerade wieder weilte, wie immer, wenn Maya nach England fuhr. Rashad hatte die ferne, kühle Insel nie betreten; Maya jedoch begleitete ihn zuweilen auf seinen Ausflügen, hinaus in Sand und Staub, und Jonah glaubte zu spüren, dass das Band zwischen den beiden dadurch noch inniger geworden war.

Was seinen Vater und seine Mutter gegenseitig anzog, war ihm das größte Rätsel von allen, stammten sie doch aus ganz verschiedenen Welten. Nur dass sie sich liebten, das war jeden Augenblick spürbar, den man sie zusammen sah, als müssten sie jeden Tag doppelt nutzen, den sie zusammen sein konnten, nachdem sie so lange getrennt gewesen waren. Jonah fiel zum wiederholten Mal ein, dass er nicht einmal wusste, ob sie verheiratet waren, vor Allah oder Gott oder zumindest dem Gesetz. Er hatte sie nie danach gefragt; dass seine so viel jüngere Schwester Elizabeth ebenfalls den Namen Garrett trug, hatte er immer darauf zurückgeführt, dass sie es in der Welt mit einem englischen Namen wohl etwas leichter hätte.

»Er hat uns sogar einmal besucht. In Cairo. Du musst ungefähr dreizehn gewesen sein.«

Jonah dachte nach, schließlich schüttelte er den Kopf. »Ich erinnere mich nicht.«

»Ist ja auch schon lange her.« Maya streichelte den Anzugärmel ihres Sohnes. Jonah drückte ihre Hand, und sie tauschten einen langen Blick, ehe sie sich wieder dem Grabmal zuwandten.

»Er sagte einmal, er wolle wie die Parsen bestattet werden, um in den Kreislauf der Elemente zurückzukehren«, murmelte Maya. »Aber ich denke, das hier ist auch eine gute Lösung.«

»Hast du ihn geliebt?«

Das Gesicht seiner Mutter entspannte sich. »Ja, Jonah, ich habe ihn sehr geliebt. Immer, eigentlich.«

»Aber nicht so wie Vater.« Obwohl erwachsen, bestand Jonah auf diesem Unterschied.

Maya lachte leise. »Nein, nicht so wie Vater. So wie ich deinen Vater liebe – so liebt man im Leben nur ein einziges Mal.« Ihr Gesicht blickte wieder ernst, als sie die Grabinschrift erneut ins Auge fasste.

So viele Gräber … Jonathans irgendwo vor Sebastopol. Djamilas in Ijar. Ralphs vor den Mauern Delhis. Geralds und Marthas auf dem Kirchhof von St. Aldate's in Oxford.

Ein Lächeln zeichnete sich auf Mayas Gesicht ab, als sie sich daran erinnerte, wie schnell Rashad und ihr Vater sich damals angefreundet hatten – und wie schwer es Martha anfangs gefallen war, einen Araber als neuen Mann an der Seite ihrer Tochter zu akzeptieren. Es hatte einige Besuche ihrer Eltern, gutes Zureden Geralds und Bemühungen Rashads gebraucht, bevor Martha sich für ihn erwärmen konnte. Doch schließlich hatte sie ihn doch noch in ihr Herz geschlossen und bis zu ihrem letzten Tag nichts auf ihn kommen lassen. Ebenso wie Amy, die es Maya nicht übel genommen hatte, dass sie ihr so lange Jahre nichts von Rashad erzählt hatte, bis er vor ihrer Tür gestanden war, obwohl Amy die ganze Zeit über geahnt hatte, dass Maya etwas vor ihr verbarg. Amy, die noch immer mit ihnen im selben Haus lebte und ganz in ihrer Arbeit im Krankenhaus aufging.

Auf dem Totenbett hatte Tante Elizabeth Maya das Versprechen abgenommen, in Cairo bestattet zu werden, und Betty, als sie ihr kurze Zeit später nachfolgte, ebenfalls. William Penrith-Jones war vor zwei Jahren einem Schlaganfall erlegen, und eines ihrer Kinder, Evelyne, hatte Angelina zuvor auch zu Grabe tragen müssen. Ein Schlag, von dem sie sich nie wieder erholt hatte. Es war Maya ein Trost, dass ihre Tochter Elizabeth bei ihrer Schwester lebte und sie mit ihrer angeborenen Fröhlichkeit wenigstens etwas aufmuntern konnte, zusammen mit der stetig anwachsenden Schar von Enkelkindern Angelinas. Elizabeth, das schöne, wilde Kind, das Maya und Rashad so spät noch geschenkt worden war, das ihrer beider Hang zu weiten Reisen geerbt zu haben schien und so früh bereits flügge geworden war, um immer wieder vibrierend vor Lebendigkeit und voll neuer Eindrücke und Erlebnisse nach Hause zurückzukehren.

Irgendwann werden wir beide auch an der Reihe sein, Rashad. Aber noch lange nicht ... nein, noch lange nicht. Wir haben immer noch eine Menge nachzuholen. Auch nach einundzwanzig gemeinsamen Jahren. Ich möchte einfach nicht ohne dich sein.

Wenn Rashad in die Wüste hinauszog, tat er dies auch, um seiner ersten Familie zu gedenken, die er um ihretwillen verloren hatte. Maya wusste, dass Rashad noch immer an der Last dieser Schuld trug, wie an der, Djamila nicht gerettet haben zu können. Und er gedachte auch seiner beiden früheren Leben, das des Rashad ibn Fahd ibn Husam al-Din und das des Abd ar-Ra'uf. Nun war er Rashad al-Shaheen, und er wirkte glücklich. Wie befreit.

»Lebe glücklich, lebe frei.« Wir haben es geschafft, Djamila. Weiß der Herr allein, wie uns das gelang. Aber ich danke ihm jeden Tag dafür.

»Möchtest du gehen?« Maya nickte und hakte sich bei ihrem Sohn unter.

»Bring mich nach Hause«, flüsterte sie. *Nach Cairo. Zu Rashad.*

»Wirst du mir eigentlich irgendwann erzählen, wie das damals alles mit euch …«

»… du würdest es mir vermutlich sowieso nicht glauben …«

»… könntest es zumindest versuchen …«

Ihre Stimmen verklangen auf dem Friedhof der katholischen Kirche von St. Mary Magdalen's in Mortlake. Die laue Sommerluft trug sie hinüber zu einer wohlbeleibten Frau in vollem Witwenornat, die unter ihrem schleierverhängten Hut aus dicken, rotgeweinten Augen hinüberblinzelte. Überrascht blieb sie stehen und blickte dem Paar hinterher. Mutter und Sohn, eindeutig … Wie die Klinge eines Säbels durchbohrte es sie, als es ihr durch den Kopf schoss: *So hätte Richards Sohn aussehen können … so dunkel …*

Ihr Taschentuch vor den Mund gepresst, setzte sie ihren Weg fort, nur wenige Stunden nachdem sie ihren Gatten hier zur Ruhe gebettet hatte und doch schon wieder zu seinem Grab pilgerte; wie sie es noch oft tun würde, in den wenigen Jahren, die ihr noch blieben, ehe sie an seiner Seite ihre letzte Ruhe finden würde, im Inneren des Beduinenzelts aus Marmor.

Es war Abend. Die nächsten Tage würde sich Isabel Burton hinsetzen und einen offenen Brief an all die enttäuschten Leser schreiben müssen, die auf die Veröffentlichung der neuen, dieses Mal nicht der Schicklichkeit zuliebe entschärften Fassung seiner Übersetzung des erotischen Werkes *The Perfumed Garden of the Shaykh Nefzawi* unter dem Titel *The Scented Garden* warteten. Es war an ihr, die unangenehme Nachricht zu verbreiten, dass sie nur kurze Zeit nach dem Tod ihres Mannes seine Papiere durchgesehen und das, was ihrer Meinung nach seinem Ruf hätte Schaden zufügen können, verbrannt hatte.

Kurz nach ihrer Eheschließung hatte bereits ein Feuer in dem Lagerhaus, in dem er seine Vergangenheit in Form von Papieren aus der Zeit seiner Jugend, seiner Studienzeit und der ersten Reisen nach Indien und Arabien eingelagert hatte, alles vernichtet. Isabel war darüber nicht unglücklich gewesen, und auch Richard hatte es als eine Art Gottesurteil betrachtet.

Eines seiner Notizbücher jedoch hatte sie aufbewahrt, weil ein Gedicht, das ihr Ehemann, ihr Gott, ihr Lebensinhalt, vor einigen Jahren wohl verfasst haben musste, sie auf merkwürdige Art angerührt hatte. Merkwürdig deshalb, weil sie selbst darin gar nicht erwähnt wurde. Gleichwohl hatte es sie verletzt, diese Zeilen zu lesen, und dennoch brachte sie es nicht über sich, sie zu vernichten. Und genauso wenig wusste sie nun, warum sie es gerade heute, am Abend der Beerdigung, noch einmal lesen musste.

Sie kniete vor der Kiste, in der sie seine Notizbücher, Papiere und Dokumente aufbewahrt hatte und holte es hervor, setzte sich damit an den Tisch und schlug es an der entsprechenden Stelle auf.

Vergangene Lieben

Ich kann unmöglich die getauften Namen
Nennen all dieser und jener Damen.
En revanche werd' ich probieren
Zu sammeln ein paar kleine Einzelheiten
Der Abenteuer mit holden Weiblichkeiten
Die mir meine Vergangenheit zieren.

Als erste Caterina kam, mit Augen von
Feuer, hoch entflammt; schon
Hatten sie mein Herz in Brand gesetzt.

Doch diese Liebe führte an kein Ziel
Ich war arm und sie hatt' auch nicht viel
Mussten uns trennen, zu guter Letzt.

Ein kleines Mädchen ich aufzähl'
In ihrer Unschuld sie stahl mein Herz und Seel'
Und hat sie beides nicht noch heut'?
Und wieder Stolz und Armut im Verbund
Waren einzig nur der Grund
warum wir wurden getrennte Leut'.

Beschwerliche Jahre der Nomaderei
Verbracht in Mühsal, Plackerei
Endlich sah ich wieder ihr Gesicht.
Aber ach, es mir verändert war,
Der Vertrautheit lieber alter Tage bar.
So, wie ich es kannte, war es nicht.

Isabels Blick glitt über die Verse. Ihre Mundwinkel zuckten, halb voller wehmütiger Erinnerung an ihren Ehemann, halb schmerzlich. Es waren nicht die besten Zeilen, die er zeitlebens verfasst hatte, wirkten sie doch an manchen Stellen holprig, wie eilig niedergeschrieben. Und doch spiegelte nichts aus seiner Feder Richard Francis Burton und die Art, wie er gelebt hatte, besser wider als dieses Gedicht bis zu seinem letzten Vers.

Und nun nähert sich mein Leben dem Ende,
Wein, Frauen, Dinner, Karten und Freunde,
Nichts, was mich mehr trunken macht.
Ob ich mich dennoch zufrieden wüsste?
Oh ja. Hab mein Leben gelebt, Zeit gehabt, die beste,
erwarte nun die ew'ge Nacht.

Isabel Burton sann noch eine Weile über diese Worte nach, ehe sie zur Feder griff und sie in die Tinte tunkte. Die letzte Zeile strich sie kurzerhand durch und schrieb in ihrer sauberen Handschrift darunter:

Und übergab einer Ehefrau die Reste.

Sie wartete, bis die Tinte getrocknet war, dann schloss sie sachte das Notizbuch und legte es zurück an seinen Platz, so leise, als fürchtete sie, jemand könnte sie dabei hören.

Doch lange klang es noch in ihr nach:

Ein kleines Mädchen ich aufzähl' …
In ihrer Unschuld sie stahl mein Herz und Seel' …
Und hat sie beides nicht noch heut'?

Schlussbemerkung

> Ein Werk der Dichtung mischt auf seine Weise
> die Wahrheit und die Nachahmung,
> das Erlebte, das Wiedergegebene,
> die Vorstellung, die Biografie.
>
> PHILIPPE LABRO

In diesem Roman sind Fakten und Fiktion eng miteinander verwoben. Neben all den fiktiven Charakteren, mit denen ich so viel Zeit verbracht und von denen ich jeden einzelnen auf seine Art ins Herz geschlossen habe – Maya, Jonathan und die gesamte Familie Greenwood, Ralph Garrett, Rashad al-Shaheen und Djamila, sowie eine ganze Reihe an Nebenfiguren –, treten jedoch auch einige Personen auf, die tatsächlich gelebt haben.

Angefangen in Oxford bei Professor Stephen Reay und Dr. Bulkeley Bandinel, die damals Hüter der Schätze der Bodleian Library waren, die 1853 so ausgesehen hat, wie ich sie beschrieben habe, bis hin zu Commander S.B. Haines, der Aden 1839 für die britische Krone in Besitz nahm wie im Roman erzählt. Seine Nachfolger waren nacheinander Colonel J. Outram und Colonel W. Coghlan. Das Wirken seiner rechten Hand Lieutenant R.L. Playfair und des Kaplans G.P. Badger sind ebenso historisch belegt wie die Tätigkeit von Dr. John »Styggins«

Steinhäuser als Arzt der kleinen britischen Kolonie am Südwestzipfel der arabischen Halbinsel. Meine Schilderungen von Aden unter britischer Herrschaft zu jener Zeit beruhen zu großen Teilen auf R.J. Gavin, *Aden under British Rule, 1839-1967* (London, 1975). Jonathans Briefe aus dem Krimkrieg und sein Schicksal basieren ebenfalls auf historischen Fakten bzw. Erlebnissen, genauso wie Ralphs Erfahrungen in Indien vor und während des Sepoy-Aufstandes.

Es erscheint zwar kaum vorstellbar – aber selbst heute wissen wir noch erstaunlich wenig über das Landesinnere im Süden Arabiens, in dem ein Gutteil dieses Romans spielt. Bis in die jüngste Zeit hinein waren bestimmte Landstriche im Süden der heutigen Republik Jemen Sperrgebiet für ausländische Reisende, und auch heute sind in manchen Regionen weder Touristen noch Archäologen gern gesehen und Fahrten dorthin gefährlich: Noch immer ringt der moderne Staat damit, dass die althergebrachten Stammesrechte sich als stärker erweisen als die in der Verfassung niedergeschriebenen Gesetze.

Die Recherchen dafür, eine Vorstellung von Land und Leuten Mitte des 19. Jahrhunderts zu bekommen, waren aufwändig und mühselig. Doch was ich zusammentragen konnte, genügte, um das fiktive Sultanat von Ijar erstehen zu lassen, dessen gleichnamige Stadt ich ungefähr an die Stelle des realen Bayhan al-Qisab gesetzt habe. Geschichte, Verwaltung, Sitten und Landschaft sind dem entlehnt, was ich über die tatsächlichen Sultanate des Südens aus jener Zeit recherchieren konnte. Was ich an Dokumenten und Berichten fand, zeichnet ein buntes, vielschichtiges Bild des Südens, in dem vieles an Bräuchen, Lebensart, Kleidung und Verhalten keineswegs einheitlich war. Ich hoffe, ich konnte mit *Unter dem Safranmond* einen winzigen Ausschnitt aus dieser erstaunlichen Vielfalt zeigen.

Auch der Stamm von al-Shaheen ist fiktiv; seine Lebensweise und Kultur sind zusammengesetzt aus Reiseberichten, die auf die Mitte des 19. bis Anfang des 20. Jahrhunderts datieren, und anthropologischen Studien neueren Datums. Anhand der historischen Reiseberichte mit dazugehörigen Karten konnte ich auch die Route planen, die Rashad und Maya auf ihrem Weg nach Ijar genommen haben. Auch wenn einige Stationen dieser Reise heute unter anderem Namen auf den Karten verzeichnet, manche gar nicht mehr identifizierbar oder nur ungefähr zu lokalisieren sind wie etwa der Pass von Talh oder die Sandebene von Al-Hadhina, habe ich mich dafür entschieden, die Ortsbezeichnungen aus den überlieferten Berichten beizubehalten.

Auch die strengen Ehrbegriffe der Stämme wie *'ird, sayyir* und *rafiq* sind Tatsache und gelten bis heute. Für uns, die wir aus einem gänzlich anderen Kulturkreis kommen, sind diese oft nur schwer nachzuvollziehen bzw. voneinander abzugrenzen; eine unschätzbare Hilfe hierbei war für mich das Buch *Honor* von Frank Henderson Stewart (Chicago u.a., 1994).

Nicht nur in Mayas Leben, sondern auch in diesem Roman nimmt die historische Persönlichkeit des Richard Francis Burton großen Raum ein. Sein Lebensweg, der sich immer wieder mit dem Mayas kreuzt, und sein Charakter, der einen so großen Einfluss auf sie ausübt, habe ich aufgrund langer und gründlicher Recherchen so genau wie möglich zu zeichnen versucht. Die erwähnten Stationen seiner vielen Reisen, seine Abenteuer und Weggefährten wie J.H. Speke oder Burtons spätere Ehefrau Isabel sind bis ins Detail historische Tatsachen. Auch die Zigeunerin namens Selina im Wald von Bagley hat es gegeben. Um Burtons Gedanken und Gefühle darzustellen, waren seine veröffentlichten Werke und erhaltenen Briefe eine nahezu unerschöpfliche Quelle, aus denen viele Zitate in Burtons fiktive Briefe an Maya und in seine mündlich geführten Dialoge mit ihr im Roman Eingang gefunden haben. Alle diese Zitate, die aus Burtons *Kasidah* zu Beginn des ersten und des vierten Romanteils, das Gedicht im Epilog und die Zitate aus den Werken anderer Dichter eingeschlossen, habe ich aus dem englischen Original übersetzt, wobei mir viel daran gelegen war, möglichst nahe an dessen Wortlaut zu bleiben.

Es ist auch Tatsache, dass ich erst auf das im Epilog verwendete Gedicht Burtons über seine »vergangenen Lieben« stieß, nachdem ich die Handlung des Romans fertig geplant hatte. Eine Tatsache, die mir bis heute Gänsehaut verursacht. Ich schreibe diese Fügung der Magie des Geschichtenerzählens zu, in der sich Fakten und Fiktion letztlich immer zu etwas Neuem verbinden, das seine eigene Wahrheit besitzt.

Nicole C. Vosseler
Konstanz, im April 2008